rowohlt
POLARIS

W0239058

HAO JINGFANG

WANDERNDE HIMMEL

ROMAN

AUS DEM CHINESISCHEN
VON MARC HERMANN

ROWOHLT POLARIS

Die Originalausgabe erschien 2016
unter dem Titel «Stray Skies» bei Jiangsu Phoenix Arts, Nanjing.

Die Übersetzung wurde gefördert vom Confucius Institute Publication Fund.

Confucius China
Studies Program

Deutsche Erstausgabe
Veröffentlicht im Rowohlt Taschenbuch Verlag,
Reinbek bei Hamburg, Oktober 2018

Redaktion Lisa Kuppler
Umschlaggestaltung und Motiv HAUPTMANN & KOMPANIE
Werbeagentur, Zürich
Satz aus der Warnock Pro
Gesamtherstellung CPI books GmbH, Leck, Germany
ISBN 978 3 499 27418 3

ERSTES BUCH

RÜCKKEHR AUF DEN MARS

PROLOG

Die jungen Leute waren in der einen Welt geboren und in der anderen Welt groß geworden.

Die eine Welt war ein Hochhaus, in dem strenge Regeln herrschten. Die andere Welt, in der sie erwachsen wurden, war ein verwilderter Garten. Hier ein erhabenes Projekt, das mit feierlichem Ernst betrieben wurde, dort ausschweifende Partys, auf denen alle ungeheuren Spaß hatten. Beide Welten waren über die jungen Leute hereingebrochen, ohne dass man sie um ihre Meinung gefragt oder auf ihre Gefühle Rücksicht genommen hätte. Das Rad des Schicksals war unaufhaltsam über sie hinweggerollt.

Was im Hochhaus erbaut wurde, wurde im Garten wieder zerstört, was bei den ausschweifenden Partys in Vergessenheit geriet, an das erinnerte man sich im Projekt. Wer nur im Hochhaus gelebt hatte, wusste nichts vom Krieg, wer nur gefeiert hatte, interessierte sich nicht für gesellschaftliche Visionen. Nur diese Gruppe junger Leute hatte den Wechsel zwischen beiden Welten bewusst erlebt. Nur sie hatte gesehen, wie mitten in der Wüste Regen fiel und über Nacht eine Wiese voll wundersamer Blumen erblühte.

Was das für junge Leute waren? Und warum das Los gerade auf sie gefallen war? Die Antwort auf diese Fragen lag irgendwo versteckt in zweihundert Jahren komplizierter Geschichte. Sie selbst hätten es nicht erklären können – und wohl auch sonst kaum jemand. Vielleicht waren sie die jüngsten Opfer in der jahrtausendealten Geschichte des Exils. In ihrem Alter hatten sie noch keine Vorstellung vom Schicksal, und doch wurden sie mitten in ihr Schicksal geschleudert. Sie wussten noch nichts von der anderen Welt, als man sie dorthin verschickte. Ihr Exil fing schon zu Hause an. Den Lauf des Schicksals konnten sie nicht ändern.

Unsere Geschichte beginnt mit der Heimkehr dieser jungen Leute. Ihre lange Reise nähert sich dem Ende, doch ihr wahres Exil beginnt erst jetzt.

Diese Geschichte handelt davon, wie die letzte Utopie zugrunde ging.

DAS SCHIFF

Langsam wie ein Wassertropfen glitt das Schiff durch die dunklen Tiefen des Alls seinem Landeplatz entgegen. Es war ein altes Schiff, und es schimmerte in einem matten Silber wie eine Medaille, deren Prägung mit den Jahren unleserlich geworden war. In der schwarzen Leere wirkte es einsam und winzig. Es bildete eine Linie mit Sonne und Mars – die Sonne am fernen, der Mars am nahen Ende und dazwischen das Schiff. Sein Kurs war so gerade, als hätte ein unsichtbares Schwert ihn gezogen.

Das Schiff hieß Maerde, und es war die einzige Verbindung zwischen Mars und Erde.

Früher war dies eine vielbefahrene Route gewesen. Doch das Schiff wusste nichts von all den Transportschiffen, die einhundert Jahre vor seiner Geburt dicht an dicht auf dieser Strecke gefahren waren, ein breiter Strom, der sich auf den marsianischen Staub ergoss. Gegen Ende des 21. Jahrhunderts war das gewesen. Die Menschen hatten endlich die Grenzen durchbrochen, die ihnen die Schwerkraft, die Erdatmosphäre und ihr eigenes Bewusstsein gesetzt hatten. Ängstlich, nervös und manchmal auch voller Stolz hatten sie Waren und Rohstoffe zu jenem fernen Planeten ihrer Träume verfrachtet. Der wirtschaftliche Konkurrenzkampf erstreckte sich vom erdnahen Weltraum bis zur Oberfläche des Mars. Das Militär kontrollierte den Verkehr zum Mars, und eine internationale

Riege von Offizieren setzte ihre jeweiligen nationalen Kolonisierungspläne durch. Die Transportschiffe waren damals plumpe Gebilde gewesen. Mit ihren graugrünen Blechhüllen sahen sie aus wie metallische Elefanten, die mit beharrlicher Schwerfälligkeit umherstampften. Ein Schiff nach dem anderen landete auf dem Mars, und wenn sich im aufwirbelnden rotgelben Sand die Türen öffneten, wurden Maschinen und Nahrungsmittel aus den Frachträumen entladen, und aus den Kabinen drängten euphorische Neusiedler an Land.

Das Schiff hatte das alles nicht gesehen. Es wusste auch nichts von den kommerziellen Handelsschiffen, die siebzig Jahre später die staatlichen Transportschiffe verdrängten, um den Mars zu kolonisieren. Dreißig Jahre nach der Gründung der ersten Marsbasis waren die Fühler der Geschäftsleute wie die Riesenbohnenranke im Märchen hinauf bis zum Himmel gewachsen. Viele Abenteurer kamen an dieser Ranke empor zum Mars geklettert, um die sandige Weite auszukundschaften. Sie alle hatten sorgsam kalkulierte Geschäftspläne im Gepäck. Anfangs ging es bei den Geschäften noch um materielle Güter: Geschäftsleute taten sich mit Politikern zusammen und sicherten sich Besitz- und Nutzungsrechte am Marsland, Handelsrechte für die natürlichen Ressourcen und Entwicklungsrechte für neue, außerirdische Produkte. Mit ergreifenden Worten priesen sie den Handel zwischen den Planeten. Doch mehr und mehr ging es in ihren Businessplänen um das Wissen selbst. Der historische Wandel, der sich auf der Erde innerhalb von zweihundert Jahren vollzogen hatte, fand so auf dem Mars komprimiert in nur zwanzig Jahren statt. Immaterielle Werte wurden zur Hauptsäule des Handels, die Unternehmer angelten sich die klügsten wissenschaftlichen Köpfe und errichteten virtuelle Barrieren zwischen den einzelnen Stützpunkten. Die Schiffe, die damals durch den Nachthimmel glitten, konnten mit ihren prachtvollen Drehrestaurants den irdischen Wolkenkratzern Konkurrenz machen. Üppige Bankette fanden auf ihnen statt, und dabei wurden immer auch lukrative Handelsverträge abgeschlossen.

Dann tauchten auf der Strecke zwischen Erde und Mars Kriegsschiffe auf. Auch von ihnen wusste das Schiff nichts. Der Marsianische Unabhängigkeitskrieg war vierzig Jahre vor seiner Geburt ausgebrochen. Auf den Marsstützpunkten hatten Forscher und Ingenieure ein Bündnis gegen das irdische Regime geschlossen. Sie nutzten ihre Raumfahrt- und Schürftechnologie, um gegen eine Politik Widerstand zu leisten, die nur auf Geld und Macht aus war. Ihre Kriegsschiffe bildeten eine lange Abwehrkette gegen die Angreifer. Wie eine mächtige Flutwelle wogten sie vorwärts, um sich im nächsten Moment lautlos wieder zurückzuziehen. Doch von ihren fernen Heimathäfen auf der Erde schossen kleine, flinke Schiffe herbei, die der Zorn auf die Verräter antrieb. Mit kühler Präzision, aber voll wilder Zerstörungswut warfen sie ihre Bomben ab. Im Wüstensand trieb das Blut seine stillen roten Blüten aus.

Von alldem wusste das Schiff nichts. Im Jahr, als das Schiff geboren wurde, erinnerte nichts mehr daran, dass hier noch vor zehn Jahren ein Krieg getobt hatte. Am nächtlichen Himmel war wieder Stille eingekehrt, und die Route durch das All war verwaist. Das Dunkel hatte alles ausgelöscht, und im Dunkel war das Schiff aus Metalltrümmern zusammengefügt worden. Allein befuhr es das Sternenmeer. Auf einer Route, die erst ausgedehnten Handel gesehen hatte und dann von Artilleriefeuer erschüttert worden war, verkehrte es als einsamer Pendler zwischen den Planeten.

Ruhig und still glitt es dahin. Kein anderer Reisender kreuzte seinen Weg. Wie ein einzelner Tropfen Silber überwand es den

Raum und die Leere. Von der Vergangenheit, die die beiden Welten voneinander trennte, wusste es nichts.

Dreißig Jahre hatte das Schiff nun auf dem Buckel, und der Zahn der Zeit nagte an seiner Außenhaut.

Im Innern war es ein Labyrinth. Niemand außer dem Kapitän durchschaute seine Konstruktion.

Das Schiff war riesig. Seine Treppenfluchten führten nach allen Seiten, vorbei an endlosen Reihen von Kabinen und einem Gewirr von Gängen. Die imposanten Lagerhallen glichen verfallenen Palästen. Säulengänge liefen darin rings um die aufgetürmten Maschinen, und die Ecken waren mit Botschaften beschrieben, die niemand las. Lange, schmale Korridore, verwirrend wie eine Geschichte, die sich in zahllosen Handlungsfäden verliert, verbanden Wohnräume und Banketthallen miteinander. Das Schiff kannte kein Oben und Unten. Der Boden bestand aus der Innenfläche eines riesigen rotierenden Zylinders, in dem man dank der Fliehkraft umhergehen konnte. Die metallischen Säulen des Zylinders liefen wie Speichen im Zentrum zusammen. Das Schiff verströmte den Charme einer Antiquität: Die Säulen waren graviert, der Boden mit Mustern geschmückt, an den Wänden hingen altertümliche Spiegel und an den Decken Bilder. Auf diese Weise zollte das Schiff der Zeit seinen Respekt – zum Gedenken an eine Ära, als die Menschheit noch nicht gespalten war.

Auf dieser Fahrt waren drei Gruppen an Bord: eine fünfzigköpfige Delegation von der Erde, eine fünfzigköpfige Delegation vom Mars und eine Gruppe von zwanzig jungen Schülern und Schülerinnen.

Die Delegationen waren für eine gemeinsame interplanetarische Messe zuständig. Die erste Marsmesse auf der Erde war reibungslos über die Bühne gegangen, und nun stand die feierliche Eröffnung der ersten Erdmesse auf dem Mars bevor. Beide Seiten hatten dafür alle möglichen bahnbrechenden Produkte ausgewählt, um sich dem fremden Planeten zu präsentieren – und um die geteilte Menschheit daran zu erinnern, dass es die jeweils andere Seite überhaupt gab. Nach einer langen Phase der Isolation war die irdisch-marsianische Doppelmesse die erste größere Begegnung zwischen den Planeten.

Die Schülergruppe hieß «Merkur». Die jungen Leute – sie waren alle achtzehn Jahre alt – hatten die letzten fünf Jahre auf der Erde verbracht und kehrten nun heim. Der Name verwies nicht nur auf den Planeten Merkur, sondern auch auf den Götterboten der römischen Mythologie. In ihm drückte sich die Hoffnung auf Verständigung aus.

Vor vierzig Jahren war der Krieg zu Ende gegangen, und seit dreißig Jahren war das Schiff im Dienst, die einzige Verbindung zwischen Erde und Mars. Es hatte zwar etliche Verhandlungen gesehen, Geschäfte, Verträge und Streitigkeiten, aber ansonsten hatte es nicht viel erlebt. Eine lange Zeit hatte es untätig herumgelegen: Sein Inneres war gähnend leer gewesen, die Kabinen ohne Passagiere geblieben und die Lagerräume ohne Waren, in den Bankettsälen hatte keine Musik gespielt, und im Cockpit hatte niemand Befehle erteilt.

Der Kapitän und seine Frau waren ein altes Paar. Dreißig Jahre hatten sie auf dem Schiff ihren Dienst verrichtet, hatten hier gelebt und waren hier alt geworden. Das Schiff war ihr Zuhause, ihr Leben, ihre Welt.

«Und Sie sind nie von Bord gegangen?», fragte ein schönes junges Mädchen, das vor der Kapitänsunterkunft stand.

«In den ersten paar Jahren schon. Aber dann sind wir dafür zu alt geworden», antwortete ihr die Frau des Kapitäns mit einem liebenswürdigen Lächeln. Ihre Locken waren silbrig, und um ihre Mundwinkel hatten sich zwei mondsichelförmige Falten gebildet. Ihre Haltung strahlte die Eleganz eines verschneiten Baums im Winter aus.

«Wieso zu alt?»

«Wir hätten die Veränderung der Schwerkraft nicht mehr verkraftet. Wenn man alt ist, spielen die Knochen nicht mehr mit.»

«Warum gehen Sie dann nicht in Rente?»

«Garcia will nicht. Er möchte bis zu seinem Tod auf dem Schiff bleiben.»

«Arbeiten viele Leute auf dem Schiff?»

«Wenn wir im Einsatz sind, über zwanzig. Sonst nur wir beide.»

«Und wie oft sind Sie im Einsatz?»

«Schwer zu sagen. Manchmal alle vier Monate, manchmal erst nach über einem Jahr.»

«So selten? Ist Ihnen da nicht einsam zumute?»

«Nein, das sind wir gewohnt.»

Das Mädchen schwieg einen Moment, und sie schloss kurz die Augen mit den langen Wimpern. «Mein Großvater redet oft von Ihnen beiden. Er vermisst Sie.»

«Wir vermissen deinen Großvater auch. Garcia hat seit Jahren ein Foto auf dem Tisch stehen, das zeigt sie alle vier. Jeden Tag schaut er sich das Bild an. Grüß deinen Großvater von uns, wenn du zurück bist.»

Das Mädchen lächelte warm und ein wenig melancholisch. «Ellie, ich besuche Sie beide später auf jeden Fall einmal.» Sie hatte die alte Dame gern. Aber sie würde in nächster Zeit kaum wieder auf das Schiff kommen, und das stimmte sie traurig.

«Gut.» Die Frau des Kapitäns erwiderte ihr Lächeln und strich ihr sanft über das Haar. «Du bist hübsch geworden. Ganz wie deine Mutter.»

Die Kapitänsunterkunft lag vorn am Bug des Schiffs. Zwei Gänge trafen hier zusammen: Der eine führte zum Cockpit und Kontrollraum, der andere zu der Kugel, die zur Gleichgewichtsstabilisierung diente. Die meisten Leute gingen an der Unterkunft vorbei, ohne dass sie ihnen besonders auffiel. An der Tür hing eine runde blaue Leuchte. Ihr fahles Licht lag sanft wie Mondschein auf den Köpfen der alten Frau und des Mädchens. Die Lampe war die einzige Dekoration, die den Häusern auf dem Mars glich, und der bläuliche Lichtschein erinnerte alle Marsbewohner an ihr Zuhause. Die Tür war aus einem weißen Glas, das mit den Wänden ringsumher verschmolz. Nur die reliefartige Gravur darauf stach ein wenig hervor. Sie zeigte ein aufsteigendes Raumschiff, klein und silbern, an dessen Heck eine Reihe winziger Glöckchen hing. Unter dem Schiff prangten drei verschnörkelte Namen: Ellie, Garcia und Maerde. Die Tür zum Wohnbereich war geschlossen, und die langen, stillen Gänge schienen sich nach beiden Seiten im Unendlichen zu verlieren.

Kapitän Garcia und der Großvater des Mädchens waren alte Kriegskameraden. Als junge Männer waren sie im selben Geschwader gewesen. Sie waren im Krieg geboren und später ein gutes Dutzend Jahre immer wieder in die Schlacht geflogen. Danach waren sie zu Säulen der marsianischen Gesellschaft geworden: der eine auf dem Boden, der andere im All.

Nach dem Krieg durchlebten die Marsbewohner eine äußerst harte Zeit. Der unfruchtbare Boden, die dünne Luft, die unzureichenden Wasserreserven, die schädliche Strahlung – jeden Tag aufs Neue sahen sie sich mit tödlichen Bedrohungen konfrontiert. Vor dem Krieg waren sie mit Raumschiffen von der Erde versorgt worden, wie ein ungeborenes Kind, das auf die Ernährung durch die Mutter angewiesen ist. Mit der Unabhängigkeit nach dem Krieg mussten sie die Schmerzen einer

Geburt ertragen: Die Nabelschnur zur Mutter Erde war nun abgeschnitten, und der Säugling musste lernen, auf eigenen Beinen zu stehen. Der Mars machte damals seine schwersten Jahre durch. Die Bewohner vermissten vieles, was es nur auf der Erde gab und was auch die klügsten Köpfe unmöglich aus dem Nichts hervorzaubern konnten – Tiere zum Beispiel, nützliche Bakterien oder die organischen Makromoleküle von Erdöl. Man konnte zwar auch ohne all das überleben, aber nur unter denkbar kargen Bedingungen. Also hatte Kapitän Garcia sein Raumschiff bestiegen.

Es war das zehnte Jahr nach dem Ende des Krieges. Viele Marsbewohner lehnten es ab, sich als Bittsteller an die Erde zu wenden, aber der Kapitän bestand darauf. Dieser erste Versuch einer marsianischen Diplomatie war noch beseelt vom Kampfgeist eines versprengten Trupps, den es an die irdische Peripherie verschlagen hatte. Besser als jeder andere verstand der Kapitän die Gefühle der Erdbewohner: ihren Hass und ihre Schadenfreude, nachdem sie durch die Niederlage im Krieg gedemütigt worden waren. Trotzdem gab es für ihn kein Zurück, denn das hätte bedeutet, dass seine neue Heimat auf ewig dazu verdammt gewesen wäre, eine kümmerliche Existenz zu fristen.

Ab diesem Zeitpunkt war Garcias Leben untrennbar mit dem Schiff verbunden. Dort lebte er, von dort schickte er seine Botschaften an die Erde. Er bat, drohte, lockte, und er bot marsianische Technologie zum Tausch gegen Rohstoffe von der Erde an, die sie zum Überleben auf dem Mars brauchten. Seit dreißig Jahren lebte er nun schon auf seinem Schiff, ohne dass er je wieder festen Boden unter den Füßen gehabt hätte. Kapitän Garcia stand für die marsianische Diplomatie. Während seiner endlos langen Reisen war es zum ersten Geschäftsabschluss zwischen Mars und Erde gekommen, zur ersten gegenseitigen Entsendung von Fachkräften, zur ersten interplanetaren Messe und zum ersten Schüleraustausch. Garcia war der Kapitän. Der Kapitän war Garcia. Sein Status und sein Name gehörten zusammen wie Fleisch und Blut. Und wie Ellie, Garcia und Maerde – die Namen, die in die Tür graviert waren.

Nach ein paar höflichen Worten zum Abschied wandte sich das Mädchen zum Gehen, da rief die Frau des Kapitäns sie noch einmal zurück. «Ach ja, eine Sache noch: Garcia hat eine Nachricht für deinen Großvater. Die hat er gerade eben vergessen.»

«Was für eine Nachricht?»

«Garcia sagt: Der Kampf um einen Schatz ist manchmal größer als der Schatz selbst.»

Das Mädchen dachte einen Moment darüber nach. Fast hätte sie nachgefragt, aber dann sagte sie doch nichts. Die Nachricht des Kapitäns musste etwas mit irgendwelchen diplomatischen Angelegenheiten zu tun haben, und sie wollte ihre Nase nicht ungefragt in Dinge stecken, die sie nichts angingen. Also nickte sie bloß, versprach, die Nachricht zu überbringen, und ging. Der Name des Mädchens war Luoying. Sie gehörte zur Merkur-Gruppe, war achtzehn Jahre alt und studierte Tanz. Die Haltung kerzengerade und doch entspannt, die Fußspitzen leicht nach außen gebogen, entfernte sie sich mit federleichtem Schritt. Sie entschwebte wie eine Libelle, die über das Wasser streicht, eine Brise Wind, die nicht ein Staubkorn mit sich führt.

Erst als das Mädchen aus ihrem Blickfeld entschwunden war, betrat die Frau des Kapitäns ihre Unterkunft. Die Glöckchen an der Tür klirrten zart in der Stille der Nacht. Die Frau blickte in das finstere Zimmer und stieß einen stummen Seufzer aus. Nichts rührte sich, ihr Mann lag schon in tiefem Schlaf. Er wurde immer schwächer – eben hatte er nicht einmal bis zum Ende ihrer Unterhaltung durchgehalten, sondern sich vor lauter Erschöpfung viel zu früh zur Ruhe gelegt. Sie wusste nicht, wie lange er noch auf seinem Posten ausharren konnte, und sie wusste auch nicht, wie lange sie ihm noch zur Seite stehen konnte. Nur eines war ihr immer klar gewesen, seit sie ihm auf das Schiff gefolgt war: Eines Tages würden ihre Kräfte sie verlassen. Längst hatte sie sich darauf eingestellt, bis ans Ende ihres Lebens mit ihrem Mann an Bord zu bleiben. Bis zum letzten Tag würden sie beide zwischen Mars und Erde durch das All kreuzen. Behutsam schloss sie die Kabinentür hinter sich.

Das Schiff hieß Maerde. Sein Name war zusammengesetzt aus Mars und Erde und so ein Sinnbild für die Mission des Schiffs. Schön war der Name nicht, aber er verkörperte eindrucksvoll die Bereitschaft zu Verhandlungen und Kompromissen.

Die Technologie des Schiffs war denkbar einfach. Seine Konstruktion und sein Triebwerk entsprachen noch ganz der Tradition der Vorkriegszeit. Mit dem Solarenergiespeicher und dem rotierenden Zylinder, der die Schwerkraft erzeugte, war das Schiff stabil und zuverlässig konstruiert, aber auch schwerfällig. Zu Kriegszeiten hatte man sowohl auf der Erde als auch auf dem Mars die technologische Entwicklung mit Hochdruck vorangetrieben. Man hätte wendigere Schiffe bauen können, die die Entfernung zwischen den Planeten schneller zurücklegen konnten. Trotzdem war die Maerde das einzige Schiff geblieben. Dreißig Jahre waren vergangen, ohne dass ein anderes sie ersetzt hätte. Unförmig wie ein Wal zog sie ihre einsamen Bahnen durch die kalte Leere des Alls. Langsam und riesig, wie sie war, taugte sie nicht zu einem Angriff. Genau deshalb wirkte sie bei den Verhandlungen so vertrauenswürdig. Ihre Plumpheit und ihre Trägheit waren nun ein Vorteil. Denn das größte Hindernis einer Annäherung von Mars und Erde war nicht die räumliche Distanz zwischen den Planeten, es waren die Zweifel und Ängste der ehemaligen Kriegsgegner. Darum war die Primitivität der Maerde vielleicht ihr größter Trumpf.

Der Zylinder im Inneren des Schiffes war in vier gleich große Zonen aufgeteilt. Frei zugängliche Korridore verbanden die Bereiche miteinander, aber die Entfernungen waren so groß und das Wegenetz so verwirrend, dass sich kaum jemand einmal in eine andere Zone vorwagte. Jeder Gruppe von Passagieren war eine Zone zugeteilt, und die Besatzung belegte die vierte Zone. Obwohl sie nun schon hundert Tage auf demselben Schiff reisten, hatten die Gruppen kaum Kontakt miteinander. Zwar waren sie bei einer Reihe von Festen zusammengekommen, hatten aber fast nur höfliche Floskeln ausgetauscht.

Jede Gruppe hatte ihre Eigenarten. Die Mars-Delegation hatte ihre Aufgaben erledigt, sie war auf dem Weg nach Hause und in bester Stimmung. Die Heimkehrer plauderten vergnügt über gutes Essen, ihre Kinder und die vielen Abenteuer auf der Erde. Während sie in der Kantine von dem heimatlichen Geschirr aßen, das sie so lange vermisst hatten, lachten und schwatzten sie und fühlten sich ausgesprochen wohl.

Für die zwanzig Austauschschüler vom Mars waren die hundert Reisetage ein einziges rauschendes Fest. Mit dreizehn Jahren hatten sie ihr Zuhause verlassen, und in den folgenden fünf Jahren hatten sie über die ganze Erde verstreut gelebt und einander kaum einmal sehen können. Deshalb freuten sie sich jetzt umso mehr über die gemeinsame Heimfahrt. Sie lachten und tranken, vergnügten sich in der Antigravitationskammer am Bug des Schiffs mit Ballspielen, machten Musik und sangen Nacht für Nacht.

Ein ganz anderes Bild gab die Delegation der Erde ab. Ihre Mitglieder kamen aus den unterschiedlichsten Ländern. Sie waren einander fremd und mussten sich erst noch kennenlernen. Sie unterhielten sich auf den offiziellen Empfängen, ansonsten trafen sie sich zu leisen Gesprächen an der Bar. Unter ihnen waren Regierungschefs, berühmte Wissenschaftler, Großindustrielle und Medientycoons. In mancherlei Hinsicht ähnelten sie einander: Gewohnt, im Mittelpunkt zu stehen, blieben sie innerlich auf Distanz. Sie kleideten sich schlicht, nur an den Ärmelaufschlägen blitzte Luxus auf. Im Gespräch gaben sie sich umgänglich und machten wenig Aufhebens um sich selbst, doch in den Blicken, die sie den anderen aus den Augenwinkeln zuwarfen, flackerte ihre Arroganz auf.

Gewöhnlich saßen sie grüppchenweise in ihren feinen Hemden mit den verzierten Säumen in der Bar der Erdzone und unterhielten sich. Die Bar war eingerichtet, wie es auf der Erde üblich war: schlicht und mit gedämpftem Licht. Auf dem Boden der dickrandigen Gläser schimmerte zwischen den Eiswürfeln eine dünne Schicht Whiskey.

«Also nun mal ehrlich: Hast du nicht gemerkt, dass zwischen Ivandonov und Wang dicke Luft herrscht?»

«Zwischen Ivandonov und Wang? Nein. Das glaube ich nicht.»

«Achte mal darauf. Gerade du solltest das im Auge haben.»

Der eine der beiden Männer war ein Glatzkopf mittleren Alters, der andere brünett und jung. Der Glatzkopf hatte die Frage gestellt. Ein breites Grinsen lag auf seinem Gesicht. Sein Kinn war glatt rasiert, und seine hellgrauen Augen glitzerten wie das Meer im Sommer. Der junge Mann redete nicht viel. Manchmal antwortete er nur mit einem Lächeln. Sein Gesichtsausdruck war schwer zu deuten, denn sein lockiges Haar fiel ihm in die Stirn, und seine dunkelbraunen Augen lagen unter dichten Brauen verborgen. Der Glatzkopf hieß Tynne. Auf der Erde war er der Erbe und Vorstandsvorsitzende der Taylors-Mediengruppe. Der junge Mann, Igor Lu, war Dokumentarfilmer. Im Auftrag der Taylors-Gruppe drehte er einen Film über die Reise der Delegation zum Mars.

Ivandonov und Wang – die beiden Delegierten, von denen Tynne gesprochen hatte – waren als Vertreter Russlands und Chinas mit an Bord. Ihr frostiges Verhältnis rührte von den Territorialstreitigkeiten der beiden Länder her. Überhaupt waren sich die Delegierten von der Erde nicht gerade freundlich gesonnen, denn viele Nationen waren aus historischen Gründen miteinander zerstritten. Man gab sich freundlich, doch unter der Oberfläche schwelten alle möglichen Feindseligkeiten.

Tynne fühlte sich keinem Staat zugehörig. Er besaß vier Pässe, lebte in fünf Ländern, liebte das Essen von sechs landestypischen Küchen und litt in sieben Ländern am Jetlag. Konflikte zwischen Staaten beobachtete er aus einer amüsierten Distanz – er verstand sie, aber sie interessierten ihn nicht. Seine Weltanschauung war typisch für das späte zweiundzwanzigste Jahrhundert: Er hatte nur Spott und Verachtung übrig für das Konzept der Nation und für die geschichtlichen Probleme, die daraus erwachsen waren und die Globalisierung überdauert hatten.

Igor waren all diese Streitfragen vertraut, aber für gewöhnlich kümmerte er sich nicht darum. Dass die Delegierten völlig unterschiedliche Ziele verfolgten, war für ihn die normalste Sache der Welt. Jeder, der zum Mars flog, wollte dort etwas für sich erreichen – bei ihm selbst war es auch nicht anders.

«Weißt du, was der beste Stoff für deinen Film wäre?», fragte Tynne.

«Na?»

«Ein Mädchen.»

«Ein Mädchen?»

«Aus der Merkur-Gruppe. Sie heißt Luoying.»

«Luoying? Welche ist denn das?»

«Die mit dem besonders langen schwarzen Haar und der blassen Haut. Sie studiert Tanz.»

«Ich glaube, ich weiß, wen du meinst. Und was ist mit ihr?»

«Wenn sie zurück auf dem Mars ist, hat sie einen Auftritt. Ein Solotanz. Das wird bestimmt interessant. Häng dich mit deiner Kamera an sie ran, auf so etwas fährt das Publikum ab.»

«Und weiter?»

«Wie weiter?»

«Was … steckt dahinter? Dein wirkliches Motiv.»

«Du stellst zu viele Fragen.» Tynne lächelte. «Aber ich kann es dir ruhig verraten: Ihr Großvater ist der Generalgouverneur vom Mars. Sie ist die einzige Enkeltochter des großen Diktators. Ich habe das auch gerade erst erfahren.»

«Sollten wir uns dann nicht erst mal sein Einverständnis einholen, bevor wir sie filmen?»

«Nein. Diese Sache muss unter uns bleiben. Ich will keinen Ärger.»

«Hast du keine Angst, dass wir Ärger bekommen, wenn wir wieder zurück sind?»

«Kommt Zeit, kommt Rat.»

Igor schwieg, und Tynne hakte auch nicht nach. Ein stummes Einverständnis war am besten. Wirklich ausgemacht oder beschlossen hatten sie nichts: Igor hatte nichts versprochen, und Tynne brauchte sich nicht vorwerfen zu lassen, er habe den Regisseur zu irgendetwas angestiftet. Mit einem Grinsen sah er Igor dabei zu, wie er wortlos das Glas in seiner Hand schwenkte.

Tynne hatte schon viele Filme produziert. Er wusste genau, worauf das Publikum ansprang und welchen Themen man lieber aus dem Weg ging. Igor dagegen war neu im Geschäft. Er war noch von der Filmhochschule geprägt, steckte voller Ideen und verachtete den Mainstream. Aber die Zeit würde ihn schon eines Besseren belehren, davon war Tynne überzeugt. Er hatte schon viele Anfänger kennengelernt, die sich über die materiellen Niederungen des Filmgeschäfts erhaben fühlten. Doch irgendwann dämmerte ihnen allen, dass sie Erfolge brauchten, und spätestens dann kamen sie herunter von ihrem hohen Ross.

Durch die Bar wogte Elektro-Jazz und umhüllte die Besprechungen und vertraulichen Gespräche an den Tischen. Es war warm, und die Männer lockerten unauffällig ihre Krawatten. Kellnerinnen oder Kellner gab es nicht, die Getränke wurden automatisch aus gläsernen Behältern an der Wand eingeschenkt. Von der Decke hing eine halbkugelförmige bunte Glaslampe. Ihr gedämpftes Licht schmeichelte den Gästen, die sich zumindest oberflächlich freundlich gaben. Ab und zu hörte man ein Lachen, das klang, als würde man sich schon verabschieden.

So unterschiedlich die Ziele der Delegierten auch waren, sie ließen sich alle auf einen gemeinsamen Nenner bringen: Technologie. Technologie bedeutete Geld. Im zweiundzwanzigsten Jahrhundert waren Wissen und Technik die Schlüsselwörter gewesen. Auf diesen Fundamenten war die gesamte Welt erbaut. Technologisches Knowhow war zur Leitwährung, zum neuen Goldstandard des Finanzsystems geworden und damit zum Garanten für dessen Stabilität. Nur die weltweite Abhängigkeit von neuen Technologien hielt das labile internationale Kräfteverhältnis im Gleichgewicht. Das Geschäft mit dem Wissen spielte eine zentrale Rolle im globalen Wirtschaftsleben. Die tiefen Risse nach dem Krieg waren deshalb überwunden worden, weil der Mars ein Ort war, der Wissenschaftler und Techniker hervorbrachte. Sein Wissen machte ihn unabhängig – und profitabel. Der Rote Planet war ökonomisch attraktiv geworden.

Die Musik, die lächelnden Gesichter und die cleveren Pläne, alles wogte in dem sanften Licht.

Im Halbdunkel der Bar hingen, von niemandem beachtet, ein paar alte Fotos an den Wänden. Die Gäste ahnten nichts von den Narben, die die Fotos verbargen. Ein Foto verdeckte ein zwanzig Jahre altes Einschussloch, ein anderes eine Verletzung, die vor zehn Jahren jemandem zugefügt worden war. Ein alter Mann mit einer blonden Löwenmähne hatte hier seine Wut hinausgebrüllt, und ein anderer alter Mann mit weißem Haar und Bart hatte einen Betrug entlarvt. Sie hießen Galeman und Ronning. Es waren die beiden anderen Männer auf dem Foto auf Kapitän Garcias Tisch, neben dem Kapitän selbst und dem Großvater des Mädchens namens Luoying.

Doch alle Konflikte waren beigelegt, alle Streitigkeiten dank der Akten als Missverständnisse aufgeklärt, alle Narben überdeckt. Die Fotos in ihren dunkelbraunen Rahmen waren geschmackvoll angeordnet. Die Bar hatte nichts von ihrer Eleganz eingebüßt.

Noch eine halbe Nacht bis zur Landung des Schiffs. Das Abschlussbankett der Reise würde bald zu Ende gehen. Die Bühne, die man für die Gäste errichtet hatte, würde man wieder abbauen, die Servietten und Blumen von den Tischen entfernen, die Kopfkissen und Schlafsäcke einsammeln, die Monitore ausschalten, den Staub wischen und die Lagerhallen leeren. In den Zimmern würde es wieder still werden. Zurückbleiben würden nur die glatten Böden, die Tische, Stühle und Bänke aus farblosem Glas und der leere Schiffsrumpf.

Das Schiff war schon tausendmal beladen und gelöscht worden. Seine Tische waren mit Tüchern aus verschiedenen Zeitaltern bedeckt gewesen, auf seinen Teppichen waren die Machtproben unterschiedlicher Epochen ausgetragen worden. Das Schiff war den Wechsel von Fülle und Leere, von trostlosem Grau und farbiger Pracht gewohnt.

An den Wänden der Korridore hingen zahlreiche Fotos: alte Schwarzweißfotos aus einer Zeit, als noch niemand daran gedacht hatte, in den Weltraum auszuwandern. Hologramme aus der Nachkriegsära, als Erde und Mars voller Stolz getrennte Wege gingen. Wer die gewundenen Gänge entlangschlenderte und mit der Hand den Relieflinien in den grauen Wänden folgte, der konnte die Zeit durchwandern. Die Fotos gehorchten keiner chronologischen Ordnung: Die Vorkriegszeit folgte der Nachkriegszeit, das Jahr 1905 dem Jahr 2096. In diesem Durcheinander ging der Krieg fast unter: An den Wänden lebten Mars und Erde in friedlicher Koexistenz.

Vor jeder Landung des Schiffes wurden sämtliche Gebrauchsgegenstände und Dekorationen in Schränken verstaut. Nur die Fotos blieben an den Wänden hängen. Niemand ahnte, dass der Kapitän in seinen Mußestunden allein die Gänge abschritt und sorgsam jedes Foto sauber wischte.

Während der gesamten Reise hatte Luoying sich nie in der labyrinthischen Konstruktion des Schiffs zurechtgefunden. Die Antigravitationskammer war der einzige verlässliche Orientierungspunkt für sie. Es handelte sich dabei um eine riesige Kugelkammer am Heck des Schiffes, die in entgegengesetzter Richtung zum Zylinder rotierte. Sie war von einer ringförmigen Aussichtsplattform umgeben – Luoyings Lieblingsplatz, wenn sie ihre Ruhe haben wollte. Durch die runden Panoramafenster blickte man direkt in die unendlichen Weiten des Weltalls.

Luoying kam vom Kapitänsquartier und eilte durch die Gänge. Die Plattform lag verwaist da, und vor den Fenstern erstreckte sich der schwarze Nachthimmel. Sie hatte die Plattform noch nicht erreicht, da hörte sie, wie in der Kugelkammer Jubel aufbrandete – das Spiel im Innern musste gerade zu Ende gegangen sein. Sie lief schneller, rannte zur Kammer und stieß die Tür auf.

Im Innern erwartete sie eine chaotische, bunte Menschenmenge.

«Wer hat gewonnen?», fragte sie den Zuschauer, der ihr am nächsten stand.

Noch bevor der antworten konnte, schlang jemand die Arme um sie. Luoying zuckte zusammen. Aber es war Ryan.

«Das war das letzte Spiel», sagte er. Seine Stimme war kaum zu verstehen.

Kingsley kam durch die Menge, und Ryan ließ sie los und umarmte ihn. Die beiden schlugen einander heftig auf die Schultern. Ankka schob sich durch die Menge auf Luoying zu, aber noch bevor er etwas sagen konnte, packte Sorin ihn von hinten am Arm. Shania glitt an ihnen vorbei. In ihren Augen sah Luoying Tränen schimmern.

Miller entkorkte zwei Flaschen Sekt, und der überschäumende Inhalt spritzte zur Mitte der Kammer, wo er in unzähligen funkelnden Goldkügelchen umherschwebte. Prompt stießen sich alle von den Seitenwänden ab und kreisten durch die Luft. Dabei versuchten sie, die Sektkügelchen mit offenem Mund aufzufangen.

«Auf unseren Sieg!», schrie Ankka so laut, dass das Echo von den Wänden dröhnte. «Und auf unsere morgige Landung», hörte Luoying ihn leise hinzufügen.

Sie lehnte den Kopf zurück und ließ sich mit geschlossenen Augen rückwärtstreiben. Es war, als würde eine unsichtbare Hand sie in den unermesslichen Sternenhimmel tragen.

Es war ihre letzte Nacht an Bord.

Um sechs Uhr morgens marsianischer Zeit näherte sich die Maerde im ersten Sonnenschein dem schlafenden Planeten.

Pünktlich schwenkte sie auf die Umlaufbahn der Transferstation ein und begann mit dem Andocken. Die Station war ringförmig; auf der einen Seite legte die Maerde an, auf der anderen Seite waren fünfzehn Raumfähren angedockt für den Transport der Passagiere hinunter zum Planeten. Mit den linken Flügeln hatten sie an der Station angelegt, die rechten Flügel zeigten zum Mars, von dessen roter Oberfläche staubige Winde aufstiegen.

Das Ankopplungsmanöver der Maerde dauerte volle drei Stunden, die schlafenden Passagiere an Bord hatten also noch genügend Zeit zum Träumen. Zentimeter um Zentimeter näherte sich die Maerde der Mitte des Rings. Er sah aus wie das Tor eines prachtvollen Tempels, und das Schiff glitt, die Sonne im Rücken, gemächlich darauf zu. Das Rund der Station glitzerte golden im Sonnenschein. Auf der anderen Seite reihten sich die Raumfähren aneinander wie Tempelwächter. Ihre Flügel waren wie Fächer ausgebreitet.

Von den einhundertzwanzig Passagieren an Bord waren in diesem Augenblick fünfunddreißig wach. Manche hielten sich in ihren Zimmern auf, andere standen in verwaisten Ecken, während sie dem Schiff beim Andocken zuschauten. Sobald das Schiff vollkommen zum Stillstand kam, huschten sie unbemerkt in ihre Betten zurück. Das Schiff war nie so still gewesen wie in diesem Moment. Eine halbe Stunde später ertönte eine sanfte Musik, und die Passagiere rieben sich die Augen und wünschten einander noch in ihren Schlafanzügen einen guten Morgen. Rasch packten sie ihre Sachen zusammen und trafen sich vor den Kabinen. Die Stimmung war freundlich und gelöst. Nachdem sie sich höflich verabschiedet hatten, trennten sie sich und bestiegen unterschiedliche Raumfähren.

Nach irdischer Zeitrechnung war es das Jahr 2190, nach marsianischer Zeitrechnung das Jahr 40.

DAS HOTEL

Igor stand am Fenster und starrte lange hinaus. Beim Anblick des Mars kam ihm der Klang einer Flöte in den Sinn.

Das Hotelzimmer war sehr hell. Die Glaswände reichten von der Decke bis zum Boden und boten freie Sicht bis zum Horizont. Still und urtümlich erstreckte sich die grenzenlose rote Wüste wie ein Gedicht ohne Anfang und Ende.

Ist das der Ort, an dem du begraben sein willst?, fragte sich Igor.

Er war noch nie auf dem Mars gewesen, und doch war ihm die Landschaft vertraut. Mit fünfzehn Jahren hatte er zum ersten Mal seinen Lehrer zu Hause besucht, und dort hatte er dieses immergleiche Rot als Projektion an der Wand gesehen. Ängstlich und scheu hatte er an der Tür gestanden, den Blick auf die Gerölllandschaft gerichtet. Er hatte sich nicht getraut, das Zimmer zu betreten. Sein Lehrer saß mit dem Rücken zu ihm in einem Samtsessel mit einer hohen Lehne, das Gesicht zur Wand gedreht. Hinter der Lehne lugte sein blondes Haar hervor, glänzend im Licht der Abendsonne. Eine Melodie erklang, jemand spielte Flöte. Die Akustik war so gut, dass der Klang von allen Seiten zu kommen schien. Die gleichförmige Wüstenlandschaft wirkte auf den ersten Blick wie erstarrt, aber als Igor genau hinsah, erkannte er, dass sie sich ungeheuer schnell bewegte, so als würde sie von einem tief über dem Boden gleitenden Raumschiff gefilmt. Das Raumschiff fuhr langsam, aber unter ihm schoss das Geröll vorbei. In der Ferne bildete der schwarze Sternenhimmel die Kulisse.

Er war an der Tür stehen geblieben und hatte gebannt die Projektion verfolgt, bis der Bildausschnitt ohne jede Vorwarnung in einen tiefen Graben hinabtauchte. Vor Schreck hatte Igor leise aufgeschrien und sich dabei den Kopf an der Türschnitzerei gestoßen. Hastig suchte er Halt, und als er wieder aufsah, hatte ihn sein Lehrer schon an der Schulter gepackt. «Igor, du bist es! Komm rein und setz dich.» Die rote Wüstenprojektion an der Wand war verschwunden. Stattdessen zeichnete sich dort nur noch vage das weiße Streifenmuster der Tapete ab. Die Flötenmelodie kreiste einsam im Raum. Eine jähe Enttäuschung machte sich in ihm breit.

Igor erzählte niemandem von diesem Erlebnis. Selbst mit seinem Lehrer sprach er in den zehn Jahren ihrer Bekanntschaft nur selten darüber. Aber sie hatten ein Geheimnis: Sie lebten in zwei Welten, auch wenn sein Lehrer den Mars nur selten erwähnte. Er lehrte ihn die Kunst des Filmens, aber er zeigte ihm nie wieder ein Video des fremden Planeten.

Nun, nach zehn Jahren, hatte Igor endlich wirklichen Marsboden betreten. Und in diesem Moment hatte die Flöte wie von selbst in seinem Kopf zu spielen begonnen. Er blieb noch lange am Fenster stehen und starrte hinaus.

Nachdem Igor ein heißes Bad genommen hatte, ließ er sich in einen Sessel fallen und streckte die Beine aus. Das Hotel war so gemütlich, dass man sich rasch entspannte.

Igor war gern allein. Für gewöhnlich kam er mit aller Welt gut aus, er erfüllte seine gesellschaftlichen Verpflichtungen bei Filmveranstaltungen souverän, und wenn er seine Filme drehte, arbeitete er mit den unterschiedlichsten Leuten zusammen. Aber am liebsten war er doch allein. In Gesellschaft anderer ging sein Atem flach, und er war ständig auf der Hut. Erst wenn er wieder allein war, atmete er aus dem Bauch heraus. Alle Anspannung fiel dann von ihm ab, und er spürte wieder sich selbst.

Er ließ sich tief in den Sessel sinken und blickte zur Decke hinauf. Ihn interessierte alles hier, er brannte vor Neugier auf den Mars. Vor seiner Ankunft hatte er sich alles Mögliche vorgestellt, und vielleicht war der Mars in seiner Phantasie sogar spannender als der reale Mars – Igor hätte es nicht sagen können. Aber eines wurde ihm jetzt klar: Die Wirklichkeit war vollkommen anders. Seit er fünfzehn war, hatte er sich ausgemalt, was für ein Ort der Mars wohl sein mochte, dass sein Lehrer acht Jahre lang dort gelebt hatte und nicht ein einziges Mal zurück zur Erde gekommen war.

Für seinen Lehrer war der Mars das letzte Utopia der Menschheit gewesen, ein Reich von erhabener Weisheit jenseits der gewöhnlichen Welt. Ihm war durchaus bewusst gewesen, dass die meisten Menschen auf der Erde ein ziemlich anderes Bild vom Mars hatten, aber das hatte ihn nicht weiter bekümmert.

Igor schaute sich im Hotelzimmer um. Es ähnelte den Kabinen auf der Maerde: Schreibtisch, Kleiderschrank und Bettpfosten bestanden aus einem durchsichtigen Material und waren mal in dunkleren, mal in helleren Blautönen gehalten. Auch der Sessel war durchsichtig; er schien aus Glasfasern zu bestehen, die mit Luft gefüllt waren. Seine Enden schwangen in einem Bogen nach oben, und er passte sich Igors Körperform an. Die Außenwand des Hotels war ebenfalls durchsichtig, sodass Igor von seinem Sessel aus einen weiten Panoramablick genoss. Nur zum Gang hin waren die Wände aus einem undurchlässigen Milchweiß, um den Bewohner vor den Zimmernachbarn und den übrigen Gästen abzuschirmen. Der ganze Raum ähnelte einem Kristallkästchen. Selbst die Decke war halb durchsichtig: Sie sah aus wie himmelblaues Mattglas, und über ihr schimmerte verschwommen die Sonne. Es wirkte, als hinge dort eine weiße Lampe.

Igor saß in seinem Sessel und dachte darüber nach, was so viel Transparenz wohl bedeuten könnte. In gewisser Hinsicht war Transparenz ein heikler Begriff. Ein Haus sollte dem Einzelnen einen Rückzugsraum bieten, doch wenn die Wände durchsichtig waren, war das eher ein Hinweis auf Bespitzelung. Und wenn alle Häuser durchsichtig waren, wurde aus der Bespitzelung eine kollektive Observierung. Was das bedeutete, war ihm klar. In seinem Film könnte er es als Ausdruck einer politischen Ideologie nutzen, als Symbol für die Unterwerfung der Privatsphäre durch die Gemeinschaft.

Eine solche Sichtweise entsprach den klassischen Vorurteilen auf der Erde. Seinem Film wäre damit die Aufmerksamkeit des Publikums sicher. Die individualistischen Denker der Erde warteten bloß darauf, dass ein Augenzeuge, einer der wenigen, die wirklich in der «Hölle im Himmel» gewesen waren, ihnen bestätigte, was sie schon immer geahnt hatten. Igor würde ihnen ein nützliches Argument für ihre verbalen Attacken auf den Mars liefern. Aber das ging ihm gegen den Strich: So leichtfertig wollte er seine offene Einstellung nicht aufgeben. Er hatte sich seine Neugier bewahrt. Er konnte nicht glauben, dass sein Lehrer so lange – immerhin volle acht Jahre – an einem Ort geblieben wäre, der einen so massiven psychologischen Druck auf seine Bewohner ausübte.

Igor hatte niemandem erzählt, was er eigentlich auf dem Mars vorhatte. Vielleicht könnte es jemand erraten, sicher war er sich da nicht. Alle wussten, wessen Schüler er war, das war nie ein Geheimnis gewesen. Dass er für die Delegation ausgewählt worden war, lag nur vordergründig an dem Preis, den er im letzten Jahr gewonnen hatte. In Wahrheit – da gab er sich keinen Illusionen hin – profitierte er von Tynnes Empfehlung, und diese Empfehlung verdankte er zum Großteil seinem Lehrer. Er hatte den Auftrag, die Delegation als Dokumentarfilmer zu begleiten, angenommen, ohne nach irgendwelchen Hintergründen zu fragen. Auch Tynne hatte ihm nichts erklärt. Aber er wusste, dass eine tiefe Freundschaft seinen Lehrer und Tynne verbunden hatte. Auf der Beerdigung seines Lehrers hatte Igor den Glatzkopf von Tynne in der Menge gesehen – die ganze Zeit hatte er seine Augen hinter einer Sonnenbrille versteckt.

Vorsichtig zog Igor einen winzigen Chip aus seiner Tasche und musterte ihn. Angeblich waren die Erinnerungen seines Lehrers kurz vor seinem Tod darauf gespeichert – seine Gehirnwellen, umgewandelt in einen binären Code aus Nullen und Einsen. Igor glaubte nicht, dass so etwas funktionieren könnte, aber er wünschte es sich. Wenn die Erinnerungen eines Menschen so überleben könnten, dann verlor der Tod seinen Schrecken.

Weil er hungrig geworden war, stand er auf und suchte an der Wand den Monitor, mit dem man Essen bestellen konnte. Auf der Speisekarte entdeckte er einige seltsame Bezeichnungen. Ohne viel Nachdenken wählte er ein paar Gerichte. Schon nach sechs oder sieben Minuten traf das Essen ein: Ein Lämpchen an der Wand leuchtete auf, und aus einem schwarzen Glasschacht kam wie mit einem winzigen Lift ein Tablett hochgefahren. Als es stillstand, öffnete sich die Klappe.

Igor holte das Tablett heraus und musterte die Speisen eingehend. Dies war seine erste direkte Begegnung mit marsianischem Essen. Auf der Maerde hatte die Delegation von der Erde nur Nahrungsmittel gegessen, die das Schiff von ihrem Heimatplaneten mitführt hatte. Die ganze Reise über waren sie mit nichts Marsianischem in Berührung gekommen. Dafür hatte er alle möglichen Gerüchte gehört: Die Marsianer, so hieß es, würden Schlangen essen, die sie im Sandboden erbeuteten. Sie würden Plastikmüll oder Metallschrott zu Delikatessen verarbeiten, behaupteten andere. Es kursierten unzählige solcher Geschichten. Irgendwelche Leute fanden sich immer, die sich gern über Dinge ausließen, von denen sie keine Ahnung hatten. Die Erde war der kulturell überlegene Planet – das meinten solche Schwätzer eigentlich, wenn sie den Mars als primitiv darstellten.

Beim Anblick des Tabletts in seiner Hand überlegte Igor, ob er nicht einige Aufnahmen der marsianischen Gerichte machen sollte – stimmungsvolle Bilder, die mysteriös und stylish wirkten. Er könnte sie an Modemedien verkaufen und so vielleicht die Angst vor dem primitiven Mars in eine Sehnsucht nach einem fernen, exotischen Planeten verwandeln. Es wäre ein Kinderspiel, da war er sich sicher – die Medien machten so etwas oft genug.

Auf einmal erinnerte er sich an die Worte, die sein Lehrer kurz vor seinem Tod gesagt hatte: *Wenn es interessant sein soll, benutz deinen Kopf. Wenn es glaubwürdig sein soll, benutz deine Augen und dein Herz.* Nur wusste Igor nicht, ob sein Film interessant oder glaubwürdig werden sollte. Er sah die Gestalt seines Lehrers vor sich: Sein Haar war schütter geworden, und er saß zusammengekrümmt in dem Samtsessel mit der hohen Lehne. Das Sprechen bereitete ihm Mühe, aber er gestikulierte angestrengt und schwerfällig mit zitternden Händen.

«Wenn es interessant sein soll, benutz das. Wenn es glaubwürdig sein soll, benutz das und das», hauchte er kaum hörbar.

Beim ersten «das» deutete er auf seinen Kopf, beim zweiten und dritten mit der einen Hand auf seine Augen und mit der anderen auf sein Herz.

Igor hatte damals nur mit einem Ohr zugehört. Er hatte die dürren Finger seines Lehrers angestarrt, als wären es Windräder, die sich nicht mehr drehen konnten. Eigentlich war sein Lehrer mit fünfundfünfzig noch in den besten Jahren, aber er kauerte unter seiner dicken Decke wie ein schwächliches Kind. All der unerschütterliche Mut, den er sein Leben lang bewiesen hatte, half ihm nun nichts mehr. Bei der Erinnerung daran fühlte Igor sich leer.

«Die Sprache ist der Spiegel des Lichts», flüsterte sein Lehrer schleppend.

Igor nickte, ohne die Worte zu verstehen.

«Vergiss über dem Spiegel nicht das Licht.»

«Ja. Ich werde es mir merken.»

«Hör zu. Ganz ruhig.»

«Was denn?»

Der Lehrer gab keine Antwort. Er starrte in die Luft, als hätte er seine Sprache verloren, und sein Blick trübte sich. Igor wartete, und dabei packte ihn die Angst, dass sein Lehrer gerade jetzt gestorben sein könnte. Zum Glück bewegte er nach einer Weile wieder die Finger.

«Wenn du zum Mars kannst, nimm … das mit.»

Sein Lehrer zeigte auf den kleinen Tisch. Igor konnte darauf einen knopfartigen Chip erkennen. Ein Schauder lief ihm über den Rücken. Sein Lehrer hatte sich über den Tod hinaus konserviert. Mit dem Finger deutete er auf sein wahres Selbst. Sein Körper nahm von seinem Gedächtnis Abschied. Und mit einem Mal empfand Igor nur noch Trauer bei den Worten seines Lehrers, die so wirr klangen und die er doch mit so großer Ruhe äußerte.

An jenem Abend war sein Lehrer ins Koma gefallen. Zwei Tage später war er gestorben. Einmal war er vorher noch zu sich gekommen und hatte seinem Schüler etwas aufschreiben wollen, aber er kam nur bis zu einem «B», ehe er zu zittern begann und erneut das Bewusstsein verlor. Danach hatte Igor ständig an seinem Bett gesessen, aber sein Lehrer war nicht noch einmal aufgewacht.

Mechanisch schluckte Igor sein Essen hinunter, ohne auf den Geschmack zu achten. Als er endlich aus seinen Erinnerungen in die Gegenwart zurückfand, war sein Tablett schon fast leer. Nur zwei kleine Pfannkuchen und ein paar Beilagen, die wie Kartoffelmus aussahen, waren noch übrig. Mit der Gabel spießte er einen Pfannkuchen auf. Als er daran kaute, kam es ihm vor, als hätte er seinen Geschmackssinn verloren – der Pfannkuchen schmeckte nach nichts.

Igor dachte wieder an seinen geplanten Film. Vielleicht sollte er ein visuelles Festmahl drehen, einen schwelgerischen Reigen – schließlich wirkte alles hier wie aus einem barocken Guss. Er strich mit der Hand über den Tisch und empfand dessen Wölbungen als tröstlich. Vieles hier übersah man zuerst, aber je genauer Igor seine Umgebung betrachtete, desto eigentümlicher und interessanter kam sie ihm vor. Die gläsernen Verzierungen an den Tischkanten zeigten Springbrunnenmuster, der Rahmen des Spiegels an der Wand hatte die Form aufzüngelnder Flammen, und das Tablett war an den Rändern mit Blumenschnitzereien geschmückt. All diese dekorativen Elemente stachen nicht ins Auge, aber zusammen schufen sie doch eine erstaunlich kunstvolle Atmosphäre. Sie weckten in ihm ein Gefühl fließender Übergänge und himmlischer Aufschwünge, verborgen im Kleinen. Viele Möbel gingen nahtlos in die Wände über, Tisch, Bett und Kleiderschrank bildeten ein harmonisches Ganzes und wanden sich wie ein Wasserfall zwischen Felsen. Die Tischecken mit ihren Wölbungen glichen einer sanft wogenden Gischt.

Igor hatte immer geglaubt, auf dem Mars würde man eine Ästhetik von strenger, maschinenhafter Präzision hochhalten.

Umso überraschter war er nun von der sanften, natürlichen Anmut um ihn herum. Es war, als hätte es ihn weitab der normalen Welt in ein einsames Tal verschlagen, in dem ein Bach vor sich hinmurmelte.

Er setzte seine Videobrille auf, ließ seinen Blick erneut im Zimmer umhergleiten und speicherte die Aufnahme. Dann holte er seine Ausrüstung aus dem Koffer und baute sie um sich herum auf: einen Temperaturschreiber, ein Luftmessgerät und einen Sonnennachlaufmesser. Die Kügelchen wackelten wie Dinosauriereier, aus denen die Küken schlüpfen wollten.

Der Film würde ein Erfolg werden, wenn er die exotische Schönheit des Mars in den Fokus rückte, das war Igor klar. Die dekorativen, fremdartigen Details würden dem Publikum auf der Erde einen geheimnisvollen, fernen Zauber vermitteln. Gleichzeitig würde er damit seine Drehorte in eine sichere psychologische Distanz rücken; die Zuschauer konnten den Mars dann so gleichmütig betrachten wie ein Gemälde und alles Problematische verdrängen.

Aber er wollte diesen Stil keineswegs im gesamten Film durchhalten. Sonst hätte er in erster Linie die marsianischen Beamten zufriedengestellt. Seit seiner Ankunft überschütteten sie ihn mit ihren freundlichen Floskeln und versicherten ihm beflissen, wie sehr sie sein Kommen begrüßten. In ihrer Behördensprache äußerten sie die Hoffnung, er werde der Erde das wahre Gesicht ihres Planeten zeigen und so zum Erstarken von Freundschaft und Vertrauen auf beiden Seiten beitragen. Igor hatte immer nur gelächelt und genickt. Ja, hatte er erklärt, er sei überzeugt, dass der Mars ein schöner Ort sei. In einem Flughafenkorridor hatten sie einander betont herzlich die Hände geschüttelt, und Igor hatte diese theatralische Szene mit seiner Kameradrohne festgehalten.

Seine Freundlichkeit war nicht geheuchelt, aber er hütete

sich vor naiver Begeisterung. Solange er sich kein eigenes Bild von der neuen Welt gemacht hatte, wollte er nicht vorschnell Position beziehen. Und Beamten hatte er noch nie über den Weg getraut. Nur bei einer Sache war er sich sicher: Überzeugungen waren nicht dazu da, dass man sie bei der erstbesten Gelegenheit hinausposaunte. Weil er berufsbedingt viel reiste, wusste er, dass man nur dann öffentlich auf der eigenen Überzeugung beharren sollte, wenn es unbedingt nötig war. Ansonsten war es wichtiger, genau hinzusehen, als zu reden.

Die Mitglieder der Delegation hatten mit ihren Ansichten zu seinem Filmprojekt nicht hinter dem Berg gehalten. Der amerikanische Professor Chack hatte wohlmeinend angedeutet, dass das totalitäre Regime auf dem Mars wohl eine wahrheitsgetreue Darstellung nicht zulassen werde. Und der deutsche Kapitän Hoppmann hatte Igor sogar ganz unverblümt gesagt, er sei noch jung und solle seine Nase nicht in Dinge stecken, von denen er nichts verstehe. Hoppmann meinte die Politik, und die Warnung leuchtete Igor sogar ein. Er war nur ein Regisseur und nicht in der Position, sich in politische Angelegenheiten einzumischen. Selbst eine rein filmische Stellungnahme wäre heikel genug gewesen, denn jeder Film war ein Beweisstück für die Zukunft, das es schwieriger machte, historische Gegebenheiten phantasievoll auszulegen oder zu leugnen. Wirklich brauchbare Ideen für den Film aber hatte ihm niemand geliefert. Die Besucher der kleinen Bar auf der Maerde hatten ihm nur aufmunternd auf die Schulter geklopft, bevor sie sich um zwei Dezibel leiser wieder ihren Gesprächen zuwandten.

Tynne hatte als Einziger das Filmprojekt lebhaft mit ihm diskutiert und ihm eine ganze Reihe von konstruktiven Vorschlägen gemacht. Denn er betrachtete ihre Reise zum Mars als eine außerordentliche Geschäftsgelegenheit.

«Ein Drama! Du musst ein Drama daraus machen, das ist das Entscheidende.»

Diese Worte hatte Tynne mit entsprechend dramatischer Miene untermalt. Auch wenn er gern wie ein surfender Strandurlauber auftrat, war er vor allem ein gewiefter Geschäftsmann. In seinen Augen war das Entscheidende, den Zuschauer emotional zu packen. Eine spannende Handlung war für ihn das A und O – und Fragen wie die von Freiheit oder Diktatur waren ihm völlig gleichgültig. Es wäre ihm egal gewesen, wenn er Spott für den Film kassierte, Hauptsache, beim zahlenden Publikum kam er gut an.

Igor hatte sich oft gefühlt, als säße er auf einer Verkehrsinsel, und die Autos rasten an ihm vorbei. Die Ansichten und Ratschläge der anderen beeinflussten ihn kaum, denn ihm kam es auf etwas anderes an. Er hörte nur deshalb jedem seiner Gesprächspartner bereitwillig zu, weil er das Ziel, auf das er selbst hinauswollte, noch nicht gefunden hatte. Hatte er es erst einmal, würde er auch daran festhalten, davon war er überzeugt.

Er war nicht neunzig Millionen Kilometer durch das schwarze All geflogen, um einen kitschigen Besinnungsaufsatz in Form eines Films zu verfassen. Er suchte ein unverbrauchtes, neues Heilmittel für die chronische Krankheit, an der die Erde in seinen Augen litt.

Er wollte keine voreiligen Schlüsse ziehen. Erst brauchte er mehr Informationen. Er wollte ein Schauspiel verfilmen, das sich erst noch ereignen musste. Die Zukunft sollte über die Gegenwart entscheiden. Solange er das Ende noch nicht kannte, konnte er seinem Drama auch noch keinen Namen geben.

Nach dem Frühstück wurde Igor schläfrig. Auf der Maerde war er ständig mit den anderen Mitgliedern der Delegation zusammen gewesen, und nun, da diese Anspannung von ihm abfiel, überkam ihn die Müdigkeit.

Er legte sich aufs Bett, streckte sich genüsslich, und schon bald schlief er tief und fest. Er träumte einen Traum, den er immer wieder träumte: Sein Lehrer saß in dem Samtstuhl mit der hohen Lehne und las mit leiser Stimme etwas vor, das Igor nicht verstand. Er selbst stand hinter dem Stuhl und wollte auf die andere Seite treten, um seinem Lehrer ins Gesicht zu blicken und seine Worte zu verstehen, aber es gelang ihm nicht. Jedes Mal war es, als würde er eine weite, beschwerliche Reise antreten, die ihn vollkommen erschöpfte, und er kam nie an sein Ziel.

Als Igor aufwachte, war es schon vier Uhr nachmittags. Draußen zeichneten sich die langen Schatten scharf gegen das Licht der Abendsonne ab. Die Tageszeiten hier auf dem Mars ähnelten denen auf der Erde. Das Willkommensbankett begann sicher bald. Träge blieb er auf dem Bett liegen, und als er die Augen wieder schloss, kamen ihm Bruchstücke seines Traums ins Bewusstsein.

Ob ich wohl wie mein Lehrer hierbleibe?, schoss es ihm durch den Kopf. Er hatte keinen Grund, auf dem Mars zu bleiben – aber den hatte sein Lehrer damals auch nicht gehabt. Achtzehn Jahre war das jetzt her: Zwischen dem Mars und der Erde hatten die ersten gegenseitigen Besuche stattgefunden, und sein Lehrer war als Vertreter der Filmwelt mitgereist, um auf dem Mars neue Bilddarstellungsverfahren kennenzulernen. Aber er kehrte nicht wieder zurück, sondern ließ nur die nötige Hard- und Software samt den Bedienungsanleitungen mit der Maerde zur Erde bringen. Die Nachricht sorgte für Schlagzeilen daheim, denn niemand konnte sich vorstellen, warum er auf dem Mars bleiben wollte. Damals war er siebenunddreißig Jahre alt gewesen, ein äußerst erfolgreicher Filmemacher, der einen

Preis nach dem anderen abräumte. Er war auf dem besten Weg, zu einer neuen Koryphäe seines Fachs zu werden. Mit seinen Kollegen verstand er sich ausgezeichnet. Es war schlicht unvorstellbar, warum er die Seiten gewechselt haben sollte. Manche Berichte mutmaßten, er habe von marsianischen Staatsgeheimnissen erfahren und sei deshalb verhaftet worden, andere spekulierten, er wolle sich mehr Zeit nehmen, um sich mit den neuen Technologien auf dem Mars vertraut zu machen.

Igor war damals erst sieben Jahre alt gewesen und noch naiv und ahnungslos. Aber die Flut von Kommentaren und Analysen im Internet war ihm im Gedächtnis geblieben. Die Gerüchte rissen nicht ab, bis sein Lehrer mit seiner Rückkehr auf die Erde die Sensation perfekt machte. Eine Hintergrundreportage jagte die nächste, doch sein Lehrer gab keine Interviews. Er hüllte sich bis an sein Lebensende in Schweigen und verriet nichts über seine sieben Jahre auf dem Mars.

Weil Igor das alles aus nächster Nähe miterlebte, hielt er sich von da an mit seinem Urteil zurück, statt wild drauflloszuspekulieren. Ein Außenstehender, so viel war ihm bewusst geworden, durfte alles wissen – nur nicht die tieferen Beweggründe, warum man etwas tat. Er redete nicht einmal mehr über seine eigene Zukunft, denn er hatte eines begriffen: Was er später einmal tun oder lassen würde, hing von Umständen ab, die er noch nicht kannte und über die er deshalb auch nichts sagen konnte.

Wie eine Schildkröte kroch der Staubsauger die Wand entlang. Am Abend wirkte das Zimmer sehr friedlich. Das Licht der Abendsonne war nicht etwa orangerot, sondern fahlweiß wie am Nachmittag – nur dass es jetzt nicht mehr durch die Decke, sondern schräg durch die Glaswand hereinfiel und so jeden Gegenstand mit einem sanften Strahlenkranz umrandete.

Igor stand auf und setzte sich ans Fenster. An der Wand neben dem Bett hing ein Stillleben, aber als er es leicht berührte, verschwand das Bild. Der Monitor leuchtete auf, und seine Oberfläche kräuselte sich in sanften Wellen. Ein kleines Mädchen mit einem reizenden Lächeln – die virtuelle Servicekraft des Hotels – tauchte auf dem Bildschirm auf. Es trug ein rot kariertes Kleid, das von einem gemusterten weißen Gürtel zusammengehalten wurde. Auf seinem Kopf saß ein kleiner Strohhut.

«Guten Tag! Was für ein schöner Nachmittag! Ich heiße Vera. Was kann ich für Sie tun?»

«Hallo, ich bin Igor. Ich möchte nur fragen, wie der Verkehr hier auf dem Mars funktioniert. Ich meine: Wie kommt man irgendwohin? Wie kauft man Tickets, und wie ruft man einen Routenplaner auf?»

Mit einem Blinzeln verarbeitete das Mädchen seine Fragen. Die Animation war aufwendig und wirkte lebensecht. Nach ein paar Sekunden lächelte das Mädchen, wobei sich zwei Grübchen auf seinen Wangen zeigten. Es raffte das Kleid und verbeugte sich, sodass der Stoff hochschwang wie ein aufklappender Schirm.

«Guten Tag, Herr Lu. Das Hauptverkehrsmittel auf dem Mars sind Röhrenwagen. Sie brauchen dafür kein Ticket, die Fahrt ist umsonst. In der Nähe von jedem Gebäude liegt eine kleine Station, an der alle zehn Minuten ein Wagen vorbeikommt. Der Wagen bringt Sie zur nächsten großen Transitstation, dort können Sie sich auf einer Karte einen Wagen aussuchen, der zwischen den Distrikten verkehrt. Jede Station ist mit intelligenten Routenplanern ausgestattet. Eine Rundfahrt um Mars City dauert hundertfünfzig Minuten.»

«Ich verstehe. Danke.»

«Brauchen Sie sonst noch Hilfe? Wir bieten eine interaktive

Stadtübersicht, ein Verzeichnis aller Museen und einen Einkaufsführer an.»

«Kannst ... kannst du etwas für mich herausfinden?»

«Worum geht es?»

«Ich möchte mit jemandem Kontakt aufnehmen.»

«Ja, natürlich. Bitte nennen Sie mir den betreffenden Namen oder das Studio.»

«Brodie. Janet Brodie.»

«... Frau Janet Brodie, wissenschaftliche Mitarbeiterin im Studio Drei des Tarkowski-Filmarchivs, wohnhaft: Russell-Distrikt, siebter Längengrad, sechzehnter Breitengrad, Nummer 1. Sie können Frau Brodie eine Nachricht auf ihrem persönlichen Account hinterlassen oder sich mit ihrem Studio verbinden lassen.»

«Okay. Danke.»

«Die genannten Informationen sind bereits auf Ihrer Gästeseite gespeichert. Soll ich Sie jetzt verbinden?»

«Nein», sagte Igor. «Im Moment nicht.»

«Haben Sie sonst noch Fragen?»

«Lass mich mal überlegen. Da gibt es noch eine Person – ich glaube, sie heißt Luoying Sloan. Eine Schülerin, die gerade von der Erde zurückgekehrt ist.»

«... Frau Luoying Sloan, Schülerin des Duncan-Ensembles, Tanzklasse Nummer 1, wohnhaft: Russell-Distrikt, elfter Längengrad, zweiter Breitengrad, Nummer 4. Frau Sloan hat ihren persönlichen Account derzeit noch nicht wieder aktiviert.»

«Alles klar, danke. Das war alles.»

«Vera steht Ihnen immer gern zu Diensten», zwitscherte das Mädchen mit zuckersüßer Stimme, wirbelte mit einer Verbeugung herum und hüpfte davon.

Igor notierte sich die Informationen in seinem Tablet. Allmählich wurde er aufgeregt – er hatte für die nächsten Tage ein Ziel gefunden, aber was für Menschen und Ereignisse ihn erwarteten, das wusste er nicht. Gleich traf sich die ganze Delegation, um am marsianischen Begrüßungsbankett teilzunehmen. Er zog sich um, kämmte sich die Haare und hängte sich die Tasche mit seiner Filmausrüstung um.

Bevor er das Hotelzimmer verließ, blieb er kurz an der Glaswand stehen. Draußen brach gerade die Dämmerung herein, und im aufleuchtenden elektrischen Licht glitzerten die schmalen Straßen, als wären sie aus durchsichtigem Glas. Voller Erstaunen hatte er am Morgen aus der Raumfähre auf die Stadt hinabgeblickt: Sie schien wie aus einem einzigen Kristall erschaffen, der von einem dichten Netzwerk feiner Adern durchzogen war. Graziöse Häuser aus Glas, keines wie das andere, lagen verstreut in der weiten Ebene. Mit ihren türkisblauen Dächern, die an schräg aufgestellte Surfbretter erinnerten, sahen sie von weitem aus wie Wasserflächen, die das Festland durchschneiden. Röhren verbanden die Häuser zu einem engmaschigen Netz, das sich wie ein komplexer Blutkreislauf auf der Oberfläche des Planeten abzeichnete. Von alldem fühlte Igor sich unwillkürlich angezogen. Nichts in der Welt, die er kannte, glich diesem Anblick, und das faszinierte ihn.

ZU HAUSE

Luoying trat aus dem Flughafen in das blendende Licht der Sonne.

Fünf Jahre lang hatte sie die marsianische Morgensonne nicht mehr erlebt. Sie hatte fast vergessen, wie es sich anfühlte. Über der Erde war der Himmel blau, und die Sonne schimmerte in einem milden Orange, aber hier auf dem Mars zeichnete sich alles in schonungsloser Schärfe im Sonnenlicht ab.

Die Flughafenhalle war erbaut worden, als Luoying schon fort war. Sie war groß und hell. Bei der Ankunft unterhielten sich Luoying und ihre Freunde kaum. Die Wände der Halle, das Kuppeldach und der Boden waren aus dem üblichen Glas, wobei der Boden wie Marmor gemustert war. An den blanken Wänden sah man zwischen dem Skelett aus Stahlträgern die zarten Farbtöne eines heißen Gases, das in dünnen Streifen in dem Hohlraum zwischen den beiden Glasscheiben zirkulierte. Die Reisenden wurden auf einem Transportband von der Raumfähre herab Richtung Flughafenausgang gebracht. Hinter einem Korridor, in dem ihre Identität kontrolliert wurde, öffnete sich die weitläufige Eingangshalle. Nun waren sie endlich angekommen.

Luoying ging neben Shania. Beim Anblick der Delegation von der Erde mussten beide grinsen. Die irdischen Abgesandten hatten sich hinter der Marsdelegation und vor den Schülern eingereiht. Ihre teuren Kleider und ihre Reiseausrüstung –

viel gediegener als die der Marsianer – passten so gar nicht zu der Naivität, mit der sie die Empfangsprozedur über sich ergehen ließen.

Ihr Chefdelegierter Beverley stolzierte selbstbewusst den Korridor entlang, ganz der souveräne Mann von Welt. Aber vor der Maschine, die seinen Fingerabdruck nehmen sollte, stutzte er. Als sich dann das Irisprüfgerät wie ein Tentakel von der Seite vor ihn schob und dicht vor seinem Gesicht mit einem leisen Klicken eine Aufnahme machte, erschrak er so heftig, dass er instinktiv einen Satz zurück machte. Prompt stieß er gegen den Strahlendetektor, der gerade hinter ihm ausgefahren war. Beim Aufprall brach das Gerät in schrilles Piepsen aus, und in der Halle, die bis eben noch ganz still gewesen war, reckten alle die Hälse, um zu sehen, was da zwischen Mensch und Maschine vor sich ging. Beverley errötete, gab sich aber betont gelassen und lächelte den Umstehenden zu. Doch als er den Detektor mit einem Streicheln besänftigen wollte, piepte das Messgerät nur noch lauter, und der Chefdelegierte schreckte wieder zusammen. Endlich kam der Leiter der Marsdelegation herbeigeeilt, um Beverley aus der Verlegenheit zu helfen.

Luoying und die anderen Schüler blickten nach vorn zur Halle, damit niemand mitbekam, wie sie sich über die Erddelegation amüsierten. Während sie mit geübten Bewegungen ihre Koffer hinter sich herzogen, passierten sie die Tentakel, die sich ihnen von beiden Seiten entgegenstreckten. Dabei drehten sie die Köpfe nach allen Seiten und winkten mit der freien Hand, als wollten sie tanzen oder in die Kameras grüßen.

Den ganzen Weg über hielt Beverley die offizielle Vollmacht bereit, die ihn als Chefdelegierten auswies. Aber niemand wollte sein Schreiben sehen, und nachdem er den Korridor mit den Kontrollen hinter sich gelassen hatte, blieb er unbeholfen in der Halle stehen und rätselte noch immer, wem er es vorzeigen sollte.

Die Halle hatte die Form eines Fächers: An der einen Spitze lag der Übergang zum An- und Abflugbereich, während sich an der bogenförmigen Wand gegenüber die Eingänge zu den Röhren aneinanderreihten. An den geraden Wandseiten dazwischen standen Automaten, an denen man Süßigkeiten als Mitbringsel kaufen konnte, darunter frisches Obst und Kuchen. In der Mitte der Halle standen ein paar hochkant aufgestellte Glasplatten. Auf ihnen waren die Wagen abgebildet, die in den Röhren fuhren. Der Fahrplan erinnerte an ein kompliziertes, buntes Teppichmuster, das sich langsam, aber stetig veränderte. Zwischen den Eingängen zu den Röhren waren Bildschirmterminals installiert. Die Marsdelegierten gingen schon zu den Monitoren und wählten die Station, bei der sie zu Hause waren.

Luoying und Shania standen vor dem Ausgang und beobachteten eine Weile unschlüssig das Geschehen um sie herum.

«Und? Jetzt nach Hause?», fragte Shania so leise, dass es fast wie ein Selbstgespräch klang.

«Ja.»

«Bist du aufgeregt?»

«Nein.»

«Echt nicht?» Shania blickte sie an.

«Nein.» Luoying schüttelte den Kopf. «Komisch, was?»

«Nee. Geht mir genauso.»

Luoying betrachtete die helle Halle und den glänzend polierten Boden mit dem Marmormuster. «Was meinst du: Was unterscheidet diesen Flughafen von denen, die wir auf der Erde gesehen haben?»

Shania überlegte einen Moment. «Der Name.»

Luoying drehte sich zu ihr um. Shanias langes Haar hing ihr in ungekämmten Strähnen ins Gesicht. «Du fährst jetzt besser nach Hause und schläfst ein bisschen. Heute Abend haben wir ja noch einen Termin.»

«Ja, du auch.»

Die Schüler verabschiedeten sich voneinander. In wenigen Augenblicken löste sich die Gruppe auf. Sie hatten sich schon zu oft verabschiedet, es gab keinen Grund, jetzt noch sentimental zu werden. Der Restalkohol von der letzten Party an Bord kreiste noch in ihren Körpern, und ihre Köpfe waren noch voll von den Eindrücken der Sternennacht. Dagegen war das Licht im Flughafen so grell, dass es jede Gefühlsäußerung erstickte. Und so trennten sich die Schüler so beiläufig, als wäre der Abschied nur noch eine weitere Kontrolle, die sie über sich ergehen lassen mussten.

Luoying ging am Ende der Gruppe. Ihr Blick fiel auf die Delegation von der Erde: Die Mitglieder hatten sich nun in der Mitte der Halle versammelt und standen unschlüssig und verwirrt herum. Manche von ihnen hatten sich über die Süßigkeiten hergemacht, die sie sich von den Automaten geholt hatten. Sie ahnten nicht, dass dafür von ihren provisorischen Konten automatisch Geld abgebucht wurde.

Als die meisten Marsianer die Halle schon verlassen hatten, öffnete sich in der Mitte der bogenförmigen Längsseite eine automatische Gleittür, und eine Abordnung marschierte mit großen Schritten herein. An der Spitze, wie Luoying auf den ersten Blick erkannte, ging ihr Großvater, Hans Sloan, der Generalgouverneur des Mars. Mit einer Gruppe von älteren Herren im Schlepptau trat er vor die Delegation von der Erde und reichte Beverley die Hand. Es war ein feierlicher Augenblick: Dieser Händedruck schlug eine symbolische Brücke zwischen den Planeten. Weil die Schwerkraft auf dem Mars geringer war als auf der Erde, waren die Marsianer im Durchschnitt deutlich größer als die Erdbewohner. Stumm standen sich die beiden

Seiten während der förmlichen Begrüßung gegenüber und musterten einander.

Dies war definitiv nicht der richtige Moment, um ihrem Großvater Hallo zu sagen. Wortlos wandte Luoying den Blick von seiner kerzengeraden, hageren Gestalt ab und drückte den Knopf für ihren Nachhauseweg.

Vor fünf Jahren war auf dem Mars die erste Gruppe von Schülern, die die Erde besuchen sollte, ausgewählt worden.

Das Parlament hatte deswegen lange beraten. Die schriftlichen Untersuchungen hatten drei Monate gedauert, dann konnten alle Marsianer drei Wochen lang im Internet darüber ihre Meinung äußern, und schließlich wurde noch drei Tage lang im Parlament debattiert. Dann endlich hatten die neun Generalstabschefs, der Generalgouverneur und der Bildungsminister abgestimmt – in der höchsten Kammer des Parlaments, unter den Augen der Bronzestatue des Staatsgründers, in einer offenen Wahl. Dass eine Frage der Jugendbildung eine derart intensive nationale Diskussion ausgelöst hatte, war beispiellos in der vierzigjährigen Nachkriegsgeschichte. Seit der Staatsgründung hatten die Belange der Jugend nicht mehr solche Aufmerksamkeit erregt. Bei der Schaffung des Bildungssystems war beschlossen worden, dass alle Pädagogen im Namen Jasons einen Eid leisten mussten, ihre Lehre in den Dienst der Kreativität zu stellen. Aber die Debatte jetzt war viel hitziger geführt worden. Als am Ende der Hammer auf das Pult schlug und das Ergebnis bekräftigte – sechs Ja- und fünf Nein-Stimmen –, hallte das Echo in dem weitläufigen schwarzen Saal mit den hohen Säulen noch lange nach. Diese jungen Leute würden Geschichte schreiben.

Dabei war den marsianischen Entscheidungsträgern selbst kaum klar, was die Jugendlichen auf der Erde erwartete. Sie waren auf dem Mars geboren und kannten das Leben auf der Erde nur aus Berichten, nicht aus eigener Anschauung. Ihr Staat bestand nur aus einer einzigen Stadt, einer in sich geschlossenen Siedlung aus Glas. Alles war hier perfekt organisiert, Grund und Boden gehörten dem Staat, Immobilien- oder Termingeschäfte, Schmuggel oder Privatbanken gab es nicht. Wie die jungen Menschen, die auf dem Mars aufgewachsen waren, schlagartig die irdische Marktwirtschaft verstehen sollten, wie sie damit fertigwerden sollten, dass überall und ständig Werbung auf sie einprasselte, das konnte niemand sagen. Die ausgewählten Schüler mussten etliche Unterrichtsstunden absolvieren, in denen ihnen das Gesellschafts- und Wirtschaftssystem der Erde erklärt wurde. Aber man konnte ihnen allenfalls eine Ahnung der fremden, harten Realität vermitteln – in ihr leben und erwachsen werden mussten sie selbst.

An das Fenster eines Röhrenwagens gelehnt, fuhr Luoying nach Hause. Sie blickte hinaus auf die florierende, aber wie erstarrte Stadt. Das Sonnenlicht fiel auf die Ränder der blauen Dächer, drang durch die Baumwipfel und warf die Schatten der Blätter auf das Wagendach und auf ihr Gesicht. Sie war der einzige Fahrgast in ihrem Abteil, und auch draußen war niemand zu sehen. Ringsum herrschte eine unwirkliche Stille. Die durchsichtigen Wände fühlten sich kalt an. Wenn der Wagen an einem Haus vorüberglitt, konnte sie die reglosen Bäume im Garten erkennen.

Luoying hatte keine Ahnung, warum man sie vor fünf Jahren zur Erde geschickt hatte. Auf der Maerde hatte sie herausgefunden, dass sie eigentlich gar nicht dafür qualifiziert gewesen war.

Eines Abends hatte sie sich mit den anderen an einem der großen Fenster unterhalten. Jemand hatte von seiner Aufnahmeprüfung erzählt, und sofort hatte jeder etwas dazu zu sagen:

Alle erinnerten sich noch ziemlich genau an die Prüfung. Es wurden witzige Anekdoten ausgetauscht, und immer wieder fiel jemand ein neues Detail ein. Nur Luoying saß schweigsam mitten in der ausgelassenen Runde. Denn bei den Erzählungen der anderen war ihr klargeworden, dass ihre eigenen Antworten weit unter dem allgemeinen Prüfungsniveau gelegen hatten. Wenn es nach ihrer Leistung gegangen wäre, hätte man sie unmöglich für den Schüleraustausch auswählen dürfen.

Allerdings war sie sich nicht sicher, ob sie recht hatte mit ihrer Vermutung. Falls nicht, blieb alles beim Alten. Falls aber doch, dann hatte sie offensichtlich jemand durch die Hintertür in das Austauschprogramm eingeschleust. Bei dem Gedanken lief ihr ein Schauer über den Rücken: Wenn das stimmte, dann hatte sie nicht etwa unverschämtes Glück gehabt, sondern sie hatte zu Unrecht am Austauschprogramm teilgenommen. Dann war es in Wirklichkeit gar nicht ihre eigene Entscheidung gewesen, sondern jemand anderer hatte sie als Spielball für seine eigenen Pläne benutzt.

Ihr Großvater kam ihr in den Sinn. Wenn irgendjemand hinter den Kulissen ihre Wahl hätte manipulieren können, dann er und nur er. Aber warum? Und warum hatte sie niemand darüber informiert?

Gern hätte sie zu Hause ihren Großvater gefragt. Sie beide standen einander nicht besonders nahe. Hans Sloan war erst nach dem Tod ihrer Eltern zu ihr und ihrem älteren Bruder gezogen. Er hatte ihr Süßigkeiten gekauft, aber sie kaum einmal in den Arm genommen. Auf der Erde nannte man ihn einen großen Diktator. Er nahm nie jemanden mit auf seine Spaziergänge. Sie wusste nicht, ob sie den Mut aufbringen würde, ihn zu fragen.

Auch ihren Bruder hätte sie gern gefragt. Vielleicht könnte er ihr helfen bei ihren Nachforschungen. Ihr Bruder war so etwas wie ihr Schutzschirm: Immer wenn sie Probleme hatte, ließ er sich etwas einfallen und brachte sie zum Lachen. Aber er war jemand, der stets nach vorn blickte, und wahrscheinlich würde er nicht verstehen, warum sie nicht einfach akzeptierte, dass sie für das Austauschprogramm ausgewählt worden war, aus welchen Gründen auch immer.

Lautlos und schnell wie die Erinnerung glitt der Röhrenwagen durch die gleißende Landschaft. Die Sonne streute funkelnde Flecken auf die Glasscheiben. Der Wagen schoss an der kleinen Schulaula vorbei, an der Allee, dem Sportplatz, auf dem Luoying als Kind gespielt hatte, und an dem Garten mit der Rutsche. Ringsum war es so still, als befände sie sich in einem Traum. Ab und zu sah sie ein paar Mütter, die Kinderwagen vor sich herschoben und gemächlich über die schmalen Pfade schlenderten, während sie sich miteinander unterhielten.

Luoying hatte sich schon selbst gefragt, warum sie unbedingt die Wahrheit wissen wollte. Anfangs hatte sie nur eine vage Unruhe verspürt, die sie für Neugier gehalten hatte, aber dann war ihr aufgegangen, was sie beunruhigte: Es war ihr schon immer bewusst gewesen, welche Macht das Schicksal hatte, aber jetzt begriff sie, dass ein Mensch zwei Schicksale hatte. Das eine war das natürliche, persönliche Schicksal, dem man sich stellen und fügen und das man annehmen musste. Das andere Schicksal wurde von anderen Menschen bestimmt, es war an Gründe geknüpft und an Ziele, die man damit verfolgte. Dieses zweite Schicksal verlangte eine Entscheidung, man konnte es in Frage stellen oder ablehnen. Deshalb konnte sie, bevor sie nicht wusste, warum sie bei dem Schüleraustausch dabei gewesen war, unmöglich weiter in die Zukunft gehen.

Warum hatte sie den Mars verlassen? Was hatte sie mit

der Erde zu tun? Mehr als einmal hatte sie sich diese Fragen gestellt, aber nie so bewusst wie in diesem Moment. Auf der Erde hatte sie so viel erlebt, dass kaum etwas sie noch aus der Fassung bringen konnte – aber den Grund für ihre Zeit auf der Erde, den kannte sie bis heute nicht.

Musik erfüllte das Abteil – ein Cello wie aus weiter Ferne, ein Klavier ganz in der Nähe. Die Stille um sie herum wurde dadurch nur noch schöner und tiefer. Nach und nach zeichnete sich ihr Zuhause am Horizont ab. Schon von weitem sah sie im Dachgeschoss die kleinen, braun gerahmten Fenster, in denen sich das Sonnenlicht spiegelte. Unter der Kuppel des Glasdachs glitzerten sie friedlich.

Luoying hatte sich oft gefragt, was sie im Augenblick ihrer Heimkehr empfinden würde: Würde sie aufgeregt sein, wehmütig, krank vor Heimweh, nervös? Zu ihrer Überraschung empfand sie nichts, sie freute sich nicht einmal, und das stimmte sie doch ein wenig traurig. Nach fünf ereignisreichen Jahren kehrte sie heim in die Stille ihrer Kindheit, aber sie sehnte sich nicht mehr nach der vermeintlich verlorenen Idylle zurück. Dieser Abschnitt ihres Lebens war für immer vorbei.

Präzise auf den Millimeter hielt der Röhrenwagen an. Sie war zu Hause. Und beim Anblick des vertrauten großen roten Tors im Sonnenlicht brach sie in Tränen aus.

Kaum öffnete sich die Tür, flutete strahlendes Licht in den Wagen. Geblendet hielt Luoying die Hand vor die Stirn. Vor ihr flimmerten Sternchen, die in der Luft umhertrieben, und eine goldfarbene Bank aus einem durchsichtigen Material senkte sich vor sie. Die Bank wirkte wie ein Luftballon, sie war glatt und weich und anmutig geformt.

Luoying blickte zum Haus hinüber. Im ersten Stock standen die Fenster offen, und ihr Bruder Rudy winkte ihr lachend zu.

Sein Gesicht strahlte immer noch wie früher voll jungenhafter Begeisterung.

Luoying winkte zurück und setzte sich, den Koffer in den Armen, auf die Bank. Sofort stieg das Gefährt in die Luft und segelte mit ihr schräg nach oben, während sie sich umschaute: Der tropfenförmige Gartenplatz, die Blumenbeete wie Fächer ringsum, die Bäume mit Kronen wie Schirme, das Kuppeldach, die dunkelrote Haustür, der orangefarbene Briefkasten, die geöffneten Fenster im ersten Stock und darunter die Brüstung, die voller Blumen hing – alles war noch wie in ihrer Kindheit.

Vor einem der Fenster hielt die Bank an. Rudy nahm ihr das Gepäck ab. Sie erhob sich rasch, und schon hielt er sie fest in den Armen und setzte sie sanft im Zimmer ab. Kaum berührte sie den Boden, fühlte sie sich geborgen.

Ihr Bruder war in den fünf Jahren deutlich größer geworden und hielt sich sehr aufrecht. Seine blonden Haare waren nicht mehr so lockig wie früher, aber sie glänzten noch immer im hellen Licht.

«Du bist bestimmt müde, was?», fragte Rudy.

Sie schüttelte den Kopf.

Er gestikulierte über ihrem Scheitel. «So groß bist du jetzt. Als ich dich das letzte Mal gesehen habe, warst du noch so klein.» Er hielt die Hand an seine Taille.

Sie lachte auf. «Ach Quatsch! Dann wäre ich ja dreißig Zentimeter gewachsen.»

Das waren ihre ersten Worte zu Hause. Ihre Stimme klang heiser und fremd in ihren Ohren.

In Wahrheit war sie in den fünf Jahren höchstens fünf Zentimeter gewachsen. Bei ihrer Ankunft hatte sie die gleichaltrigen Mädchen auf der Erde noch um ein gutes Stück überragt, aber bei ihrer Abreise fiel der Unterschied kaum noch auf. Den Grund dafür kannte sie nur zu gut: Auf der Erde war die

Schwerkraft so stark, dass sich ein Kind vom Mars nicht daran gewöhnen konnte. Das hatte Luoyings Wachstum gehemmt, ihre Knochen und das Herz belastet und das Gewebe aufgeschwemmt. Jeder Zentimeter Wachstum war dem eigenen Körper abgetrotzt.

«Geht's dir einigermaßen gut?», fragte sie ihren Bruder.

«Mir? Mir geht's prima.» Er lächelte.

«In welchem Studio arbeitest du jetzt?»

«Elektromagnetismus Nummer fünf.»

«Und? Wie gefällt es dir da?»

«Gut. Ich leite schon ein Team.»

«Echt? Ist doch toll!»

«Und wie geht es dir?» Er hatte bemerkt, wie müde sie war, und strich ihr über das Haar. «Alles okay die letzten Jahre?»

Sie senkte den Kopf. «Ich weiß nicht.»

«Heißt das: ja?»

«Ich weiß nicht heißt: Ich weiß nicht.»

«Dann also: nicht okay?»

«Nein. Ich weiß einfach nicht, wie ich es beschreiben soll.»

Auf der Erde hatte sie an so vielen Orten gelebt, dass sie sich nach einer Weile nirgends mehr zu Hause gefühlt hatte.

In einer ostasiatischen Stadt hatte sie im hundertachtzigsten Stock eines Wolkenkratzers gewohnt. Dort war das Ausbildungszentrum ihrer Tanzschule. Der Wolkenkratzer, eine Pyramide aus Stahl, ragte empor wie ein Berg. Sein Inneres war eine Welt für sich. Die Lifte, die mit rasender Geschwindigkeit unaufhörlich an den Seitenkanten auf und ab schossen, verschlangen Ströme von Menschen, um sie auf einem anderen Stockwerk wieder auszuspucken.

In Mitteleuropa hatte sie auf der Suche nach Inspiration für ihr Tanzstudium in einem alten, verlassenen Haus am Rand einer Stadt gewohnt. Der Weizen wogte auf den endlosen Feldern, auf den Ackerrainen blühten Blumen, und die Wolken zogen herauf und weiter wie Ebbe und Flut. Der ganze Landstrich gehörte einem Geschäftsmann, der weit entfernt wohnte und nur einmal im Jahr zu Besuch kam. Fremden war der Zutritt zum Anwesen verboten.

In der nordamerikanischen Steppe hatte sie mitten in einem Nationalpark gewohnt. Die Rangers hatten die jungen Leute vom Mars eingeladen, hier ihre Ferien zu verbringen. Das Grasland war menschenleer und von einer melancholischen Schönheit. Verdorrte Bäume standen verstreut in der Landschaft, und am weiten Himmel kreisten ein paar einsame Vögel. Manchmal ballten sich ungeheure Wolkenmassen zusammen, Blitze zuckten am Horizont wie hängende Äste, und von der Erde ragten kahle Büsche empor wie erstarrte Blitze.

Im zentralasiatischen Hochland hatte Luoying zusammen mit ihren irdischen Freunden, die zu einer Gruppe gehörten, die sich «Unsere Natur, unser Zuhause» nannte, in einem Zeltlager am Fuß schneebedeckter Berge gewohnt und für ihre Anliegen demonstriert. Die kristallenen Gipfel lagen fast immer hinter einem dunstigen Schleier verborgen. Nur manchmal war die Sicht frei und glasklar, und dann glitzerten die Gipfel im blendenden Sonnenschein. Auf einem Hochplateau skandierten die jungen Leute ihre rebellischen Forderungen und sagten dem System den Kampf an. Und das System schlug zurück. Der Aufstand verpuffte wie Staub, und die Berge thronten unerschüttert wie eh und je in der Sonne.

Das alles war völlig neu für Luoying gewesen, nichts davon kannte sie aus ihrer Kindheit. Auf dem Mars gab es weder Wolkenkratzer noch weite Felder, keine Gutsherren, Blitze oder schneebedeckten Gipfel. In ihrer Erinnerung floss auf dem Mars nicht einmal Blut.

Mit alldem war sie erst auf der Erde in Berührung gekommen. Sie hatte so viel erlebt, aber dabei ihre Kindheitsträume verloren. Durch alle möglichen Landschaften war sie gereist, aber darüber hatte sie fast ihre Heimat vergessen. Und nun wusste sie nicht, wie sie das alles ausdrücken sollte.

Aber Luoying hatte beschlossen, ihre Zweifel offen auszusprechen. Sie blickte ihrem Bruder in die Augen. «Es gibt da eine Sache, die ich komisch finde.»

«Ja?»

«Man hätte mich damals vor fünf Jahren nicht auswählen sollen, glaube ich. Ich bin erst später für jemand anderen nachgerückt. Weißt du, was da gelaufen ist?»

Sie beobachtete seine Reaktion. Äußerlich ließ er sich nichts anmerken, aber es kam ihr so vor, als müsste er sich seine Antwort erst zurechtlegen. Er schwieg ein bisschen zu lange. Die Atmosphäre war ein wenig zu angespannt.

«Wer hat dir denn das eingeredet?», fragte er endlich.

«Niemand. Es ist nur so ein Gefühl.»

«Auf Gefühle kann man sich nicht verlassen.»

«Aber wir haben darüber geredet.»

«Wer?»

«Ich und die anderen Schüler. Auf der Heimreise haben wir uns über unsere Prüfungen unterhalten. Und alle haben besser abgeschnitten als ich. Sie haben Aufgaben bekommen, die ich nie hätte lösen können. Und alle mussten an einem Bewerbungsgespräch teilnehmen – nur ich nicht. Ich erinnere mich noch genau, wie es bei mir war: Ich habe ewig lange auf eine Nachricht gewartet, und dann hieß es auf einmal, ich dürfte mitfliegen. Es ging alles so schnell, dass ich gar keine Zeit mehr hatte, mich richtig vorzubereiten. Ich bin auf den letzten Drücker für jemand anderen reingerutscht, das ist mir da klargeworden. Oder weißt du mehr darüber?»

Erwartungsvoll blickte sie ihn an, aber Rudy zuckte nur mit

den Schultern, und sein Gesicht blieb ausdruckslos. «Vielleicht ist jemand kurzfristig abgesprungen», sagte er schließlich.

«Ach ja?»

«Zumindest besteht die Möglichkeit.»

In diesem Augenblick war ihr Bruder Luoying auf einmal fremd. Wahrscheinlich wusste er genau, was passiert war – er wollte es ihr nur nicht sagen. Er hätte sich wundern oder wenigstens genauer nachfragen sollen. Seine starre Miene verbarg etwas. Als Kinder waren sie immer Verbündete gewesen, sie hatten alle ihre Geheimnisse miteinander geteilt. Rudy hatte es ihr immer erzählt, wenn er wieder einmal einen Streich hinter dem Rücken der Erwachsenen ausgeheckt hatte. Nie hatte er den Erwachsenen zuliebe etwas vor ihr geheim gehalten. Luoying kam sich mit einem Mal sehr einsam vor. Eigentlich hatte sie gedacht, wenn sie schon ihren Großvater nicht selbst fragen konnte, würde vielleicht ihr Bruder mit ihm sprechen. Aber sie konnte nicht mehr auf Rudy zählen. Was er wohl sonst noch alles wusste – und ihr verschwieg?

«Warum hat man mich ausgewählt?», fragte sie hartnäckig. «Du weißt darüber Bescheid, stimmt's?»

Rudy antwortete nicht.

Einen Moment zögerte Luoying, dann entschloss sie sich, weiter nachzubohren. «Großvater hat das arrangiert, oder?»

Rudy schwieg.

Er war überfordert, das spürte Luoying. So ein Gespräch hatten sie beide noch nie geführt. Sie hätte ihn nicht gleich nach ihrer Heimkehr derart mit ihren Fragen bedrängen sollen. Aber sie hatte nicht damit gerechnet, dass er so abweisend reagieren würde. Beide warteten sie darauf, dass der andere etwas sagen würde, aber sie schwiegen. Das Gespräch war an einem toten Punkt angelangt.

Endlich stieß Luoying einen Seufzer aus und wollte gerade

das Thema wechseln, da fragte Rudy in versöhnlichem Ton: «Warum willst du denn unbedingt wissen, was dahintersteckt?»

Sie blickte auf und erwiderte ruhig: «Auch ein Soldat, der nicht mehr kämpft, kann doch fragen, warum der Krieg überhaupt ausgebrochen ist.»

«Vorbei ist vorbei. Es nützt doch nichts, wenn du jetzt noch Fragen stellst.»

«Natürlich nützt es etwas.»

Das Schicksal hatte sie auf die Erde verschlagen, und in den fünf Jahren dort hatte sie ihre Überzeugungen verloren – hatte sie nicht wenigstens das Recht, zu erfahren, warum?

Rudy wählte seine Worte mit Bedacht. «Du warst damals noch sehr jung. Jung und … emotional.»

«Was soll denn das heißen?»

«Der Tod von Mama und Papa hat dich sehr mitgenommen.»

«Der Tod von Mama und Papa?» Ihr blieb mit einem Mal die Luft weg.

«Ja. Du hast unter ihrem Tod sehr gelitten. Vielleicht … wollte Großvater dich auf andere Gedanken bringen.»

Luoying wusste nicht, was sie sagen sollte. Endlich fragte sie leise: «Und das war der Grund?»

«Ich weiß es nicht. Ich sage nur: vielleicht.»

«Aber», wandte sie verwirrt ein, «Papa und Mama waren damals doch schon fünf Jahre tot.»

«Stimmt. Aber du warst immer so niedergeschlagen.»

«Echt?»

Sie versuchte sich zu erinnern, aber das Leben vor der Reise zur Erde kam ihr wie in Nebel gehüllt vor. Vor fünf Jahren war sie dreizehn gewesen. Was für ein Mensch war sie damals gewesen? Was ihr Bruder da sagte, klang, als würde er über ein anderes Mädchen sprechen.

«Vielleicht hast du recht.» Rudys Erklärung hörte sich einigermaßen einleuchtend an. Sie entschied sich, seine Antwort fürs Erste zu akzeptieren, und nickte.

Wieder schwiegen beide. Luoying betrachtete ihren Bruder. Er war ganz und gar erwachsen geworden: die Schultern breit, die Haltung straff, das Gesicht ernst und die Brauen nicht mehr wie früher ständig in Bewegung. Er war jetzt zweiundzwanzig Jahre alt, und er leitete das Projektteam eines Studios. Er rannte nicht mehr wie wild herum, und er plapperte auch nicht mehr endlos über Raumschiffraketen und Kriege mit Aliens. Er hatte gelernt zu schweigen, und er redete nun gesetzt wie ein Erwachsener mit ihr.

Da lachte er mit einem Mal los. «Hast du nicht noch was vergessen? Jetzt kannst du noch fragen.»

Sie stutzte einen Moment, bis sie begriff, was er meinte. Sie hatte den Satz vergessen. Als sie Kinder waren, hatte er oft den ganzen Tag darauf gewartet, dass sie den Satz sagte.

«Wie hast du das mit der Bank eigentlich hingekriegt?», fragte sie.

«Ganz einfach!» Er schnippte mit den Fingern. «Die Bank ist aus gewöhnlicher Glasfolie, nur dass die Oberfläche mit einer dünnen Nickel-Gold-Schicht überzogen ist. Dadurch ist das magnetische Moment so stark, dass die Bank von selbst zu schweben beginnt, wenn man im Hof ein Magnetfeld erzeugt.» Er zeigte aus dem Fenster, und Luoying sah ein weißes Rohr, das rings um den kleinen Platz verlief – offensichtlich diente es als primitive Spule.

«Ist ja voll der Hammer!», rief sie.

Und genau das war der Satz. Als Kind hatte dieser Satz ihr jede Menge neues Spielzeug eingebracht.

Lächelnd tätschelte Rudy ihr den Kopf und gab ihr noch ein paar freundliche Ermahnungen mit, ehe er im Erdgeschoss verschwand. Luoying blickte ihm nach. Er erinnerte sie an ihre

Spiele als Kinder, als wäre sie nicht fünf Jahre weg gewesen und alles zwischen ihnen noch immer so wie früher. In Wahrheit war nichts mehr wie früher, aber das wollte nie jemand wahrhaben.

Nachdem Rudy gegangen war, blieb sie am Fenster stehen. Draußen stachen Licht und Schatten scharf voneinander ab. Die Sonne stand niedrig am Himmel, die Schatten waren lang und tief. Abgesehen von der Spule aus weißem Rohr, schien alles unverändert – die Blumen, das Teehäuschen, der Eingang zur Transportröhre. Die Blumen blühten wie jedes Jahr, und der stille Garten erinnerte Luoying an ihre Kindheit. Sie sah sich selbst als kleines Mädchen, wie sie draußen allein umherrannte. Sie trug rosarote Schuhe, auf dem Rücken baumelte ihr ein Zopf, und im Laufen wandte sie mit einem hellen, arglosen Lachen den Kopf und schaute hoch zum Himmel, bis sie durch das Fenster blickte, an dem sie jetzt stand, und die Schatten dahinter sah.

Der Garten wirkte sehr friedlich. Nur vereinzelt verriet ein Detail, dass die Zeit nicht stillgestanden war. Hinter dem Briefkasten bemerkte Luoying ein leeres Transportband. Früher war dort eine kleine Scheibe installiert gewesen, ein Strahlungsdetektor, den ihr Bruder heimlich angebracht hatte. Wenn ein Päckchen geliefert wurde, zeigte der Detektor an, ob sich darin womöglich ein Spielzeug befand. Nun war diese Scheibe verschwunden, und der lange, trapezförmige Briefkasten sah so glatt und nüchtern aus wie der Zeiger einer Uhr.

Als Luoying später in ihrem Zimmer aus dem Nachmittagsschlaf erwachte, fiel ihr Blick auf ihren Großvater.

Er stand an der Wand, das Gesicht zum Fenster, und hielt etwas in der Hand. Offensichtlich hatte er nicht bemerkt, dass sie aufgewacht war. Die Sonne stand schon tief am Horizont, eine Seite des Zimmers lag noch im Licht, aber ihr Großvater war im Schatten. Neben der großen Standuhr wirkte seine hochgewachsene, reglose Gestalt wie ein Gedenkstein. Luoying kannte diesen Anblick nur zu gut. Auf der Erde hatte sie oft an ihren Großvater gedacht, und immer hatte er so wie jetzt vor einem bodentiefen Fenster gestanden und in die Ferne geblickt. In ihrer Vorstellung war er allerdings von einer rätselhaften Aura, halb im Schatten, halb im Licht, umgeben gewesen.

Sie setzte sich im Bett auf. Sie wollte die Gelegenheit nutzen und ihren Großvater selbst fragen, warum sie die Reise zur Erde hatte antreten sollen.

Als er hörte, wie sie sich rührte, drehte er sich um. Er hatte sich bereits für das Abendbankett umgezogen und wirkte in seinem schwarzen Anzug sehr förmlich und aufrecht. Sein graues Haar war feinsäuberlich nach hinten gekämmt, und in dem Mantel, den er über dem Anzug trug, sah er noch immer mehr wie ein Soldat als wie ein siebzigjähriger Staatsmann aus.

«Na, aufgewacht?» Lächelnd setzte Hans Sloan sich zu ihr auf das Bett. In seinen grauen Augen lag ein sanfter Ausdruck.

«Ja.» Sie nickte.

«Wie war die Reise? Anstrengend?»

«Es ging. Nicht besonders.»

«War die Maerde nicht zu alt und unbequem?»

«Nein. Ich habe dort besser geschlafen als auf der Erde.»

«Dann ist ja gut. Und wie geht es Garcia und Ellie?»

«Ganz gut, ich soll dich von ihnen grüßen. Ach ja», Ellies Worte fielen ihr wieder ein, «ich soll dir noch etwas von Garcia ausrichten.»

«Was?»

«Er meint: Der Kampf um einen Schatz ist oft größer als der Schatz selbst.»

Ihr Großvater sagte nichts, er nickte nur und schien für eine Weile über Garcias Botschaft nachzudenken.

«Was soll das denn bedeuten?», fragte Luoying.

«Das ist bloß ein altes Sprichwort.»

«Unsere Beziehungen zur Erde sind im Moment ziemlich schlecht, oder?»

Er schwieg kurz, dann sagte er: «Wie immer, würde ich sagen.»

Sie wartete, ob er noch eine genauere Erklärung nachschicken würde, aber als keine kam, hakte sie auch nicht nach.

Luoying hatte sich gerade die Frage zurechtgelegt, die ihr eigentlich auf dem Herzen lag, da fiel ihr Blick auf den Gegenstand, den ihr Großvater in seiner Hand hielt. Sie erstarrte. Es war ein Foto – ein Foto von ihren Eltern. Ihre Mutter, das Haar lose aufgesteckt, auf dem Gesicht Spuren von Lehm und ein ungezwungenes Lächeln, die Hände in Plastikhandschuhen, hielt ein Schnitzmesser für ihre Skulpturen. Luoyings Vater stand hinter ihr, das Kinn auf ihre Nackengrube gestützt, und hatte die Arme um sie gelegt.

Als Hans ihren Blick bemerkte, gab er ihr das Foto. «Du kommst genau zur rechten Zeit zurück: Morgen ist der Todestag deiner Eltern. Ich wollte dir vorschlagen, dass wir morgen vor dem Abendessen kurz ihrer gedenken.»

Ihr wurde das Herz schwer. Mit einem Nicken nahm sie das Foto aus seiner Hand.

«Du wirst deiner Mutter immer ähnlicher.»

In seiner tiefen, vollen Stimme lag etwas so Feierliches, dass sie nichts darauf zu sagen wusste.

Mit dem Foto verband sich eine ungekannte Wärme – nicht nur mit den Menschen auf dem Foto selbst, sondern auch mit ihrem Großvater. Ihre Eltern sahen auf dem Bild noch immer jung aus, in den Augen ihres Großvaters dagegen lag eine schwer zu fassende Trauer, die er nur selten zeigte. Wortlos betrachtete Luoying das Foto. Es war, als führten die vier Menschen, die zwei auf dem Foto und die beiden, die es betrachteten, ein stummes Gespräch. Luoyings Eltern waren vor zehn Jahren gestorben, und sie erinnerte sich kaum noch daran, wann die beiden sich das letzte Mal so umarmt hatten. Draußen war der Glanz der Abendsonne erloschen, doch die Zärtlichkeit ihrer toten Eltern auf dem Bild brachte Luoying und ihren Großvater einander näher.

In diesem Moment schrillte die Klingel.

Die rote Lampe an der Wand leuchtete auf – es war ein besonders dringender Anruf. Als wäre er aus einem Traum aufgeschreckt, fuhr Hans Sloan abrupt auf. Mit großen, energischen Schritten marschierte er zur Wand und drückte auf einen Knopf. Auf dem Wandmonitor erschien mit einem Vibrieren das grimmige Gesicht von Juan.

«Können wir uns zu einer Besprechung treffen?», fragte er ohne Umschweife.

«Noch vor dem Bankett?»

«Ja.»

Hans nickte. Seine Miene verriet keine Regung, als er den Monitor ausschaltete, das Zimmer verließ, sich im Gang einen Schal schnappte und ins Erdgeschoss ging.

Wie erstarrt blieb Luoying sitzen. Die Unterhaltung mit ihrem Großvater hatte kaum zwei Minuten gedauert, und schon waren die Nähe und alles Träumerische wieder verschwunden.

Während sie ihrem Großvater nachblickte, wurde ihr klar, dass sie es nicht über sich bringen würde, ihn zu fragen. Sie musste sich an andere halten, wenn sie erfahren wollte, was damals wirklich passiert war – vermutlich würde ihr das eher gelingen. Denn ihr Großvater war und blieb, was er immer gewesen war: ein alter Soldat, ein Mann der Tat, der nicht viele Worte machte. Sie wusste noch nicht einmal, wie sie ihn hätte fragen sollen.

Langsam fiel die Tür ins Schloss, und der Gang vor ihrem Zimmer wirkte still und verlassen. Mit dem Foto in ihrer Hand saß Luoying auf ihrem Bett, und dabei kreisten ihre Gedanken um zwei Fragen: Wer war sie selbst vor fünf Jahren gewesen? Und wie waren ihre Eltern ums Leben gekommen?

Das Bankett zu Ehren der Heimkehrer fand in der Großen Gedenkhalle statt. Die Delegation der Erde, die Merkur-Gruppe der zurückgekehrten Schüler und hochrangige Beamte vom Mars nahmen daran teil. Die Halle wurde nur für wichtige Feierlichkeiten genutzt. Sie hatte die Form eines weiträumigen Rechtecks, die Decke wurde von jeweils acht Säulen an den Seitenwänden getragen. Dazwischen waren kleine Modelle von allen bedeutenden Momenten in der Geschichte des Mars ausgestellt. An der Decke und den Seitenwänden waren Hologramme zu sehen, die per Computer gesteuert und je nach Anlass verändert wurden.

An diesem Abend war die Halle in ein farbenprächtiges Licht getaucht, das kunstvoll arrangiert und doch nicht protzig wirkte. Die Lilienmuster, die an die Wände projiziert waren, erweckten den Eindruck einer weiß-grünen Tapete. In der Mitte waren auf einer kleinen Bühne vier Tische für die Ehrengäste aufgestellt. Die übrigen sechzehn Tische formten darum zwei Kreise. Die Tische waren mit weißen Stofftüchern bedeckt. Angesichts des Stoffmangels, der auf dem Mars herrschte, war das ein außerordentlicher Luxus. Obendrein waren die Tische mit großen Usambaraveilchen dekoriert, und um die Säulen standen Töpfe mit Weihnachtssternen. Von der kuppelförmigen Decke hingen bunt glitzernde Bänder aus Glasfaser.

Auf der linken Seite der Halle brachte ein Transportband die Gerichte herein. Man bediente sich selbst, Kellner gab es nicht. Eine Ecke war wie ein irdischer Dorfmarkt aus dem sechzehnten Jahrhundert hergerichtet. Prächtig gewachsenes Obst und Gemüse demonstrierte dort die Errungenschaften der außerirdischen Landwirtschaft. Es war eine nostalgische Erinnerung an die Märkte der Vergangenheit, aber mit einem ironischen Augenzwinkern präsentiert.

Die Gäste von der Erde allerdings hätten das Festessen wohl kaum ein Bankett genannt. Schon allein dass es keine Bedienung gab, machte das Ganze für sie zu einer zweitklassigen Veranstaltung. Schließlich waren sie es gewohnt, von eleganten Kellnern in gestärkten Hemden und schwarzen Westen umsorgt zu werden – von Kellnern, die mit einer lächelnden Verbeugung zur Stelle waren, um Rotwein nachzuschenken, noch ehe die Gläser leer waren, und die vor jedem neuen Gang Besteck und Teller wechselten, ganz so als könnten sie nur auf diese Weise zeigen, wie sehr sie ihre vornehmen Gäste schätzten.

Aber das marsianische Bankett an diesem Abend war völlig anders. Das Transportband beschrieb in gemächlichem Tempo einen Bogen, ehe es wieder in der Wand verschwand. Die Gäste konnten sich in aller Ruhe selbst bedienen. Der Wein floss – gleichfalls zur allgemeinen Selbstbedienung – aus einem Hahn an der Wand. Der Hahn war mit Mustern verziert, und trotzdem wirkte diese Art des Weinausschanks auf die Gäste von der Erde reichlich primitiv.

Auf dem Mars gab es keine Kellner und auch sonst keine einzige Servicekraft, höchstens Schülerpraktikanten oder andere Freiwillige. Ein Dienstleistungsgewerbe existierte nicht. Alle Einwohner arbeiteten als wissenschaftliche Mitarbeiter in den sogenannten Studios. Und weil niemand sein Leben als Kellner zubrachte, mussten die ausrichtenden Beamten das Festessen für die Heimkehrer selbst organisieren und durchführen.

Den Marsianern war nicht klar, dass sie diese Hintergründe auf dem Bankett hätten erklären sollen. Deshalb litt die Atmosphäre in der Großen Gedenkhalle unter einem augenscheinlichen Missverständnis. Einige Europäer schwelgten in Erinnerungen an das verschwenderische Leben des alten Adels, während manche Asiaten Lobeshymnen auf ihre Vorfahren sangen, die sich schon im Altertum auf die Etikette verstanden hätten. Ein paar Araber schließlich verkündeten stolz, in ihren Heimatländern brächten die Männer genügend Geld heim, damit die Frauen sich um die Festessen kümmern konnten, die sie in ihren Luxusvillen abhielten. Die Marsianer hörten sich all diese Erzählungen mit einem freundlichen Lächeln an, dann standen sie grüppchenweise auf, um sich ihr Essen zu holen. Die Erdbewohner empfanden das als dreiste Unhöflichkeit, sie schüttelten empört die Köpfe und tuschelten leise hinter dem Rücken der Marsianer.

Die Schüler hatte man an zwei separaten Tischen platziert. Luoying, Shania und Ankka saßen nebeneinander. Sie aßen die Gerichte, die sie von kleinauf kannten, und unterhielten sich fröhlich miteinander. Zum Glück mussten sie nicht bei den Erwachsenen sitzen. Als die Desserts kamen, füllte Ankka einen großen Teller mit feinen Süßspeisen vom Transportband und teilte alles mit seinen Freundinnen. Es schmeckte köstlich.

«Echt lecker!», rief Shania überschwänglich. «Das ist wahre Kochkunst!»

Das Essen auf der Erde hatte ihnen nicht geschmeckt – Shania hatte es immer nur abfällig als «Nahrung» bezeichnet.

Ankka nickte. «Keine Ahnung, wer das alles gekocht hat.»

«Vielleicht Lao Moli», vermutete Luoying. «Als Kind habe ich ihren Pudding geliebt. Immer wenn ich traurig war, hat mir meine Mutter Pudding von Lao Moli gekauft, und egal, wie mies ich vorher drauf war, der Pudding hat mich glücklich gemacht.»

Doch nicht einmal die süßen Desserts lockerten die gespannte Atmosphäre in der Halle etwas auf. Luoying konnte direkt spüren, wie unwohl sich die Erwachsenen fühlten. Die Tische der Schüler standen nicht weit von den Tischen der Ehrengäste, und sie selbst saß so nahe, dass sie Teile der Gespräche dort aufschnappte. Sie verstand nicht jedes Wort, aber Juans Polterstimme war im weiten Umkreis zu hören.

«Kommen Sie mir ja nicht noch mal mit Ihrem Nein! Ich sage Ihnen: Ich habe mit eigenen Augen gesehen, wie meine Großmutter in die Luft gesprengt wurde. Wissen Sie, wie das war? Gerade hat sie noch zitternd im Schlafzimmer gehockt und gebetet: ‹Gott, beschütze mich!›, und im nächsten Moment wird sie in Stücke zerrissen. Das wussten Sie nicht? Nie davon gehört? So habt ihr von der Erde das gemacht: Die Zivilbevölkerung habt ihr bombardiert! Ein abscheulicheres Verhalten wird man in der Geschichte der Menschheit kaum finden.»

Luoying verstand nicht, was Juans Gesprächspartner erwiderte, aber was immer er sagte, machte Juan nur noch wütender.

«Hören Sie doch auf mit diesen faulen Ausreden! Es ist mir egal, ob Sie das getan haben oder nicht – ich mache Sie persönlich dafür verantwortlich. Und wenn Sie mir noch mal so frech kommen mit Ihrem ‹Ich habe damit nichts zu tun›, dann schmeiße ich Sie raus!» Kurz hielt er inne, legte aber gleich wieder los. «Wissen Sie, wie es da draußen ist? Sie waren wohl noch nie auf dem Mars, was? Dann sage ich es Ihnen: ein Knall, und schon sind Sie geplatzt – dann sehen Sie aus wie ein roter Tintenfisch.»

Luoying musste laut lachen. Sie drehte sich unauffällig zu dem Nachbartisch um. Mit verlegener Miene wischte sich Beverley, der auf dem Ehrenplatz neben Juan saß, immer wieder mit der Serviette den Mund ab.

Luoying fand das Streitgespräch höchst unterhaltsam. Auf der Erde war Beverley eine große Nummer, und er war berühmt für seine vornehme, kultivierte Art. Jemand anderer wäre an seiner Stelle sicher wütend geworden, aber nicht Beverley. Er trug einen Samtanzug im modischen Retrolook, mit Bordüren aus Goldfäden und zwei Reihen von kupfernen Knöpfen. In diesem Aufzug wirkte er wie ein steifer, formvollendeter Adliger aus einem früheren Jahrhundert.

Eine ganze Weile wurde an dem Tisch nur noch leise gesprochen, bis Juan von seinem Sitz hochschoss, ohne darauf zu achten, dass alle zu ihm herüberschielten. Er klang noch erregter als vorher und brüllte mit dröhnender Stimme: «Aus-ge-schlos-sen! Das kommt überhaupt nicht in Frage!»

Unruhe erfasste den Saal. Ein Raunen lief von Tisch zu Tisch. Niemand wusste, was eigentlich geschehen war. Selbst Gäste, die den Streit beobachtet hatten, zuckten ahnungslos mit den Schultern. Unter den Ehrengästen an Juans Tisch machte sich eine besonders betretene Atmosphäre breit: Einer wollte Juan auf seinen Stuhl herunterziehen, aber Juan dachte nicht daran, sich wieder zu setzen. Ein anderer – ein Gast von der Erde – wollte auch aufstehen, wurde aber von seinem Nachbarn zurückgehalten. Am Ende war es Luoyings Großvater, der Juan mit einem sanften Schulterklopfen bedeutete, er solle sich beruhigen und ihm das Wort überlassen.

«Liebe Gäste von der Erde!» Hans Sloan hob sein Glas. «Ich möchte die Gelegenheit nutzen, um ein paar Worte zu sagen. Wir heißen Sie wirklich ganz herzlich hier willkommen. Lassen wir die Vergangenheit ruhen. Vor uns liegt noch eine große

Zukunft. Gemeinsam werden wir eine Messe veranstalten, von der wir alle profitieren. Wenn wir unsere Ziele verwirklichen wollen, müssen wir im Gespräch bleiben. Ich bin überzeugt, am Ende werden wir ein Ergebnis erzielen, das beide Seiten zufriedenstellt. Wir werden Ihre Forderungen sorgsam abwägen, allerdings muss zu guter Letzt jeder Beschluss von unserer ganzen Bevölkerung akzeptiert werden. Für uns auf dem Mars geht es hier um eine so wichtige Angelegenheit, dass wir unbedingt demokratisch vorgehen müssen. Aber ich bin überzeugt, dass auch unsere Delegation ihren Entschluss in gänzlichem Einvernehmen treffen wird. Wir sitzen hier bei einem schönen Festmahl zusammen. Niemand sollte heute schon ein abschließendes Urteil fällen. Lassen Sie uns allen Streit vergessen und unbeschwert diesen ersten gemeinsamen Abend genießen.»

Alle Anwesenden erhoben ihre Gläser. Als Shania leise fragte, über was für ein Thema die beiden Seiten eigentlich diskutiert hätten, schüttelte Luoying den Kopf. «Keine Ahnung.»

In Wirklichkeit hatte sie durchaus eine Ahnung, um was es gegangen war. Bei den Worten ihres Großvaters waren ihr Kapitän Garcias Worte in den Sinn gekommen: Der «Kampf um den Schatz» spielte auf die Entscheidung an, die die Delegation zu fällen hatte. So weit hatte sie es verstanden, aber sie wusste nicht, was der Schatz war, um den die Erdbewohner kämpften. Die Andeutungen in der kurzen Rede ihres Großvaters waren zu vage gewesen. Nachdenklich aß Luoying ihr Dessert auf.

DAS FILMARCHIV

Bevor er Janet Brodie einen Besuch abstattete, suchte Igor den Leiter seiner Delegation, Peter Beverley, auf. Er hatte sein Kommen nicht angekündigt und wollte auch kein Interview führen. Er ging einfach schnurstracks zum Zimmer des Chefdelegierten und klopfte an die Tür.

Es war morgens halb zehn. Beverley war mit Sicherheit schon aufgestanden und hatte sich zurechtgemacht, denn in einer halben Stunde begann seine erste offizielle Unterredung. Vom Hotel bis zum Konferenzsaal brauchte er zehn Minuten, aber Igor wollte ihm nur wenige Fragen stellen. Ein paar Minuten würden genügen.

Vermutlich war Beverley heute Morgen nicht gerade in bester Laune. Igor hätte zu gern gewusst, in welcher Stimmung er gestern Abend ins Hotel zurückgekommen war. Er selbst hatte während des Banketts sein Objektiv heimlich über einem Weihnachtsstern an einer der Säulen angebracht, ohne jemanden darüber zu informieren. Allerdings war er sich sicher, dass Beverley die Kamera entdeckt hatte – schließlich war er früher ein Filmstar gewesen. Niemand auf der Erde hatte ein so untrügliches Gespür für Kameras wie er. Deshalb hatte er den ganzen Abend lang sein rechtes Profil – die Schokoladenseite, für die er bekannt war – in die Kamera gehalten und in einem fort gelächelt. Seit Beverley sich mit fünfunddreißig aus dem Filmgeschäft zurückgezogen hatte und in die Politik gegangen war, inszenierte er sich immer so. Igor fand ihn hochinteressant: Er sah blendend aus, stammte aus einer einflussreichen Familie, besaß einen Abschluss von einer renommierten Universität und hatte einen weitverzweigten Freundeskreis. Igor kannte niemanden, dessen Karriere so glatt verlaufen war. Mit nicht einmal fünfzig Jahren hatte er schon einen kometenhaften Aufstieg hinter sich. Viele hielten Peter Beverley für den aussichtsreichsten Kandidaten für den Posten des nächsten Vorsitzenden der Demokratischen Partei. Hinter den Kulissen unterstützte seine Familie ihn mit aller Kraft. Angeblich hatte sie alle möglichen Beziehungen spielen lassen, damit Beverley zum Chefdelegierten für die Reise zum Mars ernannt wurde. Es war eine Gelegenheit, die einem gefahrlos die größte öffentliche Aufmerksamkeit garantierte, und wer sich bei einem solchen Anlass hervortat, der hatte wichtiges politisches Kapital für die Zukunft gewonnen. Deshalb achtete Beverley mehr als jeder andere darauf, eine gute Figur vor der Kamera abzugeben – und ebendas reizte Igor. Nach seiner Rückkehr ins Hotel am Vorabend hatte er sich die Aufnahmen vom Bankett angesehen, und dabei war ihm der wutrote Polterer neben Beverley geradezu ans Herz gewachsen.

Als Beverley die Tür öffnete, machte er einen aufgekratzten Eindruck. Doch er war fertig angekleidet und trug einen auffallenden Anzug aus hellblauer Seide. Lächelnd begrüßte er Igor, höflich und kultiviert wie immer.

«Guten Morgen», begann Igor. «Nein, ich kann ruhig hier draußen bleiben. Ich will Ihnen nur kurz ein paar Fragen stellen.»

Zum Zeichen seines Einverständnisses neigte Beverley leicht den Kopf.

«Haben Sie gestern gehört, wie der Gouverneur über die Notwendigkeit einer demokratischen Entscheidung gesprochen hat? Nach dem Bankett habe ich mich mit einem Abgeordneten unterhalten. Anscheinend entscheidet das marsianische Parlament über alltägliche Angelegenheiten und Bauprojekte, aber große Entscheidungen, die die gesamte Bevölkerung betreffen, müssen vom ganzen Volk per Abstimmung genehmigt werden. Widerspricht das nicht unserem üblichen Bild vom Mars?»

«Hm, das stimmt.»

«Und was halten Sie davon? Ich meine, von diesem ... Widerspruch. Auf der Erde haben wir Wahlen und eine repräsentative Demokratie. Hier auf dem Mars dagegen gibt es zwar keine Wahlen, aber dafür nimmt die Bevölkerung direkt an der Staatsgewalt teil.»

«Ein Widerspruch?» Beverley nickte. «Ja, da haben Sie recht. Das ist ein bedenkenswerter Punkt.»

«Darf ich diesen Punkt in meinem Film ansprechen?»

«Natürlich. Warum nicht?»

«Aber das berührt weitreichende ideologische Fragen. Ich weiß nicht, worauf ich noch stoße, wenn ich da tiefer bohre.»

«Das macht doch nichts. Das Nachdenken als solches ist wichtiger als irgendwelche Resultate.»

«Herr Beverley, ich fürchte, Ihnen ist noch nicht ganz klar, worauf ich hinauswill. Auf der Erde meinen alle, der Mars sei kein demokratischer Staat. Deshalb wird mein Film vielleicht ziemlich hohe Wellen schlagen.»

Beverley lächelte immer noch, und dabei schien er aufmerksam zuzuhören. Aber Igor entging nicht, dass er sich zwei Haare von der Schulter wischte und sich die Ärmel zurechtzupfte, bevor er ihm wie ein leutseliger Onkel auf die Schulter klopfte.

«Junger Mann, davor brauchen Sie sich doch nicht zu fürchten. Ohne Wirkung kein Erfolg.»

Igor war verärgert. Beverley speiste ihn mit ein paar hohlen

Phrasen ab. Er bezog keinen Standpunkt – oder vielleicht hatte er auch keinen. Vermutlich hatte er überhaupt nicht begriffen, wovor Igor ihn warnen wollte.

Dabei wusste Beverley genau, dass man sich auf der Erde trotz aller zwischenstaatlichen Rivalitäten und Streitereien in einer Sache einig war: Der Mars war das feindliche Lager in einem kalten Krieg – ein Lager auf der anderen Seite des Himmels. Der Rote Planet galt als eine Art einsame Insel, die von heimtückischen Militärs und wahnsinnigen Wissenschaftlern kontrolliert wurde, als ein Musterbeispiel für ein totalitäres, von Maschinen gesteuertes Regime, als das Gegenteil der eigenen, wunderbar freien Marktwirtschaft. In den Köpfen der irdischen Wissenschaftler und Journalisten hatte sich unauslöschlich das Bild eines kalten, grausamen Unterdrückungssystems festgesetzt, einer gewaltigen Kriegsmaschinerie, die eine so brutale Diktatur aufrechterhielt, wie man sie auf der Erde nicht kannte. Der Krieg wurde als selbstmörderischer Verrat interpretiert, der früher oder später mit der reuigen Heimkehr der Marsianer zur Erde oder dem Untergang der marsianischen Verräter enden musste.

Beverley hätte Igors Frage verstehen müssen. Ein Film, der eine marsianische Demokratie zeigte, würde das bisherige Bild auf den Kopf stellen. Man würde sich auf der Erde eingestehen müssen, dass viele Einschätzungen falsch waren und dass das negative Bild mehr mit der eigenen Niederlage im Krieg als mit der Realität auf dem Mars zu tun hatte. Das war keine Lappalie. So ein Film konnte die Grundüberzeugungen auf der Erde erschüttern. Eben darauf hatte Igors Frage abgezielt. Persönlich hatte er keine Angst vor dem Wirbel, den sein Film womöglich auslösen würde – aber er wusste auch, was politisch opportun war und was nicht und welche Anforderungen man an ihn als Delegationsmitglied stellte.

Und trotzdem gefiel sich Beverley darin, ihn hier gönnerhaft wie ein Adliger mit ein paar Allgemeinplätzen abzuwimmeln.

Aber das hat auch sein Gutes, dachte sich Igor. Egal, mit was für einem Film ich nachher ankomme, niemand wird mir vorwerfen können, ich hätte nicht um Erlaubnis gefragt. Tatsächlich war es für ihn nur von Vorteil, wenn Beverley sich gleichgültig gab. Igor stand dem irdischen System schon seit langem kritisch gegenüber, deshalb unterwanderte er nur zu gern seine Ideologie.

«Okay, vielen Dank», sagte er zu Beverley. «Eins habe ich noch vergessen zu sagen: Das war gerade kein Interview, deshalb habe ich auch nichts gefilmt.»

Mit diesen Worten zog er sich höflich zurück. Im Gehen sah er noch kurz durch den Türspalt Beverleys schöne Frau, die gerade vor dem Spiegel ihr Make-up auflegte. Sie war zehn Jahre jünger als ihr Mann und auch ein Filmstar. Die Medien hatten sich von Anfang an auf ihre Beziehung gestürzt: Vom ersten Kuss bis zur Geburt ihres Sohnes hatte sich alles vor laufenden Kameras abgespielt. Wie kein anderer verstand sich Beverley darauf, sich als vornehmen Aristokraten und sanftmütigen Ehemann zu inszenieren und gleichzeitig seine romantische Ader zu zeigen, indem er klassische Verse rezitierte. Er führte eine mustergültige Ehe und nahm seine Frau überallhin mit. Igor hatte viele Schauspieler erlebt, die in die Politik gegangen waren, aber nur Beverley begriff, wie wichtig weibliche Wählerstimmen waren. Und so erfreute er sich bei den Frauen großer, von Jahr zu Jahr wachsender Beliebtheit. Kaum einmal hatte er einen Rückschlag hinnehmen müssen. Er war der wahre Gewinner der letzten Wahlen.

Nach seinem kurzen Besuch bei Beverley machte sich Igor auf den Weg zum Tarkowski-Filmarchiv. Wie das Hotel lag das

Archiv im Süden der Stadt und war nicht besonders weit entfernt. Er musste nur zwei Viertel durchqueren und konnte eine direkte Verbindung nehmen. Die vierundzwanzigminütige Fahrt führte ihn am Parlamentsgebäude und an der Hauptausstellungshalle vorbei.

Auch im Filmarchiv hatte Igor keinen Termin vereinbart. Er hatte weder Janet Brodie eine Nachricht auf ihrem persönlichen Account hinterlassen noch sich mit dem Archiv in Verbindung gesetzt. Er wollte sie nicht vorwarnen, und er wollte auch nicht verlegen vor einem Monitor um ein Gespräch bitten. Am Ende hätten sie sich beide nur, jeder auf seine Weise, gründlich vorbereitet und im eigentlichen Gespräch aneinander vorbeigeredet. Stattdessen wollte er Janet Brodie überrumpeln und so ganz direkt erfahren, was für ein Mensch sie war. Er wusste nicht, ob sie ihm eine Erklärung liefern würde; um das zu beurteilen, musste er sie sehen.

Igor nahm seine Kamera heraus und befestigte sie im Röhrenwagen, um die vorbeirauschende Szenerie aufzunehmen. Durch die gläsernen Wände konnte man den Blick ungehindert in alle Richtungen schweifen lassen. Die Abteile in den Wagen waren unterschiedlich getönt – das, in dem er jetzt saß, war in einem durchsichtigen Beige gehalten. Er fühlte sich wie in einem Wassertropfen, der, unterwegs von einem Gefäß zum anderen, durch ein Netzwerk von Röhren rann. Der Wagen schoss an kleinen Wohnhäusern vorbei und an großen öffentlichen Gebäuden. Wie zerstreute Trabanten umgaben die Häuschen die großen Bauten. Diese waren in der Regel rund und von einem hohen Gewölbe gekrönt, während die Häuschen unter Glaskuppeln lagen, in deren Schutz üppige Gärten gediehen. Die Pflanzen versorgten die Häuser mit einem Großteil des nötigen Sauerstoffs, hatte Igor gehört. Auf diese Weise sparte man viel Energie und konnte auf komplizierte Apparaturen verzichten.

Kleine Monitore im Wagen zeigten Namen und Baujahr der Gebäude ringsum an. Nahezu alle architektonischen Traditionen waren vertreten: von der symmetrischen Harmonie der Renaissance über die überbordende Pracht des Rokoko bis hin zu geschwungenen asiatischen Dächern, Wandelgängen und modernistischen Würfelformen. Die Stadt war ein organisch gewachsenes Architekturmuseum, das bei allen Unterschieden doch einer inneren Ordnung zu folgen schien. Einige Gebäude sprangen Igor mit ihren gewölbten Formen besonders ins Auge: Ihre Mauern waren wie fließendes Wasser gestaltet, was ihnen eine sehr gefällige, sanfte Ausstrahlung verlieh. Alle Gebäude waren aus Glas.

Als der Wagen am Parlament vorüberfuhr, stand Igor auf und schoss ein paar Fotos. Das Parlamentsgebäude war der wichtigste Ort auf dem Mars. Hier wurden alle bedeutsamen Entscheidungen gefällt. Der rechteckige Bau war nicht übermäßig groß, aber in einem majestätischen, klassizistischen Stil gehalten.

Der Haupteingang lag an der Schmalseite, umgeben von Bronzestatuen und elfenbeinfarbenen metallischen Wandpfeilern, gegen die sich die Mauern mit ihrem ungewöhnlichen Dunkelgold abhoben. Das Gebäude wirkte wie eine Neuversion der Mailänder Scala.

Igor ließ die Aufnahme weiterlaufen und wandte sich seinem elektronischen Notizbuch zu, in dem er in einer Art Kurzschrift seine Eindrücke notierte. Lesen und schreiben gehörte zu seinen unabänderlichen Gewohnheiten, egal, ob er daheim war oder an einem fernen Kriegsschauplatz.

Beverley fehlt es an Geist.

Nachdem er diesen Satz geschrieben hatte, hielt er kurz inne. Dann löschte er die Worte wieder – sie waren zu voreingenommen und drückten nicht aus, was er eigentlich sagen wollte. Beverley war kein Dummkopf, das wusste Igor. Beverley hatte ein Gespür für das richtige Timing, und er konnte sich perfekt in Szene setzen. Deshalb machte man es sich zu einfach, wenn man ihn für geistlos erklärte. Es fehlte ihm nur an der Art von Intelligenz, wie Igor sie verstand. Für Igor erschöpfte sich wahre Klugheit nicht darin, den Umständen entsprechend zu handeln. Beverley war ein Star, sein Hologramm blickte einen in jedem Supermarkt von den Regalen an. Mit einem Lächeln, das im künstlichen Licht erstrahlte, begleitete er die Kunden mit sanfter Stimme bei ihren Einkäufen. Aber dazu brauchte es keine Intelligenz.

Er ist nicht dumm, sondern schier gedankenlos, schrieb Igor, nachdem er einen Moment überlegt hatte. Damit griff er eine Formulierung auf, mit der Hannah Arendt Adolf Eichmann charakterisiert hatte und die auch nach zweihundert Jahren nichts von ihrer Aktualität eingebüßt hatte. *Ich empfinde eine grundlose Abneigung gegen Beverley. Er ist wie eine Wachsfigur, die sich selbst geknetet hat. Er lächelt nur auf Kommando, nie spontan. Er hat einen Charme, der andere für ihn einnimmt, mehr nicht. Sein Vorgänger Kennedy hatte wenigstens noch Humor. Früher kannte man solche Figuren nicht. Opportunisten hat es schon immer gegeben, aber dass jemand von klein auf eine so vollkommen selbstinszenierte Existenz führt, das war in früheren Jahrhunderten undenkbar. Beverley hat seine Auftritte so verinnerlicht, dass der Schein sich in die Wahrheit und er selbst sich in ein Trugbild verwandelt hat.*

Igor schrieb diese Worte in aller Eile nieder, bevor er beim Tarkowski-Archiv ankam. Er hasste es, Politiker zu filmen, und ließ sich nur um der Karriere willen darauf ein. Aber in solchen Momenten fiel es ihm schwer, die Begeisterung aufzubringen, die er sonst für seine Arbeit empfand. Da filmte er noch lieber irgendeinen Rotzbengel auf der Straße. Er klappte das Notizbuch zu und steckte es in seine Jackentasche. Dann nahm er seine Kameraausrüstung an sich und trat an die Wagentür.

Als die Tür sich öffnete, gab sie den Blick auf ein meerblaues Gebäude frei, das die Form einer halbgeöffneten Muschel hatte. Was darin lag, konnte er vom Röhrenwagen aus nicht erkennen. Ein kleiner Pfad führte vom Ausgang der Röhre zum Gebäudeeingang, der wie eine Meeresschnecke geformt war.

Am Archiveingang stand ein runder Monitor. Darauf wurden abwechselnd Fotos gezeigt, die dem Besucher drei Optionen zur Auswahl gaben: «Individuelle Besichtigung», «Kino» und «Studiobesuch». Igor wählte Studiobesuch, und ein Menüfenster öffnete sich. Geduldig arbeitete er sich voran, und bald tauchte der Name von Janet Brodie auf.

Sein Herz klopfte, als er auf ihren Namen klickte. Auf dem Bildschirm erschien ein großes, gestochen scharfes Foto einer strohblonden Frau. Igor wusste auf den ersten Blick, dass er am Ziel war: Es war die Frau, die er im Tablet seines Lehrers gesehen hatte. Sie war ein wenig fülliger als auf dem Foto von damals, ihre Haut schlaffer, ihr Haar kürzer, aber es war ohne Zweifel dieselbe Frau. Ihre Augen waren eigentümlich geschwungen, so als würde sie in einem fort lachen. Sie musste inzwischen fünfundvierzig Jahre alt sein. Das Alter hatte seine Spuren hinterlassen, und doch wirkte ihr Gesicht immer noch ungewöhnlich lebhaft. Dies war Janet Brodie, die Frau, die er suchte. Nachdem er sie eine Weile gemustert hatte, wählte er die Ruffunktion.

Auf dem Bildschirm erschien die Mitteilung «Verbindung wird hergestellt», dann «Verbunden», dann «In Bearbeitung». Igor wartete.

Nach ein paar Minuten tauchte Janet Brodie im Korridor auf. Sie war ein wenig pummelig, hatte aber einen eleganten

Gang. Gemächlich schob sie die Tür auf. Sie trug eine weiße Bluse und darüber einen hellrosafarbenen Blouson. Ihre Aufmachung war zwanglos, das blonde Haar hatte sie sich nur auf einer Seite hinters Ohr gekämmt. Igors Anblick irritierte sie offenbar, weil sie nicht wusste, wer er war. Trotzdem begegnete sie ihm freundlich, verbarg ihre Verwirrung, so gut es ging, und begrüßte ihn mit einem Lächeln.

«Hallo, ich bin Janet Brodie.»

Igor streckte ihr die Hand entgegen. «Es ist mir eine Ehre. Ich bin Igor Lu von der Erde.»

Janets Gesichtsausdruck veränderte sich sofort. «Ach so, Sie gehören zur Delegation?»

«Richtig. Ich begleite die Delegation als Dokumentarfilmer.»

«Tatsächlich?»

«Hier ist meine Karte.»

«Nicht doch, ich glaube Ihnen. Entschuldigen Sie. Ich ... ich wusste nur nicht, dass diesmal auch Regisseure dabei sind.»

«Ich bin der einzige.»

«Das gibt es wirklich nicht alle Tage. Es ist lange her, dass ein Kollege von der Erde hier war.»

«Achtzehn Jahre.»

«Achtzehn? Warten Sie ... Ja, ich glaube, Sie haben recht. Ist das wirklich schon so lange her? Verflixt, mein Gedächtnis hat ganz schön nachgelassen.»

Igor schwieg. Er wurde aus Janets Verhalten nicht schlau. Sie wirkte ruhig und hatte auch keine besondere Aufregung verraten, als die Wörter «Erde» und «Regisseur» gefallen waren. Er beschloss, erst einmal weiter vorzufühlen, bevor er davon sprach, warum er eigentlich gekommen war.

«Ich habe dem Parlamentsvorstand gegenüber meine Hoffnung geäußert, dass ich mich hier mit Leuten vom Fach austauschen kann. Daraufhin hat man mir Sie empfohlen.»

«Ich verstehe. Kommen Sie doch herein.»

Sie schob die Tür auf und machte eine einladende Geste. Während er ihr folgte, blickte er sich aufmerksam um. Der muschelförmige Eingang setzte sich nach innen fort in den fließenden Wölbungen eines weiträumigen Gangs. Blau-graue Streifenmuster bewegten sich spiralförmig ins Innere. Das Licht an den Wänden wechselte ständig, und der Weg war verschlungen wie in einem Labyrinth.

«Eigentlich weiß ich gar nicht, warum man mir Ihr Studio empfohlen hat. Man hat mir kaum etwas gesagt.»

Janet lachte kurz auf. «Ich schätze mal, die Leute im Parlamentsvorstand kennen sonst niemand, der in der Filmbranche arbeitet.»

«Ach ja? Wieso denn?»

«Weil wir früher einmal eine Technik entwickelt haben, die sie an die Erde verkauft haben. Die Leute auf der Erde waren von dieser Technik begeistert.»

«Welche Technik denn?»

«Die 3-D-Holographie.»

Igor war freudig überrascht. Obwohl er nur ein wenig geplaudert hatte, war Janet von selbst auf dieses Geschäft zu sprechen gekommen. Er beschloss nachzuhaken – vielleicht konnte er so noch mehr von ihr erfahren.

«Ihr Studio hat diese Technik entwickelt?»

«Genau. Vor über zwanzig Jahren.»

«Dann schulde ich Ihnen meinen Dank. Ohne Sie hätte ich meinen jetzigen Beruf nicht.»

«Sie drehen in Holographie?»

«Das tun bei uns fast alle. Der 2-D-Film wird bald verschwunden sein.»

Janet lachte. Es klang echt und aufrichtig. «Dann sollten Sie uns besser nicht danken. Sie hätten Ihren Beruf auch ohne die

Holographie. Aber viele andere Leute verlieren deswegen ihre Arbeit.»

Igor stimmte in ihr Lachen ein. Er verstand, was sie meinte: Bei jedem Wandel – ob vom Stummfilm zum Tonfilm oder vom 2-D-Film zur 3-D-Holographie – blieben viele auf der Strecke. Nicht weil sie sich die neue Technik nicht aneignen konnten, sondern weil sie es nicht wollten. Gerade die Besten waren oft nicht bereit, sich auf das Neue einzulassen. Sie hatten der überkommenen Form ihr Leben gewidmet und wollten sie nun nicht einfach aufgeben. Niemand gibt sich freiwillig selbst auf.

«Und mit welcher Technik wird bei Ihnen auf dem Mars gefilmt?»

«Bei uns? Bei uns wird weiter in 2-D und in 3-D gearbeitet. Für all die vielen Sitzungsmitschnitte und Industrieaufnahmen braucht man keine Holographie. Die Kosten wären zu hoch.»

«Das stimmt, das ist bei uns genauso. Aber diese Art von Aufnahmen zählen wir normalerweise nicht zur Filmproduktion.»

«Ja, ich weiß. Für Sie ist nur das ein Film, was man kommerziell in Umlauf bringen kann.»

«Und bei Ihnen nicht?»

«Nein. Unsere Definition ist rein technischer Natur. Für uns ist alles, was aus bewegten Bildern besteht, ein Film. Auf der Erde stellen Sie die Filme nach Kategorien getrennt ins Internet. Bei uns ist das anders: Wir speichern alles unter dem Namen der jeweiligen Person in einer Datenbank. Jeder kann irgendwann einmal ein paar kleine Spiel- oder Dokumentarfilme, ein paar belanglose Experimente oder industrielle Dokumentationen drehen. Warum sollten wir da Unterschiede machen?»

«Sie kennen die Situation auf der Erde offenbar ganz gut?», fragte Igor vorsichtig nach.

«Nicht wirklich. Nur ganz oberflächlich. Aus rein persönlichem Interesse informiere ich mich manchmal.»

«Und woher kommt dieses Interesse?»

«Das ... ist wohl eine Berufskrankheit. Ich habe früher einmal eine Zeitlang die Filmgeschichte erforscht. Mit der heutigen Filmbranche auf der Erde habe ich mich zwar nicht beschäftigt, aber ein Interesse daran hatte ich schon immer.»

«Sind Sie denn schon einmal persönlich mit der Erde in Kontakt gekommen? Es gibt doch noch keine freie Kommunikation zwischen unseren beiden Planeten, oder?»

«Stimmt, die gibt es noch nicht. Ich habe ein paar einführende Filme gesehen, die unsere Regierungsvertreter mitgebracht haben, aber diese Filme waren alle sehr allgemein und kurz. Deshalb sind meine Kenntnisse wirklich nur oberflächlich.» Mit einem Lächeln fuhr sie fort: «Umso mehr freue ich mich, dass Sie gekommen sind. Sie können mir sicher vieles erklären.»

Igor schwieg. Seine Fragen brachten ihn nicht wirklich weiter. Janets Antworten waren ganz normal, vielleicht zu normal. Sie redete sachlich wie eine Museumsführerin, auf eine freundliche, aber unpersönliche Weise. Dabei besaß sie durchaus Persönlichkeit, ihr Lächeln war offen und aufrichtig, und in ihren Augen blitzte ihr unübersehbar lebhafter Charakter. Aber sie umging gekonnt alles Private in ihrer Unterhaltung. Igor war ratlos. Wenn er weiter um den heißen Brei herumredete, würde er womöglich nie etwas über seinen Lehrer erfahren, aber mit der Tür ins Haus fallen wollte er auch nicht.

Sie gingen immer weiter, bis sie in eine Halle kamen. Das Licht war hell, aber auf eine irritierende Weise verstreut. Dünne, unterschiedlich geformte Glasscheiben hingen von der Decke und durchbrachen die Einheit des Raums. Sie zeigten Hologramme mit Texten und Bildern in fließendem Wechsel.

Ab und zu tauchte eine übergroße Gestalt auf und dozierte angeregt ins Leere. In der Halle war es angenehm kühl, aber ein wenig stickig.

«Das hier ist eine Ausstellung mit erfahrenen Filmemachern. Ich kann Ihnen gern eine Führung geben. Sie können Originaltonaufnahmen der Filmemacher hören, wenn Sie sich diese Platinen in die Ohren stecken», erklärte Janet und deutete auf einen Stapel von elektronischen Plättchen am Eingang.

«Dienen die Glasscheiben alle als Monitore?»

«Nicht wirklich. Sie sind nur mit einer leitfähigen Folie und einer Leuchtfolie überzogen. Die Folien sind so dünn, dass man sie mit bloßem Auge nicht erkennen kann.»

«Mir ist aufgefallen, dass man hier auf dem Mars eine besondere Vorliebe für Glas hat. Steckt dahinter eine bestimmte Absicht?»

«Absicht? Wie meinen Sie das?»

«Na ja ... Warum hat man diese kollektive Regelung getroffen?»

«Eine Regelung würde ich das nicht nennen. Es ist eine Notwendigkeit. Wir haben hier nur Sand, keinen Lehm und kein Gestein. Deshalb können wir außer Stahl nur Glas schmelzen. Unsere jetzige Bauweise wurde von Nils Galeman während des Krieges entwickelt. Glasgebäude kann man sehr leicht errichten und auch problemlos wieder abmontieren und recyceln.»

«Ach so. Aber wie lösen Sie das Problem mit der Privatsphäre? Gibt es dafür Bestimmungen? Mein Zimmer im Hotel ist durchsichtig, aber ich habe auch viele Häuser gesehen, die nicht durchsichtig sind.»

Janet wandte sich überrascht zu ihm um. «Wissen Sie das denn nicht? Unsere Wände sind alle veränderbar. Da hat das Servicemädchen in Ihrem Hotel aber versagt, wenn sie Ihnen nicht mal das erklärt hat. Die Ionen im Glas lassen sich elektrisch steuern. Wenn Sie an dem entsprechenden Regler in Ihrem Zimmer drehen, können Sie die Zusammensetzung der Wände verändern, sodass sie halb oder ganz undurchsichtig werden.»

Für einen Moment war Igor zum Lachen zumute. Er war froh, dass er sich trotz der gängigen Vorurteile auf der Erde mit voreiligen Urteilen über den Mars zurückgehalten hatte. Er kannte die Debatten auf der Erde nur zu gut und hätte sich die üblichen geisteswissenschaftlichen und politologischen Argumente blind zu eigen machen können. Aber gestern Abend war ihm klargeworden, dass diese Sichtweisen nicht nur subjektiv gefärbt, sondern objektiv falsch waren. Wenn etwas typisch für das irdische Denken war, dann die Neigung zu vorschnellen Urteilen – und nichts war gefährlicher als das. Die Häuser aus Glas waren einfach Häuser aus Glas, mehr nicht. Hinter ihnen verbarg sich keine symbolische Bedeutung, das durchsichtige Material war aus rein geologischen und technischen Gründen gewählt worden und nicht, weil man die eigene Bevölkerung bespitzeln wollte. Ein guter Filmemacher musste unter die Oberfläche der Dinge blicken, um den wirklichen Verhältnissen auf die Spur zu kommen.

«Ich hatte gedacht, die Glasbauweise sei auf eine besondere Planung zurückzuführen.»

«Hm ... Das ist richtig und falsch zugleich. Ob etwas durchsichtig ist oder nicht, hängt vom Licht ab.»

«Wie meinen Sie das?»

«Egal wie man etwas gestaltet, ein Teil des Lichts kommt immer hindurch und ein anderer Teil nicht. Eine vollständige Abschirmung gibt es nicht.»

«Meinen Sie damit das Glas oder etwas anderes?»

Janet lachte hell auf, und ihre Augen nahmen wieder diese eigentümlich geschwungene Form an. «Wenn Sie ein bisschen länger hierbleiben, verrät Ihnen bestimmt bald irgendwer, dass es hier im Russell-Distrikt zwei Leute gibt, deren Worte man weder rein buchstäblich noch rein metaphorisch deuten kann: Doktor Renny und mich. Verstehen Sie es, wie Sie wollen. Es gibt darauf keine eindeutige Antwort.»

Bei diesen Worten blitzte in ihrem Gesicht etwas übermütig Verschmitztes auf, das ihr einen Anflug von Jugend verlieh. Als junge Frau war sie bestimmt ziemlich charismatisch und attraktiv gewesen – keine umwerfende Schönheit im klassischen Sinn, aber sie strahlte eine lebhafte Herzlichkeit aus, die selten war und Igor beeindruckte. Er wunderte sich nicht, dass sein Lehrer sich in Janet verliebt hatte. Aus einem plötzlichen Impuls heraus entschloss er sich, offen mit ihr zu sprechen.

«Frau Brodie, ich muss Ihnen etwas gestehen. Tut mir leid, dass ich erst jetzt damit herausrücke. Aber vorhin wusste ich noch nicht, ob ich Sie einfach so überrumpeln darf. Ich dachte, dass der eigentliche Grund für meinen Besuch Sie vielleicht zu sehr aufwühlen würde. Aber jetzt habe ich das Gefühl, vielleicht ist der rechte Moment gekommen.»

Das Lächeln verschwand aus ihrem Gesicht. «Nur zu. Worum geht es?»

«Ich bin ein Schüler von Arthur Davorsky. Ich bin als sein Vertreter hier.»

Wie er erwartet hatte, erstarrte sie. Es war, als hätte sie eine ferne, unwirkliche Stimme aus der Vergangenheit gehört. Wie zwei Statuen standen sie einander in der großen Halle gegenüber. Auf den Glasscheiben bewegten sich die Hologramme, nur sie beide rührten sich nicht. Igor fixierte Janet, während sie ins Leere starrte.

Eine lange Minute verstrich, ehe sie einen gedehnten Seufzer ausstieß und murmelte: «Wir unterhalten uns besser in meinem Büro, einverstanden?»

«Ich war damals siebenundzwanzig. Ich war noch ledig, aber es gab jemanden, der mich heiraten wollte. Er war nett, aber ich war nicht wirklich verliebt, deshalb war ich unschlüssig und habe meine Entscheidung immer länger hinausgezögert. Dann kam Arthur. Anfangs habe ich mich gar nicht für ihn interessiert. Ich habe ihm ein paar technische Dinge erklärt, weil er unser offizieller Gast war, aber romantische Gefühle waren dabei keine im Spiel. Das hat sich erst geändert, als er mich eingeladen hat, mit ihm zusammen einen Film zu drehen.

Arthur war der Typ Mensch, den man nur langsam zu schätzen lernt. Aber er sprudelte vor neuen Ideen über und war immer auf der Suche nach Wegen, seinem Leben eine neue Wendung zu geben. Damit erzähle ich Ihnen als seinem Schüler ja sicher nichts Neues. Am Anfang meinte er nur, er würde gern einmal eine neue Technik ausprobieren. Mir kam das ganz normal vor, und deshalb erklärte ich mich bereit, ihm zu helfen. Erst später wurde mir klar, dass diese Einladung nur der erste Schritt von Arthurs langfristigem Plan war. Ihm ging es nicht um irgendeine Technik, sondern er wollte eine passende Form für das finden, was ihm vorschwebte. Dabei hat er immer mehr Feuer für sein Filmprojekt gefangen – und ich fing Feuer für ihn.

Sie wissen vielleicht nicht, wie damals die Situation in der Filmindustrie war. Bei allem Erfolg, den Arthur auf der Erde hatte, musste er sich trotzdem immer noch Sorgen um den Vertrieb seines nächsten Films machen. Bei uns ist das anders: Jeder bezieht ein festes Einkommen, das sich nur nach dem Alter richtet. Das Gehalt eines Filmemachers ist unabhängig von seinem Studio und seiner Arbeitsleistung. Wir speichern die entstandenen Werke in einer öffentlichen Datenbank, die für alle zugänglich ist. Damit erübrigt sich auch die Frage der Bezahlung. Für Arthur war das sehr wichtig. Als Besucher auf dem Mars erhielt er eine finanzielle Unterstützung, er musste sich keine Sorgen mehr um seinen Lebensunterhalt machen. Und er konnte sich endlich ausschließlich auf die Umsetzung seiner filmischen Visionen konzentrieren. Ich weiß nicht, vielleicht hatte er sich schon lange darauf vorbereitet und sich schon auf der Erde mit den technischen Grundlagen der Holographie beschäftigt. Jedenfalls kannte er jetzt kein Halten mehr. Jeden Tag hat er sich in die Arbeit gestürzt.

Ich mochte, wie sehr er sich fürs Filmemachen begeisterte und dass er so viel aufgegeben hatte, um seinen Traum zu verwirklichen. Und er ... er mochte mich. Wie ein schwarzer Meteorit war er in meinem Leben eingeschlagen. So etwas hatte ich noch nie erlebt. Jeden Tag drehten wir mit den unterschiedlichsten Verfahren, probierten immer neue Techniken aus. Nach jedem Drehtag machten wir abends den Schnitt, und danach gingen wir in sein Hotelzimmer, lasen Bücher, diskutierten und schliefen miteinander. Am meisten hat Arthur das Problem von Licht und Schatten fasziniert. Er liebte einen Ausspruch von van Gogh: ‹Wir müssen die fließende Luft und das Licht malen.› Und er sagte: ‹Der marsianische Himmel ist anders als der irdische.› Am liebsten mochte er, dass die Sterne am helllichten Tag zu sehen sind.

Er wollte nicht mehr von hier fort. Nach drei Monaten hätte er eigentlich zurückkehren sollen, aber er beantragte einen Aufschub. Als die drei Monate um waren, schickte er einen Mitarbeiter mit der marsianischen Technologie zurück zur Erde, damit er selbst hierbleiben konnte. Und wir sind zusammengezogen.»

Janet hielt ein schmales Glas in der Hand, aber sie trank nichts. Während sie erzählte, blickte sie manchmal Igor an, aber die meiste Zeit schaute sie aus dem Fenster. Ihr Büro lag im ersten Stock des Archivs. Es ging nach Süden und war sonnig. Vor dem Fenster stand eine Reihe niedriger Palmen, von denen gerade mal die Wipfel in den bodentiefen Fenstern zu sehen waren. In der Ferne erhob sich ein kuppelförmiges Gebäude, das an eine Moschee erinnerte. Das einfallende Sonnenlicht zerschnitt Janets Profil. In den achtzehn Jahren seit Arthurs Rückkehr zur Erde war ihr Gesicht merklich gealtert, aber nun lag ein verklärter Ausdruck in ihren Zügen.

Igor saß ihr gegenüber an einem kleinen runden Tisch. Auch er hielt ein Glas mit einem hellroten Getränk in der Hand. Beim Zuhören sah er seinen Lehrer vor sich, wie er damals gewesen war, stürmisch und geradeheraus wie ein Meteorit. So groß der Unterschied auch war zu dem hinfälligen Mann, den er vom Krankenbett kannte – Igor bereitete es keine Schwierigkeiten, sich ihn so vorzustellen.

«Eine Sache wundert mich: Warum hat man ihm erlaubt, so lange hierzubleiben? Fand man das denn gar nicht verdächtig? Er hätte doch auch ein Spion sein können, der die marsianische Technologie stehlen wollte.»

«Ich habe mich für ihn verbürgt – ich und mein Vater. Mein Vater war damals Minister für das Informationswesen. Er hat seine amtliche Autorität in die Waagschale geworfen. Ich hatte ihn darum gebeten, und mein Vater hat ein weiches Herz.»

«Haben Sie geheiratet?»

«Geheiratet? Nein. Wir haben darüber nachgedacht, aber am Ende haben wir es doch gelassen.»

«Wo haben Sie gewohnt?»

«In seinem Hotel. Er war ja kein Einheimischer, deshalb bekam er auch keine Wohnung.»

Igor schwieg. Er wusste nicht, was er als Nächstes fragen sollte. Am liebsten hätte er alles erfahren, was sich in diesen acht Jahren ereignet hatte – auch den Grund, warum sein Lehrer schließlich doch zur Erde zurückgegangen war. Sein Lehrer hatte darüber nie ein Wort verloren.

In Gedanken legte er sich gerade seine nächste Frage zurecht, da kam ihm Janet zuvor. «Sagen Sie mir: Wie geht es Arthur jetzt?»

Igor erstarrte. Eigentlich hatte er zuerst alle seine Fragen loswerden wollen, um dann Janet von den zehn letzten Jahren seines Lehrers auf der Erde zu erzählen. Er blickte in ihr aufmerksames Gesicht. Ihre Frage hatte beiläufig geklungen, aber ihr Lächeln war wie eingefroren und ihre Gesichtszüge angespannt. Sie kam Igor vor wie ein Luftballon, der gleich entweder erschlaffen oder zerplatzen würde. Sie drängte ihn nicht und gab sich gelassen, aber sie wartete mit angehaltenem Atem auf seine Antwort. Igor spürte den unsichtbaren Druck, der auf ihm lastete. Er konnte ihr die Antwort nicht schuldig bleiben, das war ihm klar, und er durfte nicht lügen.

«Er ist tot.»

«Was?»

«Er ist tot. Lungenkrebs im Endstadium. Vor einem halben Jahr war das.»

Drei Sekunden lang war Janet wie betäubt, dann brach sie in Tränen aus, und ihre Schultern bebten. Sie schlug die Hände vors Gesicht, während ihr die Tränen über das Gesicht strömten wie ein endloser Fluss. Dabei versuchte sie ihr Schluchzen zu unterdrücken, aber das machte es nur noch schlimmer. Sie weinte, als könnte sie nie wieder aufhören. Die höfliche Zurückhaltung, die sie den ganzen Vormittag ausgestrahlt hatte, war wie weggefegt, sie hatte sich nicht mehr unter Kontrolle. Sie zitterte, und immer wieder durchzuckte sie der Schmerz, obwohl sie sich bemühte, ruhig sitzen zu bleiben. Sie sah so verletzlich und verloren aus, dass Igor nicht wusste, was er tun sollte.

Er hatte keine Erfahrung mit weinenden Frauen. Vielleicht hätte er sie trösten sollen, aber es fiel ihm nichts ein, was er ihr hätte sagen können. Sie hatte allen Grund zu weinen. Er reichte ihr ein Taschentuch. Heute konnte er ihr keine Fragen mehr stellen. Auch die Sache mit dem Chip würde er erst an einem anderen Tag ansprechen. Und so blieb er einfach bei ihr sitzen, so lange, bis sie sich allmählich wieder beruhigte und aufhörte zu weinen.

Bevor er sich von Janet verabschiedete, führte sie ihn zu einem kleinen Bildschirm. Sie gab seinen Namen und weitere Informationen ein, bis die Meldung «Registrierung erfolgreich» erschien. Dann nannte sie ihm eine Account-Nummer und eine Geheimzahl. In seinem Hotelzimmer, erklärte sie ihm, könnte er sich damit anmelden für den Zugang zur zentralen Datenbank. Dann könnte er sich sämtliche Filme auf dem Mars ansehen.

«Auch Arthurs Filme sind dort. Suchen Sie nach seinem Namen.»

Ihre Stimme war noch immer brüchig, ihre Augen rot und geschwollen, und blonde Haarsträhnen fielen ihr ins Gesicht. Und doch fand Igor, dass sie schön aussah in diesem Moment. Nichts macht einen Menschen schöner als echte Gefühle. Janet war fünfundvierzig Jahre alt. Insgeheim hatte sie die ganzen Jahre darauf gewartet, dass Arthur eines Tages zurückkommen würde, und diese Hoffnung hatte sie einsam, aber auch standhaft und zuversichtlich gemacht. Heute hatte sie das Wertvollste verloren, das sie besaß, und Igor hatte es ihr genommen.

Sein Lehrer war tot. Aber die Welt hatte deshalb nicht aufgehört, sich zu drehen. Der Mars und die Erde änderten für den Tod eines Träumers nicht ihre Umlaufbahn.

Die Erde des zweiundzwanzigsten Jahrhunderts war eine Welt der Medien. Sie waren zum Eckpfeiler der Wirtschaft geworden. Virtuelle Bilder und persönliche Websites hatten die gesellschaftliche Struktur und die Beziehungen zwischen dem Menschen und seiner Umwelt verändert. Das produzierende Gewerbe steckte in einer tiefen Krise, die Kreativwirtschaft dagegen blühte. «Du bist das Internet» – das war der mitreißende Slogan, den sich die neue Wirtschaft auf ihre Fahnen geschrieben hatte. Jeder trug mit seinem Wissen dazu bei, dass die Welt im Internet zusammenfand. Der Handel mit geistigen Inhalten eröffnete unbegrenzte Möglichkeiten, und alle mischten mit bei diesem Geschäft. Ein einziger Satz konnte zur Grundlage einer ganzen Produktreihe werden. Ohne Aufwand, ohne Investitionen winkten satte Gewinne. Dies war die Umwälzung, die der neue virtuelle Konsens mit sich gebracht hatte. Jeder Gedanke, jedes Bild, jedes Lächeln ließ sich zu Geld machen. Die Leute speicherten ihre kreativen Produkte und warben Kunden, die sich gegen Geld Zugang zu ihnen verschafften. Jede Äußerung konnte im Internet – und nur dort – Gewinn einbringen. Das Internet war eine Welt des schnellen Profits. Seine Macht kannte keine nationalen Grenzen. Drei große Medienkonzerne hatten den ganzen Globus erobert. Ihre Geschäfte waren so breit gestreut, dass sie zu eigenen Imperien herangewachsen waren. Und immer noch galt dieselbe Maxime wie vor zweihundert Jahren: Man investierte in die Medien um des Profits willen und nicht wegen irgendwelcher ideeller Werte.

Auch der Mars des zweiundzwanzigsten Jahrhunderts war eine Welt der Medien – aber nicht in wirtschaftlicher Hinsicht, sondern als allgemeine Lebensweise. Die Datenbank auf dem Mars war eine Art ruhender Cyberspace, der mit den Studios verbunden war. Sie glich einer riesigen Höhle, in die alle ihre Kreationen hineinstellten und sich gleichzeitig nach Belieben das herunterluden oder dort anschauten, was andere geschaffen hatten. Die Urheberschaft jedes Werks war klar dokumentiert, aber man verdiente kein Geld damit. Geben und Nehmen waren unentgeltlich, denn die Marsbewohner waren finanziell durch den Staat abgesichert.

Die irdischen Medien kannte Igor nur zu gut. Er wusste, wie übermächtig und unberechenbar sie sein konnten. Um den Leuten das Geld aus der Tasche zu ziehen, musste man sein Produkt verpacken wie einen Schatz, der nur darauf wartete, gehoben zu werden. Als Filmemacher musste Igor das alles wissen. Aber er hatte keine Ahnung, wie die marsianischen Medien funktionierten. Sie kamen ihm vor wie eine Bestie, die still im Dunkeln lauerte und auf die frommen Opfer der Gläubigen wartete. In welcher Beziehung stand diese Bestie zu den Menschen? Wer kontrollierte wen? Wer gehorchte wem? Zweifellos befreite diese Bestie ihre Urheber von allen wirtschaftlichen Zwängen. Aber sie raubte ihnen auch jede Chance, einmal wirklich reich und berühmt zu werden.

Sein Lehrer war ein Verräter gewesen, da war sich Igor inzwischen sicher. Ein mutiger Liebender und ein vorsätzlicher Verräter war er gewesen – vielleicht der erste unter den zwanzig Milliarden Menschen beider Planeten. Er war ein Wanderer zwischen den Welten gewesen, und er hatte gesehen, wie fremd sie einander waren und wie stark voneinander isoliert.

Auf dem Rückweg vom Filmarchiv schaute Igor bei der Tanzklasse Nummer eins des Duncan-Ensembles vorbei. Das Unterrichtsgebäude lag ganz in der Nähe im selben Distrikt. Mit dem elektronischen Stadtplan in der Hand durchquerte er ein Geschäftsviertel und hatte das rautenförmige Haus bald gefunden.

Ein schmaler Fußpfad führte um das eingeschossige Gebäude herum, und durch die Glaswände konnte er die Mädchen sehen. Zwischen dem Pfad und den Glasscheiben wuchsen

Orchideen. Igor stellte sich unauffällig in einen Winkel und spähte ins Innere.

Luoying Sloan. Da war sie. Er hatte sie schon auf der Maerde und auf dem Begrüßungsbankett gestern Abend gesehen und erkannte sie sofort. Sie übte allein auf einer Seite des Studios, während die anderen Mädchen unter Anleitung ihrer Lehrerin auf der anderen Seite die Beine dehnten.

Aufmerksam verfolgte er Luoyings Bewegungen, ohne seine Kameraausrüstung aus der Tasche zu nehmen. Er hatte sich Videos von ihren Auftritten angesehen, und nun wollte er das Mädchen selbst in Augenschein nehmen. Sie tanzte allein. Wieder und wieder übte sie denselben Ablauf: eine Reihe kleiner Sprünge, gefolgt von einem großen Sprung mit mehrfacher Pirouette. In ihrem schwarzen Ballettanzug wirkte sie blass und zerbrechlich. Ihr langes schwarzes Haar hatte sie ordentlich hochgesteckt. Manchmal machte sie eine kurze Pause, ging hinüber zur Wand, um einen Schluck Wasser zu trinken, und schaute eine Weile nach draußen, ehe sie ihre Übungen fortsetzte.

Tatsächlich hoffte Igor, eine Hauptfigur für seinen Film zu finden. Ob Luoying dafür die Richtige war, wusste er noch nicht. Er war zwar Tynnes Vorschlag gefolgt, aber dafür hatte er seine eigenen Gründe. Die Liebesgeschichten einer kleinen Prinzessin interessierten ihn nicht. Aber in Luoyings Akte hatte er Berichte von ihr über einige Vorfälle auf der Erde gefunden, und diese Berichte hatten seine Neugier geweckt. Sie waren knapp und trocken gehalten, aber von einer inneren Spannung durchzogen, die ihn seltsam berührte. Er hatte sich dieses Mädchen vorgestellt und sich gefragt, woher diese Spannung in ihr kam. Sie wirkte still wie ein weißes Glas, aber hinter ihrer ruhigen Fassade verbargen sich vielleicht die wildesten Gedanken. Vielleicht, dachte Igor, wogte ein stürmisches Meer in diesem Glas.

Die Nachmittagssonne schien schräg auf das Studio und warf die langen, verästelten Schatten der Orchideen auf die Scheiben. Luoying hatte ihr Training beendet und sich hingesetzt, um sich die Schuhe auszuziehen. Sie löste die Bänder an den Knöcheln, wickelte sie um die Schuhe und schob sie in ihren Rucksack. Dann blickte sie lächelnd zur Lehrerin auf der anderen Seite hinüber und verabschiedete sich von ihr.

Igor überlegte angestrengt, wie er sie ansprechen sollte. Da tauchte auf dem Pfad vor dem Haupteingang ein Junge auf. Er trug eine uniformartige Jacke, war groß, schlank und attraktiv, mit breiten Schultern. Er blickte erst ins Studioinnere, dann auf seine Uhr, blieb schließlich stehen und wartete. Igor versteckte sich hinter einem Gebüsch. Nach ein paar Minuten kam Luoying heraus. Der Junge lächelte ihr zu und nahm ihr den Rucksack ab. Ohne ein Wort zu wechseln, gingen beide Seite an Seite davon.

Neugierig blickte Igor ihnen hinterher. Aus ihrer ruhigen, vertrauten Art konnte er nicht schließen, ob sie ein Liebespaar waren. Sie hatten sich nicht geküsst, aber sich auch nicht höflich und distanziert begrüßt wie bloße Bekannte. Die beiden hinterließen bei ihm ein angenehmes Gefühl, das der Atmosphäre von Mars City ähnelte: gelassen und zurückhaltend, ein wenig sorglos und geradeheraus. Die Welt, die er kannte, war ganz anders: Auf der Erde wohnte er in einer Stadt, die ihren Aufschwung der Vergnügungsindustrie verdankte. Er war eine Umgebung gewohnt, in der alle ständig in Eile waren und sich in zweideutigen Beziehungen verstrickten. Umso überwältigender war für ihn die Atmosphäre auf dem Mars: Die Leute gingen gemächlich spazieren, saßen auf Bänken am Straßenrand und plauderten miteinander. Igor begann sich auszumalen, was für eine Kindheit Luoying wohl verbracht hatte: ruhig und trotz ihres mächtigen Großvaters weitab vom gesellschaftlichen Leben. Er betrat wieder den kleinen Pfad, auf dem er gekommen war, und ging zur Straße.

Als er auf dem Weg zurück ins Hotel im Röhrenwagen saß, kam ihm wieder die Ausstellungshalle im Filmarchiv in den Sinn. Auf einer weiten Fläche hatten dort rechteckige Kristallboxen, manche groß, andere klein, über den Boden verstreut gelegen. Die Boxen zeigten Filmszenen mit dreidimensionalen menschlichen Figuren, die sich auf eine äußerst lebendig wirkende Weise bewegten. Metallplaketten an den Rändern der Kristallboxen wiesen darauf hin, aus welchem Film die jeweilige Szene stammte. Bei der Erinnerung daran überkam Igor auf einmal ein absurdes Gefühl: Genau wie all diese kleinen Filmmännchen war auch er selbst in einem kristallenen Gefäß eingeschlossen – und nicht nur in diesem Moment, sondern auch schon vorher auf der Erde.

DAS ARBEITSZIMMER

Luoying und Ankka hatten sich entschieden, nicht in den Röhrenwagen vor dem Studio einzusteigen, sondern zu Fuß zur Umsteigestation zu laufen. Sie gingen gern spazieren.

Die Fußgängerröhre verlief parallel zur Wagenröhre direkt darunter. Lang und schmal verlor sie sich in der Ferne. Sie war rund drei Meter hoch, und ihr Boden lag einen halben Meter über der Marsoberfläche, die rot durch das Glas schimmerte. Der Weg darin bot gerade genug Platz für zwei Fußgänger, auf dem Nährstoffboden daneben waren ein paar verstreute Schwertlilien angepflanzt. Ringsum hatte man einen weiten Blick auf die Umgebung. Zwischen den gläsernen Wänden rückten Luoying und Ankka näher zusammen, als müssten sie gemeinsam ein Hindernis passieren. Sie gingen im selben Rhythmus, die Hände in den Hosentaschen. Ankka trug die Uniformjacke seiner Fliegerstaffel, Luoying den Anorak ihres Tanzensembles. Sie reichte ihm bis zum Kinn, und wenn sie den Kopf zur Seite drehte, sah sie seine aufrechte Statur und konnte die Bewegungen seiner Schultermuskeln erahnen. Er dagegen sah ihr schmales Gesicht im Profil und roch den zarten Duft ihres Haars.

Sie hatte ihm erzählt, was ihr auf dem Herzen lag. Eigentlich hatte sie diese Sache für immer vor ihren Freunden aus der Merkur-Gruppe verheimlichen wollen, denn dass ihr Großvater ihr zuliebe seinen Einfluss geltend gemacht hatte, war ihr unangenehm. Von klein auf war ihr nichts so zuwider wie eine Sonderbehandlung.

«Werdet ihr euch jetzt alle über mich lustig machen?», fragte sie leise.

Ankka lachte. «Glaubst du vielleicht, wir wären begabter als du?»

«Immerhin seid ihr auf regulärem Weg ausgewählt worden.»

«Das war doch nur eine Prüfung.»

«Findest du nicht, dass ich bloß von der Macht meines Großvaters profitiert habe?»

«Sei nicht albern. Du bist, wer du bist.»

Luoying fühlte sich schon besser. Ankka hatte schon immer die Fähigkeit besessen, die Dinge leichtzunehmen. Er war kein Freund von vielen Worten und verkündete auch nicht gern irgendwelche großen Wahrheiten. Selbst ernste Angelegenheiten schrumpften in seinem Mund zu Lappalien – und je länger Luoying mit ihm redete, desto mehr sah sie die Dinge mit seinen Augen. Ganz klar, sie hatte aus einer Mücke einen Elefanten gemacht. Und Ankka stellte ihr keine Fragen, das war eine Art stiller Übereinkunft zwischen ihnen: Wer sich etwas von der Seele reden musste, tat es, und wenn dabei etwas ungesagt blieb, dann fragte der andere auch nicht danach. Wenn Ankka etwas auf dem Herzen hatte, hakte Luoying auch nie nach. Beide waren es nicht anders gewohnt.

«Shania sagt, du bist gestern nach dem Bankett ohnmächtig geworden?», fragte Ankka. «Hast du dich gut erholt?»

«Ja.»

«Wie ist denn das passiert?»

«Das war nichts weiter. Ich war bloß todmüde nach dem Flug.»

«Dann hättest du heute aber besser nicht trainieren sollen.»

«Aber es sind nur noch zwanzig Tage bis zur Aufführung, und ich habe mich noch nicht mal an die Schwerkraft hier gewöhnt.»

Tatsächlich fehlte ihr jedes Selbstvertrauen für ihren bevorstehenden Auftritt. Gestern Nachmittag hatte sie kurz trainiert und war nach dem Bankett umgekippt. Sie hatte nicht gedacht, dass es ihr so schwerfallen würde, ihre Bewegungen an die plötzlich veränderte Schwerkraft anzupassen. Dabei war es wirklich kein Kinderspiel: Die Gäste von der Erde trugen extra schwere Metallschuhe, um sich an die Schwerkraft des Mars zu gewöhnen. Sie dagegen hatte fast sofort ihr Tanztraining aufgenommen, als müsste sie zuerst das Tanzen und dann erst das Gehen wieder neu erlernen.

Ihr Solotanz war ein wichtiger Programmpunkt der Messe. Ein Mädchen vom Mars hatte mit dem von Natur aus leichten Knochenbau und dem ausgeprägten Gleichgewichtssinn der Marsianer eine anspruchsvolle Ausbildung auf der Erde absolviert – noch dazu in einer Disziplin, in der anmutige Sprünge eine Hauptrolle spielten. Sogar Wissenschaftler, die die Grenzen der menschlichen Konstitution erforschten, interessierten sich für ihren Tanz. Luoying war ihr ideales Studienobjekt.

Auf der Erde sah man in ihr die lebende Verkörperung der langen Geschichte des Tanzes, während die Kinder des Mars endlich das eigenartige tanzende Mädchen kennenlernen wollten, das aus den Weiten des Weltraums zurückgekehrt war. Luoying hatte bemerkt, dass sie die Blicke auf sich zog – in der Mitte des Parlamentssaals, als sie das Tanzstudio betreten hatte, oder als ihr Bild auf dem großen Monitor an der Straßenecke erschienen war. Voller Erwartung schauten die Leute sie an, manche neugierig, andere prüfend oder abweisend.

Sie verschwieg Ankka, wie schwer sie sich heute im Training getan hatte. Bei den Luftsprüngen hatte sie ihre Haltung nur schlecht kontrollieren können, selbst Absprung und Landung hatten ihr Probleme bereitet. Ihr Körper kam ihr leicht und schwach vor, die Kraft, die sie auf der Erde aufgebaut hatte, war wie weggeblasen. Sie fühlte sich erschöpft. Ihre Knie waren wacklig, und die Knöchel taten ihr weh.

«Habt ihr heute keinen Dienst mehr in eurer Staffel?», wechselte sie das Thema.

«Doch.»

«Kriegst du dann nicht Ärger, wenn du mit mir zusammen bist?»

«Nein. Ich bin doch gerade erst zurückgekommen.»

«Aber du hast doch gesagt, dass Hauptmann Fitz extrem streng ist.»

Ankka grinste. «Egal. Wenn es hart auf hart kommt, werde ich eben entlassen, das wäre auch nicht weiter schlimm. Es gab gerade eh Streit in der Staffel.»

«Worüber?»

«Eine kleine Meinungsverschiedenheit, nichts weiter.»

Beunruhigt fühlte Luoying weiter vor. «Ich dachte eigentlich, bei dir läuft alles bestens. Du hast ja sogar eine neue Uniform bekommen.»

«Die ist nicht speziell für mich. Ich bin nur zum richtigen Zeitpunkt zurückgekehrt. Nicht nur wir, sondern alle elf Staffeln der Luftwaffe haben eine neue Uniform.»

«Warum das denn? Habt ihr in letzter Zeit irgendwas Besonderes unternommen?»

«Nein. Der Luftfahrtetat wurde in diesem Jahr um fünfzig Prozent erhöht. Das gilt auch für die Luftwaffe.»

«Warum?»

«Angeblich hängt das mit Ceres zusammen.»

Luoying dachte kurz nach. «Und mit der Erde hat das nichts zu tun?»

Nun überlegte auch Ankka. «Doch, ich glaube schon.» Er nickte.

Aber mehr wusste er auch nicht, und beide gingen eine Weile schweigend nebeneinanderher. Luoying hörte so etwas nicht zum ersten Mal, und ihre Sorgen nahmen immer konkretere Gestalt an. Ankkas Fliegerstaffel war die fünfte; sie wurde gewöhnlich als Ingenieursstaffel eingesetzt, die ausschließlich Satellitentransporte und Raumflüge durchführte. Aber im Ernstfall ließ sie sich innerhalb weniger Stunden umrüsten und verfügte dann über eine massive Kampfkraft. Als Kind hatte Luoying einmal zugesehen, wie sich ein Transportflugzeug im Handumdrehen in ein Kampfflugzeug verwandelte: Nach fünf Minuten war es kaum wiederzuerkennen und feuerbereit. Damals bekam sie vor Staunen den Mund nicht mehr zu. Mitten im Alltag hatte sie eine dunkle Seite ihrer Gesellschaft erblickt, die sonst verborgen blieb.

Sie wusste nicht, ob Ankkas Worte ein Hinweis waren, dass Krieg drohte, und sie hoffte inständig, dass es nicht so weit kommen würde. Die Jahre, die sie auf der Erde verbracht hatte, waren für ihr Leben nicht weniger wichtig als ihre Kindheit auf dem Mars. Ihr graute davor, einen Krieg zu erleben – egal wo und egal, wer am Ende als Sieger hervorging.

Die Fahrt im Röhrenwagen zu Luoyings Zuhause dauerte nur wenige Minuten. Ankka begleitete sie noch bis zum Gartentor. Sie blieben auf dem Pfad stehen, und Ankka schaute sie aus seinen blauen Augen an. Er wirkte oft achtlos und zerstreut. Sie bemerkte ein schmales Blättchen auf seiner Nase und strich es weg. Er befühlte seinen Nasenrücken und lächelte.

«Ruh dich aus», ermahnte er sie.

Sie nickte folgsam. «Mach ich.»

«Und denk nicht so viel über die Sache mit der Prüfung nach», sagte er. «Du bist, wer du bist.»

Dann verabschiedete er sich von ihr und ging zurück zum Wagen. Luoying blieb allein im Garten stehen und blickte ihm lange nach. Ankka spielte die Dinge gern herunter. Wenn er schon zugab, dass er mit Hauptmann Fitz eine Meinungsverschiedenheit gehabt hatte, dann steckte dahinter wahrscheinlich ein ernsthafter Konflikt. Sie überlegte, was wohl zwischen den beiden vorgefallen sein könnte.

Luoying erinnerte sich noch daran, wie sie vor fünf Jahren bei ihrer Ankunft auf der Erde aus dem Terminal gekommen war. Direkt vor ihr hatten Motoren laut aufgeheult, und sie war vor Schreck ein paar Schritte zurückgewichen. Privatflieger schwirrten kreuz und quer durch den Himmel, sie schienen mit den Flügeln die Wolkenkratzer zu streifen und schossen in atemberaubender Nähe aneinander vorbei. Luoying hielt ihr Gepäck so fest, als wäre sie eine Schiffbrüchige, die sich an eine Klippe klammert. Der Himmel war grau gewesen, nicht blau, wie sie es gewohnt war, oder orangerot wie in einem Sandsturm. Die Luft ringsum war von einem Dröhnen erfüllt, und überall flimmerte Werbung. Eine Flut von Menschen strömte hastig an ihr vorbei wie flüchtige Phantome. Die anderen Kinder waren schon weitergegangen, ihre Freunde riefen sie, und auch der Beamte von der Erde, der die Gruppe anführte, winkte ihr, sie solle sich beeilen. Aber sie stand wie angewurzelt, die Hand in ihr Gepäck gekrallt, wie betäubt von dem vielstimmigen, hektischen Lärm um sie herum. Als jemand sie im Vorübereilen anstieß und sie ihr Gepäck fallen ließ, klang es in ihren Ohren, als wäre ein Fels neben ihr aufgeschlagen.

In diesem Moment hob jemand ihr Gepäck auf und hängte es sich über die Schulter. Er nahm sie an der Hand und zog sie mit sich, ohne zu fragen, warum sie so starr vor Schreck stehen geblieben war. «Wir müssen uns beeilen, die anderen sind uns schon weit voraus» war alles, was Ankka sagte. Schon führte er sie wie ein Slalomläufer durch die Menschenmenge, ohne die Hinweisschilder aus den Augen zu verlieren, und als sie aus der Menge hervortauchten, entdeckten sie sofort ihren Gruppenleiter. Ankka hatte damals sehr gelassen und geistesgegenwärtig gewirkt. Mit scharfem Blick hatte er sich orientiert und nur ab und zu ein knappes Urteil fallenlassen. In Windeseile hatten beide wieder Anschluss an ihre Gruppe gefunden. Er hatte nur kurz ihre Hand ergriffen, doch diese zwei Minuten hatten genügt, sie sicher in die neue Welt zu geleiten. Dabei hatte er nur einmal gelächelt, aber damit hatte er ihr Herz erobert. Manche Dinge blieben unausgesprochen zwischen ihnen, und davon hatte sie ihm nie etwas erzählt. Sie wusste nicht einmal, was er für sie empfand.

In dem stillen Garten blühten die Blumen in aller Pracht. Die Gerbera gediehen immer üppiger, sie streckten ihre großen Blätter nach Luoyings Füßen aus, als wollten sie den Pfad überwuchern.

Als Luoying die Tür zu ihrem Zuhause aufstieß, empfing sie ein erregter Wortwechsel. Sie lauschte aufmerksam: Die Stimmen kamen aus dem Wohnzimmer. Es klang, als wären dort viele Leute versammelt.

Im ersten Moment stutzte sie, aber nach ein paar Worten begriff sie, worum es in dem Gespräch ging. Ihr Herz schlug schneller. Leise schlich sie sich zur Wohnzimmertür und horchte mit angehaltenem Atem. Zum ersten Mal belauschte sie einen Streit unter Erwachsenen. Sie wollte auf keinen Fall entdeckt werden und schämte sich ein bisschen. Dennoch blieb sie reglos an der Tür stehen, ängstlich darauf bedacht, sich nicht durch ein Geräusch zu verraten.

Die meisten Stimmen im Wohnzimmer waren ihr vertraut. Seit ihr Großvater hier wohnte, waren diese älteren Herren oft zu Besuch gekommen. Der mit der polternden Stimme war Rowak. Er war der Minister für Wasserversorgung. Weil er auf einem Ohr taub war, neigte er im Gespräch immer den Kopf zur Seite und sprach übermäßig laut, versuchte aber gleichzeitig angestrengt, seine Schwerhörigkeit zu verbergen. Lark, der Direktor des Aktenarchivs, redete besonders schnell und gelehrt wie ein Buch. Er wirkte immer sehr ernst und zitierte in einem fort irgendwelche Klassiker, und weil er selbst so eine rasche Auffassungsgabe besaß, gab er sich kaum Mühe, sich anderen verständlich zu machen. Dann war da noch Lanlang, der Minister für Grund und Boden, den Luoying an seiner heiseren Stimme erkannte. Selbst wenn er ganz gewöhnliche Worte benutzte, klang es trotzdem wie völlig unbegreifliches Zeug, denn er spuckte ein Kauderwelsch von Fachbegriffen und Zahlen aus wie ein falsch programmierter Roboter. Und natürlich durfte auch Juan nicht fehlen, schließlich war er der Minister für die Luftfahrt. Seine Stimme hörte Luoying sofort heraus.

«Wie ich schon tausendmal gesagt habe: Nicht auf die Gegenwart kommt es an, sondern auf die Zukunft», erklärte er gerade.

«Und ich habe es auch immer wieder gesagt: Die Wahrscheinlichkeit, dass sie das in den nächsten fünfzig Jahren zustande bringen, liegt bei unter 5 Sigma», wandte Lanlang ein.

«Also besteht immerhin die Möglichkeit, oder nicht?», fragte Juan nach.

«Wir können es bloß nicht völlig ausschließen», erwiderte Lanlang.

«Wenn es nach der Wahrscheinlichkeitsrechnung geht, kann man überhaupt nichts völlig ausschließen!», schrie Rowak dazwischen. «Theoretisch könnte ein Affe auf eine Tastatur einhämmern, und am Ende kommt ein Stück von Shakespeare dabei heraus. Wir können nicht wegen einer so unwahrscheinlichen Möglichkeit die Verhandlungen gefährden.»

«Das hängt davon ab, was auf dem Spiel steht!», beharrte Juan mit scharfer Stimme. «Bei der kontrollierten Kernfusion ist selbst die geringste Möglichkeit noch zu groß. Wenn sich auch nur in einem von einer Million Fällen aus unserer Technik ein Nuklearantrieb entwickeln lässt, können wir sie ihnen nicht überlassen. Und komm mir nicht damit, dass das in deine Verantwortung fällt – eine so große Verantwortung kannst du gar nicht übernehmen. Glaubst du wirklich, sie sind auf einmal unsere Freunde? Glaubst du wirklich, sie sind nur wegen der Messe hierhergekommen? Ich sage dir: Wenn wir ihnen heute die Kernfusion überlassen, greifen sie uns morgen mit ihren neuen Raumschiffen an.»

«Aber was sollen wir denn dann machen?», polterte Rowak los, der nun auch wütend klang. «Sollen wir unser Projekt begraben, wenn sie auf stur schalten und die Pläne für den Verbindungspunkt nicht herausrücken? Und wie kommen wir dann an das Wasser auf Ceres? Erst holen wir einen ganzen Planeten aus einer solchen Entfernung zu uns heran, und dann sollen wir alles abbrechen? Sollen wir im Ernst einfach so die Segel streichen und verdursten?»

«Lass es mich ganz einfach ausdrücken», erwiderte Juan entschieden, aber er wirkte schon ruhiger. «Es gibt im Leben nichts ohne Risiko.»

Lark, der die ganze Zeit geschwiegen hatte, meldete sich zu Wort. «Rowak, ist dieser Punkt denn wirklich so unverzichtbar? Sie haben sich doch schon einverstanden erklärt, uns die elektronische Steuerung zu überlassen. Können wir dann nicht vielleicht ... in dem anderen Punkt selbst eine Lösung suchen?» Er klang, als wollte er die Wogen glätten.

«Natürlich ... suchen können wir, wenn es weiter nichts ist.»

Auch Rowak hatte sich beruhigt. Seine Polterstimme klang bedrückt. «Aber woher soll ich denn die Daten nehmen? Haben wir vielleicht ein Flusslabor? Oder einen Fluss? Ich brauche Daten von echten Turbulenzeffekten. Im Moment können wir nicht mal eine Monte-Carlo-Simulation durchführen. Das ist ein Bauprojekt. Ohne Datengrundlage kann ich für nichts garantieren.»

Für drei lange Sekunden war es vollkommen still im Wohnzimmer. Luoying fühlte sich an einen Gasballon erinnert, der jeden Moment zu platzen droht. Da hörte sie die tiefe Stimme ihres Großvaters.

«Juan, Gewaltlosigkeit ist unser Prinzip», erklärte er kurz und bestimmt. «Für alles andere besteht zur Zeit auch keine Notwendigkeit. Solange die andere Seite noch gar nicht gesagt hat, dass sie unbedingt die Kernfusionstechnik von uns haben will, müssen wir das Thema auch nicht von uns aus ansprechen. Wir gehen erst einmal davon aus, dass es keine solche Forderung gibt. Warten wir einfach die weiteren Verhandlungen ab. Vielleicht stellt sich die Frage ja gar nicht.»

«Aber sollten wir nicht wenigstens für uns selbst einen Grundkonsens finden?», fragte Juan in versöhnlicherem Ton.

«Unser Konsens ist Gewaltlosigkeit», antwortete ihr Großvater in knappem Ton, fügte aber freundlicher hinzu: «Aber natürlich steht es dir frei zu sagen, was du willst. Das weißt du.»

Luoying hörte, wie die Männer aufstanden. Das Sofa knarrte leise, Kleidung wurde glatt gestrichen, energische Schritte näherten sich der Wohnzimmertür. Hastig huschte sie zurück in den Eingangsbereich. Als wäre sie gerade erst nach Hause gekommen, streifte sie vor dem Garderobenspiegel ihren Ballettanzug ab, zog ihre Freizeitjacke über und tat so, als würde sie ihre Frisur im Spiegel richten.

Als Erster kam Rowak aus dem Wohnzimmer, dann Seite an

Seite Lark und Lanlang. Rowak war der größte der fünf Männer, er ragte wie ein Kleiderständer auf, sodass Lanlang hinter ihm noch schmächtiger und eingefallener aussah. Lanlang hatte einen zerzausten, schütteren Bart, machte aber dank seiner lebhaft funkelnden Augen einen gewitzten Eindruck. Lark war der Umgänglichste, obwohl er mit seinen herabhängenden Augenwinkeln und den ernsten Falten um die Mundwinkel immer wie ein leidender Gelehrter wirkte. Rowak war ein herausragender Ingenieur, hatte ihr Bruder ihr einmal erklärt, Lanlang ein Mathegenie und Lark ein großer Linguist. Sie alle hatten sich nach dem Krieg um den Wiederaufbau des Mars verdient gemacht. Luoying setzte ihr strahlendstes Lächeln auf, um die Gäste zu begrüßen, ganz so als wäre nichts geschehen. Aber ihr Herz schlug heftig, und sie musste sich zusammenreißen, damit ihre Stimme nicht zitterte. Zum Glück waren die Männer so mit ihren eigenen Sorgen beschäftigt, dass sie kaum auf sie achteten. Im Vorübergehen nickten sie ihr zu, klopften ihr auf die Schulter und wünschten ihr alles Gute zur Heimkehr, ehe sie sich die Jacken überwarfen, die Hüte aufsetzten und sich verabschiedeten.

Lark erklärte ihr in aller Eile, er habe ihre Nachricht vom Vortag erhalten, und entschuldigte sich, weil er noch keine Zeit gehabt hatte zu antworten. Aber in den nächsten Tagen werde er im Büro sein, sie könne ihn einfach dort aufsuchen. Luoying bedankte sich schnell.

Als Letzter kam Juan. Sein Gesicht war dunkel und gegerbt wie ein Lederball, und um seinen Kugelbauch passte kein Gürtel mehr. Er sah wie das Ebenbild eines mittelalterlichen indischen Gewürzhändlers aus. So dick er auch war, er bewegte sich erstaunlich behände. Mit seinem hochgezwirbelten Schnurrbart, seinen buschigen schwarzen Augenbrauen und seinem lockigen Haar machte er einen gutmütigen Eindruck, sodass man leicht seinen scharfen, entschlossenen Blick übersah. Mit einem grimmigen Gesichtsausdruck trat er aus dem Wohnzimmer, aber bei Luoyings Anblick freute er sich so, dass er sie lachend in die Arme schloss, als wäre sie noch das Kind von früher.

«Mein weißes Häschen ist zurück! Lass mich dich mal ansehen.» Er wirbelte sie einmal im Kreis herum. «Du bist ja immer noch so ein Fliegengewicht! Hat man dich auf der Erde so schlecht behandelt? Oder hast du nicht genug gegessen?»

«Ich … ich bin Tänzerin.»

«Auch als Tänzerin muss man gut essen. Wenn du ein bisschen mehr auf den Rippen hast, gibst du gleich noch eine viel bessere Figur ab.»

«Aber dann kann ich nicht mehr hoch springen.»

«Na und wenn schon! Was soll denn das Hochgehüpfe? Du sollst nach Herzenslust essen. Und wenn du nicht mehr weißt, was du essen sollst, dann kommst du zu mir. Ich sage dir, dein Juan ist ein echter Künstler. Hast du gestern Abend was von den Desserts gegessen? Wie viele hast du verdrückt? Und waren sie lecker?»

«Zwei Stück. Ja, sie waren lecker.»

«Die habe ich gemacht. Bevor das Essen serviert wurde, habe ich die Desserts noch in den Backofen geschoben.»

«Backen können Sie auch? – Ich habe gestern gehört, wie Sie erzählt haben, dass Ihre Großmutter …»

«Das hast du auch gehört?» Er brach in ein schallendes Gelächter aus. Zu ihrer Überraschung konnte Luoying keinerlei Verbitterung heraushören. «Häschen, ich verrate dir was: Bei Verhandlungen muss es immer einen geben, der den Leuten einen Schreck einjagt, und einen, der den Guten mimt. Dein Opa möchte immer den Guten spielen, da bleibt für mich nur die Rolle des Bösewichts. Ich habe ihm schon immer gesagt, dass das nicht fair ist. Ich will auch mal den lieben Kerl spielen.»

Er hielt sich den Bauch vor Lachen. Nachdem er Luoying noch eingeladen hatte, einmal zum Essen bei ihm vorbeizukommen, ging er.

In dem Moment, als er sich umwandte, hatte sich seine Miene wieder verhärtet, und er marschierte mit großen Schritten, den Oberkörper straff aufgerichtet, schnurstracks zum Wagen. Als Kind hatte er Luoying immer gern zum Lachen gebracht. Aber am liebsten hatte er sie gefragt, was sie denn machen wolle, wenn sie einmal groß sei.

Jetzt wusste sie die Antwort: Sie wollte nicht nur verstehen, was die anderen sagten, sondern hinter die Fassade ihrer Worte blicken.

Im Flur war es still geworden, aber als sie sich umdrehte, sah sie, dass ihr Bruder und ihr Großvater an der Tür zum Wohnzimmer standen und in ein leises Gespräch vertieft waren. Am Ende des Flurs schimmerte der dunkelrote Fußboden fast bräunlich im Gegenlicht, das durch das bodentiefe Fenster hereinfiel. Draußen leuchteten die silberweißen Blüten des Stechapfels. Rudy und ihr Großvater schienen miteinander zu streiten, aber Luoying konnte kaum etwas verstehen von dem, was sie sagten. Das Gesicht ihres Großvaters war fahl und sehr grimmig. Nur ein einziges Mal hatte sie ihn so auf einem Monitor gesehen: Das war im Parlamentssaal gewesen, als er einen Aufruhr beendet hatte. Mit mächtigen Schritten war er hereinmarschiert, hatte sich einen Stuhl herangezogen und, noch bevor er auch nur ein Wort gesprochen hatte, mit seinem bloßen Gesichtsausdruck die aufgebrachte Versammlung zum Verstummen gebracht.

«So ein Prinzip ist auch nicht absolut unumstößlich», sagte ihr Bruder gerade.

«Doch, das ist es», erwiderte ihr Großvater. «Ebendas zeichnet ein Prinzip aus.»

In diesem Moment fühlte sie ihre düsteren Vorahnungen bestätigt. Eine politische Krise braute sich zusammen: Wenn die Verhandlungen platzten, konnte jederzeit wieder Krieg ausbrechen. Und die Menschen von der Erde hatten es auf die kontrollierte Kernfusion abgesehen.

Zurück in ihrem Zimmer, ließ Luoying ihren Rucksack zu Boden gleiten und setzte sich selbst daneben. Es war ein langer Nachmittag gewesen, und sie versuchte sich zu entspannen. Aber sie war so unruhig, dass sie sich auszog und ein Bad nahm. Während sie in der Wanne saß, war sie so in ihre Grübeleien versunken, dass sie kaum wahrnahm, wie der Dampf rings um ihren Kopf aufstieg.

Es war lange her, dass sie zuletzt solche offenen politischen Debatten gehört hatte. Als sie ein Kind gewesen war, hatten sich die alten Männer gern bei ihnen zu Hause versammelt und bei Unmengen von bitterem Kaffee lebhaft miteinander diskutiert, während Karten an die Wände projiziert waren. Aber auf der Erde hatte sie kaum irgendwelche politischen Gespräche miterlebt. Abgesehen von ihrem letzten Jahr, als sie sich einer Gruppe von Umweltaktivisten angeschlossen hatte, hatte sie ihr Leben dort sorglos und unbeschwert verbracht.

Und das lag nicht nur daran, dass sie auf der Erde so weit entfernt von den politischen Entscheidungsträgern gelebt hatte. Das ganze politische Klima war dort anders. Die Politiker auf dem Mars zeichneten sich durch ein ungeheures Verantwortungsbewusstsein aus. Sie redeten oft von ihrer Verpflichtung gegenüber dem Universum oder vom drohenden Ende der Menschheit. Auf der Erde war von so etwas nie die Rede. Dort beantragte eine Regierung bei der Weltbank Insolvenzschutz, ein Staatsoberhaupt drehte persönlich einen Film, um den Tourismus anzukurbeln, und ein Außenminister kaufte fremde Staatsanleihen. Sie alle agierten wie Unternehmen, die vor allem den laufenden Betrieb aufrechterhalten wollen. Dagegen bekam man kaum einmal Nachrichten wie auf dem Mars zu hören, in denen es um die Verrückung eines Planeten, ein neues Existenzmodell, die zivilisatorischen Errungenschaften der Menschheit oder Fehler in den Computersimulationen der menschlichen Geschichte ging. Luoying dachte oft, dass ein Alien angesichts der Nachrichten den Eindruck gewinnen müsste, nicht die Erde, sondern der Mars beherberge zwanzig Milliarden Menschen und die Erde nur zwanzig Millionen.

Als Kind hatte sie sich für all die grandiosen Pläne der Marsianer begeistert, aber auf der Erde hatte sie den Glauben daran verloren. Die alte Welt hatte ihr alle Gewissheiten geraubt: Die Menschheit auf der Erde erwartete keine Erneuerung vom Mars, sie erhoffte sich nichts. Die großen marsianischen Zukunftsvisionen, die mit so viel Feuer beschworen wurden, entpuppten sich auf der Erde als bloße Illusionen.

Sie wusste, was das bedeutete: Sie war vom vorgezeichneten Weg abgekommen. Die alten Männer, die heute bei ihr zu Hause gewesen waren, gehörten zu den führenden Köpfen in Wissenschaft und Forschung, im Ingenieurwesen und in der Erschließung von natürlichen Ressourcen. Sie waren berühmte marsianische Persönlichkeiten, hochgeschätzte Vorbilder. Aber sie halfen Luoying nicht, die Richtung zu erkennen, die sie selbst einschlagen sollte.

Mit geschlossenen Augen ließ sie sich tiefer in das warme Wasser gleiten. Im Nebenzimmer leuchtete auf dem Monitor am Kopfende ihres Bettes das Menü auf, mit dem man sich für einen persönlichen Account registrieren konnte. Wie ein Traumbild schimmerte es durch die Glaswand des Badezimmers herein. Luoying sah nicht hin, aber sie spürte den Widerschein auf ihrem Gesicht.

Sie musste sich entscheiden, das wusste sie. Um einen offiziellen Einwohnerstatus zu erlangen, musste sie sich schnell in einem der Studios anmelden. Jeder Erwachsene auf dem Mars tat das. Denn nur wer einem Studio angehörte, erhielt eine Identifikationsnummer und damit einen persönlichen Account. Ohne einen solchen Account konnte man nicht arbeiten, man erhielt keine Ausweise und kein Geld. Der Account eröffnete jedem Marsbewohner den Zugang zu allen möglichen Aktivitäten und Einkaufsoptionen. Aber Luoying hatte ihn noch nicht aktiviert, er ruhte, als wäre sie noch nicht heimgekehrt. Im Grunde war es so, als würde sie noch gar nicht existieren.

Doch sie wollte sich noch nicht entscheiden, sie fühlte sich ein wenig wie ein Kriegsheimkehrer, der sich auch nicht sofort in die Arbeit stürzen will.

Hatte man auf dem Mars erst einmal ein Studio gewählt, gehörte man ihm, von einigen wenigen Umsteigern abgesehen, bis an sein Lebensende an. Eine Karriere konnte man nur in ein und demselben Studio machen. Luoying graute davor, auch wenn sie wusste, wie unausweichlich alle Marsianer diesem Weg folgten. Aber in den fünf Jahren auf der Erde war sie vierzehnmal umgezogen, sie hatte in zwölf Städten gelebt, in sieben Jobs gearbeitet und fünf verschiedene Freundescliquen gehabt. Sie konnte nicht einfach bestimmen, wie der Rest ihres Lebens aussehen sollte. Sie ertrug keine Monotonie mehr, und auch soziale Klassen waren ihr zunehmend zuwider. Als Kind hatte sie das alles für naturgegeben gehalten, nun empfand sie es bloß noch als einengend. Gern hätte sie anders darüber gedacht, aber es gelang ihr nicht, sich selbst zu belügen.

Deshalb beachtete sie das Menü zur Account-Registrierung nicht.

Auf dem Fensterbrett neben dem Monitor stand aller möglicher Krimskrams: ein Wecker, der watscheln und singen konnte, ein Thermometer in Form einer Erdbeere, ein Roboterpüppchen und eine Lampe aus orangegrünem Glas. Luoying konnte kaum glauben, dass ihr diese Dinge einmal etwas bedeutet hatten. Aber so wie sie dort thronten, musste das dreizehnjährige Mädchen, das sie einmal gewesen war, sehr an ihnen gehangen haben.

Sie stieg aus der Wanne, trocknete sich in der Trockenkammer und zog sich an. Der warme Duft der frischen Kleidung war tröstlich, und sie fasste neuen Mut. Dennoch war das Mädchen, das ihr aus dem Spiegel entgegenblickte, ihr fremd. Ihre Haare waren noch feucht, und ihr blasser Hals wirkte überschmal und zerbrechlich. Sie wäre gern anders gewesen: stärker und klüger, jemand, der wusste, was er wollte, sich seiner Entscheidungen sicher war, jemand, der die Dinge gut durchdachte und dann konsequent in die Tat umsetzte. Nicht jemand, der so unsicher und schwächlich war wie sie.

Sie steckte die Haare hoch, verließ leise ihr Zimmer und ging in den Flur, um mit ihrem Großvater zu reden.

Gestern hatte er noch vorgeschlagen, dass sie beide den Todestag ihrer Eltern zum Anlass nehmen sollten, beim Abendessen ihrer zu gedenken. Aber nun schaute Luoying vergeblich in jedes Zimmer: Er war nicht zu Hause, genauso wenig wie ihr Bruder. Nur in der Küche wartete eine warme Mahlzeit im Kocher auf sie.

Beim Anblick des durchsichtigen Tellers und des leeren Raums seufzte sie. Vielleicht hatte ihr Großvater seinen eigenen Vorschlag vergessen. Sie war ihm nicht böse deswegen – immerhin war er der Generalgouverneur, und sie hatte ja vorhin gehört, dass die Verhandlungen mit der Erddelegation nicht gut liefen.

Ohne etwas zu essen, ging sie wieder die stille Treppe hinauf zum Arbeitszimmer ihrer Eltern im ersten Stock.

Sie wollte allein mit ihren Eltern sprechen und sie um Rat fragen. Luoying war erst acht Jahre alt gewesen, als ihre Eltern gestorben waren. Vieles hatte sie damals nicht verstanden, anderes inzwischen vergessen. Auf der Erde hatte sie eine Zeitlang versucht, ihr früheres Leben ganz hinter sich zu lassen. Um innere Stärke zu gewinnen, hatte sie alle Verbindungen zu ihrer Kindheit auf dem Mars gekappt, bis sie sich zuletzt wirklich nur noch an wenig erinnern konnte.

Sie fand das Zimmer ihrer Eltern genauso vor, wie sie es vor fünf Jahren verlassen hatte; es war immer noch so eingerichtet wie zu Lebzeiten ihrer Eltern. Hier hatte ihr Vater seine Bücher gelesen und ihre Mutter an ihren Skulpturen gearbeitet, und hier hatten beide sich mit ihren Freunden getroffen, um bei einer Tasse Tee miteinander zu plaudern. Auf dem Teetisch standen immer noch die Tassen, und die Löffel lagen auf den Untersetzern. Es war, als wäre eben erst eine Teegesellschaft zu Ende gegangen, von der noch Gesprächsfetzen und Gelächter in der Luft nachklangen. Jeden Moment, so schien es, könnten die Gäste zurückkehren. Auf den Tischen und Regalen lagen Werkzeuge, und auf dem Arbeitstisch wartete eine Skulptur darauf, dass sie vollendet wurde. Alles war sorgsam in seinem ursprünglichen Zustand bewahrt und jede Spur von Verfall oder Tod beseitigt worden. Der Raum war viel zu sauber, auf den Fensterbrettern und in den Ecken lag nicht ein Körnchen Staub. Man spürte sofort, dass hier kein lebender Mensch zu Hause war.

Die Bücherregale hatte ihr Vater konstruiert, und sie waren ein Kunstwerk für sich. Sie standen kreuz und quer und doch präzise wie mit dem Lineal gezogen im Raum – Luftschlösser, errichtet aus Kaskaden von Schriftzeichen. Der Abend war schon hereingebrochen, und die Regale verschwammen zu vagen Schatten. Das Zimmer war erstarrt in der Vergangenheit. Die Menschen waren verschwunden, aber die Erinnerungen waren geblieben. In Luoyings Vorstellung war das Leben ihrer Eltern untrennbar mit der Kunst verbunden. Sie war damals noch ein kleines Kind gewesen, aber diese Atmosphäre von Kunst und Gesprächen würde sie nie vergessen.

Langsam bewegte sie sich an der Wand entlang, hob einzelne Dinge auf und stellte sie wieder zurück, und dabei dachte sie daran, wie ihre Eltern mit diesen Gegenständen umgegangen waren.

Ihr Blick fiel auf ein aufgeschlagenes Album mit einem großformatigen Bild ihrer Eltern. Es stand aufrecht auf einem kleinen, halbmondförmigen Tisch an der Wand, schmucklos und feierlich wie ein Totenbildnis.

Sie nahm das Album in die Hand und blätterte es langsam durch. Die Fotos zeigten ihre Eltern von klein auf: Schulfeiern, auf denen sie ausgezeichnet worden waren, Bälle, auf denen sie tanzten, ihre wissenschaftlichen und künstlerischen Werke. Schon in jungen Jahren hatten die beiden viel geleistet. Ihr Vater hatte historische Stücke verfasst und selbst aufgeführt. An die Hinterwand des kleinen Theaters in ihrem Viertel hatte er prunkvolle Kulissen projiziert und davor eine große Schar von seinen Mitschülern – Teenager, die noch wie Kinder aussahen – auf die Bühne gebracht. Auf den Fotos wirkte seine Miene in sich gekehrt und gleichzeitig so fest entschlossen, als würde er auf den Richtplatz marschieren. Luoyings Mutter hatte schon früh ihre Liebe zur Malerei und Bildhauerei entdeckt. Auf einem Foto war ein Werk zu sehen, mit dem sie in ihrer Jugend an einem Wettbewerb teilgenommen hatte. Es hing noch immer im Saal des Gemeindemuseums. Später hatten die beiden sich einem Ingenieurstudio angeschlossen, aber ihre künstlerische Leidenschaft hatten sie sich bis an ihr Lebensende bewahrt. Der Ort, an dem Luoying die meiste Zeit mit ihrer Mutter verbracht hatte, war ihr Atelier gewesen.

Sie sah ihre Mutter vor sich: Den langen schwarzen Zopf hochgesteckt, stand sie neben einem Regal und musterte Luoying mit einem innigen Blick. Dann kehrte sie rasch wieder an ihren Arbeitstisch zurück und schlug, völlig versunken in ihr Schaffen, mit flinken Händen auf den Lehm ein, ehe sie die Feinheiten der Form mit einem Messer herausarbeitete. Auch sich selbst sah Luoying: ein Kind mit Schleife im Haar, das auf einem Stuhl hockte, in der Hand eine Puppe. Voller Neugier schaute sie ihrer Mutter zu, angesteckt von der Leidenschaft, die in der Luft lag.

Und sie sah auch ihren Vater: In einem braunen Hemd mit Wollweste saß er neben ihnen auf einem halbhohen Regal, das eine Bein auf einen Stuhl gestellt, den Ellbogen auf das andere Bein gestützt, in der Hand einen Stift, mit dem er gestikulierte. Mit einem verschmitzten Schmunzeln, dem nichts fremd zu sein schien, erzählte er aus der Geschichte. Um ihn herum waren noch andere Erwachsene im Zimmer, sowohl Männer als auch Frauen, und alle redeten über die Kunst und machten sich große Gedanken, und obwohl Luoying nichts verstand, hörte sie ihnen gern zu.

Viele Szenen und Bilder, das merkte sie nun, während sie in der Abenddämmerung im Raum ihrer Eltern stand, hatte sie gar nicht vergessen, sie waren ihr nur vorübergehend entfallen.

Dann stieß sie auf einer Seite auf eine Zeile, die sie stutzig machte: *Von diesem Tag an war Adele offiziell ohne Studio.*

Adele war der Name ihrer Mutter.

Aber wie war das möglich? Was war vorgefallen, dass ihre Mutter nicht mehr für ein Studio arbeitete? Sie schaute auf das Datum: Sechs Jahre alt war sie damals gewesen. In dem Album stand keine Erklärung. Sie blätterte weiter bis zu einer tabellarischen Vita ihrer Mutter: Die Einträge endeten zwei Jahre vor ihrem Tod. Weil sie in keinem Studio mehr gemeldet gewesen war, brachen auch die Informationen so abrupt ab, als würde ein Theaterstück mitten in einer Szene enden.

Also war es auch ihrer Mutter gegen den Strich gegangen, sich registrieren zu lassen, dachte Luoying, und das war ein schmerzlicher, aber auch ein tröstlicher Gedanke. Plötzlich fühlte sie sich nicht mehr allein. Anscheinend hatten ihre Eltern etwas Ähnliches wie sie durchgemacht. Ihre Zweifel kamen ihr auf einmal nicht mehr seltsam vor. Sie hatte einen großen Umweg genommen, aber zu guter Letzt wandelte sie nun auf den Spuren ihrer Mutter.

Aber warum war ihre Mutter diesen Weg gegangen? Das verstand sie nicht. Ihre eigenen Zweifel rührten ganz offensichtlich von ihrem Wandern zwischen den Welten her, aber warum hatte ihre Mutter ähnlich empfunden? Warum hatte sie nicht mehr länger zu einem Studio gehören wollen?

Gern hätte sie mehr über ihre Mutter gelesen, aber das Album gab nicht mehr her. Sie stellte es an seinen Platz auf dem Tisch zurück und wandte sich auf der Suche nach mehr Unterlagen zum nächsten Bücherregal.

In diesem Moment fiel ihr Blick auf einen Strauß weißer Blumen, die im Schatten neben dem halbrunden Tisch lagen. Es waren Lilien, eingeschlagen in schlichtes grünes Veloursspapier. Sie waren so unauffällig platziert, dass sie sie beim Hereinkommen nicht bemerkt hatte.

Als sie den Strauß aufhob, entdeckte sie darunter eine Karte, auf der nur zwei Wörter standen, geschrieben von der Hand ihres Großvaters: *Vergebt mir.*

Ihr Herz schlug schneller.

Ihr Großvater war also schon hier gewesen, auch wenn er

nicht mit ihr zusammen hatte essen können. Er war hier gewesen.

Immer wieder las sie die Worte, und dabei beschlich sie ein mulmiges Gefühl. Im fahlen Mondschein wirkte die Karte sehr blass, und die energische schwarze Schrift, mit Füller geschrieben, hob sich darauf scharf ab.

Sie überlegte, was die Worte bedeuteten: Was hatte ihr Großvater getan, dass er ihre Eltern um Vergebung bat? Gestern Abend erst hatte er ihr Foto so voller Trauer und Liebe angeschaut.

Vergebt mir.

Wieder betrachtete sie die beiden Wörter, und da durchzuckte die Erinnerung sie wie ein Stromschlag.

Der Gesichtsausdruck ihres Großvaters fiel ihr ein, als er am Nachmittag im Flur gestanden hatte. Einen Moment lang hatte ihr Herzschlag ausgesetzt. Und nun wusste sie wieder, wann sie ihn schon einmal so gesehen hatte. Es war zwei Monate vor ihrem Flug zur Erde gewesen. Sie hatte sich im Wohnzimmer einen Film anschauen wollen, als sie auf ein Video gestoßen war, das ihren Großvater im Parlamentssaal zeigte. Mit eisiger Miene war er durch den Saal geschritten und hatte die Aufrührer zum Schweigen gebracht. Aber noch ehe sie richtig verstanden hatte, um was es ging, war ihr Großvater an der Wohnzimmertür erschienen, und sie hatte hastig das Video ausgeschaltet.

Einen Monat später hatte man ihr mitgeteilt, dass sie zur Erde reisen durfte.

DIE MESSE

Eine gesamte Glaswand des Hotelzimmers hatte sich in eine Leinwand verwandelt, auf der die brillanten, gestochen scharfen Bilder des Projektors liefen. Igor hatte sein Zimmer in einen Vorführraum umfunktioniert, und wenn er nicht an seinem eigenen Film arbeitete, schaute er sich hier die Werke an, die sein Lehrer hinterlassen hatte.

Er hatte solche Filme noch nie gesehen. Mit einer kindlichen Unschuld hatte sein Lehrer etliche Fragen aufgeworfen – in jedem Film eine. Dabei hatte er offensichtlich alle Konventionen über Bord geworfen und sich vollkommen rückhaltlos und unverstellt seinen Themen genähert, um wirklich alles einzufangen, was ihm rätselhaft erschienen war.

Igor betrachtete die Filme seines Lehrers wie ein Tagebuch. Zwar erzählte Arthur darin nichts von seinem Leben, aber mit jedem filmischen Detail hielt er fest, was ihn in seinen acht Jahren auf dem Mars beschäftigt hatte. Jede Szene sprach für sich. Viele Fragmente waren darunter, einsortiert unter der Rubrik «unveröffentlicht», spontan und flüchtig wie Skizzen in einem Tagebuch. Aber es gab auch zwanzig abgeschlossene Filme. Manche waren lang, andere kurz, aber alle ohne Titel und nur nach der Reihenfolge ihres Entstehens durchnummeriert.

Am Anfang eines Films war ein Mädchen zu sehen, ein hübsches Mädchen in einem rosa Rock. Die Kamera schwenkte von links nach rechts, von oben nach unten, um sie in aller

Klarheit zu erfassen. Dazu sagte eine Stimme aus dem Off: «Schaut genau hin, denn dies ist das letzte Mal, dass wir sie sehen.» Dann fuhr die Kamera auf einmal im Sturzflug hinab auf das Mädchen, und das Bild wurde schwarz, sodass der Zuschauer das Gefühl gewann, er wäre in ihren Körper eingetaucht. Von da an sah der Zuschauer alles so, als wäre er in ihrem Innern eingeschlossen, aber ihr neues Ich und seine äußere Gestalt blieben ihm gegenwärtig wie eine virtuelle Hülle, die die Kamera nicht erfasste. Das Mädchen verrichtete belanglose, alltägliche Dinge, aber sie alle rückten in eine eigentümliche Ferne. Mit einer sanften Bosheit legte der Film offen, wie ein Mensch, der sich seiner selbst bewusst ist, ohne dass er damit zu einer echten Erkenntnis von sich und seiner Umgebung gelangt, in seinem Ich gefangen bleibt.

Vor seiner Ankunft auf dem Mars hatte Igor Zweifel an seinem Metier gehabt. Das Filmemachen war zu einem Handwerk geworden, das immer weniger Technik erforderte. Mit dem Aufkommen der Holographie konnte sich jeder als Regisseur betätigen und nicht nur kleine Filmchen über seine Familie drehen, sondern auch lange dreidimensionale Serien, die absolut realistisch wirkten und sogar Gerüche, Temperatur und Feuchtigkeit transportieren konnten. Mit einer 3-D-Brille konnte man persönlich ins Geschehen eintauchen und sich am Schauplatz bewegen. Die Filmemacher legten neue, andere Schwerpunkte: Statt sich noch viele Gedanken über die Art der Inszenierung zu machen, konzentrierten sie sich auf eine dramatische Handlung. Arthur dagegen hatte Igor mit seinen Filmen eine ganz andere Botschaft hinterlassen: Die beste Darstellungsform war nicht die neueste, sondern die originellste.

Igors Lehrer hatte weiter 2-D-Filme gedreht. Die technische Begrenztheit hatte er zu einem cineastischen Stilmittel gemacht. Aber er hatte auch ein paar 3-D-Filme gedreht.

In ihnen nutzte er die Holographie-Technik, um noch den unscheinbarsten Details eine große Eindringlichkeit zu verleihen. Einer dieser Filme handelte von einem Mann, der von den Schwielen an seinen Händen besessen ist und beständig gegen den Impuls ankämpft, sich die Haut von den Händen zu reißen. Um sich vor sich selbst zu schützen, versucht er sich auf andere Objekte zu konzentrieren. Aber bald hält er es nicht mehr aus, als der automatische Wasserkocher in seiner Wand immer schriller vor sich hin heult. Nun beneidet er jeden, der nicht seine Obsession teilt, und starrt bald zwanghaft auf jede fremde Hand. Gegen Ende des Films waren zwei Ingenieure zu sehen, die ein wenig abseits saßen und über ein Großprojekt redeten, dessen drohendes Scheitern den ganzen Planeten in eine Krise stürzen würde. Aber der Zuschauer – darin lag die Pointe – empfand das am eigenen Leib erfahrene Leiden, das sich mit den Schwielen an den Händen verband, als viel realer und bedrückender als die globale Katastrophe.

Igor konnte sich die Filme seines Lehrers nicht auf die Schnelle einen nach dem anderen ansehen. Obwohl er so viel Zeit wie möglich in seinem Hotelzimmer verbrachte, kam er nur langsam voran. Sein Lehrer hatte alles, was als sichere Wahrheit über das Leben galt, in Zweifel gezogen. In seinen Filmen hatte er die Dinge des Alltags seziert und wieder zusammengesetzt, bis alle festen Überzeugungen ins Wanken gerieten, während sich einem auf einmal ganz andere, groteske Schlussfolgerungen aufdrängten.

Allmählich dämmerte Igor, warum sein Lehrer so lange auf dem Mars geblieben war. Seine Filme vom Mars mit ihren experimentellen Geschichten und Szenen hätten auf der Erde keinen Markt gefunden. Er hatte sich immer dafür interessiert, das Leben zu dekonstruieren – aber wer auf der Erde brauchte so etwas? Die Menschen dort suchten nach Vorbildern, wie sie zu leben hatten, nicht nach lebensfernen Reflexionen. Im Internet waren die Filme, die die üblichen emotionalen Bedürfnisse befriedigten, am erfolgreichsten: Einsamen Zuschauern wurde die Illusion zwischenmenschlicher Nähe vermittelt, die Filme waren erfüllt von süßen Düften oder dem Geruch von Blut, sie zeigten Kämpfe, in die schöne Frauen verwickelt waren, und verkündeten mystische Offenbarungen. Die Stärken der Holographie-Technik kamen in solchen Filmen bestens zum Tragen. Auch kritische Filme, in denen sich ein Hass auf die Gesellschaft Luft machte, fanden ihr Publikum. Aber die Filme seines Lehrers wollte kaum jemand kaufen. Sie mochten cineastische Geniestreiche sein, aber auf dem Markt konnten sie nicht bestehen.

In der Datenbank waren alle Filme von Arthur gespeichert. Nach seiner Rückkehr zur Erde hatte Janet seinen Account verwaltet.

Igor hatte keine Ahnung, wie die Datenbank aufgebaut war, aber eines wusste er: Sie war gewaltig. Obwohl er sich direkt zum Account seines Lehrers durchgeklickt hatte, war er schon auf unzählige Verästelungen gestoßen wie bei einem tausendjährigen Baum. Und dieser Baum barg unendlich viele Erinnerungen. Wenn jeder Marsianer, der je gelebt hatte, seinen eigenen Account besessen hatte, gab es mindestens mehrere Dutzend Millionen persönlicher Accounts. Dazu kamen Hunderttausende von Studio-Accounts, allgemeine öffentliche Accounts, Ausstellungs-Accounts und interaktive Plattformen, die ständig aktualisiert wurden. Die ganze Datenbank glich einer gigantischen virtuellen Stadt, einer zweiten Mars City. Der persönliche Account war ein digitales Zuhause, das virtuelle Schwarze Brett der Stadtverwaltung war der Marktplatz, und die privaten Werke ebenso wie die öffentlichen Bekanntmachungen luden zur allgemeinen Teilhabe ein. Es war ein Baum, in dessen gewaltigem Geäst man sich verlieren konnte.

Igor hatte die Datenbank noch kaum erkundet. Dafür fehlte ihm die Zeit, und außerdem hatte Janet ihn gebeten, es nicht zu tun.

«Behalten Sie die Geheimzahl bitte für sich», hatte sie ihn eindringlich ermahnt. «Außer Arthur haben wir noch nie einem Fremden Zugang zu unserer Datenbank gewährt. Darin sind viele wichtige Dinge offen einsehbar. Als Archivarin dürfte ich meine Pflichten eigentlich nicht derart verletzen. Aber Sie sind Arthurs Schüler, und ich hoffe, Sie verstehen sein Vermächtnis – seine Filme und die Welt, in der er gelebt hat.» Sie hielt den Blick gesenkt auf ihre Hände, und ihre Stimme war vom vielen Schluchzen brüchig. «Ich möchte, dass jemand meine Erinnerungen mit mir teilt. Es soll sich noch jemand an Arthurs acht Jahre hier erinnern, wenn ich sterbe. Sie können sich alles anschauen, und Sie können sich die Filme auch herunterladen. Aber bitte behalten Sie die Geheimzahl für sich, ja?»

«Das werde ich», hatte Igor feierlich versprochen.

Er würde ihr Geheimnis bewahren. Er hatte es niemandem aus der Delegation gegenüber auch nur mit einem Wort erwähnt. Sein Lehrer hatte den wichtigsten Teil seines Lebens hier gespeichert, und als sein Schüler würde er sein Erbe schweigend pflegen. Die Filme, die sein Lehrer hinterlassen hatte, und der Account, den Janet ihm zugänglich gemacht hatte, waren die kostbarsten Geschenke, die er je erhalten hatte. Er wollte verstehen, was sein Lehrer hier auf dem Mars entdeckt hatte, was ihn zum Bleiben und am Ende doch auch wieder zum Gehen bewegt hatte.

Igor sah das zentrale Problem des zweiundzwanzigsten Jahrhunderts in dem unaufhaltsamen Wertezerfall, der sich auf der

Erde ereignet hatte. Schon im zwanzigsten Jahrhundert hatte die Vulgarisierung des Wissens die ganze Welt erfasst, aber damals gab es noch einige wenige, die das Erbe der alten Zeiten hochhielten und für eine große Idee lebten. Aber im zweiundzwanzigsten Jahrhundert war alles Erhabene verschwunden, niemand strebte mehr nach Größe, der Horizont des Menschen schrumpfte, seine Ideale verkümmerten. Weil niemand mehr nach wahrer Weisheit suchte, verkam die Kultur zu etwas Trivialem. Jeder trug etwas dazu bei, auch er selbst. Voller Skepsis war er auf den Mars gekommen und hatte nicht einmal gewusst, ob sein Lehrer hier eine Antwort gefunden hatte.

Oberflächlich betrachtet unterschied sich das Leben der Kreativen auf der Erde nicht wesentlich von dem der Kollegen auf dem Mars: Alle schufen ihre Werke, traten damit an die Öffentlichkeit und warben um ihr Publikum. Doch niemand sah klarer als Igor, was sie voneinander trennte. Auf der Erde gab es einen Markt, in dem jeder seine Werke anbieten konnte, und auf den ersten Blick ging es darin fair und demokratisch zu. Aber dieser virtuelle Markt funktionierte wie ein Supermarkt: Ein Werk war dort nicht mehr als eine Flasche Milch, die möglichst schnell einen Käufer finden musste. Sonst wurde das Haltbarkeitsdatum überschritten, und das Werk wanderte zurück zu seinem Erzeuger. Ob innerhalb von drei oder dreißig Tagen, die Devise lautete: Verkauf dich oder stirb. Nichts sollte lange im Lager liegen bleiben, und die Händler bevorzugten immer frische Ware. Wenn in diesem schnelllebigen Geschäft nicht sofort jemand Interesse an einem Werk zeigte, war es schnell verdorben wie alte Milch. Theoretisch hätte jedes Werk still auf seinem Regal darauf warten können, dass jemand es für sich entdeckte, aber tatsächlich gab man ihm nicht so viel Zeit: Was sich nicht im Handumdrehen verkaufte, fraß Lagerkosten auf, und das sollte verhindert werden. Ein Autor wie er, hatte

Adorno einmal gesagt, hege nicht die Hoffnung, er könne mit seinem Werk Einfluss auf die Welt ausüben, sondern er hoffe nur, dass sich eines Tages jemand fände, der ihn vollkommen verstehe. Zweihundert Jahre nach seinem Tod hatte sich diese Hoffnung als Illusion erwiesen.

In der Welt des kurzlebigen Kommerzes war kein Platz für so etwas wie das Streben nach wahrer Weisheit. Igor hatte sieben Jahre lang, seit er achtzehn war, in diesem virtuellen Supermarkt gelebt. Dabei hatte er es gewagt, sich vom Mainstream zu entfernen. Seine Filme wurden auf einer speziellen Plattform vertrieben, die einem teuren Bio-Obstmarkt ähnelte. Nur dort verkaufte er, und er selbst kaufte auch nur dort. Verglichen mit anderen, die für den Massenmarkt produzierten, bewegte er sich in einem kleinen, aber stabilen Kundenkreis, und man konnte sein Vermarktungskonzept mit einem Apfelbaum in einer kargen, regenarmen Region vergleichen: Dort trägt ein Baum nur wenige Äpfel, aber die haben ein unverwechselbares Aroma. Igor hatte schon immer so gearbeitet, und das passte auch zu den Plänen, die Tynne für ihn hatte. Tynne hatte ihn von Anfang an gefördert, ihm aber immer gesagt, der Schlüssel zum Erfolg sei ein fester Kundenstamm.

Trotzdem hatte sich Igor auf der Erde die Hacken abgelaufen, hatte in Penthouses vor edlen Leichtmetallschreibtischen gesessen und jedem potenziellen Sponsor sein nächstes Projekt vorgestellt, eingehüllt in den Duft erlesener Zigaretten. Von Filmkunst hatte er dabei nie gesprochen, nur von seinen Marktanteilen. Zweimal wöchentlich hatte er sich auf einer digitalen Filmplattform präsentiert und war dort mit seinen Werken hausieren gegangen. Er hatte sich längst daran gewöhnt; diese Art der Selbstvermarktung war notwendig, aber sie nahm mehr Zeit in Anspruch als die eigentliche kreative Arbeit.

Hier auf dem Mars war das alles überflüssig. Niemand sorgte sich hier um seinen Lebensunterhalt oder um den Vertrieb, hier machte niemand Werbung, und niemand jagte dem Profit nach. Igor konnte sich kaum vorstellen, was das bedeutete, aber ein solches Leben schien ihm ungeheuer attraktiv: Er könnte sich ganz auf seine Arbeit konzentrieren, auf sein filmisches Schaffen und seine künstlerischen Visionen, kurz: Er fand die Bedingungen für Künstler auf dem Mars paradiesisch.

Sobald er sich alle Filme seines Lehrers angesehen hatte, wollte er sich noch einmal mit Janet treffen. Er betrachtete seine Umgebung nun mit den Augen eines Überläufers, und das verwirrte ihn. Er verstand nicht, warum sein Lehrer wieder zurück zur Erde gegangen war. Arthur kam Igor vor wie ein Mann, der allein in die Wildnis zieht und sich dort mühsam eine Hütte baut, nur um, kaum ist die Hütte fertig, wieder in die Stadt zurückzukehren. Eben hatte sich eine neue Welt für ihn aufgetan, da zog er sich wieder zurück in die alte.

Warum war Arthur zurück zur Erde gegangen? Oder verband die beiden Welten womöglich insgeheim doch mehr miteinander, als Igor vermutete?

Wie jeden Morgen seit seiner Ankunft auf dem Mars ging Igor in das Ausstellungszentrum.

Es war das größte Gebäude auf dem Mars und der Hauptveranstaltungsort der Messe. Alle Exponate von der Erde waren hier ausgestellt, und die Verhandlungen zwischen der irdischen Delegation und den Vertretern des Mars fanden ebenfalls hier, im Konferenzraum, statt. Das Zentrum hatte ein ausgefallenes Äußeres: Das fünfstöckige Gebäude war in Form einer Pyramide errichtet. Eine weiträumige Halle nahm das Erdgeschoss ein, wo sich die Marsbewohner die irdischen

Produkte ansahen. Die Stockwerke darüber wurden immer kleiner, und im obersten Stock war nur noch Platz für den Konferenzraum.

Normalerweise diente das Zentrum als wissenschaftlich-technisches Museum. Die Säulen in anderen marsianischen Gebäuden waren getönt, um die Elektronik und Mechanik im Inneren zu verbergen – aber nicht hier. Die hohen, mächtigen Säulen in der Ausstellungshalle waren transparent und gaben den Blick ins Innere frei, wie bei einem Aquarium oder einem Röntgenstrahler, in dem Tierskelette zu sehen waren. An jeder Säule hing ein Schild, das erläuterte, wie die technischen Anlagen funktionierten, welchen Zweck sie erfüllten und wer sie wann entwickelt hatte. Die gesamte Gebäudetechnik war hier untergebracht – von der Wärmetechnik und Isolierung über den Schutz vor kosmischer Strahlung bis hin zum Wasser- und Luftkreislauf. Die Mauern des Gebäudes bargen eine eigene Welt.

An einem normalen Morgen filmte Igor erst pflichtbewusst die Besucher in der Ausstellungshalle und nahm im Konferenzsaal die Gespräche auf. Danach spazierte er in der Stadt herum, um das Leben auf dem Mars und überhaupt alles, was ihm interessant erschien, zu dokumentieren.

Die Verhandlungen waren in eine Sackgasse geraten, die Delegationen wiederholten nur noch ihre Ansichten, in der Hoffnung, dass die Gegenseite sie irgendwann akzeptierte. Die routinemäßige tägliche Pressemitteilung lautete: «Beide Seiten pflegten einen freundschaftlichen Meinungsaustausch und erörterten zentrale Fragen.» Wer sich mit Verhandlungen auskannte, wusste, was das bedeutete: Immer noch war kein wesentlicher Fortschritt erzielt worden. Dabei demonstrierte die Delegation von der Erde nach außen Stärke, aber im Innern war sie hoffnungslos zerstritten: Was der Vertreter eines

Landes vorbrachte, wurde regelmäßig vom Vertreter eines anderen Landes sabotiert. Auf jede Äußerung von Ivandonov hin erhob sich Wang und widersprach. Die Vertreter des Mars dagegen traten bis in ihre Sprachregelungen hinein geschlossen auf. Die Erde steckte in einer akuten Wirtschaftskrise, die alle Länder in Mitleidenschaft zog. Die Technologie-Aktien waren eingebrochen, und deshalb richteten sich nun alle Hoffnungen auf die marsianische Technik. Allerdings sollte nur das eigene Land und kein anderes davon profitieren. Igor langweilte all das Verhandlungsgeplänkel. Er verbrachte nie mehr Zeit als nötig im Ausstellungszentrum.

An diesem Morgen aber war das anders. Er hatte sich gerade seine Kamerabrille aufgesetzt, da entdeckte er in einiger Entfernung Luoying. Sie war mit zwei gleichaltrigen Mädchen und zwei dreizehn- oder vierzehnjährigen Jungen zusammen.

Igor wurde aufgeregt. So eine Chance bot sich nicht alle Tage. Inzwischen war er sich sicher, dass er das Mädchen filmen wollte – aber an ihre Fersen hängen wollte er sich nicht. Er hatte einen guten Instinkt, aber er konnte auch sehr stur sein. Er würde sie nicht heimlich filmen, auch wenn er das am liebsten getan hätte. Sie trainierte jeden Tag, und vor drei Tagen hatte er sie einmal mit seiner Kamera in ihrem Tanzstudio gefilmt. In ihrer knappen Freizeit hatte sie offensichtlich Besseres zu tun, als sich mit ihm zu treffen. Aber heute ergab sich vielleicht die Gelegenheit zu einem Gespräch.

An diesem Morgen trug Luoying eine dunkelgraue Sporthose – keine Leggings wie im Training, sondern eine weite, weiche Hose, dazu ein kurzes Hemd und darüber eine ärmellose Bluse. Hose und Bluse fielen locker um ihre schmalen Glieder.

Während Igor sie von weitem musterte, versuchte er hinter dem Äußeren ihren Charakter zu ergründen. Ihr Haar hatte sie heute so lose zusammengesteckt, dass es einen ähnlich lässigen und unbeschwerten Eindruck machte wie ihre Kleidung. Ihrer Umgebung schenkte sie keine große Aufmerksamkeit. Sie wechselte kaum ein Wort mit ihren Begleitern und schien in Gedanken in einer anderen Welt zu sein. War sie immer so, oder bedrückte sie heute etwas? Igor wusste es nicht, aber ihre Selbstvergessenheit besaß einen ganz eigenen Reiz.

Luoying ging in der Mitte der Gruppe, aber sie bestimmte nicht die Richtung, sondern folgte den anderen. Ganz anders als das rothaarige Mädchen, das neben ihr herumhopste, bewegte sie sich voller Anmut.

Igor ging zu ihnen hinüber, blieb aber auf Abstand. Er hatte seine Brille eingeschaltet und folgte ihnen mit dem Teleobjektiv.

Die drei Mädchen schlenderten hinter den beiden Jungen her. Einen von ihnen kannte Igor, es war Rio Beverley, Beverleys Sohn, der kleine Prinz der Erddelegation. Er stand gerade vor einer bunt gemischten Reihe von Ausstellungsstücken und gab in wichtigtuerischem Ton seine Kommentare ab. Der andere, weiß gekleidete Junge war pummelig und einen halben Kopf größer als Rio. Er machte eigentlich einen gutmütigen Eindruck, aber Igor konnte ihm ansehen, dass er Beverleys Sohn gegenüber nicht klein beigeben wollte. Er schien ständig nach einem Grund zu suchen, um seinem Rivalen zu widersprechen.

Im Moment war Rio anscheinend gerade ins Hintertreffen geraten. Mit missmutig verzogenem Mund marschierte er voraus, und der dicke Junge lief ihm hinterher.

«Toto, hör auf mit dem Rumgerenne! Kümmer dich lieber um unseren Gast», rief das rothaarige Mädchen neben Luoying ihm nach.

Igor filmte gern ganz normale Menschen mit ihren alltäglichen Macken, ihrer Arroganz und Ignoranz, ihrer Geltungssucht und Überreiztheit. Bei seinen täglichen Messebesuchen hatte er alle möglichen Marsianer beobachtet, die sich alle sehr unterschiedlich gaben. Trotzdem unterschied sich ihr Verhalten von dem der Menschen auf der Erde, und das fand Igor besonders spannend.

Er blieb der Gruppe auf den Fersen.

Bei einem Stand mit Gesundheitsprodukten zeigte der Junge namens Toto auf eine Ionenkanne. «Was ist denn das?»

Bei der Frage wurde Rio schlagartig munter. «Das ist ein Ionenmixer. Der kann einen Ionendrink zubereiten, der perfekt auf die körperliche Konstitution abgestimmt ist und die notwendigen Stoffe dazumischt, um eine möglichst ausgewogene Ernährung zu gewährleisten. Dazu gibt es noch eine elektronische Sonde, damit kann man den pH-Wert seines Körpers und den Gehalt an Spurenelementen messen. Die eigenen Körperflüssigkeiten bleiben so immer auf dem optimalen Niveau.»

Toto prustete so heftig los, dass seine Knubbelnase zwischen den dicken Backen versank. «So ein Quatsch!»

«Toto!» Das rothaarige Mädchen gab ihm einen kräftigen Knuff auf den Rücken. «Sei nicht so unhöflich!»

Toto verzog den Mund. «Aber es stimmt doch! Der pH-Wert und der Gehalt an Ionen werden doch vom Körper selbst reguliert. Wozu braucht man da noch dieses Ding?»

«Genau das kapierst du eben nicht», erwiderte Rio. «Die Experten sagen, dass es bei der Selbstregulierung durch den Körper immer zu Schwankungen kommt. Da erreicht man nie ein ideales Niveau.»

«Was soll denn an ein paar Schwankungen so schlecht sein? Das ist doch völlig natürlich.»

Rio schüttelte den Kopf. «Da überschätzt du dich. Ich habe

es selbst probiert. Wir haben zu Hause das neueste Modell, und als ich es einen Monat nicht mehr benutzt habe, war ich müde und erkältet, und es hat eine ganze Weile gedauert, bis ich wieder fit war.»

Toto lachte verächtlich. «Na, das ist doch klar! Du hast dich an das Ding gewöhnt, deshalb kann dein Körper sich nicht mehr selbst regulieren.» Seine Augen blitzten. «Unser Lehrer hat immer gesagt: ‹Die Leute auf der Erde machen anderen Angst, um ihnen irgendwelche Wünsche einzupflanzen.›»

Toto redete auf einmal wie ein Erwachsener – und Igor musste ihm recht geben: Waren dienten dazu, Wünsche zu befriedigen, und war ein Wunsch einmal befriedigt, musste man neue Wünsche wecken. Wer in anderen Wünsche erzeugen konnte, der beherrschte den Markt. Die Erkenntnis war nicht neu, aber aus Totos Mund klang sie besonders bedenkenswert. Offensichtlich thematisierte das marsianische Bildungssystem schon früh die Missstände der kapitalistischen Marktwirtschaft. Allerdings war sich Igor nicht sicher, wie viel davon Toto verstanden hatte: War er wirklich so aufgeweckt, dass er das fremde System schon durchschaute, oder plapperte er bloß nach, was ein Lehrer ihm beigebracht hatte?

Rio wusste nicht, was er darauf erwidern sollte, und drehte sich betreten zur Seite. Von seinem Vater hätte er sich gern die unerschütterliche Contenance abgeschaut, aber bis jetzt hatte er nur gelernt, gewichtig aufzutreten. In Unterhaltungen mit unterschiedlichen Menschen traf er noch nicht immer den richtigen Ton. Seine Augen lagen nahe beieinander, und er wirkte extrem schmal im Gesicht, besonders wenn er, wie jetzt, schlechter Laune war. Als ein ideales Produkt der kapitalistischen Gesellschaft glaubte er fest daran, dass alles stimmte, was in der Werbung behauptet wurde, und dass jeder Verkäufer nur das Beste für seine Käufer wollte.

«Und was ist mit euch?», konterte er. «Ihr unterdrückt eure Wünsche. Ihr zerstört die menschliche Natur.»

«Quatsch!» Nun war auch Toto verärgert. «Die Wünsche werden doch ganz offensichtlich erst durch euch geschaffen.»

«Nein, ihr unterdrückt sie!»

«Nein, ihr …»

«Ist ja gut!», fuhr das rothaarige Mädchen genervt dazwischen. «Ihr seid doch beide kultivierte kleine Gentlemen, was streitet ihr euch denn so? Luoying soll entscheiden, wer recht hat, und dann ist gut.»

Sie zog Luoying am Arm in der Hoffnung, sie würde etwas sagen, das die Wogen glättete.

Endlich erwachte Luoying aus ihrer Zerstreutheit. Sie blickte erst das andere Mädchen, dann die beiden Jungen neben sich an. «Wünsche?», sagte sie mit ruhiger Stimme. «Jeder Ort hat seine eigenen Wünsche.»

Das rothaarige Mädchen überlegte einen Moment. Offenbar fand sie die Antwort zu vage, deshalb fragte sie nach: «Hast du dir auf der Erde auch wie verrückt Sachen gekauft?»

«Nicht wie verrückt, aber oft.»

«Jeden Monat ein Paar neue Schuhe?»

«So ungefähr.»

«Auch wenn die alten noch gut waren?»

«Ja.»

«Und warum?»

«Kein Warum. Du hättest es genauso gemacht.»

«Aber warum?»

Luoying strich ihr über die Hand. «Im Tanzensemble auf der Erde haben wir uns einfach so zum Spaß neue Sachen gekauft. Das war so, als würden wir hier eine Party veranstalten.»

«Ach? Echt?» Nun war das Interesse der Rothaarigen geweckt. Sie kümmerte sich nicht mehr um die beiden Jungen, sondern fragte aus reiner Neugier weiter: «Aber wie kann denn Sachenkaufen wie eine Party sein? Ist das wirklich so anders, wenn die Leute dort einkaufen?»

«Ja, ziemlich.»

«Wie meinst du das? Sag doch mal!», drängte sie Luoying. «Du hast mir versprochen, dass du mehr von der Erde erzählst, aber das hast du bis jetzt nicht gemacht. Wie war das denn bei euch im Ensemble? Habt ihr nicht auch richtige Partys gefeiert?»

«Doch, aber das waren nicht unsere eigenen», erwiderte Luoying. «Die Partys wurden von Leuten veranstaltet, die wir nicht kannten. Das Kennenlernen und das Tanzen, das lief alles ganz spontan ab. Man musste auch vorher keine Tanzpartner einladen. Wir sind zwar auch auf diese Partys gegangen, aber nicht jede Woche zur selben Zeit. Manchmal haben wir sogar ein paar Tage durchgetanzt und wild Alkohol getrunken und dann wieder ein paar Wochen gar nicht. Die Mädchen im Ensemble sind alle gern shoppen gegangen. Wenn wir nichts zu tun hatten, sind sie losgezogen, und manchmal bin ich mitgegangen. Irgendwann braucht man dafür keinen Grund mehr. Wenn man jede Woche shoppen geht, fehlt einem etwas, wenn man es mal nicht tut.

Man kauft auf der Erde wirklich anders ein als hier. Wir bestellen das meiste ja ganz gezielt, aber dort präsentieren die Verkäufer ihre Waren richtig gut. Die Geschäfte liegen in einem Park, der wie ein kleiner Berg ist, und über den Berg ziehen sich so viele Wege, das ist wie in einem Irrgarten. Hübsche kleine Züge fahren durch den Park und an den Geschäften vorbei, und wenn man dann die tollen Kleider, die Schuhe und Spielsachen sieht wie in einem Märchen, muss man einfach etwas kaufen. Wenn ein Junge und ein Mädchen miteinander ausgehen, treffen sie sich auch meistens zum Shoppen.

Der Wolkenkratzer, in dem ich die ersten beiden Jahren auf der Erde gewohnt habe, ist eigentlich ein riesiges Kaufhaus, eine ganze Stadt für sich. Er hat eine Pyramidenform wie das Ausstellungszentrum hier, aber er ist zweihundert Stockwerke hoch. Ich habe im hundertachtzigsten Stock gewohnt, im fünfzigsten Stock trainiert, im zwanzigsten Stock gegessen, und im hundertdreiundzwanzigsten Stock hatte ich Proben. Und in jedem Stock konnte man einkaufen. Du hättest wahrscheinlich noch mehr gekauft als ich.»

«Zweihundert Stockwerke!» Der Rotschopf war baff vor Staunen. «Das ist aber hoch!»

Rio hörte mit einem zufriedenen Lächeln zu. Er tat so, als wäre der kolossale Wolkenkratzer sein Verdienst.

«Und später hast du nicht mehr dort gewohnt?», fragte der Rotschopf weiter.

Luoying schüttelte den Kopf. «Nach zwei Jahren bin ich umgezogen.»

«Wieso denn?»

«Ich war nicht mehr in dem Ensemble.»

Das rothaarige Mädchen hätte gern noch weitergefragt, aber Luoyings Gedanken schweiften offensichtlich wieder ab. Außerdem waren die beiden Jungen weit vorausgelaufen, und die Mädchen mussten zusehen, dass sie ihnen hinterherkamen. Igor interessierte sich nur noch mehr für Luoying. Wenn sich eine Gelegenheit bot, wollte er mit ihr ein Gespräch anknüpfen. Im Kopf legte er sich schon seine Fragen zurecht.

Kurz danach gerieten die beiden Jungen schon wieder in einen Streit.

«Das hier ist klasse!» In Rios Stimme schwang die Arroganz von vorhin mit. «Früher konnte man mit dem OS-Fingerprinting nur den Datentransfer im Internet kontrollieren. Man hatte keinen Zugriff auf persönliche Tauschgeschäfte, und der Schwarzmarkt mit E-Books blühte. Aber dieses neue Gerät kann den Quellcode direkt ins Buch schreiben. Sobald jemand darin liest, sendet das Buch ein Signal aus, egal, wo der Leser es herhat, und der entsprechende Betrag wird auf das Onlinekonto des Autors überwiesen. Damit ist das Problem des geistigen Eigentums in der IP-Wirtschaft gelöst und der Markt stabilisiert.»

Toto runzelte die Stirn. «Was ist denn die IP-Wirtschaft?»

Rio lächelte, ehe er in einem wichtigtuerischen Ton dozierte: «Das ist der geniale Sprung von der traditionellen Industrie zur Kreativwirtschaft.»

«Aber wieso muss man Geld dafür bezahlen, dass man etwas liest?», fragte Toto verständnislos.

Rio verdrehte die Augen. Offensichtlich war ihm die Frage zu doof für eine Antwort. Stattdessen hob er eine kleine Rolle auf, die ausgebreitet so groß wie eine Buchseite war. «Schau dir das mal an. Das ist das neueste PC-Modell. Dieser PC hat nicht nur ein geringes Gewicht und Volumen und ist sehr praktisch in der Handhabung, er ist auch noch absolut wasserdicht. Du kannst damit sogar in einen Swimmingpool steigen.»

«Das ist ja wohl ein Witz. Wer benutzt denn seinen Computer in einem Swimmingpool?»

Rio ignorierte den Einwurf. «Du kannst ihn in deine Tasche stecken und überallhin mitnehmen. Er hat eine höchst langlebige Mikrobatterie und ist extrem widerstandsfähig. Und du kannst mit ihm per Infrarotstrahlung, per Mikrowellen oder per Glasfaser online gehen. Mit dem PC kommst du sogar in der U-Bahn ins Internet.»

Jetzt begriff Toto gar nichts mehr. «Und was bringt das? Habt ihr denn in eurer U-Bahn keine Terminals?»

«Was soll denn das sein?»

«Na, Terminals eben. Die gibt es bei uns in jeder Station, in jedem Museum oder Laden.»

«Du meinst einen öffentlichen Computer, oder? Aber das ist doch etwas ganz anderes. Da hast du ja gar keine eigenen Dateien drauf. Wie willst du denn damit arbeiten?»

«Na, ganz einfach: Ich melde mich auf meinem persönlichen Account an, und fertig.»

Beide waren genervt. Je länger sie diskutierten, desto weniger verstanden sie einander.

Diesmal ergriff Luoying selbst die Initiative und vermittelte zwischen ihnen. «Toto, auf der Erde läuft das anders als bei uns. Sie haben dort keinen zentralen Server. Die Erde ist zu groß, und es gibt zu viele Menschen, deshalb geht jeder mit seinem eigenen Computer ins Internet.»

Damit hatte sie den fundamentalen Unterschied zwischen den beiden Planeten auf den Punkt gebracht.

Igor wusste, dass ihre Erklärung stimmte. Der Unterschied zwischen Mars und Erde war der zwischen zentralem Server und PCs, zwischen Datenbank und Internet. So wie Luoying es begründet hatte – mit der Größe des Planeten und der Bevölkerung auf der Erde –, schien sich jede weitere Diskussion zu erübrigen. Aber in Wahrheit spielten dabei viele Faktoren eine Rolle. Zum Beispiel der Profit der Computerhändler: Auf der Erde kam durchschnittlich alle drei Jahre eine neue Generation von Computern auf den Markt. Wären die Computer dort wie auf dem Mars in die Gebäude eingebaut und entsprechend schwer auszuwechseln gewesen, dann wären die Computerfirmen pleitegegangen. Oder die Frage der technologischen Machbarkeit und der Verantwortung: Wer auf der Erde wäre imstande, ein solch komplexes technisches System wie eine zentrale Datenbank zu betreiben? Eine Regierung oder ein Unternehmen? Wer verfügte über die nötigen finanziellen und sonstigen Ressourcen? Noch entscheidender war die unterschiedliche Mentalität: Auf der Erde waren die Mainstream-Medien stolz auf eine Tradition, die das isolierte Individuum in den Mittelpunkt stellte. Der Vorschlag, einen zentralen Server für alle einzurichten, hätte erbitterte Kritik auf sich gezogen.

Igor war sich nicht sicher, ob Luoying das alles nicht klar war oder ob sie es bewusst nicht erwähnt hatte. Falls sie nichts davon ahnte, hatte sie gerade eine denkbar einfache Antwort auf die Frage nach dem Unterschied zwischen Mars und Erde gefunden; falls doch, hatte sie es nur gegenüber den Jungen nicht zur Sprache bringen wollen. Er fragte sich, was für Gedanken sich wohl hinter ihrem unscheinbaren Äußeren verbargen. Vielleicht war jetzt die Gelegenheit, um sie anzusprechen.

In diesem Moment betraten die Jugendlichen einen Essbereich an der Seite der Halle.

Igor folgte ihnen und stellte sich am Buffet neben Luoying. Als sie ihn bemerkte, nickte sie ihm flüchtig zu.

«Morgen», grüßte Igor.

«Morgen.»

Sie wirkte nicht, als wäre sie zu einer Unterhaltung aufgelegt, aber auch nicht abweisend. Ihr Gruß war beiläufig gewesen, aber immerhin bewegte sie sich nun langsamer und fiel hinter die anderen zurück, sodass Igor ein Gespräch mit ihr anfangen konnte.

«Sind das Freundinnen von früher?» Er zeigte auf die Mädchen vor ihr.

«Nachbarinnen.»

«Hier auf dem Mars zieht man wohl nicht um, oder?»

«Nein, nie.»

«Dann seid ihr schon sehr lange Nachbarn?»

«Wenn ich nicht fort gewesen wäre, achtzehn Jahre.»

«Also kennt ihr euch gut?»

«Wenn ich nicht fort gewesen wäre.»

«Und jetzt?»

Luoying deutete auf die Rothaarige. «Jills größter Traum ist es, Designerin zu werden und ein wunderschönes Brautkleid zu entwerfen.» Sie zeigte auf das in Blau gekleidete Mädchen neben Jill, das die ganze Zeit geschwiegen hatte. «Pranda möchte Gedichte schreiben, die so gut sind wie die von Byron.»

«Und du?»

«Ich möchte Botanikerin werden, eine große Botanikerin, und die Geheimnisse der Blütenblätter und der Farben der Blumen verstehen.»

«Wirklich?»

Igor musste ein wenig lachen – vielleicht weil sie so ein überaus ernstes Gesicht machte oder weil ihr Wunsch so feierlich klang. Gern hätte er sich länger mit ihr über ihre Kindheit unterhalten, denn ihm graute davor, dass sein Film am Ende bloß eine triviale Boulevardgeschichte über den Mars wurde. Aber er wollte nicht wie ein Schnüffler klingen und schlug deshalb einen harmlosen Plauderton an.

Luoying schwieg, nahm einen Apfel vom Regal und wiegte ihn in der Hand. Igor schnappte sich einen Becher Schokoladencreme. Langsam schlenderten sie zur Kasse, bezahlten, indem sie ihre Hand über den Scanner zogen, und stellten sich ganz in der Nähe der anderen Jugendlichen neben einen kleinen runden Tisch an der Wand. Luoying hatte die Gruppe nicht aus den Augen gelassen und, als sie ihre suchenden Blicke bemerkte, mit erhobener Hand signalisiert, wo sie war.

«Und was ist jetzt wirklich dein großer Traum?», fragte Igor beiläufig.

«Ich habe keinen großen Traum.»

«Möchtest du nicht eine berühmte Tänzerin werden?»

«Nein.»

«Warum nicht? Ihr habt hier doch so gute Bedingungen.»

«Ach ja?»

«Oder etwa nicht? Ihr führt hier ein gesichertes Leben, müsst euch über den kommerziellen Erfolg keine Gedanken machen, habt eure Studios und so viel Raum zur Entfaltung.»

Luoying sagte nichts. Igor wartete auf ihre Antwort, aber sie blieb stumm. Verwundert schaute er ihr ins Gesicht: Sie wirkte nicht nur nachdenklich oder zerstreut, sondern seltsam niedergeschlagen. Sie schien irgendetwas in sich hineinzufressen. Er wusste nicht, wann ihre Stimmung gekippt war, aber gerade eben am Buffet war sie nicht so gewesen.

«Was ist mit dir?», fragte er. «Habe ich irgendwas Falsches gesagt?»

«Nein», erwiderte sie mit ausdrucksloser Miene. «Hier ist alles einfach zu gut.»

«Was willst du damit sagen?»

«Nichts.»

«Findest du es denn nicht gut?»

Sie blickte ihn mit funkelnden Augen an. «Ob es hier gut ist oder nicht, das ist nicht das Problem. Das Problem ist, dass man es gut finden *muss* … Können Sie das verstehen?»

Darauf wusste nun Igor keine Antwort. In ihren Augen las er eine verborgene Traurigkeit, aber er hatte keine Ahnung, woher diese Traurigkeit kam. Während er noch überlegte, was er sagen sollte, glitten ihre klaren Augen flüchtig über sein Gesicht, aber dann murmelte sie eine Entschuldigung und lief davon, ohne noch länger auf seine Antwort zu warten. Sie verabschiedete sich nicht einmal von ihren Freunden, die ihr überrascht hinterherriefen und dann fragend zu Igor hinüberschauten. Offensichtlich wollte Luoying nicht, dass die anderen mitbekamen, was mit ihr los war.

Danach war Igor auch nicht mehr bei der Sache. Er drehte

noch eine Runde in der Ausstellungshalle und filmte noch einmal alles, ehe auch er das Zentrum verließ.

Der Unterschied zwischen der Messe hier auf dem Mars und der Messe auf der Erde hätte nicht größer sein können. Auf dem Mars hatte man auf farbenprächtige Dekorationen verzichtet, die Exponate waren feinsäuberlich auf den Schautischen aneinandergereiht und mit den üblichen Erklärungen versehen. Man fühlte sich hier wie in einem Museum, nicht wie in einer Verkaufsausstellung. Auf der Erde dagegen hatte man die Messe mit abenteuerlich anmutenden künstlichen Grotten und Hochgeschwindigkeitssimulatoren aufgemotzt, die die Hallenmaße sprengten. Man hatte keine Mühe gescheut, um die imposanten Kulissen herbeizuschaffen. Sie passten perfekt in die grelle Umgebung auf der Erde, wo überall Werbung lief. In einem so spartanischen Ambiente wie auf dem Mars hätten sie dagegen vollkommen deplatziert gewirkt. Die Ausstellungspodien selbst hatte man so überdimensioniert gestaltet, dass man sie am Ende in die Halle hineinquetschen musste. Auch die fotoelektrischen Teppiche hatten ein klägliches Bild abgegeben, weil man sie nur zur Hälfte ausrollen konnte. Ein einzelnes Plakat hatte eine ganze Wand in Beschlag genommen. Es war so riesig gewesen, dass es von nahem wirkte, als würde man in eine monströse Fratze starren. Und auf alle angebotenen Produkte gab es Rabatt, weshalb am Ende niemand zufrieden war.

DAS ARCHIV

Als Luoying und Shania auf dem Aussichtsturm saßen, strahlten über ihnen schon die Sterne am nächtlichen Himmel. Ihr Glanz war so hell, dass er sie fast blendete. Die Milchstraße spannte sich von einer Seite des Firmaments zur anderen, und darunter überblickte man einen Großteil von Mars City, das mit seinen Lichtern wie ein zweiter Sternenhimmel aussah. Zwischen diesen beiden Himmeln saßen Luoying und Shania. Zu ihren Füßen verlief eine Metalltreppe. Hier hatten sie endlich das Gefühl, sie hätten Abstand zu ihrer Heimat gewonnen.

«Am Anfang habe ich auch an die einfachste Erklärung gedacht: dass mein Großvater wirklich glaubte, das wäre eine gute Gelegenheit zum Lernen für mich, und dass er sich deshalb hinter den Kulissen dafür eingesetzt hat, dass ich in die Gruppe reinkomme.»

«Glaubst du das wirklich?», fragte Shania, und aus ihren hübschen, leicht nach oben geschwungenen Augen blitzte leiser Spott. «Wenn ich Generalgouverneur wäre, hätte ich meine Enkeltochter aus dem Austauschprogramm rausgehalten.»

Shania war Turnerin, und sie beide waren die Einzigen in der Gruppe, die Sport als Ausbildungsschwerpunkt hatten. Deshalb hatte Luoying ihr anvertraut, was sie herausgefunden hatte.

Sie schüttelte den Kopf. «Damals dachte ich, das Organisationskomitee glaubt vielleicht wirklich, dass es uns was Gutes tut und dass wir auf der Erde etwas Neues lernen können.»

«Schön wär's», murmelte Shania.

Sie hatte sich noch nie gescheut, auch unangenehme Schlüsse zu ziehen. Luoying war anders. Sie hätte, wenn sie gewollt hätte, derartige Schlüsse auch ziehen können. Aber sie wollte nicht. Warum, wusste sie nicht, aber ihr war klar, dass das eine Schwäche war. Vielen Tatsachen ging sie unbewusst aus dem Weg, und den Gedanken, dass sie bloß ein Versuchskaninchen gewesen war, konnte sie nicht ertragen. In dieser Hinsicht war Shania weit realistischer und stärker als sie.

«Seit mir die Sache mit dem Video wieder eingefallen ist, glaube ich auch nicht mehr daran. Egal, ob das Komitee wusste, welche Schwierigkeiten uns auf der Erde erwarten, mein Großvater muss mich aus einem anderen Grund dorthin geschickt haben. Nicht mal einen Monat, nachdem ich das Video gesehen hatte, wurde ich auf einmal auch für das Programm ausgewählt – das kann doch kein Zufall gewesen sein.»

«Da bin ich völlig deiner Meinung.»

«Deshalb ist jetzt meine größte Frage: Was genau war es, vor dem mein Großvater Angst hatte, dass ich mehr darüber erfahren könnte?»

«Das ist nicht schwer zu erraten: Er hat deine Eltern zum Tod verurteilt. Und er wollte nicht, dass du das herausbekommst.»

«Er hat sie nicht zum Tod verurteilt, sondern zur Arbeit in den Bergwerken.»

«Das läuft auf das Gleiche hinaus. Auf dem Minenraumfrachter von Deimos geschehen doch immer wieder irgendwelche Unglücke, oder nicht?»

«Ich bin nicht mal mehr sicher, ob das Video wirklich zeigt, wie meine Eltern verurteilt werden. Ich habe damals nicht alles gehört, und selbst wenn, habe ich vielleicht nicht alles richtig verstanden. Vielleicht habe ich nur die Namen meiner Eltern aufgeschnappt und alles andere durcheinandergebracht. Es waren ja nur ein paar Momente in dem Video.»

«Trotzdem haben sie Angst gehabt, du könntest mehr herausfinden.»

«Bei meinem Großvater könnte ich das ja noch verstehen. Aber mein Bruder hat damals wohl auch schon Bescheid gewusst. Das ist das Traurige daran: Er hat es vor mir verheimlicht genau wie mein Großvater.»

«Vielleicht weiß dein Bruder sogar, warum deine Eltern verurteilt wurden.»

Shanias Bemerkung zielte auf die eigentliche Frage. Luoying hatte sich mit ihr verabredet, um mit ihr gemeinsam zu überlegen, für welches Vergehen man wohl in ein Bergwerk auf einem der Marsmonde und damit in den fast sicheren Tod geschickt wurde. Sie hatten beide schon eine Weile darüber nachgegrübelt, ohne zu einem Ergebnis zu kommen. In ihrem Leben auf dem Mars hatten sie kaum einmal erlebt, dass jemand wegen eines Vergehens gerichtlich verurteilt wurde, und wenn doch, dann galt es schon als schwere Strafe, wenn jemand zur Arbeit in den Fabrikhallen verurteilt wurde oder er seine Werke nicht mehr öffentlich machen durfte. Das Leben auf dem Mars verlief in so ruhigen Bahnen, dass kaum einmal ein Konflikt ausbrach, geschweige denn sich ein Verbrechen ereignete. Luoying konnte sich beim besten Willen nicht vorstellen, welche schwere Schuld ihre Eltern auf sich geladen haben sollten – beide hatten das Leben geliebt, und ihre Akten enthielten nichts als positive Vermerke. Von klein auf hatten sie immer nur Belobigungen erhalten, aber das einzige Mal, dass sie angeblich etwas Strafbares getan hatten, waren sie gleich zu einer Zwangsarbeit verurteilt worden, die der Todesstrafe gleichkam. Nach nicht einmal einem Jahr hatten sie bei einem Unfall ihr Leben verloren. Adele hatte sich nicht mehr registriert. So viel Luoying auch darüber nachdachte, das war das schlimmste Vergehen ihrer Mutter, das ihr einfiel.

Den Blick zum Nachthimmel gerichtet, fragte sie leise: «Meinst du, es ist ein Verbrechen, wenn man sich nicht registriert?»

Shania lachte ironisch. «Wenn ja, mache ich mich gerade auch schuldig.»

«Du hast dich auch nicht registriert?»

«Nein.»

«Ich auch nicht.»

«Anscheinend haben wir das alle nicht.»

«Echt?» Luoying stutzte. «Das habe ich gar nicht gewusst. Die anderen schieben das auch vor sich her?»

«Ja, alle. Ankka hätte ja schon fast sein Geschwader verlassen deswegen.»

«Was? Wann?»

«Weißt du das denn nicht?» Shania war überrascht. «Gleich am ersten Tag nach unserer Rückkehr hat er sich mit seinem Hauptmann verkracht. Sie hatten den Auftrag, nach dem Bankett über dem Hotel der irdischen Delegation zu kreisen, um unsere Stärke zu demonstrieren, und Ankka hat sich geweigert. Dass er damit seinen Vorgesetzten in Rage gebracht hat, ist ja klar. Danach war das Verhältnis zwischen den beiden erst mal gestört, und Ankka wäre fast desertiert.»

«Ach so ...», murmelte Luoying.

Es war immer ein merkwürdiges Gefühl, wenn sie Neues über Ankka von anderen Leuten erfuhr. Im Grunde wusste sie nicht viel über ihn, und das Wenige, das sie wusste, hatten ihr meist andere erzählt. Und trotzdem passte das, was andere über ihn sagten, selten zu dem Bild, das sie sich selbst von ihm gemacht hatte. In ihren Augen würde er immer ein Junge bleiben, der das Leben leichtnahm – dabei hatte er auf der Erde schon einmal nach einem Streit seiner Truppe den Rücken gekehrt. So etwas erfuhr sie aber nur von Shania, die immer über alles und jeden Bescheid wusste.

«Vielleicht ist es wirklich ein schweres Vergehen, wenn man sich nicht registriert», sagte Shania unvermittelt.

«Was?»

«Dass man mal was klaut oder sich einen unerlaubten Vorteil verschafft, das kann schon mal vorkommen. Alle wissen, dass so ein Verhalten falsch ist, und deshalb bleibt es auch ohne große Folgen – eine kleine Strafe, und fertig. Aber es ist etwas ganz anderes, wenn man die etablierte Lebensweise in Frage stellt. Wenn so eine ideologische Rebellion um sich greift, kann das die bestehende Ordnung bedrohen. Deshalb ist es vielleicht echt ein schweres Vergehen, wenn man sich weigert, sich einem Studio zu unterstellen.»

Luoying schwieg. Sie erinnerte sich an die aufrührerischen Parolen ihrer Freunde auf der Erde.

«Natürlich», ergänzte Shania, «ist das reine Spekulation.»

«Mir ist heute ein Gedanke gekommen», sagte Luoying. «Das größte Problem in unserer Welt ist: Man *muss* sie gut finden. Jeder sucht sich einen Platz und muss dann dieses vorbestimmte Leben führen. Ich finde das grauenhaft. Wenn du recht hast, und es ist wirklich ein schweres Vergehen, sich nicht zu registrieren, dann dürfen wir uns ja nicht mal diesem System entziehen. Mit freier Willensentscheidung hat das nichts zu tun. In was für einer schrecklichen Welt wir doch leben.»

Shania fragte: «Du hast erst nach deiner Rückkehr angefangen, so zu denken?»

Luoying nickte.

«Ich auch. Mich macht das richtig traurig: Da sind wir endlich nach Hause gekommen, und jetzt fühlen wir uns hier überhaupt nicht mehr wohl.»

Luoying überlegte einen Moment. «Stell dir vor, du müsstest dich für eine Art zu leben entscheiden. Am glücklichsten wärst du doch, wenn du ein Leben wählen könntest, in dem du nur deiner Intuition folgst.»

Shania lachte. «Kommt mir das nur so vor, oder haben wir vor vier Jahren schon so geredet?»

Nun lachte auch Luoying. «Ich weiß noch Wort für Wort, was wir damals gesagt haben. Wir haben uns nur schon lange nicht mehr so ehrlich miteinander unterhalten.»

Früher hatten sie oft allgemein über das Leben philosophiert. Aber heute waren ihre Probleme viel zu konkret, als dass sie sie noch in abstrakte Formeln hätten pressen können. Sie hatten damals so leicht und beschwingt über die Menschen auf der Erde gesprochen. Heute erschien ihnen alles so viel ernster, und es war unvorstellbar, noch einmal so einen unbekümmerten Ton anzuschlagen.

Plötzlich lehnte sich Shania zu Luoying hinüber und fragte: «Was würdest du jetzt am liebsten tun?»

«Ausgehen», platzte es aus Luoying heraus.

Shania lachte, die schmalen Augen zusammengekniffen, und nickte. «Wusst ich's doch. Ich auch.»

Luoying blickte auf und befühlte die harte, kalte Glaskuppel über ihr. «Leider können wir jetzt nicht mehr ausgehen.»

Die vier Aussichtstürme waren die höchsten Gebäude der Stadt. Wie Schutzgottheiten ragten sie im Norden, Süden, Westen und Osten von Mars City empor. Luoying und Shania mochten diesen Ort, denn hier konnten sie ungehindert den Blick über den Rand der Stadt hinaus schweifen lassen, in die unbewohnten Gegenden, die ihnen in ihrem Alltag verschlossen blieben. Und hier oben in der höchsten Kuppel des

Mars erstrahlte der nächtliche Sternenhimmel in seiner vollen Pracht.

«Genau deshalb fehlt es uns ja», sagte Shania. «Hast du den Leuten auf der Erde auch ständig erzählt, wie sicher es bei uns ist und dass es hier keine Verbrechen gibt? Ich jedenfalls habe das getan. Erst gestern habe ich kapiert, warum es hier so sicher ist: Wir Marsianer sind gar nicht von Natur aus solche Tugendbolde, sondern bei uns kann einfach niemand ausgehen. Es gibt auch keinen Ort, wohin man sich nach einem Verbrechen absetzen könnte. Man muss sich korrekt verhalten, weil sie einen sonst auf jeden Fall irgendwann schnappen.» Traurig blickte sie Luoying an. «Weil es auf dem Mars keine Schlupflöcher gibt, müssen wir so leben wie alle.»

Luoying antwortete nicht. Shanias langes kastanienbraunes Haar fiel ihr lässig in wilden Strähnen ins Gesicht.

In den ersten Jahren auf der Erde hatten sie beide oft solche Gespräche geführt. Wann immer sie einen neuen Beruf oder ein neues Arbeitsumfeld kennengelernt hatten, hatten sie lang und breit ihr Urteil darüber abgegeben, hatten allgemeine Prinzipien zu den unterschiedlichen Lebensweisen auf Mars und Erde daraus abgeleitet und ihren eigenen Lebensentwurf verkündet. Aber in den letzten beiden Jahren auf der Erde hatten solche Gespräche ihren Reiz verloren. Da war ihnen klargeworden, dass ihr Leben ihnen kaum Alternativen ließ und die unterschiedlichen Lebensmodelle, die sie auf der Erde kennenlernten, für sie weitgehend hypothetische Möglichkeiten bleiben würden.

Aber immerhin hatten sie mit eigenen Augen gesehen, was es alles für Möglichkeiten gab.

Die marsianische Lebensweise folgte seit langem einem festen Schema: Mit sechs Jahren wurde ein Kind eingeschult, mit neun leistete es gemeinnützige Arbeiten, mit zwölf begann es über seinen zukünftigen Berufsweg nachzudenken, und mit dreizehn nahm es voller Freude und Begeisterung die Lehrbücher zu den Kursen in Empfang, die es selbst ausgewählt hatte. Als Teenager konnte jeder sich Studios im Rahmen von Wahlfächern aussuchen, und wenn man genügend Leistungspunkte gesammelt hatte, absolvierte man in dem Feld, das einem am meisten zusagte, Praktika, schrieb Aufsätze und assistierte bei der Arbeit, bis man schließlich in das Studio seiner Wahl eintrat. Auch in Geschäften, Fabrikhallen und Bergwerken arbeiteten die Jugendlichen, aber das waren freiwillige Einsätze, bei denen sie vor allem Erfahrungen sammeln sollten. Niemand tat etwas, das nicht auf diesem vorgezeichneten Weg lag, niemand entzog sich dieser Lebensplanung. Am Ende hatte jeder einen dauerhaften Arbeitsplatz in einem Studio, eine ID-Nummer, einen Speicherplatz voller Arbeitsakten und einen schnurgerade vorgeschriebenen Weg bis ans Lebensende.

Auf der Erde dagegen hatte Luoying Leute kennengelernt, die alles Mögliche machten. Nach jedem Umzug war sie Teil einer neuen Clique geworden, und keiner ihrer neuen Freunde schloss je einen langfristigen Arbeitsvertrag. Mal kellnerten sie oder schrieben Artikel, mal lieferten sie Waren aus und liefen sich für ein bisschen Geld die Hacken ab, mal arbeiteten sie ehrenamtlich für die Regierung, ließen sich auf krumme Geschäfte ein oder verhökerten ihre Ideen im Internet. Sie lebten von der Hand in den Mund und zogen von einer Stadt zur anderen, saßen in Fast-Food-Restaurants von Flughäfen und trafen sich in Hotellobbys, sie gaben das Geld, das sie gerade verdient hatten, für Zigaretten aus und schlossen geschäftliche Vereinbarungen mit Leuten, die sie eben erst kennengelernt hatten. Was sie beruflich machten, ließ sich so wenig fassen wie ein flüchtiger Blick, und kaum hatten sie irgendwo ihre Spuren hinterlassen, schwirrten sie schon wieder weiter.

Das Leben auf dem Mars, das Luoying von klein auf gewohnt gewesen war, sah vollkommen anders aus: Alles war so idealtypisch geordnet wie die Bepflanzung in einem platonischen Garten. Auf der Erde hatten sie und ihre Freunde sich gleich zweifach anpassen müssen: zum einen daran, wie man auf der Erde seinen Lebensunterhalt verdiente – eine unangenehme Notwendigkeit, mit der niemand von ihnen gerechnet hatte; zum anderen daran, wie man auf der Erde lebte, an diese verwirrende Vielfalt von Möglichkeiten. Auf dem Mars lief alles viel reibungsloser ab als auf der Erde, aber auch viel traditioneller.

In Luoyings Augen besaßen die Marsianer eine apollinische Klarheit des Geistes, während sich viele Erdbewohner rauschhaften dionysischen Vergnügungen hingaben. Auf dem Mars waren schon zehnjährige Kinder mit der aristotelischen Logik vertraut, mit dem Gesetzeskodex des Hammurabi, mit den Jakobinern und den restaurativen Gegenströmungen in der Französischen Revolution und mit der gesamten Kunstgeschichte. Bei der Arbeit oder beim Kaffee diskutierte man in aller Ruhe über philosophische Fragen, über Manifestationen des kosmischen Willens in der Evolution des menschlichen Geistes, über das Auf und Ab der Kulturen und das Bewusstsein als treibende Kraft der Geschichte. Am meisten verehrten die Marsianer große Erfindungen, die Weisheit und die Kunst. Ernsthafte persönliche Fragen, die sich jeder immer wieder stellte, waren: Warum soll ich das tun? Welchen Wert hat mein Handeln für den menschlichen Fortschritt?

Die Erdbewohner waren, gelinde gesagt, anders.

Das Erste, was Luoying auf der Erde gelernt hatte, war die Hingabe an rauschhafte Freuden. Mit den Mädchen aus ihrem Ensemble hatte sie sich betrunken und etwas geraucht, das sie ein wenig an Tabak erinnerte. Beseelt von einem euphorischen

Glücksgefühl, hatte sie ein göttliches Licht gesehen. Sie hatte den Witzen der anderen zugehört, hatte gemeinsam mit ihnen lauthals gesungen und sich im Takt der Musik gewiegt, und niemand hatte danach gefragt, warum sie das machten. Alle genossen sie nur einfach, wie frei und ungebunden sie sich fühlten, während sie einander in den Armen lagen. Und nachdem sie ihren Gefühlen freien Lauf gelassen hatten, vergaßen sie alles sofort wieder. Aber die Schönheit des menschlichen Körpers ging ihnen auf wie eine Offenbarung, sie erklärten sich selbst zum Universum und den Moment ihres Glücks zur kosmischen Ewigkeit. Bald rauchte auch Luoying ganz selbstverständlich mit, stimmte in das Gelächter der anderen ein und war bei jedem Unfug dabei. Die Frage, wie sie damit zum Fortschritt der Menschheit beitrug, stellte sie sich nicht. In dem rauschhaften Glück, das sie miteinander teilten, wäre eine solche Frage vollkommen deplatziert und sinnlos gewesen.

Auch auf dem Mars gab es Alkohol, aber kaum einmal einen Betrunkenen. Fast alle jugendlichen Mitglieder der Merkur-Delegation hatten auf der Erde einen Kulturschock durchlebt. Sie sahen sich unausweichlich mit der Frage konfrontiert: Liegt der Sinn des Lebens darin, große Werke zu schaffen und die Geschichte voranzutreiben, oder trägt das Leben seinen Sinn in sich selbst? Völlig verunsichert, sagten sie gar nichts mehr in der Gegenwart von Erwachsenen, sie waren ernst, wenn sie vergnügt, und vergnügt, wenn sie ernst hätten sein sollen, und verloren schlagartig den Glauben an alles.

Aber jetzt wollte Luoying unter allen Umständen den wahren Grund erfahren, warum man sie auf die Erde geschickt hatte. Sie ertrug es nicht mehr, wenn andere über sie bestimmten. Früher hätte sie sich ganz selbstverständlich in alles gefügt, aber jetzt konnte sie das nicht mehr. Sie musste wissen, ob ihr Leben einen Sinn hatte.

Ihr Götter auf dem Olymp, dachte sie im Stillen, habt ihr das vorausgesehen? Dass es einmal eine Gruppe von Jugendlichen auf eine solche Odyssee zwischen diesen beiden Welten verschlagen würde?

Bevor Luoying zum Büro von Lark fuhr, saß sie lange in einem Röhrenwagen und hing ihren Gedanken nach. Sie hatte absichtlich gleich zweimal ein falsches Ziel eingegeben, sodass sie einen weiten Umweg fuhr. Sonst wäre sie in kaum mehr als fünf Minuten angekommen, denn die Röhrenwagen berechneten automatisch immer die schnellste Route.

Lange hatte sie überlegt, ob sie ihre Suche wirklich fortsetzen sollte.

Sie hatte ein Gefühl, als würde sie sich in Grenzbereiche vortasten, zu Fragen, die sie nur stellen konnte, weil sie durch das Austauschprogramm die geordneten Bahnen eines marsianischen Lebens verlassen hatte. Noch immer war sie ein Mensch, der nicht existierte. Sie hatte sich noch nicht registriert, hatte keinen Account und keinen offiziellen Status. Damit stand sie außerhalb des Systems. «Nicht registriert.» Leise sprach sie diese knappen, entschiedenen Worte aus. Es war eine Provokation, aber war das so ein außerordentliches Verbrechen? Forderte sie damit die bestehende Weltordnung heraus? War das Grund genug gewesen, dass ihr Großvater ihre Eltern verbannt hatte? Warum legte das System so großen Wert darauf, dass jeder sich durch eine neunstellige Zahl ausweisen konnte?

Auf der Erde hatte sie einige Geschichten über das Maschinenzeitalter gehört. In so einer Welt, so erzählten die Leute voller Grauen, wurden alle Menschen von maschinellen Systemen erfasst und gefangen gehalten. Sie wurden zu Bauteilen, die man nach Belieben benutzen und ersetzen konnte. Die Würde des Menschen, seine Freiheiten und Rechte wurden ausgemerzt. Und der Mars sei dafür das beste Beispiel. Beim Zuhören hatte sie, ohne dass es jemand gemerkt hätte, vor Angst gezittert. Sie hatte sich vor diesen Horrorgeschichten gefürchtet. Die Leute von der Erde waren nie auf dem Mars gewesen, aber ihre Beschreibungen waren so überzeugend, als würden sie den Mars besser kennen als sie selbst. Erst nach einer Weile hatte sie sich daran gewöhnt. Aber dann fürchtete sie nicht mehr die bösen Absichten, warum auf der Erde solche Geschichten über den Mars verbreitet wurden. Sie hatte Angst, dass die Geschichten stimmten. Was wäre, fragte sie sich, wenn ihre Heimat tatsächlich das Produkt einer Tyrannei war?

Luoying hatte so viele Fragen, aber die meisten davon wagte sie nicht direkt zu stellen. Ihr Großvater sei ein Diktator, hatten viele Leute auf der Erde im Brustton der Überzeugung zu ihr gesagt. Ob das stimmte, konnte und wollte sie ihn nicht selbst fragen. Er war immerhin ihr Opa. Sie konnte ihn nicht einfach so zur Rede stellen.

In ihren Kindheitserinnerungen war ihr Großvater der Beschützer des Mars. Tief in ihrem Innern glaubte sie nicht, dass er ein Diktator war, auch wenn ihre Zeit auf der Erde sie verunsichert hatte. Von Haus aus war Hans Sloan ein Militär, und während des Kriegs hatte er zur letzten Gruppe von Kampffliegern gehört. Er war ein Veteran, ein Sieger, ein Anführer. Nach dem Krieg war er zur zivilen Raumfahrt übergewechselt. Auf einem Minenraumfrachter war er zwischen dem Mars und seinen beiden Monden hin- und hergependelt, er hatte auf dem Jupiter nach Bodenschätzen gesucht, war zu Asteroiden geflogen, um dort Wasser zu gewinnen, und er hatte Stützpunkte auf den Marsmonden errichtet. Schließlich hatte er die gesamte Raumflotte und die technische Entwicklung der Luftfahrt geleitet. Einen Großteil seines Lebens war er sein eigener Herr gewesen. Erst später war er dem Parlament beigetreten, und sein Aufstieg vom einfachen Abgeordneten begann, bis er mit sechzig Jahren Generalgouverneur wurde.

Als Kind hatte Luoying ihn oft über seinen Schreibtisch gebeugt gesehen. Selbst in den Nächten war er noch beschäftigt gewesen mit Lesen oder langen Gesprächen. Wenn er einmal ihre ganze Familie zu sich eingeladen hatte, war er nicht selten von anderen mächtigen Männern vom Esstisch weggerufen worden und nicht mehr zurückgekommen. Die Datenmenge seines persönlichen Accounts entsprach dem Arbeitsspeicher einer ganzen Schule. Er kam ihr nicht vor wie ein Diktator – und wenn er doch einer war, dann war er um seine Arbeitslast nicht zu beneiden. Trotzdem ließ ihr vieles keine Ruhe – zum Beispiel ihre Entsendung auf die Erde. Oder der Tod ihrer Eltern. Oder die Funktionsweise der großen Datenbank. Diese Fragen konnte sie unmöglich beiseiteschieben. Sie musste sie klären.

Glatt wie ein Wassertropfen glitt der Wagen durch die Röhre. Von einem Gas umhüllt, verursachte er nicht das leiseste Geräusch. Als Kind hatte Luoying nicht gewusst, wie ruhig ihre Heimat war. Es gab hier keine Hochgeschwindigkeitslifts, kein brodelndes Stimmengewirr, keine Autos oder Flugzeuge. Nur hübsche Häuschen aus Glas, Gärten und Fußpfade, kleine Läden mit automatischen Verkaufsstellen und Cafés, Kinos ohne Ticketverkäufer und durchsichtige Wagen, die wie Tropfen durch Röhren glitten. Nur Menschen, die lernten oder arbeiteten, sinnierten oder sich miteinander unterhielten. Kein Hasch, keine Schreierei und keinen betrunkenen, nackten Freudentaumel. Es gab hier keinen Lärm, nur Ruhe.

Luoying umfuhr in einem weiten Bogen einen Großteil der Stadt. Im Wechselspiel aus Licht und Schatten zerflossen die Wagenränder im Ungewissen. Endlich fasste sie einen Entschluss und wählte das Montesquieu-Archiv – Larks Arbeitsplatz.

Sie brauchte Antworten. Ihr graute vor der Konfrontation mit einer absurden Realität, aber sie konnte unmöglich in diesem Schwebezustand weiterleben, als wäre nichts geschehen.

Lark leitete das gesamte zentrale Aktenarchiv des Mars. Niemand war mit ID-Nummern so vertraut wie er. In endlosen Kolonnen umgaben sie ihn wie unzählige Bienenwaben. Er saß in ihrer Mitte, als wäre er mit ihnen verschmolzen. Vor ihm stand ein uralter Schreibtisch, der ein paar Kratzer hatte, aber blitzblank poliert war. Alles hier gehorchte einer peinlich genauen Ordnung.

«Setz dich.» Lark zeigte auf den Stuhl vor dem Schreibtisch.

Behutsam setzte sich Luoying, den Rücken unwillkürlich gerade gestreckt.

«Ich habe deine Nachricht gelesen. Ich verstehe, was du willst», sagte Lark.

Luoying schwieg und wartete beklommen. Die Sonne blendete sie, sodass sie Lark nur verschwommen erkennen konnte.

«Möchtest du das wirklich herausfinden?»

Sie nickte.

«In Ordnung. Aber man stößt im Leben immer wieder auf Dinge, denen man nicht unbedingt auf den Grund gehen sollte.»

«Wissen ist besser als Unwissen.»

«Es wird nichts ändern.»

«Doch, für mich schon.»

«Am Ende ändert sich trotzdem nichts.»

Sie blickte ihn an. Die hageren Finger wie zum Gebet ineinander verschränkt und die Ellbogen auf den Tisch gestützt, erwiderte er ihren Blick. Seine Stimme klang gelassen, aber seine Miene war ernst. Er hielt sich sehr aufrecht, so als müsste er auf seinem Kopf einen Krug balancieren. In seinen Augen lag ein schmerzlicher Ausdruck, der verborgen und doch unübersehbar durch seine runden Brillengläser zu ihr drang. Es kam ihr so vor, als hoffte er, dass sie diesen Ausdruck sah. Lark war kein Mensch, der seine Gefühle gern zu erkennen gab. Anders als Juan ließ er sich nie zu einem zornigen Brüllen oder schallendem Gelächter hinreißen. Sein Gesicht wirkte so unveränderlich und altehrwürdig wie das einer Büste. Wenn er einen Anflug von Hilflosigkeit durchschimmern ließ, dann sicher in der Hoffnung, sie würde ihn verstehen. Er machte keine Anstalten aufzustehen, sondern wartete ruhig auf ihre endgültige Entscheidung.

«Ich möchte es trotzdem herausfinden.»

«Also gut.» Er nickte.

Jetzt stand er auf und strich leicht über die Wand. Der Bildschirmschoner verschwand, und ein Muster aus kleinen metallischen Quadraten trat hervor: braune Schubladen, eingefasst in Gold, mit weißen Karteikärtchen unter den Griffen. Die Schubladen waren nicht wirklich aus Metall, aber sie wirkten verblüffend echt, so als könnte man sie tatsächlich aufziehen. Auf der gesamten Wandfläche vom Boden bis zur Decke reihten sich die Kästchen dicht an dicht aneinander. Luoying wurde vom bloßen Anblick schwindlig.

Mit geübtem Blick überflog Lark die Aufschriften auf den Kärtchen und schritt an der Wand entlang, bis er sachte auf ein Kästchen tippte und ein Passwort eingab. Sofort sprang mit einem leisen Surren hinter der Wand ein Computer an, und kurz danach fiel aus einem Seitenschlitz ein elektronisches Blatt Papier heraus.

Lark hob es auf und reichte es Luoying. Sie nahm es so vorsichtig entgegen, als wäre es eine Schale Wasser. Es war ihre Aufnahmeprüfung für das Austauschprogramm mitsamt dem Ergebnis. Auf der durchsichtigen Oberfläche aus Glasfaser hoben sich die Schriftzeichen in schmerzhafter Schärfe ab, wie winzige Messerchen, die beim Scrollen durch die Luft schnitten. Das darauf dokumentierte Ergebnis kam für Luoying nicht überraschend, es bestätigte nur ganz offiziell, was sie schon vermutet hatte.

«Warum hat man mich zur Erde geschickt?»

Lark schüttelte unmerklich den Kopf. «Ich kann dir Fakten liefern, aber keine Gründe.»

«Ich will wissen, wer das andere Kind war.»

«Welches andere Kind?»

«Das Kind, das eigentlich zur Erde hätte fliegen sollen. Das sein Schicksal mit mir getauscht hat. Wer war das?»

Lark zögerte einen Moment. «Das weiß ich nicht», antwortete er.

«Unmöglich. Das wissen Sie bestimmt. Sie waren damals der Vorsitzende der Prüfungskommission, natürlich wissen Sie Bescheid!» Empört waren die Worte aus ihr herausgeplatzt. Im nächsten Moment war es ihr schon unangenehm, wie unhöflich sie sich benahm. Sie mochte diese Seite von sich nicht, wenn sie sich wieder einmal aus lauter Misstrauen in etwas verrannte. Sie versuchte, sich zu beruhigen.

Der Ausdruck in Larks Augen wurde mitleidiger, fast schon traurig. «Selbst wenn ich es wüsste, dürfte ich es dir nicht sagen. Du kannst deine eigene Akte einsehen, darauf hast du ein Recht. Aber ich bin nicht befugt, dir Einsicht in fremde Akten zu verschaffen.»

Luoying blickte auf ihre Hände. Sie saß in einem altmodischen Sessel mit einer hohen Lehne im Rücken. Die Seitenlehnen waren geschwungen wie geöffnete Hände, und man saß sehr tief, so als würde man von dem Sessel umarmt werden. Genau so eine Umarmung brauchte sie in ihrem jetzigen Zustand. Sie fühlte sich aufgewühlt wie das Meer, wenn ein Fels hineinstürzt und tief auf dem Grund eine Flutwelle auslöst.

Sie hob den Blick. «Ich kann mir von überhaupt niemandem sonst die Akten ansehen?»

«Nein.»

«Nicht mal von meinen Familienmitgliedern?»

«Nein.»

«Ist bei uns nicht angeblich jeder persönliche Account frei zugänglich?»

«Ja, aber nur unter zwei Bedingungen: Der Zugang wird freiwillig gewährt, oder er ist gesetzlich vorgeschrieben. Wenn du freiwillig deine Unterlagen in die Datenbank einspeist, kann jeder darauf zugreifen. Und wenn du einen politischen Antrag stellst, musst du ihn öffentlich machen, genauso wie du die Bilanzen aus deiner Berufstätigkeit bekanntgeben musst. Aber davon abgesehen, hast du wie alle anderen ein Recht auf Vertraulichkeit. Das betrifft auch unser Aktenarchiv. Wir halten viele Akten unter Verschluss, und am Ende gehen sie in das historische Gedächtnis ein. Das war in jedem Zeitalter so.»

«Dann kann ich mir nicht mal die Akten meiner Eltern ansehen?»

«Wenn sie sie nicht öffentlich zugänglich gemacht haben, dann nicht.»

«Ich habe schon mal versucht, mir die Akten meiner Mutter anzusehen, aber alle öffentlichen Unterlagen enden zwei Jahre vor ihrem Tod, als sie ihr Studio verlassen hat. Ich habe keine Ahnung, was danach mit ihr geschehen ist. Es ist, als hätte es diese zwei Jahre nie gegeben.»

Lark warf ihr wieder diesen traurigen Blick zu, aber sein Ton blieb unverändert sachlich. «Das tut mir sehr leid.»

«Aber wie ist das möglich?»

«Bei den öffentlich zugänglichen Unterlagen deiner Mutter handelt es sich im Wesentlichen um automatisch erstellte Einträge zu ihrer Arbeit. Dass es keine Aufzeichnungen mehr gibt, nachdem sie das Studio verlassen hat, ist ganz normal.»

«Also ist jemand, der sein Studio verlässt, für das System gestorben?»

«So könnte man es formulieren.»

Luoying schwieg. Das Licht, das durch das Fenster hereinfiel, teilte die Wand mit einem scharfen Schnitt in zwei Hälften. Die Kästchen, die im Schatten lagen, schienen unermesslich fern wie auf dem Grund des Meeres. Sie wusste, dass Lark die Wahrheit sagte. Sie würde nie erfahren, was genau zum Tod ihrer Eltern geführt hatte.

«Ist das der Sinn der Registrierung?», fragte sie.

«Nicht nur.»

«Was ist denn dann der Sinn?»

«Die Verteilung von Gütern, und zwar auf eine gerechte, öffentliche und transparente Weise. Damit stellen wir sicher, dass jeder exakt die ihm zustehende Summe auf seinem Account erhält, ganz korrekt und ohne Heimlichkeiten.»

«Aber wird das Geld bei uns nicht nach dem Alter zugeteilt? Was hat das mit der Registrierung und dem Studio zu tun?»

«Du meinst die Lebenshaltungskosten. Die haben in der Tat nichts mit der Registrierung zu tun, und die Höhe richtet sich nach dem Alter. Aber wenn du erwachsen bist, wirst du merken, dass die Lebenshaltungskosten nur einen sehr geringen Anteil der Gelder ausmachen, die dir regulär zugeteilt werden. Der Großteil besteht aus Forschungsstipendien, Kreativkosten, Herstellungskosten und den Einnahmen und Ausgaben durch Kauf und Verkauf. Dieser ganze Kapitalfluss vollzieht sich im Rahmen der Studios. Die Studios verwalten das Geld, aber am Ende fällt es an die Allgemeinheit zurück. Nur so können wir unsere Bilanzen führen. Ohne registrierten Account erlaubt das System keine Geldzuweisungen.»

«Allein kann man also keine Forschung betreiben?»

«Doch, aber dann musst du dich mit deinen Lebenshaltungskosten begnügen und kannst keine zusätzlichen öffentlichen Mittel beantragen. Wenn auch nur eine Privatperson bei der Zuteilung der Einnahmen des Systems mehr Geld erhalten würde, dann käme das einem Dammbruch gleich. Denn dann würden alle möglichen Leute versuchen, auch mehr privates Einkommen zu erhalten.»

«Aber wenn man auf dieses Geld verzichtet, dann ist es auch kein großes Verbrechen, wenn man sich nicht registriert, oder?»

«Nein.»

«Man wird deswegen nicht verbannt?»

«Nein.»

«Aber warum sind meine Eltern dann gestorben?»

Endlich hatte sie all ihren Mut zusammengenommen und diese Frage gestellt. Sie biss sich auf die Lippen, die vor Anspannung ganz trocken waren. Lark dagegen wirkte keineswegs so überrumpelt, wie sie erwartet hatte. Er blieb ruhig und aufrecht sitzen, und seine Miene und sein Ton waren so unverändert, als hätte er die Frage längst kommen sehen.

«Sie sind bei einem tragischen Flugunglück ums Leben gekommen. Ich war davon auch sehr erschüttert.»

«Ich weiß, aber das meine ich nicht. Mein Frage ist: Was war der Grund für ihre Bestrafung?»

«Wie ich schon sagte: Ich kann dir die Fakten nennen, aber nicht die Gründe.»

«Aber es muss doch eine Anklage gegeben haben, oder?»

«Die Anklage lautete auf Gefährdung der nationalen Sicherheit.»

«Wieso das denn? Was für eine Gefährdung?»

«Darüber sagt die Bezeichnung der Straftat nichts aus, deshalb kann ich es dir auch nicht erklären.»

Larks Stimme war bei den letzten Sätzen immer leiser geworden. Es war, als wäre zwischen ihm und Luoying ein unsichtbares Seil gespannt. Beide zerrten sie daran, aber es bewegte sich keinen Zentimeter. Luoying fühlte sich ungerecht behandelt und hatte einen Kloß im Hals, aber sie beherrschte sich und unterdrückte ihre Tränen. Wortlos hielt Lark ihr eine Tasse Tee hin. Sie schüttelte nur den Kopf.

«Herr Lark», sagte sie, «können Sie mir etwas sagen?»

«Was?»

«Ist mein Großvater ein Diktator?»

Kurz betrachtete er sie, als wollte er herausfinden, warum sie so eine Frage stellte. Aber er fragte sie nicht danach. Stattdessen dozierte er mit einer Stimme, die so sachlich war wie ein Lehrbuch und zugleich in der Abenddämmerung unwirklich schien wie ein antikes Relikt. «Um diese Frage zu beantworten, brauchen wir zunächst eine Definition unseres Gegenstandes. Seit Platons Schrift ‹Der Staat› hat sich im begrifflichen Verständnis dessen, was ein Diktator ist, kein wesentlicher Wandel mehr vollzogen. Wenn jemand nach eigenem Belieben Gesetze aufstellen und vollstrecken kann und wenn er über die Staatsangelegenheiten bestimmt, ohne irgendwelchen Beschränkungen oder Kontrollen zu unterliegen, dann kann man ihn als einen Diktator betrachten.» Er hielt einen Moment inne. «Betrachten wir nun deinen Großvater», fuhr er fort. «Er kann nicht nach Gutdünken Gesetze erlassen, denn die Gesetze werden von dem zuständigen Ausschuss erarbeitet. Er kann nicht nach Belieben Entscheidungen treffen, denn jedes Subsystem hat ein Selbstbestimmungsrecht, und alle internen Entscheidungen werden vom jeweiligen System gefällt. Für systemübergreifende Entscheidungen, die die Allgemeinheit betreffen, muss das Parlament konsultiert werden, und Angelegenheiten, die den ganzen Planeten betreffen, erfordern Volksentscheide. Außerdem unterliegt dein Großvater unweigerlich einer Kontrolle, denn die Aufzeichnungen in unserer Datenbank halten jedes seiner Worte und jede seiner Taten fest. Auch jede noch so minimale Ausgabe, die er getätigt hat, ist darin genau einsehbar. Also: Hältst du ihn für einen Diktator?»

«Aber warum kann ich mir dann nicht seine Akte ansehen? Warum kann ich ihn nicht auch kontrollieren?»

«Das ist etwas anderes», sagte Lark langsam. «Jede Akte enthält auch einen privaten Teil. Das ist der Teil mit den persönlichen Erinnerungen. Dieser Teil ist wie ein Fels im Meer. Wir haben nur das Recht, die Schiffe auf der Wasseroberfläche zu kontrollieren. In die Unterlagen, die mit der Arbeit deines Großvaters nichts zu tun haben, darf niemand seine Nase stecken.»

Luoying biss sich auf die Lippen. Die Quadrate in Larks Rücken kamen ihr genauso unbefriedigend vor wie das, was er gerade gesagt hatte. «Was ist in diesem Archiv eigentlich alles gespeichert?», fragte sie.

«Erinnerungen. Erinnerungen an Vergangenes.»

«Und warum haben die Leute auf der Erde kein solches Archiv?»

«Sie haben solche Archive, du hast sie nur nicht gesehen.» Lark wirkte immer geduldiger, seine Stimme wurde immer ruhiger und tiefer. «Du bist ja auf der Erde gewesen, also solltest du gemerkt haben, wie sehr unsere Akten uns das Leben erleichtern. Wenn jemand von einem Studio in ein anderes wechseln will, muss er keine Ausweispapiere bereithalten, keine neue Aufenthaltserlaubnis und kein neues Bankkonto beantragen, er benötigt überhaupt keine Dokumente – ein Bestätigungs-Click vom neuen Studio, und schon wird alles automatisch transferiert. Findest du das nicht auch sehr praktisch?

Und damit ist gewährleistet, dass wir über die Vertrauenswürdigkeit von allen Bescheid wissen.»

«Ja, stimmt.» Er hatte recht, das musste sie zugeben. Auf der Erde war sie mit einem dicken Stapel notariell beglaubigter Urkunden unter dem Arm von einem Büro zum andern gelaufen, um zu beweisen, dass sie Luoying Sloan vom Mars war. Jedes Mal, wenn sie etwas Neues anfangen wollte, hatte sie eine Flut von Fragen und Formularen über sich ergehen lassen müssen. Obendrein hatte sie dabei mitbekommen, wie viel getrickst und betrogen wurde. Lark hatte völlig recht, das Archivsystem auf dem Mars war praktisch. Aber darum war es ihr bei ihrer Frage nicht gegangen.

«Ich meine: Warum muss jeder bei uns eine ID-Nummer mit einem festen Account und einer Studiozugehörigkeit haben? Warum können wir nicht mobil sein, die Vergangenheit hinter uns lassen, wenn wir wollen, und uns verändern? Warum können wir kein freies Leben führen?»

«Aber das kannst du doch, kein Problem», erwiderte Lark so leise und vertraulich, als spräche er ein Geheimnis aus. «Nur die Vergangenheit kannst du nicht hinter dir lassen.»

Die Abendsonne stand fast direkt über dem Horizont, die tiefen Schatten ließen die Decke höher erscheinen. Immer noch hielt Lark seinen hageren Oberkörper unter der grauen Weste und dem weißen Hemd unverändert aufrecht. Bis auf die goldenen Hemdknöpfe an seinen Manschetten und seinem Kragen, die sehr ordentlich zugeknöpft waren, war er sehr schlicht gekleidet. Durch seine schwarz gerandete Brille warf er Luoying einen Blick zu, als hätte er ihr gern mehr anvertraut, aber er schwieg. Seine langen, schmalen Finger erinnerten Luoying an alte Federkiele.

Erst jetzt fielen ihr die Säulen ringsum auf: Sie waren der Architektur eines antiken griechischen Tempels nachempfunden.

Mit ihren mattweißen vertikalen Linien strahlten sie einen heiligen Ernst aus, der die Starkstromkreise vergessen ließ, die in ihrem Innern verborgen waren. Der gläserne Schreibtisch mit dem dezent gemusterten Stifteständer sah aus, als wäre er aus Holz. Das ganze Zimmer wirkte so altertümlich wie Lark selbst.

DAS CAFÉ

Der marsianische Kaffee war ein Surrogat mit künstlichem Koffein, das aromatisch duftete und kaum Bitterstoffe enthielt. Er war in allen möglichen Stärkegraden – bis hin zum kräftigen Muntermacher – und mit den unterschiedlichsten Zusatzstoffen erhältlich. Das Café war groß und kam ohne Bedienung aus. Ein Automat war in die Wand eingelassen, und in der Küche backte ein Konditor diverse Kuchen. Das Café war ein Ort, an den man kam, um sich zu unterhalten. In den Hotels, aber auch in gewöhnlichen Privathäusern gab es Kaffeemaschinen, deren Kaffee kaum schlechter war, und trotzdem trafen sich Kollegen und Geschäftspartner für vertrauliche Gespräche im Café. Entsprechend war der Raum gestaltet: An den Wänden hingen schallschluckende Materialien, Pflanzen dienten als Raumteiler, und die Tische standen so weit auseinander, dass für ausreichend Privatsphäre gesorgt war.

Das Café lag an einer Straßenecke in bester Lage. Wenn man durch die bodentiefen Fenster blickte, sah man links ein Bekleidungsgeschäft, rechts einen Laden mit Ölgemälden und gegenüber ein von Gebüsch umgebenes Freilichttheater. Doch eigentlich war die Straße der Kochkunst gewidmet, und deshalb standen überall Skulpturen, die herausragende Gourmetköche der Vergangenheit darstellten. Auf dem Mars war beinahe jede Straße nach einer berühmten Persönlichkeit benannt –

einem Wissenschaftler oder Ingenieur, einem Maler, Koch oder Modedesigner –, und in allen Straßen standen Statuen der Geehrten. Manche zeigten sie in einer würdevollen, stehenden Pose, andere fingen sie auf humorvolle Weise mitten in einer Bewegung ein. Die porträtierten Spitzenköche in dieser Straße wirkten außerordentlich lebendig. Fast jeder nahm seine ganz eigene Haltung ein, ob im Sitzen oder Stehen, aber umgeben waren sie alle von Speisen, ganz so als wollte man ein flüchtiges Geschmackserlebnis für die Ewigkeit festhalten.

An den Fenstern des Cafés liefen ständig Leute vorbei. Kinder rannten umher, setzten sich unter einen schirmförmigen Baum und aßen Obst. Auf einem runden Platz in der Mitte der Straße spielten vier junge Leute ein Streichquartett. Am Straßenrand öffneten ein paar Mädchen eine Glasvitrine und legten eine Puppe, die sie selbst gebastelt hatten, als Schaustück hinein. All diese Aktivitäten waren Teil der Studiolehrpläne.

Janet hatte sich hier mit Igor verabredet, weil das Café nahe beim Filmarchiv lag. Hier hatte sie sich das erste Mal mit Arthur getroffen. Den Blick in die Ferne gerichtet, hörte sie Igor schweigend zu. Ihren Kaffee hatte sie nicht angerührt.

«Mehr weiß ich auch nicht.»

Igor hatte ihr alles erzählt, was ihm über seinen Lehrer eingefallen war.

«Er … hat keine Filme mehr gedreht?»

«Nein.»

«Interviews hat er auch nicht mehr gegeben?»

«Nein. Es war für alle ein Rätsel. Er hat sich zu nichts geäußert, keine Erklärung, keine Begründung gegeben.»

«Ihnen hat er auch nichts gesagt?»

«Ab und zu hat er mal ein, zwei Sätze fallenlassen, aber ich war damals noch zu jung, um viel zu verstehen.»

Janet seufzte. «Arthur war stur wie ein Ochse. Wenn er sich einmal etwas in den Kopf gesetzt hatte, konnte ihn nichts mehr davon abbringen. Was die anderen über ihn dachten, war ihm egal.» Sie betrachtete ihre ineinander verschränkten Hände. Mit leiser Stimme fuhr sie fort: «Aber zumindest seiner Familie hat er doch eine Erklärung gegeben, oder?»

«Seiner Familie? Sie meinen ...»

«Seine Frau und sein Sohn.»

Igor schüttelte den Kopf. «Von seiner Frau hatte er sich ja schon früh scheiden lassen, und beide sind danach nie mehr zusammengekommen. In seinen zehn letzten Jahren war er immer allein.»

Janet stutzte. «In den ganzen zehn Jahren? Wann hat sich Arthur denn scheiden lassen?»

«Als er noch jung war. Genau weiß ich es nicht mehr, aber so ungefähr mit zweiunddreißig oder dreiunddreißig.»

«Sie meinen, er war schon geschieden, als er auf den Mars kam?»

«Aber ja, ganz sicher. Wussten Sie das denn nicht?»

Sie schlug die Hand vor den Mund und brauchte eine ganze Weile, bis sie wieder etwas sagen konnte. «Nein, das wusste ich nicht.»

Igor konnte es kaum glauben: Acht Jahre sollte sein Lehrer die Frau, die er liebte, über so etwas Wichtiges im Dunkeln gelassen haben? «Er hat Ihnen nichts gesagt?», fragte er behutsam.

Sie schüttelte den Kopf. Geistesabwesend, als wäre sie unvermittelt in ihren Erinnerungen versunken, sah sie zu Boden. Ihr Blick ging ins Leere. Die Ellbogen auf den Tisch gestützt, die Finger ineinandergekrallt, setzte sie ein paarmal zum Sprechen an, aber sie brachte keinen Ton heraus.

Igor wartete geduldig.

Endlich holte sie tief Atem und sagte: «Arthur hat mir nichts gesagt. Aber das lag nicht an ihm. Es lag an mir.» Sie hielt einen Moment inne. «Ich wollte es nie wissen, ich hatte Angst davor. In seinem ersten Jahr hier, als wir noch nicht zusammen waren, habe ich einmal ein Foto gesehen, das er bei sich trug – ein Foto von ihm mit einer Frau und einem kleinen Jungen. Da habe ich ihn gefragt, ob das seine Familie ist, und er hat ja gesagt. Ob sie sich keine Sorgen machen, wenn er so weit weg ist, habe ich ihn gefragt. ‹Wir sind uns nicht mehr so nahe›, hat er geantwortet. Da habe ich nicht mehr weiter nachgefragt, was genau er damit meint. Ich dachte nur, sie stünden sich emotional nicht mehr so nahe, und habe im Scherz gesagt: ‹Aber Sie sollten trotzdem nach Hause zurückkehren.› Da hat er nur gesagt: ‹Ja, das werde ich.›

Später ... später ist er dann doch geblieben, und wir sind ein Paar geworden. Da habe ich mich nicht mehr getraut, ihn darauf anzusprechen. Ich hatte Angst, er würde mich verlassen. Immer wenn er angefangen hat: ‹Janet, ich muss dir etwas sagen›, habe ich gefragt: ‹Willst du fort?›, und wenn er geantwortet hat: ‹Nein, das ist es nicht›, habe ich gesagt: ‹Dann sag mir nichts.› Später hat er gar nicht mehr davon angefangen. Arthur konnte verschlossen wie ein Stein sein: Manchmal gab er nicht mal eine Antwort, wenn man ihn fragte, und wenn niemand nachfragte, dann schwieg er erst recht. Er vertiefte sich in seine Drehbücher, und ich sah ihm dabei zu. So vergingen die Jahre, und ich verdrängte jeden Gedanken an seine Familie auf der Erde.

Aber ich hatte nie ein Gefühl von Sicherheit in der Beziehung und rechnete immer damit, dass Arthur von heute auf morgen wieder fortgehen könnte. Und je mehr meine Angst wuchs, desto weniger habe ich es gewagt, offen darüber zu sprechen. Ich ahnte, dass er nicht ewig auf dem Mars bleiben würde, und wollte den Abschied nur so lange wie möglich hinausschieben. Deshalb war ich nicht überrascht, als Arthur schließlich sagte, er müsste wieder fort. Ich war niedergeschlagen, aber nicht überrascht. Der Tag musste ja früher oder später kommen – es war nur eine Frage der Zeit gewesen.»

«Haben Sie geglaubt», Igor wog seine Worte vorsichtig ab, «dass er wegen seiner Frau zurückgeht?»

«Ja.»

«So war es nicht. Er hatte mit seiner Frau ganz klar Schluss gemacht.»

«Das ... das dachte ich auch.» Janets Augen wurden feucht. «Deshalb habe ich ja gehofft, dass er wieder zurückkommt. Er sagte, er müsste ein paar Dinge auf der Erde erledigen – und ich dachte, er meint diese ... diese Frau.»

Sie blinzelte gegen ihre Tränen an. Dabei strich sie sich das Haar nach hinten, holte tief Luft und rang sich ein Lächeln ab. Langsam gewann sie ihre Fassung wieder. Als Frau in mittleren Jahren wollte sie sich nicht mehr so verletzlich zeigen – vor allem nicht vor einem jungen Mann. Von Anfang an war sie in gedrückter Stimmung, aber gefasst gewesen: Offensichtlich hatte sie sich auf schlimme Nachrichten eingestellt. Sie war ohne große Erwartungen in das Gespräch gegangen, deshalb konnte sie nun auch nicht tief enttäuscht werden. Voller Respekt blickte Igor sie an. Sie sah angegriffen und bleich aus, und ihre Augen waren vom Weinen geschwollen. Er konnte sich denken, wie sie die letzten Tage verbracht hatte. Aber sie ließ sich davon nicht aus der Bahn werfen. Ihre Haare waren immer noch ordentlich gekämmt, und ihre gestreifte Baumwollbluse war zwar schlicht, aber sorgfältig gebügelt. Wer lange allein gelebt hatte – das wusste Igor –, entwickelte eine innere Unabhängigkeit, eine Fähigkeit, sich um sich selbst zu kümmern, die sich so leicht nicht erschüttern ließ, auch wenn man noch so aufgewühlt war. Janet hatte nicht geheiratet. Sie hatte den Platz an ihrer Seite freigehalten für ihren Arthur, und nun würde dieser Platz für immer leer bleiben.

«Eigentlich wollte er hierher zurückkommen», sagte Igor langsam.

Er sagte das nicht, um sie zu trösten. Er hoffte zwar, dass es ihr ein wenig Trost spenden würde, aber es waren keine leeren Worte, es war die Wahrheit. Am Ende seines Lebens hatte sein Lehrer sich nach dem Mars zurückgesehnt, und je weniger er darüber gesprochen hatte, desto stärker war diese Sehnsucht geworden.

«Aber seine Krankheit wurde nicht besser. Er war fast die ganzen zehn Jahre in Behandlung, aber am Ende hat der Krebs doch gesiegt.» Vielleicht war das ja ein Trost, Igor wusste es nicht. «Ich vermute, die Krankheit war der Grund, warum er auf die Erde zurückgekehrt ist. Nicht lange nach seiner Rückkehr hat er sich in Behandlung begeben – Laser, Nanochirurgie, Chemotherapie. Vielleicht hat er die Krankheit schon auf dem Mars entdeckt, aber er hat sie Ihnen verschwiegen, damit Sie sich keine Sorgen machen. Vielleicht wollte er sich auf der Erde kurieren lassen und dann wieder hierherkommen. Schließlich ist die Medizin auf der Erde in manchen Bereichen doch noch weiter als auf dem Mars. Aber am Ende konnte er dann leider doch nicht geheilt werden.»

«Das ist unmöglich.» Janet schüttelte den Kopf. «Die medizinische Untersuchung vor der Abreise hat bei ihm nichts Auffälliges ergeben.»

«Wirklich?», fragte Igor überrascht.

«Ja. Wenn er schwerkrank gewesen wäre, hätte man ihn gar nicht auf das Raumschiff gelassen. Die kosmische Strahlung ist ja schon für einen gesunden Menschen schädlich, von einem Kranken ganz zu schweigen. Wäre ein Tumor bei ihm festgestellt worden, hätten wir ihn nicht gehen lassen. Er hat die Untersuchung absolviert und galt als gesund.»

«Aha.» Igor runzelte die Stirn. «Dann war vielleicht gerade die krebserregende Strahlung auf dem Flug die Ursache für seine Erkrankung. Aber das werden wir nie herausfinden.»

Eigentlich hatte er geglaubt, dass er den Grund für die Rückkehr seines Lehrers kannte, aber nach dem, was Janet gerade gesagt hatte, stimmte seine Vermutung nicht. Also tappte er völlig im Dunkeln. Und Janet selbst konnte ihm auch nicht die erhofften Antworten geben, im Gegenteil, er musste *sie* über einige Tatsachen aufklären. Beide hatten sie sich durchaus plausibel klingende Erklärungen zurechtgelegt, die sich jetzt als falsch erwiesen. Nun wussten sie beide nicht mehr weiter, hatten keinen Anhaltspunkt mehr und würden vielleicht auch keinen mehr finden.

Igor versank in ein langes Schweigen. Über ihnen wölbte sich das Kuppeldach wie ein Schirm, aber das Licht fiel herab wie feiner Regen. In der Mitte drehte sich das Buffet im Kreis, und die leise Musik eines Pianolas vertiefte noch ihre melancholische Stimmung. Die Tasten bewegten sich, als würde ein unsichtbarer Pianist sie anschlagen. Eine Topfpflanze behinderte Igors Sicht, aber für ein, zwei flüchtige Momente glaubte er, durch die Blätter hindurch eine schemenhafte Gestalt im Frack zu sehen, die mit dem Rücken zu ihm am Klavier saß.

Endlich fasste er sich wieder, und ihm fiel ein, dass er den Hauptzweck seiner Reise noch gar nicht erwähnt hatte. Er setzte sich aufrecht und sagte ernst: «Fast hätte ich es vergessen: Arthur hat mir ein paar Sachen für Sie mitgegeben.»

Er holte einige Gegenstände aus dem Nachlass seines Lehrers aus der Tasche – einen Damenkamm, eine metallisch glitzernde Plakette mit dem Porträt und dem Namen des Toten und ein elektronisches Notizbuch, das Arthur stets bei sich getragen hatte. Igor breitete sie in einer Reihe auf dem braun polierten runden Tisch aus.

«Ja, das gehört mir.» Sie nickte und strich über die Gegenstände. Sie deutete auf die Plakette. «Das ... das ist der Pass, den ich ihm besorgt habe. Und das ist sein Tagebuch, das hat er von der Erde mitgebracht.»

«Ich habe Ihr Foto gesehen», sagte Igor. «In seinem Notizbuch.» Er zögerte einen Moment. «Von seiner Frau hatte er kein Foto mehr. Nur noch von Ihnen.»

Janet berührte die Dinge so zärtlich, als wollte sie sie liebkosen.

«Dann ist da noch etwas ...» Igor legte sich seine Worte sorgfältig zurecht. «Vor seinem Tod», sagte er langsam, «hat er seine Gehirnwellen in digitale Signale umgewandelt und auf einen Chip übertragen. Mit anderen Worten: Er hat seine Erinnerungen gespeichert. Und er hat mich gebeten, den Chip mit zum Mars zu nehmen und hierzulassen. Ich denke, ich soll ihn Ihnen geben. Das hat Arthur mir zwar nicht gesagt, aber ich vermute, das ist das Begräbnis, das er sich gewünscht hat.»

Er nahm die winzige Scheibe hervor, die er die ganze Zeit bei sich getragen hatte. Feierlich hielt er sie ihr auf der flachen Hand hin.

Janets Lippen bebten, und auch die Hand, die sie ausstreckte, zitterte. Als ihre Finger Igors Hand berührten, zuckte sie zurück, als hätte sie sich verbrannt. Den Blick auf den Chip geheftet, füllten sich ihre geröteten Augen von neuem mit Tränen.

«Arthur hat ... nichts gesagt?»

«Nein. Deshalb weiß ich nicht genau, was ich damit machen soll.»

«Hat er sehr gelitten?»

Im ersten Moment wusste Igor nicht, was er darauf antworten sollte. Nach einem kurzen Zögern sagte er schließlich: «Nein, nicht besonders. Er war nur sehr schwach und konnte nicht mehr sprechen. Das letzte Mal, als er bei Bewusstsein war, hat er ein ‹B› auf ein Papier geschrieben – ich denke, das steht für Ihren Namen.»

«Ein B?» Janet schaute ihn an. Mit einem Mal zitterten ihre Lippen nicht mehr, und sie schüttelte den Kopf. «Nein, dann hat er nicht mich gemeint. Er hat mich nie beim Nachnamen genannt. Wenn er meinen Namen notiert hat, dann immer nur als Janet.» Ihre Stimme klang entschieden. Sie wirkte nicht verstimmt, ihr schien nur plötzlich ein Licht aufgegangen zu sein. «Ich weiß, wohin Sie den Chip bringen sollen. Ja, das passt zu Arthur.»

Igor wartete gespannt und fragte nicht sofort nach.

«Aber erst möchte ich Ihnen noch etwas anderes erzählen», fuhr Janet fort. «Als er von hier fortging, hat er etwas mitgenommen. Kaum einer weiß das. Er ist vor seiner Abreise zum Studio für Fotoelektrizität gegangen. Dieses Studio kümmert sich um unser Informationssystem. Genauer gesagt: Es ist die Wartungszentrale für unsere Haupthardware. Unsere Datenbank funktioniert nach dem Prinzip der einatomaren Steuerung. Dabei sind die Bewegungen der elektrisch geladenen Teilchen einzelner Atome den Zuständen 0 oder 1 zugeordnet. Auf diese Weise kann man eine enorme Datenmenge speichern. Arthur hatte diese Technologie dabei, als er zurück zur Erde geflogen ist.»

Janets knappe Erklärung traf Igor wie ein Stromschlag. Mit einem Mal ergab das Verhalten seines Lehrers einen Sinn, die Puzzleteile fügten sich zusammen. Ja, das musste der Grund gewesen sein – der wahre Grund für Arthurs Rückkehr zur Erde. Anders als Janet glaubte, hatte er seinen Heimflug nicht genutzt, um nebenbei auch marsianische Technologie mitzunehmen, sondern er war überhaupt nur deswegen zurückgeflogen. Diese Technologie machte es möglich, ungeheure Datenmengen zu speichern, deshalb war er auf dem Mars geblieben, und deshalb war er auch wieder gegangen. Er hatte gehofft, er könnte mit dieser Technik auf der Erde einen großen, dauerhaften Speicherraum errichten, in dem alle bedeutenden Erfindungen und Kreationen aufbewahrt werden sollten. Auf der Erde gab es keine Technologie, mit der man so gigantische Datenmengen bewältigen konnte. Deshalb hatte Arthur hartnäckig immer wieder versucht, an das technologische Konzept zu kommen, bis er es schließlich von dem marsianischen Forschungszentrum erhalten hatte. Damit war er am Ende voller Zuversicht an Bord des Raumschiffs gegangen, das ihn heim zur Erde brachte. Er müsse ein paar Dinge erledigen, hatte er Janet erklärt, danach werde er wieder zurückkehren – das also hatte er damit gemeint.

Auf der Erde hatte er seinen Plan für sich behalten, hatte niemandem etwas davon gesagt und keine Interviews gegeben. Offensichtlich wollte er die Nachricht von der kostbaren Technologie vom Mars nicht vorschnell an die große Glocke hängen. Vielleicht hatte er deswegen auch Janet versprochen zurückzukehren – womöglich als Bedingung dafür, dass man ihm die Technologie überhaupt anvertraut hatte. Nur mit seiner Erkrankung hatte er nicht gerechnet, mit dem Krebs, der ihn daran hinderte, auf den Mars zurückzukehren.

Das erklärte alles, nur eine einzige Frage blieb noch offen: Was hatte Arthur eigentlich auf der Erde getan?

Da schoss Igor der Gedanke an Tynne durch den Kopf. Er war sich fast sicher, dass sich sein Lehrer gleich nach seiner Heimkehr mit dem Tycoon getroffen hatte. Arthur war ein alter Bekannter von Tynne gewesen und hatte früher eng mit dessen Konzern zusammengearbeitet. Wahrscheinlich hatte er gehofft, der Konzern werde die Implementierung der marsianischen Technologie übernehmen. Keine andere Organisation auf der Welt war derart breit aufgestellt, keine andere besaß so viel Macht und Einfluss. Nachdem in der zweiten Hälfte des zweiundzwanzigsten Jahrhunderts die virtuellen Supermärkte die realen in jedem Bereich verdrängt hatten, war die Taylors-Gruppe zum mächtigsten Unternehmen der Welt aufgestiegen. Sein Lehrer hatte gewollt, dass die marsianische Technologie auf der gesamten Erde verbreitet wurde. Deshalb hatte er Tynne aufgesucht, da war Igor sich sicher. Denn wer, wenn nicht Tynne, verfügte über die Möglichkeiten, diesen Plan in die Wirklichkeit umzusetzen?

DAS GRAND THEATRE

Luoying wartete auf ihren Bruder. Sie war von dem Gespräch mit Lark innerlich aufgewühlt und wollte unbedingt hören, was Rudy über ihre Eltern wusste.

Ihr Bruder ging jeden Tag früh aus dem Haus und kehrte spät heim. Sie bekam ihn kaum zu Gesicht. Also war sie zu seinem Studio gegangen, aber auch in seinem Büro hatte sie ihn nicht angetroffen. Ein Kollege hatte ihr gesagt, er sei in der Fertigungshalle. Deshalb saß sie nun im Pausenraum der Fabrik und schaute durch die Wand aus Sicherheitsglas, die den Raum von der Haupthalle trennte.

Die riesige, peinlich saubere Werkhalle selbst durfte sie nicht betreten. Die schweren Türen waren verschlossen. In den durchsichtigen Wänden erkannte man die Schaltkreise. Die gläserne Trennwand war durch grüne Streben in viele kleine Fenster unterteilt. Durch eines dieser Fenster entdeckte sie ihren Bruder, wie er mit Helm und Schutzbrille ein Fließband steuerte. An seiner Seite standen zwei Männer, die etwas älter als er waren, aber seine Anweisungen befolgten und ihm assistierten. Sie waren für die Überwachung des Ablaufs und die Qualitätskontrolle zuständig. Ihr Bruder stand vor den hoch aufragenden Maschinen und dirigierte sie mit geübten, sicheren Bewegungen, so als hätte er einen gewaltigen Drachen gezähmt und würde ihm nun Kommandos erteilen. Der blau-weiße Drache vor Rudy war lang und schmal, er schnitt mit flinken, mächtigen Gliedern Metall und verarbeitete Fasern. An seinem einen Ende verschlang er das Rohmaterial, am anderen Ende spuckte er so spielerisch leicht, als wären es Luftblasen, goldene Bänke aus.

Luoying kannte diese Bänke – an dem Tag, als sie heimgekommen war, hatte eine solche Bank sie in Empfang genommen.

Sie wusste inzwischen ganz genau, wie ihr Bruder seine Karriere plante: Er wollte vom Leiter eines Forschungs- und Ingenieurteams aufsteigen zum Parlamentsmitglied und schließlich Minister werden – das war der schnellste Weg zur Macht auf dem Mars. Ihr Bruder stand noch am Anfang seiner Karriere, aber seine Leistungen waren von klein auf hervorragend gewesen. Deshalb spielte um seine Mundwinkel oft ein herablassendes Lächeln. Bis jetzt war für ihn alles glatt verlaufen – und das sollte erst der Anfang sein.

Sein Studio, die Forschungsstelle Fünf für Elektromagnetismus, unterstand dem Solarministerium. Ein Großteil des täglichen Energiebedarfs auf dem Mars wurde durch die elektromagnetische Strahlung der Sonne gedeckt. Deshalb war die Forschung auf diesem Gebiet dem Solarministerium unterstellt. Die Schaltplatten in den Dächern, die Antennen rings um die Stadt und die magnetischen Teilchenschutzschirme waren Entwicklungen aus diesem Forschungsbereich. Alle durchsichtigen Wände und Decken aus Glas enthielten teils sichtbare, teils unsichtbare Schaltkreise, durch deren Regulierung man starke lokale Magnetfelder erzeugen konnte. Das Forschungsprojekt, an dem Rudy arbeitete, war in diesem Bereich angesiedelt.

Luoying trank zwei Gläser Saft, deren trübe Farben sie an ihre Kindheit erinnerten. Einmal hatten sie und ihr Bruder sich ihre Lebensträume erzählt. Sie selbst hatte davon geträumt, Seite an Seite mit einem geliebten Menschen an einem sonnigen Fenster zu sitzen und zu lesen, während Rudy sich ausgemalt hatte, wie er mit dem Mädchen, das er liebte, auf große Fahrt durch das Weltall ging. Sie hatte daheimbleiben wollen, er nicht. Am Ende war es genau umgekehrt gekommen: Sie war durch das All gereist, und er hatte auf dem Mars Wurzeln geschlagen. Seit sie zurück war, hatten sie beide ihre Kinderträume nicht ein einziges Mal erwähnt.

Als Luoying ihr zweites Glas Saft geleert hatte, kam ihr Bruder endlich aus der Halle.

Er war sichtlich überrascht, als er sie im Pausenraum sitzen sah. Nachdem er den Helm abgenommen und das wirre blonde Haar glatt gestrichen hatte, nickte er ihr zu und setzte sich neben sie. Er schien erschöpft und in gedrückter Stimmung, und seine Augen waren gerötet. Aus dem Automaten in der Wand nahm er sich einen Becher Kaffee und zwei Kekse. Weil er den Kaffee zu hastig hinunterstürzte, verschluckte er sich und hustete heftig.

Luoying wartete, bis der Hustenanfall vorbei war. «Rudy, geht es dir gut?»

«Es geht. Normal.»

«Du siehst ziemlich müde aus.»

«Das ist nichts.» Er schüttelte den Kopf. «Und du? Hast du gut trainiert?»

«Normal.»

Beide verstummten. Rudy wartete darauf, dass Luoying weitersprach, aber sie zögerte. Nach einem Blick auf das geschäftige Treiben in der Halle nahm sie seinen Becher, stand auf und holte ihm noch einen Kaffee. Sie rührte ein wenig Zucker hinein und stellte ihm den Becher hin.

«Rudy, ich war bei Lark.»

«Ach ja?», fragte er verwundert.

«Er hat meinen Verdacht bestätigt.»

Er begriff, was sie meinte, nippte an seinem Kaffee und brummte etwas Unverständliches.

«Du hast es damals schon gewusst, stimmt's?»

Er schwieg.

«Du hast auch gewusst, warum Mama und Papa gestorben sind, oder nicht?»

Er schwieg noch immer.

«Nun sag schon.»

«Es war ein Unfall.» Seine Stimme war tonlos. «Und der technische Verantwortliche des Unglücksschiffs ist dafür zur Rechenschaft gezogen worden.»

Es versetzte Luoying einen Stich, wie distanziert er sich gab. Sie blickte ihm direkt ins Gesicht und versuchte es mit einer anderen Frage. «Ist Großvater ein Diktator?»

Rudy runzelte die Stirn. «Wieso fragst du das?»

«Weil alle das sagen.»

«Wer?»

«Viele.»

«Von der Erde?»

«Ja.»

«Jetzt glaubst du auch schon, was die Leute von der Erde sagen? Das sind doch fast alles nur Vorurteile.»

«Aber nicht immer.»

«Wenn es kein Vorurteil ist, dann haben die Leute auf der Erde einfach keine Ahnung. Das weißt du doch selbst.»

«Nein, das weiß ich nicht.»

«Das solltest du aber wissen.»

Luoying sah ihren Bruder an. Die Stirn leicht gerunzelt, mit ernster Miene, erwiderte er ihren Blick.

«Ich hab mal geglaubt, dass ich Bescheid wüsste», sagte sie leise. «Aber Großvater hat die Protestbewegungen hier auf dem Mars verboten. Stimmt das nicht?»

Während der Demonstrationen ihrer irdischen Freunde, der Umweltaktivisten, hatte sie davon gehört. Die Leute auf der Erde waren über vieles auf dem Mars informiert, das sie selbst gar nicht gewusst hatte. Umgekehrt hatten sie auf dem Mars Informationen über die Erde, die dort unbekannt waren. Als die beiden Gruppen – Marsianer und Erdbewohner – in dem großen Zelt ums Lagerfeuer gesessen hatten, da hatten sie einander so einiges Neues erzählt. Später hatten sich Fakten und Gerüchte miteinander vermischt, bis niemand mehr unterscheiden konnte, was wahr war und was nicht.

«Solche Bewegungen gehören ja auch verboten», sagte Rudy entschieden. «Der Mars ist nicht wie die Erde: Solche Dinge sind hier zu gefährlich.»

«Ach ja?», erwiderte Luoying. «Und das haben Mama und Papa mit dem Leben bezahlt, oder nicht?»

«Hör doch auf mit diesen wilden Spekulationen.»

«Welchen Grund sollte es denn sonst für ihre Verbannung gegeben haben? Sich nicht zu registrieren stellt an sich noch kein Verbrechen dar. Aber wer eine Revolution anzettelt und die Leute gegen die Unterordnung unter die Studios aufbringt, der wird bestraft. So ist es doch?»

«Von wem hast du denn das schon wieder?»

Luoying überging seine Frage. «Mama und Papa waren freie Denker, und sie haben die Herrschaftsordnung auf dem Mars in Frage gestellt. Deshalb wurden sie bestraft. Und Großvater selbst hat das Urteil gefällt. Denn das System duldet keine Revolution – so ist es doch, oder etwa nicht?»

«Du solltest nicht immer alles durch die romantische Brille sehen», erwiderte Rudy kühl.

Luoying schwieg. Ihr Bruder war nicht mehr derselbe, den sie aus ihren Kindertagen kannte. Damals hatte Rudy nichts so sehr geliebt wie historische Geschichten von leidenschaftlichen Revolutionären. Wenn er ihr aufgeregt von der Renaissance erzählt hatte, von der Französischen Revolution oder von der anarchistischen Revolution Mitte des einundzwanzigsten Jahrhunderts, dann hatte er den Stift in der Hand geschwungen wie ein Schwert, und in seinem Gesicht hatte ein Ausdruck der Sehnsucht gelegen. Geschichten von jungen Leuten aus früheren Zeiten und den Revolutionen, die sie entfesselt hatten, hatten ihn begeistert und in ihm ein brennendes Interesse an anderen Welten geweckt. Alle Regeln, so hatte er einmal verkündet, seien dazu da, gebrochen zu werden. Nur zwei Träume hatte er damals gehabt: auf weite Fahrt zu gehen und ein Revolutionär zu werden.

«Na, dann sag mir doch, wie es wirklich war», erwiderte sie genauso kühl. «Du hättest mir gleich damals die Wahrheit sagen sollen. Warum all diese Geheimnistuerei? Warum habt ihr geglaubt, ich würde nicht über den Tod von Mama und Papa hinwegkommen?»

«Weil du über manche Dinge tatsächlich nicht wegkommst.»

«Doch.»

«Wenn du die Dinge wirklich so leichtnehmen könntest, würdest du dich jetzt nicht mit diesen Fragen aufhalten.» Rudys Stimme klang müde. Statt sich auf einen Streit einzulassen, wollte er das Gespräch offenbar möglichst schnell beenden. «Wir stehen gerade vor so großen Problemen, da bin ich wirklich nicht in der Stimmung für so eine Diskussion. Wir können uns später noch mal darüber unterhalten.»

«Probleme? Welche Probleme?»

«Die Verhandlungen.»

Erst jetzt fiel Luoying wieder ein, dass dem Mars eine schwere Krise drohte. «Es ist immer noch keine Einigung in Sicht?»

«Nein.»

«Weil die Erddelegation auf Teufel komm raus die Kernfusionstechnik haben will?»

«Das steht noch nicht fest. Aber auf jeden Fall lassen sie diese Forderung nicht so leicht fallen.»

«Und was sagen wir dazu?»

«Auch das steht noch nicht fest.» Um Rudys Mundwinkel zuckte ein spöttisches Grinsen, als wäre er ein Jäger, der seine Beute ins Visier nimmt. «Wenn es nach mir ginge, würden wir auf Juan hören und einen Präventivschlag führen, ganz einfach.»

«Juan befürwortet einen Krieg?»

«Ja.»

«Ist seine Großmutter nicht im Krieg gestorben?»

«Das sind zwei Paar Schuhe. Kein Krieg ist wie der andere. Juan will kein Blutbad, er ist nicht so gewalttätig wie die Leute von der Erde. Er will bloß die Mondbasis erobern, im Handstreich und ohne Opfer. Und er will alle Satelliten im Erdorbit unter seine Kontrolle bringen oder zerstören. Damit hätten wir die Erde praktisch in unserer Gewalt. Das hat nichts mit einem Massaker zu tun. So etwas liegt Juan natürlich fern.»

«Aber so ein ‹Handstreich› geht doch nicht reibungslos und ohne Opfer über die Bühne!»

«Doch, das geht», erwiderte Rudy entschieden. «Glaubst du, unsere Raumfahrtforschung hat in den letzten Jahren nur Däumchen gedreht? Du hast keine Ahnung, wie viel wir da hineingesteckt haben. Das Sanlias- und das Locia-Zentrum arbeiten die ganze Zeit auf Hochtouren. Die Erdbewohner können technologisch nicht mehr mithalten, die denken nur ans Geschäft. Selbst ohne Kernfusionsantrieb sind unsere Raumschiffe viel besser als ihre. Ohne Übertreibung: Mit den jetzigen Steuersystemen und unserer Lasertechnologie können wir innerhalb von zwei Wochen die Mondbasis einnehmen, ohne dass uns die Erde nennenswerten Widerstand entgegensetzen kann.»

Zwei Wochen – Luoying lief es kalt über den Rücken bei Rudys Worten. Als könnte es einen Krieg geben, der so schnell vorüber war.

Ihr kam das alte Haus auf der Erde, in dem sie gewohnt hatte, in den Sinn – damals war auch von zwei Wochen die Rede gewesen. «Zwei Wochen», hatte ihre Freundin Lilli Luta verkündet, «und wir haben uns alles zurückgeholt. Zwei Wochen, und wir schenken die Natur wieder den Göttern und allen auf der Welt, die noch nicht so verkommen sind.» Dabei hatte sie ihre lange blonde Lockenmähne geschüttelt und an Damians Wasserpfeife gesogen. Auf das alte Sofa gefläzt, die Füße auf der Lehne, hatte sie ein Gesicht gemacht genau wie Rudy jetzt. «Glaubt mir: Zwei Wochen, mehr brauchen wir nicht.»

Sie waren fromme Ketzer gewesen, die an eine göttlich beseelte Natur glaubten und die Inbesitznahme von Grund und Boden durch irgendwelche Millionäre als eine Entweihung der Erde betrachteten. Im Handumdrehen hatten sie ein Landgut besetzt. Allerdings hockten Luoying, Lilli Luta und ihre Freunde zwei Wochen später noch immer in dem großen, einsamen Haus, abgeschnitten von Wasser und Nahrung, umzingelt von bewaffneten Einsatzwagen und dröhnenden Warnungen aus dem Lautsprecher. Sie warteten darauf, dass ihre Berliner Freunde mit dem Flugzeug kommen und sie retten würden, aber die Freunde waren am Stadtrand von Berlin genauso eingekesselt und hofften verzweifelt auf ihre eigene Befreiung. Am Ende wurden sie alle ruck, zuck verhaftet, ohne dass wenigstens einer von ihnen zum Märtyrer geworden wäre. Drei Wochen saßen sie im Gefängnis unter so chaotischen Umständen, dass es schon fast wieder lustig war. Sie waren mit einem blauen Auge davongekommen, aber seitdem glaubte Luoying noch weniger als vorher an irgendwelche Zwei-Wochen-Versprechen. Sie hielt es für möglich, dass ein einmaliger, gezielter Überraschungsangriff erfolgreich verlaufen konnte, aber so ein Angriff würde ganz sicher einen Gegenangriff und eine Spirale der Gewalt nach sich ziehen.

«Ist der Konflikt erst einmal ausgebrochen, lässt er sich nicht so schnell wieder beenden», sagte sie.

«Wenn eine Seite der anderen waffentechnisch hoch überlegen ist, dann schon», erwiderte Rudy.

Auch in dieser Hinsicht hatte er sich geändert. Als Kind hatte er den Krieg verabscheut.

«Gibt es denn keinen Weg, einen Krieg zu vermeiden?»

«Doch, wenn wir die Verhandlungen zu einem erfolgreichen Abschluss bringen.»

«Und wir müssen diese Technologien unbedingt haben, die wir von der Erde wollen?»

«Ja, beide. Ein gigantisches Projekt von größter Bedeutung steht dabei auf dem Spiel.»

«Brauchen wir dieses gigantische Projekt überhaupt?»

«Was redest du denn da?!» Plötzlich verlor Rudy die Geduld. Er stand auf, knallte seinen Becher auf den Tisch und rief erregt: «Das ist keine Frage des Brauchens, wir haben schon damit angefangen! Jetzt müssen wir diese Sache auch durchziehen. Hast du denn gar nichts davon mitbekommen? Wir haben Ceres schon zu uns bewegt. Er fliegt jetzt über unseren Köpfen. Dafür haben wir eine Kleinstadt von zehntausend Leuten zwangsumgesiedelt. Wir können das Ganze jetzt unmöglich noch abblasen.»

Er klang immer trauriger, und seine Stimme begann zu zittern. «Warum musste Ronning denn fort? Warum, wenn nicht für dieses Megaprojekt? Wofür ist er denn gestorben? Weißt du überhaupt, dass er tot ist? Er hatte das Sonnensystem noch nicht verlassen, da ist er an Bord des Raumschiffs gestorben. Er war schon so alt, er hätte hierbleiben sollen. Aber er wollte fort. Und jetzt ist er tot!»

Rudy holte tief Luft, um die Beherrschung wiederzugewinnen. In ruhigerem Ton fuhr er fort: «Wir haben das Projekt schon gestartet, wir sind mittendrin. Da gibt es kein Zurück mehr. Unter keinen Umständen. Koste es, was es wolle.»

Luoying fühlte eine Leere, als wäre in ihrem Innern etwas zerbrochen. «Was hast du gesagt?»

«Ronning ist tot.»

«Wann ist das passiert?»

«Gestern.»

Wie betäubt starrte sie ihren Bruder an. Jetzt verstand sie, warum er so bedrückt und müde aussah und warum seine Augen so rot waren.

Die Nachricht lähmte sie. Ronning war tot. Tot. Der weißbärtige Ronning, der so gern lachte und Geschichten erzählte und aussah wie der Weihnachtsmann, war tot. Wie war das nur möglich?

Die plötzliche Todesnachricht weckte Erinnerungen in ihr, die sie umgaben wie eine sanfte und doch mächtige Meereswoge, und sie versank in der blauen Stille ihrer Kindheit. Luoying saß auf dem Brett an ihrem Fenster, das geöffnet war wie eine Muschel, und sie sah sich selbst im Garten umhertollen und hörte ihr eigenes helles Lachen, als würde sie einen Film betrachten.

Ronning war ihr von allen alten Leuten der liebste gewesen. Ihre Eltern hatten sie über alles geliebt, aber nach ihrem frühen Tod blieben Luoying nur ein paar Sätze, die ihre Eltern gesagt hatten. Ansonsten waren ihre Erinnerungen verschwommen wie Träume. Nur Ronning stach hervor. In der schwermütigsten Zeit ihres Lebens, von acht bis dreizehn Jahren, war er stets für sie da, hatte ein Ohr für ihre Ängste und Misserfolge, las mit ihr Bücher und schaffte es, dass sie sich weniger einsam und isoliert fühlte, indem er ihr die Augen dafür öffnete, wie mächtig die Natur und das Schicksal waren. Dabei strotzte er vor Energie, versprühte gute Laune und Begeisterung. Sie fühlte sich ihm näher als ihrem Großvater.

«Irgendwann müssen wir alle einmal sterben.»

So hatte er sie einmal getröstet. Dabei hatte er nie versucht, die Tatsache, dass ihre Eltern tot waren, zu beschönigen. Sie war damals schon alt genug gewesen, um den Tod zu verstehen, die Einsamkeit und die Liebe. Sie begriff, wie sich all das anfühlte – nur den Grund dafür begriff sie nicht. Ronning war der Einzige, der in ernsthaftem Ton mit ihr wie mit einer Erwachsenen über diese Dinge sprach.

«Irgendwann müssen wir alle einmal sterben, und das ist auch nicht weiter schlimm. Die alten Chinesen glaubten, der Mensch bestehe aus verfestigtem Gas, das sich nach ein paar Jahrzehnten wieder verflüchtigt. Im alten Indien war eine religiöse Schule davon überzeugt, der Mensch sei bloß ein flüchtiges Fenster, durch das man das Licht des Universums aufblitzen sieht. In den Mythen des alten Griechenland verspottet der Waldgeist Silenos die Menschen, wenn er sagt: ‹Für so einen erbärmlichen Wurm wie den Menschen, der am Morgen auf die Welt kommt und am Abend schon wieder stirbt, wäre es das Beste, er würde erst gar nicht geboren werden – und wenn doch, dann sollte er einen schnellen Tod finden.› Für sie alle war der Mensch, dem bloß eine Lebensspanne von wenigen Jahrzehnten vergönnt ist, verglichen mit den Göttern und dem Universum, nur so nichtig wie ein flüchtiger Lichtstrahl.

Aber gerade darin liegt der Zauber des Lebens. Alle Vitalität, alles eigensinnige Beharren und Aufbegehren, alle verzweifelten Willensanstrengungen schöpfen aus dieser Vergänglichkeit ihre Schönheit. Denk mal darüber nach: Ein Mensch geht so schnell und scheinbar spurlos dahin wie ein Blitz, und doch kann er in diesem kurzen Moment etwas erschaffen, das ihn selbst überdauert und an seiner Stelle auf ewig weiterlebt. Es ist das größte Wunder, das es gibt.

Deshalb sollten wir etwas erschaffen. Fast alle Völker der Welt haben in ihrer Philosophie eine Antwort auf die Vergänglichkeit des menschlichen Lebens gesucht. Unsere Antwort ist: Wenn wir etwas erschaffen, schreiben wir uns mit unserer Seele darin ein. Deshalb ...», Ronning hielt ihre schmächtigen Schultern mit beiden Händen umfasst, «... musst du nicht traurig sein, dass deine Eltern tot sind. Sie haben so schöne Werke hinterlassen, in die sie ihre Seelen gelegt haben, und auch in dir leben sie weiter – ein erfüllteres Leben kann man sich nicht vorstellen. Du solltest dich für sie freuen.»

Bei der Erinnerung an diese Worte liefen Luoying die Tränen übers Gesicht. Sie war damals elf Jahre alt und noch sehr naiv gewesen, aber Ronnings Worte hatten in ihrem Herzen Wurzeln geschlagen, und als sie sich jetzt wieder an sie erinnerte, fühlte sie eine ungeheure Dankbarkeit. Dass ein über sechzigjähriger Mann so ernst mit einem elfjährigen Kind gesprochen hatte! Jeder andere hätte geglaubt, sie würde kein Wort verstehen – und tatsächlich hatte sie erst jetzt endlich, nach sieben Jahren, verstanden, was er ihr sagen wollte.

Und jetzt war er selbst tot. Nachdem er den flüchtigen Blitz des Lebens, verwandelt in Sprache, in das Herz eines Kindes eingepflanzt hatte, war er gestorben.

Drei Tage später kam Luoying zu den Proben ins neu erbaute Grand Theatre. Sie hatte das Tanzen noch nie so ernst genommen, denn sie sah den Sinn darin nun mit neuen Augen. Vorher hatte ihr das Tanzen Angst eingeflößt oder sie erschöpft, und nur um des Erfolgs willen hatte sie unermüdlich an sich selbst gearbeitet. Aber mit einer solchen Ehrfurcht wie jetzt hatte sie es nie betrachtet. Der Tanz war ihre Art, etwas zu erschaffen, er war der Weg, der sie auf die Erde geführt hatte, und in ihm waren die künstlerischen Errungenschaften beider Planeten vereint. So schlicht und unvollkommen er als Ausdrucksform auch sein mochte, für fünf Jahre war er ihr Leben gewesen. Sie war oft gestürzt, aber sie hatte sich immer wieder aufgerappelt, so als wollte sie ihre Seele in ihre Glieder legen und von der Bühne aus weitergeben an das Publikum ringsum.

Sie hatte niemandem davon erzählt, aber im zweiten Jahr auf der Erde hatte sie ihr Tanzensemble verlassen, um ihren ganz eigenen kreativen Ausdruck zu finden. Eigentlich führten sie alle damals ein angenehmes, unbeschwertes Leben. Niemand gängelte sie, die Lehrer behelligten sie nach dem Unterricht nicht weiter, und mit ihren dreizehn, vierzehn Jahren genossen sie große Freiheiten, gingen mit Jungs aus und drehten 3-D-Tanzfilme, die sie im Internet zu Geld machten, um sich neue Klamotten zu kaufen. An den Wochenenden hatten sie ihren Spaß, und manchmal wurden sie zu Partys reicher Leute eingeladen, auf denen sie zur Unterhaltung der Gäste Line Dances vorführten und viel Geld verdienten. Oder sie übernahmen alle zusammen kleine Gastrollen in Filmen. Eigentlich hätte Luoying die fünf Jahre auf der Erde sorglos verleben können.

Aber etwas fehlte ihr.

Anfangs glaubte sie, sie hätte sich nur noch nicht an ihr neues Leben gewöhnt. Aber an einem Sommerabend in ihrem zweiten Jahr fielen ihr die Gespräche mit Ronning wieder ein. Ohne dass sie es gemerkt hatte, arbeiteten seine Worte in ihr. Da hatte sie ihr Ensemble und den Wolkenkratzer verlassen und war weit fortgegangen.

Jetzt begriff sie, dass sie alles, was mit ihrer Heimat verbunden war, hinterfragen konnte, nur nicht den Glauben an die Bedeutung des künstlerischen Schaffens.

Für marsianische Verhältnisse war das Grand Theatre ein Kolossalbau. Es hatte die Form einer Lotusblüte, die von einer Welle getragen wurde – die Welle war das Foyer, die Blüte die eigentliche Halle. Sie war von einem lichtdurchfluteten Kuppeldach überwölbt, und in ihrer Mitte erhob sich die runde Bühne, die rings von den Zuschauerrängen umgeben war. Von der Decke hingen Scheinwerfer, die wie Schneebälle aussahen.

Als Luoying und ihr Ensemble im Theater eintrafen, wurde ihr klar, dass heute die Delegation von der Erde zur Besichtigung da war. Deshalb also hatte Jill die Proben auf heute legen wollen. Rudy war auch da, er führte die Delegierten gerade herum. Auf diesen Einsatz hatte er sich tagelang vorbereitet. Er trug einen eleganten dunklen Anzug mit Manschetten und Stehkragen, in dem er eine hervorragende Figur machte, und vorn auf das Hemd war sein Name in goldenen Lettern gestickt. Luoying und die anderen Tänzer standen abseits von der Delegation. Jill, das Kinn hochgereckt, beobachtete die Gäste aufmerksam.

«Ein gewöhnliches Amphitheater sieht sich mit einem kaum lösbaren Problem konfrontiert: Die Schauspieler können sich nur auf einer Seite an das Publikum wenden. Die gängige Lösung ist eine Drehbühne. Wir dagegen haben einen mobilen Zuschauerraum konstruiert.»

Bei diesen Worten machte Rudy eine Geste zum Kontrollraum, worauf sich die Zuschauerplätze langsam in Bewegung setzten. Die Sitze, die ursprünglich kreisförmig angeordnet waren, sammelten sich nun auf einer Seite, und ein paar von ihnen bewegten sich nach und nach die Wand hinauf, die in ihrem Rücken wie ein sanfter Hügel anstieg. Hoch oben blieben sie schließlich hängen wie ein Relief aus Luftballons. Bei diesem Anblick schrie eine Frau aus der Delegation leise auf. Luoying kicherte in sich hinein.

«Unsere Sitze sind an der Oberfläche stark magnetisch aufgeladen, deshalb können wir sie an der Wand entlanglenken, so als würden wir einen Nagel mit einem Magneten über einen Tisch führen. Theoretisch können wir die Sitze an jeden beliebigen Platz unter dem Kuppeldach bewegen. Vielleicht haben Sie Zweifel, ob diese Technik auch sicher ist. Aber diese Sorge ist völlig unbegründet. Erstens ist die von uns entwickelte elektromagnetische Technologie in den Wänden der Schlüssel zum Bau unserer Stadt gewesen, und wir verfügen über eine jahrzehntelange Erfahrung auf diesem Gebiet. Die Magnetkräfte, die wir einsetzen, sind sehr stark und zuverlässig. Und zweitens haben wir auch für den Fall vorgesorgt, dass es trotzdem einmal zu einer Panne kommen und ein Sitz sich von der Wand lösen sollte: Unter dem Boden haben wir ein zweites Magnetfeld angelegt, das unabhängig vom ersten verläuft und eine Abstoßung auf den Sitz ausüben kann. Diese Kraft ist zwar nicht stark, aber ausreichend, um im Notfall den Sitz vor seinem Auftreffen auf eine sichere Geschwindigkeit abzubremsen.»

Beim Sprechen lächelte und gestikulierte Rudy, und seine Haare schwangen bei jeder Bewegung mit. Mal zeigte er mit den Händen nach oben, mal breitete er sie vor dem Körper aus. Das Sprechen vor Publikum lag ihm im Blut; beim marsianischen Jugend-Redewettbewerb hatte er mehrmals den ersten Platz belegt.

Langsam führte er die Delegation weiter durch das Theater, und seine Stimme verebbte allmählich. «Für eine bessere Akustik haben wir an der Innenseite der Kuppel eine Schicht aus Mikroporen angebracht …»

Als Jill sah, dass Rudy und die Delegation sich entfernten,

drängte sie Luoying, die Bühne zu betreten, während sie selbst zum Kontrollraum an der Seite lief.

Luoying trug ein Ballettkleid, das Jill für sie entworfen hatte. Nicht nur sie selbst hatte heute Probe, sondern auch Jills Kleid. Jill war noch nervöser als Luoying und, weil Rudy da war, auch noch röter im Gesicht.

Sie hatte das Kleid in nur einer Woche angefertigt. Vorher hatte sie Luoying besucht, und als das Gespräch auf Luoyings Vorführung gekommen war, hatte sie nach dem Thema des Tanzes gefragt. Der Mars, hatte Luoying ihr erzählt, war das Thema: Die Geschichte ihres Tanzes beruhte auf einer alten fernöstlichen Legende von einem Mädchen, das unter dem Unheil bringenden Einfluss des Mars, der den Krieg symbolisierte, ein Leben voller Enttäuschungen führte, bis es schließlich aus den Staubschleiern des Geschützfeuers emporstieg und sich am fernen Horizont in eine rosige Wolke verwandelte. Jill war begeistert gewesen. «Dafür habe ich genau das richtige Kleid!», hatte sie gerufen.

Luoying hatte keine Ahnung, was ihre Freundin meinte, und beachtete den Vorschlag nicht weiter. Aber als sie eine Woche später das Kleid sah, war sie gerührt: Es war perfekt für ihren Tanz, schön und anmutig wie eine rosenfarbene Wolke, und es veränderte seine Farbe, wenn man es berührte. «Es besteht aus einem Material aus extrem dünnen Halbleiterfasern, Pierres Forschungslabor hat das neu entwickelt. Unter Druck ändern sich die Ligandenfelder und damit die Lichtabsorption», erläuterte Jill, die zu ihrer hochwissenschaftlich klingenden Erklärung eine Clownsgrimasse schnitt. «Frag mich nicht, was ein Ligandenfeld ist – ich habe auch keine Ahnung. Den Begriff habe ich von Pierre. Jedenfalls kann das Kleid seine Farbe verändern. Wenn du tanzt, wird es seine Farbe mit deinen Bewegungen wechseln.» Mit einem dankbaren Blick zu Jill strich

Luoying über das weiche Gewebe, und dabei spürte sie, wie sie sich entspannte.

Sie war mit Jill und Pranda aufgewachsen, sie hatten in derselben Straße gewohnt. Zusammen hatten sie mit Stoffpuppen gespielt, die erste Klasse besucht und an den Versammlungen ihres Viertels teilgenommen. Die beiden wurden in diesem Jahr auch achtzehn. Sie hatten sich schon für ein Studio entschieden und führten ein so geradliniges Leben, wie Luoying es nie gekannt hatte. Jill hatte Modedesign gewählt und Pranda Lyrik. Jill war schon als kleines Kind in die Kleider ihrer Puppen vernarrt gewesen, und Pranda hatte schon mit elf Jahren Sonette geschrieben. Beide liefen nun tagein, tagaus mit stolz gerecktem Kopf und fröhlichem Lächeln durch die Welt und träumten davon, dass ihre Werke die meistaufgerufenen in der Datenbank werden würden.

Die Bühne im neuen Grand Theatre maß rund fünfzig Meter im Durchmesser. Normalerweise lag sie auf einer Höhe mit dem Foyer, aber bei Aufführungen konnte sie hochgefahren oder abgesenkt werden. Der Boden war geschmückt mit Sternen, die in Kreise eingebettet waren. Geometrische Muster symbolisierten die traditionellen fünf Elemente – Holz, Feuer, Erde, Metall und Wasser –, die den Himmelsrichtungen zugeordnet waren. Die Linien dieser Muster waren von Leuchtfasern umhüllt, die im Dunkeln schimmerten. Gerade hatte ein Jugendchor die Bühne betreten. Unter der Leitung seiner Lehrerin Xana stimmte er ein paar Takte aus Puccinis «Tosca» an, um den Nachhall zu testen.

Dann wurde es still im Saal. Luoying trat auf die Bühne und stellte sich mit verschränkten Händen in die Mitte. Die Ärmel ihres Kleides fielen anmutig herab wie fließendes, fast durchsichtiges Wasser. An den Säumen waren sie mit einem Muster verziert, das wie treibende Wolken aussah, vereinzelt durchbrochen von einem blütenförmigen Lochmuster. Das Kleid schmiegte sich an Luoyings Körper, es saß wie angegossen.

Während sie regungslos im Stand verharrte, blickte Luoying zum Ausgang des Theaters hinüber. Die Delegation hatte ihre eigentliche Besichtigung beendet und bewegte sich nun in einer langen Reihe auf den Ausgang zu. Rudy ging ganz am Ende, und neben ihm waren Igor und Tynne in ein Gespräch vertieft. Igor trug einen förmlichen dunklen Anzug, der seine hochgewachsene, schlanke Figur unterstrich, Tynne ein türkisblaues Hemd aus glänzender Seide mit offenem Kragen. Der Tycoon wirkte vollkommen sorglos.

Da begann die Musik.

Nach vier Takten zur Einstimmung leuchteten auch die Scheinwerfer auf.

Blendend helles blauweißes Licht umhüllte Luoyings Körper, während der restliche Saal in Dunkelheit versank. Die Hände immer noch vor sich verschränkt, stellte sie sich auf die Fußspitzen und vollführte drei kurze Sprünge nach vorn. Dabei umspielte das lange Kleid sie mit schwereloser Sanftheit. Es bewegte sich so anmutig, als wollten seine Säume ringsum mit der Luft verschmelzen. Kaum machte sie eine neue Bewegung, kaum nahm sie eine andere Haltung ein, blitzte da, wo sie mit der Haut die Ärmel berührte, der Stoff in einem zauberischen Licht auf. Während die Tanzschritte aus ihr hervorströmten, fiel ihr Blick auf ihr wehendes Kleid. Seine Farben waren wie Wolken, die sich im Abendrot ständig änderten – von Orangerot bis Blassviolett.

Schwerelos wie die Musik tänzelte sie über die Bühne, drehte sich, sprang, stieg empor.

Während sie sich ganz dem Tanz hingab, tauchte sie ein in die Orte, an denen sie die letzten Jahre verbracht hatte. Sie war nun das Mädchen aus dem Mythos, das ein vom Krieg gezeichnetes Land durchquerte. Sie war weit gegangen, und am Ende wurden die Landschaften, die sie durchwandert hatte, ein Teil von ihr. Jede sonnige Sommerlandschaft, jedes verschneite Gebirge, jedes Haus und jeder Fluss – alles, was ihr begegnet war, ging in sie ein, und in diesem Strom von Bildern nahm sie selbst Gestalt an. Sie wurde von ihnen erschaffen, nicht umgekehrt. Überall umfingen diese Bilder sie, und so stieg sie, neugeboren, aus dem Nichts hervor und verlieh den Bildern in ihr eine Form. Jeder Augenblick bedeutete ein Werden, ein nicht enden wollendes Erschaffen. Lächelnde Gesichter zogen an ihr vorbei, die trunkenen Vergnügungen, die sie mit den anderen Mädchen aus ihrem Ensemble geteilt hatte, der lebhafte Ausdruck von Lilli Luta, als sie ihr von dem Mythos erzählt hatte, das Lachen ihrer demonstrierenden Freunde, mit denen sie am Lagerfeuer zu einer verschworenen Gemeinschaft zusammengewachsen war, und auch die Begeisterung, mit der Jill ausgerufen hatte: «Dafür habe ich genau das richtige Kleid!» – all das verschmolz zu Luoyings Tanz.

Selbstvergessen, ohne auf ihre schmerzenden Knöchel zu achten, tanzte sie inmitten all der freudigen Gesichter. Sie legte all ihre Kraft in die Sprünge, drehte sich weiter und weiter, sodass ihr Kleid sie in einem unergründlich schillernden Wechsel von Farbe und Licht umflatterte.

Untermalt von einem Trommelwirbel, vollführte sie ihren letzten Sprung, und als sie auf dem Boden aufsetzte, kniete sie auf einem Bein nieder, während ihre Ärmel wie Schleier herabsanken.

Die Musik verstummte. Stille senkte sich über den Saal.

Leise keuchend, mit Tränen in den Augen, verharrte Luoying mit gesenktem Kopf. Sie wusste nicht, ob Ronnings Seele im Himmel ihr zugesehen hatte. Sie wusste nur eines: Sie hatte alles gegeben.

«Großartig! Ganz außergewöhnlich!»

Ein lautes Händeklatschen drang aus dem weiten Saal zu ihr. Als sie den Kopf hob, sah sie Tynne, der applaudierend vom Rand der Halle auf sie zuschritt. Seine Stirn glänzte grell im Licht der Scheinwerfer. Mit einem strahlenden Lächeln trat er vor sie und machte eine altmodische, tiefe Verbeugung.

«Du bist wirklich eine kleine Prinzessin vom Mars, eine kleine Waldnymphe! Wirklich schade, dass ich auf der Erde nie einen Auftritt von dir gesehen habe.»

Misstrauisch blickte Luoying ihn an.

So begeistert seine Stimme auch klang, der Ausdruck in seinen Augen war ruhig. Echte Freude lag darin, aber auch vieles andere, das unausgesprochen blieb. Luoying kam zu dem Schluss, dass er etwas von ihr wollte. Sonst hätte er sie nicht mit so viel Lob überschüttet.

Tatsächlich wechselte er prompt das Thema, ohne dass sich sein Ton verändert hätte. «Darf ich fragen, welches Genie das Kleid gefertigt hat, das du da trägst?»

Luoying zeigte auf Jill.

«Ah, diese schöne junge Dame also!» Er breitete vor ihr die Arme aus. «Hast du vielleicht Interesse daran, auch den Menschen von der Erde deine meisterhafte Kreation näherzubringen?»

Vor Aufregung riss Jill die Augen auf. «Echt? Wirklich? Das wäre toll! Ich sage Ihnen gleich mal ...»

Abrupt schnitt Luoying ihr das Wort ab. Sie begriff sofort, was gespielt wurde. Jill hatte sagen wollen: «Ich sage Ihnen gleich mal meine Account-Nummer und meinen Produktcode, dann können Sie die Datei sofort herunterladen.» Natürlich träumte Jill davon, dass ihr Design sogar auf der Erde Verbreitung fand und ein weltweiter Erfolg wurde. Aber so leicht wollte Luoying es Tynne nicht machen. Denn hier, wurde ihr schlagartig klar, könnte sich dem Mars eine Trumpfkarte für die Verhandlungen bieten.

Schließlich steckte auch hinter dieser Textilie eine auf der Erde unbekannte Technologie, und jede neue Technologie konnte zum Gegenstand von Verhandlungen und Handelsverträgen werden. Im Stillen überdachte Luoying die Erfolgsaussichten ihres Plans. Zweifellos ging es um eine sehr attraktive Technologie: ein textiles Gewebe, das durchsichtig schien und es doch nicht war. Wenn es schon Tynne gefiel, dann würden die Mädchen auf der Erde erst recht darauf abfahren. Und Mode war eine der Haupteinnahmequellen der Taylors-Gruppe. Wenn ihr Plan aufging, konnte diese Textiltechnik aus Pierres Forschungslabor womöglich sogar den Kernfusionsantrieb ersetzen und dem Abkommen, das die beiden Planeten am Ende unterzeichnen würden, seinen Namen geben – und dann müssten sie keinen Krieg mehr führen.

Aber verfügte der Tycoon auch über genug Macht und Prestige, um die Erddelegation in seinem Sinn zu beeinflussen? Luoying kam zu dem Schluss: Ja, das tat er. Auf der Erde befehligte er ein Bollwerk, das viel massiver und doch transparenter als die Glaswände auf dem Mars war. Ein unsichtbares Bollwerk: Der Taylors-Konzern war der größte Internethändler der Erde. Unzählige Menschen zerstreuten sich auf seinen Websites, machten Geschäfte, schauten Nachrichten, suchten Freunde, verkauften Ideen oder kauften Informationen und Daten. Man brauchte bloß seinen dünnen Laptop aufzuklappen, und schon konnte man in diese glitzernde Geschäftswelt eintauchen. Dieses virtuelle Bollwerk kannte keine nationalen Grenzen und umspannte den Globus so umfassend wie die Atmosphäre. Vom Staatspräsidenten bis zum frommen Gläubigen machte hier jeder Werbung in eigener Sache. Kein anderer globaler Konzern war so länderübergreifend präsent, weshalb

Tynne mehr als jeder andere in der Lage war, seinen Einfluss auf die Mächtigen auf der gesamten Erde geltend zu machen.

Luoying betrachtete Tynnes Gesicht, das schon auf der Homepage jeder Online-Community zu sehen gewesen war. Seine Nase war ein wenig krumm, und wenn er lächelte, waren seine Lippen sehr dünn. Trotzdem war er alles andere als hässlich. Er wirkte schlau. Luoying wusste: Wenn sie einen Mann finden wollte, der die Verhandlungen entscheidend beeinflussen konnte, dann war Tynne der Richtige. Niemand sonst war dazu imstande.

DAS STUDIO

Um zehn Uhr vormittags waren sie mit Luoying und Jill verabredet, und zwar im Brucher-Modestudio im Russell-Distrikt.

Das Wetter war an diesem Tag ungewöhnlich schön: Es ging kein Wind, und kein Staub wehte in der Luft. Der Himmel war klar, und es herrschte strahlender Sonnenschein. Alles schien ruhig und friedlich.

Igor und Tynne fuhren zusammen in einem Röhrenwagen. Schweigend blickten sie aus dem Fenster. Igor hatte keine Ahnung, was in Tynne vorging, aber seine Wut auf ihn war noch nicht verraucht. Der Wagen schoss ruhig dahin, Häuser und Fußwege glitten vorbei, aber Igor nahm nichts davon wahr. In Gedanken war er immer noch bei dem Gespräch vom Vorabend, an dessen Ende er vor lauter Zorn die Tür zugeknallt hatte.

Zunächst hatten sie sich ganz friedlich unterhalten. In der Hoffnung auf eine offene Aussprache hatte Igor Tynne in dessen Zimmer aufgesucht, und am Anfang war der Tycoon ungewöhnlich ernst gewesen. Leise, in gedrückter Stimmung, hatten sie die erste halbe Stunde wehmütige Erinnerungen an ihren toten Freund ausgetauscht. Tynne hatte sich schon als Kind mit dem vier Jahre älteren Arthur angefreundet. Beide Familien wohnten nahe beieinander, die Kinder waren zur selben Schule gegangen und arbeiteten später zusammen. Arthur hatte Tynne oft mit zum Skilaufen genommen, und bei Tynnes Abschlussfeier hatte er ihm eine Flasche Sekt spendiert. Sie waren ein gutes Team: Arthur führte bei mehreren Filmen Regie, und Tynne kümmerte sich um die Produktion. Sie heimsten Preise ein, und im Internet entwickelten sich ihre Filme zu Kassenschlagern.

Dann brach Arthur zum Mars auf, und der Einzige, dem er sich dabei anvertraute, war Tynne. Deshalb war Tynne mit der Situation auf dem Mars besser vertraut als Igor. Dank Arthurs Hilfe stach die Taylors-Gruppe mit ihrer Holographie-Technologie jeden anderen Medienkonzern aus, sie war auf dem Markt unangreifbar, wofür Tynne ihm zutiefst dankbar war. Sie waren ihr Leben lang Freunde gewesen, und trotzdem ließ Tynne die Hoffnung, die Arthur in seinen letzten zehn Jahren gehegt hatte, wie eine Seifenblase zerplatzen.

«Also hast du nichts damit gemacht?» Bei diesen Worten war Igor kochend vor Wut von seinem Sessel aufgesprungen.

«Nein.»

«Du hast nicht mal einen regionalen Test damit durchführen lassen?»

«Ich habe es der Datenbank der New Yorker Filmkritikervereinigung gegeben. Und dem Royal College of Art in London.»

«Gegeben oder verkauft?»

«Verkauft. Aber nur als Chip mit dem fertigen Produkt, nicht die Technologie selbst. Einmal für neun Millionen Dollar, einmal für 7,6 Millionen britische Pfund.»

«Dann hast du also doch viel Geld damit gemacht?»

«Viel Geld würde ich das nicht nennen. Das war ein Schnäppchenpreis.»

Igors Kehle war für einen Moment wie zugeschnürt. Er starrte Tynne an: Mit ausdruckslosem Gesicht saß der Tycoon auf dem Sofa und betrachtete gelassen das Weinglas in seiner

Hand. Der Gedanke an die zusammengekauerte Gestalt seines sterbenden Lehrers und an Janets tränenüberströmtes Gesicht versetzte Igor einen Stich ins Herz. Wie konnte Tynne nur so kühl und gleichgültig bleiben, als ginge ihn das alles nichts an? Um das Gespräch fortzuführen, schluckte Igor seine Wut hinunter, aber er spürte, wie sich die Muskeln in seinem Rücken versteiften.

«Eine bessere Verwendung hattest du nicht für etwas, für das mein Lehrer sein Leben gegeben hat?»

«Ich hatte keine andere Wahl. Die Erde ist anders als der Mars. Für manche Dinge gibt es bei uns keinen Markt.»

«Es geht dir doch nur um den Profit, stimmt's?»

«Du solltest den Profit nicht verachten, Igor. Taylors ist ein großer Konzern. Wir haben Millionen Mitarbeiter auf der ganzen Welt.»

«Wie viel verdienst du daran, wenn jemand einen Film oder ein anderes Werk kauft?»

«Einen Cent.»

«Und du bist nicht bereit, auf einen Cent zu verzichten?»

«Einen Cent? Weißt du, wie viele Cent jedes Jahr weltweit zusammenkommen?»

«Aber du hast doch schon die Einnahmen aus allen euren Läden, Parks und eurer Werbung! Warum kannst du nicht einen Teil abtreten? Von einem freien Raum für Kunst und Kultur profitieren wir doch alle.»

«Ach ja? Und du glaubst, alle Kreativen sind deiner Meinung?»

«Alle wahren Kreativen sollten meiner Meinung sein.»

Ein spöttisches Lächeln umspielte Tynnes Mundwinkel. Er schwenkte sein Glas und blickte Igor an. «Anscheinend hat Arthur dir seine Luftschlösser vermacht.»

Wieder kochte die Wut in Igor hoch. Und diesmal konnte

er sich nicht beherrschen. Ohne ein weiteres Wort schnappte er sich seinen Mantel, marschierte hinaus und knallte die Tür hinter sich zu. Tynne hatte ihn in seinem Stolz gekränkt.

Tynnes Verhalten war unerträglich. Igor hasste diese unbeteiligte Attitüde, mit der der Tycoon die Hoffnungen seines Lehrers beiseitegewischt hatte – leichthin, als würde er Asche von seiner Zigarette klopfen. Tynne tat den Traum seines Lehrers als ein Hirngespinst ab, er stellte ihn als einen wirklichkeitsfremden Naivling hin. Igor dagegen sah seinen Lehrer vor sich, wie er, den Chip in der Brusttasche versteckt, die achtzig Millionen Kilometer schwarzer Sternennacht durchquerte, auf einer einsamen Reise mit ungewisser Wiederkehr, den Blick zurückgerichtet zum Mars, während Janet, getrennt von ihm durch die unermessliche Leere, zur Erde blickte. Igor wehrte sich dagegen, dass diese letzte Reise ihren Sinn verlieren sollte und mit einer beiläufigen Bemerkung für nichtig erklärt wurde – so als hätte sein Lehrer ganz allein einen schwarzen Fels einen Berg hinaufgerollt, nur damit oben auf dem Gipfel, am Ende des langen, beschwerlichen Wegs, jemand den Fels achtlos zurück in die Tiefe kickte.

Igor glaubte an die Vision seines Lehrers. Jeder, der wirklich kreativ arbeitete, musste einen solchen freien virtuellen Speicherplatz willkommen heißen. Sicher würde man dadurch weniger Geld einnehmen, aber dafür würde sich das Publikum womöglich verzehnfachen. Auch wer nicht bereit war, Geld für einen Film auszugeben, würde sich dann solche Filme anschauen, und damit würden die Werke eine viel größere Verbreitung finden. Einem kreativen Menschen sollte das eigene Schaffen am Herzen liegen und nichts sonst.

Was sollte daran falsch oder illusionär sein?, fragte sich Igor aufgebracht, während er durch den stillen Korridor marschierte. In Gedanken argumentierte er mit Tynne. Profit! Warum denkst du denn immer nur an deinen Profit und tust alles andere als Hirngespinste ab? Du willst doch nur expandieren, bis du ein unangreifbares Imperium aufgebaut hast. Ganz besessen bist du von deinen Verkaufszahlen. Du glaubst, nur du verstehst die Welt? Du hast kein Recht, dich über mich zu erheben. Du bist nur ein Geschäftsmann, mehr nicht.

Im Gehen spürte er einen Kloß im Hals. So wütend war er lange nicht mehr gewesen. Normalerweise hielt er sich für einen Menschen, der gelassen auf die Mechanismen blickte, nach denen ein Konzern wie Taylors funktionierte. Aber der Streit hatte die Gefühle, die sich in den letzten Tagen in ihm angestaut hatten, hochgeschwemmt, und er konnte sich nicht mehr wie sonst beherrschen.

Da hörte er in seinem Rücken Tynne.

«Igor, warte mal.»

Er blieb stehen und drehte sich mit frostiger Miene um. Keine Ahnung, was Tynne ihm sagen wollte. Tynne stand in der Tür, mit einer Hand an den Rahmen gelehnt. Im Licht der Wandlampe im Korridor war nicht auszumachen, ob er lächelte.

«Gehst du noch mit zu der Besprechung morgen?», fragte Tynne.

«Natürlich», erwiderte Igor. «Wieso nicht? Abgemacht ist abgemacht.» Im Stillen bekräftigte er: Aber sicher gehe ich mit.

Auf einmal legte sich sein Ärger, ja, er lachte sogar in sich hinein. Mit einem Mal erkannte er, welche Chance sich ihm bot. Morgen werde ich deine Pläne durchkreuzen. Erst mache ich dir einen Strich durch die Rechnung und stelle dich bloß, und dann mache ich mich über *deine* Luftschlösser lustig. So eine Gelegenheit lasse ich mir doch nicht entgehen! Gelassen schlenderte er zurück zu seinem Zimmer. Aber in der Nacht war sein Schlaf unruhig und voller Träume.

Am nächsten Morgen stand Igor früh auf und sah die persönlichen Seiten von Jill und Pranda in der Datenbank aufmerksam durch. Da der Datenspeicher frei zugänglich war, musste er nur das richtige Studio finden, und schon konnte er alle ihre Werke und die Informationen über die beiden jungen Frauen einsehen. Er las ihre Lebensläufe, schaute sich ihre Übungsarbeiten und Selbstvorstellungen an, und dabei überkam ihn eine große Ruhe. Er kannte nun jede technische Einzelheit von Jills Textildesign. Ein Wort zu Tynne, und die Besprechung heute hätte sich erübrigt. Aber er informierte Tynne nicht und verspürte dabei nicht den leisesten Anflug von schlechtem Gewissen. Schließlich hatte er Janet versprochen, seinen Zugang zur Datenbank für sich zu behalten, und im Übrigen hatte er nicht das geringste Interesse daran, Tynne zum Erfolg zu verhelfen. Im Gegenteil, er wollte ihn mit harten Fakten widerlegen.

Ruhig sauste der Röhrenwagen unter dem sonnigen Himmel dahin, keiner sprach, während draußen vor dem Fenster Kirchen, spitzdachige Villen und Plätze mit gepflegten Grünanlagen vorüberglitten. Als Igor einen Blick zu Tynne warf, lächelte der ihn an, als wäre nichts geschehen.

Pünktlich um zehn Uhr vormittags betraten Igor und Tynne das Studio.

Auf den ersten Blick wirkte der Raum chaotisch und mit allen möglichen Dingen vollgestopft. Auch wenn er keine besonders künstlerische Atmosphäre ausstrahlte, vermittelte er doch ein Gefühl der Behaglichkeit. Die Einrichtung schien auf lustvolle Weise improvisiert. An der linken Wand hingen Bilder in riesigen Rahmen – Porträts und Zeichnungen, die wie schnell hingeworfen wirkten. An der rechten Wand war ein buntes Durcheinander von großen und kleinen Plaketten versammelt, darunter Medaillen, aber auch Andenken. In der

Mitte des Raums standen einige Anprobepuppen. Halbfertige, prachtvolle Abendkleider und Teile von eigentümlichen Anzügen hingen an ihnen, wobei mal das eine, mal das andere nackte Körperteil unter den Stoffen hervorragte. Auf dem Boden verstreut lagen durchsichtige, aber bunt schillernde Kissen. Der Raum war gleichmäßig in das Sonnenlicht getaucht, das durch die cremefarbene Glaswand drang. Er machte einen warmen, hellen Eindruck.

Die Mädchen – Luoying, Jill und Pranda – hatten es sich schon auf dem größten Kissen, einem runden Luftkissen, gemütlich gemacht. Pranda saß links, Luoying in der Mitte, rechts lag Jill ausgestreckt auf dem Bauch. Alle drei lasen. Beim Eintreten der Besucher setzte Jill sich auf und musterte Igor und Tynne neugierig. Ihren roten Schopf lehnte sie dabei an Luoyings Schulter. Prandas ruhiges Gesicht verriet keine Gefühlsregung. Ihr strohblondes Haar und ihre auffallend blasse Haut deuteten auf angelsächsische Vorfahren hin.

Igor und Tynne setzten sich ihnen gegenüber auf die Sessel, die offenbar für sie gedacht waren. An die Wand hinter den Mädchen hatte jemand wild durcheinander Wörter geschrieben, die Igor zunächst für sinnloses Gekritzel hielt. Erst auf den zweiten Blick merkte er, dass es sich um ein Zitat handelte. Da stand:

«Unsere Hoffnung richtet sich auf das größtmögliche Maß an Freiheit. Das ist nicht bloß ein abstrakter Begriff, sondern muss eine angemessene institutionelle und pädagogische Gestalt finden.» (Paul Feyerabend)

An der sonnenhellen, glatten Wand waren die Wörter durcheinandergefegt wie von einem Sturm. Igor fand den Ausspruch hochinteressant. Dann fiel sein Blick auf das elektronische Fotoalbum auf Luoyings Knien. Darin war eine fernöstliche Landschaft zu sehen: jadegrüne Berge, auf denen Bambushaine wuchsen – vermutlich ein Foto, das sie von der Erde mitgebracht hatte. Sie hatte es gerade Jill gezeigt. Neben ihr lag ein Buch. Als Igor den Titel entziffert hatte – «Der Mythos des Sisyphos» –, stutzte er. Was für ein merkwürdiger Zufall. Erst gestern Abend war ihm das Bild seines Lehrers durch den Kopf gegangen, der wie Sisyphos einen Fels den steilen Berg emporrollte. Er schaute Luoying an, aber sie erwiderte seinen Blick nicht.

Tynne war Luoyings Fotoalbum auch aufgefallen, und er fragte sie nach ihrem Leben auf der Erde.

«Du hast in London und Paris gewohnt, oder?»

«Ja, aber nicht lange. Bloß für ein paar Wochen.»

«Warst du da auch bei Dreamtrips? Das gibt es doch in London und Paris. Und auch in Shanghai – hast du nicht auch mal in der Nähe von Shanghai gewohnt?»

«So nah war das nicht. Ich habe von Dreamtrips gehört, aber ich war nie da.»

Jill, den Kopf immer noch an Luoyings Schulter gelehnt, fragte neugierig: «Dreamtrips? Was ist das denn?»

«Das ist der ganze Stolz des Taylors-Konzerns: traumhafte Freizeitparks, die auf einer riesigen Fläche Raumschiffe, Flüsse und Wälder, Laufstege und Delikatessen vereinen. Ein Trip wie ein Film, wie eine Legende, wie ein ganzes Leben», zitierte Luoying.

«Wow!», rief Jill aus. «Und wieso bist du da nie hin?»

«Ich?» Luoying schüttelte den Kopf. «Keine Ahnung.»

Igor war beeindruckt. Dass Luoying den Werbeslogan für die Freizeitparks so gut im Kopf behalten und trotzdem so leicht der Versuchung widerstanden hatte, war ihm sympathisch. Er hatte selbst erlebt, wie außergewöhnlich beliebt Dreamtrips auf der Erde war. Die meisten Mädchen auf der Erde erfüllten sich den Traum, den Dreamtrips versprach – und wenn sie aus irgendeinem Grund die Parks nicht besuchen konnten, nahmen sie das nicht so gleichgültig hin wie Luoying.

Sie wirkte ruhig und entschlossen. Offensichtlich hatte sie keine Lust, mit weiterem Geplauder ihre Zeit zu verschwenden. Stattdessen kam sie direkt zur Sache. «Herr Tynne, mit Jills Textiltechnik kann man nicht bloß Tanzkleider herstellen, sondern alle möglichen Kleidungsstücke. Der Stoff ist leicht, locker gewebt und luftdurchlässig.»

«Ja.» Tynne lächelte. «Das sieht man.»

«Der Farbwechsel gehört zu den Materialeigenschaften und ist abhängig von der jeweiligen Lichtquelle.»

«Interessant.»

«Obendrein ist die Verarbeitung sehr einfach.»

«Schön. Aber warte mal einen Moment.» Immer noch lächelnd, beugte Tynne sich vor. «Ich bin völlig überzeugt, dass wir es hier mit einer absolut erstklassigen Textiltechnik zu tun haben. Es wäre mir eine große Ehre, diese Technik auf der Erde zu verbreiten. Ich ... also, ich frage mich nur, welche Erwartungen ihr im Gegenzug an mich habt?»

«Erwartungen? Wie meinen Sie das?»

«Zum Beispiel hinsichtlich der Bezahlung. Oder hinsichtlich unseres Geschäftsmodells.»

Luoying lächelte leicht, wie um ihn zu beruhigen, und erklärte großmütig: «Wir haben keine besonderen Erwartungen. Hauptsache, alles geht seinen geregelten, offiziellen Gang. Was das Geschäft auf der Erde angeht: Da mischen wir uns nicht ein. Das liegt völlig in der Verantwortung der Taylors-Gruppe.»

«Das heiß, ihr tretet die geistigen Eigentumsrechte an der Textiltechnik vollkommen an Taylors ab?»

«So kann man sagen.»

Tynne nickte und lehnte sich wieder in seinem Sessel zurück. Er wirkte zufrieden, aber auch nachdenklich. Hinter seinem ruhigen Äußeren erkannte Igor eine Spur von Misstrauen. Der Tycoon überlegte, welche Ziele Luoying verfolgte. Das war seine große Stärke: Er unterschätzte sein Gegenüber nie. Luoying mochte nur ein junges Mädchen sein, aber er nahm sie trotzdem ernst. Weil er nicht wusste, was sie im Schilde führte, hielt er sich fürs Erste bedeckt. Eines seiner Prinzipien – das wusste Igor – lautete, seine Geschäftspartner nicht zu übervorteilen. Langfristig zahlte sich das für ihn aus. Wenn die andere Seite erklärte, sie wolle nichts für sich selbst, war er besonders auf der Hut. Solche Leute waren in seinen Augen entweder vollkommen naiv, oder sie hatten Hintergedanken – meistens das Letztere. Deshalb griff er nicht sofort zu, wenn sich ihm ein vermeintlicher Vorteil bot.

Er setzte ein joviales Lächeln auf, als wäre er ein Grundschulrektor, der mit seinen Schülern spricht, und bemühte sich, im Plauderton die Unterhaltung fortzuführen. Luoying fragte er nach ihren Hobbys, Jill nach ihrem Unterrichtspensum. Seine Adlernase ließ ihn mal schlau, dann wieder verschlagen erscheinen.

«So ein schönes Produkt – hast du ihm schon einen Namen gegeben?», fragte er Jill.

«Äh … nein.»

«Na, dann suchen wir mal einen. Wie wäre es mit ‹Mystic›? Mystisch wie der Sternenhimmel, das passt auch zum Mars. Als Werbeslogan können wir nehmen: ‹Lass dich in immer neuen Farben in den Himmel tragen, eingehüllt in einen Stoff, aus dem Legenden gewoben sind.› Was meinst du?»

Jill kannte diese Art Werbesprache offensichtlich nicht. Wahrscheinlich hörte sie zum ersten Mal ein so übertriebenes Lob – sie wurde rot wie eine Tomate. «Finden Sie das Kleid wirklich so schön?»

Da wusste Igor, dass es an der Zeit war, etwas zu sagen.

Das Sonnenlicht ergoss sich durch die breite Glaswand auf den warmen, hellen Boden. Weiter weg im Raum aßen ein paar Jugendliche Kuchen, und von der Kaffeetheke in einer Ecke wehte ein köstlicher Duft nach Käsecreme herüber. Im Zimmer herrschte eine so behagliche Atmosphäre, dass sie auf eine ironische Weise alle unterschwelligen Differenzen überdeckte. Hier wollten anscheinend alle nur ein Loblied auf die anderen singen und alle zusammen eine tolle Party feiern. Angesichts der Perspektiven, die Tynne angedeutet hatte, lächelte Jill überglücklich, während Luoying ruhig sitzen blieb und keine Anstalten machte, sich einzumischen. Im Sonnenlicht wirkte ihr Gesicht außerordentlich bleich. Selbst ihre Lippen waren ein wenig blass. Ihre schwarzen Augen schienen Igor so nachdenklich wie immer, wenn er Luoying traf. Er konnte ihre Absichten überhaupt nicht einschätzen, aber er wollte jedenfalls nicht zulassen, dass Tynne Jill zu seiner Verbündeten machte und Profit aus ihrem Produkt schlug.

Igor stand auf und räusperte sich. «Jill.» Er lächelte sie an. «Ich darf dich doch so nennen? – Danke. Darf ich dir eine Frage stellen? Wenn ihr ein Kleidungsstück entworfen habt, kann es dann jeder bestellen?»

«Ja, klar.» Jill blinzelte ihn mit großen Augen an.

«Ich auch?»

«Ja, schon ... Na ja, ich weiß nicht. Aber ich hätte natürlich kein Problem damit.»

«Kannst du dann ein Oberteil für mich anfertigen?»

«Ja klar, super! Ich nehme gleich mal bei Ihnen Maß.»

Voller Enthusiasmus sprang sie auf, lief zum Schrank und suchte ein Messband heraus. Igor hob die Arme und drehte sich hin und her, damit Jill ihn rundum vermessen konnte. Sie war mit großem Ernst bei der Sache, murmelte in einem fort vor sich hin und verkündete laut die exakten Maße – Schulterbreite, Armlänge, Taillen- und Hüftumfang –, ehe sie sie in ihr elektronisches Notizbuch schrieb. Beide bewegten sich rasch und hochkonzentriert wie ein eingespieltes Team. Die anderen beobachteten sie ein wenig verdutzt. Die plötzliche Vermessungsaktion hatte sie aus dem Konzept gebracht, und keiner sagte ein Wort.

Nur Igor lächelte und unterhielt sich mit Pranda, während er sich vermessen ließ. Mit dem Kinn deutete er auf den Gedichtband auf ihren Knien und fragte beiläufig: «Schreibst du gerne Gedichte?»

Pranda nickte leicht. «Nicht viel, aber gern.»

«Und findest du es schön, deine Werke einfach hochzuladen und darauf zu warten, dass jemand kommt, der sie versteht?»

«Ja, natürlich. Etwas Schöneres gibt es nicht.»

Igor nickte und sagte nichts mehr. Pranda mit ihrem schmalen Gesicht hatte sich eine in sich ruhende Kindlichkeit bewahrt. Ihre Hände wirkten bleich und zart auf dem dunkelblauen Rock über ihren Knien. Igor hatte ihre Gedichte gelesen: Sie hatten etwas Suchendes, Unreifes, aber man spürte eine Wahrhaftigkeit in ihnen. Als er sich zu Tynne wandte, begegneten sich ihre Blicke. Tynne schien vollkommen ungerührt; um seine Mundwinkel spielte ein arrogantes Lächeln.

«So. Fertig.» Jill rollte ihr Messband ein.

«Danke. Und wann kann ich es abholen?»

«In zwei Tagen. Ich zeichne einen Entwurf, und den gebe ich dann mit allen Daten in der Fertigungshalle ab. Die Herstellung geht ganz schnell.»

«Und wie viel kostet mich jetzt dieses Kleidungsstück?»

«Nicht viel.» Jill winkte hastig ab, als müsste sie sich rechtfertigen. «Die Technologie ist einfach und das Rohmaterial leicht zu beschaffen. Pierre meint, die Membranen und das feine Gewebe herzustellen, das ist für die Leute im Studio Routine. Mit solchem Kleinkram wie Mode geben sie sich normalerweise gar nicht ab.» Sie lachte verlegen, als fürchtete sie, Igor könnte seinen Auftrag zurücknehmen. «Machen Sie sich keine Sorgen, es ist nicht teuer.»

«Würdest du dir wünschen, dass viele Leute bei dir bestellen?», fragte er sie.

«Ja klar! Im Moment bekomme ich kaum mal eine Empfehlung.»

«Aber weißt du auch, was mit deiner Mode auf der Erde passieren wird?»

«Was denn?»

«Nur sehr wenige Leute werden deinen neuen Stoff bestellen und tragen.»

«Wieso? Es gibt doch Millionen von Menschen auf der Erde, oder?»

«Tynne wird ein Geheimnis um deine Mode machen», erwiderte Igor im Ton eines Geschichtenerzählers. «Normale Leute werden nie erfahren, wie die Kleidung hergestellt wird, und sie werden sie sich auch gar nicht leisten können. Er wird nur eine sehr kleine Anzahl an Kleidungsstücken produzieren und sie zu einem sehr hohen Preis verkaufen.»

«Wieso das denn?», fragte Jill verwirrt.

Igor lächelte. «Lass mich dich erst etwas fragen: Wie setzt ihr hier eure Preise fest?»

«Na, je nach Material und Fertigungsaufwand.»

«Bei uns ist das anders. Bei uns bestimmt Tynne die Preise.»

«Aber das geht doch nicht, oder?»

«Doch, solange es Käufer gibt.»

«Aber gibt es die auch, wenn der Preis so hoch ist?»

«Na, sicher.» Igor war selbst amüsiert darüber, wie überzeugend seine Antworten klangen. Dass er ein Talent dafür besaß, kleinen Mädchen Geschichten vom großen, bösen Wolf zu erzählen, hatte er nicht geahnt. «Er muss gar nicht unbedingt gute Qualität zu einem günstigen Preis anbieten. Es gibt ganz andere Methoden, wie er Menschen zum Kauf bewegen kann.»

«Wie denn?»

«Er schließt alle anderen Unternehmen von der Produktion aus, und dann setzt er absichtlich die Preise sehr hoch an, sodass sich nur wenige Menschen deine Mode leisten können. Dadurch bekommen die Kleider aus deinem Material eine Aura des Exklusiven, sie werden zu einem Statussymbol, das jeder, der es sich leisten kann, für teures Geld kauft. Das ist Tynnes klassische Strategie.»

«Aber das ist doch unfair!» Jill war aufrichtig entrüstet. «Wir sind alle von Geburt gleich!»

Igor lachte. «Das sagt man so, aber überleg mal: Wenn wir wirklich alle gleich wären, wer würde dann noch neue Mode kaufen wollen? Der Drang, uns zu unterscheiden, treibt uns dazu an. Nur wenn nicht alle alles kaufen können, bleibt der Wunsch zu kaufen lebendig. Tynne wird so tun, als würde diese Mode für einen bestimmten Charakter stehen und als würde jedes Mädchen, das sie trägt, eine wunderbare, außergewöhnliche und tiefgründige Persönlichkeit erlangen und sich in eine marsianische Prinzessin verwandeln.»

«Aber das stimmt doch gar nicht!», rief Pranda dazwischen.

«Nein, natürlich nicht. Darum geht es mir ja.» Igor lachte. Er genoss die Rolle des Anklägers. «Aber auf der Erde glauben Mädchen wie ihr alles, was die Werbung verspricht. Sie lassen sich von Leuten wie Tynne manipulieren und haben nichts als Mode und Schmuck im Kopf. Innerlich sind sie leer und ohne Ideale, aber sie glauben, wenn sie nur wie besessen Markenartikel kaufen, dann wird alles gut.»

«Es reicht!» Zu Igors Überraschung war Luoying abrupt aufgesprungen. «Herr Lu, ich finde, Sie übertreiben. Es stimmt:

Die Mädchen auf der Erde kaufen gern Klamotten, aber deswegen haben sie noch lange nicht ihre Seelen verkauft.»

«Du bist ja auch ein Mädchen», erwiderte Igor gelassen. «Du hast deine Sicht, genauso wie Tynne seine hat. Jill, hör zu: Du willst doch, dass deine Mode von möglichst vielen Leuten getragen wird, oder? Dann wirst du bestimmt enttäuscht sein. Tynne wird deine Mode gerade nicht für alle erschwinglich machen. Er wird sie als Waffe einsetzen, als eine private Waffe in seiner Verkaufsstrategie, nur Produkte für eine kleine Elite herzustellen. Auf diese Weise zieht er den Mädchen auf der ganzen Welt das Geld aus der Tasche. Und das verschafft ihm eine einzigartige Macht.»

«Das darf er nicht!», rief Jill lauthals. «Das ist gemein! Ich gebe ihm meine Mode nicht! Bei so etwas kann ich ihn nicht auch noch unterstützen.»

Luoying wirkte seltsam unnachgiebig. Mit ihren schwarzen Augen fixierte sie Igor. «So weit wird es nicht kommen. Ich bin überzeugt, dass diese Textiltechnologie auf der Erde allgemein zugänglich gemacht wird. Herr Tynne wird sie nicht für seinen Profit missbrauchen.» Sie blickte Tynne an, der während des Gesprächs stumm lächelnd zugehört hatte. «Da bin ich mir sicher.»

Igor war überrascht. Zugegeben, er hatte etwas vereinfacht und übertrieben, aber im Kern war er überzeugt von seiner Darstellung der Zustände auf der Erde. Es war auch kein neuer Gedanke, dass der Konsum zu einer Ersatzreligion für die Klassengesellschaft geworden war. Die Strategien der Geschäftsleute, die sie voller Stolz als ihre Konsumpsychologie bezeichneten, waren im zweiundzwanzigsten Jahrhundert allgemein bekannt, und zumindest Tynne fand auch nichts peinlich daran, solche Strategien einzusetzen.

«Ach ja?», sagte Igor zu Luoying. «Warum fragen wir nicht

einfach Herrn Tynne selbst?» Er schaute Tynne herausfordernd an. Der Tycoon würde seine Darstellung bestätigen, davon war Igor überzeugt. Tynne war kein Lügner, auch dann nicht, wenn man sich über ihn lustig machte.

Tatsächlich nickte Tynne leichthin. «Stimmt, ich möchte mit dieser Mode die obere Konsumentenklasse ansprechen. Aber ich kann daran nichts Verwerfliches finden.» So gelassen wie vorher lehnte er sich in seinem Sessel zurück, als wäre er nur ein unbeteiligter Zuschauer, der ein Schauspiel beiläufig kommentiert.

«Wie können Sie nur so gleichgültig sein!», rief Jill wütend. «Ich gebe Ihnen nichts!» Sie griff nach Luoyings Hand. «Okay?»

Igor hatte sein Ziel erreicht. Er hatte Tynnes Geschäften in die Quere kommen wollen, um ihm zu zeigen, dass den meisten Kreativen mehr an ideellen Werten als am Profit gelegen war. Sein Plan war aufgegangen, und trotzdem konnte er sich nicht darüber freuen. Denn in dem Moment, als Jill Tynnes Angebot ablehnte, begegnete er Luoyings Blick.

Wortlos sah sie ihn an, und dabei wirkte sie erschöpft und hilflos. Unter dem Haar, das ihr in die Stirn hing, blickten ihre langen schwarzen Wimpern hervor wie zarte Grashalme. Stumm biss sie sich auf die Lippen, aber ihre Augen waren umso ausdrucksvoller: *Warum tust du das? Du hast doch keine Ahnung.* Igor zuckte innerlich zusammen. Hatte er wirklich keine Ahnung? Ihr kalter, enttäuschter Blick kühlte seine Kampflust ab. Plötzlich unsicher geworden, fragte er sich, was in Luoying vor sich gehen mochte.

Sie senkte nur den Kopf, strich Jill über die Hand und setzte sich mit einem wortlosen Nicken wieder auf das Kissen.

DIE GALERIE

Luoying lief nach Hause. Allerdings nahm sie nicht den kürzesten Weg, sondern sie ließ sich treiben. So vertraut, wie sie mit dem Wegenetz von Mars City war, konnte sie sich ohnehin nicht verlaufen.

Sie war tief in Gedanken versunken und merkte nicht, dass ihr jemand folgte.

Ich habe versagt, dachte sie. Aber warum? War ich einfach zu naiv? War mein Plan von vornherein zum Scheitern verurteilt? Hätte ich Jill erst alles erklären sollen? Aber was hätte das genützt? Und warum ist mir Igor in die Quere gekommen? Er ist doch Tynnes Freund. Warum hat er sich so über ihn lustig gemacht? Habe ich da irgendwas falsch verstanden? Vielleicht wollte ich etwas Unmögliches, vielleicht war meine Idee viel zu utopisch. Mit einer Blume kann man eben kein Schlachtschiff aufhalten und mit einem Rockzipfel keinen Krieg verhindern. Mein Plan war nur ein kindisches Luftschloss, das an der Männerwelt zerbrochen ist.

Sie nahm eine Abzweigung, durchquerte eine Fußgängerzone und folgte einem sich windenden Pfad. Nachdem sie einen kleinen Platz hinter sich gelassen hatte, betrat sie den Park, der im Zentrum des Viertels lag. Auf einmal war sie von Grün umgeben. Es war fast Mittag und der Park menschenleer. Sie folgte einem verschlungenen Weg, der von kleinen Schnurbäumen gesäumt war. Die grüne Stille ringsum besänftigte sie.

«Luoying!»

In ihrem Rücken rief jemand nach ihr. Als sie stehen blieb und sich umdrehte, sah sie hinter einem Baum an einer Wegbiegung eine Gestalt auftauchen. Igor.

Mit ein paar hastigen Schritten holte er sie ein und sagte behutsam: «Entschuldige, ich habe dich vorher auch schon gerufen, aber du bist so schnell gegangen, und es waren noch viele andere Leute unterwegs, deshalb hast du mich nicht gehört.»

Luoying nickte ihm nur wortlos zu. Verlegen standen sich beide gegenüber.

«Ich möchte …», fing Igor an. «Habe ich dich eben verärgert? Das tut mir leid. Ich möchte bloß sagen: Das war keine Absicht. Vielleicht ist mir da etwas entgangen …»

«Schon gut», erwiderte Luoying knapp. «Es war nicht allein Ihre Schuld.»

«Du wolltest dieses Geschäft vorantreiben?»

«Ja.»

«Aber warum?»

«Was haben Sie denn dagegen?», fragte sie zurück.

«Ich mag es nicht, dass Tynne so eine Macht besitzt. Findest du das etwa gut?»

«Darum geht es nicht.» Sie hatte keine Lust, mit ihm zu diskutieren.

Ihm dagegen schien umso mehr an einem Gespräch gelegen. «Hast du auf der Erde gern Mode von Taylors gekauft?»

«Selten.»

«Aber die Mädchen, mit denen du befreundest warst, die haben sie gern gekauft, oder?»

«Ja.»

«Und deshalb ist dir sein Geschäftsimperium sympathisch?»

«Darum geht es doch nicht!» Sie blickte ihm ruhig in die Augen und wiederholte: «Darum geht es überhaupt nicht. Hier geht es nicht um irgendwelche Geschäfte, sondern um den Mars und die Erde. Ob dieses Geschäft zwischen Jill und der Taylors-Gruppe zustande kommt, ist doch völlig egal.»

«Egal? Aber hinter Tynnes Geschäftsgebaren steckt doch gerade der entscheidende Unterschied zwischen dem Leben hier und dem Leben auf der Erde.»

«Ach ja? Das finde ich nicht.»

«Nein? Du solltest das eigentlich besser wissen als ich. Bei euch reden die Mädchen alle über Kreativität, bei uns laufen sie bloß der Mode hinterher und wissen nichts Besseres mit ihrem Leben anzufangen, als in einem fort teure Kleider zu kaufen. Ist das etwa kein Unterschied?»

«Na und wenn schon.»

«Dieser Warenfetischismus reduziert die menschliche Natur auf ihre materiellen Begehrlichkeiten.»

«So ist das nicht.» Luoying war müde und hatte nicht die geringste Lust auf eine solche Diskussion. «Sie sehen nur Ihre großen Theorien.»

«Findest du das falsch, was ich sage?»

«Nein. Aber Theorien sind das eine, und die Wirklichkeit ist etwas anderes. Welchen grundlegenden Unterschied gibt es denn zwischen Mode kaufen und Mode entwerfen? Glauben Sie vielleicht, dass Jill und die anderen Mädchen vom Mars als Künstlerinnen auf die Welt gekommen sind? Nein. Sie sind auch nicht anders als die Mädchen auf der Erde. Die Menschen sind im Grunde überall gleich.»

«Richtig, weil sie überall so leben, wie sie es von ihrer Umgebung vorgelebt bekommen.»

«Das meine ich nicht. Oder jedenfalls nicht nur. Wissen Sie, warum diesen Mädchen so viel an aktueller Mode liegt? Sie passen sich zwar an ihre Umgebung an, aber sie träumen von einer eigenen Persönlichkeit. Egal, ob sie nun Mode designen oder kaufen – das läuft aufs Gleiche hinaus. Sie können sich nicht aussuchen, in welcher Welt sie leben, und sie haben auch keinen Einfluss darauf, wie diese Welt funktioniert. Also leben sie einfach ihr Leben, aber dabei sind sie auf der Suche nach einem eigenen Selbst.»

Als sie das sagte, musste Luoying an die Gesichter der Mädchen denken, die sie kannte – lächelnde Gesichter, in die eine Mischung aus Schüchternheit, Stolz, Unruhe und dem Drang nach Anerkennung geschrieben stand. Die Welten, in denen sie lebten, konnten noch so verschieden sein: Wenn sie begeistert von etwas waren oder furchtbar enttäuscht, dann reagierten sie alle gleich. Aus der Erinnerung an diese Gesichter war Luoyings Tanz erwachsen. Aber darüber wollte sie sich nicht auf eine Diskussion mit Igor einlassen. Sie senkte den Kopf und ging weiter.

Aber er blieb hartnäckig und folgte ihr. Zweige hingen so tief in den Pfad, dass ihre Blätter fast die Köpfe der beiden streiften. Durch die Bäume fiel ein flirrendes Gesprenkel aus Licht und Schatten auf ihre Gesichter. Lange liefen sie stumm nebeneinanderher.

«War Mode wichtig in deinem Ensemble auf der Erde?», fragte Igor schließlich.

«Ja.»

«Du bist nur zwei Jahre in dem Ensemble geblieben, hast du beim letzten Mal gesagt.»

«Stimmt.»

«Wieso?»

«Unsere Lehrer auf der Erde wurden stundenweise bezahlt. Nach dem Unterricht sind sie gegangen, und niemand hat sich darum gekümmert, was wir danach getan haben. Auch der Künstlerische Direktor hat uns nicht kontrolliert. Wenn man keine Vereinbarung für die Unterkunft unterschrieben hatte, konnte man kommen und gehen, wann man wollte. Das haben viele von uns so gemacht. Ich hatte keine Hauptrolle, auf mich kam es nicht an, man konnte mich jederzeit ersetzen.»

«Das meinte ich nicht. Ich würde gerne verstehen, *warum* du gehen wolltest.»

Luoying gab keine Antwort.

«Ist dir der Lärm in dem Wolkenkratzer auf die Nerven gegangen?»

«Nein, das war halb so wild.»

«Mochtest du die Atmosphäre im Ensemble nicht?»

«Nein, ich hatte die Mädchen gern.»

«Warum also?»

Luoying überlegte einen Moment. «Ich wollte etwas Kreatives machen.»

«Etwas Kreatives? Aber als ich dich das letzte Mal gefragt habe, ob du eine berühmte Tänzerin werden willst – da hast du doch nein gesagt, oder?»

«Ich möchte etwas Kreatives machen, aber nicht berühmt werden.»

«Konntest du im Ensemble nicht kreativ sein?»

«Doch. Aber dort haben wir meistens Line Dance getanzt auf privaten Partys. Ich wollte etwas Eigenes tanzen.»

«Ich verstehe. Kreativität gibt dem Leben eine Form. Schaffen heißt: zweimal leben.»

Abrupt blieb Luoying stehen. Igor blickte sie amüsiert und doch ernst an. Sie war überrascht, dass er Camus so gut kannte.

«Es bleibt eine Welt, deren einziger Herr der Mensch ist», sagte sie leise.

«Was ihn bannte, war die Illusion einer anderen Welt», ergänzte er aus dem Gedächtnis.

Versöhnlich gestimmt lächelte sie ihn an. Mit dem Zitat von

Camus hatte Igor ihre Abwehrhaltung durchbrochen. Und auf einmal schien sie auch nicht mehr so bedrückt.

«Dir müsste es doch jetzt richtig gutgehen, zurück auf dem Mars», sagte Igor. «Hier kannst du nach Lust und Laune kreativ sein.»

«Nein.»

«Wieso nicht?»

«Weil ...» Sie senkte den Kopf. «Ich möchte mich nicht bei einem Studio registrieren.»

«Ach so. Was stört dich denn daran?»

«Eigentlich nichts direkt.» Sie hielt einen Moment inne, und ihre Mutter kam ihr in den Sinn. «Ich fühle mich nur so fremd hier. Ich kann mir kein Leben vorstellen, bei dem alles nach Plan verläuft. Vielleicht wissen Sie das nicht: Es ist zwar nicht verboten, aber hier wechselt nur ganz selten einmal jemand das Studio. Man steigt immer weiter auf, vom Lehrling zum Lehrer, von einer Etage zur nächsten wie in einem Lift, aber immer im selben Studio. Wenn ich nicht auf der Erde gewesen wäre, hätte mich das vielleicht nie gestört, aber ich war dort. Sie wissen ja, wie man auf der Erde lebt: Man macht, was man will, man arbeitet in den unterschiedlichsten Jobs. Und man lebt, wo immer man will. Ich habe mich an das Leben auf der Erde gewöhnt – ein Leben im Fluss, ein Leben auf Probe. Ich will nicht mehr in einer Pyramide leben.»

«Ich verstehe», sagte Igor lebhaft. «Als Kind hattest du die hohen Ideale hier auf dem Mars verinnerlicht, aber als Teenager hast du dich an das freie Leben auf der Erde gewöhnt. Nach außen nimmst du deshalb beide Seiten in Schutz, aber in Wahrheit glaubst du an keine.»

Bei seinen Worten überkam Luoying ein Gefühl von Traurigkeit. Er hatte recht, und das versetzte ihr einen Stich: Sie konnte an nichts mehr glauben, und deshalb fühlte sie sich überall fremd. Auf der Erde sehnte sie sich nach ihrer Heimat, in ihrer Heimat sehnte sie sich nach der Erde. Den anderen, die mit ihr gereist waren, ging es genauso.

Sie schaute vom Weg hoch zu Igor. «Wieso wollen Sie all das wissen?»

«Weil ich dich verstehen möchte.»

Sie hielt inne und suchte nach einer Antwort, da fiel ihr Blick auf die Knopfkamera an seinem Rucksackriemen. Das grüne Lämpchen leuchtete, also lief die Kamera gerade.

Sie erstarrte. Schlagartig wurde ihr klar, dass er sie betrogen hatte, und ihre Augen füllten sich mit Tränen. Eigentlich hatte sie nicht so viel reden wollen, aber er hatte ihr das Gefühl gegeben, dass er ihr wirklich zuhören wollte. Nur deshalb hatte sie sich auf das Gespräch eingelassen. So viel hatte sie gar nicht gesagt, aber mit jedem Wort hatte sie versucht, ihm ehrlich zu sagen, was in ihr vorging. Aber er wollte nur seinen Film drehen.

«Ich will von Ihnen nicht verstanden werden», erwiderte Luoying barsch. Sie war unhöflich, aber Igor kam ihr noch viel härter vor als sie. Er war ein neugieriger, scharfzüngiger Beobachter, ein Regisseur, dem es ein intellektuelles Vergnügen bereitete, fremde Psychen zu ergründen. Aber das hieß noch lange nicht, dass er sich in sie und die anderen Heimkehrer wirklich einfühlen konnte. Denn konnte er wirklich nachempfinden, wie verwirrt sie war, wie sehr sie ihrer Jugend auf dem Mars nachtrauerte und gleichzeitig die Jahre auf der Erde vermisste, wie groß ihre Zweifel an ihrer Heimat waren und wie unruhig sie war, eine Wanderin zwischen den Welten, die an keinem Ort daheim war? Selbst wenn er es ernsthaft wollte – wie viel davon konnte er schon verstehen! Sie beide standen an verschiedenen Ufern, und auch wenn er mit seinen Worten recht hatte, ließ ihr Schicksal ihn kalt. Er war bloß ein unbeteiligter Zuschauer, der, wenn überhaupt, ganz andere Probleme hatte.

«Meinen Sie ...», die Tränen standen ihr in den Augen, aber sie liefen ihr nicht übers Gesicht, «... es macht mir Spaß, an nichts zu glauben?»

Mit diesen Worten rannte sie davon und ließ ihn im Park stehen. Er blickte ihr nach, bis sie zwischen den Bäumen verschwand.

Als Luoying erwachte, war es Nacht. Sie war noch immer unruhig und musste sofort an den Park und den kurzen Spaziergang mit Igor denken.

Warum, so fragte sie sich, reagiere ich auf den Vergleich beider Welten so empfindlich, dass ich kein normales Leben mehr führen kann? Warum will ich unbedingt irgendwelche Gemeinsamkeiten finden? Andere Menschen können sich doch auch anpassen – warum nicht ich? Dann wäre alles viel leichter. Die Gesellschaftssysteme von Mars und Erde unterscheiden sich nun mal voneinander. Ich muss mich nur darauf einstellen.

Aber sie wurde das Gefühl nicht los, dass das keine Lösung für sie sein konnte. Irgendetwas trieb sie an und machte es ihr unmöglich, hinter den unterschiedlichen Lebensweisen bloß unterschiedliche Gesellschaftsordnungen zu sehen. Für sie standen dahinter unterschiedliche Philosophien.

Sie erinnerte sich noch, mit welchem Stolz die Leute auf der Erde immer verkündet hatten, sie seien frei. Sie hatte diese Freiheit selbst erlebt und war vom Glauben der Erdbewohner überzeugt, mehr noch: Sie hatte es geliebt, wie frei und ungebunden sie in den vier Jahren auf der Erde hatte leben können.

Aber als Kind im Unterricht auf dem Mars hatte sie immer gehört: Nur die Marsianer waren frei. Niemand musste sich hier um seine materiellen Bedürfnisse sorgen, deshalb musste niemand seine Arbeitskraft und seine Kreativität verkaufen. Auf der Erde dagegen, hieß es, müsse man seine Ideen zu Geld machen, um sich seinen Lebensunterhalt zu verdienen. Der Existenzkampf habe die Menschen dort versklavt, und nicht einmal ihre Worte gehörten mehr ihnen selbst, sondern gehorchten dem Geld. Auch ein Gemälde von Jean-Léon Gérôme stand Luoying noch vor Augen, der «Sklavenmarkt in Rom». Das Bild hatte sie als Kind so tief erschüttert, dass sie, selbst als sie schon lange auf der Erde war, ihre Tanzdarbietungen immer noch nicht im Internet anbieten wollte.

Sie war eine Wanderin zwischen den Welten, doch sie konnte nicht entscheiden, welche von beiden die unfreiere war: der Mars, wo das System alle grundlegenden Bedürfnisse erfüllte, oder die Erde, auf der einem ständig die Armut drohen konnte. Aber eines wusste sie: Alle Menschen liebten die Freiheit. Sie mochten noch so verschieden sein, in diesem Punkt waren sie alle einander gleich.

Da hörte sie die Stimme ihrer Mutter, eine warme, leidenschaftliche Stimme. «Freiheit! Leben ist Kunst, und das Wesen der Kunst ist Freiheit.» Als sie fünf oder sechs Jahre alt gewesen war, hatte ihre Mutter das zu ihr gesagt.

Luoying wurde warm ums Herz. Sie erinnerte sich, wie liebevoll ihre Mutter sie an ihrem Künstlerleben hatte teilhaben lassen. Sie hatte ihre kleine Tochter, die damals noch ein rosa Röckchen trug, in den Armen gehalten, während die Erwachsenen im Arbeitszimmer lachten und sich lebhaft unterhielten. Sonnenlicht strömte wie ein Wasserfall durch die Fenster herein, strahlte zwischen den Büchern hindurch und glühte auf den ausgelassenen Gesichtern der Erwachsenen. Manche redeten ohne Unterlass, während andere nur still vor sich hin lächelten, aber alle verhielten sich gelöst und ungezwungen. Auch die Mutter hatte in diesem Kreis, auf eine zurückhaltende und doch lebendige Art, vollkommen unbefangen gewirkt. In der Erinnerung kamen Luoying diese Treffen im Atelier wie eine ferne Welt vor. Sie war damals bloß ein kleines Kind gewesen – aber glücklich.

«Weißt du was? Du bist mit dem Licht auf die Welt gekommen. Deine Geburt war ein wundersamer Akt der Kunst.» Auch das hatte ihre Mutter zu ihr gesagt.

Den Kopf schiefgelegt, hatte Luoying auf ihren Knien gesessen und ihr in die blinzelnden Augen geblickt. Sie war damals noch zu klein gewesen, um zu verstehen, was ihre Mutter ihr sagen wollte. Aber sie wusste, wie lieb ihre Mutter sie hatte, und das erfüllte sie mit Stolz. Wahrscheinlich war sie damals erst vier Jahre alt gewesen.

Durch das Fenster drang das weiße Licht des Mondes herein. Das Bett verschmolz mit dem Fensterbrett. Draußen wand sich der Efeu wie ein weicher, natürlicher Vorhang an dem Spalier rings um den Fensterrahmen hinauf. Das Fenster glich einer nächtlichen Muschel, der Mondschein einem Orakel, das am Himmel stand.

Im sanften Dämmerlicht überkam Luoying auf einmal der Drang, noch einmal in das Zimmer ihrer Eltern zu gehen. Sie sprang aus dem Bett und zog sich ein Kleid an.

Das Arbeitszimmer ihres Vaters war noch so unverändert sauber wie beim letzten Mal. Aber Luoying bemerkte sofort, dass die Blumen fort waren.

Der Raum war wieder in seinen früheren Zustand versunken. Im Mondlicht wirkte er wie eine verwaiste Bühne. Die stille Nacht war das Stück, das auf ihr gespielt wurde. Es kam ganz ohne Schauspieler aus. Langsam tappte Luoying an der Wand entlang auf die Mitte der Bühne zu. In den Schatten, den die Bücherregale warfen, sprach sie mit unhörbarer Stimme einen Monolog. «Papa, Mama, könnt ihr mich hören?», fragte sie. «Ich kann mich an vieles erinnern, das ihr gesagt habt. Das habe ich jetzt erst gemerkt. Ich bin auf der Erde gewesen und habe dort gelernt, allein meinen Weg zu gehen. Ich dachte, ich hätte so viel vergessen, aber in Wahrheit ist alles noch da.»

Um sie herum herrschte tiefe Stille. Niemand antwortete.

Unwillkürlich trat sie wieder an den halbmondförmigen Tisch. Die Stelle neben ihm, wo die Blumen gelegen hatten, war leer, und auch ringsum entdeckte Luoying nichts Ungewöhnliches – keine Skulptur, kein verrücktes Regal, kein Geheimfach.

Nur zwei Zeichenreihen.

Hastig ging sie in die Hocke. In die Scheuerleisten, die rings um den Boden liefen, waren mit einem kleinen Messer Zeichen eingeritzt. Sie schimmerten im silbernen Mondschein und waren deutlich zu erkennen. Nervös musterte Luoying die beiden Reihen. Die erste bestand aus neun Buchstaben, die zweite aus dreizehn Buchstaben und Zahlen.

Genauso lang waren der Benutzername, mit dem man sich in seinem persönlichen Archiv anmeldete, und die Geheimzahl.

Luoying schoss hoch und suchte sich auf einem Regal Stift und Papier, kniete wieder auf den Boden und schrieb die Zeichenreihen ab. Sie lief zur Eingabefläche an der Wand und öffnete ihren persönlichen Account. Dort suchte sie den Benutzernamen, den sie mit dem Kohlestift notiert hatte. Ihre Hand zitterte leicht, als sie langsam, mit nur einem Finger, die Buchstaben eingab.

Der Name ihrer Mutter. Sie drückte auf Enter.

Der Bildschirm verwandelte sich in ein Zimmer. Weil es dreidimensional dargestellt war, nahm sie die 3-D-Brille, die neben der Tür hing. Im virtuellen Archiv konnte man zwischen einem zwei- oder dreidimensionalen Modus wählen. Der 2-D-Modus eignete sich zur raschen Durchsicht, aber der 3-D-Modus war visuell viel beeindruckender. Für die Arbeit in den Studios und wenn man Artikel lesen wollte, reichte normalerweise der 2-D-Modus, für den privaten Bereich und künstlerische Werke dagegen war 3-D geeigneter. Elektronische Tagebucheinträge beispielsweise, die im 3-D-Raum als Hologramme gespeichert waren, konnte man sich nicht nur in Buchform ansehen oder als Audiodatei anhören, sondern auch eingraviert in eine Felswand betrachten, was den Worten etwas Erhabenes und Unvergängliches verlieh.

Luoying sah in einen Raum, der völlig anders aussah als die marsianischen Gebäude mit ihren anmutigen durchsichtigen Wänden und ihren Kuppeldächern. Der Raum erinnerte sie vielmehr an die Renaissancebauten, die sie auf der Erde gesehen hatte. Es war ein rechteckiger Saal mit klaren, geraden Linien. Die Wände waren aus mächtigen grauen Felsquadern gemauert und mit feingearbeiteten Gipsengeln geschmückt, die hohe Decke war mit einem Gemälde ausgemalt. Der Saal war nicht besonders groß, aber im Licht, das zwischen den Säulen durch die hohen, bodentiefen Fensterflügel auf den Teppichboden fiel, schien er sich bis weit in die Tiefe zu erstrecken. In die Wände waren Nischen eingelassen, und darin waren auf Podesten die Skulpturen von Luoyings Mutter als Hologramme ausgestellt. Die Statuen hatten geheimnisvolle, wie in der Bewegung erstarrte Haltungen eingenommen, und in der gesamten Galerie herrschte eine Atmosphäre, als befände man sich in einer Welt, die Raum und Zeit entrückt war.

Luoyings Herz schlug heftig.

Hier waren die Erinnerungen ihrer Mutter gespeichert.

Sie ging langsam in dem Saal umher. Leicht strich sie über die Skulpturen, als könnte sie sie damit aus ihrer Erstarrung zum Leben erwecken. Mit gestreckten Körpern und angespannten Muskeln reckten all diese Figuren ihre Hände zum Himmel, als wollten sie nach etwas greifen, das ihnen auf ewig versagt blieb.

Im hellen virtuellen Sonnenlicht, das durch die hohen Fenster hereinströmte, wirkten die Skulpturen wie schwermütige Figuren in einer Tragödie.

Luoying nahm eine altertümliche Vase in die Hand. Sie war dickbauchig und hatte einen schlanken Hals, vom Stil her hätte sie von den alten Ägyptern oder den Maya stammen können.

Sie betrachtete die Vase eingehend, und da entdeckte sie, dass ihre Mutter eine Inschrift in das Material eingraviert hatte.

In einer verschnörkelten antiken Schönschrift stand dort im virtuellen Raum:

Luoying ist ein Engel, und sie bringt das Licht.

Sie blickte auf die Worte und las weiter.

Manchmal glauben wir Menschen, wir verstünden das Leben, aber dann genügt ein Lichtstrahl, und wir zweifeln an allem. Auf Dauer kann niemand sein Leben kontrollieren. Das, was wir vermeintlich verstehen, sollten wir immer aufs Neue hinterfragen. Im Gedankenaustausch mit anderen dringen wir auf den Grund der Seele. Das Kommen des Lehrers stellt in jedem Fall ein großes Ereignis dar. Das Jahr von Luoyings Geburt wird in die marsianische Geschichte eingehen.

Was ist nur im Jahr meiner Geburt, also vor achtzehn Jahren, geschehen?, fragte sich Luoying. Und wer ist dieser Lehrer?

Ihr Herz klopfte so laut, dass sie dachte, sie könnte es hören im virtuellen Raum. Das Pochen durchbrach die Stille. Lange blickte sie auf die Worte vor sich – sie waren schön, aber vage. Auch in eine Porzellanschale und einen Teller, die neben der Vase standen, waren ein paar knappe Worte geritzt – Worte, so flüchtig wie eine Libelle, die über das Wasser streicht, und doch waren sie für immer im virtuellen Raum festgehalten.

Am liebsten hätte Luoying gründlich jede Inschrift studiert. Intuitiv ahnte sie, dass sie etwas Bedeutsamem auf der Spur war.

Doch da drang durch die offene Tür der Galerie ein Geräusch herein – offenbar versuchte gerade noch jemand, sich Zugang zum Account ihrer Mutter zu verschaffen. Alarmiert hob Luoying den Kopf. Sie zögerte kurz, aber dann legte sie den Teller zurück und verließ den Saal.

DER TURM

Luoyings Erscheinen traf Igor völlig unvorbereitet.

Er stand auf einem virtuellen Platz, den er vorher noch nie gesehen hatte, und war sich unschlüssig, in welche Richtung er sich wenden sollte. In diesem Moment tauchte Luoying wie aus dem Nichts auf. Sie trat aus einem grauen Tor und hob sich mit ihrem roten Rock deutlich von der Mauer dahinter ab.

Igor hatte keine Ahnung, wo er war. In einem Tagebucheintrag seines Lehrers hatte er einen Link entdeckt, und der hatte ihn hierhergeführt.

Das sind die schönsten Momente, wenn wir hier unsere Ansichten äußern und alle Distanz überwinden.

Das hatte sein Lehrer in sein Tagebuch geschrieben. Zwei der Schriftzeichen hatten sich farblich von der Umgebung abgehoben. Kaum hatte Igor sie berührt, hatte sich die Welt um ihn herum von einem Augenblick zum andern verwandelt. Und es hatte ihn hierher verschlagen, an einen fremden, unbekannten Ort.

Vor ihm lag ein weiter, rechteckiger Platz. Er war menschenleer. Mächtige dunkelgraue Steinplatten pflasterten den Boden. Ein steinerner Wandelgang, in dem Skulpturen mit ernsten Gesichtern standen, säumte den Platz. In seiner Mitte lag ein ausgetrockneter Teich. Die Gebäude ringsum hatten mit ihren scharfen Linien etwas Düsteres und Ehrfurchtgebietendes. Von den vier Ecken blickten Türme mit spitzen Dächern erhaben wie Götter herab. In der Mitte des Platzes fühlte man sich winzig und verloren. Eingezwängt zwischen hohen Hauswänden führte am einen Ende eine lange, schmale Gasse fort von dem Platz. Sie war in ein helles Licht getaucht. Am gegenüberliegenden Ende ragte – im gotischen Stil – ein Gebäude in den Himmel, das wie eine Kirche aussah. Über seiner Vorderseite mit dem verschlossenen Tor wölbte sich anmutig das Dach, und die Strebepfeiler und -bögen waren spitz wie Schwertklingen. Zuerst wollte Igor zur Kirche gehen, aber dann zog es ihn aus irgendeinem Grund zur Gasse auf der Gegenseite. Es musste an dem Licht liegen, er spürte, wie es in seinem Rücken immer stärker wurde. Er wandte sich um und schritt auf die Gasse zu.

In diesem Moment erschien Luoying.

Abrupt blieb er stehen, und sie tat es ihm nach.

Eine Weile sahen sie einander nur an, keiner von beiden wusste, wie er reagieren sollte.

Endlich rührte sich Igor und nickte ihr zu. «Was machst du denn hier?»

«Und Sie?»

Er entschloss sich, aufrichtig zu ihr zu sein. «Ich bin dem Link hierher über den Account meines Lehrers gefolgt.»

«Ihres Lehrers?»

«Mein Lehrer ist vor achtzehn Jahren auf den Mars gekommen und acht Jahre geblieben. Ich habe auch schon seine damalige Partnerin kennengelernt.»

«Vor achtzehn Jahren?», entfuhr es Luoying.

«Ja. Er war einer der ersten Menschen von der Erde, die nach dem Krieg zum Mars geflogen sind.»

Luoying blickte ihn stumm mit großen Augen an. Sie wirkte überrascht und auch ein wenig verunsichert.

«Wo sind wir hier?», fragte er.

«Das weiß ich auch nicht.»

«Und wie bist du dann hierhergekommen?»

«Über den Account meiner Mutter.» Sie blickte ihn noch immer mit großen Augen an. «Meine Mutter ... hat auch einen Lehrer erwähnt.»

«Deine Mutter? Wie heißt sie?»

«Adele. Adele Sloan.»

Igor runzelte die Stirn. Diesen Namen hatte er noch nie gehört. «Kennst du Janet Brodie?», fragte er.

«Natürlich. Sie war die beste Freundin meiner Mutter.»

«Wirklich?», entfuhr es Igor. «Sie hat mir Zugang zu ihrem Account verschafft. Sie war die Lebensgefährtin meines Lehrers.»

Damit drängte sich eine Vermutung auf: Der Lehrer, den Luoyings Mutter erwähnt hatte, war sein eigener Lehrer gewesen. Aber was hatte Adele Sloan mit seinem Lehrer zu tun gehabt? Vorsichtig fragte er Luoying, die offensichtlich noch immer verwirrt war: «In welchem Studio arbeitet deine Mutter denn?»

«Erst im Labor Nr. 3 für Wasserkraft», erwiderte Luoying leise. Innerhalb einer knappen Stunde hatte sie so viel Neues über ihre Mutter entdeckt, von dem sie keine Ahnung gehabt hatte. «Aber in den letzten beiden Jahren ihres Lebens hat sie sich in keinem Studio mehr registriert.»

«In den letzten beiden Jahren? Ist sie gestorben?»

«Ja, genau wie mein Vater. Er hat im Studio Nummer 1 für Fotoelektrizität gearbeitet.»

«Was?» Igor stutzte. «Im Labor für Fotoelektrizität?»

«Ja, bevor sie verurteilt wurden.»

«Verurteilt?»

«Meine Eltern wurden vom Mars verbannt. Sie mussten Bodenschätze auf Deimos abbauen.»

«Und warum?»

«Das weiß ich auch nicht.»

Igor wurde immer unruhiger. «Und auf Deimos sind deine Eltern ums Leben gekommen?»

Luoying nickte. «Auf dem Weg dahin. Ihr Raumfrachter hatte einen Unfall.»

Igor sagte lange kein Wort. Als Luoying ihn fragte, was mit ihm los sei, konnte er ihr keine Antwort geben. Er versuchte irgendwie, seine wilden Gedanken zu ordnen. Luoyings Vater war tot. Er hatte im Labor für Fotoelektrizität gearbeitet und war als verurteilter Straftäter gestorben. Der Chip, den sein Lehrer mit zur Erde genommen hatte, stammte aus dem Labor für Fotoelektrizität. Irgendwie schienen der Tod seines Lehrers und der Tod von Luoyings Vater zusammenzuhängen, aber Igor verstand nicht, wie. Hatte womöglich dieser winzige Chip eine solche Tragödie heraufbeschworen? Wie konnte er diesem verletzlichen Mädchen noch in die Augen sehen, wenn sein Lehrer tatsächlich schuld daran war, dass ihre Eltern verurteilt worden waren! Luoying wirkte so zerbrechlich – und doch war sie allein, ohne Eltern, aufgewachsen. Igor beschloss, ihr trotz seiner Zweifel alles zu sagen, und erklärte ihr in knappen Worten, warum er auf den Mars gekommen war und was er in den letzten Tagen entdeckt hatte.

«Das ist alles», schloss er. «Mein Lehrer hat eure zentrale Speichertechnologie mitgenommen. Er hieß Arthur Davorsky.»

Erschüttert starrte Luoying ihn an. Endlich murmelte sie wie zu sich selbst: «So war das?»

Igor nickte. «Ich weiß nicht, was ich sagen soll. Vielleicht sollte ich mich für meinen Lehrer entschuldigen, aber das hilft jetzt auch nichts mehr.»

Luoying schien ihn gar nicht zu hören. «So war das …»

«Ist alles in Ordnung?»

Sie rang sich ein Nicken ab. Auf ihrem Gesicht spiegelten sich widersprüchliche Gefühle. Vielleicht weinte sie – der virtuelle Raum konnte Gesichtsausdrücke und Bewegungen übermitteln, aber keine Körperflüssigkeiten. Gern hätte er ihr etwas Tröstliches gesagt, aber genau wie bei Janet wollte ihm beim besten Willen nichts einfallen. Schweigend trat er einen Schritt auf sie zu und legte ihr seine Hand auf die Schulter. Eine Welle von Traurigkeit durchströmte ihn.

«Warum ...», murmelte Luoying.

Ja, warum? Die Welt war so groß – warum war in ihr kein Platz für ein paar seelenverwandte Künstler?

«Willkommen, meine Freunde!», erscholl auf einmal eine sonore Stimme. Igor und Luoying zuckten zusammen.

«Seid ihr zum ersten Mal hier, meine Freunde?»

Als sie sich auf der Suche nach dem Sprecher umschauten, entdeckten sie, dass die Stimme vom anderen Ende des Platzes kam. Von der Kirche aus betrachtet, sah der Platz wie ein Fischbauch aus, und der Ausgang war das Maul. Zu seinen beiden Seiten erstreckte sich der Wandelgang wie zwei Reihen feiner Zähne, während in der Ferne jenseits der Gasse das gleißende Meer lag. In dem schmalen, grellen Streifen Licht konnte man keine menschlichen Konturen ausmachen. Da jedoch trat aus dem Wandelgang ein großer, weißhaariger alter Mann mit glänzend roten Wangen hervor. Er war es gewesen, der sie mit dieser kraftvollen Stimme begrüßt hatte. Auf seinem Gesicht lag ein strahlendes Lächeln. Zur Begrüßung breitete er die Arme aus. Seine Hände waren groß wie Pranken.

«Ronning!» Luoying stürzte voller Freude auf den alten Mann zu, um ihn zu begrüßen. Igor folgte ihr.

Aber der alte Mann schien Luoying nicht zu erkennen.

«Willkommen, meine Freunde», wiederholte er. «Entschuldigt, dass ich noch nicht weiß, wer ihr seid. Ich bin erst seit gestern hier und mit den Besuchern noch nicht vertraut. Aber keine Sorge, in ein paar Tagen kenne ich jeden. Er muss nur einmal hierhergekommen sein, dann vergesse ich ihn nicht mehr.»

«Ronning?» Luoying war wie erstarrt.

«Ich bewache den Turm. Nennt mich einfach Wächter. Ihr seid doch gekommen, um den Turm zu besuchen?»

«Den Turm?», murmelte Luoying.

«Natürlich, unseren Turm. Meine Aufgabe ist es, den Besuchern den Weg zu zeigen. Ich stehe ganz zu euren Diensten.»

Luoying ließ nicht locker. «Ronning, warum bist du hier?»

«Warum ich hier bin?» Er lächelte. «Seit meinem Tod ist mein Arbeitsspeicher hier.»

«Sie sind ...» Igor konnte es nicht glauben.

«Ja», antwortete der alte Mann fröhlich, «ich bin tot. Fragt mich nicht, woher ich das weiß – das kann ich euch auch nicht sagen. Ihr redet mit mir und doch nicht mit mir. Denn mein Ich, das ist nur mein Arbeitsspeicher, und der kann das alles nicht verstehen. Aber er kann auf seine Weise auf alles eine Antwort geben. Auch wenn ich tot bin, kann ich meine Pflichten als Wächter erfüllen, und das viele, viele Jahre lang.»

«Ronning, kennst du mich wirklich nicht mehr? Ich bin Luoying.»

«Aber Mädchen, wein doch nicht! Was ist dir denn Schlimmes zugestoßen?»

Luoying liefen die Tränen übers Gesicht, während der alte Mann sie unvermindert freundlich anlächelte. Igor musterte den Alten genauer: Sein Lächeln war außergewöhnlich strahlend. Sein Bauch wölbte sich kugelrund. Sein silbernes Haar war gepflegt, seine Stimme klar wie eine Trompete.

Igor lief es kalt über den Rücken. Er wusste nicht, wie er der

Gestalt, die da vor ihm stand, begegnen sollte. Er redete mit einer toten Seele, dabei war das Lächeln im Gesicht des Alten höchst lebendig. Es war, als sähe er die kalte Leiche vor sich liegen, aber die Erinnerungen des Menschen, sein geistiges Vermächtnis, lebten weiter in einem Schaltkreis. Die Elektronen in diesem Schaltkreis folgten einer kühlen, präzisen Ordnung, aber das Lächeln des Alten war trotzdem warm und echt. Igor kannte diesen alten Mann nicht, aber er konnte Luoyings Trauer nachempfinden. Diese Konfiguration von Elektronen konnte echte Gefühle wecken, auch wenn sie nicht wirklich zuhören und verstehen konnte.

«Danke», sagte Igor zu Ronning. «Wir würden den Turm gern besuchen. Leider sind wir hier einfach so hereingeschneit, ohne die Regeln zu kennen. Dafür bitten wir vielmals um Entschuldigung.»

«Aber das macht doch nichts, junger Mann. Ihre Befürchtungen sind ganz unbegründet. Es gibt keine Regeln, die man bei einem Turmbesuch beachten müsste.»

Der alte Mann führte sie über den Platz auf die Gasse zu. Igor blickte zu Luoying hinüber. Sie hatte sich ein wenig beruhigt und folgte ihnen, aber sie sah immer noch traurig aus.

«Soll ich euch ein wenig über den Turm erzählen?»

Luoying blickte den alten Mann nur an. Also antwortete Igor: «Ja, gern.»

«Der Turm ist das Herz aller Ideale, die Bündelung der allgemeinen Sprache.»

«Der allgemeinen Sprache?»

«Richtig», sagte der Alte ruhig, aber mit einem bedeutungsvollen Blick. «Jede Erscheinung, in der sich der menschliche Geist manifestiert, ist Sprache. Sinnliche Wahrnehmung, Logik, Malerei, Wissenschaft, Träume, Sprichwörter, politische Theorien, Emotionen, psychologische Analysen – das sind alles Manifestationen des Geistes, und sie alle sind Sprache. Wenn wir die wahre Gestalt der Welt ergründen wollen, sollten wir auch sämtliche Formen von Sprache ergründen. Denn die Sprache ist der Spiegel der Welt.»

Die Sprache ist der Spiegel des Lichts.

Auf einmal schossen Igor diese Worte durch den Kopf. Sein Lehrer hatte sie vor seinem Tod gesagt. Er holte tief Luft und versuchte sich zu beruhigen. Aber in diesem Moment tat sich eine verborgene Brücke zum Tod seines Lehrers auf, das spürte er.

Aufmerksam hörte er dem Wortschwall des Alten zu.

«Jede Sprache ist ein Spiegel, und jeder Spiegel reflektiert das Licht in einer anderen Brechung. Deshalb ist jedes Spiegelbild wahr und doch zugleich nicht wahr genug. Wahrscheinlich sind Sie mit der Debatte zwischen Individualismus und Kollektivismus vertraut. Und mit der Kontroverse zwischen Rationalismus und Irrationalismus. Aber verstehen Sie auch, in welchem Rahmen diese Ismen ihre jeweilige Wahrheit entfalten? Und inwieweit sie Abbilder ein und derselben Sache sind? Das hängt mit unserer Sicht auf die Spiegelbilder zusammen. Eine Sicht, die alle Bilder im Spiegel respektiert, ohne eines davon über alle anderen zu stellen – eine solche Sicht pendelt zwischen den Sprachen, um mit den Bildern im Spiegel die wahre Gestalt der Welt zu erschaffen.»

Die Bilder im Spiegel, wiederholte Igor im Stillen. *Die Sprache ist der Spiegel des Lichts.*

«Aus den Spiegelbildern kann man also die Lichtquelle ableiten?», fragte er.

«Richtig. Die Voraussetzung ist allerdings, dass man überhaupt an eine Wahrheit glaubt und daran, dass man sie aus bruchstückhaften Abbildern der Wirklichkeit zusammenfügen kann.»

Vergiss über dem Spiegel nicht das Licht. Igor nickte.

Gemächlich gingen sie zu dem schmalen Durchgang. Der Ozean aus weißem Licht schien nun zum Greifen nahe. Von der Gasse selbst konnte man nur anfänglich noch verschwommene Konturen ausmachen. Im weißen Dunst dahinter flirrten glühende Punkte, in deren Licht der ganze Durchgang wie ein farbiger Strudel schimmerte.

Der Alte zeigte mit der einen Hand auf das Licht. Die andere Hand hielt er mit drei erhobenen Fingern vor sich in die Höhe.

«Jedes Zeitalter hat sein eigenes Wesen. Für mein Zeitalter waren die wichtigsten Einsichten diese drei: Die Dinge, die wir nicht miteinander teilen konnten, haben uns daran gehindert, alle anderen Dinge zu teilen. Das Materielle, um das wir miteinander konkurrierten, hat unseren Gedankenaustausch und unsere geistige Freiheit behindert. Und die bruchstückhaften Abbilder, die alle unsere Spiegel hervorbrachten, konnten wir nicht zueinander in Beziehung setzen und zu einem Ganzen zusammenfügen. Denn über den Spiegelbildern hatten wir die Wirklichkeit, die Dinge hinter den Bildern, vergessen. Jeder hielt seine Sicht der Dinge für die wichtigste, klammerte sich an sein eigenes Bruchstück und sonderte sich von seinen Mitmenschen ab. Deshalb brauchten wir den Turm.»

Die Stimme des Alten tönte tief aus seinem mächtigen Brustkorb, sie schwoll an und ab wie ein rhythmischer Singsang. Die Worte mochten die eines Philosophen sein, aber die weithin schallende Stimme klang, als rezitierte Ronning ein Gedicht.

«Nur zu.» Der Alte klopfte den beiden Besuchern mit seinen schweren Pranken auf den Rücken. Er war warm, und auch wenn es vielleicht nur die Wärme der Stromleitung war, kam es Igor vor, als spürte er einen realen Körper. «Hinter dieser Gasse steht der Turm. Schaut ihn euch ruhig an. Er ist gleich dort vorn.»

Igor wandte den Blick von dem dunstigen Durchgang zu dem Alten. «Kommen Sie nicht mit?»

Ronning winkte ab. «Nein. Ich kann euch nur bis hierher führen, weiter nicht.»

Den Blick nach vorn gerichtet, ging Igor los, aber Luoying folgte ihm nicht. Als er sich zu ihr umdrehte, stand sie noch immer neben dem Alten. Vielleicht hoffte sie immer noch, sie könnte aus seinen Erinnerungen wieder den lebendigen Menschen erwecken. Mit einem leisen Seufzer kehrte Igor zu ihr zurück und nahm sie an der Hand. Ihre Finger fühlten sich weich und kalt an. Bei seinem Griff zuckten sie zusammen, aber darin lag keine Zurückweisung. Gemeinsam mit Igor betrat Luoying die gleißende Gasse. Ein paarmal wandte sie sich beim Gehen noch um, aber sie hielt nicht inne. Das weiße Licht umhüllte sie beide, der Boden unter ihren Füßen war fest. Ringsum war nichts als Licht und vor ihnen kein Ende in Sicht. Der virtuelle Raum, in dem sie sich bewegten, war unwirklich, ein Tunnel aus körperlosem Licht.

Langsam und bedächtig schritten sie voran. Da tauchten auf einmal mitten im Raum Worte vor ihnen auf, still und klar und so eindrücklich wie eine Woge von Licht. Bevor sie sie logisch erfassen konnten, hatten sich die Worte schon in ihrem Geist und ihrem Herzen festgesetzt. Obwohl die Schriftzeichen eher dezent waren, ging von ihnen doch eine unwiderstehliche Kraft aus.

«Unsere Theorien sind unsere Erfindungen. Aus Mutmaßungen, Vermutungen, Hypothesen erschaffen wir eine Welt – nicht die wirkliche Welt, sondern Netze, mit denen wir die wirkliche Welt einzufangen versuchen.» (Karl Popper)

Igor war tief beeindruckt. Bald nahmen rings um sie noch mehr Worte im Licht Gestalt an.

«Die sinnliche Wahrnehmung und das auf sie gegründete

Denken sind Fenster. Die Aufgabe des Philosophen besteht darin, sich, soweit es ihm möglich ist, in einen glatten Spiegel zu verwandeln.» (Bertrand Russell)

«Für die Philosophie liegt die wahre Schwierigkeit in der zeitlichen und räumlichen Mannigfaltigkeit des beobachtenden und denkenden Individuums. Die Lösung dieses Problems lautet: Die Mannigfaltigkeit, die wir wahrnehmen, ist bloß phänomenaler, nicht wirklicher Natur.» (Erwin Schrödinger)

Immer neue Sätze tauchten vor ihnen auf. In dem weißen Licht erstrahlten sie wie Bilder, die an eine Wand geworfen wurden. Sie drängten sich dem Betrachter nicht auf, und trotzdem konnte Igor den Blick nicht von ihnen lösen.

«In Sprache und Sitte, politischer Verfassung und Religionslehren, Literatur und Technik ist die Arbeit unzähliger Generationen niedergelegt, als gegenständlich gewordener Geist, von dem jeder nimmt, so viel er will oder kann.» (Georg Simmel)

Ohne sich abzusprechen, gingen sie immer schneller, und immer mehr Sätze tauchten vor ihnen auf. Die Namen der Menschen, von denen die Zitate stammten, überspannten zwei Planeten und dreitausend Jahre. Manche von ihnen kannte Igor, andere nicht. Er ließ sich ganz auf die Sätze ein, las sie immer wieder, folgte den Assoziationen, die sie in ihm auslösten, und den Erinnerungen, die sie wachriefen. Die Zitate verwoben sich mit Ronnings Worten, aber auch mit den Worten seines Lehrers, wie unzählige farbige Bänder aus allen möglichen Materialien. Wie in einer Spirale stiegen sie in ihm empor, und er versank in ihnen. Dabei verlor er in dem Gang aus weißem Licht jede Orientierung und jedes Gefühl für die Entfernung.

Als plötzlich eine weite Landschaft vor ihm auftauchte, war es, als wäre er aus einem Traum erwacht. Scharf wie mit einem

Messer gezogen, hoben sich die klar umrissenen Konturen der Szenerie ab. Der letzte Satz, bevor er aus der Gasse trat, blieb Igor im Gedächtnis hängen.

«Das Schöne ist der vage Vorschein des Einen, dessen ewiges Licht die materiellen Erscheinungen durchdringt.» (Plotin)

Beim Anblick der Landschaft blieb er stehen – genau wie Luoying. Schweigend standen sie nebeneinander und starrten auf die Ebene, die sich vor ihnen aufgetan hatte. In der Mitte schwebte ein riesiger Turm. Die Landschaft hätte irgendwo auf der Erde sein können: eine aschfahle Ebene, so weit das Auge reichte, auf deren ausgetrocknetem Boden nur vereinzelte Gräser wuchsen. Darüber trieben tief am Himmel Wolken, die sich zu vielfältigen Formationen auftürmten und unablässig veränderten. An der Landschaft war nichts Ungewöhnliches, wohl aber an dem Gebäude: Igor konnte den Blick nicht mehr von ihm lösen. Der zylinderförmige Bau verjüngte sich nach oben und verband Himmel und Erde miteinander. Er machte einen äußerst unbeständigen Eindruck, seine Mauern schienen aus einem dichten Nebel zu bestehen, der in spiralförmigen Wirbeln aufwärtsströmte. Ganz unterschiedliche Gänge – manche geformt wie mechanische Arme, andere zusammengesetzt aus Zahlen, Noten oder aquarellartigen Linien – ragten aus dem Dunst des Turms in alle Richtungen, zerstreuten sich und lösten sich über der Ebene auf, so als würden sie sich in einer anderen Welt verlieren.

Voller Staunen betrachtete Igor den Bau. Es war, als wäre eine kühle Woge auf ihn niedergegangen und hätte alle seine Zweifel schlagartig weggespült. Während sein Blick auf der gewaltigen Säule ruhte, auf dem makellos geordneten Ineinander von Wolkendunst und Gängen, sprang ihm eine Inschrift aus fünf Buchstaben ins Auge, die klar und deutlich auf dem Turm prangte:

BABEL

Das also war der Name des Turms. Babel. Wie der Turmbau zu Babel. Aber das hier war ein Turm, der alle Sprachen vereinte, die Sprachen der Wissenschaften und der Künste, der Politik und der Technik. Zum zweiten Mal hatte die Menschheit einen Turm erbaut, der bis in den Himmel reichen sollte. Einen Turm, der die Menschen nicht durch die Sprachen voneinander trennte, sondern sie allem Wandel zum Trotz miteinander verband. Einen Turm, der Babel hieß.

Igor hob die Arme zum Himmel. Mit geschlossenen Augen stieß er einen Ruf aus, der lautlos war und doch wie Donner in ihm hallte. «Mein Lehrer», rief er zum Himmel empor, «ist das der Ort, an dem du begraben sein wolltest? Ist das hier dein Letzter Wille? Wolltest du hier zurückbleiben und über die Einheit der menschlichen Sprachen wachen, als ein Wächter und ein Führer wie Ronning? War das dein Letzter Wille? Falls es so ist, werde ich alles tun, um ihn zu erfüllen.» Da spürte Igor, wie ein Windhauch über seine Wangen strich, und obwohl er genau wusste, dass er sich in einem virtuellen Raum befand, in dem sich kein Lüftchen regte, wollte er doch glauben, der Wind wäre echt.

DER ROTE PLANET

Im Wind wirbelte der virtuelle Staub auf. Luoying blickte hoch zum Himmel über der endlosen Ebene. Er war bedeckt von treibenden Wolken. Eine schwermütige Geigenmelodie klang in ihr an. Sie konnte unmöglich in Worte fassen, was sie empfand. Zum ersten Mal hatte sie den Turm von Babel erblickt. Den Turm der Sprachen. Den Turm der Welten. Erschaffen aus den Sprachen unterschiedlicher Welten, aus den Welten unterschiedlicher Sprachen. Zahlen säumten seine spiralförmigen Geländer, vom Turm aus stiegen Worte in die Höhe, und seine Farben breiteten sich am Himmel aus wie ungeheure Flügel oder ätherische Melodien.

Der Turm kreiste in der Luft, er schien aus dem Nichts aufzusteigen, um wieder im Nichts zu verschwinden. Er verströmte einen unbeschreiblichen Glanz, dabei leuchtete er nicht und war doch in Licht getaucht. Die Worte und Symbole ringsum strahlten erst auf, wenn sie in seinen Wirbel eintauchten. Der Turm war das Licht. Die Bilder in ihm nahmen nur flüchtig Gestalt an. Zwischen Buchstaben und Formeln verschmolzen Menschen und Landschaft in seinem Sog. Es war, als würden sich hier ganze Welten miteinander vereinen.

Am Fuß des Turms verstand Luoying, was das hieß: den Tod überwinden. Sie hatte das Lächeln auf Ronnings Gesicht gesehen. Es glich einer winterlichen Sonne. Er würde nicht mehr sterben, nie mehr, denn er war schon tot. Am Turm hatte er

Frieden gefunden. Nachdem er sie hierhergeführt hatte, dämmerte ihr nun erst, was er gemeint hatte. *Die wahre Gestalt der Welt ergründen. Aus bruchstückhaften Abbildern die Wahrheit zusammenfügen.* Was diese Worte wirklich bedeuteten, konnte sie nur vage erahnen. Aber sie würde sie nie wieder vergessen, genauso wenig wie die Worte, die Ronning zu ihr gesagt hatte, als sie elf Jahre alt gewesen war.

Beim Anblick der weiten Ebene mit ihrem wirbelnden Staub begriff sie plötzlich, was ihr Großvater und seine Freunde behüten wollten. Ihr Großvater, Ronning, Garcia, Galeman – sie alle wollten diesen Turm beschützen, der virtuell war und doch wirklicher als die Wirklichkeit. Jede Welt hatte ihre Mythen, auch der Mars. Auf der Erde hatte Luoying viele Mythen gelesen, Mythen aus West und Ost, aus den Tropen und aus der Arktis, Mythen über den Ursprung des Universums und über die Geburt der Zivilisation. Mythen waren ein Teil der Menschheitsgeschichte. Sie gehörten – das hatte Luoying als Wanderin zwischen den Welten entdeckt – zum ureigensten Besitz jeder Welt. Die fernöstlichen Mythen waren von einsamen Unsterblichen bevölkert, die westlichen Mythen dagegen von ganzen Sippen von Riesen. Zuerst hatte sie die unterschiedliche Geisteshaltung, die darin zum Ausdruck kam, nicht verstanden. Aber als sie die schroffen, nebelverhangenen Berge Asiens, die endlosen Steppen Amerikas und die Wälder Europas mit eigenen Augen sah, begriff sie, dass sich jeder Mythos natürlich entwickelt hatte: Die Berge waren ein Ort für Einsiedler, das flache Land ein Ort für größere Siedlungen. So hatte die Natur es eingerichtet. Jedes Land erschuf sich seine eigenen Götter.

Die marsianischen Mythen kamen aus der Wüste, sie waren aus Wind und Staub emporgestiegen. Diese Mythen waren fremdartig und rau, wild und ungestüm. Die idyllische Schönheit malerischer Landschaften lag ihnen genauso fern wie die dunklen Geheimnisse tiefer Wälder. Sie tobten mit der Wucht eines Sandsturms empor zur Sonne, hart wie Eisen und doch leicht wie ein Vogel. Ihr Großvater und seine Gefährten waren die legendären Kämpfer in diesen Mythen. Als die gewaltigen irdischen Kriegsschiffe sich näherten, stürzten sie sich furchtlos in den Tod. Der Turm in der Wüste, das verstand Luoying jetzt, war die Quelle, die den Mythos nährte.

Luoying schluchzte lautlos ohne Tränen. Jede Welt war eine Einheit aus Land und Göttern. Aber für einen Wanderer zwischen den Welten gab es diese Einheit nicht mehr.

Der Tag der Aufführung war gekommen.

Langsam erlosch das Licht im Saal des Grand Theatre, und die blassgoldenen Sitze stiegen gemächlich die Wände hinauf, bis sie auf verschiedenen Positionen in der Höhe verharrten. An der schwarzen Kuppel gingen silberne Sterne auf, sodass der Saal mitten im Universum zu schweben schien. Am einen Ende des ovalen Kuppeldachs tauchte die Erde auf, aufgenommen aus dem Weltall, am anderen Ende, zuerst in weiter Ferne, dann immer näher und klarer, der Mars. Der eine Planet schimmerte unter einem weißen Wolkenschleier blau und grün, der andere Planet leuchtete mit seinem Sand und seinen von Kratern übersäten Gebirgen in einem kräftigen Rot. Wie zwei Riesen in einem Gespräch standen sie einander gegenüber, während das Publikum auf seinen Sitzen langsam zwischen ihnen umherglitt. Ringsum tönte Musik in das feierliche Dunkel des Saals hinein.

Hinter der Bühne bereitete sich Luoying auf ihren Auftritt vor. «Der Mars. Der Rote Planet», sprach sie sich im Stillen vor.

Roter Sand, ihre Heimat am nächtlichen Himmel.

Als sie den Mars zum ersten Mal von der Erde aus gesehen

hatte, war er nur ein heller Fleck mit verschwommenen Konturen gewesen. Sie hatte genau gewusst, dass dieser rötlich schimmernde Fleck der Mars war, aber sie hatte ihn bloß als einen Geisterplaneten empfunden, eine ungreifbare Kindheitserinnerung. Bei jeder Abenddämmerung kamen damals Bilder von früher in ihr hoch und entzogen sich doch ihrer Erinnerung.

Es gab noch einen zweiten Mars. Er war eine fremde Erzählung aus Büchern, das Bild, das die Erde von ihrer Heimat hatte – ein Blutstrom im Vakuum, umgeben von Zahlen, ein ewig schwelender Kampf. Ein Zittern in den Stimmen der Menschen, eine vorlaute Kinderfrage, eine böse Phantasie. Ein uralter Kriegsgott und Feind.

Ihr dritter Mars war ein Fenster, durch das das Licht von Sonne und Sternen fiel, ein kleiner Platz vor dem Fenster mit einem fächerförmigen Rasen, darauf weiße Blumen und dahinter Röhrenwagen, die zu Häusern aus Glas fuhren, und all diese Häuser verbanden sich zu einer durchsichtigen Stadt. Ihr dritter Mars war die Welt, in der sie arbeiten und eine Familie gründen wollte. Ein gewöhnliches Leben, ein schlichtes Zuhause.

Der Mars. Der Rote Planet. Eine Distanz von eintausendachthundert Tagen. Roter Sand, ihre Heimat am nächtlichen Himmel.

Bedächtig hob Luoying hinter der Bühne ihre Arme, die Hände vor der Brust aneinandergelegt, die Finger nach außen gestreckt. In der Dunkelheit schimmerten ihre Ärmelaufschläge in einem blassen Gold wie die Milchstraße über einer nächtlichen Ebene. Im Saal erhob sich kaum hörbar ein säuselnder Wind, aus der Ferne wehten orientalische Hornklänge herbei, während eine lederne Trommel und ein helles Xylophon leise den Takt schlugen. Am Meeresufer erzählte ein alter Mann mit zitternder Stimme eine tausendjährige Legende von Blut und Ruhm. Die Seelen der Toten stiegen im Wind empor. Das Horn verstummte, und eine fernöstliche Bambusflöte ertönte. Unter dem Sternenhimmel wurde die Erinnerung lebendig. Das Stück begann. Luoying kannte die Musik nur zu gut, sie wusste im Voraus jede melodische Wendung, sie hörte jede noch so leise Improvisation. Und sie kannte die Wahrheit und den Mythos, die zum Klang der Musik erzählt wurden.

Als die Flöte einen Pulsschlag lang aussetzte, tänzelte Luoying nach vorn. Beim ersten Trommelschlag setzte sie den rechten Fuß auf die Bühne.

Endlich tanzte sie ihren eigenen Tanz. Die Welt verschwand, im Dunkel blieb nur sie allein. Die beiden Planeten verwandelten sich in ihren Tanz. Sie erinnerte sich an jedes Land, durch das sie auf der Erde gekommen war. Dies war ihr Schicksal, die Reise ihrer Seele. Mit dem Mars konnte sie nicht mehr verschmelzen, aber die Sehnsucht nach ihrer alten Heimat würde immer in ihr leben. Diese Sehnsucht war ein Teil ihrer selbst geworden, genauso wie all die Länder, durch die sie gereist war.

Sie war nun in jeder Welt eine Fremde, und wie ihre Eltern und deren Lehrer wollte sie im Herzen auf Wanderschaft bleiben, die ewig ferne Heimat vor Augen.

In dem Moment, als Luoying stürzte, hörte sie, wie jemand vor Schreck leise aufschrie. Sie konnte nicht sagen, aus welcher Richtung der Schrei kam, und die Stimme konnte sie auch niemandem zuordnen. Nur eins wusste sie: Jemand packte sie mit beiden Händen an den Schultern.

An diesem Tag fühlte sich alles verkehrt an. Vom ersten Takt an hatte sie ein seltsames Gefühl, wenn sie mit ihren Füßen den Boden berührte. Sie fand zu wenig Halt, konnte nicht fest genug aufsetzen und das Tempo nicht exakt mitgehen, sodass sie kaum merklich hinter den Tönen zurückblieb. In Gedanken bereitete sie sich auf den Moment vor, wenn nach ihrer ersten Drehung eine fulminante, von Trommeln untermalte Musik einsetzen würde und sie sich zu einer siebenfachen Pirouette emporschrauben musste. Sie legte ihre ganze Kraft in die Zehenspitzen, aber kaum lösten sich ihre Füße vom Boden, spürte sie schon, wie ihre Zehen ihr nicht mehr gehorchten. Nachdem sie erfolgreich ihre anmutigen Drehungen vollführt hatte und wieder mit den Sohlen auf der Bühne aufsetzte, war alle Kraft aus ihrem rechten Fuß verschwunden, und mit einem brennenden Schmerz knickte sie ein und stürzte.

Auf einmal war der Saal in gleißendes Licht getaucht. Geblendet blinzelte Luoying in die Scheinwerfer. Da sah sie Igor hinter sich. Er hielt ihre Schultern fest gepackt, während von allen Seiten Menschen auf die Bühne strömten.

DAS KRANKENZIMMER

Igor und Rudy saßen nebeneinander auf einem kleinen Sofa im Vorraum des Krankenzimmers und warteten auf den Ausgang von Luoyings Operation. Das Krankenzimmer selbst war aufgeräumt und blitzblank geputzt, und auf dem Bett lag eine weiche Decke. Um den Schlaf der Patienten zu fördern, waren die Wände mattweiß getönt, und die metallischen Säulen waren in einem sanften Grün lackiert. Die medizinischen Apparate waren in einem mit Mustern verzierten, niedrigen Schrank untergebracht, um die Patienten nicht unnötig zu beunruhigen.

Igor und Rudy waren schon seit einiger Zeit in Schweigen versunken. Rudy hatte Igor dafür gedankt, dass er seiner Schwester beigestanden hatte, und Igor hatte seine Hilfe als nicht weiter der Rede wert abgetan. Danach wussten beide nicht mehr, was sie sagen sollten. Igor konnte spüren, wie besorgt der blonde junge Mann neben ihm war. Rudy war ein paar Jahre jünger als er selbst, und seine Nervosität schlug sich nicht in irgendwelchen fahrigen Bewegungen nieder. Aber Igor bemerkte, wie verkrampft er seine Hände ineinander verschlungen hatte – die Knöchel traten weiß hervor. Rudy machte sich große Sorgen um seine Schwester. Er strahlte ein fast väterliches Verantwortungsgefühl aus.

Aber auch Igor war besorgt. Als Luoying gestürzt war, hatte er ganz vorn an der Bühne gestanden, so nahe wie niemand sonst. Er hatte genau gesehen, wie ihre Zehenspitzen – unfähig, ihren Körper zu tragen – nachgegeben hatten. Sofort hatte er begriffen, dass ihr Knochen gebrochen war. Jetzt hoffte er nur, dass ihre Verletzung nicht zu schwer war und sie vollständig genesen und wieder mit derselben Anmut wie vor dem Unfall tanzen könnte.

Die Zeit verstrich quälend langsam. Im Zimmer herrschte angespannte Stille.

Da öffnete sich endlich die Tür.

Igor und Rudy sprangen beide gleichzeitig auf. Aber durch die schwungvoll aufgehende Tür traten nicht etwa Luoying und auch kein Arzt, sondern zwei junge Beamte in Uniform. Einer der beiden war offensichtlich mit Rudy bekannt. Er warf ihm einen beredten Blick zu.

«Sind Sie Herr Igor Lu?», fragte der erste Beamte ohne Umschweife. Sein Ton war höflich, aber sein Gesichtsausdruck eisig.

«Ja, der bin ich.» Igor nickte.

«Ich heiße Carson», stellte sich der Beamte vor. «Ich arbeite als Inspekteur ersten Ranges in unserem Überwachungssystem. Ich bin für die Sicherheit und öffentliche Ordnung im Russell-Distrikt zuständig.»

Igor sagte nichts, sondern wartete, dass Carson weitersprach.

«Ich hoffe, Sie sind so freundlich, uns einige Fragen zu beantworten.» Carson hielt einen Moment inne und musterte Igor, ehe er fortfuhr: «Wie kommt es, dass Sie bei der Aufführung heute Abend nicht auf Ihrem Sitz waren, sondern am Rand der Tanzfläche aufgetaucht sind?»

Im Stillen wog Igor die Frage ab, bevor er so knapp wie möglich antwortete: «Ich bin Filmemacher und wollte ein paar Aufnahmen aus der Nähe machen.»

«Haben Sie dafür eine Genehmigung eingeholt?»

«Ich war damit einverstanden», schaltete sich Rudy ein. «Die Leitung heute Abend lag in meinen Händen.»

Carson warf ihm nur einen flüchtigen Blick zu und beachtete ihn nicht weiter. Mit unverändert eisiger Miene fragte er: «Haben Sie die Tanzfläche betreten?»

«Nein, ich bin immer außerhalb geblieben.»

«Wie nahe sind Sie der Tänzerin gekommen? Lag die Entfernung bei über einem Meter?»

Igor runzelte die Stirn. «Worauf wollen Sie hinaus? Glauben Sie etwa, ich hätte ...»

«Ja. Wir haben Sie im Verdacht, den Unfall der jungen Frau herbeigeführt zu haben», erwiderte Carson freimütig, während sein Gehilfe hinter ihm auf seinem Notebook Protokoll führte.

Igor musste erst einmal Luft holen. Damit hatte er nicht gerechnet. Mit großem Nachdruck erklärte er: «Nein, das habe ich nicht. Ich habe bloß gefilmt. Erst als sie gestürzt ist, bin ich zu ihr gelaufen.»

«Er ist wirklich Filmemacher», versuchte Rudy ihn zu verteidigen. «Ich habe ihm die Dreherlaubnis erteilt, nachdem ich seine Ausrüstung überprüft habe. Ich glaube, hier liegt ein Missverständnis vor. Er hatte keinen Grund, die Aufführung zu sabotieren, geschweige denn meiner Schwester zu schaden.»

Carson warf Igor einen bohrenden Blick zu, ehe er neben Rudy trat und ihm etwas ins Ohr flüsterte. Schlagartig verfinsterte sich Rudys Miene. Misstrauisch betrachtete er Igor, als wäre er ein Fremder. Von nun an hielt er sich aus der Befragung heraus.

Carson baute sich wieder vor Igor auf und räusperte sich. «Ich hoffe, Sie lassen sich die Frage von eben noch mal durch den Kopf gehen. Aber jetzt möchte ich Sie etwas anderes fragen. Haben Sie sich in den persönlichen Account von Frau Luoying Sloan und Frau Jill Palin eingeloggt?»

Instinktiv begriff Igor, dass die Situation ernster war, als er zuerst gedacht hatte. Er nickte. «Ja.»

«Und wozu?»

«Um mir ihre Tagebücher anzuschauen.»

«Und wozu noch?»

«Sonst nichts.»

«Was haben Sie sich sonst noch angeschaut?»

Igor schwieg.

«Wieso haben Sie einen Account für die Datenbank? Soweit ich weiß, haben die Mitglieder der Delegation von der Erde nur Zugriff auf den Hotelservice.»

Igor erwiderte nichts.

«Sind Sie hierhergeschickt worden, um technische Daten zu stehlen? Was führen Sie im Schilde?»

Immer noch sagte Igor nichts.

Carsons Fragen trafen genau ins Schwarze. Igor konnte unmöglich darauf antworten. Er hatte keine Ahnung, was eine wahrheitsgemäße Antwort für Konsequenzen nach sich ziehen würde. Und er hatte Janet versprochen, Stillschweigen zu bewahren. Er könnte erst dann erklären, woher er den Account für die Datenbank hatte, wenn sie es ihm erlaubte. Also beschränkte er sich darauf zu schweigen, während er überlegte, was er tun sollte.

Der äußere Anschein sprach gegen ihn, das war ihm klar. Er hatte Luoyings persönlichen Account besucht, und er hatte ihr auch noch eine Entschuldigung geschickt. Offensichtlich war es zwischen ihnen zu einem Konflikt gekommen, was den Verdacht gegen ihn erhärtete. Eigentlich hatte er nur ein paar tröstliche Worte in Bezug auf seinen Lehrer sagen wollen, aber er war so vage geblieben, dass seine Nachricht unweigerlich Misstrauen erregen musste.

Was die andere, schwerer wiegende Anschuldigung der Spionage betraf, wusste Igor sofort, dass er sie niemals entkräften konnte. Er hatte sich nicht nur die technischen Daten von Jills Textildesign angeschaut, sondern er hatte den Turm namens Babel, das symbolische Herzstück der Datenbank, besucht. Eigentlich war er nur neugierig gewesen, aber das würde ihm sicher niemand abkaufen. Niemand würde zu seinen Gunsten aussagen. Dazu hatte er sich viel zu verdächtig gemacht. Selbst wenn Janet eine Erklärung abgeben sollte, was den Account betraf, würde ihn das wohl kaum vom Verdacht der Spionage freisprechen. Seine Hände wurden schweißnass.

In diesem Moment ging wieder die Tür auf.

Diesmal kam gleich eine ganze Reihe von Leuten herein, angeführt von dem dicken Beamten mit der dunkelroten Gesichtsfarbe, der auch schon beim Begrüßungsbankett dabei gewesen war. Er hatte zwei weitere marsianische Beamte im Schlepptau. Dahinter kamen Tynne und der deutsche Oberst Hoppmann, das Schlusslicht bildeten Beverley und der Generalgouverneur des Mars Hans Sloan.

Mit ihrem Eintreten war das Zimmer schlagartig gedrängt voll. Wie von selbst teilten sich Marsianer und Erdbewohner in zwei Gruppen auf. Keiner sagte ein Wort, und die Atmosphäre war angespannt wie an einem schwülen Sommertag kurz vor einem Gewitter.

«Herr Lu», brach Hans mit ruhiger Stimme das Schweigen, «ich denke, Sie wissen, unter welchem Verdacht Sie hier stehen?»

«Ja.» Igor nickte. «Das habe ich verstanden.»

«Und? Können Sie uns über die Gründe Ihres Verhaltens aufklären?»

«Nein.»

«Wer hat Ihnen den Zugang zur Datenbank verschafft?»

«Das kann ich Ihnen nicht sagen.»

Hans hielt einen Moment inne, als wollte er Igor die Gelegenheit geben, seine Antwort zu überdenken. Er beobachtete ihn aufmerksam, wirkte dabei aber gelassen. Seine Haltung strahlte nichts Furchteinflößendes oder Bedrohliches aus, er schien nur irgendeine Art von Antwort zu erwarten. Doch Igor schwieg.

«Können Sie uns denn erklären, was Sie in der Datenbank gesucht haben?»

«Ich ... war nur neugierig.»

«Nur neugierig?»

«Ja.»

«Und worauf waren Sie neugierig?»

Noch ehe Igor antworten konnte, polterte der Dicke, der sich an der Seite des Raums aufgebaut hatte, los: «Ach, hör doch auf mit dem Palaver! Das ist doch alles bloß Zeitverschwendung. Welcher Spion sagt denn schon die Wahrheit? Ich habe es doch gleich gewusst: Er will unsere Abstimmung manipulieren!»

«Immer mit der Ruhe, Juan», sagte Hans.

«Welche Abstimmung?», fragte Igor irritiert. «Davon weiß ich nichts.»

«Ach, kommen Sie mir doch nicht so!», donnerte Juan wütend. «Tun Sie nicht dümmer, als Sie sind! Wir sind hier unter uns, also kann ich offen sprechen. Ihr von der Delegation ahnt doch schon, dass unsere Bevölkerung der Herausgabe der Kernfusionstechnologie an die Erde nicht zustimmen wird. Und deshalb infiltriert ihr unseren Datenserver und wollt die Abstimmung manipulieren. Oder etwa nicht? So eine scheinheilige Bande!»

«Aber nicht doch, das ist ein Missverständnis!» Beverley gestikulierte und lächelte beschwichtigend. «Wir haben nie irgendetwas in dieser Richtung geplant, geschweige denn veranlasst. Das Verhalten von Herrn Lu ist seine Privatangelegenheit. Wir wissen nichts darüber, und wir haben ihm auch keine Anweisungen erteilt.»

Igor verstand genau, was Beverley meinte. *Wir haben nichts mit ihm zu tun. Wenn ihr ihn zur Rechenschaft ziehen wollt, lasst uns aus dem Spiel.* Aber in diesem Moment war etwas anderes viel wichtiger als Beverleys Abwehrmanöver. Das Wort «Kernfusionstechnologie» schwirrte lautstark in Igors Kopf herum. Dass es bei den Verhandlungen auch um diesen Punkt ging, hatte er zwar schon gewusst, aber irgendetwas daran kam ihm nun seltsam vor.

«Nur mit der Ruhe», beschwichtigte Hans erneut Juan. «Wir haben alles aufgezeichnet.»

Mit diesen Worten drehte er sich zu Carson um. Der Beamte händigte ihm sofort das Notebook seines Assistenten aus. Hans studierte aufmerksam die Aufzeichnungen, ehe er das Notebook an Juan weiterreichte. Die Miene des Gouverneurs war immer noch völlig gelassen. Juan dagegen nickte widerwillig, nachdem er die Aufzeichnungen gelesen hatte, und die Spitzen seines Schnurrbarts wippten skeptisch in die Höhe.

«Gut, ich nehme zurück, was ich gerade gesagt habe.» Trotz dieses Zugeständnisses blieb sein Blick hart. «Aber auch wenn Sie mit dem Account nicht im Wahllokal waren, heißt das noch lange nicht, dass Sie die Wahl nicht manipulieren wollen. Sie rücken jetzt besser mit der Wahrheit heraus. Ich hoffe nicht, dass diese Affäre noch größere Kreise zieht. Wenn Sie weiter so hartnäckig alles leugnen und wir später noch mehr belastendes Material gegen Sie finden, werden wir auch vor harten Strafmaßnahmen nicht zurückschrecken. Deshalb frage ich Sie noch einmal: Wollen Sie auf dem Mars Technologie stehlen?»

«Nein», erwiderte Igor. «Ich brauche die Mars-Technologien ja gar nicht.»

«Sie vielleicht nicht, aber andere schon. Wenn die Verhandlungen nicht zum Erfolg führen, dann sollten Sie heimlich die Daten entwenden. War das der Plan oder nicht?»

Igor schüttelte den Kopf. «Sie sollten nicht so ins Blaue hinein spekulieren.»

«Sie haben keine Informationen an die Erde übermittelt?»

«Nein.»

«Aber unsere Aufzeichnungen belegen eindeutig, dass Sie eine große Datenmenge heruntergeladen haben.»

«Das waren doch bloß ein paar Filme!», entfuhr es Igor. «Das können Sie gerne überprüfen. Sie kontrollieren das doch sowieso alles, oder? Warum schauen Sie nicht einfach nach, was ich von dem Account heruntergeladen habe? Es sind alles nur Filme, Filme meines Lehrers Arthur Davorsky. Ich sage die Wahrheit. Ist es ein Verbrechen, die Filme seines Lehrers herunterzuladen?»

Er fühlte sich von dem aggressiven Verhör in die Enge getrieben und konnte nicht länger gelassen bleiben. Und er fühlte sich verpflichtet, das filmische Vermächtnis seines Lehrers zu verteidigen. Arthurs Filme hatten zwar immer auch einen politischen Hintergrund, aber sie waren nicht das Werk eines Verschwörers. Igor gingen Wörter wie «Technologie», «Verhandlungen», «Austausch» und «Kernfusion» durch den Kopf. Er konnte nur hoffen, dass der Verdacht, die Verhandlungen wären durch eine politische Intrige manipuliert worden, nicht weiter bekannt wurde. Sonst war das ein Pulverfass, das jeden Moment in die Luft gehen konnte.

Mit einem Mal begriff Igor, wie viel gerade auf dem Spiel stand: Hier wurde nicht weniger verhandelt als der Konflikt zwischen Erde und Mars. Und ihm kamen Luoyings Worte wieder in den Sinn, die sie im Brucher-Studio zu ihm gesagt hatte: «Hier geht es nicht um irgendwelche Geschäfte, sondern um den Mars und die Erde.» Jetzt endlich verstand er, was Luoying solche Sorgen bereitete. Mit widerstreitenden Gefühlen ging er in Gedanken durch, was er in den letzten drei Wochen auf dem Mars alles getan hatte. Dabei bemerkte er nicht, wie Hans Sloan mit einem nachdenklichen Ausdruck im Gesicht Rudy zu sich rief und ihm etwas ins Ohr flüsterte.

Juan schien nicht besonders beeindruckt von Igors Temperamentsausbruch. Wie ein wachsamer dicker Igel umkreiste er ihn und brummte dabei: «Wir werden das überprüfen. Auf jeden Fall. Nur keine Sorge. Aber jetzt kommen wir zur nächsten Frage. Sie müssen wahrheitsgemäß darauf antworten. Warum haben Sie den Turm aufgesucht?»

«Neugier, reine Neugier», erwiderte Igor abwesend. «Das habe ich doch schon gesagt.»

«Sie wissen, welche Bedeutung der Turm hat?»

«Ein bisschen.»

«Ein bisschen? Na, Sie sind aber bescheiden! Was wollen Sie denn damit sagen? Sie wissen nur *ein bisschen* und haben doch auf kürzestem Weg und ohne die geringste Mühe den Turm gefunden? Wollen Sie mir wirklich weismachen, Sie hätten vorher keine Nachforschungen angestellt? Wer soll Ihnen das abkaufen? Ganz offensichtlich haben Sie längst Bescheid gewusst. Das Ganze war von langer Hand vorbereitet, und Sie haben auf Befehl gehandelt. Sie sollten das Herzstück unseres Datenservers lahmlegen! Aber jetzt haben wir Sie durchschaut.»

«Gar nichts durchschauen Sie. Das ist doch totaler Quatsch.»

«Was haben Sie denn sonst dort getrieben?», donnerte Juan wütend.

Igor spürte, wie seine Kehle trocken und seine Lippen taub wurden.

Juan trieb ihn immer weiter in die Enge. «Außerdem sind Sie gleich zweimal beim Turm gewesen. Beim ersten Mal waren Sie also nur aus Neugier dort? Und was ist dann mit dem zweiten Mal? Haben Sie dafür auch eine Erklärung?»

Unter Juans bohrendem Blick wusste Igor nicht, was er sagen sollte. Er hatte niemandem außer Janet und Luoying von seinem Lehrer erzählt und war sich nicht sicher, ob er noch andere einweihen sollte. Bei seinem zweiten Besuch des Turms hatte er den Letzten Willen seines Lehrers erfüllt. Janet hatte ihm dabei geholfen, das Gedächtnis seines Lehrers zu bestatten. Nur sie konnte seine Unschuld bezeugen. Aber sie hatte ihre Befugnisse überschritten, und wenn er jetzt mit der Wahrheit herausrückte, musste sie mit schweren Vorwürfen wegen ihrer heimlichen Unternehmung rechnen. Und auch beim Gedanken an Luoyings Eltern wurde ihm flau im Magen. Er konnte dazu nichts sagen und hielt lieber den Mund.

Sein Blick begegnete dem von Hans Sloan. Der Generalgouverneur ließ inzwischen Juan die Befragung durchführen, ohne ihn zurückzuhalten. Offensichtlich lag auch ihm sehr an einer Aufklärung der Vorwürfe. Aber Igor schwieg, und die anderen Anwesenden sagten auch kaum etwas. Die Atmosphäre im Zimmer war eisig. Alle beobachteten Igor voller Misstrauen. Tynne hatte die Arme verschränkt und sagte kein Wort. Beverley trat mit gerunzelter Stirn neben den Generalgouverneur und die anderen Marsianer. Juan stand direkt vor Igor und fixierte ihn grimmig.

In diesem Moment öffnete sich zum dritten Mal die Tür.

Alle Köpfe drehten sich um – zu Luoying. In einem weißen Krankenkittel saß sie auf den Schultern eines Arztes. Ihr Gesicht war bleich, aber sie hielt sich kerzengerade, und obwohl sie offensichtlich geschwächt war, ging eine unübersehbare strahlende Kraft von ihr aus. Ihr rechter Fuß steckte in einem Stiefel aus Draht, ihr linker Fuß war nackt. Der Arzt, auf dem sie thronte, war nicht besonders groß, aber er hatte breite

Schultern und einen sehr festen Stand. Mit den Händen hielt er ihre Beine unterhalb der Knie.

«Ich habe ihn zum Turm gehen lassen», sagte sie mit leiser, ruhiger Stimme.

«Was?», platzte Rudy heraus.

«Ja, das war ich», erwiderte Luoying. «Ich habe Herrn Lu in meinen Account gelassen und ihm den Link zum Turm gegeben.»

«Aber warum?»

«Es gibt kein Warum.»

«Luoying, weißt du, was du da sagst?» Rudys Stimme war scharf und voller Zweifel. «Das ist eine ernste Angelegenheit.»

«Ja, ich weiß.» Sie blickte weder Igor noch Rudy in die Augen, sondern nur Juan. «Ich meine es ernst.»

Ihre Stimme war so ruhig und kühl, dass sie fast tonlos klang, und trotzdem fuhr sie schneidend durch die drückende Stille. Alle schauten sie an, und für alle außer Igor kam ihr Auftritt völlig unvorbereitet. Ihnen allen schossen viele Fragen durch den Kopf. Aber als wollten sie Rücksicht auf Luoyings angeschlagene Konstitution nehmen, warteten sie schweigend darauf, dass sie ihnen von sich aus eine Erklärung gab.

DIE DACHTERRASSE

Vor der Tür des Krankenzimmers hatte Luoying den Streit im Wartezimmer mitverfolgt. Doktor Renny hatte sie im Rollstuhl vor die Tür geschoben. Still saß sie da und lauschte dem Verhör. Es klang, als wollte man einen Schwerverbrecher überführen. Bald hatte sie begriffen, worum sich die Auseinandersetzung drehte. Wie kleine Hämmer schlugen die Vorwürfe, die Juan Igor machte, auch bei ihr ein. Der nächtliche Gang lag dunkel und wie ausgestorben da. Luoying fröstelte in der kalten, trockenen Luft.

Sie verfolgte, wie Juan sein Opfer attackierte, wie er Igor verwirrte und versuchte, ihn zu einem Geständnis zu zwingen, er hätte Spionage gegen den Mars betrieben. Juan wollte Verdachtsmomente finden, mit denen er einen Konflikt heraufbeschwören konnte, der ihm dann einen Vorwand für einen Krieg lieferte. Er hatte seinen Plan eines militärischen Vorgehens nie aufgegeben. Er favorisierte einen direkten Angriff, aber dafür brauchte er einen Grund, einen stichhaltigen, unstrittigen Grund.

Schon ein paar Details würden genügen. Angesichts der Umstände reichte schon ein einziger Fehler, um eine Lawine ins Rollen bringen. Was für ein Fehler das war und wer ihn begangen hatte, darauf kam es nicht an. Zum Glück hatte Igor keine Daten an die Erde übermittelt, sonst wäre Juans Rechnung sofort aufgegangen.

Luoying umklammerte die Rollstuhllehnen mit beiden Händen. Sie war noch geschwächt von der Operation und ohne Kraft in ihren Fingern. Als Juan sein Opfer lautstark ins Kreuzverhör nahm, zuckte sie unwillkürlich zusammen, als würde seine Stimme durch die Wand auf sie eindonnern.

Sie war verwirrt und wusste nicht, was sie tun sollte. Aber keinesfalls wollte sie tatenlos zusehen, wie Igor haltlosen Anschuldigungen ausgesetzt wurde – nicht nur weil sein Lehrer auch der Lehrer ihrer Mutter gewesen war, sondern auch und vor allem weil er völlig unschuldig war.

In diesem Moment legte jemand die Hand auf ihre Schulter, eine schwere, starke Hand. Sie konnte die Wärme dieser Hand durch ihren Krankenkittel spüren. Dankbar und beruhigt blickte sie sich um. Das Gesicht von Doktor Renny strahlte in der Dunkelheit etwas Gütiges aus. Da kam Luoying eine Idee.

«Doktor Renny», flüsterte sie, «können Sie mir einen Gefallen tun?»

«Natürlich», antwortete er leise, aber bestimmt.

«Können Sie ... mich ins Zimmer hineintragen? Und zwar möglichst hoch ...»

Renny nickte nur. Ohne eine weitere Frage beugte er sich hinunter, fasste mit dem rechten Arm ihre Beine und mit dem linken ihre Taille und hob sie auf seine Schultern. Luoying fühlte sich vollkommen geborgen. Renny war kein großer Mann, aber seine muskulösen Arme und Schultern strotzten vor Kraft. Kaum saß sie fest und sicher auf ihm, hatte sie keine Angst mehr. Seit einer Ewigkeit hatte sie niemand mehr huckepack getragen. Das letzte Mal war sie fünf oder sechs Jahre alt gewesen. Nach dem Tod ihres Vaters hatte sie bei niemandem sonst mehr auf den Schultern sitzen wollen. Ihre Beine baumelten auf Rennys Brust herab. Im rechten, gerade operierten

Fuß spürte sie noch nichts, ihr linker Fuß war kalt, und ihre Zehenspitzen zitterten im Dunkeln.

Behutsam stieß sie die Tür auf. Eigentlich war sie nicht aufgeregt, aber als alle Männer im Zimmer ihre Blicke wie Scheinwerfer auf sie richteten, versteifte sich ihr Körper. Mit angehaltenem Atem versuchte sie Ruhe zu bewahren. In einigen Gesichtern sah sie fürsorgliche Anteilnahme, andere waren offensichtlich befremdet von ihrem Verhalten.

Luoying sagte, was sie sich vorher zurechtgelegt hatte. Wie nicht anders erwartet, hatten alle nur noch mehr Fragen an sie.

«Ja, ich weiß», sagte sie. «Ich meine es ernst.»

«Aber du wirst doch wohl einen Grund gehabt haben?», fragte ihr Bruder, der sie mit gerunzelter Stirn anstarrte. «Kennst du Herrn Lu etwa schon länger?»

«Ja, ich kenne ihn schon länger», antwortete Luoying so leise, als wäre es ihr peinlich. «Ich kenne ihn, und … ich mag ihn. Ich mag ihn schon seit meiner Zeit auf der Erde. Ich mag seine Filme und seine Artikel. Deshalb habe ich ihm Zugang zu meinem Account und zum Turm verschafft. Weil meine Mutter mich damals zum Turm mitgenommen hat, wollte ich ihn auch einmal zum Turm bringen. Das ist alles. Ihr könnt es überprüfen. Über den Account meiner Mutter habe ich selbst auch den Turm besucht.»

Ringsum blickte sie in verlegene Gesichter. Ratlos schauten die Männer einander an. Um die ernste Lage zu entschärfen, tat Luoying so, als wäre es ihr wirklich ernst. Um eine erfundene Anschuldigung zu entkräften, schob sie ein erfundenes Gefühl vor. Niemand sagte etwas, denn wie sollte man schon mit einem verliebten Mädchen umgehen. Juans Gesicht hatte sich noch stärker als sonst gerötet. Er schien nicht zu wissen, was er denken und wie er reagieren sollte. Erwartungsvoll blickte Luoying ihn an. Sie wusste, dass er ihr keinen Wunsch abschlagen konnte.

Schließlich räusperte er sich und erklärte, es gebe schließlich für alles Aufzeichnungen. Man müsse das Material noch weiter überprüfen und solle keine voreiligen Schlüsse ziehen.

Niemand widersprach ihm. Damit war die Situation fürs Erste bereinigt. Die mächtigen Männer verließen das Zimmer und nahmen ihre Sorgen und Intrigen mit. Luoyings Großvater und ihr Bruder wollten eigentlich noch bleiben und sich um sie kümmern, aber unter dem Vorwand, sie sei müde, bat sie beide, morgen wiederzukommen. Igor sagte gar nichts, warf ihr aber, bevor er aus der Tür trat, einen dankbaren Blick zu.

Mit steifem Hals hielt sich Luoying aufrecht auf Rennys Schultern. Erst als alle gegangen waren und tiefe Stille im Zimmer einkehrte, sackte sie wie von einer ungeheuren Last befreit in sich zusammen. Renny fing ihren schlaffen Körper auf.

Die Dunkelheit in dem langen, leeren Korridor hatte etwas Tröstliches. Durch die mondsichelförmige Glasscheibe am Ende des Ganges drang ein hellblaues Licht. Gemächlich schob Renny seine Patientin im Rollstuhl den Gang entlang. Sie hatte ihm gesagt, dass ihr noch nicht nach Schlafen zumute sei, und deshalb wollte er noch etwas mit ihr unternehmen. Der dunkle Gang umhüllte beide, während die Achse des Rollstuhls rhythmisch vor sich hin knarrte.

«Danke», sagte Luoying leise.

«Nichts zu danken», erwiderte Renny sanft. «Wohin soll's gehen?»

«Egal. Wohin Sie wollen.»

Schweigend schob er sie erst in einen Lift und dann in einen zweiten. Die ganze Zeit über stellte er ihr keine Fragen. Sie gingen einen Gang entlang, der sie in einem Bogen zu einem

Pausenraum führte, kamen an einer Lagerhalle vorbei, in der gigantische Apparaturen aufgestellt waren, und erreichten schließlich einen kunstvoll gemeißelten Torbogen.

Renny öffnete das Tor und schob Luoying hindurch.

Im ersten Moment glaubte sie, sie wäre wieder auf der Maerde. Es war, als würde sie unversehens in den nächtlichen Sternenhimmel eintauchen, in das unermessliche samtene Schwarz des Alls.

Vor ihr lag eine weitläufige Dachterrasse mit einer gekrümmten Glaswand, die sich nahtlos bis über ihren Kopf erstreckte. An den Seiten des Daches waren Solarzellen angebracht. Die Glaswand war so durchsichtig, dass man das Gefühl hatte, man stünde im Freien und könnte den Blick ungehindert schweifen lassen. Weil das Krankenhaus am Stadtrand lag und die Dachterrasse die meisten anderen Gebäude überragte, genoss man von hier aus einen Panoramablick auf schnurgerade Häuserreihen und das Sternenmeer über ihnen. In der Ferne erstreckte sich einsam und still zwischen Himmel und Erde die Sandwüste, und am Horizont zeichnete sich undeutlich eine dunkle Bergkette ab. Die Architektur der Dachterrasse war sehr schlicht gehalten, das einzige auffallende Gestaltungselement waren schmale, flache Wasserrinnen, die wie schlängelndes Muster in den Boden eingelassen waren. Den Blick auf den Sternenhimmel gerichtet, atmete Luoying tief ein. Dass man vom Krankenhaus aus einen so wundervollen Ausblick haben konnte, hätte sie sich nicht träumen lassen.

«Wir sind hier am südlichen Rand der Stadt. Von hier aus kann man direkt auf die großen Felswände schauen», erklärte Renny hinter ihr. Seine tiefe, bedächtige Stimme schien wie geschaffen für diese Nacht.

Lange betrachtete Luoying schweigend die Bergkette, die sich wie ein schwarzes Schwert am Horizont erstreckte. Die

Sternennacht umhüllte sie, und sie konnte ihre Sorgen für eine Weile vergessen. Es war, als wäre sie wieder auf die Tanzfläche im Grand Theatre zurückgekehrt, und das All war ihre Bühne. Trotzig standen sich die blaugrüne Erde und der Mars mit seinem rohen Rotorange gegenüber, sie schienen weiter voneinander entfernt als alle Sterne, die zwischen ihnen lagen. Und im Zentrum des unendlichen Alls mit seinem Sternenglanz und seiner Schwärze tanzte Luoying ganz alleine ihren Tanz.

Sie schloss die Augen und lehnte sich sachte an Renny, der neben ihr stand. In der nächtlichen Luft wurde sie wieder ruhiger und sicherer. Renny gab ihr ein lange vergessenes Gefühl von Geborgenheit, wie sie es zuletzt gespürt hatte, als ihre Eltern noch lebten. Er war wie ein Baum im Herbst, mit reifen Früchten beladen und doch in sich gekehrt.

Als Luoying endlich etwas sagte, klang ihre Stimme auf der weiten Dachterrasse weich wie eine Kerzenflamme.

«Doktor ...»

«Sag einfach Renny zu mir.»

«Doktor Renny, muss ich noch lange hierbleiben?»

«Nein, das ist unwahrscheinlich», antwortete er mit fester Stimme. «Du hast dir nur den Zehenknochen gebrochen, ohne Komplikation. Das heilt schnell.»

«Werde ich wieder gehen können?»

«Natürlich. Da musst du dir keine Sorgen machen.»

«Und tanzen?», stieß sie hastig hervor – nicht aus Ungeduld, sondern weil sie Angst hatte, dass sie die Frage überhaupt nicht über die Lippen bringen würde. Es kam ihr so vor, als würde Renny einen Moment zögern – nur einen winzigen Augenblick, bevor er ihr antwortete.

«Das kann man jetzt noch nicht absehen. Wir müssen den Heilungsverlauf erst eine Weile beobachten.»

«Was soll denn das heißen?»

Wieder zögerte Renny einen Augenblick. «Das eigentliche Problem ist nicht der Knochenbruch, sondern die Sehnenscheidenentzündung. So eine Entzündung ist eine ernste Sache. Vielleicht hast du deine Sehnen überstrapaziert. Du ... wirst immer noch tanzen können, aber es wäre besser, dass du damit aufhörst, damit deine Sehnen nicht noch stärker beschädigt werden.»

Luoying wusste, was das bedeutete. Renny hatte seinen Rat zurückhaltend und doch klar formuliert. Offensichtlich wollte er sie nicht zu sehr aufregen oder bevormunden, doch er hatte seine Ansicht mehr als deutlich gemacht. Seine Einschätzung kam für Luoying nicht überraschend. In dem Moment, als das Wort Sehnenscheidenentzündung gefallen war, hatte sie gewusst, was das für sie bedeutete.

Eine Entzündung war komplizierter als jeder Bruch, sie konnte sich ewig hinschleppen. Für eine Tänzerin, die auf die feinsten Bewegungen ihrer Gelenke angewiesen war, war eine Sehnenscheidenentzündung der Albtraum schlechthin. Wenn sie nicht als Krüppel enden wollte, sollte sie am besten für immer von der Bühne abtreten.

Rennys ärztlicher Rat sank in die Nacht wie eine Stahlkugel auf den Grund eines Sees. Luoying war nicht schockiert. Eher war es so, dass sie in Wahrheit dieses Ende schon lange hatte kommen sehen.

Auf der Erde waren ihr Sprünge in Tänzen oft schwergefallen. Wegen der Schwerkraft, die dort dreimal so groß war wie auf dem Mars, hatte sie sich gefühlt, als trüge sie Bleigewichte an den Beinen. Früher oder später, hatte sie oft gedacht, würden ihre Füße den Kampf gegen die Schwerkraft verlieren. Sie hatte damals zwei Möglichkeiten gesehen: Entweder sie kehrte zu spät nach Hause zurück und konnte sowieso nie mehr tanzen, oder sie stand das Training auf der Erde mit zusammengebissenen Zähnen durch, um dann auf dem Mars umso schwereloser hohe Sprünge vollführen zu können. Nur mit dem Ende, wie es jetzt gekommen war, hatte sie nicht gerechnet. Endlich hatte sie die Schwerkraft der Erde hinter sich gelassen und hatte wieder zu ihrer alten Leichtigkeit zurückfinden wollen – und jetzt konnte sie nicht mehr tanzen. Sie waren vorbei, die Tage voller Sorgen, aber auch voller Hoffnung. Und darin lag das eigentliche Unglück: Der Vorhang war zur falschen Zeit gefallen. Ihr Glanz, der kurz zwischen den Planeten aufgeglommen war, war erloschen. Es blieb nur die Stille. Mit ihrem Tanz hatte Luoying die unüberwindbare Distanz zwischen Mars und Erde überwinden wollen. Aber trotz aller Anstrengung war sie gescheitert. Sosehr sie sich auch gequält hatte, sie hatte den Himmel nicht erreicht und die Planeten nicht vereint. Am Ende war sie nur beim Tanzen gestürzt, und ihr blieb nichts anderes übrig, als aufzugeben. Die Schwerkraft konnte niemand besiegen und die Entfernung zwischen den Planeten auch nicht.

Aber warum war ihr nicht einmal ein anständiger Abgang vergönnt gewesen? Sie blickte hoch zur Milchstraße über dem Glasgewölbe. Ich hätte alles akzeptiert – aber warum durfte ich nicht wenigstens mein Stück zu Ende tanzen? Lautlos liefen ihr die Tränen übers Gesicht. Sie fühlten sich warm an, als sie ihr auf den steifen Hals tropften. Endlich muss ich mir keine Sorgen mehr machen.

Doktor Renny ging neben ihr in die Hocke. Als er zu ihr hochblickte, sah er ihre Tränen. Er trug eine Brille, und sein Blick hinter den runden Gläsern war herzlich und verständnisvoll. Statt ihr etwas Tröstliches zu sagen, hob er nur behutsam ihr rechtes Bein und umfasste den Stiefel aus feinem Drahtgeflecht.

«Das ist ein ganz besonderer Stiefel. Der Fußteil ist fest und mit Mikrosensoren verbunden, die an Mikroelektroden angeschlossen sind. Deine Nerventätigkeit wird so vom Knöchel aufwärts an den Stiefel übermittelt, und du kannst deinen Gang kontrollieren. In den nächsten Tagen gehst du zum ersten Mal damit, aber du wirst wahrscheinlich eine Weile brauchen, bis du dich daran gewöhnt hast. Also sei vorsichtig.»

Er forderte sie auf, das rechte Bein zu heben, und Luoying versuchte es. Bis zum Knie ging alles unproblematisch, auch ihre Wadenmuskeln arbeiteten normal. Als sie ihren Knöchel bewegte, hatte sie im Fuß zwar nach wie vor keine Empfindung, aber der Stiefel gehorchte dem vom Draht übermittelten Impuls mit spielerischer Leichtigkeit.

«Kannst du ihn kontrollieren?»

«Ja.»

«Das ist gut. Die meisten stellen sich am Anfang nicht so geschickt an.»

Dem Tanzen sei Dank! Ich kann diesen Stiefel kontrollieren, dachte Luoying mit einem bitteren Lächeln. Kontrolle war beim Tanzen das Ein und Alles. Nicht auf die Sprunghöhe kam es an, sondern darauf, mit den Fußspitzen im richtigen Moment an der richtigen Stelle abzuspringen, nicht zu hoch und nicht zu tief. Man musste den gesamten Körper bis in den kleinsten Muskel kontrollieren, ohne ihn zu sehr anzuspannen oder die Spannung zu früh zu lösen. Sie betrachtete den feingearbeiteten Stiefel, spürte, wie der dünne Draht sie umhüllte, wie er noch die kleinste Regung registrierte und weiterleitete, damit ihre Nervenimpulse in Bewegung übersetzt wurden. Unterdessen hockte Renny noch immer neben ihr und sah ihr ruhig zu, ohne sie zu drängen oder mit Fragen zu behelligen.

«Doktor Renny», fragte sie, während sie weiter die Fußbewegungen übte, «sind Sie Neurologe?»

«Das könnte man so sagen.»

«Ich habe mich immer gefragt: Hat ein Mensch mehr Gehirnzellen oder der Himmel mehr Sterne?»

Renny grinste. «Eindeutig der Himmel mehr Sterne. Ein Mensch hat gut zehn Milliarden Gehirnzellen, aber allein die Milchstraße hat schon dreihundert Milliarden Sterne. Und außerhalb der Milchstraße gibt es noch Hunderte Milliarden von weiteren Galaxien.»

«Wenn jeder Stern eine Gehirnzelle wäre und die ganze Milchstraße ein intelligentes Wesen, dann wäre dieses Wesen also um einiges intelligenter als ein Mensch?»

«Nur wenn die Sterne auch miteinander kommunizieren könnten, genauso wie die Nervenzellen im Gehirn durch Botenstoffe kommunizieren. Sonst ist keine Intelligenz möglich. Aber im Fall der Milchstraße ist das schwer vorstellbar. Die Sterne sind zu weit voneinander entfernt und noch dazu durch ein Vakuum getrennt.»

Renny hielt inne, und auch Luoying schwieg. Die Worte des Arztes hallten auf der Dachterrasse nach wie in einem Fiebertraum.

Da blickte Luoying auf. «Doktor Renny?»

«Was?»

«Wie alt sind Sie?»

«Dreiunddreißig.»

«Erinnern Sie sich noch daran, was vor achtzehn Jahren, als Sie fünfzehn waren, auf dem Mars passiert ist?»

«Vor achtzehn Jahren … Das war im Marsjahr 22, richtig?»

«Ja.»

«In dem Jahr ist so einiges passiert.» Er warf Luoying einen ernsten Blick zu.

«Und das wissen Sie noch?»

«Jeder weiß das», erwiderte er. «Das war ein wichtiges Jahr.

Nach dem Erdkalender das Jahr 2172, der Anfang des sogenannten Versöhnungszeitalters.»

«Das Versöhnungszeitalter?»

Renny nickte. «Ja. Du weißt doch sicher, dass die Erde und der Mars eine Zeitlang in völliger Isolation voneinander gelebt haben. In den ersten zwanzig Kriegsjahren hat die Erde noch weiter ihre Stützpunkte auf dem Mars unterhalten. Die Transporte mit Waren und Materialien dorthin wurden häufig von uns geplündert. Dann gaben die Erdbewohner ihre marsianischen Stellungen auf, das war der Anfang des zwanzigjährigen Bombenkriegs im All. Ab diesem Zeitpunkt war der Mars praktisch auf sich allein gestellt. Wir mussten alles, was wir brauchten, selbst herstellen – Nahrungsmittel, Wasser, Kleidung. Es schien fast unmöglich, aber wir hatten keine Alternative – andernfalls würde es den Mars, so wie er heute ist, nicht geben.

In den ersten zehn Jahren nach dem Krieg gab es immer noch keinen Kontakt zwischen Mars und Erde, wir lebten vollkommen isoliert. Eine starke Fraktion hielt es für erniedrigend, als Bittsteller zur Erde zu fliegen, aber Kapitän Garcia vertrat die Gegenmeinung: Wir sollten nicht aus Stolz unsere langfristigen Zukunftsperspektiven verspielen. Mit dreiunddreißig Jahren wurde er unser erster Botschafter. Ich weiß nicht genau, wie er es geschafft hat, aber jedenfalls war er erfolgreich. Der Mars war zehn Jahre unabhängig, als die Maerde zum ersten Mal zur Erde fuhr. Zwei Jahre später wurde das erste Geschäft zwischen den beiden Planeten abgeschlossen: Eine Chip-Technologie wurde gegen stickstoffhaltige Chemikalien von der Erde getauscht. Die Beziehungen zwischen Mars und Erde wurden wieder aufgenommen. In den folgenden zehn Jahren machten beide Seiten weiter ihre Geschäfte: Technologien gegen Ressourcen. Eigentlich ein primitiver Tauschhandel wie in der Steinzeit. Aber beide Seiten waren noch misstrauisch, von einer wirklichen Aussöhnung konnte nicht die Rede sein. Alle Geschäfte wurden auf der Maerde ausgehandelt, kein Marsianer hat dabei die Erde betreten und kein Erdbewohner den Mars. So ging es bis zum Jahr zweiundzwanzig unserer Zeitrechnung – dem Beginn des Versöhnungszeitalters. Für den Mars war das der Anbruch einer neuen Ära.»

«Damals sind zum ersten Mal wieder Leute von der Erde gekommen?»

«Ja, sie haben sich im Wesentlichen für unsere Technologien interessiert. Das war unser Zugeständnis an die Erde: dass wir zuerst eine Delegation von ihnen empfangen haben. Wir haben die Sicherheit der Delegierten garantiert und ihnen die Möglichkeit gegeben, unsere neuesten Technologien und Erfindungen zu studieren. Das war ein ziemlich hohes Risiko, denn der technologische Vorsprung auf dem Mars ist unser größtes Ass in den Verhandlungen mit der Erde. Wenn wir diesen Vorsprung aus den Händen geben, ist das für uns potenziell existenzbedrohend. Aber das Parlament war der Meinung, wir müssten den ersten Schritt machen. Wahrscheinlich hätten wir sonst – ohne jeden persönlichen Dialog – wirklich am Ende den Kürzeren gezogen. Schließlich kann die Erde gut für sich allein existieren, aber für uns war das damals noch extrem schwierig. Also haben wir vor achtzehn Jahren die erste Gesandtschaft von der Erde empfangen: zehn Leute, die sich mit fünf neuartigen Technologien vom Mars beschäftigen durften.»

«Darunter auch eine Filmtechnologie?»

«Richtig, die 3-D-Holographie. Die Technologie hat damals im interplanetarischen Dialog eine wichtige Rolle gespielt. Einer von den irdischen Abgesandten ist deshalb sogar hiergeblieben.»

Das war Mamas Lehrer, dachte Luoying, und auch der Lehrer von Igor. Er war kein Bildhauer, aber er hat mit meinen Eltern über Kunst geredet. Er hat sie an ihre jugendlichen künstlerischen Träume erinnert, und von der Erde hat er eine ganz andere Vorstellung von Freiheit mitgebracht und das Ideal der Mobilität. Im Arbeitszimmer hat er mit meinen Eltern und ihren Freunden über Philosophie, Ideengeschichte und über eine mögliche Synthese der beiden unterschiedlichen Lebensstile von Erde und Mars diskutiert. Etwas von seinen Vorstellungen, seinen Filmen und seinen Worten ist für immer im Arbeitszimmer geblieben. Und weil Arthur Davorsky in dem Jahr zum Mars kam, als ich geboren wurde, meinte Mama, ich würde das Licht bringen. In ihren Augen habe ich den Dialog mit der Erde verkörpert.

Ohne den Lehrer wären meine Eltern nicht gestorben. Ohne ihren Tod wäre ich nicht zur Erde geflogen. Und ohne das Austauschprogramm würde ich nun nicht der Vergangenheit nachspüren. Die Weichen für mein Leben wurden schon bei meiner Geburt gestellt. Mit dreizehn Jahren stand schon fest, dass mir die Vergangenheit keine Ruhe lassen würde. Im Grunde ist das schon immer mein Schicksal gewesen.

Sie suchte den schwarzen Himmel über sich nach einem silbernen Raumschiff ab. Auf dem einsamen Schiff lebte ein einsamer Kapitän, der vermitteln wollte zwischen zwanzig Millionen Menschen auf dem einen Planeten und zwanzig Milliarden auf dem anderen. Das Schiff war nun schon dreißig Jahre alt und näherte sich dem Ende seines Weges. Aber im unermesslichen All fand Luoying die Maerde nicht. Sie konnte sich das Raumschiff nur vorstellen. Und an Bord, malte Luoying sich aus, drehte Garcia mit vom Alter schwerfälligen Schritten seine Runden durch die verwaisten Korridore, bis er ganz vorn am Bug stehen blieb und durch das Fenster auf Mars

City blickte, die Stadt, die er so sehr liebte und zu der er doch nie mehr heimkehren würde.

Sie sehnte sich nach den unbeschwerten Tagen auf der Maerde. Damals hatte sie so wie jetzt im Zentrum des Sternenhimmels gesessen, und Nacht für Nacht war die Zeit stillgestanden. Gemeinsam mit ihren Freunden war sie an Bord umhergelaufen, hatte sich an die runden Fenster gesetzt, Wein getrunken und lauthals Witze gerissen über das schäbige alte Schiff. Zusammen waren sie in die Antigravitationskammer gesprungen, hatten sich hin und her gedreht und mit jedem Muskel das Gefühl unbeschwerter Leichtigkeit genossen, während die kleinen Spielbälle an ihnen vorüberschwebten. Mit Armen und Beinen rudernd, trieben sie umher, wischten sich lachend den Schweiß von der Stirn und umarmten einander, tranken Unmengen von Alkohol und schliefen kaum. Damals hatte Luoying sich noch nach ihrem Zuhause gesehnt und geglaubt, dass sie sich daheim wieder gelassen und ruhig fühlen würde. Aber jetzt wurde ihr klar, dass sie an Bord des alten Schiffes ihren Frieden gefunden hatte. Dort und nur dort war das Leben einfach gewesen, und es hatte keine Angst gegeben, keine Konflikte zwischen den Menschen und zwischen den Welten.

«Doktor Renny, kennen Sie meinen Großvater gut?»

«Es geht so.»

«Können Sie mir eine Frage beantworten? Ganz ehrlich?»

«Welche Frage?»

«Ist mein Großvater ein Diktator?»

«Wieso fragst du mich das? Hat das jemand von der Erde behauptet?»

«Ja.» Luoying nickte. Das hatte sie noch nie jemandem erzählt, nicht einmal Lark. «Das erste Mal war auf einer großen internationalen Konferenz, irgendeinem Symposium zur Zukunft der Menschheit. Meine Freunde und ich waren als Vertreter des Mars eingeladen. Wir saßen als Ehrengäste in einem feierlich erleuchteten Saal voller vornehm gekleideter Leute. Es war ein historischer Ort: Angeblich hatten in diesem Saal vor einigen Jahrhunderten irgendwelche Revolutionäre ihre Forderungen verkündet. Wir saßen höflich und steif auf unseren Stühlen und waren sehr darauf bedacht, dass wir als Vertreter des Mars einen guten Eindruck machten. Es gab viele Reden, etliche berühmte Wissenschaftler haben Vorträge gehalten. Weil wir kaum etwas verstanden, fanden wir das Ganze schrecklich ermüdend und langweilig. Wir wollten uns gerade unter einem Vorwand verabschieden, da kam ein Professor auf den Mars zu sprechen.

‹Meine Herren›, fing er an, ‹trotz der eindrücklichen Warnungen von Orwell in seinem Roman *1984*, von Huxley in *Schöne neue Welt* und von Kafka in einer ganzen Reihe von Meisterwerken ist die Menschheit dabei, die düsteren Prophezeiungen dieser Schriftsteller zu erfüllen. Wir sind blind, genau wie die Menschen in dem zweihundert Jahre alten Film *Matrix*. Dabei erleben wir gerade den Anbruch eines neuen Maschinenzeitalters. Wenn ich von der Herrschaft eines anonymen Apparats über den Menschen spreche, dann ist das kein leeres Gerede. Eine mächtige Maschinerie, für die wir Menschen nicht mehr sind als ein Ersatzteillager, bedroht uns. Sie beherrscht uns schon jetzt mit immer deutlicherer Gewalt – nur kommt sie gewöhnlich in einem wundervollen Kleid daher, sodass wir ihr wahres Gesicht nicht erkennen. Aber egal, ob sie furchteinflößend oder liebenswürdig auftritt, wenn diese Maschinerie die Weltherrschaft übernimmt, dann bedeutet das die Versklavung, ja, die Vernichtung des Menschen. Der Mars ist unser bestes Beispiel. Meine Herren, bitte stellen Sie sich einmal vor, es gäbe dort nur einen heimtückischen Diktator, dem keine solche Maschinerie zur Seite stünde. Wäre ein solch irrwitziger, anhaltender Verrat wie der des Mars dann überhaupt denkbar? Wäre es dann noch vorstellbar, dass intelligente Menschen kollektiv wortbrüchig werden und sich in ihren eigenen Untergang stürzen?›»

«Hat er gewusst, wer du bist?», fragte Renny leise dazwischen.

«Ich glaube schon. Er hat mich kurz angesehen und dabei gelächelt. Aber dann hat er sofort mit seiner salbungsvollen Rede weitergemacht: ‹Deshalb, meine Herren, bitte ich Sie, eines niemals zu vergessen: Wir müssen stets auf der Hut sein, damit wir nicht das geringste Anzeichen einer entstehenden Tyrannei übersehen. Nur mit einer solchen Wachsamkeit hat die Menschheit noch eine Zukunft. Die marsianische Tragödie darf sich bei uns auf der Erde nicht wiederholen.›

Mir war bei dieser Rede richtig kalt geworden, meine Lippen waren bestimmt schon blau. Shania hat meine Hand genommen, und ihre Finger waren genauso kalt. Ich hatte furchtbare Angst und konnte mich kaum noch aufrecht auf meinem Sitz halten. Wahrscheinlich war das der längste Abend meines Lebens.» Luoying brach ab. Sie hatte alles erzählt, was sie ihm sagen wollte.

Renny sagte mit sanfter Stimme: «Du solltest dir diese Rede nicht so zu Herzen nehmen. Wenn ein Professor es nötig hat, bei einer solchen Gelegenheit ein junges Mädchen zu provozieren, dann ist er ganz bestimmt kein Gentleman.»

«Inzwischen macht mir das nichts mehr aus.» Luoying drehte sich zu ihm. «Ich habe diese Vorwürfe oft auf der Erde gehört, ich habe mich daran gewöhnt. Ich glaube, dem Professor ging es auch gar nicht darum, mich persönlich anzugreifen. Er hat es nur genossen, dass er uns Jugendlichen vom Mars endlich die Wahrheit sagen kann. Im Grunde ist es mir sowieso egal, ob er mich provozieren wollte oder nicht. Mir kommt es nur auf das an, was er über den Mars gesagt hat. Ich möchte wissen, ob er recht hat.» Sie blickte ihm in die Augen. «Doktor Renny, hat mein Großvater meine Eltern verurteilt?»

«Ja.»

«Und war die Anklage Landesverrat?»

«Auf die Anklage kommt es jetzt nicht mehr an», erwiderte Renny und schenkte ihr einen warmherzigen Blick durch seine Brille. «Entscheidend ist, warum dein Großvater dich zur Erde geschickt hat. Was solltest du dort verstehen lernen?»

«Verstehen lernen?», fragte Luoying überrascht.

«Im Grunde hat dein Großvater die Forderungen deiner Eltern verstanden und sogar gutgeheißen. Aber als Generalgouverneur konnte er das nicht öffentlich sagen.»

«Aber … was denn sagen?»

«Was sich deine Eltern erhofft hatten: wirtschaftliche und künstlerische Freiheit und berufliche Mobilität. Wenn er solche Ziele unterstützt hätte, dann wären der Datenserver und die gesamte Wirtschaft bedroht gewesen. Dein Großvater musste die ökonomischen Zusammenhänge auf dem Mars berücksichtigen. Er wusste natürlich auch, dass Kreativität oft davon abhängt, ob ein Mensch selbst über sein Leben bestimmen kann. Aber als Gouverneur musste er seine Meinung für sich behalten. Das verstehst du doch, ja?»

«Hm … Welches System findet er denn dann in Wirklichkeit besser?»

«Um besser oder schlechter geht es hier nicht, sondern um die Frage der Wahlfreiheit. Wir haben den Krieg gegen die Erde gewonnen, weil es uns gelungen ist, auf eine höchst effektive Weise unser gesamtes Wissen in einem virtuellen Raum zu bündeln. Dieser virtuelle Raum ist älter als unsere Nation. Unsere ganze Nachkriegspolitik und auch die Nachkriegskunst basiert auf ihm. Aber das war keine Wahl, sondern eine Folge des historischen Wegs, den der Mars eingeschlagen hatte. Dein Großvater ist sich immer bewusst gewesen, dass man den Lauf der Geschichte nicht wählen kann. Damals auf dem Bildungssymposium stand dein Großvater auf der Seite von denen, die marsianische Schüler auf die Erde schicken wollten, und er hat dann auch mit Ja gestimmt. Du kannst dir sicher denken, warum. Seine Stimme war von größter Bedeutung – nicht nur weil er der Generalgouverneur ist, sondern auch weil die Situation äußerst verfahren war. Die Befürworter und Gegner des Schüleraustauschs hielten sich die Waage, es konnte keine Entscheidung getroffen werden. Die Stimme deines Großvaters gab am Ende den Ausschlag. Auch der Name eurer Gruppe – Merkur – stammt von ihm. Dir ist sicher klar, wofür dieser Name steht: Merkur ist der Botschafter der Götter, ein Gott, der Brücken schlägt.»

«Mein Großvater ... hat mich zur Erde geschickt, damit ich die Überzeugung meiner Eltern verstehe?»

Wieder wich Renny einer Antwort aus. Er seufzte nur leise und sagte: «Er hat oft gesagt, wie sehr du deiner Mutter ähnelst.»

Luoying dachte zurück an den Abend nach ihrer Heimkehr, und eine jähe Traurigkeit überkam sie.

«Doktor Renny», sagte sie leise, «was ist mein Großvater eigentlich für ein Mensch?»

Renny hielt einen Moment inne, ehe er bedächtig erwiderte: «Dein Großvater ist ein alter Mann, der eine schwere seelische Last zu tragen hat.»

Auf einmal konnte Luoying die Tränen nicht mehr zurückhalten. Die Zweifel, die sie so lange mit sich herumgetragen hatte, lösten sich mit den Tränen – Tränen von eintausendachthundert Tagen der Trennung und der inneren Anspannung.

«Verstehen Sie viel von der Vergangenheit?», fragte sie schluchzend.

«Nicht besonders», erwiderte er. «Aber von ein paar Dingen macht sich doch jeder ein Bild.»

«Können Sie mir mehr darüber erzählen?»

«Ein andermal, wenn du wirklich willst. Heute ist es schon zu spät.» Renny stand auf und klopfte ihr nachdrücklich auf die Schultern.

Luoying lehnte den Kopf an seinen Arm, während ihr die Tränen in der friedlichen, tiefen Nacht still übers Gesicht flossen. So hemmungslos hatte sie schon lange nicht mehr geweint. Mit ihren Tränen nahm sie Abschied vom Tanzen und von den vielen verwirrten Gedanken, und sie ließ endlich die Trauer über den Tod ihrer Eltern zu. Dabei blickte sie über die Terrasse, die sich wie ein Meer vor ihnen erstreckte – auf den Himmel, auf den Mars und auf ferne, tote Sterne.

Renny blieb hinter Luoying stehen, hielt ihre Schulter umfasst und ließ ihren Kopf an seiner Seite ruhen. Behutsam tätschelte er ihr den Rücken. Als sie sich endlich beruhigt hatte, strich er ihr über den Arm und sagte: «Komm, geh jetzt schlafen. Morgen ist alles wieder gut.»

Sie verließen die Dachterrasse, und Renny schob Luoying zurück zu ihrem Zimmer. In der Stille dehnten sich die einsamen dunklen Gänge des Krankenhauses in die Länge. Das Licht der Wandlampen war so matt, dass es die unwirkliche Atmosphäre nur noch vertiefte. Langsam glitt der Rollstuhl voran, vorbei an Laboratorien, Geräteräumen und Operationssälen, in denen tagsüber hektischer Betrieb herrschte, vorbei an Winkeln und Treppen und an Zimmern, in denen Patienten in tiefem Schlaf lagen.

Als sie kurz vor ihrem Ziel um die letzte Ecke bogen, tauchten auf einmal zwei große dunkle Gestalten vor ihnen auf.

Luoying schrie auf, und auch die beiden Unbekannten

schreckten hoch. Renny schaltete rasch die Deckenbeleuchtung ein. Ein wenig geblendet vom mattweißen Licht, erkannte Luoying ihre Freunde Ankka und Miller.

«Was macht ihr denn hier?»

«Wir wollten dich besuchen, und als wir gesehen haben, dass dein Zimmer leer ist, dachten wir, vielleicht wirst du noch operiert. Also haben wir auf dich gewartet», erklärte Miller grinsend.

«Nicht sehr lange», sagte Ankka.

Luoying wurde warm ums Herz. «Warum habt ihr denn nicht das Licht angemacht?»

Millers Grinsen wurde noch breiter. «Wir haben uns Geschichten aus unserer Kindheit erzählt. Im Dunkeln war das viel gemütlicher.»

Während Luoying sich von Renny verabschiedete, schwieg Ankka, aber seine blauen Augen blitzten fröhlich.

«Das hier ist noch warm, das solltest du schnell essen.» Vom Boden hinter sich hob er eine Schachtel auf und reichte sie Luoying.

«Was ist denn das?»

«Pudding von Lao Moli», sagte Ankka so beiläufig, als hätte er den Pudding irgendwo von der Straße aufgelesen. «Den habe ich noch vor der Aufführung nicht weit von meinem Zuhause gekauft.»

«Du ahnst ja nicht, wie schwer es war, den so spät noch warm gemacht zu bekommen», warf Miller ein. «Wir haben alle möglichen Läden abgeklappert, aber man hat uns überall die Tür vor der Nase zugeschlagen. Zweimal sind wir gerade mal so viel zu spät gekommen.» Voller Nachdruck zeigte er mit den Händen eine Entfernung von einem Meter an. Mit seiner dunkelbraunen Haut und seinem runden Gesicht sah er aus wie ein kleiner Bär.

Gerührt lächelte Luoying ihn an. Dann fing sie Ankkas Blick auf. Seine Augen waren so klar wie eh und je, und wie immer sagte er nicht viel, aber das störte sie nicht. Er hatte sich gemerkt, dass sie den Pudding von Lao Moli mochte. Das allein zählte.

Sie nahm einen kleinen Teller aus der Schachtel und häufte sich von dem noch warmen Pudding auf die Gabel. Frisch und süß zerging er ihr förmlich auf der Zunge. Lächelnd drängte sie ihre Freunde, auch davon zu kosten. Beide wehrten ab – Pudding sei nur etwas für Mädchen –, aber Luoying bestand darauf. «Heute müsst ihr tun, was ich sage.» Schließlich gaben die Jungs nach und probierten beide auch einen kleinen Bissen. Die lächelnden, vom Deckenlicht erhellten Gesichter, die die Zeit vergessen hatten, die Stimmen, die bis weit in die Nacht durch die langen, stillen Gänge hallten – in alldem lag ein Hauch von Geborgenheit.

DAS EINZELZIMMER

Igor stand vor der durchsichtigen Wand seines Hotelzimmers und blickte hoch zum schwarzen Nachthimmel. Von den drei Monden konnte man immerhin zwei sehen, sodass die Sterne schwächer als sonst leuchteten. Ein Wind war aufgekommen. Man hörte ihn nicht, aber Igor sah die Sandkörner, die hart gegen die Außenwand prallten, als wollten sie einen Sturm ankündigen.

Es war schon tief in der Nacht, aber er spürte keine Müdigkeit. Er war erschöpft, aber er konnte nicht einschlafen. Seit seiner Rückkehr aus dem Krankenhaus war er im Zimmer auf und ab gegangen, hatte sich immer wieder hingesetzt, nur um bald wieder aufzustehen, hatte Selbstgespräche geführt und mit dem Himmel gesprochen, während sein Blick sich in der Nacht verlor. Noch nie hatte er so grundlegend an sich selbst gezweifelt. Die paar Jahre, die er als Filmemacher auf der Erde gearbeitet hatte, waren weitgehend glatt verlaufen. Er hatte geglaubt, er hätte seinen Weg gefunden und müsste sich jetzt nur noch mit aller Leidenschaft weiter vorwärtskämpfen. Aber die Reise auf den Mars hatte alles verändert.

Schon seit langem stand er auf Kriegsfuß mit der Welt von Kommerz und Profit. Igor sah sich in einer altehrwürdigen Tradition, die Widerstand leistet gegen den Mainstream mit seinen ewig gleichen, abgeschmackten Inhalten, Formen und Themen. Den Blockbustern hatte er seine eigenen Filme für einen kleinen Markt entgegensetzen wollen. Mainstream-Filmemacher betrachtete er als bloße Arbeiter und nicht als Künstler. Sie waren nur für einen kleinen Bereich verantwortlich und hatten kaum Einfluss auf das Endprodukt. Dabei folgten sie den immer gleichen Klischees und störten sich nicht einmal daran. Igor hatte die großen, kommerziellen Filmproduktionen stets gemieden. Er machte sich lustig über Filme, die sich um des Profits willen beim Publikum anbiederten – in seinen Augen waren sie genauso kindisch wie Kekse aus dem Supermarkt, die wie irgendwelche Tiere geformt waren. Und er verachtete die Zuschauer, die blindlings jedem Trend hinterherliefen – er fand sie genauso erbärmlich wie die aufgeplusterten, nur auf ihren Status bedachten Adligen des achtzehnten Jahrhunderts. Er drehte seine Filme aus einem Geist des Widerstands heraus. Instinktiv, aber unter präzisem Einsatz seiner filmischen Mittel brach er mit cineastischen Konventionen und sympathisierte mit allem Abseitigen. Er fühlte sich als Streiter für die gerechte Sache, weil er die Profitgier und das seichte Pathos der Massenfilme attackierte. Für eine leidende Minderheit von Filmliebhabern verspottete er die geistlose Mehrheit der Kinogänger.

Auf diesen Überzeugungen hatte er bisher sein Leben aufgebaut, aber die karge rote Erde unter seinen Füßen hatte sein Selbstbild erschüttert. Jetzt erst, kurz vor seiner Heimreise, wurde ihm klar, wie tiefgreifend seine Selbstzweifel waren.

Zum ersten Mal wurde ihm in aller Deutlichkeit bewusst, dass er sich mit seinen Außenseiterfilmen nie wirklich dem Konsum widersetzt, sondern ihn auf gewisse Weise nur noch verstärkt hatte. Statt die Logik des Kaufens und Verkaufens zu durchbrechen, hatte er nur noch mehr käufliche Produkte geschaffen. Er hatte sich zum einsamen Wolf stilisiert und dabei nicht bemerkt, dass der Wolf auch nur eine Illusion war. Echt war nur das Symbol selbst, und das hatte er nur kopiert, um den Konsum anzukurbeln. Die Worte, mit denen er Tynne verspottet hatte, fielen nun auf ihn selbst zurück. Auch er war ein Motor des Warenfetischismus, indem er eine filmische Sprache kreiert hatte, die sich im Wesentlichen nicht von Tynnes cleveren Verkaufsstrategien unterschied. Vom Grundmodell des Kapitalismus hatte er sich nie verabschiedet, er hatte nur eine Nische für sein elitäres Produkt gefunden. Den Konsum und seine symbolische Gefolgschaft hatte das nur noch angeheizt. Seine treuen Fans hatten seine Filme gekauft, als wären es persönliche, intime Andenken.

Mit seinen Filmen über die Armut hatte er die Reichen noch reicher gemacht. Und mit dem Geld der Reichen hatte er die einsamen Fassaden ihrer Wolkenkratzer so gefilmt, dass das Geld dorthin zurückfloss. Es war ein immerwährender Kreislauf. Die Menschen, die er filmte, bekamen seine Aufnahmen nicht zu sehen. Trotzdem hätte er seine Filme nie frei zugänglich gemacht – sosehr ihm dieses System auf dem Mars auch gefiel, auf der Erde wäre es ihm unsinnig vorgekommen.

Er betrachtete sich selbst in der Glaswand: eine einsame, schmale Gestalt. Er überlegte, ob und wie seine filmische Sprache das Licht der Welt spiegelte, und das Ergebnis war niederschmetternd. Aus einem formalen Ästhetizismus heraus hatte er sich gegen das kommerzielle Mainstreamkino gestellt, aber das Licht der Welt war ihm dabei nie in den Sinn gekommen. Er hatte sich in seiner eigenen Sprache eingekapselt und nie versucht, eine Brücke zu anderen Sprachen zu schlagen. Stattdessen hatte er sich in seiner Außenseiterrolle gefallen und sich nie auch nur gefragt, ob sich hinter all den kreativen Ausdrucksformen nicht vielleicht eine tiefere Dimension verbarg. Seine Fans und er hatten sich gegenseitig in ihrer arroganten Haltung bestärkt, die sie aus ihrer Verachtung der Mainstreamfilme zogen. Er selbst hatte immer nur Augen gehabt für die Bilder im Spiegel, nie für das Licht der Welt. Aber wie autonom waren seine Spiegelbilder, wenn sie nur die Antithese zu anderen, kommerziellen Bildern verkörperten? Diese Frage war ihm nie gekommen. Künstlerische Sprachen, hatte er geglaubt, waren taub füreinander, und er hatte nie eine Notwendigkeit für einen Dialog gesehen.

Die Hände auf das Glas gestützt, blickte Igor hinaus. Es war schon weit nach Mitternacht, bald würde der Morgen heraufdämmern. Ab und zu wehte ein Windstoß kleine Steinchen gegen die Scheibe. Die Dunkelheit umhüllte Igor wie ein Meer, das in verborgenen Tiefen wogte. Am Horizont zeichnete die schwarze Kette der Berge die urtümlichen, schwermütigen Konturen des Mars.

Das Verhältnis von Dialog und Geschäft, dachte Igor, war auf der Erde auf den Kopf gestellt. Ursprünglich hatte das Geschäft dem Dialog gedient, aber inzwischen war es umgekehrt: Wenn das Geschäft abgehakt war, geriet der Dialog in Vergessenheit. Dass die Sprachen sich voneinander isolierten, war das Resultat eines ökonomischen Systems, dem es nur um den Profit ging. Es erzeugte Konkurrenz- und Statusdenken mit all den Kaufwünschen, die das zur Folge hatte. Der Dialog kam zu kurz, aber das Geschäft blühte.

Nur wem die Welt am Herzen lag, dem lag auch etwas am Dialog zwischen den Menschen. Igor fielen Luoyings Worte ein über das, was die Menschen miteinander verband. Dieses zarte, verunsicherte Mädchen hatte trotz aller Hindernisse das Wirrwarr der Sprachen hinter sich gelassen und sich hoch erhobenen Hauptes und unerschütterlich wie eine Prinzessin den Widersprüchen ihrer Welt gestellt. Er hatte sie zum Weinen gebracht, und trotzdem hatte sie ihn vor der Spionageanklage gerettet.

Er betrachtete den nächtlichen Himmel. Die Sterne glänzten und leuchteten wie Götter. Auf der Erde hatte er nie einen so prächtigen Nachthimmel gesehen. Die dichte Atmosphäre dort erschwerte die Sicht, und die Neonlichter leuchteten viel zu hell. Eigentlich kannte Igor den Sternenhimmel kaum. Was er sich vorgestellt hatte, war ein Produkt seiner Phantasie gewesen.

Ringsum stiegen die Dachkuppeln empor wie die Schwingen von riesigen Vögeln – Schattenrisse, die sich schwarz gegen den Himmel abhoben. In der Ferne schimmerten dunkelblau die Wagenröhren wie ein feines Geflecht von Linien, das ein Maler rasch auf eine Leinwand geworfen hat. Anscheinend war der Sandsturm stärker geworden – Igor kam es so vor, als würden die Röhren leise zittern.

Er schaltete den Wandmonitor ein und rief die aktuellen Nachrichten von der Erde auf. Die tonlosen Bilder zeigten gewaltige Menschenmassen, die Transparente schwenkten und Parolen skandierten. Vor einem Monat war eine Wirtschaftskrise auf der Erde ausgebrochen, die die Leute auf die Straßen trieb. Igor hatte schon vor einer Weile davon gehört, aber jetzt verstand er, dass die Krise im Kern sprachlicher Natur war. Innerhalb von wenigen Tagen waren die Aktienkurse im Technologie- und Kreativsektor eingebrochen, und das allein aus dem Grund, weil die sprachlichen Stellvertreter für die Dinge zu komplex geworden waren: Ein Gedanke konnte auf vielerlei Weise verpackt und verkauft werden, er konnte ins Riesenhafte aufgebläht werden, bis er innen ganz hohl war. Die Menschen kauften die Ideen nicht mehr um ihrer selbst willen, sondern um sie weiterzuverkaufen. Auf diese Weise waren die Ideen im Preis gestiegen, aber im Wert gesunken – im inneren, persönlichen Wert, den sie für den Einzelnen besaßen. All diese Geschäfte waren auf Sand gebaut, sie hatten lauter Verpackungen produziert, schön wie golden glitzernde Luftballons, die beim ersten kleinen Piekser mit einer Nadel, beim ersten offenen Wort zerplatzt waren. Die Welt war erschüttert, aufgewühlt strömten die Menschen auf die Straßen, demonstrierten und schrien ihren Protest hinaus.

Igor hatte eine Entscheidung getroffen: Er würde die neuartige Speichertechnologie auf die Erde bringen und seine Filme auf einem Datenserver öffentlich machen. So konnte er zumindest für sich selbst die Vision seines Lehrers realisieren. Er wollte einen offenen Gesprächsraum schaffen, in dem jeder für seine Gedanken einstand und niemand seine Worte zu Geld machen wollte. Was für ein großartiges Ideal der Turm doch verkörperte! Wenn die Menschen sich erst einmal einer gemeinsamen Sprache annäherten, würde der Turm fast bis ins Paradies hinaufreichen. Igor hatte noch nie eine Entscheidung von dieser Tragweite getroffen. Er war sich nicht sicher, ob das die Lösung war, die er gesucht hatte, aber eines wusste er: Sein Lehrer hatte einen stillen Mut besessen, der ihm selbst fehlte – den Mut, den es brauchte, um den steinigen Weg vom Träumer zum Handelnden zu gehen.

Er trat zu seinem Bett und ließ sich auf die Matratze fallen, Arme und Beine von sich gestreckt. Als er auf das Bild in dem flammenartigen Rahmen an der Wand tippte, verschwand die Landschaft, und Vera, das virtuelle Servicemädchen, erschien. Sie trug das gemusterte Kleid, in dem er sie am ersten Tag gesehen hatte, und ihre Augen waren genauso strahlend, ihr Lächeln genauso süß und unschuldig. Er nannte ihr seinen Account und seine Geheimzahl und wartete darauf, dass sie ihm mit einem Nicken Zugang verschaffte, aber sie schüttelte nur irritiert den Kopf. Ihm wurde klar, dass sein Account gelöscht worden war. Er war unliebsam aufgefallen, jetzt würde er nie mehr Zugang zum System erhalten. Er würde den Turm Babel und die Seiten der Studios nie mehr wiedersehen.

Auf dem Rücken liegend, schaute er hinauf zu Vera, die kopfüber an der Wand zu stehen schien. Ihr ewig süßes Lächeln wollte einfach nicht zu der nächtlichen Schwermut auf diesem Planeten passen. Er gab den Versuch auf, mit ihr zu sprechen, starrte schweigend auf den Bildschirm und stellte sich die Räume vor, die hinter dem virtuellen Tor verborgen lagen. Die unzähligen virtuellen Räume waren nach neun Systemen geordnet: Sonnen-, Luft- und Wasser-, Bio-, Boden- und Himmels-, Überwachungs-, Kultur- und Flugsystem. Neun schlichte, bodenständige Bezeichnungen, neun mächtige Äste eines Baumes, die in einer virtuellen Welt ineinander verschlungen waren. Diese Welt glich einer Bibliothek, deren Besuchern jede Sprache offenstand. Wie hatte irgendjemand einmal gesagt? «Ich habe mir das Paradies immer als eine Art Bibliothek vorgestellt.»

Igor drehte an der kleinen Kugel am Rahmen des Spiegels. Die farblosen Glaswände nahmen ein helles Grün an, dann ein helles Gelb, ein helles Rot, ein helles Violett, bis sie schließlich, mit einer weiteren Drehung, wieder durchsichtig wurden. Er blickte hoch zu dem dichten Gesprenkel der Milchstraße. In einem göttlichen Glanz leuchteten die Sterne über ihm.

Igor hatte sich den letzten Film seines Lehrers angesehen. Laut des Kommentars handelte es sich um die Verfilmung eines alten fernöstlichen Gleichnisses: Ein Mann kommt in eine fremde Stadt und bewundert die Einheimischen so sehr für ihren Gang, dass er versucht, so zu gehen wie sie. Doch sosehr es sich auch bemüht, er kann den Gang nicht imitieren. Doch als er sich schließlich auf den Nachhauseweg machen will, merkt er, dass er schon vergessen hat, wie er selbst gegangen ist. «Kein anderes Gleichnis ist so traurig», hatte sein Lehrer bemerkt. «Es ist so traurig, weil es so wahr ist.»

Igor lag still auf dem Bett. Draußen hatte sich der Wind

gelegt. Ihm fiel ein, dass es auf dem Mars gar keinen Regen gab, und schon gar keine Unwetter. Er musste sich den Sturm nur eingebildet haben. Niemand sonst hier wäre auf so einen Gedanken gekommen.

Das Gesicht zur Decke gewandt, blieb er ruhig liegen. Vom Horizont drang schon der erste Sonnenstrahl herein. Bald würde der Morgen heraufdämmern. Im nächsten Moment war er eingeschlafen.

EIN ENDE UND ZUGLEICH EIN NEUER ANFANG

Igor sah Luoying zum letzten Mal einen Tag vor seiner Abreise. Drei Tage waren seit der Tanzaufführung vergangen, und Luoying war noch immer im Krankenhaus, wo sie von Doktor Renny betreut wurde. Die Delegation von der Erde hatte sich zur Rückreise gerüstet. Die Ausstellung war bereits abgebaut, die Exponate fertig verpackt. Igor hatte nicht viel Zeit, trotzdem machte er sich am Vormittag frei, um Luoying zu besuchen.

Zum Abschied der irdischen Gäste zeigte sich Mars City an diesem Tag von seiner besten Seite. Auf den Straßen hingen kleine Luftballons in der Form der beiden Planeten, und das Ausstellungszentrum war mit Seidenbändern in gedämpften Farben geschmückt. Der große Saal war für die letzten offiziellen Reden und das abschließende Abendbankett prächtig hergerichtet. Die Marsianer hatten keine Mühe gescheut, um der Bedeutung des Anlasses gerecht zu werden. Die Monitore auf den Straßen zeigten die freundlich lächelnden Gesichter des irdischen Chefdelegierten und des Generalgouverneurs. Kaum jemand ahnte, wie bedrohlich die Situation hinter der heilen Fassade noch vor kurzem gewesen war.

Luoyings Krankenzimmer lag weitab von den Feierlichkeiten. Von den Aktivitäten überall bekam sie nichts mit. Ihr Tag war so ruhig und sonnig wie immer. Die Lilien neben ihrem Bett leuchteten goldumrandet, eine leise Musik erfüllte das Zimmer, die Atmosphäre war heiter, und die Zeit schien stillzustehen.

Igor setzte sich auf Luoyings Bettkante. Beide machten nicht viele Worte. Als er sich nachdrücklich bei ihr bedankte, erwiderte sie: «Nicht nötig, das war doch nichts. Sie haben mich zweimal aufgefangen, als ich gestürzt bin. Dafür bin ich Ihnen unendlich dankbar.»

Dann entschuldigte er sich dafür, wie unfreundlich er sich ihr gegenüber verhalten hatte, aber sie lächelte nur und sagte: «Das macht nichts.»

«Ich habe noch eine Kleinigkeit für dich», sagte er.

Neugierig blickte sie ihn an und fragte: «Was denn?»

Er nahm einen Chip aus der Tasche und steckte ihn in die 3-D-Brille, die er bei sich trug.

Als Luoying sich die Brille aufsetzte, trat sie in einen Raum ein, der ihr gleichzeitig vertraut und fremd erschien. Sie war zurückgegangen in der Zeit, zurück ins Grand Theatre, als sie geprobt hatte. Sie sah die Zuschauer und sich selbst auf der Bühne. In all den Jahren hatte sie sich nie tanzen sehen. Die Musik, die Schritte, sogar die warme Luft – alles kannte sie ganz genau. Versunken in ihre Bewegungen, füllte die Tänzerin die Mitte der Bühne, die Mitte des Bildes aus. Ihr reales Ich war im virtuellen Raum eine Beobachterin geworden, die sich langsam, Schritt für Schritt, ihrem tanzenden Ich näherte. Zu gerne hätte sie die Tänzerin berührt, aber sie hielt sich zurück. Niemand konnte sie sehen. Sie war Teil einer realen Aufführung geworden. Doch obwohl all die Menschen ringsum ihr tanzendes Ich genauso sehen konnten, spürte sie, dass sie selbst, die Beobachterin, das wahre Zentrum der Bühne bildete. Sie sah die Tänzerin, aber die Tänzerin sah sie nicht. Ihr Tanz schien nur für ihre Augen bestimmt zu sein. Unsichtbar stand sie mit den anderen Zuschauern am Rand der Bühne und genoss das Schauspiel, bis es zu Ende war und das Publikum sich zerstreute. In diesem Moment war Luoying wunschlos glücklich. Endlich war die Aufführung abgeschlossen.

Sie nahm die Brille wieder ab. Igor blieb ruhig sitzen und blickte sie an, während sie wie erstarrt war. Nur langsam gewöhnte sie sich wieder an das helle Sonnenlicht im Zimmer.

«Wie findest du es?»

«Danke. Vielen Dank.»

Er lachte. «Nichts zu danken. Hauptsache, es gefällt dir.»

«So habe ich mich noch nie gesehen.»

«Ich auch nicht», erwiderte er.

Igor fielen die Andeutungen wieder ein, die Tynne auf der Maerde über die «Prinzessin vom Mars» gemacht hatte. Eigentlich hatte Tynne sich gewünscht, Igor würde eine Liebesgeschichte mit Luoying anfangen, eine zarte Verliebtheit oder eine kurze, heftige Affäre. Die letzten Szenen im Krankenhaus hätten das Potenzial für einen Klassiker gehabt, der im Internet ein ergreifender Verkaufsschlager hätte werden können: Die Liebenden blicken einer Trennung für immer ins Auge, während sich der wandernde Himmel zwischen sie schiebt. Luoying, die Enkelin des Generalgouverneurs, hätte sich gut als weibliche Hauptfigur gemacht – mit ihrem hübschen, traurigen Gesicht und ihrem grazilen Körper, tanzend in einem halb durchsichtigen Kleid. Aber Igor hatte nichts getan, damit diese Idee von Tynne Wirklichkeit wurde. Er hatte für ein paar zweideutige Bilder gesorgt, und einmal hatte Luoying so getan, als wäre sie ihm zugetan. Aber diese Szene war meilenweit von dem entfernt gewesen, was Tynne im Sinn gehabt hatte. Im Nachhinein kam ihm dieser vage Plan nur noch zum Lachen vor. Er wollte Luoying nichts davon erzählen, sondern ihr nur die Aufnahmen geben von dem, was tatsächlich geschehen war.

Luoying dachte über den Sinn von Erinnerung nach. Früher hatten die Leute oft zu ihr gesagt: «Wenn du erst mal Aufnahmen von dir hast, kannst du immer wieder in deine Vergangenheit eintauchen und in ihr leben.» Sie hatte geglaubt, Erinnerungen seien dazu da, um ein Tor in die Vergangenheit zu öffnen. Aber heute, als sie ihr reales, dreidimensionales Ich in einem Film hatte tanzen sehen, war ihr mit einem Mal aufgegangen, dass der Sinn der Erinnerung im Gegenteil darin lag, mit der Vergangenheit abzuschließen. Ihre Erinnerungen hatten sich in ein solides Zuhause verwandelt, sodass sie der Zukunft beruhigt entgegensehen konnte. Sie brauchte keine Angst mehr vor dem Morgen zu haben, denn sie konnte das Gestern nicht mehr verlieren. Ihr altes Ich hatte wieder ein reales Leben bekommen, und so konnte sie gelassen zu neuen Ufern aufbrechen.

Igor und Luoying wechselten wortlose Blicke miteinander, und schließlich brach Igor das Schweigen. «Keine Sorge, alle Aufnahmen von dir sind hier auf dem Chip. Ich nehme nichts mit.»

Luoying verstand nicht, weshalb sie sich sonst hätte sorgen sollen, aber sie spürte, wie aufrichtig er es meinte, und nickte.

Sie tauschten noch ein paar oberflächliche, betont freundliche Ansichten über die Messe aus. Luoyings Gesicht war bleich, die Wimpern lang und schwarz, Igors Gesicht hager, und die Locken fielen ihm so weit in die Stirn, dass seine dunklen Augen noch tiefer in den Höhlen zu ruhen schienen.

«Morgen früh fliegen Sie?», fragte Luoying.

Igor nickte. «Gleich mit der ersten Raumfähre. Heute Nachmittag muss ich bei der Pressekonferenz dabei sein, und am Abend nehme ich am Bankett teil. Deshalb habe ich vielleicht keine Gelegenheit mehr, noch einmal bei dir vorbeizukommen.»

«Dann gute Reise.»

«Können wir später noch Kontakt haben?»

«Ich weiß nicht», sagte Luoying. «Mein Großvater meint, sie führen Gespräche über das interplanetarische Nachrichtenwesen, aber ich habe keine Ahnung, ob dabei etwas herauskommt.»

«Ich habe am Anfang vieles falsch verstanden. Hoffentlich bekomme ich noch die Chance, mehr von euch zu erfahren.»

«Ja, hoffentlich», erwiderte Luoying. «Ich verstehe auch vieles nicht.»

Dann verabschiedeten sie sich ganz unaufgeregt voneinander. Keiner von beiden erwähnte, dass sie sich wahrscheinlich nie wiedersehen würden. Das vormittägliche Sonnenlicht war angenehm warm – wäre es doch immer so geblieben. Mit einem freundschaftlichen Abschiedsgruß erhob sich Igor. An der Tür drehte er sich noch einmal um und nickte Luoying zu. Sie sah ihm nach, wie er zielstrebig den Gang entlang zum Ausgang ging – ein kleines Segelboot, das aufs grenzenlose Meer hinausfährt.

Früh am nächsten Tag verfolgte Luoying von der Dachterrasse aus den Aufbruch der Delegation von der Erde. Rudy leistete ihr Gesellschaft, sie saßen zusammen in der Morgensonne.

Das Licht über der weiten roten Marsoberfläche warf scharfe Schatten. Der Boden war präzise in dunkelbraune und goldgelbe Flächen zerschnitten. Die schnurgeraden Linien glitten über die urtümliche Gesteinslandschaft, als würde ein seidener Vorhang über einer Skulptur gelüftet. Scharfzackig zeichneten sich in der Ferne die zerklüfteten Felswände ab.

In der morgendlichen Stille saßen die beiden schweigsam und doch unbeschwert wie selten beieinander.

Da fiel Luoying etwas Wichtiges ein. «Welcher Beschluss

wurde denn nun am Ende gefasst? Darüber weiß ich ja noch gar nichts.»

Rudy schmunzelte. «Einer, von dem wir sehr profitieren.»

«Und was heißt das?»

«Die Erddelegation hat uns zwei Experten für Wasserwirtschaft hiergelassen, die uns die nötigen Schalttechniken beibringen. Und ...», er legte eine Kunstpause ein, «wir zahlen dafür nicht einmal einen hohen Preis.»

«Sie haben nicht auf dem Kernfusionsantrieb bestanden?»

«Nein. Diese Forderung haben sie fallenlassen.»

«Wieso denn das?»

Rudy grinste verschmitzt. «Weil unsere Fusionstechnik hochentwickelte Verfahren zur Atommüllentsorgung und Meerwasseraufbereitung erfordert. Auf der Erde sind die Europäer in der Kernkraft am weitesten, aber die Amerikaner beherrschen die Meerwasseraufbereitung am besten. Und aus Angst, den eigenen Interessen zu schaden, ist keins der beiden Länder bereit, seine Technik zu teilen. China und Russland könnten es auch an die Spitze schaffen, wenn sie zusammenarbeiten würden, aber aus irgendeinem Grund misstrauen sie einander und attackieren sich gegenseitig. Und die kleinen Länder wollen erst recht nicht, dass die Großen in den Besitz der Fusionstechnik kommen und damit die Kleinen in ihrer Existenz bedrohen. Deshalb hat die gesamte Delegation am Ende einhellig auf diese Forderung verzichtet.»

«Und was wollten sie stattdessen?»

«Zwei Technologien: die mobilen Sitze aus dem Grand Theatre und unsere Röhrenwagen. Auf die Wagen haben sie schon lange ein Auge geworfen, bei den letzten beiden Treffen hatten sie das Thema auch schon angesprochen. Dabei denken sie vor allem an all die Wolkenkratzer in ihren Städten – wenn sie einen Röhrenverkehr zwischen den Gebäuden einrichten könnten, wäre das viel praktischer als Autos oder Flugzeuge. Das Geschäft mit den Theaterwänden habe ich privat mit einem Typ namens Tynne eingefädelt.»

«Tynne?» Mit einem Mal begriff Luoying, warum der Tycoon damals bei der Probe im Theater gewesen war. «Dann war sein Besuch ...»

Rudy zog die Brauen hoch und grinste. «Genau, das habe ich arrangiert. Eigentlich wäre mir ja ein Krieg lieber gewesen, aber weil Großvater andere Pläne hatte, musste ich mir etwas Neues überlegen. Ich hätte selbst nicht geglaubt, dass ich gleich so ins Schwarze treffe. Anscheinend hat dieser Tynne erstaunlich viel Einfluss auf der Erde. Ich habe ihn ursprünglich nur für einen Unternehmer aus der Freizeitindustrie gehalten, aber offenbar habe ich ihn unterschätzt. Gestern habe ich gehört, dass die aktuelle Wirtschaftskrise auf der Erde vor allem mit ihm zu tun hat. Ich habe keine Ahnung, was dahintersteckt. Das ist auch egal. Jedenfalls machen wir dabei einen hervorragenden Schnitt: Statt der Kernfusion tauschen wir nur eine eigentlich unwichtige Technologie. Ist doch großartig, oder?»

Bei dem Wort «Krieg» war Luoying hellhörig geworden. «Und was ist mit Juan?»

«Der wird fürs Erste sicher keinen Antrag auf Truppenmobilisierung mehr stellen. Aber du weißt ja, wie das mit diplomatischen Beziehungen so ist ...»

Er grinste in sich hinein, ohne den Gedanken zu Ende zu führen. Zum ersten Mal seit Tagen trug Rudy ein gewöhnliches Baumwollhemd und nicht wie sonst seine Dienstkleidung. Er saß auf einem Steinblock auf der Terrasse und redete unbesorgt und munter. Die Hände auf die Knie gelegt, wippte er mit einem Fuß, als wollte er den Takt zu einer lautlosen Musik schlagen. Luoying musterte seine lebhaften Züge. Die Sonne stand schon hoch über ihren Köpfen, und in ihrem blendenden

Licht glänzte sein blondes Haar golden. Während Luoying ihn ansah, fühlte sie bei aller Vertrautheit auch eine Fremdheit. Ihr Bruder war nicht mehr das Kind von früher – genauso wenig wie sie selbst. Sie fragte sich, ob das der größte Verlust war, den ihre Wanderjahre auf der Erde ihr beschert hatten. Ihr Bruder hatte in der Politik eine Heimat für sich gefunden – aber wo war ihr Zuhause?

Zur selben Zeit schnallte sich Igor im Passagierraum der Raumfähre den Sicherheitsgurt an. Er starrte aus dem Fenster auf die Ebene, die im Sonnenlicht rotgolden leuchtete. Bis an den fernen Horizont war sie übersät von Kratern und Geröll. Wie eine Brücke führte der schmale weiße Flugsteig zu einer Tragfläche der Raumfähre – die letzte Verbindung zwischen ihm und Mars City. Der Flugsteig bestand aus einem anmutig gewölbten metallischen Gerüst. Zwischen den ineinander verflochtenen Metallstreben glitzerte Glas in regelmäßigen Mustern. Der Flughafen wirkte wie ein wohlgeordnetes mechanisches Spielfeld. Die Flugsteige ragten in alle Richtungen, und davor ruhten exakt am ihnen zugewiesenen Ort die Raumfähren.

Langsam setzte sich Igors Raumfähre in Bewegung, löste sich sanft von ihrem Heimatplaneten und stieg empor.

Igor blickte zur Abflughalle. Hinter der Glasfassade konnte er Janet sehen. Sie war nicht mit dem offiziellen Abschiedskomitee gekommen, sondern allein. Schweigend stand sie in einer Ecke. Igor konnte ihren Gesichtsausdruck nicht erkennen, aber er konnte sich vorstellen, was in ihr vorging. Sie trug ein weites weißes Kleid – vielleicht dasselbe Kleid, mit dem sie sich in jungen Jahren von seinem Lehrer verabschiedet hatte. Vielleicht hatte Arthur genau wie er selbst jetzt am Fenster der Raumfähre gesessen und der weißen Gestalt hinter der Glasscheibe des Terminals zum Abschied zugewunken, in Gedanken schon beim nächsten Besuch. Wahrscheinlich war er genauso unschlüssig über seine Ziele auf der Erde gewesen. Und er selbst täuschte sich vielleicht genauso wie sein Lehrer, wenn er glaubte, er könnte noch einmal zum Mars zurückkehren. Igor verstand allmählich, was Arthur für den Mars empfunden hatte: Je deutlicher er hatte erkennen müssen, dass es ein Abschied für immer war, desto glühender waren seine Sehnsucht und die Hoffnung auf eine Rückkehr geworden.

Janet hatte Igor geholfen, das Gedächtnis seines Lehrers zu bestatten. Seitdem hatte er den Datenserver nicht mehr besucht, er hatte keinen Zugang mehr. Er wusste nicht, wie es seinem Lehrer nun gehen mochte und ob er seinen Frieden gefunden hatte wie Ronning, als Hüter des ewigen Turms der Weisheit. Vielleicht strahlte nun der virtuelle Arthur auch eine solche Lebendigkeit aus wie Ronning und unterhielt sich regelmäßig mit Janet. Er selbst jedenfalls würde das nicht mehr zu Gesicht bekommen, sosehr er es sich auch wünschte.

Neben Igor saß Tynne. Nur gelegentlich hob er den Blick, ansonsten bearbeitete er zügig einige Dateien auf seinem Laptop. Der Tycoon – das wusste Igor – war der große Gewinner dieser Reise. Die mobile Wandtechnik des Grand Theatre, die er bei den Verhandlungen für sich herausgeschlagen hatte, würde die Dreamtrips-Parks nachhaltig aufwerten. Er würde neuartige Erlebniskinos in zwanzig Großstädten aufbauen und damit Milliardengewinne einfahren. Jills Textildesign hatte Tynne auch in Erwägung gezogen, sich aber dann doch für die Wandtechnik entschieden.

«Warum hast du keinen Deal mit Luoying gemacht, sondern mit ihrem Bruder?», fragte Igor. Ihm war klar, dass er selbst nichts damit zu tun hatte.

Tynne lächelte. «Weil ich gesehen habe, was den Burschen

antreibt. Diese Wandtechnik fällt in seine Verantwortung, und ein erfolgreicher Verhandlungsabschluss sichert ihm auf Jahre hinaus die Projektkosten und ein festes Mitarbeiterteam. Der Junge ist äußerst ehrgeizig, er will schleunigst die Karriereleiter hochsteigen, und wenn man bei so einem Deal die Verantwortung trägt, ist das ein Riesenschritt nach oben. Jeder von uns kriegt, was er will, und wir sind beide zufrieden. Aber mit Luoying ... Da kann ich nur sagen: Ich verstehe das Mädchen nicht.»

Tynne hatte kein Verständnis für Menschen, die nicht auf persönliche Gewinnmaximierung aus waren. Aus der Wirtschaftswissenschaft kannte er alle möglichen Nutzenfunktionen, aber eine Funktion, die nicht das maximale Eigeninteresse verfolgte, kam darin nicht vor. Tynne durchschaute alle möglichen Dinge, aber Menschen wie Luoying oder Arthur – das gab er freimütig zu – waren ihm ein Rätsel. Es beschäftigte ihn auch nicht weiter, dafür gab es zu viele Menschen, die ihm unverständlich blieben. Er wollte auch gar nicht begreifen, was sie antrieb. Für Arthur hatte er alles getan, was in seiner Macht stand: Er hatte dafür gesorgt, dass er die besten Ärzte bekam, er hatte ihm die beste Versorgung verschafft und ihn besucht, wie es sich für den besten Freund gehörte – nur verstehen wollte er ihn nicht. Igor wusste, er konnte Tynne daraus keinen Vorwurf machen: Der Tycoon tat nur, was er für richtig hielt, er traf seine Entscheidungen immer so, dass sie exakt in seine Denkmuster passten, und dabei kalkulierte er jede Möglichkeit ein, um das Ergebnis zu optimieren. Einen anderen Sinn sah er nicht in der Welt, und nichts drängte ihn, nach einem anderen Sinn zu suchen.

Einem Satz von Tynne musste Igor allerdings zustimmen. Als das Ergebnis der Verhandlungen verkündet worden war, hatte der Tycoon kommentiert: «Nur aus kleinherzigem Egoismus erwächst Stabilität.» Er hatte recht. Sobald die eigenen, nationalen Interessen berührt wurden, hatte keines der Delegationsmitglieder auch nur einen Millimeter nachgegeben. Nur Tynne konnte ihnen allen einen gemeinsamen Vorteil verschaffen. Sie waren von ihm abhängig, denn an ihm lag es, ob die richtigen Bilder in den Medien verbreitet wurden, Bilder, die Vertrauen bei den Wählern schufen. Den Wissenschaftlern und Patentkäufern in aller Welt hatte der Kurseinbruch an der Börse einen schweren Schlag versetzt. Nur Tynne war davon kaum in Mitleidenschaft gezogen. Er war quasi der Hüter des Marktes, der von Käufern wie Verkäufern gleichermaßen kassierte, ohne dass er sich selbst an diesen Geschäften beteiligt hätte. Die aktuelle Krise hatte er schon lange vorhergesehen – und damit auch die Tatsache, dass die Regierungen auf der Erde jetzt noch stärker von ihm abhängig waren. Die Reise zum Mars hatte ihm eine ideale Gelegenheit geboten, seine Geschäfte auszuweiten. Von Anfang an hatte er sich für ein geschlossenes Auftreten gegenüber dem Mars eingesetzt, auch wenn sich Professor Chack als Vertreter der Rechten lautstark für einzelstaatliche Verträge ausgesprochen hatte.

Außer Tynne war noch jemand in der Raumfähre bester Laune: Beverley. Er sollte der Image-Botschafter einer neuen Generation von Freizeitparks der Taylors-Gruppe werden – Parks, die um die Themen Mars und Umwelt kreisten. Seine marsianischen Erfahrungen würde er dazu nutzen, seine eigene Kultiviertheit auf der ganzen Welt perfekt in Szene zu setzen. Von dem, was hinter den Kulissen geschehen war, ahnte er nichts. Tynne und er hatten bekommen, was sie wollten, und die Gefahr eines Krieges war still und leise vorübergezogen.

Igor schenkte den Plänen der beiden keine Beachtung. Die Moral des Geldes und der Macht folgte ihrer eigenen Philosophie, und auf dieser Philosophie war die ganze Welt erbaut. Er zerbrach sich deswegen nicht länger den Kopf. Ihn beschäftigten nun andere Dinge: Er wollte alle Spiegel auf der Welt zusammentragen, um ihr zersplittertes Licht von neuem zu vereinen. Das Gedächtnis seines Lehrers hatte schon Frieden gefunden, nun ging es darum, Arthurs Letzten Willen in die Realität umzusetzen. Es gab noch etliche Gedanken und Ideen auf der Welt, die darauf warteten, dass er sie sich zu eigen machte. Er blickte durch das Fenster hinab auf die kleiner werdende Stadt und sagte im Stillen auf Wiedersehen. Mit fünfzehn Jahren hatte er den Mars zum ersten Mal gesehen, und nun, mit fünfundzwanzig, prägte der fremde Planet sich tief in sein Gedächtnis ein. Er würde ihn nie vergessen.

Weit und leer erstreckte sich unter ihm die rotgoldene Ebene. Ihm war, als tönte eine Flötenmelodie zu ihm herauf.

«Rudy, schau mal!» Ihr Bruder hatte gerade etwas gesagt, als Luoying ihn unterbrach.

Er stand auf und blickte hinauf zum tiefblauen Himmel. Rasend schnell, als würde ein Meteor vom Mars ins All stürzen, schoss über ihren Köpfen eine große silberweiße Raumfähre mit funkelnden Flügeln empor. Sie beschrieb einen vollkommenen Bogen, dem alten Raumschiff entgegen, das unsichtbar im Weltall wartete.

Auf einmal fühlte Luoying in ihrem Innern eine Leere. In diesem Moment, das wusste sie, war ihre letzte Verbindung zur Erde gekappt worden. Von nun an war der blaue Planet ganz offiziell nur noch ein Wort in ihrer Erinnerung. Ein Abschnitt ihres Lebens war zu Ende, ein anderer Abschnitt begann. Sie wusste nicht, was die Zukunft bringen würde und wo sie ihre Berufung suchen sollte. Still breitete sich die weite Marsebene unter den leuchtenden Sternen aus.

ZWEITES BUCH

DER EINSAME PLANET

Doktor Renny, was war damals der Grund für den Krieg?»

«Hm ... Das war wohl der Wunsch nach Freiheit.»

«Nach Freiheit für unser Volk?»

«So weit würde ich nicht gehen. Ein wirkliches Volk sind wir noch nicht.»

«Dann nach Freiheit von sozialen Klassen?»

«Auch das nicht. Damals haben sich Menschen aus allen Klassen am Krieg beteiligt.»

«Um welche Freiheit ging es dann?»

«Um die Freiheit, zu leben, wie man will.»

«So wie im amerikanischen Unabhängigkeitskrieg?»

«Ein bisschen. Aber nur ein bisschen.»

«Aber auf der Erde sagen die Leute, bei uns würde es keine Freiheit geben, nur bei ihnen.»

«Und was denkst du, wer freier lebt?»

«Ich weiß nicht. Was ist denn die Definition von Freiheit?»

«Was ist denn deine Definition?»

Luoying biss sich auf die Lippen und blickte Renny traurig an. «Das weiß ich nicht, und das bedrückt mich mehr als alles andere in meinem Leben.»

BÜCHER

Vom Mars aus betrachtet, erinnerte die Stadt an die Hängenden Gärten von Babylon. Der Traum, der den alten Babyloniern vor Augen geschwebt hatte, war hier in einer beeindruckenden Form wiederauferstanden. Die anmutig geschwungenen Linien der Häuser, der Terrassen und Wandelgänge folgten aufeinander wie Welle auf Welle, während unter den durchsichtigen Kuppeln aus funkelndem Kristall Blumen blühten und saftige Gräser in leuchtendem Grün wuchsen.

Die Anlage der Stadt gehorchte geometrischen Mustern, die wie mit dem Lineal gezogen waren. Zusammen verschmolzen sie zu einer harmonischen Einheit. Von oben betrachtet, stachen die Gebäude im Zentrum jedes Viertels besonders hervor. Sie waren über die gesamte Stadt verstreut wie schlafende Riesen oder ruhende Vögel und schienen über weite Entfernungen hinweg miteinander zu kommunizieren. Normalerweise überragten sie ihre Umgebung bei weitem – ähnlich wie die mächtigen Kirchen, die im mittelalterlichen Europa in jeder kleinen Stadt gestanden hatten. Schmale Fußpfade säumten diese Bauten und gingen ringsum nach allen Seiten ab. Zwischen einander überlappenden, dreieckigen und kreisförmigen Mustern strebten diese Pfade auseinander wie Speichen aus Licht. Die Wohnhäuser waren meist in sechseckigen Höfen untergebracht. Zwischen ihnen schlängelten sich kleine Gassen weiter zum nächsten Viertel.

Mars City selbst besaß kein erkennbares Zentrum. Im Norden stand eine Reihe kleinerer Türme, im Süden fiel das Land in langgezogenen, mächtigen Abhängen ab, im Westen erstreckte sich ein weites Weideland, und im Osten ragten neun mächtige zylinderförmige Wassertürme empor. Über das Meer aus Kuppeldächern glitten die Röhrenwagen hinweg. Aus großer Höhe betrachtet, wirkten die Röhren wie ein abstraktes Gemälde aus gebogenen, spiegelglatten Linien, die bei aller Komplexität doch eine durchdachte, leicht verständliche Anordnung erkennen ließen.

Eine Stadt wie diese war eine Huldigung an die Mathematik. In der Antike betrachteten die meisten hochentwickelten Kulturen die Mathematik mit tiefer Ehrfurcht. Die alten Sumerer hatten hervorragende mathematische Kenntnisse und entwickelten das Sexagesimalsystem, das heute noch in Gebrauch ist. Die Pyramiden der Ägypter markierten einen Triumph der Geometrie. Und die Griechen glaubten mehr als alle anderen, dass die Zahlen das Universum repräsentierten und die Harmonie ihrer Proportionen die verborgene Schönheit des Kosmos offenbarte. Mars City war eine Stadt in der Wüste, am Reißbrett entworfen, ein aus dem Nichts geschaffener Traum. Seine geometrische Struktur kam der Vollkommenheit eines platonischen Ideals nahe.

Auch die hohe Stellung der Astronomie verband die marsianische Zivilisation mit den antiken irdischen Hochkulturen. Wie vor Jahrtausdenden auf der Erde erstreckte sich das Firmament über den Marsianern offen und weit, und von Anfang an verloren sich ihre Blicke in den Tiefen des Alls. Der nächtliche Himmel war für sie hell wie der Tag. Sie verstanden die Sterne, so wie die Menschen im Gebirge die Berge verstehen und die Menschen an der Küste das Meer.

Die Mathematik und die Astronomie waren die Leuchttürme der Marsianer. Jeder wusste, dass diese beiden Wissenschaften lebenswichtig waren. Doch die marsianische Geisteshaltung unterschied sich fundamental von der der antiken Kulturen. Die Marsianer versuchten nicht, mit der Astronomie den Willen der Götter zu erfahren oder mit der Mathematik die göttliche Gunst zu erlangen. Sie liebten einfach die Präzision, liebten es, die Gesetze des Universums wahrheitsgemäß zu erfassen, und auch darin steckte eine Idee vom Göttlichen. Die Marsianer waren ein Volk ohne Götter, aber für alles Objektive und Exakte besaßen sie einen ausgeprägten Sinn, der ein Gefühl der Verbundenheit zwischen ihnen schuf.

Kaum jemand redete über diese Art innerer Logik. Aber Renny war Historiker, und er war sich dieser marsianischen Sicht auf die Welt sehr bewusst.

Von der Erde aus betrachtet, haftete dem Mars etwas Unwirkliches an: eine abstrakte Wüste, die zwischen Buchdeckeln versteckt war. Nur einmal hatte Luoying ihn zu Gesicht bekommen, in einer Bibliothek, in die sich kaum ein Besucher verirrte. Zwischen hohen Holzregalen war sie auf den Mars gestoßen. Sie schlug zufällig ein Lexikon mit vergoldeten Lettern auf dem Deckel auf, und da fand sie ihn irgendwo zwischen dem Urknall, dem Römischen Imperium und der Dampflok. Umgeben von winzig kleinen Buchstaben, zeigte ein Bild seine einsame, raue Oberfläche, und eine aufgeschnittene Ecke des Planeten offenbarte in den tieferen Bodenschichten seine geologische Struktur. Zahlen standen daneben, und Pfeile erläuterten den Ursprung jedes kleinen Kraters und legten die verborgenen Narben des Planeten offen, als wäre er ein Tier, das man seziert und präpariert hat.

Auf den Buchseiten war der Mars als stummes Schaustück dargestellt, und auf den Regalen verwehte die Zeit wie

Asche im Wind: eine Völkerwanderung durch den Weltraum, ein Flug wie der Zug der Wildgänse zum Mars, aufeinanderprallende Waffen, Maschinen, die wie entfesselt produzierten, Gemetzel, Verrat und Triumph, Erde, vermischt mit Blut – all das lärmende, lebendige Chaos der Geschichte verwandelte sich zwischen den Zeilen, in der stillen, sonnenbeschienenen Bibliothek, in Staub – vergänglich, unbedeutend, düster und von niemandem beachtet. In den kleingedruckten Passagen reduzierte sich die ganze Welt auf Zahlen, Abstraktionen und Phantome – und mitten darin war Luoyings Mars. Von dem Planeten, auf dem sie geboren und aufgewachsen war, blieb in den Büchern nur noch ein Haufen Staub, eine hingeworfene Skizze.

Auch hier zeigte sich der Glaube an Objektivität – an eine kalte, anmaßende Objektivität, die mit tonloser Stimme sprach und ihre Urteile fällte, ohne Widerspruch zu dulden oder Gefühlen einen Raum zu lassen. «Schau her», verkündete diese Stimme, «dies ist deine Welt: ein primitives, ödes Etwas, ein hässliches graues Häufchen Staub.»

Kaum jemand gab sich noch mit solchen historischen Beschreibungen ab, aber Luoying tat es. Denn sie versuchte, die Geschichte zu verstehen.

In einer Ecke ihres Wüstenpalastes saß Luoying im Rollstuhl, zart wie ein kleiner Vogel auf den mächtigen Mauern.

Theoretisch war sie eine Marsprinzessin, aber anders als die Prinzessinnen der Antike hatte sie kein großes Gefolge. Wenn sie wie einst Semiramis melancholisch geseufzt hätte, wie langweilig doch das Leben sei, wären ihre Worte ungehört verhallt. Vor ihr türmten sich auch keine Perlen und Juwelen auf, die sie wie Bao Si, die legendäre kühle Schönheit der Zhou-Zeit, mit Missachtung hätte strafen können. Niemand hatte eine prächtige Stadt für sie errichtet, niemand ferne Signalfeuer für sie entzündet. Sie war eine einsame Prinzessin. Ihr Bruder und ihr Großvater führten im Parlament erregte Debatten über Baupolitik, während ihre Freunde in ihren Studios mühsam den Weg zurück in den marsianischen Alltag suchten.

Im Altertum hätte sie wohl in einem Rosengarten im strahlenden Sonnenschein gesessen, ein entzückend kokettes Lächeln auf den Lippen. Sie hätte den treuen, schneidigen Leibwächtern an ihrer Seite von all den Abenteuern auf ihren jahrelangen Reisen erzählt.

Doch sie lebte nicht in einem märchenhaften Altertum, sondern in der höchst realen Umgebung des Mars. Vor ihr lag ein kleines, flaches Wasserbecken auf der menschenleeren Dachterrasse des Krankenhauses. Auf den blanken Mattglasboden waren großflächige milchweiße und sandfarbene Rautenmuster aufgemalt, und drei Meter dicke Säulen stützten die riesigen Glaswände, an deren unterem Rand Kontrolllampen brannten. Die Lampen zeigten die Helligkeit und Temperatur an, die man selbst regulieren konnte.

Luoying hatte keinen Ritter an ihrer Seite. Nur Doktor Renny leistete ihr gelegentlich Gesellschaft, wenn er keine anderen Patienten zu betreuen hatte. Ansonsten schaute sie jeden Abend allein den Sonnenuntergang an.

Schon auf der Erde hatte sie sich das angewöhnt. Auf dem Mars ging die Sonne rasch und umstandslos unter. Weiß, von keiner rosenfarbigen Wolke verklärt, sank sie vom dunklen Himmel zum Horizont. Ihre Strahlen wurden nicht unmerklich schwächer, die Dinge versanken einfach langsam im Dunkel, und die fernen Berge verwandelten sich im letzten Abendrot in düstere Schattenrisse, majestätisch, sanft und massig. Aber auch wenn der Sonnenuntergang hier ganz anders war als auf der Erde, mochte Luoying ihn. Wenn sie ihn von der Dachterrasse oder von ihrem Fenster aus betrachtete, legte sich ihre Unruhe, und selbst ihre Erinnerungen schwiegen.

Manchmal setzte sich Renny zu ihr, den Rücken an die riesige Glaswand gelehnt, und hörte ihr zu, wenn sie langsam und stockend von ihren Erfahrungen auf der Erde erzählte.

«Als ich zum ersten Mal gehört habe, wie jemand meinen Großvater einen Diktator genannt hat, war ich schockiert und verletzt. Nicht nur weil er mein Opa ist und wir alle aus einem instinktiven Stolz heraus unsere Verwandten in Schutz nehmen, sondern vor allem weil mein Großvater auf dem Mars immer ein Held gewesen ist. Es hätte mich nicht überrascht, wenn die Leute auf der Erde in ihm einen Feind gesehen hätten – aber nicht einen kaltherzigen Tyrannen. Dazwischen liegt ein meilenweiter Unterschied. Als Feind der Erde hätte er immer noch auf dem Mars ein Held sein können. Aber ein Tyrann ist unser eigener Feind.»

«Und was glaubst du, was dein Großvater ist?»

«Ich weiß nicht. Ich habe immer noch Zweifel, aber ich traue mich nicht, irgendwen zu fragen.»

«Warum nicht?»

«Aus einer lächerlichen Scham und Angst. Ich habe Angst, dass man mir eine unerfreuliche Wahrheit ins Gesicht sagt, eine Wahrheit, die ich nicht leugnen kann, aber auch nicht akzeptieren will, und dass ich dann nicht weiß, wie ich reagieren soll.»

«Das ist nicht lächerlich», sagte Renny. «Überhaupt nicht.»

Luoying blickte ihn an, die Andeutung eines dankbaren Lächelns um die Mundwinkel. Sie kannte Doktor Renny kaum, und dennoch erzählte sie ihm das alles, weil er so voller Verständnis war. Sie spürte, dass er auf eine unerschütterliche Art gelassen war, so wie sie gern sein würde. Er verlor kaum je die Geduld und erklärte ihr alles mit großer Nachsicht und

Ruhe. Manchmal, wenn sie Ärger oder Kummer empfand, besprach er die Sache mit ihr in allen Einzelheiten, und ihr Problem löste sich langsam ganz von selbst auf. Seine Analysen gaben ihr Halt. Sie fühlte sich nach diesen Gesprächen so fest verwurzelt wie ein Baum im Gebirge, der allen Stürmen trotzt.

Renny kam ihr nicht wie ein gewöhnlicher Arzt vor, eher wie ein Schriftsteller. Oft sah sie ihn an seinem Fenster schreiben. Er saß dann an einem kleinen rechteckigen Tisch, der, abgesehen von seinem Notizbuch und einer Schreibtischlampe, leer war. Mit der Hand am Mund konnte er lange nachdenken, und wenn er hochschaute und durch die Glasfenster blickte, spiegelte sich der Glanz eines fernen Lichts auf seinen runden Brillengläsern. Wenn jemand ihre Verwirrung verstehen konnte, so schien es Luoying, dann er. Und wenn sie jemand etwas anvertrauen wollte, wünschte sie sich von ihrem Zuhörer keine Eigenschaft mehr als eine tiefe Gelassenheit. Vielleicht musste er ihr gar keinen Rat geben. In jedem Fall würde er sie nie von oben herab belehren.

«Gleich in meinem zweiten Monat auf der Erde ist etwas passiert, was mich total überrumpelt hat.» Luoying hielt einen Moment inne. Nie war sie mehr verwirrt gewesen als in ihrem ersten Jahr auf der Erde.

«Kaum war ich dort angekommen, hat mein Tanzensemble mir ein Zimmer vermittelt. Es war schön groß und gemütlich, und es lag im hundertachtzigsten Stock einer riesigen Pyramide. Die Vermieterin war eine alleinstehende alte Dame, die reich und vornehm war. Weil sie meine erste Vermieterin war, habe ich sehr darauf geachtet, dass ich immer respektvoll zu ihr war, und sie war auch sehr freundlich zu mir. So ging mein erster Monat ganz ruhig vorbei.

Bei einem Abendessen im zweiten Monat habe ich einmal

das Leben auf dem Mars erwähnt. Da hat die alte Dame mich völlig entgeistert gefragt: ‹Du kommst vom Mars?›

Ganz verdutzt habe ich gesagt: ‹Ja, klar. Wussten Sie das denn nicht?›

‹Nein›, hat sie gesagt, ‹ich wusste nur, dass du vom Tanzensemble bist. Nach den Lebensumständen meiner Mieter erkundige ich mich grundsätzlich nicht.›

Nach dieser Erklärung hat sie sich auf einmal ganz seltsam benommen. Sie wurde richtig sentimental, hat mich gütig und zugleich traurig angeschaut, meine Hand genommen und mich mit einer tiefen Anteilnahme nach allem Möglichen auf dem Mars gefragt. Von da an war sie außerordentlich herzlich zu mir. Oft hat sie mich in die Arme genommen wie ein kleines Kind, oder sie hat mir Kuchen gekauft oder mir Sehenswürdigkeiten gezeigt. Ich habe zwar nicht verstanden, warum sie auf einmal so lieb zu mir war, aber ich war gerührt. Dass meine Herkunft eine so innige Fürsorge in jemandem weckte, hat mich sogar ein bisschen stolz gemacht.

Eines Tages aber hat sie einen Satz fallenlassen, der mir die Augen geöffnet hat. Sie hat mich angesehen und vor sich hin gemurmelt: ‹Wie kann so ein liebes Kind nur vom Mars kommen?›

Im ersten Moment war ich sprachlos. Ich war noch sehr jung damals, aber ich verstand schon, was sie meinte.

‹Wieso sagen Sie das?›, fragte ich sie.

Da hat sie mich mitleidig angeschaut und gesagt: ‹Ich habe gehört, eure Regierung zwingt euch schon mit zehn Jahren zur Kinderarbeit.›

In diesem Moment wurde mir eiskalt. Plötzlich begriff ich, was ihr Blick zu bedeuten hatte. In diesem Blick lag das gleiche Mitleid, das man auch Kindern entgegenbringt, die betteln gehen oder im Waisenhaus leben. Aus Mitleid mit ihrem schrecklichen Schicksal gibt man sich freundlich und gütig, aber dabei erhebt man sich unwillkürlich über sie. Ich wusste nicht, was ich sagen sollte. Auf dem Mars war ich in dem Glauben aufgewachsen, dass unsere Zivilisation fortschrittlicher, reifer und schöner als die irdische ist – aber in den Augen dieser alten Dame hausten wir auf einem Planeten von Bettlern und Waisen, die einen zu tiefem Mitleid rühren mussten. Mir war es ein Rätsel, wie es zu einer so widersprüchlichen Wahrnehmung kommen konnte.

Später bin ich dann ausgezogen – das Verhalten meiner Vermieterin war mir unangenehm. Ich schrieb in mein Tagebuch, wie gut sie es mit mir meinte, und ich war ihr auch dankbar, aber ich kam mit ihrem Mitleid einfach nicht zurecht.»

Luoying senkte den Blick auf ihre Hände. Als kleines Kind hatte sie sich am meisten vor fremder Feindseligkeit gefürchtet. Erst später war ihr allmählich aufgegangen, dass Mitleid – ein unverlangtes, aber umso ehrlicher empfundenes Mitleid – schwerer zu ertragen war.

Renny hatte ihr die ganze Zeit aufmerksam zugehört, ohne sie zu unterbrechen. Als sie innehielt, überlegte er mit verschränkten Händen einen Moment, ehe er fragte: «Ich vermute, sie meinte die Wahlpflichtpraktika, oder?»

«Ja, genau», sagte Luoying, «aber das habe ich erst im dritten Jahr begriffen. Ich hätte sie am liebsten noch mal besucht, um ihr alles zu erklären. Aber damals habe ich schon auf der anderen Seite der Erde gelebt. Ich habe sie nie mehr wiedergesehen.»

«Vielleicht hatte sie es auch schon vergessen.»

«Ja. Solche Sachen behalte nur ich im Kopf.» Sie dachte kurz nach. «Trotzdem kann ich nicht sagen, dass ich es wirklich verstanden hätte. Ich verstehe schon, warum die alte Dame diesen Satz gesagt hat, aber ich weiß nicht, was ich davon halten soll. Mir gefällt nicht, was sie damit ausdrücken wollte, aber ich muss doch zugeben, dass ihre Ansichten nicht völlig aus der Luft gegriffen waren. Und dann war da noch die Sache mit dem Kreativitätswettbewerb.»

Der Kreativitätswettbewerb. Luoying sagte das Wort im Stillen vor sich hin. Sie hatte den Wettbewerb nie vergessen.

Er fand alle drei Jahre statt und richtete sich an alle Jugendlichen zwischen vierzehn und zwanzig Jahren. In den Augen der marsianischen Kinder war kein anderer Wettbewerb so wichtig. Es gab keine formalen oder thematischen Vorgaben, es ging einzig und allein um Kreativität. Jede Gruppe reichte ein Werk ein, und das originellste und in der Umsetzung raffinierteste gewann. Technologisch und konzeptionell überzeugende Entwürfe hatten Aussicht, sofort zu zukünftigen nationalen Schwerpunktprojekten erklärt zu werden.

Alle Kinder und Jugendlichen auf dem Mars waren völlig begeistert vom Kreativitätswettbewerb, und sie konnten es kaum erwarten, bis er wieder veranstaltet wurde. Einmal abgesehen von den romantischen Liebesmärchen, in denen sie gern selbst die weibliche Hauptrolle gespielt hätten, wünschten sich die marsianischen Mädchen nichts sehnlicher, als einmal die Wettbewerbsbühne zu besteigen – entweder als Teilnehmerinnen oder als Schönheiten, die, in wallende Gewänder gekleidet wie griechische Göttinnen, Blütenkränze überreichten und mit feierlicher Stimme verkündeten, wer den goldenen Apfel des Siegers erhalten würde. Das Kinn auf die Hand gestützt, saßen die Mädchen vor den Monitoren und gaben sich ihren Träumereien hin. Der Moment, den sie so glühend herbeisehnten, der Moment, wenn sie die Bühne betreten würden – er würde einzigartig sein, der glücklichste Augenblick in ihrem bisherigen Leben.

Das war die erste Seifenblase, die Luoying mit auf die Erde brachte – und sie platzte auch als erste.

«Das war der nächste Schlag, den ich auf der Erde einstecken musste.» Luoying schaute über die weite rote Ebene, ehe sie weitersprach. «Als ich vom Mars aufbrach, war ich noch Feuer und Flamme für den Wettbewerb und wollte unbedingt einen siegreichen Entwurf einreichen. Ich hatte ein kleines Notizheft dabei, in das ich Skizzen malte und alle möglichen Ideen und Anmerkungen schrieb. Ich wollte auf meiner Reise so viel wie möglich lernen und alles Neue später zurück auf den Mars mitnehmen, um beim Wettbewerb damit den ersten Platz zu gewinnen. In meinem ersten Jahr auf der Erde begann ich tatsächlich, meinen Plan gewissenhaft in die Tat umzusetzen. Ich lernte, wie das Internet funktionierte, und suchte online nach neuen und originellen Produkten. Die Erläuterungen dazu habe ich aufgeschrieben, ohne dass ich die dahinterstehenden Prinzipien verstanden hätte. Ich habe mich heimlich in Universitätsvorlesungen geschlichen, mich unter die Studenten gemischt und mir irgendwelche Begriffe notiert, mit denen ich wenig anfangen konnte – aber vielleicht würde ich sie ja später gebrauchen können.

In einer Universität ist dann auch meine Seifenblase geplatzt.

Ich unterhielt mich in einem Vorlesungssaal mit einer jungen Frau, die ein paar Jahre älter war als ich. Sie hat ungeniert geraucht und sich so gleichgültig allem gegenüber verhalten wie jemand, der schon alles erlebt hat. Ich habe sie nach einem chemischen Fachausdruck gefragt. Sie hat ihn mir erst erklärt und dann gesagt: ‹Was willst du denn damit? Du bist doch noch viel zu jung zum Studieren.› Ich habe ihr vom Kreativitätswettbewerb erzählt, und sie hat mich ausgefragt. ‹Wieso nehmt ihr alle daran teil? Ist die Siegerprämie so groß?› Ich habe ihr erklärt, dass es keine Prämie gibt. Und sie hat gefragt: ‹Dann kann der Gewinner viel Kohle machen, wenn er sein Werk oder seinen Entwurf verkauft?› – ‹Nein›, sagte ich, ‹und er wird auch nicht befördert. Aber der Sieger bekommt die Chance, seine Idee vielen Leuten zu präsentieren, und wenn sie zum Aufbau von Mars City beiträgt, dann wird er sehr berühmt.›

Die Studentin fand das so lustig, dass sie laut losprusten musste. ‹Dann geht es bei eurem Wettbewerb also nur darum, dem System etwas umsonst zu geben?›, hat sie noch gefragt. Ich wusste im ersten Moment gar nicht, was ich darauf sagen sollte. Mit einem breiten Grinsen hat sie mich von oben bis unten gemustert. ‹Na, ihr seid vielleicht naiv. Eure Regierung schnappt sich eure Ideen für lau, und ihr kommt überhaupt nicht auf den Gedanken, mal eure Rechte einzufordern.› Ich konnte sie nur völlig perplex anstarren, ich hatte keine Ahnung, was sie meinte. Erst war ich nur verwirrt, aber dann ist mir langsam klargeworden, wie der Kreativitätswettbewerb für sie aussehen musste. Es war furchtbar, meine bunte Seifenblase platzte, und es hat mich so sehr beschäftigt, dass ich ganz deprimiert wurde. Aber ich konnte nichts dagegen tun.» Luoying blickte Renny an. «Doktor Renny, warum sind die Dinge immer ganz anders, als wir sie uns am Anfang vorgestellt haben?»

Renny saß neben ihr, die Hände auf den Knien. Er schien zu überlegen und kniff die Augen zusammen, als suchte er in der Luft nach einem Punkt, auf den er sich konzentrieren konnte. Endlich sagte er bedächtig: «Vielleicht kann man es so erklären: Wer einer Zivilisation angehört, sieht die Dinge um sich herum eher so, als ob sie nichts miteinander zu tun hätten, während die Angehörigen einer fremden Zivilisation dahinter oft die Staatsgewalt wittern.»

«Und das ist die Erklärung?»

«Wer in der einen Zivilisation lebt, wird jedenfalls unter gewöhnlichen Umständen nicht so denken wie die Menschen in der anderen Zivilisation.»

Luoying warf einen Blick durch die Glasfront. Die Abendsonne verlieh dem fernen Horizont etwas Melancholisches. Sie wandte sich um und sah Renny direkt an. Seine Augen waren dunkel, aber sein silbernes Brillengestell glänzte im Abendrot.

«Doktor Renny, wissen Sie, wie man ins Archiv kommt?»

«Du möchtest ins Archiv?»

Luoying nickte. «Ich möchte mir ein paar alte Unterlagen anschauen. Über meine Familie, meinen Großvater und seinen Vater.»

«Deine Familie hat dir nichts darüber erzählt?»

«Nein. Als meine Eltern starben, war ich noch klein. Mein Bruder spricht über so was kaum mit mir, und ...», sie zögerte einen Moment, «ich traue mich nicht recht, meinen Großvater zu fragen.»

Sie hatte viele Fragen, aber die meisten davon wollte sie nicht direkt stellen. Auf der Erde hatte man ihr oft gesagt, ihr Großvater sei nur deshalb zum Generalgouverneur aufgestiegen, weil schon sein Vater ein Diktator gewesen war. Seit der Antike war es nichts Ungewöhnliches, dass eine Diktatur vom Vater auf den Sohn überging. Die Leute auf der Erde hatten ihr das im Brustton der Überzeugung erzählt. Aber es ging um ihren Großvater. Sie brachte es nicht über sich, ihn mit ihren Zweifeln und all den vielen Fragen zu konfrontieren.

Erwartungsvoll blickte sie Renny an und biss sich dabei nervös auf die Lippe.

«Laut den Vorschriften gibt es zwei Wege, um ins Archiv zu kommen», erklärte er ruhig. «Entweder man besitzt eine Vollmacht von einem Geschichtsstudio, die einem bescheinigt, dass die Akteneinsicht forschungsrelevant ist, und damit stellt man einen Antrag beim Archiv. Oder man lässt sich von einer qualifizierten Person eine Vollmacht ausstellen, die einem als privatem Vertreter des Vollmachtgebers vorübergehend oder dauerhaft Zugang verschafft.»

«Und wer ist eine qualifizierte Person?»

«Der Generalgouverneur. Die obersten Repräsentanten jedes Systems. Und die drei höchsten Richter des Überwachungssystems.»

Die Antwort ernüchterte Luoying. An keinen von diesen Leuten wollte sie sich wenden. Sie hätten ihr ohnehin keine Vollmacht ausgestellt.

«Dann komme ich wohl nicht rein», murmelte sie.

Renny schwieg einen Moment, dann sagte er: «Ich bin auch qualifiziert.»

«Sie?»

«Ja.» Er nickte. «Dein Großvater hat mir eine Dauervollmacht erteilt.»

«Mein Großvater? Wieso?»

«Weil er weiß, dass ich einige historische Materialien sichte und zu den Ereignissen, um die es in diesen Quellen geht, recherchieren muss.»

«Sind Sie Historiker?»

«Ja.»

«Aber Sie sind doch Arzt. Warum beschäftigen Sie sich mit der Geschichte?»

«Das ist nur so ein Steckenpferd von mir.»

«Stehen Sie in engem Kontakt mit meinem Großvater?»

«Das würde ich nicht sagen. Ich habe ihm nur damals ein paar Sachen versprochen, und zum Dank hat er mir diese Bitte erfüllt.»

«Was für Sachen?»

«Im Zusammenhang mit einem Bauvorhaben.»

Luoyings Neugier war geweckt, und sie hätte ihn gern mehr gefragt, aber als Renny keine Anstalten machte, ihr Näheres zu erklären, wollte sie auch nicht nachbohren. Jedenfalls stand er ihrer Familie näher, als sie geahnt hatte, und er schien mehr über ihre Familiengeschichte zu wissen als sie selbst.

Einen Moment versank sie in Schweigen, dann blickte sie ihm in die Augen. «Könnten Sie mir denn eine Vollmacht schreiben? Damit ich in Ihrem Auftrag vorübergehend ins Archiv gehen kann? Ein Besuch würde mir schon reichen.»

«Im Prinzip ist das möglich.» Er erwiderte ihren Blick, sagte aber nicht sofort ja. Stattdessen stellte er ihr eine Gegenfrage: «Hast du schon einmal darüber nachgedacht, warum du unbedingt Licht in die Vergangenheit bringen willst?»

«Na ja ... ein bisschen schon.»

«Und warum?»

«Weil ich auf der Suche nach mir selbst bin.» Luoying erklärte ihre Beweggründe so offen, wie sie konnte: «Mein Bruder hat mal gesagt, es wäre nutzlos, dass ich so hartnäckig der Vergangenheit nachforsche, aber mir lässt das keine Ruhe. Ich will wissen, was mich zu dem Menschen gemacht hat, der ich bin – und wenn es die Welt um mich herum war, will ich wissen, warum diese Welt so ist, wie sie ist. Solange ich nicht dahinterkomme, kann ich die wichtigen Entscheidungen für meine Zukunft nicht treffen.»

«Ich verstehe.» Renny nickte. «Diesen Grund akzeptiere ich.»

Luoying atmete leise auf. «Dann sind Sie einverstanden?»

«Ja, das bin ich.»

Sie schenkte ihm ein dankbares Lächeln. Er blickte sie warmherzig an, aber sie bedrängte ihn nicht mit ihren Fragen, und er redete auch nicht weiter. Sie saßen beide in der Stille. Renny schob ihren Rollstuhl ein wenig zur Seite, damit sie weiter von der Abendsonne beschienen wurde. Umgeben von den Sternen, verschwammen die Konturen der Sonne allmählich. Auch ohne das rote Glühen am Himmel ging von dem Sonnenuntergang eine schlichte Schönheit aus. Wie ein einsamer Geliebter wandte sich der Mars ab, schweren Herzens und doch ohne innezuhalten. Er nahm Abschied vom warmen Licht und ließ es hinter sich zurück. Luoying hatte das Gefühl, als könne sie auf der grenzenlosen Ebene flüchtig wie Rauch die Vergangenheit sehen, ganz so als wäre die Wüste die Leinwand für einen Film. Mitten in dieses Traumbild hinein fielen die letzten Sonnenstrahlen.

Als das Licht schließlich verschwunden war, fragte sie leise: «Doktor Renny, ich möchte Sie die ganze Zeit schon fragen: Kann man die Geschichte wirklich aufzeichnen? Ich denke immer mehr, dass jeder seine eigene Version der Geschichte schreiben kann, und jede würde wahr klingen.»

«Das stimmt», antwortete Renny. «Aber gerade deshalb ist es die Mühe wert, die eigene Vorstellung der Geschichte aufzuschreiben.»

«Werden wir selbst auch einmal Gegenstand von Büchern werden?»

«Ja, das werden wir.»

Renny schob Luoying an den Rand der Dachterrasse. Über ihnen war die Nacht hereingebrochen. Im Schein der Sterne erstreckte sich vor ihren Augen über Tausende von Kilometern die weite, urtümliche Wüstenlandschaft. Die Dimensionen der Berge und Schluchten auf dem Mars waren viel gewaltiger und hatten schroffere Konturen als die auf der Erde – ähnlich wie die Städte und Nächte ursprünglicher und schlichter waren.

Renny arbeitete an einem neuartigen Geschichtsbuch.

Es gibt viele Arten der Geschichtsschreibung: die Chronik, die Biographie, die Ereignisgeschichte. Aber Renny betrieb keine davon. Er wusste selbst nicht, wie er seinen Ansatz nennen sollte – vielleicht Begriffsgeschichte. An dem Ziel, objektive Fakten wiederzugeben, war ihm wenig gelegen, und er glaubte auch nicht daran, dass sich im Spiegel einzelner historischer Persönlichkeiten die Probleme darstellen ließen, um die es ihm ging. Vielmehr hoffte er, mit Hilfe des logischen Leitfadens, den ihm ein abstrakter Begriff lieferte, historische Ereignisse und Personen in einen tieferen Zusammenhang zu bringen – einen Zusammenhang, in dem sie unbewusst schon immer gestanden hatten, der sich aber erst im Akt des Schreibens offenbarte.

Zurzeit arbeitete er an einer Geschichte der Freiheit. Davor hatte er ein Werk über die Geschichte der Kreativität und eines über die Geschichte des kulturellen Austauschs geschrieben.

Seine Einstellung zu dem Planeten, auf dem er lebte, war widersprüchlich. Die Erinnerung an die Ereignisse von vor zehn Jahren bereitete ihm noch immer Unbehagen. Doch er wusste, dass die Staatengründer ursprünglich keineswegs die Absicht verfolgt hatten, eine autonome Staatsmaschinerie aufzubauen. Unter Einsatz ihres Lebens hatten sie auf die Versorgung durch die Erde verzichtet und waren aufgebrochen in eine neue Welt, in der sie nach Unabhängigkeit strebten und nach der gemeinsamen Teilhabe am geistigen Reichtum aller. Dabei hatte sie ein großer Traum geeint: die Freiheit. Der Glaube daran gab ihnen den Halt und die Kraft, ohne die sie der feindlichen Übermacht nicht so lange getrotzt hätten. Heute stand der marsianische Staat vor ganz anderen Problemen, aber die Motive hinter seiner Gründung waren wirklich idealistisch gewesen.

Renny verbrachte einen Großteil seiner Zeit mit Lesen und Schreiben. Im Krankenhaus war er nicht sonderlich beschäftigt. Offiziell war er nur ein wissenschaftlicher Mitarbeiter der Neurologie, kein behandelnder Arzt. Er erforschte das Nervensystem und die Biomechanik des menschlichen Körpers und entwickelte neue medizinische Apparate, aber er gehörte weder einem festen Labor an, noch verfügte er über ein eigenes Team oder eigene Projektgelder. Aufgrund seiner begrenzten Mittel konnte er keine großen Projekte angehen und auch keine außergewöhnlichen Ergebnisse erzielen. Er befand sich in einer eingeschränkten, auf sich allein gestellten Arbeitssituation. Der Vorteil und der Nachteil lagen auf der Hand: Er hatte viel Zeit zur freien Verfügung, aber keine beruflichen Perspektiven. Deshalb unternahm er jeden Tag lange Spaziergänge, las viel, schuf Skulpturen und schrieb an seinen Geschichtsbüchern.

Seine Wohnung lag drei Kilometer vom Krankenhaus entfernt. Mit dem Röhrenwagen hätte er nur eine Minute gebraucht, aber er ging jeden Tag zu Fuß. Unterwegs setzte er sich auf eine Bank in einem der Straßengärten und betrachtete die Bäume. Die Vegetation in diesen Gärten war üppig, und die Schönheit der Natur genoss er am liebsten allein. Er war kein Menschenfeind, aber es gab in seinem Leben kaum jemanden, mit dem er sich intensiver hätte austauschen können. Er vermied es, viel darüber nachzudenken, sonst wäre er vielleicht in eine Depression verfallen.

Das Schreiben bereitete ihm große Freude. Es half ihm, die meisten leidvollen Momente in seinem Leben durchzustehen. Mit der Zeit war er geradezu abhängig vom Schreiben geworden. Nur wenn er in die weitläufigen Archive mit ihren Unmengen von historischen Quellen eintauchte, konnte er seine einsamen Tage in einer innerlich gefestigten, ausgeglichenen, auf ein Ziel gerichteten Geisteshaltung verbringen. Ihm war eine Strafe auferlegt worden, und nun war er dazu verurteilt, sich mit dem, was er hatte, zufriedenzugeben.

Sein Vater war ein schweigsamer Veteran. Renny war sein einziger Sohn, geboren im siebten Jahr nach dem Krieg. Die

Mutter hatte die Familie verlassen, als er vier Jahre alt gewesen war. Er konnte sich – selbst im Traum – nur noch verschwommen an ihr Äußeres erinnern. Sein Vater war aufgeschlossen und offenherzig und nicht verbittert geworden. Oft saß er mit seinem dreijährigen Sohn auf dem Boden eines Wandelgangs und erklärte ihm: «Die Dinge haben eine andere Distanz zueinander als die Menschen. Sie sind auf einer eigenen Karte verzeichnet, die keinen Unterschied kennt zwischen nah und fern.» Seine metallischen Schüsseln und Teller verwendete er für strategische Sandkastenspiele, während er im Licht des heraufdämmernden Morgens leise vor sich hin sang. Die Trennung von seiner Frau stand für eine ganz andere Epoche, so als wäre sie nur der konkrete Ausdruck einer abstrakten Sphärenmusik gewesen. Der kleine Renny wuchs fast ohne elterliche Aufsicht auf.

Er liebte das Spiel mit Wörtern. Er pflückte sie vom Baum des Lebens und pflanzte sie auf das Papier, um rings um sie herum eine Bühne für das menschliche Drama zu errichten. Jedes neue Wort war ein neues Ereignis in seinem Leben. Dieses Spiel hatte er sich von klein auf angewöhnt. In seiner Kindheit hatte er ein Wörterspielzeug geschenkt bekommen, das seine geistige Entwicklung nachhaltig beeinflusste. Es waren ganz gewöhnliche Bauklötzchen in den unterschiedlichsten Formen. Wie echtes Baumaterial konnte man die Klötzchen miteinander verbinden, und um das Lesen zu fördern, stand auf jedem ein Wort. Renny war schon als Kind viel allein gewesen, und diese Klötzchen mit ihren Wörtern hatten ihm im Alter von zwei bis elf Jahren Gesellschaft geleistet. Sie hatten in ihm einen überbordenden Reichtum an Phantasie geweckt.

Auf dem glatten Boden hatte er in der vollautomatischen Küche gehockt und Burgen und Schiffskanonen aus den Klötzchen gebaut. Ihn faszinierte, wie sich die Wörter gegenseitig stützten. «Mut» zum Beispiel war eine anmutige, lange Stange, mit der er, wenn er sie mit «rein» verband, einen kleinen Turm errichten konnte. Aber wenn er diesen Turm noch breiter und höher bauen wollte, entdeckte er, dass er den «Mut» hinlegen musste, sonst hätte er die anderen Teile nicht daran befestigen können. Eingehend beschäftigte er sich mit der Form der Wörter und erprobte alle möglichen Kombinationen und Verwendungsweisen. Für seinen kindlichen Geist hatte das alles etwas Magisches. Er steckte genauso viel Energie in dieses Spiel wie in seine Hausaufgaben oder in die Zeit mit seinem Vater. Im Stillen verinnerlichte er das Spiel. Selbst als er schon erwachsen war, sah er noch immer die Wörter plastisch vor sich.

Immer wieder hatte Renny darüber nachgedacht, wie er über die Vergangenheit seines Landes schreiben sollte. Er hatte daran gedacht, mündliche Augenzeugenberichte festzuhalten oder anhand von Daten und Diagrammen Analysen und Vergleiche anzustellen oder die Ereignisse jedes Jahres so minuziös wie möglich in einer Chronik aufzulisten. Aber am Ende hatte er sich doch für die Wörter entschieden. Denn in seinen Augen konnte man nur in den Interpretationsebenen eines Wortes die Entschlüsse und Bemühungen von Menschen klar darstellen.

Ob man wirklich über die Geschichte schreiben konnte, wagte er nicht zu entscheiden. Er wusste nur, dass die Wahrheit der Geschichte im Auge des Betrachters liegt. Die Worte folgen den Blicken, der Mund dem Auge.

Wer eine lineare Geschichtsauffassung vertrat, für den kam die Geschichte wie ein mächtiger Strom daher, der unaufhörlich vorwärtsfloss, als folgte er einer göttlichen Bestimmung in Richtung eines vorgegebenen Ziels. Der Mars verkörperte in dieser Sicht eine Umwälzung, die in einem bestimmten Entwicklungsstadium von Wissenschaft und Technik notwendigerweise aufgetreten war: Die sozialistischen Ideale wurden hier auf eine Weise wie noch nie zuvor verwirklicht, die erste wahr gewordene Utopie. Es war ein qualitativer Sprung auf der Zeitachse der Geschichte der Menschheit.

Wer eine zyklische Geschichtssicht vertrat, für den war Geschichte wie eine Fontäne, äußerlich prächtig anzusehen, aber im Zentrum leer. So wie das emporgespiene Wasser stets von neuem auf den Grund des Beckens sank, so ereigneten sich alle historischen Geschehnisse immer und immer wieder. Die Geschichte des Mars war in dieser Sicht nur eine Neuauflage der ewiggleichen Geschichte von Entdeckung und Erschließung, Unabhängigkeit und Machtkonsolidierung. Die Eroberer einer neuen Welt rebellierten gegenüber der alten, und aus den Rebellen wurden am Ende neue Unterdrücker.

In den Augen der Nihilisten wiederum war die Geschichte nur ein kleiner Aspekt der Wirklichkeit: Geschichte war wie ein tiefes Meer, doch der Mensch konnte nur die Gischt an der Oberfläche sehen, nicht aber die Strömung auf dem Grund, die mit ihrer unermesslichen Fülle an Details erst das Wesen der Welt ausmachte. Die Anhänger dieses Geschichtsverständnisses glaubten, dass alle Ereignisse beliebig waren und nicht nachträglich erklärt werden konnten. In einem zufälligen Moment, so waren sie überzeugt, hatte ein Mann namens Sloan zufällig einen Mord verübt, der erst von späteren Generationen fälschlicherweise als das unausweichliche Ergebnis eines langwierigen historischen Prozesses interpretiert wurde.

Wer schließlich an das Gesetz des Dschungels und sonst gar nichts glaubte, für den bestand die Geschichte aus einer Menge von Wasserstrahlen, die in einer großen Leere aufeinandertrafen, sich bekämpften und vernichteten. Der Stärkere überlebte, der Schwächere ging unter. Die Anhänger dieser Lehre hielten Geschichte zwar für real, aber von keiner höheren Fügung, keiner Gesetzmäßigkeit gelenkt, nur von feindlichen Kräften bestimmt, die unabhängig von philosophischen oder gesellschaftlichen Systemen aufeinanderprallten. Als die militärische Stärke des Mars groß genug geworden war, um die Streitkräfte der Erde zu besiegen, war der Krieg ausgebrochen – er war ein Ergebnis der realen Kräfteverhältnisse, mehr nicht.

Egal, wer der Wahrheit am nächsten kam, von einer Sache war Renny überzeugt: Für einen Tropfen gibt es nichts Schwereres auf der Welt, als die Form des Wassers um ihn herum zu erkennen.

Renny war ein leidenschaftlicher Leser. Das Lesen half dem Einsamen über seine Einsamkeit hinweg.

Dass er über die Jahre nicht in Depressionen versunken war, verdankte er dem Gefühl, in anderen, älteren Historikern verwandte Seelen gefunden zu haben. Dabei fühlte er sich nicht den klassischen Geschichtsschreibern nahe, die in der scholastischen Theologie bewandert waren und zum höheren Ruhm Gottes die Leistungen der Menschen priesen, auch nicht den legendären romantischen Dichtergestalten, die von Homer bis zu den Schriftstellern der Neuzeit ihre Epen erzählten. Renny erkannte sich selbst in einem besonderen Typus von Historiker, wie er in der fernöstlichen Antike in Erscheinung getreten war: ein Historiker, der sich in seinem Schreiben als Individuum zu erkennen gibt, einsam, vom Leben enttäuscht und gezeichnet, aber einer, der unbeirrt am Ideal der Objektivität festhält.

Für Luoying dagegen war Lesen etwas Einsames und doch auch wieder nicht.

Ihr Name – das war ihr von klein auf bewusst – war durch die Taten ihrer Vorfahren unauflöslich mit dem Schicksal des Mars verbunden. Aber sie konnte nicht entscheiden, ob diese Verbindung eine Ehre oder eine Schande war. In den Geschichten, die sie gelesen hatte, wussten die Prinzessinnen genau, was sie wollten, und darum waren sie viel glücklicher als Luoying selbst.

Sie hatte Bücher über Valeria, die fünfte Frau von Sulla, gelesen: Angesichts der skrupellosen Grausamkeit, mit der ihr Mann die Sklaven verfolgte, und angesichts des Muts und des Gerechtigkeitssinns, mit dem ein Gladiator die Sklaven zum Aufstand gegen den römischen Tyrannen führte, schloss sie sich ohne zu zögern den Rebellen an. Egal, ob Frauen wie sie den Männern die Treue hielten oder Verrat begingen, ihre leidenschaftliche Entschlossenheit hatte etwas Faszinierendes. Aber Luoying selbst war keine antike Prinzessin. Sie lebte in der marsianischen Realität des zweiundzwanzigsten Jahrhunderts. Und weil sie sich nicht sicher war, wie sie ihre Welt beurteilen sollte, konnte sie sich auch nicht entscheiden, wie sie sich in ihr verhalten sollte. Dieses Gefühl der Unsicherheit machte sie einsam. Eine verwirrte Zauderin gab nie eine gute Figur ab, aber damit musste sie sich abfinden, wenn sie der Wahrheit treu bleiben wollte.

Unter den Prinzessinnen, von denen sie gelesen hatte, hatte sie keine verwandte Seele gefunden, wohl aber unter manchen Reiseschriftstellern.

«Der erste Eindruck, den die Wüste hinterlässt, ist der einer überwältigenden Leere und Stille. Das liegt daran, dass die Wüste keinen wankelmütigen Geliebten mag. Selbst ein gewöhnliches Dorf in unserer Heimat wird uns meiden, wenn wir nicht um seinetwillen den Rest der Welt preisgeben. Wer sich nicht auf seine Bräuche einlässt und seine Feinde nicht begreift, der wird auch nicht verstehen, warum es manchen zur Heimat geworden ist.»

So wie Antoine de Saint-Exupéry war es auch ihr selbst ergangen. Erst nachdem sie von zu Hause fortgegangen war, hatte sie verstanden, was Heimat bedeutete, aber die Menschen dort mieden sie nun. Jetzt erst wurde ihr klar, dass sie nur als Kind den Mars wahrhaft besessen hatte. Damals hatte sie jahrein, jahraus das gleiche Leben geführt, ohne zu ahnen, dass es noch andere Lebensentwürfe gab. Ganz selbstverständlich war sie den Bräuchen ihrer Heimat gefolgt und hatte ihren Feinden keinerlei Nachsicht entgegengebracht. Ihre Liebe zum Mars war unerschütterlich, und sie wäre bereit gewesen, für ihn den Rest des Universums preiszugeben. Damals und nur damals war er ihr wirklich eine Heimat gewesen. Sie begriff nun, was in diesem Wort mitschwang: In dem Moment, in dem ein Reisender es niederschrieb, war er schon fern von daheim.

Luoying klappte das Buch zu und betrachtete den tiefblau-orangefarbenen Umschlag.

Wind. Sand. Und Sterne.

Laut las sie diese Worte – in ihnen lag der ganze Reichtum des Mars.

KRISTALL

Als Jill sie besuchen kam, hatte Luoying gerade in Rennys Manuskript gelesen. Eilig steckte sie es unter die Bettdecke und nahm, ohne sich etwas anmerken zu lassen, vom Kopfende einen Bildband. Ihr war nicht danach zumute, mit Jill über das zu sprechen, was sie beschäftigte – nicht dass sie etwas zu verheimlichen gehabt hätte, sie wusste nur nicht, wie sie diese Gedanken Jill begreiflich machen sollte.

Im frühmorgendlichen Sonnenlicht wirkte Jill so munter und fröhlich wie immer.

«Na? Wie ist es dir die letzten zwei Tage gegangen?», sagte Jill.

«Ganz gut», antwortete Luoying.

«Kannst du schon wieder gehen?»

«Ein paar Schritte.»

Luoying konnte sehen, dass Jill ein wenig enttäuscht war. Eigentlich hätte sie das Krankenhaus bereits verlassen können, um zu Hause wieder ganz gesund zu werden. Ihr Zehenknochen war gut verheilt, hatte Renny ihr gesagt. Aber sie wollte länger hierbleiben, wollte den Arzt noch nach so vielem fragen und sich auch noch nicht von der Dachterrasse trennen, auf der sie in der Abendsonne so gern alte Bücher las. Wahrscheinlich würde es zu Hause nicht so ruhig wie hier sein. Solange sie hierblieb, war sie fern von allem Trubel.

Jill musste dringend etwas loswerden. «Weißt du schon?

Der Kreativitätswettbewerb beginnt bald wieder. Die erste Runde ist nächste Woche. Die Teams stehen schon fest. Ich hatte eigentlich gedacht, du könntest jetzt entlassen werden, und deshalb habe ich dich auch für unser Team gemeldet. Mit mir, Daniel und Pierre.»

Bei diesen Worten musste Luoying an das aufwühlende Gespräch denken, das sie vor ein paar Tagen mit Renny geführt hatte.

«Ist was?», fragte Jill verwundert. «Du hast den Wettbewerb doch nicht vergessen, oder?»

«Nein, nein.» Luoying schüttelte hastig den Kopf. «Wie könnte ich!»

Voller Vorfreude begann Jill zu erzählen. Luoying saß still da und hörte nur mit halbem Ohr zu.

«... Wir haben uns gerade auf einen Namen für unser Team geeinigt. Später treffen wir uns dann jeden Nachmittag auf dem Umsteigeplatz zum Diskutieren. Jedes Team bringt sein eigenes Banner mit. Unseres hat Lilli entworfen ... Eigentlich dachte ich ... Aber Daniel meint ... In ein paar Tagen, wenn es deinem Fuß besser geht, kannst du schon mitkommen zum Diskutieren, und dazu holen wir uns was Leckeres zu essen!»

Jill berichtete so aufgeregt, dass ihre Worte in der Ferne nachzuhallen schienen. Luoying wollte gar nicht an dem Wettbewerb teilnehmen. Sie konnte nicht einfach verdrängen, was sie auf der Erde gehört hatte: Jedes totalitäre System nutzt Erziehung und Bildung zur Festigung seiner Macht. Aber das konnte sie Jill unmöglich begreiflich machen.

Sie stieß einen Seufzer aus. Jill saß auf dem Fensterbrett und erzählte ihr mit begeisterter Miene jedes Detail ihrer Vorbereitung auf den Wettbewerb. Luoying blickte zum Fenster. Das Sonnenlicht war hell, aber nicht grell. Scharf wie ein schwarzer Schattenriss zeichneten sich Jills Konturen im weißen Gegenlicht ab: die runden Arme, mit denen sie sich auf das Fensterbrett stützte, und ihr zerzauster Lockenkopf. Auf einmal wurde Luoying furchtbar müde. Die Erinnerungen an die Erde verfolgten sie, und deshalb zog sie alles in Zweifel und konnte sich von ihrer inneren Anspannung und Unruhe nicht befreien.

Mit einem leichten Kopfschütteln fragte sie Jill: «Was habt ihr euch denn für den Wettbewerb überlegt?»

«Noch ein Kleidungsstück!»

«Und was für eins?»

«Wieder eins aus dem neuen Material von Pierre. Er hat eine Sorte entwickelt, die Fotoeffekte hervorbringen kann – so ähnlich wie unsere Hausdächer. Ich will daraus Mode machen, die Strom erzeugt. Daniel hat Ahnung von Mikroschaltkreisen und kann Stromleitungen in die Nähte einbetten. Und ich designe die Entwürfe. Dieses Material ist zwar nicht so weich und leicht wie das, in dem du getanzt hast, aber man kann daraus eine Art Rüstung fertigen, die sehr verwegen und männlich aussieht.»

Luoying nickte. «Hört sich gut an.»

«Richtig klasse wird das! Daniel und ich haben die Pläne schon fertig gezeichnet. Wenn Pierre nicht die ganzen Tage im Krankenhaus gewesen wäre, hätten wir schon mit der Umsetzung angefangen.»

«Was stimmt denn mit Pierre nicht?»

«Sein Opa ist krank, deshalb muss er nach ihm schauen.»

Luoying horchte auf. «Echt?»

«Ja.» Jill legte den Kopf schief. «Da fällt mir ein: Ich sollte seinen Opa auch mal besuchen gehen. Er liegt hier im Krankenhaus.»

Mit diesen Worten sprang sie vom Fensterbrett, klopfte Luoying auf den Arm und lief eilig zur Tür. Dort fiel ihr offenbar noch etwas ein, denn sie drehte sich mit leuchtenden Augen um.

«Ach ja, das hätte ich fast vergessen: Am Wochenende gibt es noch ein großes Treffen. Komm doch mit!»

«Was für ein Treffen?»

«Ein Treffen von allen Teams! Da feuern wir uns selbst an für die erste Runde.»

«Trefft ihr euch nicht sowieso schon jeden Tag?»

«Das ist doch was ganz anderes! Erst machen wir ein Picknick, und danach gehen wir in einem kleinen Saal zum Tanzen.»

«Da komme ich bestimmt nicht mit.» Luoying schüttelte den Kopf. «Aber ich wünsche euch viel Spaß.»

Luoying konnte sich gut vorstellen, wie dieses Treffen ablaufen würde. Von klein auf waren sie immer zusammen gewesen, waren zusammen zum Unterricht gegangen und hatten zusammen gespielt, sie hatten sich zusammen als Soldatinnen verkleidet und waren gemeinsam in die Studios gegangen, und an den Feiertagen waren sie auch noch zu großen Treffen zusammengekommen. Dort setzten sie ihre Spiele fort, zogen sich wegen irgendwelcher alter Geschichten auf, schauten genau hin, wer sich beim Tanzen mit wem verdächtig benahm – die Betreffenden ernteten prompt allgemeines Gelächter –, und trafen schon Absprachen für das nächstes Treffen.

Eigentlich mochte Luoying solche Zusammenkünfte, aber nun ging ihr eine andere Art von Treffen – ein Treffen unter Fremden auf der Erde – nicht mehr aus dem Kopf. Der nächtliche Himmel war damals von Blitzen erhellt gewesen, die Tanzfläche hatte auf einem Flughafengelände gelegen, in einer Halle zwischen vielen kleinen Flugzeugen, die wie ein Schwarm rastender Vögel ringsum standen. Erschöpfte, aber fröhlich lächelnde Jugendliche drängten sich in der Halle, tranken unglaubliche Mengen an Alkohol und lagen einander in den Armen, ohne sich nach ihren Namen zu fragen, bevor sie wieder getrennte Wege gingen. Immer neue Gesichter hatte Luoying dabei kennengelernt, aber zugleich beim Tanzen alles um sich herum vergessen. Verstreute, einsame Seelen waren sie gewesen, die hier für einen Abend zueinanderfanden, während sich in den langen, dunklen Gängen Souvenirs aus aller Welt häuften: Spiegel aus Sri Lanka, Pfeifen aus Thailand, Spazierstöcke aus Deutschland, Macheten aus Mexiko.

Renny klappte seinen Monitor zu und machte sich auf den Weg zu Hans. Er ging zu Fuß, um die Zeit zum Nachdenken zu nutzen. Die Videos, die er sich gerade angesehen hatte, standen ihm noch vor Augen. Die Bilder vermischten sich mit seinen Gedanken und den Fragen, die ihn bedrängten.

Hans hatte ihm die Videos gegeben, weil er seine Meinung dazu hören wollte. Die Aufnahmen zeigten animierte Bilder von einem Wasserlauf im Gebirge. Das Wasser war irdisch, die Felsen marsianisch. Renny glaubte zu verstehen, warum der Generalgouverneur ihm diese Videos anvertraut hatte. Hans hatte den Grund zwar nicht ausgesprochen, aber er lag auf der Hand.

Im Gehen überlegte Renny, was er Hans sagen sollte. Der Pfad unter seinen Füßen zog sich dabei in die Länge wie seine Gedanken.

Er wusste, dass Hans ein Mann war, der alte Freundschaften hochhielt. Ein Versprechen, das er in seiner Jugend gegeben hatte, oder das Ideal eines guten Freundes würde er sein Lebtag nicht vergessen. Renny kannte nicht viele solche Menschen, und jeder hatte ihn beeindruckt. Sie waren so schweigsam wie Eisen, so unerschütterlich und so eigensinnig. In seiner Generation war Hans der Einzige, der beharrlich weiterarbeitete.

Seine Altersgenossen waren krank oder tot, nur er stand noch immer aufrecht und schenkte mit einem respekteinflößenden Gesichtsausdruck jedem sein Gehör. Die Überzeugungen, die er in seinem Herzen trug, hatten ihm all die Jahre lang Halt gegeben.

Unter seinen besten Freunden war Galeman der einzige, der mit ihm Seite an Seite im Krieg gekämpft hatte. Gemeinsam hatten sie danach die Fliegerstaffel verlassen und das Land wieder aufgebaut. Ronning war damals rastlos unterwegs gewesen, Garcia hatte sein Raumschiff gehütet, nur Galeman wich wie ein brüllender Löwe vierzig Jahre nicht von Hans' Seite. Wenn Hans Diokletian war, dann war Galeman sein Mit- und Nebenkaiser Maximian – nur dass Galeman nie auf den Gedanken verfallen war, ein Stück von der Herrscherwürde für sich einzufordern oder gar den künftigen Herrscher hinter dem Rücken des Generalgouverneurs heranzuziehen. Galeman hatte jahrzehntelang mit Hans an den Fronten der Stadt mit den Naturgewalten gekämpft. Ohne ihre gegenseitige Unterstützung wären sie nie so weit gekommen.

Ihre Generation war die tragende Säule des nationalen Aufbaus gewesen. Mit dreißig Jahren hatten sie die Geburt der marsianischen Nation erlebt und sie in den vierzig Jahren seitdem aufwachsen sehen, als wäre sie ihr Kind. Galeman war ein technologiebegeisterter Architekt und Städteplaner. Mit zweiundzwanzig Jahren hatte er das erste Haus aus Glas entworfen. Aus diesem Entwurf sollten später die zentralen Prinzipien der marsianischen Architektur und der städtischen Infrastruktur hervorgehen. Mars City wurde auf dieser Grundlage erbaut. Daraus entstanden eine schier unerschöpfliche Vielfalt an künstlerischen Formen und eine sich stetig verändernde Fülle an Details. Es war eine aus dem Geist geborene Stadt. Im Kopf hatte Galeman seine Hängenden Gärten aus Kristall entworfen und so die Marsianer aus den Bergschluchten und aus der Finsternis des Krieges herausgeführt.

Der Glaube an Galeman und seine Stadtplanung war eine von Hans' zentralen Überzeugungen. Hans war an einem Großteil der Aufbauarbeiten beteiligt gewesen – in jungen Jahren hatte er als einfacher Pilot von überall her Baumaterialien beschafft, und als gestandener Generalgouverneur genehmigte er ein komplexes Bauprojekt nach dem anderen. Er hatte für Mars City nicht weniger Herzblut gegeben als Galeman, hatte sich in den Kämpfen um die Stadt aufgerieben und seine Position immer dafür genutzt, ihre Fertigstellung voranzutreiben.

Renny wusste: Nichts war schwerer, als Hans Sloan dazu zu bewegen, Mars City aufzugeben – und das ausgerechnet jetzt, als seine zweite Amtszeit als Generalgouverneur zu Ende ging und er sich in aller Ruhe von den Staatsgeschäften hatte zurückziehen wollen. Eine derart wichtige Entscheidung stürzte ihn unausweichlich in ein Dilemma.

Als Renny das Arbeitszimmer betrat, schaute Hans sich gerade ein Video von Galeman an. Die letzte Szene bekam Renny noch zu sehen. Es war eine Aufnahme von vor vierzig Jahren: Die überschwängliche Begeisterung auf dem Gesicht von Galeman, der damals noch ein jugendlicher Heißsporn gewesen war, übertrug sich auf die glatte Wand und füllte das große Zimmer mit ihrer Intensität.

Einsam saß der alte Mann dort, während draußen die Sonne unterging.

Renny blieb eine Weile stehen, ehe er sich leise räusperte. Als Hans sich umdrehte und ihm wortlos zunickte, setzte sich Renny an den kleinen quadratischen Tisch am Fenster, und Hans schenkte ihm eine Tasse grünen Tee ein. Dann drückte er ein paar Knöpfe an der Wand. Einen Moment später kamen eine Kanne Wein und zwei Beilagen langsam einen Schacht heraufgefahren. Hans öffnete die Klappe, nahm den Imbiss heraus und stellte ihn auf den Tisch.

«Ich habe mir die Videos angesehen», sagte Renny.

Hans schenkte ihm Wein ein und hörte aufmerksam zu, ohne ein Wort zu sagen.

«Die Simulation habe ich mir auch angeschaut.»

«Und?»

«Ich glaube, es gibt zwei Probleme: die Luft und die Wassertemperatur.»

Hans nickte und wartete darauf, dass Renny fortfuhr. Der zögerte einen Moment und überlegte im Stillen, was er sagen sollte. Der Generalgouverneur gab sich gelassen, aber Renny konnte deutlich sehen, dass er insgeheim etwas erwartete – ähnlich wie bei Luoyings Unfall, als der alte Mann vor dem Operationssaal auf den Arzt gewartet hatte. Kein Zweifel: Hans war voller Hoffnung.

«Die Luft ist das Hauptproblem», erklärte Renny. «Sie in einer offenen Umgebung stabil zu halten ist zehntausendmal schwerer als in einer geschlossenen Umgebung.»

«Wird der Druck zu sehr abfallen?»

«Ja, aber das ist noch nicht einmal das Entscheidende. Der Hauptpunkt ist das Mischungsverhältnis. Der Mensch besteht im Wesentlichen aus Flüssigkeit, die einen ständigen Druckausgleich mit der Umgebung vornimmt. Wenn sich die Luft ringsum ändert, reagiert der menschliche Körper sofort. Der Sauerstoffanteil darf nicht zu stark sinken, sonst wird die Hirntätigkeit beeinträchtigt. Die übrigen Gase müssen inert bleiben, um den Körper nicht aus dem Gleichgewicht zu bringen. Die chemischen Elemente, vor allem der Stickstoff, müssen in einem normalen Verhältnis vorhanden sein. Bei zu viel Kohlendioxid droht Erstickung. Der Feuchtigkeitsgehalt darf sich auch nicht zu stark verändern, denn darauf reagiert der Körper empfindlich. Kurz gesagt, müssten wir fast die gleiche Atmosphäre wie auf der Erde schaffen, und das ist auf einem Planeten mit einer so niedrigen Fluchtgeschwindigkeit ein schwieriges Unterfangen.»

Bei diesen Worten hatte Renny mit einem Mal das Gefühl, als würden sich unzählige feine Fasern aus seinem Körper strecken und mit der Luft verbinden – als wäre er eine Pflanze, die man mitsamt ihrem Wurzelgeflecht aus dem Boden reißt. Er hatte sich nie für irgendwelche exzentrischen Phantasien begeistern können, die die Menschheit in alle möglichen Winkel des Universums verpflanzen wollten. In seinen Augen war der menschliche Körper nicht autonom wie eine Statue, sondern eher eine beidseitig von Gas umschlossene Membran. Deshalb konnte er nicht einfach beliebig seine Umgebung wechseln. Vielmehr definierte der Mensch sich geradezu über seine Umwelt – wie eine Qualle, die außerhalb des Wassers ihre Form verliert.

Hans' Gesichtsausdruck entspannte sich kaum merklich – offensichtlich konnte er mit dieser Antwort leben. Er nickte, und ohne weiter auf Rennys Erklärung einzugehen, fragte er: «Und was ist mit der Wassertemperatur?»

«Ich fürchte, das ist ähnlich schwierig», erwiderte Renny. «Wir müssen den flüssigen Zustand des Wassers aufrechterhalten und eine echte atmosphärische Zirkulation gewährleisten, sonst ergibt ein sogenanntes offenes Ökosystem keinen Sinn. Egal, was für einen Ort wir auswählen, wir kommen nicht an der Tatsache vorbei, dass in den marsianischen Nächten die Temperatur weit unter null fällt. Die Flüsse gefrieren also zwangsläufig, und selbst am Tag ist die Temperatur nicht hoch genug, damit sie wieder schmelzen. Wie Sie sich denken können, würden künstliche Maßnahmen zur Erwärmung enorm viel Energie verbrauchen, und das Endergebnis wäre nicht besser als bei unserer jetzigen Stadt.»

«Das heißt, die offene Lösung hat nur geringe Aussichten auf Erfolg?»

«Es ist nicht unmöglich, aber sehr schwer.»

«Ich verstehe.»

«Allerdings habe ich das fürs Erste nur grob kalkuliert», fügte Renny hinzu, «und noch nicht verlässlich durchgerechnet.»

«Das macht nichts», erwiderte Hans bedächtig. «Ich möchte mir nur ein Bild machen. Die endgültige Entscheidung liegt ohnehin nicht bei mir.»

Renny zögerte kurz. «In welchem Stadium ist das Projekt denn jetzt?»

«Immer noch im Antragsstadium. Wir müssen erst noch ein Gutachten zu den technischen Details und eine Zuverlässigkeitsanalyse einreichen. Beides liegt dem Parlament noch nicht zur Beurteilung vor.»

«Wird nur das Parlament darüber abstimmen oder das ganze Volk?»

«Das ist noch nicht entschieden.»

«Und wozu tendieren Sie?»

«Ich weiß es noch nicht.» Hans schenkte ihnen beiden Wein nach. «Ich muss diese Entscheidung mit Bedacht treffen. Das ist das Einzige, was ich dazu beitragen kann.»

Ein stiller Kummer war in Hans' Worten zu hören, der Renny rührte. Er nickte. «Ich verstehe.»

Und er begriff es tatsächlich: Hans hoffte, dass er in Mars City bleiben könnte, aber er hatte nur noch wenige Gelegenheiten, um diesen Wunsch wahr zu machen.

Hans war kein Krieger mehr, er war der Generalgouverneur des Mars. Ein Krieger konnte für ein Ideal zur Schlacht aufrufen, aber ein Gouverneur hatte nicht die Macht, persönliche

Entschlüsse durchzusetzen. Seine Funktion glich vielmehr der eines obersten Richters. Er überwachte den ordnungsgemäßen Verlauf der politischen Debatte und entschied, wann diese Debatte in welcher Form fortgesetzt wurde, aber er konnte nicht eigenmächtig ihr Ergebnis bestimmen. Hans wollte nur die grundlegenden technischen Prinzipien begreifen, ähnlich wie ein Richter einen Fall verstehen will.

Seit Ceres über den Köpfen der Marsianer kreiste, stand die Debatte über die Pläne für die Stadt der Zukunft auf der Tagesordnung. In den letzten Tagen war diese Diskussion immer hitziger geworden. Anfangs war es nur um konzeptionelle Entwürfe gegangen, aber je weiter die Verhandlungen mit der Erde voranschritten, desto mehr nahmen diese Konzepte die Gestalt detaillierter Planungsberichte an. Wie immer auf dem Mars mussten zuerst zu jedem Antrag auf der entsprechenden Seite des Datenspeichers die einschlägigen Forschungsergebnisse und Zuverlässigkeitsnachweise veröffentlicht werden. Dann folgte eine offene Debatte, ehe schließlich per Parlaments- oder Volksabstimmung eine Entscheidung gefällt wurde.

Am hitzigsten wurden jetzt zwei Pläne diskutiert: Der erste Plan sah eine Umsiedlung in die Berge vor, um dort ein offenes Ökosystem zu schaffen, der zweite den Erhalt von Mars City unter der Kristallkuppel, mit dem natürlichen Niederschlag von Ceres als Fluss rings um die Stadt. Für beide Lösungen gab es gute Gründe, beide brachten aber auch ihre Probleme mit sich, und die Anzahl von Unterstützern und Gegnern hielt sich für beide Pläne ungefähr die Waage. Hans' Amtspflicht bestand lediglich darin, die Debatte zu moderieren. Falls am Ende der Plan zur Aufgabe von Mars City und zur Umsiedlung eine Mehrheit finden sollte, konnte auch er daran nichts ändern.

«Eigentlich habe ich Sie kommen lassen», sagte er mit leiser Stimme, «weil ich Sie um einen Gefallen bitten möchte.»

«Ich bin ganz Ohr.»

«Ich möchte Sie bitten, sich, wenn Sie Zeit haben, einmal umzuhören, was die Leute in der Stadt denken», sagte Hans. «Es wäre für die Entscheidung hilfreich, wenn ich wüsste, wozu die Bewohner von Mars City selbst tendieren.»

«Das mache ich gern.»

«Aber seien Sie nicht zu gründlich.» Hans zögerte einen Moment. «Sie wissen ja, das muss ganz inoffiziell bleiben.»

«Ich verstehe», erwiderte Renny. «Seien Sie unbesorgt.»

Hans nickte und schwieg. Renny begriff, was in dem Gouverneur vor sich ging. Einerseits wollte er unbedingt das Lebenswerk seines besten Freundes Galeman schützen, damit Mars City nicht noch zu seinen Lebzeiten zu einer Ruine verfiel. Andererseits war es seine Pflicht als Amtsperson, den ordnungsgemäßen Ablauf des Verfahrens unabhängig von irgendwelchen privaten Wünschen und Interessen zu gewährleisten. Beides war ihm wichtig, und deshalb konnte er sich nur schwer zu irgendwelchen Kompromissen durchringen.

Weil die Entscheidung über die Art der Abstimmung bei Hans lag, konnte er den Modus wählen, der mehr Stimmen für Galeman und seine Kristallstadt versprach. Theoretisch sollte die Wahl des Abstimmungsverfahrens von der Sache selbst abhängen und nicht vom mutmaßlichen Ergebnis, aber es war kein Geheimnis, dass die Ansichten der marsianischen Elite im Parlament und die der Bevölkerung oft auseinandergingen. Der Generalgouverneur konnte im Rahmen des gesetzlich Erlaubten den Abstimmungsmodus festsetzen, der seinen eigenen Hoffnungen entgegenkam. Eine solche Entscheidung war eine heikle Sache, denn sie beeinflusste direkt das Abstimmungsergebnis.

Hans hatte von einer solchen indirekten Einflussnahme immer Abstand genommen, aber nun würde er von ihr Gebrauch machen. Renny wusste, wie viel Wert Hans immer auf ein faires Verfahren gelegt hatte – schließlich beruhte die marsianische Demokratie auf der freien Wahl zwischen verschiedenen Plänen, und es machte den Kern der Erfolgsgeschichte von Mars City aus, dass über die unterschiedlichsten Pläne unvoreingenommen entschieden werden konnte.

Nun aber – das fühlte Renny – würde Hans eine Entscheidung treffen, die er immer vermieden hatte. Er musterte den alten Mann. Wortlos schenkte Hans sich noch einmal Wein nach und trank. Sein braunes, leicht gewelltes Haar war akkurat nach hinten gekämmt, der dichte Schnurrbart schon ein wenig ergraut, und an den Mundwinkeln hing die Haut faltig und schlaff herab. In den letzten zwanzig Jahren hatte er sich auf den ersten Blick kaum verändert, aber wenn man genauer hinsah, erkannte man, dass seine Haut gealtert war und die Falten unter den Augen und am Hals mehr geworden waren. Wenn die Zeit sich bemerkbar machen wollte, konnte auch der durchtrainierteste Körper ihr nicht trotzen.

Renny gab sich so entspannt wie möglich. «Vielleicht sollten Sie nicht zu viel von sich verlangen. Lassen Sie den Dingen einfach ihren Lauf. Selbst wenn das Ergebnis nicht wunschgemäß ausfallen sollte, wird Ihnen Minister Galeman daraus keinen Vorwurf machen.»

Hans sah aus dem Fenster. Sein Blick verlor sich in der Ferne, so als schaute er in die Vergangenheit – oder in eine tragische Zukunft. Die Abendsonne lag auf seinem Gesicht und ließ die Falten scharf hervortreten. Eine ganze Weile schwieg er, und als er wieder redete, klang er kraftlos und erschöpft.

«Ich bedaure schon zu vieles in meinem Leben» sagte er leise. «Ich fürchte, diesmal wird es nicht anders sein.»

«Aber Sie können nichts dagegen tun», sagte Renny.

«Von fast all meinen Verwandten und Freunden habe ich

mich schon verabschiedet.» Hans blickte Renny an. «Von fast allen.»

Renny wusste nicht, was er darauf erwidern sollte. Der alte Mann schaute ihn direkt an, und in seinen dunkelbraunen Augen schimmerte eine verborgene Traurigkeit, wie Hans sie kaum je zu erkennen gab – ein tiefes Meer, das nur an der Oberfläche still war. Renny verstand, was er sagen wollte, aber ihm fiel keine bessere Antwort ein als: «Vielleicht hätten Sie früher in den Ruhestand gehen sollen.»

«Das hatten Sie mir damals auch schon geraten», antwortete Hans. «Vielleicht fragen Sie sich schon lange, was an meinem Amt so verlockend sein soll. Warum bin ich nicht früher abgetreten, wenn ich als Gouverneur ohnehin nicht meine Wünsche durchsetzen kann? Ich weiß selbst, dass ich früher aus dem Amt hätte scheiden sollen. Vielleicht hätte ich mir schon vor fünf Jahren keine weitere Amtsperiode mehr antun sollen. Aber mir lässt das alles keine Ruhe.» Seine Stimme wurde zittrig, so als kämen mit einem Mal heftige Gefühle in ihm hoch. Er wirkte traurig. «Mir lässt das alles keine Ruhe.» Er sah Renny mit einem Blick an, der zu fragen schien: *Kannst du mich verstehen?*

Renny erwiderte seinen Blick und nickte. Hans rang mit sich selbst, das sah er genau. Ungerührt leuchtete in der Ferne die Abendsonne. Die Züge des alten Mannes mit der gerunzelten Stirn erstarrten in ihrem Licht. Hans bewahrte eisern seine Selbstbeherrschung, und trotzdem war seine Hilflosigkeit, ja seine Schwermut deutlich zu spüren. Erst nach einer Weile löste sich die Anspannung in seinem Gesicht allmählich wieder.

Hans stellte sein Weinglas ab und schenkte ihnen bedächtig den kalt gewordenen Rest Tee aus der Kanne ein. Er hatte zu seiner gewöhnlichen Gelassenheit zurückgefunden. Seine Emotionen waren abgekühlt wie der Tee. Die Hände um die

Teetasse gelegt, kehrte er zu unverfänglichen Gesprächsthemen zurück. Zuerst kam er auf eine Reform der Diskussionsformen des Datenservers zu sprechen, dann auf einen Untersuchungsbericht, den das Bodensystem vor einer Weile eingereicht hatte, und schließlich auf die geologische Beschaffenheit des Seyes-Kraters und die zukünftigen Erschließungspläne. Renny hörte zu und steuerte nur gelegentlich eine kurze Frage oder Analyse bei.

Erst am Ende erzählte er Hans, dass Luoying sich für die Vergangenheit und ihre Familiengeschichte interessierte. Dass sie das Archiv besuchen wollte, verschwieg er.

«Was wollte sie denn alles wissen?»

«Wie das Leben früher war», antwortete Renny, «und was die Ursache des Krieges war.»

«Und was haben Sie ihr gesagt?»

«Nicht viel. Aber ich habe ihr versprochen, dass sie die Bücher dazu lesen darf.»

Hans nickte. «Tun Sie, was Sie für richtig halten. Wenn Luoying darüber etwas wissen will, ist es nur fair, dass sie mehr erfährt. Sie ist jetzt erwachsen, und es war nur eine Frage der Zeit, bis sie ihre Vergangenheit erforschen will.»

Renny stimmte ihm zu. Er wusste, dass seine Enkeltochter dem Gouverneur mehr Sorgen bereitete als sein Enkelsohn. Beide wechselten noch ein paar Sätze, dann verabschiedete sich Renny. Hans brachte ihn zur Haustür und klopfte ihm auf den Arm. Auf dem Treppenabsatz blickte sich Renny noch einmal um. Der alte Mann war in der Tür stehen geblieben und sah ihm nach. Er strahlte wieder die gewohnte Würde und Ruhe aus, ganz so als hätte er nie einen inneren Aufruhr durchlebt.

NACHRICHTEN

Luoying wollte Ankka bitten, sie ins Archiv zu begleiten. Wenn er dabei war, hatte sie mehr Mut. Und egal, was sie am Ende herausfanden, mit ihm an ihrer Seite würde sie es besser verkraften.

Sie saß in ihrem Krankenbett, loggte sich in ihren persönlichen Account ein und öffnete ihr Postfach. Zu ihrer Überraschung fand sie gleich sechs ungelesene Nachrichten – sonst hatte sie im Krankenhaus höchstens eine am Tag erhalten. Rasch überflog sie die Namen der Absender: Die meisten gehörten zur Merkur-Gruppe. Die blauen Linien des elektronischen Postfachs zeichneten sich klar und kühl an der Wand mit dem Lilienmuster ab.

Luoying las die erste Mail, eine Nachricht von Shania an alle Mitglieder der Merkur-Gruppe.

Liebe Freunde,
diese Mail kommt für euch vielleicht überraschend, aber ich denke, ihr seid alle mit der Situation konfrontiert, über die ich sprechen will.

Der Kreativitätswettbewerb hat vor ein paar Tagen begonnen. Ich schätze mal, jeder von euch wurde von einem Team dazu eingeladen. Ich weiß nicht, was ihr von diesem Wettbewerb haltet, aber ich finde, wir sollten dieses Jahr bei dieser übertriebenen Selbstinszenierung nicht mitmachen. Dahinter steckt eine ziemlich eitle Begeisterung, ein übersteigertes Verlangen danach, im Rampenlicht zu stehen und sich im Ruhm zu sonnen. Das führt dazu, dass viele Jugendliche nur noch ihren persönlichen Nutzen im Kopf haben und es ihnen gar nicht mehr um echte Kreativität geht. Sie denken nur noch daran, wie sie ihre Konkurrenten in den Augen der Jury ausstechen können, als wäre der Preis das Wichtigste in ihrem Leben. Ich glaube, das liegt daran, dass es bei uns zu viele Wettbewerbe gibt. Unser Leben ist voll von Wettbewerben – Vortrags- und Debattierwettbewerbe, Mathematik- und Theaterwettbewerbe. Alle wollen gewinnen und erfolgreich sein, und darüber vergessen die Leute alles andere und entfernen sich immer mehr von echter Weisheit.

Auf der Erde sind die Menschen viel pragmatischer und nicht so versessen darauf, immer groß rauszukommen. Deshalb finde ich, wir sollten eine ideelle Revolution entfachen. Wir können uns gegen den Kreativitätswettbewerb stellen, indem wir eine Fahne dagegen hissen, oder wir halten eine Rede, in der wir die eitle Ruhm- und Gewinnsucht verurteilen. Was meint ihr? Eine konkrete Form habe ich mir noch nicht überlegt. Ich wollte nur erst mal allgemein meinen Vorschlag zur Diskussion stellen.

Shania

Luoying ließ sich diese Nachricht lange durch den Kopf gehen. Halb stimmte sie Shania zu, halb war sie unschlüssig. Ihre Freundin empfand den Wettbewerb als genauso fragwürdig wie sie selbst, aber während sie selbst das marsianische Regime hinterfragte, zog Shania die Motive der jugendlichen Teilnehmer in Zweifel. Luoying wusste nicht, ob sie Zustimmung signalisieren sollte. So berechtigt Shanias Kritik auch war, vor einer ideellen Revolution scheute sie zurück. Ihr kamen ihre Eltern in den Sinn, und sie fragte sich, wie die beiden sich wohl verhalten hätten.

Die zweite Nachricht war eine Antwort von Miller an Shania. Auch er hatte seine Nachricht an die ganze Gruppe geschickt.

Ich halte nichts von einer Revolution. Wer nicht an dem Wettbewerb teilnehmen möchte, kann es ja sein lassen. Ich will auch nicht daran teilnehmen, aber ich sehe deshalb noch keine Notwendigkeit, irgendeine Revolution loszutreten. Alle Jugendlichen träumen davon, im Rampenlicht zu stehen. Na und wenn schon.
Miller

Kurz danach war eine Antwort von Long gekommen. Ganz anders als Miller stimmte er Shania zu.

Bravo, das ist längst überfällig! Unsere Jugendlichen werden einfach nur ausgenutzt. Ihre naive Begeisterung wird von den Machthabern missbraucht. Für nichts und wieder nichts zerbrechen sie sich die Köpfe. Eine Revolution gegen diesen Wettbewerb ist überfällig, damit die Leute endlich aufwachen! Dieses irrwitzige System verdummt die Menschen. Das sind Blutsauger, die den Verstand der Leute ausbeuten.
Long

Beim Anblick der flimmernden Wörter fing Luoyings Herz heftig an zu schlagen. Das war genau das, was sie am meisten fürchtete: dass sie erkannte, wie bösartig das Regime war und sie dagegen kämpfen musste. Denn wenn das marsianische System wirklich so niederträchtig war, mussten sie und ihre Freunde sich dagegenstellen, und das bedeutete, dass sie ihren Großvater zum Feind hatten. Luoying wusste nicht, wie sie damit umgehen sollte.

Sie klickte auf die Nachricht darunter, in der Sorin Long zu beschwichtigen versuchte.

Long, wir sollten nicht genauso denken wie die Leute auf der Erde, denn die beschimpfen uns, größtenteils aus Verbitterung über den verlorenen Krieg und aus Neid. Nicht alle Erwachsenen sind Unterdrücker. Als sie diese Wettbewerbe ins Leben gerufen haben, haben sie an unser Wohl gedacht.
Sorin

Longs Widerspruch hatte nicht lange auf sich warten lassen.

Unser Wohl? Dass ich nicht lache! Bei allem haben sie nur an ihr eigenes Wohl gedacht. Klingt das nicht schön: eine ideale Erziehung und Bildung? Und was steckt in Wahrheit dahinter? Blinde Gefolgsleute und Schräubchen für ihr System wollen sie heranzüchten, mehr nicht. Zur Erde haben sie uns auch nicht aus irgendwelchen hehren Idealen geschickt. Glaubt ihr etwa, das hätten sie für uns getan? Seid doch nicht naiv! Im Grunde waren wir doch nur Geiseln, ein Unterpfand für ihre Verhandlungen. Ohne uns als Pfand hätten sie keine einzige Ressource von der Erde eintauschen können. Dieses Gerede von unserem Wohl, das ist doch alles nur vorgeschoben!
Long

Luoying war tief erschrocken. Sie fragte sich, woher Long seine Gewissheit nahm: Hatte er für diese Behauptungen Beweise, oder waren das alles nur Spekulationen? Wenn er die Wahrheit sagte, würde das einen Schatten auf so vieles werfen – Dinge, die sie bis jetzt völlig arglos einfach als gegeben akzeptiert hatte. Nicht nur sie selbst, sondern auch alle anderen Mitglieder der Gruppe wären auf einmal keine gewöhnlichen Schüler mehr, sondern politische Spielbälle, die man aus zwielichtigen Motiven zur Erde verschickt hatte. Es klang unglaublich, wie eine haarsträubende Verschwörungstheorie.

Luoying wusste nicht mehr, was sie denken sollte. Eine Weile starrte sie wie benommen auf den Monitor, dann klickte sie mechanisch auf die letzte neue Nachricht. Diese Nachricht hatte nichts mit der Merkur-Gruppe zu tun. Sie kam von der Maerde, und ihr Absender war Igor.

Liebe Luoying,
geht es deinem Fuß schon besser? Ich bin jetzt auf der Maerde, und die Sterne sind meine Begleiter.

Ich schreibe dir in der Hoffnung, dass ich dir ein paar Fragen stellen darf.

Bevor mein Lehrer Arthur Davorsky vor zehn Jahren zurück zur Erde flog, erhielt er von deinem Vater das Konzept für die Speichertechnologie des marsianischen Datenservers. Ich glaube, das weißt du schon. Aber wahrscheinlich weißt du noch nicht, dass aus kommerziellen Gründen sein Plan, einen solchen Datenspeicher auch auf der Erde aufzubauen, nie Wirklichkeit wurde. Ich bin zum Teil auch deshalb zum Mars gefahren, weil ich den letzten, unerfüllten Wunsch meines Lehrers verstehen und seinen Traum verwirklichen wollte. Als Filmemacher weiß ich, wie wichtig ein stabiler, verantwortungsvoller öffentlicher Raum für eine Kultur ist, und deshalb will ich jetzt den Plan meines Lehrers umsetzen und einen kreativen Raum schaffen, in dem sich zumindest ein Teil der freien Künste zusammenfinden kann, ohne der Logik des reinen Kommerzes unterworfen zu sein.

(Du weißt ja: Wer auf der Erde seine Werke nicht verkaufen kann, ist zum Untergang verurteilt.)

Aber in den letzten Tagen habe ich entdeckt, dass mein Plan mit mehr Widerständen rechnen muss, als ich mir hätte träumen lassen. Dabei spielen nicht nur kommerzielle, sondern auch komplexe gesellschaftliche Gründe eine Rolle. Ur-

sprünglich dachte ich, es geht dabei um eine Frage, die nur die Künste betrifft, und die Politik hat damit kaum etwas zu tun. Aber dann schilderte ich meinen Plan probehalber ein paar Regierungsmitgliedern, und die spontane Reaktion war ablehnend. Man hat mir nur vage Gründe für die Ablehnung des Datenservers genannt, aber umso klarer trat die grundsätzliche Haltung hervor. Erst nach dem Gespräch habe ich begriffen, dass das kreative Schaffen in den Augen der politischen Entscheidungsträger keine Angelegenheit der Künste, sondern eine beschäftigungspolitische Frage ist. Die tägliche Sorge der Politiker kreist um die Arbeitslosigkeit, und der Internethandel ist der größte globale Wirtschaftssektor und eine stabile Quelle der Beschäftigung. Hinter den kreativ Schaffenden stehen etliche Marketingleute und Agenten. Wenn diese Dienstleistungen wegfallen und die Verbreitung und der Genuss von Kultur so einfach wird wie auf dem Mars, hätte das unausweichlich eine Welle der Arbeitslosigkeit in großem Maßstab zur Folge. Das wiederum könnte eine gesellschaftliche Panik auslösen, die überall die Regierungen bedrohen würde.

Ich fürchte, ich hatte zu wenig Zeit, um den Mars wirklich kennenzulernen – vor allem die Fragen des alltäglichen Lebens, die alle Aspekte der gesellschaftlichen Organisation berühren. Ich weiß nicht, wie viele Marsianer kreativ tätig sind und wer die nicht kreativen Arbeiten – die monotonen Tätigkeiten und die notwendigen Dienstleistungen – ausübt. Wie motiviert man die Menschen zu solchen Tätigkeiten? Auf der Erde machen solche nicht kreativen Tätigkeiten den Großteil der Arbeitswelt aus. Ich kann mir nicht vorstellen, dass auf dem Mars überhaupt kein Bedarf daran besteht. Wenn man bei euch die Künstler mit der Aussicht auf Berühmtheit für ihr kreatives Schaffen begeistert, was dient dann als Ansporn für die anderen, eintönigen Tätigkeiten? Ich hoffe, ich darf dich das fragen, denn du kennst die Erde ja genauso gut wie ich, und du weißt, welche Macht bei uns das Geld hat.

Ich hoffe, du bist bei guter Gesundheit und du führst ein ruhiges und zufriedenes Leben daheim. Danke.

Dein Freund Igor Lu

Als Luoying das Ende des Briefes las, fühlte sie einen kleinen Stich im Herzen, und sie klickte sofort auf «Antworten» und begann hastig zu tippen.

Lieber Igor,
ich freue mich über Ihre Nachricht und danke Ihnen für Ihre guten Wünsche. Leider bin ich weder ruhig noch zufrieden. Tief in meinem Innern beneide ich Sie sogar, denn Sie können immer noch Pläne schmieden. Auch wenn Sie dabei auf viele Schwierigkeiten stoßen, sind Sie doch unterwegs. Ich dagegen weiß nicht einmal, in welche Richtung ich gehen soll.

Was Ihre Fragen betrifft, bin ich mir bei vielem nicht sicher. Wir denken nicht weiter darüber nach, wie unsere Welt funktioniert. Vielleicht haben Sie sich nie bewusst gemacht, wie viele Dinge wir als selbstverständlich hinnehmen. Wenn ich und die anderen aus meiner Gruppe nicht auf der Erde gewesen wären, würden wir diese Dinge auch nicht hinterfragen.

Viele Arbeiten bei uns auf dem Mars – zum Beispiel die Aufsicht über die Läden an den Straßen und das Lenken der Fahrzeuge in den Bergwerken – werden von Teenagern erledigt. Manche Aufgaben sind durch den Lehrplan vorgeschrieben, aber andere sind mit keinem erkennbaren Vorteil und keiner Belohnung verbunden. Sie werden sich fragen, wie man die Jugendlichen trotzdem dazu motiviert, aber in Wirklichkeit ist das gar nicht nötig. Die Schüler machen das alle freiwillig, und die Anmeldung für diese Jobs ist für sie eine große Sache. Auf der Erde würde man daran wahrscheinlich kritisieren, dass die Machthaber auf dem Mars die Jugendlichen als billige Arbeitskräfte ausbeuten. Aber vielen Schülern bei uns macht diese Art Arbeit Spaß – mehr Spaß als der Unterricht. Und weil niemand dabei Geld verdient, kommt auch niemand überhaupt auf den Gedanken, er könnte ausgebeutet werden.

Das ist wie bei einem Wettbewerb, der hier als «Kreativitätswettbewerb» bezeichnet wird ...

Luoying hatte die Nachricht schnell eingetippt, aber nun hielt sie inne und wusste nicht mehr weiter.

Beim Schreiben war ihr klargeworden, was für eine Einschätzung sie gerade äußerte. Sie hatte nur ihren Gedanken und Gefühlen freien Lauf gelassen, aber nun spürte sie, wie komplex das Ganze war. Im Grunde lautete ihre Antwort auf Igors Fragen: Die Leute hier denken nicht nach, sie handeln blind und unbewusst im Rahmen des Systems. Darin schwang eine Kritik mit, die den radikalen Behauptungen von Long ziemlich ähnelte. Aber sie war sich noch immer unschlüssig, ob sie seiner Sicht trauen konnte. Sie rief sich die Nachrichten der Merkur-Gruppe noch einmal ins Gedächtnis, und nun kam ihr ihre Antwort an Igor naiv vor: Wenn schon innerhalb ihrer Gruppe die Meinungen so weit auseinandergingen, wie konnte sie dann unterstellen, alle Marsianer würden blindlings den Vorgaben des Systems folgen?

Also speicherte sie das Geschriebene erst einmal als Entwurf. Sie nahm sich vor, erst in ein paar Tagen weiterzuschreiben, wenn sie weniger verwirrt war.

Die Delegation von der Erde war erst vor rund zwei Wochen aufgebrochen, sie war also noch am Anfang ihrer Reise zur Erde. Noch über achtzig Tage lagen vor ihr. Luoying sah das Raumschiff vor sich, wie es in die Ferne glitt, einsam und gemächlich wie ein Schiff auf einem Ozean, aber auf einer Mission, die eine Umkehr unmöglich machte. Sie las Igors Nachricht noch einmal, und sein Idealismus, was den Plan seines Lehrers betraf, berührte sie. Sie stellte sich Igor auf seiner Reise vor: Er hatte sich einer Sache verschrieben, von der er glaubte, dass sie der Welt fehlte. Dieser Glaube flößte ihm Kraft ein und schenkte ihm eine eindeutige Orientierung, die ihm inneren Halt gab.

Wenn sie dagegen auf ihr eigenes Leben in den letzten zwei Wochen zurückblickte, markierte sie geradezu den Gegenpol zu ihm. Sie bewegte sich nicht voran und fand doch keine Ruhe; sie war unzufrieden mit der Wirklichkeit, ohne dass sie gewusst hätte, was ihr fehlte. Die soliden Konturen der Welt um sie herum verschwammen in einem Dunst, der alles einhüllte und in dem ihr Blick nichts fassen konnte. Irgendetwas stimmte nicht – es schimmerte durch diesen Dunst hindurch, aber sie konnte es nicht erkennen. Wie ein Fisch in einem Wasserglas bewegte sie sich nur mit weit offenen Augen im Kreis.

Am liebsten wäre sie wieder mit der Maerde durch die Nacht geglitten wie ein Tropfen an einer Scheibe entlang. Auch wenn sie auf dem Raumschiff nur die Sterne als Begleiter gehabt hatte, war sie doch ganz bei sich selbst gewesen und ohne dieses Gefühl der Orientierungslosigkeit. Im Scherz hatten sie das Raumschiff damals Charon genannt, die Fähre über den Styx, den Fluss der Toten, aber im Rückblick erschien ihr die Maerde lebendiger als ihr jetziges Leben auf dem Mars.

Sie wollte auf Rennys Rückkehr warten und ihm Igors Fragen stellen.

Nach dem Abendessen besuchte Renny den Billardklub. Zwei Tage in der Woche, am Mittwoch und am Sonntag, ging er dorthin. Es war einer der wenigen Orte, an denen er sich mit anderen Menschen traf.

Strenggläubige Christen gab es auf dem Mars nicht mehr viele, und wer sein Leben Wissenschaft und Forschung widmete, war kaum starren Arbeitszeiten unterworfen. Trotzdem hielten die meisten Marsianer am uralten Brauch ihrer Vorfahren fest, die Zeit im Sieben-Tage-Rhythmus zu gliedern und am siebten Tag zu ruhen. Von Montag bis Freitag arbeiteten sie, doch an den Wochenenden trafen sie sich mit anderen, hatten Spaß zusammen und führten lange, intensive Gespräche. Die Frauen versammelten sich bei jemandem zu Hause und bekochten die Kinder, die Männer gingen in die Klubs, wo sie sich erst sportlich betätigten und sich dann mit Forschern aus anderen Bereichen austauschten. An Sporthallen und -plätzen, Swimmingpools und Golfanlagen herrschte auf dem Mars kein Mangel.

An den Sonntagen vibrierte die Atmosphäre in den Klubs immer von den vielen Neuigkeiten, die unter den versammelten alten Bekannten zirkulierten. Manchmal prahlten nur selbstzufriedene Angeber mit ihren vermeintlichen Großtaten, oder heimliche Konkurrenten versuchten einander durch ihre Erfolgsgeschichten zu übertreffen. Oder geknickte Gemüter redeten sich den Missmut über ihre Arbeit von der Seele. Es war ein bisschen wie im Salon einer Pariser Gräfin, aber auch wie in einem belebten Teehaus im alten Peking oder in einer Kneipe in Hokkaido, in der die Männer ihr Feierabendbier tranken.

Wenn sich die Klubmitglieder wie gewöhnlich begrüßt hatten, begannen sie sofort mit einem Austausch von Informationen, wie er seit Ewigkeiten gepflegt wird: Der eine hatte gehört, dass XY schon wieder befördert wurde, ein anderer wusste, was für eine hohe Meinung Sowieso von jemandem hatte oder dass gerade in Studio Z ein umwälzender Wandel bevorstand, der eine ausgezeichnete Karrierechance bot.

«Ich habe gehört, Martin ist zum Laborleiter befördert worden?»

«Viel mehr als das! Er ist zum Direktor von einem der drei Forschungszentren seines Instituts aufgestiegen. Jetzt hat er fünf Labore unter sich.»

«Wie konnte er denn so schnell Karriere machen?»

«Das hat er seinem ehemaligen wissenschaftlichen Betreuer zu verdanken. Der ist vor kurzem Minister geworden. Angeblich stehen seine Forschungsthemen schon als zukünftige Schwerpunktprojekte fest, und weil er so große Stücke auf Martin hält, lässt er eine ganze Reihe von wichtigen Faktoren nun von ihm simulieren. Deshalb ist Martins Zitationsrate schlagartig nach oben geschnellt und ist jetzt höher als die von vielen seiner Vorgänger.»

«Ach so. Kein Wunder, dass er so gestrahlt hat, als ich ihn letzte Woche gesehen habe.»

«Das sage ich ja immer: Man muss sich an die richtigen Projekte hängen.»

Die beiden Gesprächspartner saßen in Anzug und Weste in der Ruhezone des Billardklubs. Während sie ihre Queues mit Kreide einrieben, verfolgten sie das Spiel, das gerade am Tisch in der Nähe lief. Einer hatte eine Halbglatze, der andere einen buschigen Vollbart. Auf dem kleinen Teetisch vor ihnen standen Kaffee und Kuchen. Beide gaben sich zwanglos und gelassen, wie vornehme Gentlemen, die über Belanglosigkeiten plauderten. Immerhin konnte man in ihren Mundwinkeln ein Schmunzeln erahnen. Renny, der beide von klein auf kannte, saß neben ihnen in einem weichen Sessel, sein Queue hatte er aufrecht vor sich auf den Boden gestellt. Lächelnd hörte er ihnen zu, ohne sich in ihre Unterhaltung einzuschalten. Da er ohnehin selten etwas von sich gab, fand niemand sein Verhalten verwunderlich oder erwartete eine Bemerkung von ihm.

«Und? Was glaubst du: Wie stehen die Chancen?», fragte der Glatzkopf.

«Schwer zu sagen», antwortete der Bärtige. «Ich hoffe, gut, aber ich weiß es wirklich nicht.»

«Ist euer Labor beteiligt?»

Der Bärtige nickte. «Ja. Wir gehören zur Bergpartei. Wir prüfen die Machbarkeit der Verlegung von Kabeln in den Felswänden. Und ihr?»

«Wir gehören zur Flusspartei. Ich selbst tendiere eigentlich auch zur Bergpartei, aber unser Laborchef ist so ein Ewiggestriger, der sich einfach nicht vorstellen kann, dass eine künstliche Atmosphäre funktionieren könnte. Weil er darauf bestanden hat, haben wir jetzt eine Simulation zur Optimierung der Transportleitungen unter dem Flusslauf übernommen. Ich finde das Ganze schrecklich langweilig, aber wenn das Projekt bewilligt wird, kommt viel Geld rein.»

«Bergpartei» und «Flusspartei» waren umgangssprachliche Bezeichnungen für die Anhänger der zwei Hauptpläne für die Zukunft von Mars City: in die Berge umsiedeln oder bleiben, wo man war. Die Umsiedlungslösung sah vor, den Krater, den man vor dem Krieg bewohnt hatte, mit einer künstlichen Atmosphäre neu zu besiedeln, während bei der anderen Lösung rings um das derzeitige Stadtgebiet ein Flusslauf gegraben werden sollte.

«Ha! Dann sind wir beide jetzt Rivalen, was?», lachte der Bärtige.

«Du sagst es. Schauen wir mal, wer am Ende mehr Glück hat.»

«Das ist wirklich ein Glücksspiel. Wer so ein Projekt an Land zieht, hat für die nächsten Jahrzehnte erst mal ausgesorgt. Aber die Lage scheint ziemlich verworren zu sein.»

«Ja. Ich drücke uns beiden die Daumen.»

«Daraus wird leider nichts», sagte der Bärtige. «Na, wie sieht es aus? Spielen wir noch eine Runde?»

Beide standen auf und nahmen die Plätze der beiden Männer ein, die gerade ihre Partie beendet hatten. Sie stellten sich einander gegenüber an den Billardtisch, und jeder bot dem anderen den Vortritt an. Der Glatzkopf richtete sich schließlich auf und kreidete seine Queuespitze ein, während der Bärtige mit Hilfe des Dreiecks erst die rote Kugel an die richtige Position brachte und dann die übrigen farbigen Kugeln präzise an den dafür vorgesehenen Stellen platzierte. Der Glatzkopf eröffnete die Partie. Das helle Klacken seines Stoßes, gefolgt von ein paar anerkennenden Rufen, erinnerte an das Korkenknallen, wenn mitten in die Stille eines Festessens hinein eine Sektflasche geöffnet wird.

Die beiden Spieler von vorhin setzten sich auf die frei gewordenen Plätze. Sie nahmen sich zwei Tassen Kaffee, lockerten ihre Kragen und grüßten Renny lächelnd. Der eine war ein Alter mit Brille, der schwerfällig und unbeholfen, aber gutherzig wirkte, der andere ein langer Dünner, der freudig erregt dreinschaute. Der Lange war im selben Alter wie Renny. Unter seiner breiten Stirn waren die Augenbrauen ständig in Bewegung.

«Du hast doch beim letzten Mal gesagt, dass bei euch das Wasserrohr leckt. Hast du es inzwischen repariert?», fragte der Jüngere.

«Ja. Ich habe dafür die Rückwand des Geschirrschranks abmontiert», antwortete der Alte leise.

«So ein Schrank, den man auseinandernehmen kann, ist schon praktisch. Wenn wir das schon früher gewusst hätten, wir hätten uns auch so einen eingebaut.» Die Brauen des Jüngeren hüpften hoch. «Unser Kleinster lässt jetzt den ganzen Tag irgendwelche Spielsachen in den Ecken liegen. Wenn er herumkrabbelt, müssen wir ihm ständig hinterherlaufen und alles wieder einsammeln.»

«Wie alt ist er denn jetzt?»

«Ein Jahr. Er kann zwar schon ein bisschen laufen, aber er ist noch sehr wackelig auf den Beinen. Das ist ganz schön anstrengend.»

«Schon ein Jahr? Wie die Zeit vergeht!»

«Du sagst es. Unser Großer reicht mir schon bis zur Hüfte. Und Nana kann jetzt schon lesen.»

«Da hast du sicher alle Hände voll zu tun.»

«Allerdings!» Der Jüngere lachte auf. «Davon bist du ja nun befreit. Kommt dein Sohn dich noch oft besuchen?»

«Jetzt nicht mehr, seit er im letzten Jahr Vater geworden ist.»

«Falls wir in die Berge umsiedeln, kannst du näher zu deinem Sohn ziehen, sonst wird es dir noch zu einsam.»

«Ach, das ist nicht so schlimm», erwiderte der Alte. «Ich habe mich daran gewöhnt.»

So plätscherte ihr Gespräch dahin, vermischt mit den Stimmen der beiden Spieler am Billardtisch. Renny verfolgte alles als distanzierter Beobachter. Er hatte Hans' Bitte nicht vergessen, auch wenn er sich schämte, wie ein Spion die Unterhaltungen anderer zu belauschen. Er glaubte auch nicht recht daran, dass er aus den Gesprächen hier irgendwelche wesentlichen Erkenntnisse gewinnen könnte. Wenn Hans an Mars City dachte, dann sah er das große Ganze vor sich, aber für die gewöhnlichen Bürger war die Stadt nur der Ort, an dem sie lebten. Mit der Frage des Umzugs verbanden sich in ihren Augen womöglich neue Perspektiven für ihre Studios, die Aussicht auf ein neues Haus, Chancen, sich beruflich hervorzutun oder sonstwie von der Umsiedlung zu profitieren. Das große Ganze zerfiel für die normalen Bürger in viele widersprüchliche, manchmal auch emotional aufgeladene Aspekte. Was für

Hans ein historisches Megaprojekt war, erlebten die Bürger als Zigtausende von Miniprojekten, von denen jedes seine Nutznießer hatte. Vorstellungen und Wünsche über die Zukunft der gesamten kristallenen Stadt waren aus keinem dieser Gespräche herauszuhören.

Während er mitten unter den anderen Klubmitgliedern saß, war Renny in Gedanken an Hans und Galeman und an das Schicksal des Mars versunken. Womöglich wuchsen sich Hans' Sorgen gerade zu einer handfesten Depression aus. Und wenn die Entscheidung dann schließlich gefallen war, würde Galemans Video an der Wand sich mitten in den Trümmern der alten Wirklichkeit in nichts auflösen.

Renny kannte solche Gespräche, wie er sie eben mit angehört hatte, nur zu gut: Gespräche über die Entwicklung und das Budget der Labore und Studios, über familiäre Belastungen und kurzweilige Kindergeschichten, über die Instandhaltung des eigenen Hauses und Pläne zum Umbau. In solchen Gesprächen erfuhr man viel über Männer, die mit beiden Beinen im Leben standen, Männer mit Arbeit, Haus, Familie und den entsprechenden Sorgen. Die Ehrgeizigen unter ihnen wollten sich an die Spitze der akademischen Welt hocharbeiten und strebten eine hohe Position im Parlament an. Die ohne politische Ambitionen genossen, was sie hatten, und führten ein ruhiges, gesichertes Leben zwischen Studio, Familie und Klub. Viele von ihnen verstanden sich auf den Gartenbau, jäteten Unkraut und pflanzten Bäume in den Gärten hinter ihren Häusern, bauten Schaukeln für ihre Kinder und überprüften die häuslichen Stromkreise. Ihr beschauliches Leben ähnelte dem vor zweihundert Jahren in einer Kleinstadt auf der Erde. Ihr Gehalt stieg mit ihrem Alter, und auch wenn sie nie in Luxus schwelgten, hatten sie doch mehr als genug Geld.

Renny kannte das alles, aber er beteiligte sich nicht an diesen Gesprächen. Er hatte keine Projekte, keine Frau und keine Kinder und noch nicht einmal ein Haus. Es fehlte ihm an Gesprächsstoff, weil er kein normales Leben führte. Renny war, kurz nachdem er vor mehr als zehn Jahren in ein Studio eingetreten war, in einen schweren Unfall verwickelt gewesen. Zur Strafe durfte er fünf Jahre lang keine Projekte und finanziellen Mittel mehr beantragen. Nach gut einem Jahr verließ ihn seine Freundin und suchte sich einen andern. Als Junggeselle hatte er gemäß den marsianischen Vorschriften nur Anspruch auf eine Singlewohnung. Ein Haus mit Garten würde er nie bekommen.

Mit der Zeit machte er seinen Frieden mit der Vergangenheit. Er hätte durchaus die Gelegenheit gehabt, sich wieder alles aufzubauen, was er verloren hatte. Aber irgendwann hatte er das Interesse am normalen Leben verloren. Zu diesem Zeitpunkt hatte er die Strafe längst abgebüßt, und er hätte sich wieder einem Studio anschließen und Forschungsgelder beantragen können. Aber die erbitterte Konkurrenz der Teams um prestigeträchtige Projekte langweilte ihn nur noch. Lieber führte er allein mit gewöhnlichen Ausgangsmaterialien einfache Experimente durch.

Renny hätte sich auch wieder eine Freundin suchen können. Aber er war es leid, sich in die Angelegenheiten einer Partnerin verwickeln zu lassen, mit ihr das Mächteverhältnis in der Beziehung auszuhandeln und sich in einem möglichst günstigen Licht präsentieren zu müssen. Seine erste Freundin hatte auf eine Art und Weise sein Selbstbild in Frage gestellt, die ihm selbst nicht erklärlich war. Aber nachdem er die Mechanismen ihrer Beziehung durchschaut hatte, wäre es ihm wie eine Farce erschienen, diese Mechanismen mit einer anderen Lebenspartnerin neu zu starten. Dass zwei komplexe, in ihren unterschiedlichen Geisteswelten befangene Individuen einander ihre unsterbliche Liebe beteuern sollten, ohne sich auch nur richtig zu kennen, schien ihm unerträglich wirklichkeitsfremd. Er hätte gern eine Frau kennengelernt, die erst einmal zugeben konnte, wie fern und fremd sie beide einander waren, ehe sie auf ein Zusammenleben zu sprechen kam. Aber einer solchen Frau begegnete er nie.

Das Spiel des Umwerbens und Umworbenwerdens in Beziehungen war er genauso leid wie den alljährlichen Kampf der Studios um öffentliche Gelder. Alles, so entdeckte er, war eine Frage der Motivation. Wenn man sich für andere Dinge interessierte, dann waren die Manöver, mit denen die anderen ihre Rivalen auszustechen versuchten, belanglos und überflüssig.

Von klein auf hatte sich Renny wenig öffentlich hervorgetan. Er hatte sich nie als Vorbild für andere gesehen, und er hatte auch nie eine Rebellion angezettelt. Er war für sich allein aufgewachsen, ein schweigsames Kind, das niemand groß beachtete und das weder mit Worten noch mit Taten Aufsehen erregte. Auf seine stille Art kam er mit den anderen Kindern gut aus. Ab und zu geriet er in eine Schlägerei, aber er machte sich keine Feinde. Auf dem Sportplatz, zwischen den kleinen künstlichen Bergen und Flüssen, ging er achtlos an dem gelben Sandplatz und den bunten Metallgeräten vorbei und baute für sich allein alle möglichen Apparate. Weil er so still war, wurde er oft übersehen. Nur selten fragte sich jemand, was wohl in seinem Innern vorging. Wie bei allen schweigsamen Kindern bestand auch bei ihm die Gefahr, dass Menschen, mit denen er über Jahre befreundet war, ihn nur oberflächlich kannten – nicht weil es den anderen an Einfühlungsvermögen gefehlt hätte, sondern weil sie gar keinen Grund sahen, warum sie sich in ihn hätten einfühlen sollen.

Renny war introvertiert, aber nicht autistisch oder gar geistig zurückgeblieben. Wie viele stille, aber mit einem reichen emotionalen und geistigen Leben gesegnete Kinder unterschied er genau zwischen dem, was ausgesprochen wurde, und dem, was stumm zwischen den Zeilen stand – auch das eine Folge der Wörterbauklötze, mit denen er so leidenschaftlich gern gespielt hatte. Als Kind war sein Inneres seine Burg gewesen und jede Interaktion mit der Außenwelt so oberflächlich, dass er sich lieber in sich selbst zurückzogen hatte.

Als Erwachsener hatte er diese kindlichen Hemmungen im sozialen Umgang bald abgelegt. Gelassen unterhielt er sich mit anderen, und bei seinen Klubbesuchen genoss er die gemeinsame Freizeit und die Alltagsgespräche mit den anderen Mitgliedern. Auch wenn er nicht auf die Gesellschaft anderer Menschen angewiesen war, wollte er doch seinen zurückgezogenen Lebensstil nicht so weit treiben, dass er sich ganz von seinen Mitmenschen entfremdete.

Als Renny ins Krankenhaus zurückkehrte, war es schon spät. Er wollte nur einige Bücher mit in seine Wohnung nehmen und rechnete nicht damit, noch jemanden zu treffen. Aber als er die Tür zum Vorraum seines Büros aufstieß, fand er Luoying dort sitzen und lesen.

«Luoying?», sagte er verwundert.

Sie lächelte ihn an. Sie hatte das Deckenlicht nicht eingeschaltet, nur die vasenförmige Lampe auf dem runden Teetisch. Bis auf den pyramidenförmigen Lichtkegel lag das kleine Zimmer im Dunkeln. Das grüne Blättermuster des Lampenschirms hatte sich sanft auf die Buchseiten gelegt. Im Licht, das von der Seite auf Luoyings Gesicht fiel, wirkte ihre Nase schmal, und ihre Augen leuchteten hell.

«Wieder zurück?», begrüßte sie ihn.

«Wartest du auf mich? Hast du etwas auf dem Herzen?»

«Ja.» Luoying zögerte einen Moment. «Eigentlich nichts Ernstes, ich möchte Sie nur ein paar Dinge fragen.»

«Ach ja? Was denn für Dinge?»

Luoying antwortete nicht sofort, und Renny hatte den Eindruck, als müsste sie sich erst innerlich sammeln. «Warum arbeiten die Leute um uns herum?», fragte sie schließlich.

«Welche Leute meinst du?»

«Die gewöhnlichen Leute, die in den Studios, die Eltern, die Jugendlichen und die Kinder.»

Renny dachte an die Männer, denen er gerade im Klub zugehört hatte, an ihre Begeisterung und ihren Ärger, ihre Freuden und ihre Sorgen, ihre Bemühungen, Pläne und Enttäuschungen. Er dachte an ihre sonntäglichen Freizeitvergnügungen im Klub, an ihre Gespräche, an die Kinder und Beförderungen, über die dabei unweigerlich gesprochen wurde. An ihre Augen und ihre Gesichtszüge, ihre Stimmen und ihr Verhalten. An die Klugheit und die Emotionen, mit denen sie ihren Alltag bewältigten. Und während ihm all das durch den Kopf schoss, stellte er sich die Familien vor, zu denen diese Männer nach dem Klub wieder nach Hause gingen.

«Für ein erfülltes Leben», sagte er.

«Dafür wollen die Leute arbeiten? Für ein Ideal?»

«Nein, so idealistisch ist der Mensch nicht.»

«Aber wofür dann? Welchen Grund gibt es, stumpfsinnige Arbeit zu machen, außer dem Grund, möglichst viel Geld zu verdienen genau wie auf der Erde?»

Renny antwortete bedächtig: «Zunächst einmal gibt es bei uns nicht viel eintönige Arbeit. Einen Großteil der Produktion erledigen die Maschinen für uns, und wir haben auch kaum Bedarf an Dienstleistungen.» Er ging zum Wandmonitor und öffnete einen Dateiordner, in dem er etwas nachschlug. «Hier. Der Anteil der unverzichtbaren monotonen Tätigkeiten liegt nur bei etwa neun Prozent aller Arbeitsverhältnisse, und die meisten davon sind in Teilzeit. Dahinter steckt in der Regel die Absicht, mehr Gelder für das eigene Studio zur Verfügung zu haben. Jedes Studio muss seine Aufgaben selbst verteilen. Auch eine leere Werkhalle braucht einen Menschen, der alles überwacht, und ausgelieferte Produkte müssen von jemandem gewartet und repariert werden. Diese Aufgaben werden meistens reihum an alle Angehörigen des Studios übertragen, aber es gibt auch spezielle Arbeiten, für die ein bestimmter Mitarbeiter die Verantwortung übernimmt. Ein Projektabschluss wirkt sich direkt auf den Kampf um das nächste Jahresbudget aus. Wenn Komplikationen auftreten oder sich jemand beschwert, droht die Streichung der Gelder für das gesamte Projekt. Das betrifft die Existenz des ganzen Teams. Deshalb nimmt jeder die eintönigen Arbeiten ernst und ist bereit, sie auszuführen, egal ob er sie nun interessant findet oder nicht.»

«Ist das Budget denn so heftig umkämpft?»

«Allerdings», erwiderte Renny. «Das ist ein erbitterter Kampf. Am Ende jedes Jahres, wenn es ums Budget fürs nächste Jahr geht, werfen die Studios all ihr Können in die Waagschale. Schon Monate vorher beginnen sie mit der Vorarbeit, taktieren, rühren die Werbetrommel und schmieden Allianzen. Die finanziellen Mittel auf dem Mars sind anders als auf der Erde sehr begrenzt. Du kannst dir den Mars wie ein großes, präzise geplantes Unternehmen vorstellen, das den potenziellen Output jeder Investition, jeden Ertrag und jedes unvorteilhafte Resultat bis auf drei Stellen hinter dem Komma durchkalkuliert. Das Geld und nicht reine Neigung oder Wissbegierde ist die Triebkraft hinter den allermeisten Projekten in Wissenschaft und Forschung und auch hinter vielen kreativen Werken.»

Bei diesen Worten kamen ihm wieder die beiden Billardspieler, die der Berg- und der Flusspartei angehörten, in den

Sinn. Ihr Leben war so einfach. In ihrem Klub und in ihren Gärten suchten sie Verbündete in den Studios, die ihnen am Jahresende die größten Vorteile versprachen.

Offensichtlich irritiert, als habe sie gerade Einblick in eine sehr befremdliche Art zu leben erhalten, hörte Luoying zu. Renny fand ihre Reaktion nicht weiter verwunderlich. Ihre Eltern waren früh gestorben, und ihre Jugend hatte sie auf der Erde verbracht. Es war logisch, dass sie mit dem Erwachsenenalltag auf dem Mars noch nicht in Berührung gekommen war. In ihrer Schulzeit bekamen die Jugendlichen noch nicht viel vom Kampf ums Budget mit. Erst wenn sie anfingen zu arbeiten, konzentrierte sich ihr Leben mehr und mehr darauf.

«Aber warum kämpfen die Leute so sehr um das Budget?», fragte sie nachdenklich.

«Um große Projekte für ihr Studio zu ergattern und um bekannter in der Öffentlichkeit zu werden.»

«Ist es denn so wichtig, dass man bekannt wird?»

«Ob das wichtig ist?» Renny lachte. «Ich kann dir nur eins sagen: Wenn niemand bekannt werden wollte, wäre in der Geschichte vieles nie geschehen.»

«Das heißt also, unsere Welt beruht nicht nur auf Indoktrination und Gehorsam?»

Überrascht von ihrer Frage, überlegte er einen Moment, dann sagte er immer noch ruhig: «Keine Gesellschaft beruht nur auf Indoktrination und Gehorsam. Um zu funktionieren, muss jede Gesellschaft auch auf die Wünsche und Interessen ihrer Mitglieder eingehen.»

Luoying nickte und fragte nicht weiter. Nachdenklich blickte sie aus dem Fenster.

Schließlich stand sie auf und verabschiedete sich. Renny verließ mit ihr das Krankenhaus. Schweigend gingen sie den langen Korridor entlang.

In den gläsernen Wänden des stillen, dunklen Gangs spiegelten sich das Mondlicht und ihre eigenen verschwommenen Gestalten. Ihre Spiegelbilder wirkten endlos wie die Zeit selbst, stumm und nur von dem Schatten an ihrer Seite begleitet. Während sie langsam die Treppe hinabgingen, hörten sie nur das leise Klacken der Absätze ihrer Schuhe auf den Stufen. Keiner von beiden wollte die Stille stören.

Erst vor ihrem Krankenzimmer ermahnte Renny Luoying, bald zu schlafen. Sie nickte wortlos, aber statt ins Zimmer zu gehen, fragte sie leise: «Doktor Renny, glauben Sie, die Menschen sind glücklich?»

«Glücklich?» Ihre ehrliche Frage berührte ihn. Er zögerte einen Moment, dann nickte er. «Ja, ich glaube, sie sind glücklich.»

Er glaubte es tatsächlich – er fühlte sich zu diesem Glauben verpflichtet.

«Warum?»

«Weil sie ein Ziel haben.»

«Und das bedeutet Glück?»

«Nicht unbedingt, aber wenigstens gibt es ihnen ein Gefühl von Glück.»

«Ist das bei Ihnen auch so?»

«Eher nicht», antwortete er nach einem kurzen Schweigen.

«Wieso nicht?»

Wieder zögerte er kurz mit der Antwort. «Ich interessiere mich nicht besonders für Projekte.»

«Aber Sie meinen doch, dass die anderen bei ihrer Projektarbeit glücklich sind, oder nicht?»

«Ich kann nur sagen: Ich glaube, dass es so ist.»

«Was bedeutet denn das Glück für Sie?»

Er musste nur einen Moment überlegen. «Ein klarer Kopf. Und die Freiheit, einen klaren Kopf zu haben.»

Als Luoying in ihrem Zimmer verschwunden war, starrte Renny immer noch auf ihre geschlossene Tür. Er dachte noch immer über ihre Frage nach. Ja, er hielt sich für glücklich. So einsam sein Leben auch war, er hatte seinen Frieden gefunden. Von außen betrachtet mochte er nur ein Spielball des Schicksals sein, der sich in seine Strafe, in sein Alleinsein und seine von der Regierung auferlegte Rolle gefügt hatte. Aber in Wahrheit war das alles seine eigene Entscheidung. In einem gewissen Sinne wählte sich jeder Mensch sein Schicksal selbst. Er hatte sich entschieden, keine Entscheidung zu treffen, aber auch das war eine Entscheidung. Er hatte keinen Grund zur Klage, denn wer die Wahl hatte, musste dafür die Verantwortung übernehmen. Freiheit und Einsamkeit gehörten zusammen wie Zwillinge. Er hatte die Freiheit gewählt, die darin lag, keine festen Bindungen zu anderen einzugehen. Und dafür musste er auch die Einsamkeit auf sich nehmen.

In ihrem Zimmer schaltete Luoying die Musikanlage an. Aus den Lautsprechern kam das Rauschen von strömendem Regen, und ihr Blick verlor sich am Horizont.

Der Regen rauschte so stark, dass er die ganze Welt einhüllte. Die Hände an die Glasscheibe gelegt, blickte Luoying zu den weit entfernten Felswänden. Über ihrem Kopf schimmerte nur Ceres als helle Scheibe. Die beiden Monde des Mars blieben im Verborgenen. Die Sterne leuchteten, aber die weite Ebene lag im Dunkeln. Am Horizont trennten die Klippen, die scheinbar nah und doch unerreichbar in der Ferne lagen, Himmel und Erde wie eine schwarze Scheidelinie, eine nächtliche Klinge, schmal und scharf. Das Rauschen des Regens klang so real, als würde er, nur durch eine dünne Glasschicht getrennt, auf Luoyings Körper einprasseln.

Ein kühler Schauder lief ihr über den Rücken. Aus dem Glas

vor ihr schien ein starkes Licht zu kommen, das alle menschlichen Leiden und Freuden in sich barg. Sie fühlte, wie sehr das Wort «Lebensraum» den Mars prägte. Die Marsianer kannten keinen Finanzmarkt, keine Tourismusbranche, keine Verkehrsaufsicht, keine Behörde, die Ausweise ausstellte und überprüfte, und das alles nur, weil sie unter einer Kristallkuppel lebten, unter der alles auf das Ordentlichste vereint war. Die Menschen auf der Erde hätten dieses System nur nachahmen können, wenn sie auch unter so eine Kuppel mit einheitlich geregelten Gehaltsstufen umgesiedelt wären. Luoying wusste noch immer nicht, was sie Igor antworten sollte. Mit seinem glühenden Idealismus strebte er eine tiefgreifende gesellschaftliche Umwälzung auf der Erde an, etwas, das ihr unmöglich schien.

Als sie ihr Postfach öffnete und noch überlegte, was sie ihm schreiben sollte, fiel ihr Blick auf das leuchtende Symbol, das eine neue Nachricht anzeigte. Die Nachricht kam von Ankka.

Luoying,
sag mir, wann genau du aus dem Krankenhaus entlassen wirst. Ich habe mir den Tag freigenommen. Ich kann dich abholen und am Nachmittag ins Archiv begleiten.

Pass auf dich auf an deinen letzten Tagen im Krankenhaus.
Ankka

In diesem Moment legte sich Luoyings Unruhe. Die stillen Worte leuchteten warm in ihrem nächtlichen Zimmer. Alle Sorgen, Intrigen, Revolutionen, alle Geschichte und alle Diskussionen rückten in weite Ferne, nur Ankkas Worte blieben still im Dunkeln. Und mit einem Mal spürte Luoying, wie müde sie war.

MEMBRANEN

An dem Morgen, bevor sie entlassen wurde, besuchte Luoying noch einen anderen Kranken.

Pierres Großvater lag im selben Krankenhaus wie sie. Die Patienten eines Viertels waren meistens auch im selben Krankenhaus untergebracht. Rasch hatte sie im Patientenverzeichnis sein Zimmer ausfindig gemacht: Es lag in der Intensivstation im ersten Stock, fernab vom hektischen Krankenhausbetrieb, und es gehörte zu den schönsten Räumen des ganzen Gebäudes. An der offenen Tür hing ein kleines Schild, das wie ein grünes Blatt geformt war. Schweigend stand Luoying in der Türöffnung. Das Zimmer war sehr geräumig. Die gläsernen Wände waren halbdurchsichtig, und in der Luft hing der Duft von Blumen. Ein tiefer Friede wie auf einem windstillen Meer herrschte im Zimmer, doch auch eine schwermütige Atmosphäre, die man leicht übersah.

Pierre saß auf der Bettkante. Das fahle Sonnenlicht beschien sein Profil. Sein Haar war ziemlich lang und fiel ihm in Locken in die Stirn. Darunter schimmerten die Spitzen seiner Augenbrauen in der Sonne fast durchsichtig. Ohne sich zu rühren, saß er wie eine graue Statue da. Als er Luoying erblickte, schoss er hastig hoch und schob ihr einen Sessel hin, ohne ein Wort zu sagen. Mit einem Lächeln setzte sich Luoying zu ihm, und sie betrachteten gemeinsam den alten Mann, der im Koma lag.

Sein Gesicht wirkte friedlich. Ein paar wirre weiße Haare lagen auf dem Kissen. Seine Haut war schlaff, aber erstaunlich glatt, so als hätte jemand ihm mit seiner Lebenszeit und allem, was ihn einmal ausgemacht hatte, auch die Falten weggestrichen. Luoying wusste nicht genau, an was für einer Krankheit er litt, und sie fragte Pierre auch nicht danach. Während sie schweigend neben ihm saß, wanderte ihr Blick zu den kleinen Apparaturen, die am Kopfende des Bettes rings um den Patienten aufgebaut waren. Ein Gerät, das seine Gehirnströme maß, blinkte unaufhörlich, ein anderes kontrollierte die Vitalfunktionen, und auf dem dazugehörigen Monitor pulsierte gemächlich eine regelmäßige grüne Linie. Die angezeigten Zahlen waren nicht das Leben selbst, aber sie verrieten, dass noch Leben – unsichtbares Leben – in dem alten Körper steckte.

«Jill hat es mir erzählt», sagte Luoying leise.

«Jill ...», wiederholte Pierre mechanisch.

«Du solltest auf dich aufpassen. Der Kreativitätswettbewerb kann warten.»

«Der Kreativitäts...?» Pierre stutzte, immer noch ganz in Gedanken. «Ach ja, richtig, der Wettbewerb.»

Luoying wurde schwer ums Herz. Sie wusste, dass Pierre bei seinem Großvater aufgewachsen war. Viele Jahre waren die beiden füreinander da gewesen. Er hatte keine Geschwister, sodass er ohne seinen Großvater ganz allein auf der Welt sein würde. Ihr kam in den Sinn, wie er als Kind gewesen war: schwächlich, schüchtern und jähzornig. Oft hatte er die Beine seines Großvaters umklammert und dabei wachsame Blicke um sich geworfen. Er hatte sich abseits von den anderen Kindern gehalten, aber wenn er sah, wie jemand schikaniert wurde, ging er, geduckt wie ein Igel, wortlos zum Angriff über und ließ seine kleinen Fäuste fliegen. Aus dem Gesichtsausdruck, mit dem er nun seinen Großvater ansah, sprach auf schmerzliche Weise immer noch sein alter kindlicher Eigensinn. Seine ganze Haltung mit dem gekrümmten hageren Rücken, den langen Haaren und dem gesenkten Blick verriet, wie angespannt jede Faser seines Körpers war.

Seit ihrer Rückkehr auf den Mars hatte Luoying Pierre erst einmal gesehen. In ihrer Erinnerung war er noch immer der schmächtige Junge von vor fünf Jahren. Seitdem hatte er sich durch außergewöhnliche Leistungen hervorgetan und sich schon als Schüler mehrmals um die Forschung verdient gemacht, was so leicht keinem anderen Jungen seines Alters gelang.

Eine lange Weile verging, bis er sich mit einem leicht bedauernden Ausdruck im Gesicht zu Luoying umdrehte.

«Entschuldige, ich hätte dich besuchen sollen.»

«Das macht doch nichts, mir geht es wieder gut. Du bist hier beschäftigt.»

«Nicht mehr.» Er schüttelte den Kopf. «Du kannst Jill sagen, dass ich übermorgen wiederkomme. Ich muss die Vakuumbeschichtung selbst überwachen, die anderen verstehen nichts davon.»

Im ersten Moment wollte Luoying ihm gut zureden, er solle sich nicht so viele Gedanken machen und sich lieber um seinen Großvater kümmern. Aber als sie sah, wie ernst er es meinte, nickte sie. «Ist gut, ich sage es ihr, wenn ich wieder zurück bin.»

Pierre drehte sich zum Krankenbett und murmelte wie zu sich selbst: «Die anderen verstehen nichts davon. Sie kennen die richtigen Ausdrücke – siliziumbasierte, nanoelektronische Membran, Siliziumquantenpunkt, integrierter Schaltkreis aus porösem Silizium, Siliziumoxidsupergitter. Aber sie verstehen nicht wirklich, was das bedeutet. Licht und Strom benutzen, das kann jeder, aber niemand versteht, was sich dahinter verbirgt.»

Luoying konnte ihm kaum folgen. Erst nach einigem Zögern fragte sie: «Jill meint, du hast wieder eine neue Membran entwickelt?»

Er drehte sich lächelnd zu ihr, aber sein Blick war traurig. «So neu ist sie nicht», sagte er. «Ich wollte schon lange einmal fotoelektronische Platinen auch auf einem leichteren Material anbringen.»

Luoying nickte. Schweigend leistete sie ihm noch eine Weile Gesellschaft. Als sie das Gefühl hatte, dass ihre Anwesenheit ihm nicht länger ein Trost war, stand sie auf und verabschiedete sich.

Pierre brachte sie noch zur Tür. «Wann wirst du entlassen?»

«Ich mache mich gleich auf den Weg.»

«Heute?», fragte er überrascht. «Dann bringe ich dich nach Hause.»

«Nicht nötig. Mir geht es gut.»

«Ich mache das gern. Ich will noch was mit dir besprechen.»

«Was denn?»

«Lass uns auf dem Weg zu dir darüber reden.»

Luoying nickte, und Pierre ging wieder zurück zum Bett seines Großvaters.

Bevor sie aus der Tür ging, warf Luoying noch einen Blick zurück ins Zimmer. Pierre hatte sich schon wieder gesetzt, den dürren Körper vorgebeugt, die Füße auf die Fußstütze des Sessels gestellt. Reglos saß er in dem stillen blassblauen Raum, und doch verriet sein angespannter Körper, wie schwer ihm der Abschied fiel.

Es war noch früh, als Luoying in ihr Zimmer zurückkehrte. Der Raum war in Sonnenlicht getaucht, und die Lilienmuster gaben ihm eine stille Gemütlichkeit. Luoying setzte sich ans Fenster und aß ihr Frühstück. Ihre Sachen hatte sie schon gepackt und auf das ordentlich gemachte Bett gelegt.

Ankka kam als Erster.

Er blieb in der offenen Tür stehen und klopfte leise, wobei er das Windspiel, das am Türrahmen hing, zum Klingen brachte. Als Luoying sich umdrehte und ihn erblickte, erstarrte ihre Hand in der Luft, und sie vergaß für einen Augenblick den Löffel zwischen ihren Fingern. Ankka lächelte ihr zu, ohne ein Wort zu sagen. Sein Haar glänzte in der Sonne und verlieh ihm etwas Strahlendes. Statt seiner steifen Uniform trug er eine legere Sportjacke, unter der sich die Konturen seines Körpers abzeichneten. Im ersten Moment wusste Luoying nicht, was sie sagen sollte, und ihm schien es ähnlich zu gehen. Still blickten sie einander an, während das Sonnenlicht zwischen ihnen glitzerte.

Wenig später tauchten Miller, Sorin und Shania auf. Nun war die Stille dahin, und das Zimmer füllte sich mit Leben.

«Hast du dich gut erholt in den letzten Tagen?», fragte Shania und ging lächelnd zu ihr.

«Es geht», antwortete Luoying und wandte sich schnell von Ankka ab. «Es ist alles gut. Ich kann schon wieder gehen.»

Zum Beweis stand sie auf und drehte lächelnd eine Runde im Zimmer. Sie hielt ihren kleinen Drahtstiefel hoch und erklärte den anderen seine Funktionsweise. Dann drehte sie sich noch einmal anmutig um die eigene Achse. Dabei wandte sie ihr Gesicht von Ankka ab, um ihre Verlegenheit zu verbergen.

Sie setzte sich auf das Bett, neben ihr ließ sich Shania auf der Bettkante nieder, während die Jungen sich an das Fensterbrett lehnten. Shania befragte Luoying eingehend nach ihrem Gefühl in Bein und Fuß, nach dem Heilungsverlauf und ob sie Schmerzen in den Muskeln hatte. Dabei verglich sie Luoyings

Zustand mit ihrem eigenen. Sie hob ein Bein und streifte das Hosenbein bis zum Knie hoch. Darunter kam nicht nur ihr schlanker Unterschenkel zum Vorschein, sondern auch ein dicker Verband um ihren Knöchel. Sanft und voller Mitgefühl strich Luoying darüber. Shania trainierte noch immer jeden Tag, denn im nächsten Monat sollte sie ihr Können vorführen.

Luoying fragte ihre Freunde, was sie in den letzten Tagen getan hätten. Alle tauschten Blicke miteinander und erwiderten einmütig, sie hätten ihre Berichte über die Zeit auf der Erde geschrieben. Sie klangen alle sehr ironisch und auch ein bisschen resigniert.

«Stoff zum Schreiben haben wir ja genug», sagte Miller. «Aber *wie* wir darüber schreiben sollen, darüber haben wir uns die Köpfe zerbrochen. Du weißt ja nicht, dass ich mich allein über die Schlüsselbegriffe meines Berichts drei volle Tage lang mit Frau Asala gestritten habe. Meine Begriffe würden nicht ins Schema passen, hat sie mir eingebläut, bei der Suche in der Datenbank würde man sie nur schwer finden. Fünfmal habe ich den ganzen Text deswegen umgeschrieben.»

«Wieso? Unsere Berichte sind doch keine wissenschaftlichen Artikel, oder?», fragte Luoying verwundert.

Miller zuckte mit den Schultern. «Aber hallo! Wir sollen unsere Berichte alle in Artikelform schreiben.»

Luoying machte große Augen. «Und ich dachte, wir sollen nur unsere Gefühle und Eindrücke festhalten.»

«Das dachte ich auch.» Miller grinste. «Aber man erwartet von uns, dass wir auch ordentlich was gelernt haben. Schließlich sind wir eine Investition, die ganz schön was gekostet hat. Da müssen wir uns auch rentieren.»

Luoying wollte nicht einmal mehr als Choreographin oder Tutorin eines Tanzensembles arbeiten. Darum, so sagte sie sich, würde auch niemand einen solchen Bericht von ihr verlangen können. Niemand war so frei wie der Einsame.

Miller grinste wie ein kleiner dunkelhäutiger Bär. Er war der Chaotischste von ihnen allen und derjenige, der immer am meisten Spaß haben wollte. Wenn er schlief, dann wie ein Toter. Luoying hatte immer geglaubt, er würde nie erwachsen werden, aber nun musste auch er etwas an die Gesellschaft zurückgeben. Ihre Welt war eine andere geworden, und die Zeiten, in denen sie sich hatten gehenlassen können, waren vorbei. Niemand konnte sich dem Ernst des Lebens auf ewig widersetzen.

«Ach ja», fiel Luoying ein, «was ist eigentlich aus der Sache geworden, über die ihr in euren Nachrichten diskutiert habt?»

Shania grinste, es war ihr anzusehen, wie aufgeregt sie war. In ihren Augen blitzte eine Mischung aus Trotz und einer stolzen Ablehnung aller starren Konventionen. «Das ist beschlossene Sache», sagte sie verschwörerisch. «Wir entfachen eine ideelle Revolution. Letzten Monat haben wir doch noch über deine Eltern gesprochen. Egal, warum man sie bestraft hat, wir können sie uns in jedem Fall zum Vorbild nehmen. Sie haben die bestehende Ordnung herausgefordert, und genau das sollten wir auch tun.»

«Eine ideelle Revolution?» Luoying stockte der Atem. «Und was wollt ihr da machen?»

«Erst mal müssen wir uns über das klarwerden, was Long geschrieben hat.»

«Richtig», sagte Luoying. «Das hat mich auch sehr überrascht. Wie kommt er denn auf so etwas?»

Shania senkte die Stimme. «Erinnerst du dich noch, wie er im dritten Jahr ...»

In diesem Moment erklang das Windspiel an der Tür. Shania verstummte sofort. Alle drehten sich um: An der Tür standen

Rudy und Jill. Rudy trug seine Uniform und in der Hand eine große Aktenmappe. Jill hatte die Haare zu einem Zopf geflochten und hielt einen Obstkorb in der Hand. Als beide eingetreten waren, kam hinter ihnen auch noch Pierre zum Vorschein.

«Wie geht's dir?», rief Jill, als sie, die Wangen gerötet vor freudiger Erregung, auf Luoying zustürmte.

«Es geht», antwortete Luoying mit einem Lächeln. «Nicht schlecht.»

Sie nahm Jill den Korb ab und stellte ihn auf den Tisch am Kopfende ihres Bettes. Jill verteilte das Obst: eine Orange für Luoying, Äpfel für Shania und Miller und für Rudy ebenfalls eine Orange. Alle nahmen die Früchte gerne an, nur Rudy schüttelte mit einem «Nein, danke» den Kopf. Er beachtete Jill nicht, fixierte dafür aber Shania mit einem umso neugierigeren Blick.

Luoying registrierte mit einem Mal ein komplexes Geflecht von Beziehungen: Rudy musterte Shania, Jill Rudy und hinter ihnen Pierre wiederum Jill. Rudy sah Shania zum ersten Mal aus der Nähe, aber sein Blick verriet sofort, wie interessant er sie fand. Luoying kannte ihren Bruder: Immer wenn er einer Sache unbedingt auf den Grund gehen wollte, blitzten seine Augen so fasziniert wie jetzt. Shania nahm davon keine Notiz, sie aß ihren Apfel und unterhielt sich leise mit Sorin.

Die Atmosphäre war außerordentlich friedlich. Hell und warm strömte das Sonnenlicht ins Zimmer. Alles schien ganz normal: ein Krankenbesuch fürsorglicher Freunde im lichtdurchfluteten Zimmer mit dem großen Bett, dem blassgrünen Boden und den Lilien, die in die Wände eingebettet waren. Zusammen mit Rudy überprüfte Luoying ein letztes Mal, ob sie auch nichts vergessen hatte. Dann stellte Rudy sich an die Seite und wartete. Alle schienen sie sehr darauf bedacht, den Frieden nicht zu stören.

Endlich brach Luoying das Schweigen. «Pierre, du hast doch gerade gesagt, du willst etwas mit mir besprechen. Worum geht es denn?»

Pierre hatte sich etwas abseits gehalten und war mit unbeteiligtem Gesichtsausdruck an der Tür stehen geblieben. Seine langen Haare fielen ihm immer noch in die Stirn. Er schaute kurz in die Runde, während die Blicke der anderen zwischen ihm und Luoying hin- und herwanderten.

«Bei der Aufführung», fragte er leise, «ist dir da irgendwas seltsam vorgekommen?»

«Ja», sagte sie langsam, «schon.» Jetzt schauten mit einem Mal alle sie an. «Ich hatte fast das Gefühl, als würde ich schweben, so leicht kam ich mir vor. Ich konnte mit den Füßen keinen Druck ausüben. Deshalb ist es mir schwergefallen, dem Takt zu folgen. Bei der Probe hatte ich damit noch kein Problem.»

«Ist es nicht gut, wenn man sich beim Tanzen leicht fühlt?», fragte Jill dazwischen.

«Nein. Das Wichtigste beim Tanzen ist ein fester Stand. Wenn der Körper zu leicht ist, fehlt es ihm an Kraft. Ich habe mit aller Gewalt versucht, Druck auszuüben, und deshalb habe ich das Gleichgewicht verloren. Wahrscheinlich habe ich vorher zu viel trainiert, und meine Beine und Füße waren übermüdet.» Sie blickte Pierre an.

Er nickte, als hätte sie seine Vermutung bestätigt. «An deinem Training lag es nicht, sondern an deinem Kleid. Der Stoff hat eine Hebekraft entwickelt, ganz so, als hättest du einen Fallschirm getragen.»

«Was? Wie ist denn das möglich?», rief Jill aus. «Mit deinem Kleid hat was nicht gestimmt? Ich bin doch nicht schuld an deiner Verletzung, oder? Aber du hast mit dem Kleid doch auch vorher schon geprobt.»

Luoying blickte Pierre fragend an und tätschelte Jill beschwichtigend die Hand. «Nein, du bist bestimmt nicht an dem Sturz schuld. Ich bin mit dem Kleid vorher schon so oft gesprungen, und immer war alles in Ordnung.»

Pierres ruhiger Gesichtsausdruck irritierte sie.

«Normalerweise war alles in Ordnung», sagte er, «aber an dem Abend war das Magnetfeld im Theaterboden aktiviert.»

Luoying zuckte zusammen.

«Ach so», sagte Jill. «Pierre, dann reagiert das Material deiner Stoffe auf Magnetfelder?»

«Nein», antwortete er bestimmt. «Magnetfelder haben überhaupt keinen Einfluss auf mein Material. Das magnetische Moment ist gleich null, das habe ich gemessen.» Pierre hielt inne und schluckte so kräftig, dass sein Adamsapfel auf und ab hüpfte wie ein Fisch auf dem Trockenen. «Aber jemand hat das Kleid manipuliert.»

«Bist du sicher?», fragte Luoying leise. Ihr wurde immer beklommener zumute.

Pierre nickte. «Noch am selben Abend habe ich mir an der Tür des OP-Saals dein Kleid besorgt. Ich hatte Angst, es könnte am Material liegen, deshalb habe ich es im Labor noch einmal überprüft. Und dabei habe ich entdeckt, dass die Oberfläche mit einer stark magnetischen Membran überzogen war.»

Er blickte hinüber zu Rudy. Alle im Raum begriffen, was er damit sagen wollte. Luoying kam es vor, als hätte Pierre mit seiner zurückhaltenden, dünnen Stimme Worte laut wie Donnerhall gesprochen. Unter dem Gewicht seines unausgesprochenen Verdachts kippte die gelöste Stimmung von einem Moment zum nächsten in ein angespanntes Schweigen.

«Hast du etwa Rudy im Verdacht?», stammelte Jill.

Langsam wandte Pierre sich ihr zu.

«Wie kannst du nur?», schrie Jill wutentbrannt und stellte sich schützend vor Rudy. «Es ist doch offensichtlich, dass es an deinem Material gelegen hat. Du bist schuld! Also hör bloß auf mit deinen wilden Verdächtigungen!»

Mit gerunzelter Stirn starrte Pierre sie an. Mit so einer Reaktion hatte er offensichtlich nicht gerechnet. Als hätte ihn ein Blitz aus heiterem Himmel getroffen, wirkte er plötzlich unsicher.

Luoying war so angespannt, dass sie fast vergaß, um wessen Kleid es hier eigentlich ging. Sie fand, Pierre hätte nicht auf diese Weise die Konfrontation mit ihrem Bruder suchen sollen. Dabei ergriff sie nicht etwa innerlich Partei für Rudy, sie wusste nur, dass der Vorwurf gegen ihn Jill nur noch entschiedener auf seine Seite treiben würde. Ein Mädchen wie sie, das einen Jungen für sich gewinnen wollte, kannte keine Vernunft. Luoying sah Pierre an, wie verlegen er war, wie verloren und eingeschüchtert, und sie hatte Mitleid mit ihm, aber auch mit Jill. Vor allem aber hoffte sie, dass ihr Bruder endlich ein klärendes Wort sagen würde, dass er offen und ehrlich zu dem stehen würde, was auch immer er getan hatte. Ihre Verletzung war ihr nach all den Tagen im Krankenhaus schon nicht mehr wichtig.

«Das sind keine wilden Verdächtigungen», verteidigte sich Pierre.

«Doch!», schrie Jill ihn an.

«Nein, das sind sie nicht.»

«Doch, das sind sie wohl!»

«Er hat recht», sagte Rudy endlich. Er hatte den Blick direkt auf Luoying gerichtet, so als würde er die beiden Streithähne gar nicht beachten. Man sah ihm seine Verlegenheit an, und trotzdem gelang es ihm, wie er da in seiner eleganten Uniform an der Wand stand, die Hände in den Taschen, einen gelassenen Eindruck zu vermitteln. «Ich bin schuld an dem Unfall.»

Jill starrte ihn mit offenem Mund an.

«Tut mir leid, es war meine Entscheidung», sagte er.

Luoying fehlten die Worte. «Wann hast du ...»

«Ich habe dein Kleid zu einer Routineüberprüfung mitgenommen, und bei der Gelegenheit habe ich es mit einer Membran beschichtet, die nach demselben Prinzip funktioniert wie die Oberfläche der Theatersitze. Diese Membran ist nur ein paar Nanometer dick, man spürt sie nicht, aber in einem Magnetfeld entwickelt sie eine schwache Hebekraft.»

Er schaute nur Luoying an, und seine Worte, sein Gesichtsausdruck, sein ganzes Verhalten waren noch ruhiger als sonst, so als stünde nicht seine Ehrlichkeit auf dem Prüfstand, sondern seine Gefasstheit, und als gälte es nicht, für einen Fehler geradezustehen, sondern Gelassenheit zu bewahren. Er fuhr fort: «Tut mir leid, das war unnötig von mir.»

«Unnötig?», fuhr Shania mit schneidender Stimme dazwischen. «Weißt du, was du da sagst?»

Rudy wandte sich zu ihr und fragte: «Wie bitte?»

Shania lachte verächtlich. «Glaubst du, du kannst das so einfach abtun? Als wäre das irgendeine belanglose Kleinigkeit? Ist dir klar, dass Luoying vielleicht nie mehr tanzen kann? Um ein Haar hätte sie nicht mal mehr gehen können! Wie kannst du das nur so auf die leichte Schulter nehmen?»

Luoying sah Shania an. Sie trat so stolz und aggressiv auf, als würde sie es darauf anlegen, Rudy in die Enge zu treiben. Offensichtlich war es weniger sein Fehler, der sie so in Rage brachte, sondern seine gleichmütige Haltung.

«Ich wollte Luoying unterstützen und hatte gehofft, ich könnte die Schwerkraft während ihres Tanzes ein bisschen verringern.»

«Die Schwerkraft? Nicht schon wieder!»

«Ich habe mich getäuscht. Ich dachte, wenn die Schwerkraft geringer ist, kann sie höher springen.»

«Hast du denn gar keinen gesunden Menschenverstand? Tanzen ist doch kein Hochsprung!»

«Ich dachte, es wäre ein Vorteil, wenn sie höher springen kann.»

«Ach ja?»

«Das dachte ich.»

Shania sagte nichts mehr, aber um ihre Mundwinkel zuckte ein spöttisches Lächeln. Mit einem Blick in die Runde zog sie ihren Mantel aus. Darunter kamen ein hellgelbes kurzes Hemd und eine weiche Baumwollhose zum Vorschein – vermutlich die Kleidung, die sie gewöhnlich zum Turntraining trug. Sie lockerte sanft ihre Glieder, sodass das Armband an ihrem Handgelenk klirrte.

«Seit ihr uns auf die Erde geschickt habt, faselt ihr was vom Höherspringen. Willst du wirklich wissen, wie man höher springt?» Sie fixierte Rudy. «Ich sage es dir.»

Ohne ein weiteres Wort vollführte sie mitten im Zimmer ein paar anmutige Ballettsprünge in die Höhe und drei Vorwärtssprünge aus der Drehung. «Und?», fragte sie mit einem herablassenden Grinsen. «Ist das hoch?»

Ohne eine Antwort abzuwarten, sprang sie mit zwei kleinen Schritten Anlauf noch einmal in die Höhe, die Beine lang von sich gestreckt. Als sie wieder sicher gelandet war, wiederholte sie ihre Frage: «Und jetzt? Ist das hoch?»

Niemand antwortete.

«Du weißt es nicht», stellte Shania ruhig fest. «In Wahrheit bin ich gerade nicht mal so hoch gesprungen wie irgendeine Grundschülerin. Aber weil du keinen Vergleich hast, weißt du es nicht. Höher, sagt ihr. Höher. Ihr schickt uns auf die Erde, damit wir höher springen. Aber höher als was? Höher als ein Frosch oder ein Floh oder ein Alien vom Andromedanebel? Das ist natürlich Unsinn, und das weißt du genau. Der Mensch will immer nur sich selbst übertrumpfen.»

Rudy blickte sie unverwandt an. Schließlich fragte er: «Und was willst du damit sagen?»

«Ich will damit nur sagen, dass ihr immer nur eines im Kopf gehabt habt: Wir sollen höher springen. Aber habt ihr auch mal daran gedacht, was Luoying deswegen durchgemacht hat? Sind euch ihre Schmerzen egal, Hauptsache, die Höhe stimmt?»

Luoying saß mit pochendem Herzen auf dem Bett. Traurig stand Shania da, das Gewicht auf die Fußspitzen verlagert, regungslos und hoch aufgerichtet wie ein einsamer weißer Kranich.

Für Luoying war dieser Streit so nervenaufreibend wie für niemanden sonst im Raum. Sie wusste jetzt, dass ihr Sturz nicht einfach nur ein Unfall gewesen war und dass es nun nicht mehr nur um sie ging. Aber selbst wenn durch Rudys unbedachte Manipulation nicht alles noch schlimmer geworden wäre, hätte sie sich früher oder später verletzt und das Tanzen aufgeben müssen. Sie und Shania zahlten einen hohen körperlichen Preis – in ihrem eigenen Fall die schwere Sehnenscheidenentzündung, die sie sich schon vor dem Unfall zugezogen hatte. Ihr Unfall war nur der Schlusspunkt eines jahrelangen Verschleißes. Anfangs auf der Erde waren sie beide noch voller Hoffnung und Pflichtbewusstsein gewesen. Sie hatte eine Mission gehabt, nämlich immer noch höhere Sprünge zu trainieren, und als ihnen später Zweifel an dieser Mission kamen, hatten ihre Körper schon unwiederbringlich Schaden genommen.

Luoying verstand, worum es Shania ging. Ihr Streit mit Rudy drehte sich nicht nur um einen Unfall, sondern er war das Resultat einer tiefsitzenden Verbitterung. Eigentlich wollte Shania sagen: *Hört auf, so dumm zu sein. Wir Menschen haben unsere Grenzen.*

Die Atmosphäre im Zimmer war ungeheuer angespannt – von Shanias verletztem Stolz, Jills Gekränktsein, Rudys Herabsetzung. Luoying wusste nicht, was sie tun sollte. Um sie ging es in diesem Streit, aber niemand wünschte sich sehnlicher als sie, dass wieder Eintracht herrschte.

In diesem Moment kam Doktor Renny herein.

Als er die Tür aufstieß und all die jungen Leute im Zimmer versammelt fand, nickte er ihnen lächelnd zu und wünschte ihnen einen guten Morgen. Bei seinem Anblick hatte Luoying das Gefühl, als wäre mit ihm jemand gekommen, auf den sie sich verlassen konnte. Sein hageres, gelassenes Profil, sein glattrasiertes Kinn, seine ruhigen, kraftvollen Hände und seine runde Brille, alles an ihm schien ihr einen sicheren Beistand zu versprechen.

«Doktor Renny, kann ich jetzt gehen?», fragte sie eilig.

«Ja, kein Problem», antwortete er.

«Wollten Sie mich nicht noch zu einer letzten Untersuchung bringen? Ist das nicht mehr nötig?»

«Nein, das hat sich erledigt. Die Röntgenaufnahme, die ich heute Morgen gemacht habe, zeigt, dass der Bruch gut verheilt ist. Du musst nur noch mal zur Nachuntersuchung kommen.»

«Na, dann gehen wir jetzt.»

Luoying stand auf und zog sich ihre Jacke über, sie ordnete ihr Gepäck und überprüfte, ob alles im Zimmer am rechten Ort war. Auch ihre Besucher standen auf, halfen ihr beim Tragen und Renny beim Aufräumen.

Die aufgeheizte, angespannte Atmosphäre wich einer geschäftigen Stimmung, in der sich niemand mehr Vorwürfe machte. Fragen wie «Soll dieses Glas mit?» und «Wer nimmt den Koffer?» schwirrten durch den Raum. Bald war alles fertig, und das Zimmer, das nun in der vollen warmen Vormittagssonne lag, leerte sich. Vorweg ging Rudy, hinter ihm Jill, dann folgten der Reihe nach Pierre, Ankka, Miller und schließlich Luoying.

Als sie durch die Tür ging, trat Ankka neben sie, schlang den Arm um ihre Schultern und drückte sie an sich, ohne dass die anderen weiter vorn etwas davon mitbekamen. Luoying schaute zu ihm hoch: Er blickte nach vorn in den Gang, aber über seine Lippen huschte ein Lächeln. Luoying spürte, wie seine Anwesenheit ihr innerlich Halt gab.

«Heute Nachmittag?», fragte er so leise, dass es niemand außer ihr hören konnte.

«Zwei Uhr, Station drei?»

«Ja.»

Im nächsten Moment lösten sie sich schon wieder voneinander. Ankka ging zur Gruppe um Miller, Luoying zur anderen Gruppe um Rudy. Renny war der Letzte im Raum. Kaum hatte er nach Luoyings Blick die angespannte Atmosphäre wahrgenommen, hatte er sich freundlich schweigend an die Seite gestellt, bis alle anderen das Zimmer verlassen hatten. Nun kam auch er in den Gang und trat zu Luoying.

«Das hatte ich dir versprochen.»

Er gab ihr einen zusammengefalteten Brief, der mit einer rot markierten Metallfolie versiegelt war – eine besonders förmliche Art der persönlichen Bescheinigung, die in der Regel hochoffiziellen Vollmachten vorbehalten war und in etwa dem roten Siegellack der Federkieläras entsprach.

Luoying warf nur einen Blick darauf und wusste Bescheid. Sie schaute Renny an. «Danke.»

Mit einem Kopfschütteln wehrte Renny ab und schärfte ihr

ein, sie solle auf sich aufpassen. Mit unsicheren Schritten tappte Luoying die endlos lange Treppe hinab. Am Treppenabsatz blieb Renny stehen und blickte ihr und den anderen nach. An einer Biegung drehte sich Luoying noch einmal um und winkte ihm zum Abschied zu, und er erwiderte ihren Gruß.

Fast zwanzig Tage lang war Luoying im Krankenhaus gewesen. Sie trennte sich nur widerwillig von ihrem Zimmer. In der Stille der letzten Tage schien die hektische Betriebsamkeit der letzten zehn Jahre wie weggeblasen, und die Unruhe in ihr hatte sich gelegt. Mit diesem weltentrückten Einsiedlerleben war es nun vorbei. Sie wusste nicht, was sie außerhalb des Krankenhauses erwartete, aber den Frieden hier würde sie ganz sicher vermissen.

Nachdem er sich von Luoying verabschiedet hatte, kehrte Renny in sein Arbeitszimmer zurück, wo er sich wieder seinem neuen Projekt widmete: einer Geschichte von Mars City. Eine Stadt ist zuallererst schlicht eine Stadt, aber im Gedächtnis der Menschen verwandelt sie sich meistens in eine Bühne, auf der sich Geschichte und Kultur abspielen. Der Stadtgeschichte selbst schenkt kaum jemand Beachtung. Vor der Erfindung des Buchdrucks, sagte Victor Hugo einmal, drückte der Mensch seine Gedanken in seinen Bauten aus. Und mit dem Beginn der Raumfahrt, so glaubte Renny, war die Architektur von neuem zum Medium des menschlichen Denkens geworden.

Auf der Erde war ein Großteil des bewohnbaren Landes schon sehr oft bebaut worden. Neue Gebäude mussten sich unweigerlich mit den vorgegebenen Verhältnissen arrangieren und jeden Zollbreit freien Boden ausnutzen, und wenn doch einmal ein großflächiger Abriss erfolgte, geisterten die zerstörten Häuser wie Gespenster rings um die neuen Bauten umher. In den Städten wimmelte es von Geistern, und alles Neue musste sich dem Alten unterwerfen wie einer endlosen Reihe von Ahnen. Völlig unschuldig ein Stück Land zu bebauen, als wäre es ein unbeschriebenes Blatt, war ein Ding der Unmöglichkeit. Im Gegenteil, alle neuen Bauten trugen das Stigma der Zerstörung in sich.

In den letzten beiden Jahrhunderten war der regionale Charakter der Architektur auf der Erde zusehends verschwunden. Die Bauwerke antworteten nur noch auf die sie umgebende Architektur und verloren die Beziehung zu dem Boden, auf dem sie standen. Die Bodenschätze waren im Wesentlichen ausgebeutet und zirkulierten in immer neuen Kreisläufen überall auf der Erde, und dabei folgten sie allein dem Auf und Ab des Kapitals, nicht dem Auf und Ab der Landschaft. Die globale Architektur glich sich immer mehr an: Im Herzen der Metropolen erhoben sich imposante Wolkenkratzer, in den Vororten breiteten sich die Villen und Gärten der Reichen aus. In kaum einem Winkel der Erde konnte man noch regionale Eigenheiten entdecken, denn Gebäude drückten nur noch die sozialen Schichten ihrer Bewohner aus, nicht mehr die natürlichen geographischen Gegebenheiten des Ortes, auf dem sie standen.

In der Leere des Weltalls dagegen fing jeder Bau bei null an. In den zweihundertfünfzig Jahren, seit der Mensch zum ersten Mal seinen Fuß ins All gesetzt hatte, waren die seltsamsten und wunderbarsten architektonischen Ideen in der unendlichen schwarzen Weite verwirklicht worden, darunter Hängende Gärten in den phantastischsten Formen, wie sie auf der Erde nur schwer denkbar waren.

Diese Bauwerke waren eng mit ihrer geographischen Umgebung verbunden, sie schöpften die Luft zum Atmen aus dem Himmel und ihre Nahrung aus der Erde. Weil die Ressourcen des Alls noch kaum erschlossen waren, drangen diese Bauten wie Brunnen in die Tiefen der sie umgebenden Natur hinein. Die Architektur nutzte die örtlichen Ressourcen und die geologischen Gegebenheiten und entwickelte Formen und Bauweisen im Einklang mit der Umwelt. Ob eine Ringstadt in einer Erdumlaufbahn, eine Spinnenstadt auf dem Mond oder eine Gebirgs- oder Kristallstadt auf dem Mars – immer waren diese Städte so unauflöslich mit ihrer Umgebung verbunden wie Pflanzen mit der Erde.

Nachdem der Mensch erst den Totemismus mit seiner religiösen Verehrung der Natur und dann das Industriezeitalter mit seinem Ideal der Unterwerfung der Natur hinter sich gelassen hatte, markierte die Verschmelzung der kosmischen Architektur mit der Natur das dritte große Entwicklungsstadium menschlichen Bauens. Ein Gebäude ist eine Blume in der Wüste, lautete der berühmteste Ausspruch des jungen Galeman.

Mars City war ein Produkt der Wüste. Der rote Sand des Planeten trug drei reiche Früchte: Stahl, Glas und Silizium. Aus dem Stahl fertigte man das Skelett, aus dem Glas das Fleisch und Blut und aus den Siliziumchips die Seele. Die gesamte Stadt war aus dem Sand erstanden, sie hatte ihre rohe Hülle abgeworfen und erhob sich mit ihren stolzen Kuppeln aus Kristall wie ein aus den Tiefen der Erde emporschießendes Gewässer, das den schweren Erdmantel durchbricht und als Quelle an der Oberfläche sprudelt.

Glas gibt es seit Menschengedenken. Schon die alten Phönizier fanden im Wüstensand schimmernde Perlen aus Glas, und die Ägypter und Chinesen stellten schon vor Jahrtausenden gläserne Gefäße her. Im Mittelalter diente die Glasmalerei dem Lobpreis Gottes, während die moderne Industrie Ferngläser dazu benutzte, in den Weltraum zu blicken. Die Glasfassaden, die im zwanzigsten Jahrhundert unversehens in Mode kamen, und die Bauten des Architekten Le Corbusier brachten die Nutzung dieses Materials für architektonische Zwecke zur

Perfektion. Deshalb erstand auf dem Mars nicht etwa ein vollkommen neues gläsernes Paradies. Die Marsianer setzten nur eine jahrtausendealte Tradition fort.

Die marsianische Glasherstellung unterschied sich von der auf der Erde. Sie machte sich die kargen, widrigen Bedingungen auf dem Planeten zunutze. In der dünnen Atmosphäre und bei den eisigen Temperaturen griff man auf eine denkbar schlichte Form der Glasbläserei zurück: Nachdem man das Glas erwärmt und in einen halbflüssigen Zustand überführt hatte, blies man ein Gasgemisch hinein. In der Kälte des Alls kühlte das Glas rasch ab und nahm sofort eine bauchige Form an. Diesen Prozess brauchte man kaum von außen zu unterstützen. Die Druckunterschiede zwischen innen und außen schufen die Kuppelform ganz von allein, und darunter, in den Details der Innenkonstruktion, konnte man nach Belieben dekorative Elemente einbauen, konnte Drähte oder Muster in die Wände einarbeiten und das Glas auf jede erdenkliche Weise künstlerisch verarbeiten. Der gestalterischen Phantasie waren kaum Grenzen gesetzt. Luft und Pflanzen waren im Innern dieser Kuppeln geborgen, die Kälte und das Vakuum des Alls draußen ausgesperrt.

Die gläserne Stadt war der Wirklichkeit gewordene Traum einer symbiotischen Einheit von Mensch und Natur. Die marsianischen Häuser waren für ihre Bewohner eine zweite Hülle ähnlich ihrer Kleidung. Die Marsianer lebten in so enger Gemeinschaft mit ihren Gärten wie die Fische im Wasser. Die Luft in den Häusern wurde zum Großteil von den Pflanzen in den Gärten gefiltert, die städtischen Sauerstoffgeneratoren erfüllten nur eine ergänzende Funktion. Auch das Trinkwasser wurde in den eigenen vier Wänden gefiltert und in einem steten Kreislauf immer wieder ins Wassersystem eingespeist. Nur ein kleiner Teil floss als Abwasser in die Kanalisation. Jedes Haus bildete mit seinem Garten und seinen Bewohnern ein kleines Ökosystem und eine verschworene Gemeinschaft. Anfangs bestand Mars City nur aus einem Haus mit Garten – das war die Grundstruktur, die Keimzelle, die danach nur noch reproduziert wurde, elementar, aber in sich vollkommen, klein, aber unerschöpflich.

Inzwischen war die Stadt in einem vielfältigen Wandel begriffen. Die meisten Einwohner hatten sich für einen architektonischen Leitgedanken des alten China entschieden: Ihre Häuser waren rings um einen Garten in der Mitte gebaut. Von außen wirkten sie mit ihren durchsichtigen Kuppeldächern nicht besonders groß, aber im Innern vermittelten sie ein Gefühl behaglicher Weite. Die Kuppeln nahmen sich oft den majestätischen Stil des alten Rom zum Vorbild, während sie im Innern mit ornamentalen Linien geschmückt waren, die sich mit Säulen im altgriechischen Stil verbanden. Die Häuser waren von der Vergangenheit inspiriert, aber kein imitierender Kitsch.

Membranen spielten in diesen architektonischen Konzepten eine zentrale Rolle. Alle Gebäude auf dem Mars waren im Innern mit Beschichtungen überzogen, die zusammen mit speziellen Zusätzen im Glas verschiedene Funktionen in Wänden und Decken erfüllten. Ein Viertel der Wände war mit einer reflektierenden Beschichtung versehen, die die Infrarotstrahlung im Innern zurückwarf und so als natürliche Wärmedämmung diente, eine wärmebeständige Beschichtung diente als Heizung, eine fotoelektrische Beschichtung konnte als Bildschirm verwendet werden, und eine Beschichtung mit einem außerordentlich starken magnetischen Material konnte zur Lenkung von Gegenständen benutzt werden. Diese Membranen waren mehr als ein paar praktische Hilfsmittel, zusammen ermöglichten sie einen ganz neuen Lebensstil, eine Symbiose von Haus und Gebrauchsgegenständen, in der die Dinge nicht länger den Bewohnern zu folgen brauchten.

Wie eine weitläufige moderne Pyramide ragte Mars City mitten in der Wüste zum Himmel empor.

Hinter allem steckte Galemans Philosophie: sich die natürlichen Bedingungen zunutze machen und aus den vermeintlichen Standortnachteilen Vorteile ziehen. Nachdem die Marsianer das erste, von ihm entworfene Haus übernommen hatten, errichteten sie ein Haus nach dem anderen. Unter Galemans Leitung plante ein Heer von Konstrukteuren die Stadt, vom einzelnen Grundstück bis hin zu den Stadtvierteln. Nur fünfzig Jahre war das her, aber viele Marsianer kannten nur diese fünfzig Jahre. Sie waren in Mars City geboren, waren hier aufgewachsen, und die Stadt kam ihnen, seit sie zum ersten Mal das Licht der Welt erblickt hatten, so unerschütterlich vor, als stünde sie schon tausend Jahre und als wäre Galemans Philosophie ein Naturgesetz.

Nun aber standen sie vor der Frage, ob sie die Stadt aufgeben sollten. Renny beobachtete diese Diskussion gelassen, aber voller Wehmut. Er ahnte, dass man sich für eine neue Stadt in den Bergen entscheiden würde. Galeman hatte mit seinen Konstruktionsprinzipien einen allzu starren städtebaulichen Rahmen geschaffen. Spätere Generationen kopierten seine Häuser nur noch und suchten sich eine geeignete Stelle zum Bauen, die die städtische Gesamtanlage von Mars City nicht beeinträchtigte. Sie mussten nichts Neues erschaffen, mussten keine architektonischen Sensationen kreieren, und ebendies ließ ihnen keine Ruhe. Je mehr sie Galeman bewunderten, desto mehr träumten viele davon, ein zweiter Galeman zu werden. Sie wollten genauso anerkannt, genauso berühmt werden und ihren Namen in die Geschichte einschreiben. Schon längst arbeiteten sie an neuen Entwürfen für eine marsianische Architektur. In Gedanken rissen sie die alte Stadt schon ab und errichteten eine neue. Was sie antrieb, war nicht der Aufstand der Massen gegen die Religion, von dem Hugo gesprochen hat, oder der Konflikt von Freiheit und Gesetz. Nein, hier wollten Menschen einen Großen unter ihnen niedertrampeln, in der Hoffnung, selbst groß zu werden.

ABZEICHEN

Auf dem Weg zum Archiv erklärte Ankka Luoying, was es mit der geplanten Revolution auf sich hatte.

Sie saßen nebeneinander in einem Röhrenwagen, Ankka an der Glaswand, den Ellbogen auf den kleinen Tisch gestützt und die langen Beine von sich gestreckt. Sein Gesicht war entspannt, seine Haltung ungezwungen, und seine kühlen blauen Augen waren so ruhig wie ein See in einer Winternacht.

Luoying drehte sich zu ihm und fragte: «Was hat Shania heute Morgen gemeint, als sie von dieser Revolution geredet hat?»

Ankka grinste. «Revolution? Das ist nur ein Theaterstück.»

«Ein Theaterstück?»

«Ja, eine Komödie. Über die Erde und den Mars. Du spielst auch mit.»

«Ich? Davon weiß ich ja noch gar nichts.»

«Keine Sorge, du hast kaum Text.» Er grinste. «Wir beide gehören zum Chor, der in der hinteren Reihe steht und ein paar Kommentare abgibt. Ein Kinderspiel. Wir singen Sachen wie ‹Ach, ist das wunderbar!› oder ‹Großartig, einfach großartig!›. Wenn du dich noch ein paar Tage erholt hast, kommst du zweimal mit zur Probe, und fertig.»

«Ach so ...» Luoying atmete auf. «Ich dachte schon wer weiß was! Den halben Tag habe ich mir wegen nichts den Kopf zerbrochen.»

«Das Stück heißt ‹Revolution›, das ist alles. Es ist eine Art Reaktion auf den Kreativitätswettbewerb.»

«Auf den Wettbewerb? Bereitet ihr es für den Wettbewerb vor?»

«Nicht als Wettbewerbsbeitrag, sondern für die Feier zum Finale.»

«Es geht also nicht mehr um eine Kritik an dem Wettbewerb?»

«Doch, aber indem wir uns daran beteiligen.»

«Ach so.» Luoying lachte. Ihr fiel ein Stein vom Herzen.

Seit Longs Nachricht hatte die Frage, ob eine Revolution nun gut oder schlecht wäre, ihr keine Ruhe mehr gelassen. Sie merkte, wie unzureichend ihre bisherigen Nachforschungen verlaufen waren – sie war sich noch immer nicht im Klaren, ob sie sich dem marsianischen System widersetzen sollte und, wenn ja, warum. Hinter Shanias Worten hatte sie alles Mögliche vermutet, irgendwelche geheimen, verschwörerischen Aktivitäten. Die Vorstellung, wie wohl ihr Großvater und ihr Bruder auf eine wirkliche Rebellion, an der sie beteiligt war, reagieren mochten, hatte ihr den ganzen Mittag über Sorgen bereitet. Jetzt war sie so erleichtert, dass sie erst mal laut lachen musste. Sie war um eine Erkenntnis reicher: Die Wirklichkeit ist kreativer als alle unsere Vorstellungen. Eine Komödie namens «Revolution» – war das nicht wunderbar?

«Ich nehme übrigens auch am Kreativitätswettbewerb teil», erklärte sie Ankka fröhlich.

«Ach ja?»

«Jill hat mich in ihr Team aufgenommen.»

«Aha.»

«Eigentlich wollte ich gar nicht mitmachen. Aber Jill war so begeistert, da konnte ich schlecht nein sagen.»

«Und was macht ihr?»

«Soweit ich es verstanden habe, Kleidung, die Strom erzeugt. Pierre kennt sich gut mit Fotoelektrizität und Membranen aus. Anscheinend kann er unsere Dachtechnologie auf weiche Materialien übertragen und damit Stoffe herstellen.»

«Ach, wirklich?» Auf einmal straffte sich Ankkas Haltung. Sein Gesicht wurde ernst, und seine Augen blitzten auf. «Welches Material benutzt er?»

Luoying schüttelte den Kopf. «Ich habe es selbst noch nicht gesehen. Angeblich produziert er daraus eine Art durchsichtige Rüstung.»

«Interessant», murmelte Ankka. Er schien über etwas nachzudenken.

«Ist was?», fragte Luoying.

«Ich sag es dir später, falls es wichtig wird.»

Offensichtlich wollte er seine Gedanken für sich behalten, aber Luoying sah, wie es in ihm arbeitete. Nachdenklich blickte er aus dem Fenster, während er mit den Fingern leise auf die Tischplatte trommelte. Erst nach einer ganzen Weile wandte er sich wieder zu Luoying.

«Kannst du mir einen Gefallen tun und Pierre mal fragen, ob auch andere Leute seine Technologie benutzen dürfen?»

«Du willst sie benutzen?»

Er nickte, gab aber keine Erklärung.

«Okay, ich frage ihn», versprach Luoying.

Auf Ankkas Gesicht lag ein Ausdruck hellwacher Ruhe, den sie noch von diesen ersten Minuten auf der Erde kannte, als sie die Orientierung verloren hatte. Er schien wie in Licht getaucht, er vibrierte vor fokussierter Energie. Es war lange her, dass sie diesen Ausdruck zuletzt an ihm gesehen hatte.

Als der Röhrenwagen hielt, richtete Luoying ihre Aufmerksamkeit wieder auf das Ziel ihrer Fahrt. Dies war nun schon das zweite Mal, dass sie das Archiv besuchte, aber diesmal kam sie mit einer ganz anderen Einstellung.

Am Eingangstor blieb sie einen Moment stehen und betrachtete die grauen Säulenreihen und die hohen Statuen auf beiden Seiten. Die Skulpturen wirkten, als wären sie lebendig. Einige hatten einen nachdenklichen, andere einen kämpferischen Ausdruck, aber alle strahlten sie Würde und Großmut aus, so als würden sie die Besucher willkommen heißen. Luoying atmete tief durch und trat innerlich gefasst über die Schwelle. Vieles war ihr in dem guten Monat, den sie nun wieder daheim war, zu Ohren gekommen, und sie war längst nicht mehr so verwirrt wie in den ersten Tagen, als sie sich auf die Suche nach Antworten begeben hatte. Inzwischen zweifelte sie nicht mehr am Sinn dieser Suche. So viel, wie sie schon herausgefunden hatte, stellte sie sich nicht länger die Frage, ob sie weitergehen, sondern nur noch, wie sie vorankommen sollte.

Lark erwartete sie in der Eingangshalle. Kerzengerade und so ernst wie immer stand er da. Als würde er offizielle Gäste empfangen, schüttelte er Ankka und Luoying die Hand. Er trug zwar keinen dunklen Anzug und keine Uniform, aber in seinem schwarzen Pullover und seiner schwarzen Hose wirkte er nicht weniger förmlich. Mit unbewegter Miene musterte er Luoying einen Moment, dann nahm er den Brief aus ihrer Hand. Behutsam öffnete er ihn, las den Inhalt schweigend und steckte das Schreiben zurück in den Umschlag. Luoying sah ihn ein wenig nervös an, aber er nickte nur mit unverändert steifer Miene und machte eine einladende Geste. «Hier entlang.»

Erleichtert folgte Luoying ihm, Ankka an ihrer Seite. Aber da blieb Lark stehen und gebot Ankka mit einer höflichen Geste Halt.

«Entschuldigung», sagte er. «Ich möchte euch beide nicht trennen, aber die Vollmacht gewährt nur einer Person Zutritt.»

Luoying und Ankka tauschten einen Blick miteinander. Luoying wollte eben anfangen, mit Lark zu diskutieren, da kam Ankka ihr zuvor.

«So sind nun mal die Vorschriften», sagte er leise. «Ich warte hier auf dich.»

Nach einem kurzen Zögern gab Luoying nach. Ohne Ankka an ihrer Seite fühlte sie sich sofort einsamer und unsicherer. Lark wartete ernst und geduldig. Eilig folgte sie ihm. Beide gingen durch eine Glastür mit Irisscan und Fingerabdruckerkennung in einen kurzen, vollkommen leeren Gang, der grau war und keinerlei Dekoration oder Bilder an den Wänden enthielt.

Am Ende des Ganges strich Lark mit der Hand über eine verschlossene Metalltür, gab ein Passwort ein und drückte drei Schalter. Lautlos schwangen die schweren Metallflügel auf. Luoying stockte der Atem, als sie auf den breiter werdenden Lichtspalt starrte. Vor ihr tat sich eine Halle auf, die ein unermessliches Meer von Bücherregalen barg. Fasziniert ließ sie den Blick ringsum schweifen. Sie vermutete, dass die Halle rund war, auch wenn sie nirgends ein Ende erkennen konnte. Jedes Regal ragte gut drei Meter in die Höhe und war aus schwerem braunem Metall gebaut. Eng beieinander standen die Regale in Reih und Glied wie eine Armee, die ruhte und doch in Bereitschaft war.

«Wessen Akte möchtest du einsehen?», fragte Lark, der neben dem Eingang wartete.

«Die von meinem Großvater», antwortete Luoying. «Wenn möglich, auch die vom Vater meines Großvaters. Und natürlich die von meinen Eltern.»

Lark nickte und führte sie in die westliche Zone der Halle. Sie war sich sicher, dass er ihren Wunsch längst vorausgesehen und nur der Form halber gefragt hatte. Ruhig und zielsicher schritt er mit ihr einen der Hauptgänge entlang.

Luoyings Blick glitt über die Regale, die hoch wie Mauern neben ihr aufragten. Winzig kleine Fotos mit vielen lächelnden Gesichtern waren wie glänzende Knöpfe in die Regalflächen eingelassen. Es war, als würde sie einen flüchtigen Blick auf eine ganze Welt im Miniaturformat erhaschen.

«Sind hier die Akten von allen Marsianern?», fragte sie leise. Ihre Stimme hallte hohl in dem weiten Raum wider.

«Ja. Von allen.»

«Warum betreiben wir eigentlich so einen Aufwand? Wir haben doch schon den Datenserver mit seinem virtuellen Archiv.»

Ohne stehen zu bleiben, antwortete Lark ruhig, aber bestimmt: «Man sollte sich nie zu sehr von nur einer Speicherform abhängig machen, egal von welcher. Vor allem darf man sich nicht nur auf einen Server verlassen. Frag einmal auf der Erde, warum sie dort immer noch die Schweizer Banken brauchen, obwohl sie schon längst elektronische Währungen benutzen.»

«Werden hier auch reale Gegenstände gelagert?»

«Von manchen Personen schon.»

«Und was für Gegenstände sind das?»

«Dinge, die die Person selbst oder ihre Erben dem Archiv gespendet haben, oder Zeugnisse von historischen Ereignissen.»

«Mit dem Status hat das nichts zu tun?»

«Nein.»

«Haben meine Eltern irgendetwas hinterlassen?»

Abrupt blieb Lark stehen. Sein Blick war sanft und nicht mehr so förmlich und distanziert wie gerade eben noch. In diesem Moment fühlte sich Luoying wieder an den freundlichen Onkel erinnert, als der ihr Lark in ihrer Kindheit erschienen war.

«Eigentlich», sagte er, «trägst du für ihre Hinterlassenschaften die Verantwortung. Wenn du eines Tages etwas gefunden hast, kannst du es jederzeit an mich übergeben, wenn das dein Wunsch ist.»

Verlegen senkte Luoying den Kopf. Sie begriff seinen impliziten Hinweis: Wenn sie nach den Hinterlassenschaften ihrer Familie suchen wollte, war das ihre Sache. Aber sie hatte immer wieder Außenstehende in ihre Nachforschungen mit hineingezogen, als wüssten andere besser über ihre Familie Bescheid als sie selbst. In Larks traurigem Gesicht erkannte sie eine unausgesprochene Fürsorglichkeit. Die Furchen um seinen Mund und zwischen seinen Augenbrauen kamen ihr noch tiefer vor als sonst, aber vermutlich hatten die Sorgen vieler Jahre diese Spuren hinterlassen. Selbst wenn er heute innerlich ruhig und sorgenfrei war, blieben diese Furchen doch in sein Gesicht gegraben wie uralte Risse in einen Fels. Er wirkte deshalb älter als er war. Vor den hoch aufragenden Bücherregalen ringsum schien er mit dem Meer aus Miniaturfotos zu verschmelzen.

«Ich weiß, Sie haben recht», sagte sie. «Die Worte von Außenstehenden können mein eigenes Urteil nicht ersetzen. Aber einige Dinge muss ich doch andere fragen. Sonst kann ich mir nie ein umfassendes Urteil bilden.»

«Zum Beispiel?»

«Zum Beispiel: Hat mein Großvater viele Menschen getötet?»

«Nicht mehr und nicht weniger als andere Soldaten auch.»

«Hat er revolutionäre Kundgebungen auf dem Mars verboten?»

«Ja.»

«Warum?»

Lark schwieg, und Luoying fiel wieder ein, dass er nur zu Tatsachen Antwort gab, nicht zu ihren Ursachen.

Sie verzichtete auf weitere Fragen. Nach einem Moment des Schweigens führte Lark sie weiter.

Wieder gingen sie an endlosen Reihen von metallenen Regalen und kleinen Porträts vorbei, an ewig lächelnden Gesichtern, den Lebensgeschichten von sämtlichen Seelen, die je den Mars bevölkert hatten. Es waren zu viele Fotos, als dass Luoying sie mit dem Blick hätte erfassen können, aber die Gesichter auf den Miniaturbildern waren alle jung und voller Leben. Ob die Menschen, denen diese Gesichter gehörten, immer noch lebten oder schon vor Jahren verstorben waren, darüber gaben die Fotos keinen Aufschluss. Sie waren alphabetisch nach Namen sortiert, denn alle Verschiedenheiten in ihren Biographien und ihrem Status, ihrem Alter und ihrem Wesen waren für das Archiv nicht von Bedeutung. Unterschiedslos nahmen sie ihren Platz auf den Regalen ein, als wären sie schon immer ein Teil des Archivs gewesen und hätten sich nur für ein paar Jahrzehnte in die Welt begeben, um am Ende wieder in die wahre Heimat ihrer Seelen zurückzukehren.

Über jedem kleinen Foto stand ein Kästchen, dessen Vorderseite Videos und Texte auf elektronischem Papier anzeigte. Im Vorübergehen erkannte Luoying die Namen vertrauter Viertel, Klassenräume aus ihrer Kindheit und verlassene Bergwerke, aber auch den Jupiter und die unermesslichen Weiten des Weltalls. Die meisten Texte erfassten akribisch ganz unterschiedliche Aspekte eines Lebens. Luoyings Blick sprang von einem Kästchen zum anderen, und die unzähligen Details verdichteten sich in ihrem Kopf zu menschlichen Schemen. Aber konnten diese Details wirklich den echten Menschen wiedergeben? Wie viele Einzelheiten musste man zusammensetzen, um ein Bild von einem Menschen zu gewinnen, und welche Beziehung bestand zwischen dem Bild und dem realen Individuum?

«Arbeiten Sie schon lange hier?», fragte Luoying leise.

«Dreißig Jahre.»

«So lange? Waren Sie nicht auch mal Bildungsminister?»

«Das Amt habe ich nur nebenbei bekleidet.»

«Mögen Sie die Arbeit hier?»

«Ja.»

«Warum?»

«Dafür gibt es kein Warum», sagte er bedächtig, ohne seine Schritte zu verlangsamen. Beim Gehen strich er mit der Hand über die Fotos auf den Regalen. «Für Menschen wie dich ist das unverständlich. Ihr wollt erst alle Alternativen kennen, bevor ihr euch endgültig für eine davon entscheidet. Aber wenn man etwas sein Lebtag gemacht hat, wird es ein Teil von einem. Dann mag man es, auch wenn man es nicht selbst gewählt hat. Ich kenne hier jedes Regal und könnte dich schnurstracks zu jeder Person, die du suchst, führen. Dieses Archiv ist mir so vertraut wie meine Westentasche. In den dreißig Jahren, die ich meinen Dienst getan habe, ist es hier nicht zu einem Fall von Unordnung oder vorschriftswidriger Herausgabe von Informationen gekommen. Jeder Person wird hier die gebührende Beachtung zuteil. Das ist mein Leben. Es ist eine Festung. Egal was in der Welt da draußen geschieht, hier drinnen bleibt die Vergangenheit auf ewig gegenwärtig.»

Luoying betrachtete Larks aufrechte Gestalt. Auf einmal beneidete sie ihn um die Gewissheit, mit der er sprach, während sie trotz all ihrer Anstrengungen nichts fand, das sie mit solch einem unerschütterlichen Glauben erfüllte. Er hatte Jahrzehnte seines Lebens gegeben, um diese Gewissheit zu erlangen, und nun sprach er mit einer Gelassenheit, die nichts und niemand je ins Wanken bringen konnte. Deshalb ging von seinen Worten eine solche Kraft aus.

Endlich waren sie an ihr Ziel gelangt. Lark blieb vor einem Regal stehen, nahm das elektronische Papier von der Vorderseite eines Kästchens in der vierten Reihe und reichte es Luoying. Als sie den Namen sah, begann ihr Herz schneller zu schlagen.

Hans Sloan.

Der Name nahm die ganze Zeile ein. Links und rechts vom Kästchen ihres Großvaters standen vier weitere Kästchen mit demselben Nachnamen: links Richard, rechts Quentin, Rudy und sie selbst. Der Name ihrer Mutter fehlte, weil das Archiv nur nach Geburtsnamen sortiert war und Heiraten unberücksichtigt blieben. Aufgeregt nahm sie das dünne, halb durchsichtige Blatt entgegen.

Sie scrollte abwärts, und am Anfang stand eine kurze Biographie.

«Schau dir in Ruhe alles an», sagte Lark freundlich. «Wenn du Hilfe brauchst, findest du mich in meinem Büro. Drück einfach den blauen Schalter neben der Tür.»

Er entfernte sich, und Luoying blieb allein in der riesigen Halle zurück. Als sie gedankenverloren nach oben blickte, fiel ihr auf, wie sehr das Kuppeldach dem des Pantheons, das sie in Rom gesehen hatte, glich: Es war genauso hoch, genauso prachtvoll und Ehrfurcht gebietend. Die halb durchsichtige Kuppel schimmerte erhaben im blassen Sonnenlicht, als würde sie hoch in die Wolken ragen. Zweifellos war das Archiv antiken Heiligtümern auf der Erde nachempfunden. Doch dies hier war kein Tempel für die Götter, diese Halle war den lebenden und den toten Menschen geweiht.

Hans Sloan wurde in einem verlassenen Bergwerksschiff am Fuß der Akira-Klippen 46 Grad westlicher Länge, 11 Grad südlicher Breite geboren, und zwar nach irdischem Kalender im Jahr 2126, also nach marsianischem Kalender im Jahr 30 vor der Staatsgründung.

Seine Mutter starb bei der Geburt. Der sechsundzwanzigjährige Pilot Richard Sloan hatte mit seiner fünfundzwanzigjährigen Frau Hanna Sloan an Bord die Akira-Klippen überfliegen wollen, um zum Lager Nummer 16 zurückzukehren, wo seine Frau ihr Kind zur Welt bringen sollte. Doch ein aus heiterem Himmel hereinbrechender Sandsturm setzte ihrem Flug ein Ende. Der Sand, der auf das Frachtschiff einprasselte, führte zu einem technischen Defekt. Richard Sloan musste am Fuß der Klippen notlanden. Per Funk nahm er Kontakt mit einem Satelliten auf und wartete auf Hilfe von der Basis. Doch es kam keine Hilfe, und der Geburtstermin von Hanna Sloan rückte immer näher. Weil das Bergungsschiff ausblieb, rief Richard ständig die Basis und ersuchte die unterschiedlichsten Stellen um Unterstützung, aber er erhielt keine klare Antwort. (Die Übertragungsprotokolle der Basis belegen, dass Richard in den einundfünfzig Stunden nach seiner Notlandung vierzehnmal erfolgreich die Basis kontaktierte.)

Die Verantwortung für die Bergung wurde vom einen zum anderen geschoben. Richard wurde mitgeteilt, dass es in der Navigationseinheit zu fachlichen Streitigkeiten gekommen sei und dass das Bergungsrisiko nicht juristisch geklärt sei. Immer verzweifelter drängte er auf Rettung. Hanna war den körperlichen Strapazen schließlich nicht mehr gewachsen. Nachdem sie unter heftigen Schmerzen einen Sohn zur Welt gebracht und dabei große Mengen Blut verloren hatte, wurde sie bewusstlos und starb wenige Stunden später. Richard musste spüren, wie seine Frau in seinen Armen allmählich erkaltete und alles Leben aus ihrem Körper wich. In ohnmächtiger Verzweiflung brach er in Schluchzen aus, dann verwandelte sich seine Trauer in Zorn. Zum Gedenken an Hanna nannte er das Kind Hans. Er rieb es sauber, wickelte es in seine Fliegeruniform, gab ihm das letzte Wasser zu trinken und wärmte es mit seinem Körper. Zusammengekauert mit dem Sohn, der seine Mutter nie kennengelernt hatte, harrte er in einem Winkel des Frachtschiffs aus und forderte unermüdlich Hilfe an.

(Der vorstehende Abschnitt beruht auf einem mündlichen Bericht, den Richard Sloan im dritten Kriegsjahr abgab. In den folgenden vierzig Jahren, die bis zu seinem Tod vergingen, hat er nichts ergänzt.)

Als das Bergungsschiff endlich eintraf, hatte Richard bereits achtundvierzig Stunden ohne Nahrung und Wasser ausgehalten. Er zeigte deutliche Symptome von Dehydration, war aber in guter geistiger Verfassung und zu eigenständigem Handeln fähig. Die Hilfe der Rettungsmannschaft lehnte er ab. Er ging selbst an Bord des Bergungsschiffs und suchte sich dort einen Platz. Auf dem Rückflug verweigerte er die Antwort auf alle Fragen des medizinischen Personals, lehnte es ab, mit der Mannschaft zusammenzusitzen, und wies jede medizinische Betreuung zurück, die über die Versorgung mit Essen und Trinken hinausging.

«Er gab damals das Baby in meine Hände», erinnert sich Loya Elaine, die als Schwesternschülerin mit an Bord war. «Ganz allein setzte er sich in eine Ecke, aber die Augen wandte er nicht eine Sekunde von meinen Händen und verfolgte jede Bewegung von mir und dem Säugling. Immer wenn ich mich zu ihm umdrehte, sah ich in sein von Zärtlichkeit, Schmerz und Trauer erfülltes Gesicht. Seine Augen waren das einzig Leuchtende in seiner düsteren Miene. Jedes Mal, wenn ich zufällig seinem Blick begegnete, zuckte ich zusammen. Man sah ihm seine väterliche Fürsorge an. Einmal wechselte ich dem Baby die Windeln, und dabei glitt mir die Decke herunter. Es sah wohl aus, als würde ich das Baby fallen lassen. Da schoss er so rasch in die Höhe, dass er den anderen einen richtigen Schreck einjagte.

Damals wunderte ich mich noch, warum er nicht herüberkam und mir half, wenn er so in Sorge um sein Baby war. Warum setzte er sich so weit weg? Im Rückblick finde ich sein Verhalten ganz normal. Er hatte Angst, seine Trauer und Verzweiflung würden sich auf das Baby übertragen. Das war zwar eine grundlose Befürchtung, denn eine Stimmung breitet sich ja nicht aus wie ein Gas, aber ich kann ihn verstehen. An seiner Stelle hätte ich mich genauso verhalten.

Ohne auf die Mannschaft zu achten, saß er in seiner Ecke und hielt seine tote Frau in den Armen. Er drückte ihre schon totenstarre, bläulich angelaufene Hand, als hätte sie ihren Kopf nur zum Schlafen auf seine Beine gebettet. Ich versuchte mir auszumalen, was er in den Bergen erlebt hatte. Wie hatte es sich wohl angefühlt, als der Sandsturm um ihn tobte und das Glück, das er sich erhofft hatte, in seinem Schoß starb? Es muss entsetzlich gewesen sein, aber wie entsetzlich, das konnte ich mir mit meinen einundzwanzig Jahren nicht vorstellen.»

Das Bergungsschiff gehörte zur dritten marsianischen Zweigstelle des Rettungsunternehmens «We bring you home». Kaum war es auf dem Landeplatz 3 des Lagers Nummer 16 gelandet, ging Richard grußlos von Bord, stürmte in die Zentrale der Rettungsfirma und schlug ihren Geschäftsführer zusammen. Gleich danach rannte er, noch ehe sich seine Tat herumgesprochen hatte, zum Computertechnologieunternehmen UPC und tötete dessen Generaldirektor Philip Lead. Dann holte er seinen Sohn vom Bergungsschiff und ergriff die Flucht.

Drei Monate später brach der Krieg aus.

An diesem Punkt hielt Luoying inne. Sie saß mit Ankka in einem Gang bei der Eingangshalle des Archivs und erzählte ihm, was sie herausgefunden hatte. «Dass mein Großvater in dem Jahr geboren wurde, in dem der Krieg ausbrach, das wusste ich schon vorher – aber nicht, dass er die Ursache des Kriegs war.»

«Das ist schon eine komische Sache», sagte Ankka mit hochgezogenen Augenbrauen. «Warum hat dein Urgroßvater den Chef einer Computerfirma umgebracht?»

«Das fand ich auch seltsam, als ich es gelesen habe, deshalb habe ich diesen Teil gründlich recherchiert. Die genauen Umstände sind ziemlich verworren, aber im Grunde ging es um einen kommerziellen Konflikt. Das Rettungsunternehmen führte gerade für die Software seiner Raumfahrtnavigation ein Update durch, und dabei wurden alle seine Aktivitäten lahmgelegt. Denn das Betriebssystem seiner Schiffe stammte von der Computerfirma UPC, und weil dem Rettungsunternehmen die Kosten für das Update zu hoch waren, nutzte es die Software illegal. UPC hat daraufhin bei ‹We bring you home› einen Trojaner eingeschleust, der zum Zusammenbruch des kompletten Betriebssystems führte, und hat einen enorm hohen Schadenersatz gefordert.

Am Tag der Notlandung hat das Rettungsunternehmen UPC telefonisch über den Notfall informiert und um eine einmalige Ausnahmeerlaubnis zur Nutzung des neuen Betriebssystems gebeten. Doch UPC hat das abgelehnt, weil sie Angst hatten, die vorübergehende Autorisierung würde wieder zu einer illegalen Nutzung führen. Mein Urgroßvater hat persönlich bei der Computerfirma angerufen, weil er hoffte, er könnte in diesem Streit vermitteln, aber er ist nie bis zu einem Verantwortlichen durchgedrungen. Ursprünglich dachte er, daran sei nur die Vermittlung schuld, und hatte noch nicht die Führungsebene von UPC im Verdacht. Aber als er dann den Chef des Rettungsunternehmens verprügelte, hat der ihm erzählt, dass der Direktor von UPC seinen Anruf mitgehört und trotzdem persönlich die Software-Autorisierung abgelehnt hatte.

Den Grund kann man leicht erraten: Mein Urgroßvater arbeitete damals für die Bergwerks- und Verhüttungsabteilung des Chipherstellers ‹Goldwäsche›, und ‹Goldwäsche› war der größte Konkurrent von UPC. Beide konkurrierten eben zu der Zeit um einen Auftrag, als mein Urgroßvater zu den Akira-Klippen geflogen ist, um das geologische Potenzial für ein neues Bergwerk dort zu erkunden. Über die kommerziellen Interessen und die persönlichen Emotionen, die dabei eine Rolle spielten, kann wahrscheinlich niemand mehr im Detail Auskunft geben, aber angeblich soll Philip Lead, der Chef von UPC, damals gesagt haben: ‹Was interessiert mich ein Baby! Hier stehen dreihundert Milliarden Euro auf dem Spiel!› Als mein Urgroßvater das erfuhr, hat er vor Wut alle seine Pläne über den Haufen geworfen und ist in die UPC-Zentrale gestürmt.»

«Das hört sich wirklich alles ziemlich kompliziert an», sagte Ankka. Die beide waren sehr ernst geworden.

«Ja, das ist es auch.» Luoying nickte. Sie hatte sich alle Unterlagen, die sie im Archiv gelesen hatte, eingeprägt. Noch nie in ihrem Leben hatte sie so viel Energie darauf verwendet, etwas auswendig zu lernen. «Aber es wird noch komplizierter. Eine Woche nachdem mein Urgroßvater den Mord begangen hatte und geflohen war, wurde er gefasst. Wieder eine Woche später wurde er aus der Höhle in den Bergen, in der man ihn gefangen hielt, befreit und zum Anführer der Alliierten gewählt.»

«Welche Alliierten?»

«Die Rebellenarmee, die später gegen die Erde kämpfte.»

«Und was für Leute waren das?»

«Ganz normale Leute. Piloten, Ingenieure, Wissenschaftler, alle möglichen Leute von den verschiedenen Marsstützpunkten.»

Schweigend dachte Ankka nach.

«Etliche historische Kontroversen beschäftigen sich genau damit», erklärte Luoying. «Das konnte ich mir nicht alles durchlesen und merken. Es gibt alle möglichen Theorien zur Ursache des Krieges. Diese Theorien stehen seitenlang unter den Lebensläufen von meinem Großvater und Urgroßvater.»

Ankka nickte. «Jedenfalls ist der Krieg nicht zufällig ausgebrochen. Die Sache mit deinem Großvater war vielleicht ein Zufall, aber nicht die Gründung der Rebellenarmee. Ich glaube, sie hatten schon lange auf so eine Gelegenheit gewartet.»

«Das habe ich mir auch gedacht», sagte Luoying. «Aber eins ist mir immer noch nicht klar: Wo liegt die Verbindung zwischen dem zufälligen Absturz meiner Urgroßeltern und dem Ausbruch eines so großen Krieges?»

«Vielleicht ...», Ankka dachte einen Moment nach, «... sind dabei zwei Punkte wichtig: einmal die Rivalität zwischen den beiden Computerunternehmen und dann der Streit um die Nutzungsrechte an der Software. Wenn ich an unseren Datenserver denke, scheint mir der zweite Grund plausibler. Aber vielleicht haben auch beide eine Rolle gespielt.»

«Ja, wahrscheinlich. Aber findest du wirklich, dass solche Gründe ausreichen, um einen Krieg anzufangen? Ich kann einfach nicht verstehen, dass irgendwelche Geschäfts- und Copyright-Konflikte einen Krieg auslösen sollen. Ein Krieg ist doch keine Kleinigkeit!»

«Ja, aber gerade weil ein Krieg so eine große Sache ist, können wir uns nur schwer ein Urteil darüber bilden.»

Luoying hatte sich große Mühe gegeben, ihren Bericht über das, was sie im Archiv erfahren hatte, möglichst sachlich und nicht zu emotional zu formulieren, aber nun spürte sie mit einem Mal, wie sehr die Recherche sie aufgewühlt hatte. «Am liebsten würde ich gar keine solchen Nachforschungen mehr anstellen. Der Tod meiner Urgroßmutter hat mich richtig traurig gemacht. Ich hätte wirklich gerne ein unkompliziertes Verhältnis zu meiner Familie, wie andere Leute auch. Aber ich muss weiter nach Antworten suchen. Sonst werde ich nie erfahren, ob mein Urgroßvater richtig gehandelt hat. Warum wollte er alle mit sich nehmen in diese neue Welt? War seine Rebellion gerechtfertigt oder nicht?»

Ankka legte ihr die Hand um den Hals und strich ihr über das lange Haar, ehe er mit sanfter Stimme sagte: «Mach dir nicht zu viele Gedanken. Es geht hier nicht um irgendeine alte oder neue Welt, sondern darum, dass man zwei Menschen nicht in einem Sandsturm ihrem Schicksal überlassen darf. Dein Urgroßvater hat nur seine eigenen Interessen verfolgt. Den Krieg kann kein Einzelner kontrollieren.»

Er küsste sie auf die Stirn. Sie blickte ihm in die Augen, die so klar und blau wie Seen waren, und im Nu stiegen ihr die Tränen hoch. Sie legte ihren Kopf auf seine Schulter und überließ sich ihren Gefühlen.

Ihr war, als könnte sie die Klippen vor sich sehen: Gigantisch ragten die rauen roten Felsen empor. Wie zerrissene Fetzen wirbelten Staub und Sand heulend in die Höhe und verhüllten die Sonne. Der Sturm ließ alle Zurückhaltung fallen und stürzte sich voll nackter Zerstörungswut auf jedes Lebewesen zwischen Himmel und Erde. Wie eine entfesselte Armee wahnsinniger Gespenster umschwärmte er das verlassene alte Raumschiff, in dessen Innern zwei Menschen kauerten, die ihr Schicksal noch nicht kannten. Sie schmiegten sich aneinander, so wie sie und Ankka es jetzt taten, wärmten sich gegenseitig und klammerten sich an eine trügerische Hoffnung, an die Freude auf ihr neugeborenes Kind und an die Aussicht auf baldige Rettung. So ertrugen sie Kälte, Hunger und den Schmerz der Wehen und gaben einander Halt, redeten einander gut zu und behielten ihre Ängste für sich, überließen dem anderen unter einem Vorwand die letzten Reste an Essen und Wasser und träumten ihren Traum vom Leben nach der Rettung, ohne zu ahnen, dass die Zukunft alles verändern würde. So schmiegten sie sich zum letzten Mal aneinander.

Luoyings Blick war verschwommen von Tränen, aber sie blieb gefasst.

«Denkst du, es ist möglich, dass wir uns die Unfallstätte einmal ansehen?», fragte sie leise. Sie hatte sich aufgerichtet und blickte Ankka erwartungsvoll an.

«Ich weiß nicht», antwortete er zögerlich. «Wir könnten uns beim Bergbauteam von Long erkundigen, ob bei den Akira-Klippen noch immer ein Abbaugebiet ist.»

«Eure Staffel fliegt nicht dorthin?»

«Nein. Wir halten unsere Übungen normalerweise nicht mehr südlich der Klippen ab.»

«Kann man denn privat dorthin fliegen?»

«Das dürfte noch schwerer werden.»

«Weil es gegen die Vorschriften verstößt?»

Ankka schüttelte den Kopf. «Private Flüge zu den Klippen sind verboten, aber das ist nicht der entscheidende Punkt. Das Hauptproblem ist die Technik.»

Beim Reden bewegte er beide Arme in der Luft nach oben, als wollte er einen Flugkörper heraufbeschwören. Die langen Finger seiner Hände glichen Flügeln, die hervortretenden Knöchel einem Flugwerk.

«Die Flugerlaubnis könnte ich bekommen. Aber selbst das kleinste Flugzeug ist so groß wie fünf Wagenabteile.» Er deutete mit den Händen einen ovalen Frachtraum an. «Dafür bräuchte man mindestens drei Piloten an Bord: zwei zum Steuern und einen zum Überwachen des Antriebs. Und man müsste bodennah fliegen und würde vielleicht nicht mal über die Berge kommen.»

«Bodennah? Kann man nicht einfach höher fliegen?»

«Das sind Bodeneffektflieger, die bekommen in der Höhe nicht genügend Auftrieb.»

«Aber ein Raumschiff ...»

«Das ist was ganz anderes.» Ankka schüttelte den Kopf. «Ein Raumschiff ist im Grunde eine Rakete. Es arbeitet nicht mit Auftrieb, sondern mit dem Ausstoß von Brennstoff. Ein großes Raumschiff kann man normalerweise nur mit schriftlicher Order steuern. Nur dann kann man zum Beispiel mal eben zum Deimos düsen. Und die Piloten haben auch nicht alles selbst in der Hand. Sie sind auf Unterstützung und Kontrolle vom Boden angewiesen, denn die Raumschiffe fliegen halbautomatisch. Und die kleinen Raumgleiter ...»

Luoying wartete darauf, dass er weitersprach, aber er schien unschlüssig, ob er fortfahren sollte.

«Was?»

«Na, die kleinen Raumgleiter sind Kampfflugzeuge.» Seine Stimme war ruhig, aber um seine Mundwinkel zuckte ein bitteres Lächeln. «Sie haben einen extrem leistungsstarken Dreihundertsechzig-Grad-Düsenantrieb und werden individuell gesteuert. Normalerweise verfügt jeder von uns über seinen Flieger, nur leider hat Fitz mir einen kaputten gegeben, und ich habe ihn noch nicht repariert, weil mir einfach zu viele Teile fehlen.»

«Warum hat er dir denn einen kaputten gegeben?»

«Damit ich mal zeigen kann, was ich auf der Erde so gelernt habe. Meint er.» Ankka lachte verächtlich auf. «Aber eigentlich will er mir nur eins auswischen nach unserem Streit. Am ersten Abend, nachdem ich in die Staffel zurückgekehrt bin, wollte er mir noch einen guten Flieger geben, aber am nächsten Tag hat er mir dann diesen Schrotthaufen aufs Auge gedrückt, damit ich ihn repariere. Ich habe keine Lust, mich deswegen mit ihm herumzustreiten, also muss ich mir jetzt überlegen, wie ich die Kiste wieder auf Vordermann bringe.»

«Was denkt sich dieser Fitz eigentlich?», sagte Luoying. «Du kannst dich beschweren. Das ist ein offensichtlicher Fall von Ungleichbehandlung.»

«Ungleichbehandlung?» Ankka verzog missmutig das Gesicht. «Als ob es je so etwas wie Gleichbehandlung gegeben hätte.»

«Dann bist du seit deiner Rückkehr noch nicht wieder geflogen?»

«Nein. Ich mache nur das, was sonst ein Mechaniker tut.»

«Hast du auf der Erde nicht Flugzeuge umgebaut? Das kannst du doch hier auch machen, oder?»

«Das ist was völlig anderes», erwiderte Ankka. «Auf der Erde hängt der Flugzeugauftrieb von der Atmosphäre ab. Die Geschwindigkeit ist direkt proportional zur Schwerkraft geteilt durch die Wurzel aus dem Luftdruck. Die Atmosphäre auf dem Mars ist hundertmal dünner als auf der Erde. Deshalb muss dasselbe Flugzeug, um nicht abzustürzen, bei uns eine sechsmal so hohe Geschwindigkeit erreichen wie auf der Erde, also über tausend Stundenkilometer. Dafür braucht man richtig starke, stabile Maschinen, ansonsten kann man das vergessen. Die Triebwerke auf dem Mars arbeiten nach einem ganz anderen Prinzip als die auf der Erde. Weil sie ganz allein für den Auftrieb sorgen, sind ihre Leistung und ihre Energieeffizienz viel höher, und sie sind auch viel komplizierter konstruiert. Selbst wenn ich alles verstehen würde, könnte ich manche Ventile nicht einfach mal so von Hand umbauen.»

Luoying seufzte, und nach einer Weile sagte sie leise: «Weißt du was? Ich fange langsam an, deine alte Kiste zu vermissen.»

Ankka sah sie mit einem Blick an, der deutlich ausdrückte, dass es ihm genauso ging.

«Das habe ich doch damals gleich gesagt», er lachte leise, «aber da wolltest du mir ja nicht glauben.»

Auf der Erde hatte er sie einmal mit auf einen Flug genommen. Das Flugzeug war ganz anders gewesen als die kleinen Flieger, in denen sie sonst saß: Ankka hatte ein ausgemustertes altes Jagdflugzeug umgebaut und alles Kampfgerät entfernt, bis kaum mehr als der Antrieb übrig war. In diesem kleinen Privatjet unternahm er oft eigenmächtige Flüge. Sein Flieger wackelte zwar in der Luft wie ein altersschwacher Esel, aber dafür kam er viel höher als normale Kleinflugzeuge.

Kaum waren sie wieder gelandet, hatte Luoying sich unter Ankkas schallendem Gelächter erst einmal übergeben müssen. «Hättest du mich nicht vorher warnen können?», hatte sie ihm vorgeworfen. «Irgendwann wirst du diesen Flieger noch vermissen», hatte er ihr prophezeit. «Nein, niemals!», hatte sie damals gesagt. Wie schnell doch so ein Niemals Vergangenheit werden konnte.

Sie erinnerte sich gut an jenen Abend. In ihrem Magen hatte es heftig rumort, aber in ihrem Herzen hatte sie gebebt vor Freude. Nie zuvor hatte sie solche Wolken gesehen: Farbenprächtig wie ein Regenbogen breiteten sie sich bis zum Horizont vor ihr aus. In der Ferne stand die Sonne groß und still, und im strahlenden Glanz ihrer sanften orangefarbenen Glut trieben die Wolken umher, in einem übergangslosen Farbenspiel von Weiß über Goldgelb und Orangerot bis hin zu Tiefviolett, und dabei schienen sie so flauschig und weich wie prunkvolle Teppiche in einem Tempel. Tiefblau blitzte hier und da zwischen den Wolken der Himmel hervor. Ankka steuerte und zeigte dabei aus dem Fenster, und sie selbst saß hinter ihm, an seine Schulter geschmiegt und die Hand in seine Kleidung gekrallt, und staunte. Vor Aufregung stockte ihr der Atem.

Wie schön doch die Wolken gewesen waren!, ging es ihr

durch den Kopf. Vielleicht würde sie nie wieder so schöne Wolken sehen. Auf dem Mars gab es keine Wolken. Selbst wenn man flog, bekam man keine zu Gesicht. Auf der Erde war es bei dem einen Flug mit Ankka geblieben. Nur einmal waren sie zusammen geflogen, nur dieses eine Mal.

Ankka strich ihr über die Stirn. «Lass es gut sein, das ist vorbei. Wenn ich hier fliegen könnte, hätte ich es längst getan.»

Enttäuscht blickte Luoying ihn an. Sie wusste, er sagte die Wahrheit. Sein Drang zu fliegen war größer als ihrer. Wenn er sagte, es wäre aussichtslos, dann war es wirklich so.

Er saß vorgebeugt, eine Hand auf sein Bein gelegt, die andere auf der Lehne von Luoyings Stuhl. In seinem Gesicht stand eine unübersehbare Bitterkeit, obwohl er sie ruhig anlächelte. Luoying wurde schwer ums Herz, es war offenkundig, wie sehr er das Fliegen vermisste. Sie seufzte leise und wusste nicht, was sie sagen sollte.

«Ach ja», wechselte sie schließlich das Thema, «ich habe noch ein Abzeichen gefunden.»

«Was für ein Abzeichen?»

«Das Abzeichen meines Urgroßvaters. Erinnerst du dich noch daran, was für Abzeichen unsere Soldaten im Krieg getragen haben?»

«Ja, das war doch ein Adler, oder? Ein Adler in der Wüste.»

«Stimmt. Aber heute habe ich herausgefunden, dass mein Urgroßvater ursprünglich ein anderes Abzeichen bestimmt hatte. Erst als der Krieg schon eine Weile in Gang war, haben die anderen Befehlshaber der Alliierten sich auf ein neues Abzeichen geeinigt.»

«Und was für ein Abzeichen hatte dein Urgroßvater?»

«Einen Apfel.»

«Einen Apfel?» Ankka konnte sich das Lachen nicht verkneifen.

«Ja.» Luoying zeigte ihm ihren Fund. «Dieser hier.»

Behutsam nahm Ankka ihr den feingearbeiteten kleinen Gegenstand aus der Hand, hielt ihn ins Licht und musterte ihn.

«In den Akten steht dazu nicht viel. Ich weiß auch nicht, warum mein Urgroßvater sich dieses Motiv ausgesucht hat.»

«Das ist wirklich», Ankka suchte nach dem richtigen Wort, «ungewöhnlich.»

«An was denkst du dabei als Erstes?»

«An Paris und die drei Göttinnen.»

«Ja, vielleicht.» Luoying nickte. «Als Metapher für den Ausbruch des Kriegs. Das Blut, das in Troja geflossen ist, als Spiegelbild unserer Realität.»

Sie hielt inne und blickte auf ihre Hand. «Allerdings war das nicht mein erster Gedanke. Mir ist zuerst eine andere Geschichte eingefallen.»

«Welche?»

«Die Geschichte vom Paradies.»

«Du meinst, der Apfel steht für die Rebellion des Menschen gegen Gott?»

«Nein», sagte Luoying leise, «das ist mir zu überinterpretiert. Ich bin mir auch nicht sicher, ob die Erde für den Garten Eden steht und was die Rebellion des Mars dann zu bedeuten hat. Mir ist nur ein Satz durch den Kopf geschossen – ein Satz, den ein Mann im Stillen zu der Frau an seiner Seite sagen könnte: Für dich nehme ich meinen Fall in Kauf.»

Ohne ein Wort zu sagen, hielt Ankka sanft ihre Schulter umfasst.

«Mein Großvater hatte keine Mutter», flüsterte sie, «mein Vater hatte auch keine Mutter, und ich habe meine auch verloren. Vielleicht sind in meiner Familie alle Frauen dazu verurteilt, jung zu sterben und ...»

«Red keinen Unsinn», fiel ihr Ankka ins Wort. «Damals ist

jeder Dritte ums Leben gekommen. Der Tod war ein ständiger Begleiter. Das hat überhaupt nichts zu sagen.»

«Aber vielleicht ist es Schicksal.»

«Quatsch. Das ist ein unglücklicher Zufall, kein Schicksal.»

Sie blickte ihn an. Sein Gesichtsausdruck war ungewöhnlich ernst. Plötzlich kamen ihr die Tränen, und sie fühlte sich furchtbar verletzlich. Sie wusste selbst nicht, warum sie etwas so Düsteres sagte, aber nachdem sie von der tragischen Geschichte ihres Urgroßvaters erfahren hatte, kam es ihr so vor, als könnte nur die Vorstellung einer traurigen Zukunft sie wieder ins seelische Gleichgewicht bringen. Nie zuvor hatte sie eine solche Müdigkeit empfunden, einen solchen Unwillen weiterzugehen, eine solche Ohnmacht. Auch wenn sich der Mensch mit allen Kräften dagegen wehrte, früher oder später holte ihn doch unausweichlich sein Schicksal ein. Das Leben war so flüchtig wie ein Sandkorn im Wind.

An Ankkas Schulter gelehnt, weinte Luoying leise. Ankka sagte nichts, sondern hielt sie nur fest in den Armen.

Lange saßen sie dort in einer stillen Nische des breiten Gangs. Links und rechts von ihnen reihten sich lebensechte, majestätische Bronzestatuen aneinander. Wie ein ewiges Mysterium standen sie dort zwischen den hohen grauen Säulen. Das Ende des Gangs verlor sich in der Ferne. Verse, Schicksals- und Weisheitssprüche waren in großen griechischen Lettern in seine Wände graviert. Stille hatte sich über die Welt gesenkt, und weit und breit war keine Menschenseele zu sehen.

DER STEIN

Bei ihrer Entlassung aus dem Krankenhaus hatte Luoying geglaubt, sie würde so schnell nicht wieder dorthin zurückkehren. Aber nachdem sie im Archiv auf einen Vorfall in Rennys Vergangenheit gestoßen war, von dem er ihr nichts erzählt hatte, entschied sie sich, ihn noch einmal aufzusuchen.

Zwei Tage nach ihrer Entlassung stieß sie deshalb erneut die Tür zum Krankenhaus auf. Die Geschichte, wegen der sie mit ihm reden wollte, hatte ihr Interesse erregt, weil sie dazu geführt hatte, dass Renny Arzt geworden war. Und ihr Großvater war darin verwickelt. Tatsächlich war diese Geschichte der Beginn der Beziehung zwischen den beiden Männern. Nur deswegen war Renny zum Neurologen geworden und hatte sie heilen können, nur deswegen hatte er ihren Großvater kennengelernt, hatte seine Freundschaft und sein Vertrauen gewonnen und so einen privilegierten Zugang zum Archiv erhalten. Nur wegen dieser Geschichte hatte ihr Großvater sie überhaupt in die Hände von Renny gegeben, und der wiederum hatte ihr nur deshalb eine Vollmacht für das Archiv erteilt. Hinter all den vielen verborgenen Ursachen trat nun endlich eine Verbindung zutage.

Das entscheidende Ereignis, das Renny und ihre Familie zusammengebracht hatte, war ein menschliches Versagen gewesen. Luoying fand das höchst bemerkenswert. Wessen Versagen es letztlich gewesen war, hatte sie nicht herausfinden können. Eine böse Absicht schien nicht dahinterzustecken, aber Renny hatte schwer dafür büßen müssen.

Sie hatte seine Akte gelesen. In seiner Jugend hatte er Kurse in den unterschiedlichsten Forschungslaboren und -institutionen belegt – vom Zentrum für Maschinenbau bis hin zum Institut für antike Philosophie –, ehe er sich schließlich mit achtzehn, als er sich auf eine Richtung festlegen musste, für die Bionik entschied. Mit zwanzig trat er in ein Fertigungslabor im Zentrum für Bionik ein, wo er die Struktur und die Fortbewegung von Tieren und Maschinen erforschte.

Während seines dritten Jahres in diesem Labor ereignete sich der Unfall. Ein bionischer Förderroboter im Testbetrieb fing durch Selbstentzündung Feuer. Dabei wurde zwar kein Mensch verletzt, aber der Sachschaden war beträchtlich. Eine Untersuchungskommission durchwühlte den schwarzen Trümmerhaufen. Am Ende erklärte sie einen Stromverlust in der Sensorik zur Unfallursache. Eine genauere Bestimmung erwies sich als unmöglich, denn die Wrackteile waren verkohlt und die elektronischen Bauelemente zu einem klebrigen Klumpen verschmolzen, sodass man keine präzisen Messungen mehr durchführen konnte. Deshalb blieb offen, wo der Fehler letztlich gelegen hatte: bei der Konstruktion der Bauelemente, bei der Verarbeitung oder bei der Montage.

Wie bei jedem schweren Unfall wurde eine Sitzung einberufen, um die Schuldfrage zu klären. Drei volle Tage lang wurden Dutzende von Beteiligten bis hinauf in die obersten Positionen eingehend befragt, drei weitere Tage lang beratschlagten der eigens gebildete parlamentarische Untersuchungsausschuss und der Generalgouverneur, bis das Ergebnis verkündet wurde: Renny wurde als Einziger zur Rechenschaft gezogen.

«Wie konnten sie so sicher sein, dass Sie schuld waren?», fragte Luoying ihn.

«Das konnten sie nicht.»

«Aber warum haben sie Sie dann bestraft?»

«Weil man, wenn etwas schiefgegangen ist, immer einen Schuldigen braucht.»

Renny legte seinen Meißel beiseite. Seine Stimme klang gänzlich unaufgeregt. Seit dem Unfall waren über zehn Jahre vergangen, und er rechnete schon längst nicht mehr damit, dass ihn noch jemand so eingehend dazu befragen würde. Luoyings Stirn war gerunzelt. Er las in ihrem Gesicht eine aufrichtige, irritierte Anteilnahme, die ihn berührte. Viele hatten ihn in den letzten Jahren auf seine Vergangenheit angesprochen, manche höflich, andere mitfühlend, aber kaum jemand hatte ernsthaft versucht, sich in seine Lage hineinzuversetzen.

«Wenn man einen bestraft, dann muss es auch der Richtige sein – man kann doch nicht willkürlich irgendjemanden zum Sündenbock machen», empörte sich Luoying.

«Das Problem damals war, dass es praktisch unmöglich war, die genaue Fehlerquelle zu ermitteln.»

«Ich habe den Bericht gelesen, in dem Sie sich verteidigen. Darin führen Sie doch gute Argumente an, warum es nicht an Ihrer Konstruktion gelegen hat.»

«Das stimmt.»

«Und warum haben Sie das dann später widerrufen?»

Renny wurde für einen Moment von seinen Erinnerungen eingeholt. Alles, was damals geschehen war, stand ihm noch klar vor Augen.

«Die Rechnung war ganz einfach: Eine Strafe musste es auf jeden Fall geben – die Frage war nur, für wie viele Leute. Wenn es an der Konstruktion lag, musste man nur einen bestrafen, nämlich mich. Aber wenn das Verarbeitungsmanagement den Fehler begangen hatte, dann hätte es gleich eine ganze Reihe von Leuten getroffen.»

Er hatte die am Unfall beteiligten Bauelemente entworfen, insbesondere die Sensoren, die als Gelenke an den Beinen des Förderroboters fungierten. Auf der Sitzung, die über die Schuldfrage befinden sollte, nahmen die Verantwortlichen der beiden Systeme, die am Bau des Roboters beteiligt waren, gemessen ihre Plätze ein. Ein Parlamentsmitglied leitete die Sitzung, und auf einer Seite saßen die Sonderbeauftragten des Überwachungssystems in einer Reihe. An der Wand wurde ein Video mit einer Aufzeichnung des Verarbeitungsprozesses gezeigt, und in der Mitte des Saals kroch ein Prototyp des Förderroboters leise umher, eingekreist von der Versammlung wie ein Wild von einer Schar Jäger. Renny saß in der hinteren Reihe und hörte dem Vorsitzenden der Untersuchungskommission zu, der den Bericht vortrug. Während der Vorsitzende mit allen möglichen Analysen und Erläuterungen um sich warf, verfiel Renny wieder in seine kindliche Gewohnheit, aus Wörtern andere Wörter herauszuhören und sie im Stillen miteinander zu verbinden.

Die Frage der Verantwortlichkeit spielte eine zentrale Rolle auf dem Mars. Nach jedem gescheiterten Experiment und jedem Unfall wurde diese Frage mit unerbittlicher Strenge geklärt. Renny hatte über den tieferen Grund für dieses Phänomen nachgedacht: Dahinter steckte mehr als nur die Gewissenhaftigkeit, die für die Umsetzung von Ingenieurprojekten nötig war, dahinter steckten die Bedürfnisse des gesamten Systems. Das marsianische Gesellschaftssystem beruhte auf einer Synthese aus Politik und einer Wirtschaft, die wie ein Unternehmen geführt wurde. Die Existenz aller Mitglieder des Systems hing von dessen Stabilität ab. Und eine wesentliche Rolle kam dabei der Qualitätssicherung zu. In einem System, in dem die Produktion staatlich gelenkt und vollkommen monopolisiert war, einem System, in dem es keinen Markt gab, auf dem man um die Kunden werben musste, und keine Konkurrenz mit anderen Unternehmen – in einem solchen System brauchte man eine strenge Zuweisung von Verantwortlichkeiten, um dem Vertuschen von Fehlern und Nachlässigkeiten einen Riegel vorzuschieben und die Qualität der Produktion dauerhaft zu gewährleisten.

Die natürlichen Ressourcen auf dem Mars waren begrenzt, und der Wirtschaftlichkeit und Effizienz halber konkurrierten die Studios nur in der Planungsphase miteinander. Sobald ein Projekt feststand, ging nur ein einziger Entwurf in die Produktion, und dafür übernahm ein Team die volle Verantwortung. Ein solches System brachte zwei widersprüchliche Konsequenzen mit sich: Einerseits versuchte jedes Studio seine Mitglieder zu schützen, so wie es jedes Kollektiv tut. Andererseits war das System als Bevollmächtigter seiner Bürger dazu verpflichtet, im Interesse der Allgemeinheit so unparteiisch wie das Gesetz zu entscheiden. Den Verantwortlichen des Systems war darum eine doppelte Identität auferlegt: eine nach außen und eine nach innen, eine als interne Leiter und eine als externe Verwalter, eine schützende und eine strafende. An dieser Doppelrolle änderte auch die Existenz eines Überwachungssystems nichts.

Verantwortung – das war der Schlüsselbegriff. Wenn es nur um die Verantwortung gegenüber dem eigenen Team ging, genügte es, die zukünftige Produktion so weit wie möglich zu optimieren. Aber wenn man gegenüber der ganzen Gesellschaft, dem ganzen Volk Verantwortung übernehmen wollte, musste man ohne Rücksicht auf die Konsequenzen Gerechtigkeit walten lassen. Wäre man damals den Versäumnissen in der Verwaltung auf den Grund gegangen und hätte jede kleine Nachlässigkeit auf allen Ebenen geahndet, dann hätten gleich eine ganze Reihe von Köpfen rollen müssen. Die Produktion wäre zum Stillstand gekommen, und das ganze Projekt hätte darunter gelitten, zumal die damaligen Leiter als die führenden Autoritäten auf ihrem Gebiet galten.

Verantwortung. Verantwortung nach innen und nach außen. Nachdenklich hatte Renny damals dieses komplexe Wort abgewogen. Als ein Mitglied der Untersuchungskommission ihn aufrief und ihn etwas fragte, war er noch immer so tief in seinen Gedanken versunken, dass er nur die letzten Worte hörte.

«... glauben Sie also, Sie tragen die Verantwortung?»

«Verantwortung? Welche Verantwortung?», fragte er, ohne nachzudenken, und dabei meinte er: Verantwortung für den Unfall oder für die Produktion?

Wieder redete das Kommissionsmitglied eine Weile, und Renny bekam davon wieder nur den letzten Satz mit.

«Ihr Vorgesetzter hat die Verantwortung, Sie in geeigneter Weise einzusetzen.»

«Aber was für eine Verantwortung ist das?», fragte er.

War es die Verantwortung, die unerbittliche Gerechtigkeit des Systems zu wahren oder seine Stabilität zu garantieren?

Die Sätze reihten sich aneinander, als wollten sie sich zu immer komplexeren Gebilden zusammenfügen, aber er wusste nicht, wie er das Wort «Verantwortung» darin einbauen sollte. Je nachdem, in welcher seiner Bedeutungen man es verwendete, brachte es ganz unterschiedliche Ergebnisse hervor. Als wäre er wieder das kleine Kind von einst, das zögernd zu seinen Bauklötzchen griff, gingen ihm die verschiedenen Möglichkeiten im Kopf herum.

Aber es beachtete ihn schon niemand mehr. Die Diskussion lief weiter, während immer neue Daten und Tabellen auf der Wand erschienen. Die Mitglieder der Untersuchungskommission, die Ingenieure und die Parlamentarier erörterten mit ernsten Mienen die Sachlage oder steckten tuschelnd die Köpfe zusammen. All das schien sich in weiter Ferne abzuspielen.

Renny kam es vor, als verselbständigten sich all die Haare und Bärte zu schwankenden Gestalten. Vage ahnte er, dass das abschließende Urteil bald gefällt werden würde.

Zwei Tage später suchte der Generalgouverneur persönlich ihn in seiner kleinen Wohnung auf. Noch bevor Hans ein Wort sagte, begriff Renny. In der Hand hielt Hans einen Orden, den man ihm als jungem Mann im Krieg verliehen hatte. Er heftete ihn Renny an das weite graue Hemd – zum Zeichen seines Bedauerns und seiner Dankbarkeit, so erklärte er. «Dem Verteidiger der Heimat» stand auf dem Abzeichen – nicht: «Dem Verteidiger der Wahrheit».

Renny war verurteilt worden. Zur Unfallursache hatte man schließlich einen Konstruktionsfehler erklärt – das war die Lösung, die am wenigsten Opfer forderte. Der Erzabbau befand sich damals gerade in einer kritischen Phase. Man brauchte jede Arbeitskraft, aber auch die Verantwortlichen, weil nur sie über die nötigen technologischen Schlüsselkompetenzen verfügten. Auch wenn Renny überzeugt war, dass es an seinem Entwurf nichts zu beanstanden gab, versuchte er sich nicht zu rechtfertigen. Schließlich ging es letztlich nicht um die Qualität seiner Konstruktion, sondern um Verantwortung. Nachdem mit dem Förderroboter auch alle Hinweise zur Aufklärung des Unfalls verbrannt waren, hatte sich das Parlament in seiner Urteilsfindung für eine Richtung entscheiden müssen, der es folgen wollte – und es entschied sich dafür, seiner Verantwortung für die Stabilität des Systems treu zu bleiben. Alle schwer zu ersetzenden Mitarbeiter blieben in ihren Positionen, und die Produktion konnte zügig weiterlaufen. Renny begriff, dass diese Entscheidung dem obersten Prinzip gehorchte, das lautete: Die Produktion steht über allem.

Hans saß mit gesenktem Kopf vor Renny und stieß einen Seufzer aus. Bei seinem Anblick fühlte Renny mit einem Mal

Mitleid. Er konnte sehen, dass dem Generalgouverneur das Urteil gegen den Strich ging – und trotzdem war er persönlich zu Rennys Wohnung gekommen und hatte ihm das Ehrenabzeichen an die Brust geheftet, das er unter Einsatz seines Lebens errungen hatte.

Renny wurde von seinem Dienst suspendiert. Von nun an würde er nicht mehr an vorderster Front der Ingenieurforschung arbeiten. Hans überließ ihm die Wahl seines neuen Arbeitsplatzes – auch zum Zeichen seines Bedauerns, wie Renny wusste. Weil ein Jugendfreund von ihm im Krankenhaus Nummer 1 des Salilo-Distrikts als Neurologe arbeitete, entschied sich Renny für dieses Krankenhaus. Er konstruierte nun keine Sensoren mehr für Ingenieurprojekte, sondern für die Medizin. Sein Schicksal sah er nüchtern und ohne jede Bitternis. Er fühlte sich nur manchmal einsam, so wie als Kind, wenn er zwischen all den Maschinen auf dem großen Sportplatz gesessen hatte. An sich waren ihm weder die Weite des Platzes noch das dichte Gedränge der Maschinen unangenehm gewesen, nur dass sie so eigenartig aufeinandertrafen, hatte ein Gefühl von Trostlosigkeit in ihm ausgelöst.

Dabei war ihm sein Arbeitsplatz im Grunde ziemlich gleichgültig. Zuletzt hatte ihn seine alte Arbeit gelangweilt, und eine neue Wirkungsstätte, die ihm mehr Muße zum Lesen und Schreiben schenkte, war ihm durchaus willkommen. Im Krankenhaus hatte er seine Ruhe. Manchmal kam Hans vorbei, und mit der Zeit wurden sie, ohne dass jemand es bemerkt hätte und ungeachtet des großen Altersunterschieds, Freunde. Als Renny dann den Wunsch äußerte, er wolle historische Forschungen betreiben, gab Hans ihm eine persönliche Vollmacht für das Archiv.

«Hadern Sie gar nicht mit Ihrem Schicksal?», fragte Luoying leise.

Renny lächelte. «Man hadert mit dem Schicksal, wenn man nicht das tun kann, was man will oder was zu einem passt. Ein Stück Stahl will Teil eines Stahlgerüsts werden, sonst hadert es. Aber mit einem Stein ist das anders.»

Er nahm einen kleinen sandfarbenen Stein von seinem Tisch und wog ihn in der Hand. «Nicht jeder will Teil eines Stahlgerüsts sein. Ich arbeite lieber an meinen Skulpturen.»

Luoying nahm den rauen, unregelmäßig geformten Stein und betrachtete ihn eingehend. Sie setzte sich aufrecht, die Ellbogen auf den Schreibtisch, das Kinn auf die Hand gestützt, und blickte abwechselnd den Stein und Renny an. Fast hätte sie noch etwas erwidert, aber am Ende schwieg sie. Hinter ihnen wachte ein Löwe aus Sand.

Eine Stunde später stieß Luoying behutsam die Tür zum Probenraum auf.

Die Proben für das Theaterstück fanden in einer verlassenen alten Lagerhalle statt. Unter einem hohen schwarzen Stahlgerüst erstreckte sich eine weite, leere Fläche. In einer Ecke war eine primitive Bühne errichtet worden. Spärliches Sonnenlicht verlor sich auf dem grauen Boden. Die Halle war etliche Dutzend Quadratmeter groß, und an den Wänden stapelten sich alle möglichen in Vergessenheit geratenen Gebrauchsgeräte. Die Mitte war menschenleer. Das wenige elektrische Licht war auf die kleine Bühne am Ende der Halle gerichtet. Oben auf der Bühne kontrollierte jemand den Text des Theaterstücks. Andere waren um die Bühne herum beschäftigt. Als Kulisse hing von einem rechteckigen Rahmen ein Vorhang herab, auf den im Stil einer Karikatur ein Palast und ein Thron gemalt waren. In der Mitte der Bühne sprachen gerade zwei Schauspieler einen Dialog. Bald hoch, bald tief, bald schnell, bald langsam schraubten sich ihre Stimmen in die Höhe, vom Bühnenmeister immer wieder mit Lärmexplosionen unterlegt, die unter dem Kuppeldach widerhallten.

Langsam ging Luoying auf die Bühne zu. Ihr langer Schatten hinter ihr wirkte auf dem grauen Boden wie eine einsame Schleppe.

«Luoying!»

Ryan hatte sie als Erster gesehen und begrüßte sie lächelnd. Während er zur Ecke mit den Requisiten hinüberlief, zwinkerte er ihr fröhlich zu. Er trug einen schwarzen Frack, und in den Armen hielt er einen riesigen Karton, der mit Geräten und Krimskrams vollgestopft war, und auf seiner Stirn sammelten sich Schweißperlen. In seinem Anzug gab er eine vornehme, schlanke Erscheinung ab, gegen die der Karton umso stärker abstach. Er sah aus wie ein Graf, der kurz einmal das Leben eines Lastenträgers ausprobiert.

«Jetzt kommst du erst?» Miller winkte ihr grinsend zu. «Du bist zu spät!»

Er saß am vorderen Rand der Bühne. Vor sich hatte er wie einen Verkaufsstand einen braunen Lumpen mit bunten Glasscherben ausgebreitet. Offensichtlich war er einer der Schauspieler, aber in diesem Moment hatte er Pause. Das Kinn auf die Hand gestützt, verfolgte er vergnügt die Proben, und dabei schien ihm nichts zu entgehen. Ab und zu drehte er sich zu dem Bühnenmeister an seiner Seite und plauderte ein wenig mit ihm.

«Da bist du ja!» Sorin kam eilig auf sie zugelaufen. «Mach dich erst mal ein bisschen mit allem hier vertraut.»

Zur Begrüßung küsste er Luoying auf beide Wangen, klopfte ihr auf die Schulter und erkundigte sich teilnahmsvoll nach ihrem verletzten Fuß. Dann zeigte er hinüber zum Chor, der den Hintergrund der Bühne bildete, und sagte ihr, wo ihr Platz war. Er war der Regisseur, und tatsächlich strahlte sein hageres

Gesicht Autorität aus. Seinen Haarschopf hatte er mit einer tief ins Gesicht gezogenen Mütze gebändigt. Kaum hatte er Luoying ihre Position zugewiesen, lief er schon mit Riesenschritten weiter zu Kingsley, der für die Beleuchtung zuständig war.

Luoyings Blick wanderte wieder zur Bühne hinüber. Der Chor hatte hinter den Hauptdarstellern in zwei Halbkreisen einander gegenüber Aufstellung bezogen. Die eine Gruppe trug schwarze, die andere weiße Gewänder, wodurch sie sich scharf voneinander abhoben. Wie Engel aus einer anderen Welt thronten sie da. Ankka, in der Hand seinen Text, stand in einem weißen Gewand in der Mitte der linken Gruppe. Er schaute über die Köpfe hinweg zu ihr, und ihre Blicke trafen sich. Mit einem Lächeln nickte er ihr zu. Seine hochgewachsene Gestalt überragte die anderen, und seine Augen leuchteten hell und klar.

Luoying ging leise auf ihn zu. Es war das erste Mal, dass sie an den Proben teilnahm.

An der Treppe, die auf der linken Seite zur Bühne hinaufführte, wartete Anita, in den Armen ein großes Bündel Bettzeug, auf ihren Auftritt. Sie lächelte Luoying zu, und da sie keine Hand zum Grüßen frei hatte, deutete sie mit dem Kinn auf Luoyings rechten Fuß.

«Ist dein Fuß wieder heil?», fragte sie leise.

«Ja.» Luoying nickte.

Anita trug das Haar hochgesteckt, was ihr etwas Resolutes verlieh. An ihrer Frisur und der grellen Schminke erkannte man auf den ersten Blick, dass sie eine überspannte, reiche Dame mit einem herrischen Auftreten spielte.

«Hier herrscht das totale Chaos.» Anita spitzte spöttisch den Mund Richtung Bühne.

«Wieso?»

«Alle spielen blind drauflos.»

«Aber es gibt doch einen Text, oder?»

«Ja, schon. Aber ich weiß nicht, bei der wievielten Fassung wir jetzt schon sind.»

«Und wen spielst du?»

«Eine Anwältin. Passt doch, oder?»

Luoying nickte – Anitas Fachgebiet war Jura. Sie zeigte auf das Bettzeug und fragte: «Und was ist das?»

Anita grinste. «Eine Leiche.»

Luoying war perplex und hätte gern nachgefragt, aber da deutete Anita schon mit einem Finger an, dass es Zeit für ihren Auftritt war. Lautstark stampfte sie die Treppe hoch, und obwohl sie unter dem großen Bündel in ihren Armen ein wenig schwankte, machte sie einen energischen Eindruck.

Luoying folgte ihr die Treppe hinauf. Am Rand der Bühne entlang schlich sie sich nach hinten zum Chor und stellte sich neben Ankka. Als sie zu seinem Zettel mit dem Gesangstext hinüberschielte, hielt er ihn ihr hin. Er hatte tatsächlich nicht übertrieben: Ihr Text hätte einfacher nicht sein können, er erschöpfte sich in einem einzigen Satz: «Ach, ist das wunderbar!» Zeile für Zeile wiederholte sich dieser Satz auf dem weißen Papier – nur die Anweisungen zum Tonfall wechselten, und daneben stand auf dem Zettel auch der Text der auftretenden Figuren, damit die Sänger wussten, wann sie ihren Einsatz hatten. Als Luoying zu Ankka hochblickte, hob er die Brauen und grinste, als wollte er sagen: *Das ist wirklich alles.*

Dann begann Anita in der Mitte der Bühne ihren Monolog. Sie spielte eine Witwe, die ihr Leid klagte. Das Bettzeug hatte sie vor sich auf der Bühne ausgebreitet. Darauf lag eine steife Puppe mit dick aufgemaltem schwarzem Schnurrbart und buschigen Brauen. Anfangs trug die Witwe schwer an der Sorge um ihren Lebensunterhalt, aber als neben ihr eine andere Figur auftauchte, mit der sie ein paar Worte wechselte, verwandelte sich ihre Leichenbittermiene in ein strahlendes Grinsen, und sie lief begeistert und händeklatschend auf der Bühne auf und ab.

«Ach, ist das wunderbar!», sang Ankka mit der weißen Hälfte des Chors.

Dann drängte eine Meute von Schauspielern, die in ihren feinen Anzügen wie Geschäftsleute aussahen, auf die Bühne. Die Neuankömmlinge schwenkten Akten und krakeelten, aber Anita bot ihnen gelassen und souverän die Stirn. Zwischen den Lippen eine Zigarette, trat sie auf wie eine Dame von Welt und strich sich kokett übers Haar, ohne in ihren Äußerungen auch nur einen Zentimeter nachzugeben. Unterdessen hantierten zwei Arbeiter unentwegt an der Puppe herum, und auch Anita hob nun die Puppe ständig in die Höhe und winkte mit ihrer Hand den Kaufleuten zu.

Diesmal verstand Luoying, wann ihr Einsatz war. Präzise an der auf dem Blatt markierten Stelle fiel sie mit den anderen ein: «Ach, ist das wunderbar!»

Nach und nach tauchte sie in das Spiel auf der Bühne ein. Sie vergaß die Außenwelt, und die Bühne verwandelte sich zur wahren Wirklichkeit. Es war das erste Mal, dass sie das Stück sah. Oft konnte sie sich ein Grinsen nicht verkneifen, und manchmal brauchte sie gar nicht mehr auf das Blatt zu schauen und hätte am liebsten von selbst losgesungen mit ihrem «Ach, ist das wunderbar!». Gegenüber von ihnen sang die schwarze Chorgruppe ständig: «Großartig, einfach großartig!», und manchmal, wenn ihr weißer Gegenpart schwieg, stießen die Sänger einen Seufzer aus, ein fernes Echo der Anteilnahme.

Unmerklich wandelte sich der Charakter des Stücks vom Grotesken zum Realistischen. Anfangs musste Luoying oft vor sich hin grinsen, aber am Ende verging ihr das Lachen. Sie spürte etwas Bitteres, etwas dunkel Beklemmendes. Ein kalter Schauder lief ihr den Rücken hinunter, und ihre Stimme wurde heiser. Es war, als hätte sie einer bedrohlichen fremden Realität ins Auge geschaut.

Als sie nach dem ersten Durchlauf eine Pause machten, setzte Luoying sich an den Bühnenrand und fragte in die Runde: «Was war denn das für ein Schluss?»

Shania, die neben ihr stand, erwiderte ruhig: «Ich bin neulich nicht mehr dazu gekommen, dir davon zu erzählen. Es geht um etwas, auf das Long gestoßen ist.»

«Und was ist das?»

«Er hat einen Abschnitt in den Arbeitsnotizen seiner Mutter gefunden. Seine Mutter ist Archivarin im Diplomatischen Amt und dafür zuständig, dass der genaue Verlauf von Verhandlungen und Geschäftsabschlüssen dokumentiert wird. Long hat entdeckt, dass die Verhandlungen über den Kauf von Acetylen und Methan vor drei Jahren unterbrochen worden waren, weil die Leute von der Erde uns nicht trauten. Sie hatten uns im Verdacht, dass wir diese Substanzen als Sprengstoff für einen Überraschungsangriff verwenden wollten. Acetylen und Methan sind entflammbare Stoffe, deshalb nahmen sie den Verdacht sehr ernst. Die Verhandlungen waren monatelang festgefahren. Von Januar bis Juni gab es praktisch keinen Fortschritt. Aber dann ging es mit einem Mal ganz schnell: Am zwölften Juli sind wir zum Urlaub nach Amerika geflogen, am achtzehnten Juli wurde das Abkommen unterzeichnet, am ersten August trat das marsianische Schiff seinen Rückflug an, und am achtzehnten August schickte man uns zurück an unsere Schulen. Natürlich hatten wir selbst keinen blassen Schimmer, was mit uns gespielt wurde – aber findest du diese zeitliche Reihenfolge nicht ein bisschen zu verdächtig, um Zufall zu sein?»

«Und daraus hat Long den Schluss gezogen, dass wir Geiseln waren?»

Shania nickte.

«Daraus würde dann folgen», murmelte Luoying, «dass wir die ganzen fünf Jahre nur Geiseln für einen großen Deal waren und dass unsere Ausbildung reine Fassade war.»

Shania drückte ihr sanft die Hand. «Ich weiß, du hörst das nicht gern, aber seltsam ist es schon. Wenn Longs Verdacht stimmt, hat dein Großvater dich aus einem Grund, der nichts mit dem Tod deiner Eltern zu tun hat, in unsere Gruppe geschleust: Er wollte unsere Eltern beruhigen. Denn wenn der Generalgouverneur seine eigene Enkeltochter auf die Erde gehen lässt, dann kann es ja nicht wirklich gefährlich sein.»

«Gefährlich ...» Luoying kam sich innerlich ganz leer vor. «Wenn es eine Gefahr gab, sollten wir ihr alle zusammen ausgesetzt sein.»

«Schlimmstenfalls hätte man uns hinterher zu Helden erklärt.»

«Das ist ja schrecklich!»

«Wir hoffen ja auch, dass es nicht stimmt», warf Sorin von der Seite ein. «Darum haben wir ja den ursprünglichen Text des Stücks geändert und das neue Ende drangehängt: Wir wollen sehen, wie die Erwachsenen darauf reagieren. Wenn unser Verdacht aus der Luft gegriffen ist, werden sie nur ein bisschen irritiert sein. Aber wenn Long recht hat, werden sie mit ziemlicher Wahrscheinlichkeit wütend werden.»

«Das richtet sich nicht speziell gegen deinen Großvater», sagte Miller. «Wir verdächtigen die ganze Führungsschicht. Vermutlich hatte dein Großvater so ein Tauschgeschäft eigentlich gar nicht beabsichtigt, und die Idee war von irgendjemand anderem.»

Luoying nickte stumm. Wieder einmal war ihr Großvater

einem Verdacht ausgesetzt, dem schlimmsten in ihren wochenlangen Zweifeln. Aber sie wollte sich nichts anmerken lassen oder unter einem Vorwand die Probe verlassen. Am liebsten hätte sie jetzt Ankka an ihrer Seite gehabt, aber er war verschwunden.

«Und woher habt ihr die anderen Teile des Stücks?», wechselte sie das Thema.

«Das beruht alles auf unseren Erfahrungen – das hast du ja bestimmt gemerkt, oder nicht?»

«Bei Anitas Teil schon – das ist eine Anspielung auf ihren Vorschlag mit dem ‹Toten-Copyright›, oder?»

«Stimmt», sagte Anita grinsend. «Ich habe das damals nur so zum Spaß gesagt, aber neulich habe ich gehört, dass jemand in Amerika ganz offiziell eine Gesetzesinitiative gestartet hat, die im Kern meinem Vorschlag entspricht. Wenn ich das gewusst hätte, hätte ich meine Idee sofort urheberrechtlich schützen lassen. Dann wäre ich jetzt reich, und ich hätte einen Präzedenzfall für ein Copyright für Aliens geschaffen.»

«Gute Idee!», rief Sorin. «Wollen wir das nicht auch noch mit ins Stück reinnehmen?»

«Lass gut sein», sagte Anita. «Als Regisseur scheust du wohl vor nichts zurück, was? Du hast in den letzten Tagen doch schon so viel hinzugefügt!»

Luoying wurde wieder ein bisschen leichter ums Herz. «Du meinst Longs Teil?»

«Genau.» Anita nickte. «Deshalb nennen wir das Stück ja auch ‹Revolution›. Dieses Ende hat den Namen wirklich verdient. Es wäre doch zu schade, wenn wir das nicht spielen würden!»

«Aber das ist doch keine echte Revolution! Das ist doch nur ein Haufen aufgeregter Teenager, oder nicht? Wir tun ja nicht wirklich irgendwas.»

«Ist das nicht genau das, was eine Revolution ausmacht?», fragte Anita fröhlich. «Oder wie stellst du dir eine Revolution vor?»

Jetzt lächelte auch Luoying, und ihre Anspannung fiel langsam von ihr ab. «Und wann ist die Aufführung?»

«Am Finaltag. Wir haben also noch über einen Monat Zeit.»

«Gut. Ab jetzt komme ich zu jeder Probe.»

«Du musst das nicht so ernst nehmen.» Sorin wirkte gelassen, und das Lächeln auf seinem hageren Gesicht strahlte vor Lebensfreude. «Wir machen das nur zum Spaß. Das ist ja das, was uns von den anderen unterscheidet. Komm einfach, wenn du Lust hast. Fühl dich zu nichts verpflichtet.»

Luoying versprach es. Die zwanglose Atmosphäre unter ihren Freunden weckte in ihr ein Gefühl der Zugehörigkeit. Alle lächelten – selbst wenn sie etwas in Zweifel zogen. Luoying fühlte, wie beruhigend das auf sie wirkte. Dabei wusste sie genau, was die anderen nicht zeigten und warum sie es nicht zeigten. Der spöttische Gleichmut, den sie ihrer Umgebung entgegenbrachten, bewahrte sie vor tieferem Kummer. Sie hinterfragten ihre Gesellschaft, aber sie taten es ohne Zorn. Bald eilte auch Luoying auf der Bühne herum, spann schöne Lügen und lächelte ihre Traurigkeit weg. Als sie zum Himmel über der Glaskuppel hochblickte, sah sie, wie die Nachmittagssonne einen durchsichtigen Regenbogen auf die trübe Lagerhalle warf. Kühl wie Eis trieb der Staub in der Luft.

Nach den Proben rief Ankka nach ihr. Mitten während der Proben war er einfach verschwunden. Luoying begann sich schon zu wundern, wo er blieb, da tauchte er am Eingang auf und nahm unauffällig seinen alten Platz ein. Ohne jede Erklärung sang er mit den anderen, als wäre nichts geschehen. Erst als die Proben vorbei waren, blieb er hinter den anderen zurück und rief Luoying beiseite.

«Du hast doch gestern für mich Pierre kontaktiert», fing er an. «Ich habe ihm dann auch noch eine Nachricht geschrieben.»

«Aha. Und?»

«Ich bin heute Mittag mit ihm im Labor gewesen.»

«Wozu denn?»

«Um mir seine Membrantechnologie anzuschauen. Ich glaube, ich kann was damit anfangen.»

«Wofür?»

«Für meinen Flieger. Ich habe dir doch gestern erzählt, dass mein Flieger kaputt ist. Ich glaube, wenn ich die Flügel mit Pierres fotoelektrischer Membran als Energiequelle beschichte, könnte das ziemlich gut funktionieren. Sicher bin ich mir allerdings noch nicht. Ich muss das erst testen.»

«Ist Pierre damit einverstanden?»

Ankka nickte. «Er hat nichts dagegen. Das Problem ist jetzt nur: Wie kann ich das Material testen, ohne dass Fitz etwas davon mitbekommt? Denn der sieht es bestimmt nicht gern, wenn ich mein eigenes Ding durchziehe.»

«Und was hast du nun vor?»

Er blickte Luoying an. «Kannst du für mich noch ein Team für den Kreativitätswettbewerb anmelden? Unsere Staffel darf nicht daran teilnehmen. Aber jedes Team ist im Rahmen des Wettbewerbs dazu berechtigt, Labore und Werkhallen zu benutzen. Auf die Weise würde Fitz auch nicht merken, wie ich meinen Flieger repariere. Ich weiß nur nicht, ob es dafür nicht schon zu spät ist.»

«Theoretisch kann man sich anmelden, solange die Vorrunde noch nicht läuft.» Luoying zögerte einen Moment. «Allerdings fängt die Vorrunde schon morgen an.»

«Ich weiß, das kommt jetzt ein bisschen sehr spät.»

«Egal», erwiderte Luoying leise, aber bestimmt. «Ich kann es auf jeden Fall versuchen.»

«Ja.» Ankka nickte. «Ich verlasse mich auf dich.»

Luoying lächelte, um ihm zu zeigen, dass sie ihm gern half. Und das tat sie wirklich. Es gab nichts, was sie lieber getan hätte. Sie freute sich, wenn er ein Ziel verfolgte. Die Hingabe, die er dabei entwickelte, gab ihr Halt.

«Und wie willst du das Material testen?»

«Ganz einfach: die Flügel damit beschichten und losfliegen.»

«Aber ist das auch sicher? Geh bloß kein unnötiges Risiko ein!»

«Kein Problem.» Um Ankkas Mundwinkel zuckte ein Lächeln. «Das sind die Dinge, auf die es wirklich ankommt: die, für die man sein Leben aufs Spiel setzt.»

Seine Stimme hallte durch den weiten, leeren Raum. Ihre Freunde waren schon beladen mit ihren Sachen nach Hause gegangen, sie beide waren die Letzten, die aus der Halle traten. Als Luoying das Tor behutsam hinter sich schloss und die schweren Eisenflügel aneinanderstießen, war es, als klängen sie dumpf und tief in ihrem Herzen wider.

Am nächsten Morgen wurde in einem Klassenzimmer im Russell-Distrikt die Vorrunde des Kreativitätswettbewerbs ausgetragen.

Das Klassenzimmer war der Lieblingsort der Kinder im Viertel. Auch wer nicht an dem Wettbewerb teilnahm, kam gern hierher. Schon frühmorgens strömten die ersten Jugendlichen herein, und bald war der Raum zum Bersten voll. Die Viertel waren zwar nicht groß, aber ein paar hundert Jugendliche im Wettbewerbsalter lebten sicher in jedem. Und nun drängten sie in kleinen Grüppchen herein, bis man nur noch eine wogende Masse von Köpfen sah.

Der Unterrichtsraum war an diesem Tag sorgsam dekoriert. Man hatte keinen übermäßigen Aufwand betrieben, hatte keine Bühne errichtet und die Spielgeräte nicht fortgeschafft, aber dafür hatte man die Tische und Stühle mit Szenen aus der Mythologie bemalt und bunte Fahnen aufgehängt. An den Wänden liefen Videos, in denen sich die Teilnehmer vorstellten. Normalerweise wurden in dem Klassenzimmer unterschiedliche Fächer gelehrt, und entsprechend reichte die Einrichtung von Musikinstrumenten und Staffeleien bis hin zu einer Anlage für fotoelektrische Demonstrationsversuche. Heute aber dienten die Tische und Stühle als Podeste für die Wettbewerbsbeiträge. Besondere Schaukästen hatte man nicht aufgebaut, nur die Schreibutensilien weggeräumt, die sonst hier lagen. Schon am frühen Morgen hatten die Jugendlichen ihre Wettbewerbsexponate aufgebaut. Nun standen all die Gegenstände da wie Rekruten, scheu und doch voller Stolz in Erwartung ihrer ersten Parade.

Luoying war mitten im Gedränge. Weil sie so früh zur Erde geflogen war, hatte sie kaum Wahlkurse besucht und nie ein Studio betreten. Mit diesem Klassenzimmer verband sie umso mehr Kindheitserinnerungen, die jetzt wieder in ihr hochkamen. An den Wänden hallten noch die Hirtenlieder nach, die sie als Kind im Chor gesungen hatte, neben den Regalen waren noch die flüchtigen Berührungen ihrer Hände zu spüren, auf einem Tisch klebte noch die helle Farbe, die ihr einmal versehentlich daraufgekleckst war. Vor ihrem geistigen Auge sah sie ihr kindliches Ich, das hier im Alter von fünf bis dreizehn Jahren einen Großteil seiner Zeit verbracht hatte.

Ein paar hübsche, sanfte Lehrerinnen, die die Jury der Vorrunde bildeten, gingen bedächtig umher, gefolgt von einer großen Schar Jugendlicher, die an ihnen hing wie eine reichverzierte Schleppe an einer adligen Dame. In der öffentlichen Abschlussdiskussion, in der entschieden wurde, welche Werke in die nächste Runde kamen, spielte das Urteil der Jury eine wichtige Rolle. Deshalb hatte sich jedes Team gründlich darauf vorbereitet, in der knapp bemessenen Zeit, in der es seinen Wettbewerbsbeitrag vorstellen durfte, auf originelle Weise einen möglichst perfekten Eindruck bei den Lehrerinnen zu hinterlassen.

«... Lomanias, die berühmte Modedesignerin des einundzwanzigsten Jahrhunderts, hat einmal in Anlehnung an einen Gedanken des modernen Tanzes Kleidung als die Beziehung zwischen dem menschlichen Körper und dem ihn umgebenden Raum definiert. Unser Design schließt an diese Idee an ...»

Jill unterstrich ihre lebhaften Ausführungen mit großen Gesten. Eine geschlagene Woche hatte sie an ihrer kleinen Rede gefeilt, und noch am Vorabend hatte sie den Text mühsam auswendig gelernt.

«... Normalerweise verbinden wir mit Kleidung nur eine wärmende und dekorative Funktion. Vom Raum und von der Natur um uns herum haben wir uns entfremdet, ja isoliert. Dabei wissen wir alle, dass wir unsere festgefahrenen Denkmuster durchbrechen und uns immer neuen Ideen öffnen sollten. Unser Design verfolgt genau dieses Ziel. Dieser Schutzanzug verwandelt Sonnenlicht in elektrische Energie. Er eignet sich nicht nur für Raumanzüge und Bergwerkskleidung, sondern er verkörpert ein ganz neues Denken: Mit unseren Körpern können wir nicht nur die Natur meiden, sondern wir können auch ihre Nähe suchen und Nutzen daraus schöpfen ...»

Jills Lächeln war entzückend, und die Worte sprudelten aus ihr heraus wie ein melodischer Fluss. Die Mühe, die sie noch in der Nacht in ihre Vorbereitung investiert hatte, hatte sich gelohnt. Von Zeit zu Zeit schielte sie zu Luoying hinüber, und dann nickte Luoying ihr anerkennend aus der Menge heraus zu. Neben Jill stand Daniel hochaufgereckt in einem blassblauen Schutzanzug und nahm immer wieder neue Posen ein, als wäre er eine zum Leben erwachte griechische Statue.

Luoying kamen die jungen Umweltaktivisten in den Sinn, mit denen sie ein Jahr lang ein altes Haus auf der Erde bewohnt hatte. Ihr war aufgefallen, dass «neue Ideen» einer von Jills Lieblingsausdrücken war – so als müsste man sich tagtäglich für irgendwelche neuen Gedanken begeistern. Luoyings Mitbewohner auf der Erde hatten damals auch ständig von «neuen Ideen» geredet. Im Gefühl, eine antibürgerliche Avantgarde zu sein, hatten sie unaufhörlich nach neuen Vergnügungen gesucht, hatten sich ausgefallene Kleider angezogen, an die sie sich Blumen und Gräser steckten, und sonderbare Drogen genommen. Die großen Städte hatten sie verachtet. Sie schufen einen ganz neuen Lebensstil, hatten sie verkündet. Luoying hatte an ihren seltsamen Zusammenkünften teilgenommen und gemeinsam mit ihnen die Landsitze reicher Leute besetzt. In einem Hochhaus in der Stadt hatten sie eine Rolltreppe abmontiert und vor ihren Fenstern als Rutsche wieder aufgebaut. Zwar hatten sie wie Jill von «neuen Ideen» gesprochen, aber die Aktivisten hatten dabei eine ganz andere Art zu leben im Sinn gehabt.

In dem alten Haus hatte damals auch der «Kängurumann» gewohnt. Niemanden sonst auf der Erde hatte Luoying so lange gekannt. Er war ein freundlicher Glatzkopf mittleren Alters, der weder die komische Kleidung seiner Mitbewohner trug noch an ihren Zusammenkünften auf der Straße teilnahm. Er arbeitete in einem Museum als lebendige Skulptur – angeblich hatten die dortigen Künstler ihn eigens rekrutiert, um die konventionellen Konzepte der Bildhauerei in Frage zu stellen. Manchmal nahm er nach Feierabend heimlich einen Tierkopf mit und postierte ihn auf einem öffentlichen Platz, um den Städtern, die noch nie ein wildes Tier zu Gesicht bekommen hatten, einen Schreck einzujagen. Am nächsten Morgen brachte er den Kopf dann wieder zurück ins Museum. Vor einem Hochhauseingang hatte er einmal eine Schicht frischen Zement ausgebreitet und mit den Abdrücken von Schuhen und Tierfüßen übersät. Luoying wusste nicht, wie er es schaffte, aber er wurde für solche Aktionen nie zur Verantwortung gezogen. Er grinste nur immer vor sich hin und lebte sorglos in den Tag hinein.

Luoying folgte der Menschenmenge auf ihrem Rundgang. Jill hatte ihre Rede inzwischen beendet, kam zu ihr gelaufen und ergriff ihren Arm, wobei sie sich die andere Hand auf die Brust legte, als wollte sie ihren Herzschlag beruhigen. Auf ihrer Stirn schimmerten ein paar Schweißperlen, und in ihren großen Augen lag ein fragender Ausdruck. Luoying nickte ihr bestätigend zu und drückte ihr die kleine, dicke Hand.

Vor ihnen stand die Jury mitten in einer bunten Menge von Ausstellungsstücken. Immer neue aufregende kleine Gegenstände tauchten vor ihnen auf, begleitet von aufbrandendem Applaus und bewundernden Rufen. Die Menschenmenge aus Kindern, die den Lehrerinnen auf Schritt und Tritt folgte, schwoll immer mehr an.

Luoying fiel ein doppelseitiges Gemälde auf, das Pranda und zwei andere Mädchen geschaffen hatten. Die Vorderseite der halbdurchsichtigen Leinwand zeigte ein in Gedanken versunkenes Mädchen, die Rückseite einen Jungen, der mit gesenktem Kopf spazieren ging. Egal von welcher Seite man auf das Bild blickte, man sah immer nur eine Figur, aber die Sterne und der Mond leuchteten auf beiden Seiten. Luoying wunderte sich, was für ein Material diesen Effekt ermöglichte.

Endlich hatte die Jury alle Wettbewerbsbeiträge begutachtet und kehrte in die Mitte des Raums zurück. Eine der Lehrerinnen war Janet Brodie. Sie verlas mit klarer Stimme alle ausgestellten Werke von einer Liste. Dann schaute sie sich um.

«Haben wir noch ein Werk übersehen?»

Schweigend blickten alle einander an.

«Wir haben jetzt hundertzwölf Teams. Wenn wir nichts mehr übersehen haben, ist die heutige Vorrunde damit beendet.»

Sie fragte noch einmal, während hinter ihr schon eine andere Lehrerin die Liste einstecken wollte.

In diesem Moment fasste sich Luoying ein Herz. Es war ein verzweifelter Versuch, aber es war ihre einzige Chance.

«Ich habe noch etwas.»

Ihre Stimme klang in dem Raum, in den nach einem hektischen Vormittag endlich Stille eingekehrt war, außerordentlich sanft und ruhig. Sie trat einen Schritt vor, wobei sie nur Janet Brodie ansah und den Blick ihrer Mitbewerber mied. Langsam ging sie zum größten Tisch im Zentrum des Raums und rückte die Stücke, die dort in einem Kreis ausgestellt waren, äußerst behutsam und vorsichtig beiseite, sodass in der Mitte eine kleine Fläche frei wurde. Dann holte sie den kleinen Stein, den sie am Vortag von Renny mitgenommen hatte, aus der Tasche und legte ihn auf das dunkelblaue, glatte Tischtuch aus Samt. Der Stein war sandfarben und rund und hatte eine raue Oberfläche. Er wirkte plump und so unscheinbar, dass man ihn leicht übersehen konnte. Nachdem Luoying ihn dort platziert hatte, blickte sie Janet an.

«Und das ist …?» Irritiert erwiderte Janet ihren Blick.

«Das ist mein Werk», erklärte Luoying. «Es heißt ‹Einsamkeit›.»

Schweigend blickten die Lehrer einander an – genau wie die Jugendlichen ringsum. Inmitten all der farbenprächtigen und technisch komplexen Apparaturen und Roboter wirkte der grobe, rohe Stein völlig deplatziert – wie ein mutmaßlicher Verbrecher, um den herum alle anderen unwillkürlich auf Abstand gehen. Aber Luoying blickte die Umstehenden ganz ruhig an – die allgemeine Verblüffung kam für sie nicht überraschend.

Endlich, nach fast einer Minute, brach Janet Brodie das Schweigen und sagte langsam: «Der Gedanke ist gut.»

Sie wandte ihren fülligen Körper den anderen Jugendlichen zu und versuchte so natürlich wie möglich zu klingen, während sie erklärte: «Luoying hat das gut gemacht. Mit ihrem Werk erinnert sie uns daran, dass dies kein Hightech-Wettbewerb ist. Damit durchbricht sie unsere eingefahrenen Denkweisen.»

Luoying atmete auf. Sie lächelte Janet dankbar zu.

Nun war die Vorrunde des Wettbewerbs tatsächlich zu Ende, und eine fröhliche, entspannte Stimmung machte sich breit. Wieder wurde es laut und hektisch im Klassenraum. Unter Witzen und Gelächter begannen alle mit dem Aufräumen. Die farbigen Banner, die so eine ungezwungene Atmosphäre verströmt hatten, wurden von den Wänden abgenommen, und inmitten des geschäftigen Gedränges geriet der einsame Stein wieder in Vergessenheit, so als hätte es ihn nie gegeben.

Vor dem Aufbruch legte Jill ihren Arm um Luoying und flüsterte ihr zu: «Du hast mir ja gar nichts davon erzählt! Wie bist du denn auf *die* Idee gekommen?»

«Welche Idee? Die mit dem Stein? Ach, einfach so.»

«Das ist total kreativ!»

«Ja?»

Luoying lächelte, und dabei gingen ihr zwei Wörter durch den Kopf: *völlig deplatziert.* Während sie den Stein in ihrer Hand hielt, dachte sie an Renny, aber auch an all ihre Freunde, und sie fühlte einen leisen Stich im Herzen. Ursprünglich hatte sie sich überlegt, überhaupt nichts mitzubringen und einfach nur in die Luft zu zeigen mit den Worten: «Das ist mein Werk ‹Traum›.» Aber dann hatte sie die Idee als allzu melancholisch verworfen. Sie kam sich nicht besonders kreativ vor. Wenn sie damals etwas vom Kängurumann gelernt hatte, dann dass sie nicht kreativ war. Sie hörte auf ihre Gefühle, aber das war etwas anderes.

Ein Werk, das sie wirklich kreativ fand, hatte sie an diesem Vormittag gesehen: eine große, dünne Glaskugel, deren hohles Inneres eine kleinere Kugel barg, in die immer weitere Kugeln gebettet waren, die schließlich so winzig waren, dass man sie nicht mehr voneinander unterscheiden konnte. Jede Kugeloberfläche war von anderen Häusern, Grünanlagen, Rutschen und Fabriken bedeckt, und von der Innenseite der äußersten Kugel hing ebenfalls eine Miniaturwelt, die auf den Kopf gestellt war und in der winzige Menschen mit den Köpfen nach unten alles Mögliche taten. Die große Kugel schwebte mitten in der Luft und zog mit ihren unzähligen Welten, die grün durch das klare Glas schimmerten, die Aufmerksamkeit auf sich. Luoying hatte keine Ahnung, wie die Urheber dieses Werk zustande gebracht hatten, aber sie stand staunend davor, und ihr Blick verlor sich in den scheinbar unendlichen Welten, die sich trotz ihrer unterschiedlichen Dimensionen in der Form ähnelten. Beim Blick auf die äußerste Welt, die wie ein verkehrter Himmel die inneren Kugeln umschloss, kam es ihr vor, als stünde sie selbst, in die unermesslichen Tiefen des Alls geworfen, genauso auf dem Kopf.

FLÜGEL

Von der Mitte des einundzwanzigsten Jahrhunderts an wurden kleine Privatflugzeuge zum Hauptverkehrsmittel auf der Erde. Je weitläufiger die Städte wurden, je gewaltiger die Gebäude und je überlasteter der Verkehr auf der Erdoberfläche, desto mehr nahmen kleine geflügelte Vehikel den Himmel in Beschlag. Das Fliegen erfüllte viele Funktionen. Für die Kinder war es Ansporn und Traum, für die Jungen ein Mittel, Mädchen zu erobern, für die Erwachsenen ein Statussymbol und für die Alten auch für kurze Strecken ein Transportmittel, über das sie sich ständig beschwerten und auf das sie trotzdem nicht verzichten konnten. Für die Soziologen war es die Geburt einer neuen gesellschaftlichen Organisationsform, für die Politologen die Quelle von Luftraumstreitigkeiten, für Umweltschützer die Hauptursache der Zerstörung der Atmosphäre und für die Geschäftsleute der Königsweg hinaus aus der Rezession. Für sie alle aber war das Fliegen das Symbol einer neuen Zeit.

Schüler flogen zur Schule, Studenten auf Abenteuertrips, Stars in den Urlaub. Jedem bedeutete das Fliegen etwas anderes, und so wurden auch die Flugzeuge zu einer komplizierten Sache. Zur Geschwindigkeitssteigerung brauchte man neue Festbrennstoffe; zur Stabilitätserhöhung Kompensatoren gegen den Strömungsabriss an den Flügelspitzen; zum besseren Höhenwechsel Regler für das Verbrennungsverhältnis; zur Vermeidung von Kollisionen mit anderen Flugzeugen präzise globale Navigationssysteme; zur Anpassung an unterschiedliche Luftströmungen intelligente Detektoren und Regler; zur Entlastung übermüdeter Piloten zuverlässige Autopiloten; zur Telekommunikation und zur Einberufung von Videokonferenzen HD-Monitore und -Empfänger; zur Abwehr von Angriffen selbstlenkende Raketen; Werbung zum Leben; Schleudersitze zum Überleben; und für die Liebe weiche, herunterklappbare Liegen. So nahmen die Flugzeuge immer wunderlichere Formen an, und dabei kamen die unterschiedlichsten Materialien zum Einsatz.

Während das Fliegen immer komplizierter wurde, geriet das Einfache in Vergessenheit – so als würde ein kleines Kind, dem das Essen und Schlafen zum Leben genügt, erwachsen werden und dann glauben, es bräuchte nun alle möglichen Dinge zum Leben. Den Weg vom Komplizierten zum Einfachen zurückzugehen erfordert große Geduld.

«Der Mensch muss essen, mehr braucht er nicht zum Leben», erklärte Miller.

Sorin blickte auf das Wirrwarr von Abbildungen auf dem elektronischen Blatt Papier vor ihm. «Aber wir können nichts mehr weglassen.»

Auf dem Papier waren in krakeliger Schrift die verschiedenen Einzelteile bezeichnet. Manche dieser Teile waren mit großen Kreuzen markiert. Während die drei Jungen das Papier fixierten und lebhaft miteinander diskutierten, saß Luoying ihnen gegenüber auf einem eisernen Gerüst und ließ die Beine baumeln. Die Jungen wollten ein marsianisches Kleinflugzeug von Grund auf umbauen. Ihr Ziel war es, ein möglichst spartanisches Flugzeug zu schaffen, das vor allem eines war: flugtüchtig. Zu diesem Zweck stellten sie die Flughöhe und Geschwindigkeit zurück und verzichteten auf einige Funktionen, die Kampfeinsatz und Geleitschutz, Bergbau und Transport betrafen.

Seit der ersten Runde des Kreativitätswettbewerbs waren schon sieben Tage vergangen. Nach der Vorrunde war das Team offiziell ins Leben gerufen worden, und seitdem stand die Planung des ersten Tests auf der Tagesordnung. Als Ankka seinen Freunden erzählt hatte, dass er sein Flugzeug umrüsten wollte, hatte er eine überraschend große Begeisterung geerntet, und auch Luoyings Plan, in die Berge aufzubrechen, um dort nach den Spuren der Vergangenheit zu suchen, fand große Zustimmung. Etliche Leute wollten unbedingt mit ihr mitkommen. Long schlug vor, ein Bergwerksschiff zu mieten, Shania übernahm bereitwillig die Organisation des Teams, und Sorin fand neben seiner Arbeit als Theaterregisseur noch die Zeit, auch bei diesen geheimen Aktivitäten die Regie zu führen.

Luoying wunderte sich nicht über diese große Unterstützung: Schließlich verbrachten sie alle ihren Alltag in großen Kristallkästen und schlugen sich täglich mit ihren Berichten herum. Unter diesen Umständen war ein Flug zur Erkundung der Vergangenheit ein faszinierendes Abenteuer. Die wichtigsten Mitglieder des Teams trafen sich von nun an jeden Tag, um konkrete Lösungen zu diskutieren. Unterdessen dachte Luoying immer grundsätzlicher über die Geschichte nach, und sie empfand immer stärker eine unbestimmte Sehnsucht nach dem Himmel.

«Ich glaube, wir denken falsch herum», murmelte Ankka, der nachlässig an eine Säule gelehnt dastand.

Sorin blickte zu ihm auf. «Was meinst du denn damit?»

«Wir gehen immer von einem normalen Flugzeug aus und versuchen dann, etwas einzusparen», erwiderte Ankka. «Deshalb fällt es uns so schwer, auf Dinge zu verzichten. Warum fangen wir nicht bei null an und ergänzen dann nur das Allernotwendigste?»

«Du willst bei null anfangen?» Sorin runzelte die Stirn.

«Nicht ganz bei null – bei der Luft.»

Luoying blieb auf ihrem Gerüst sitzen. Die drei Jungen waren schon den ganzen Abend in ihre Diskussion vertieft.

Sie hatten sich ihren Arbeitsraum in einer Ecke der Lagerhalle eingerichtet, in der auch die Theaterproben stattfanden. Die verwaiste Halle war wie ein überdimensionaler Briefkasten geformt. Scharfkantige Eisengerüste standen an den Wänden und ließen nur eine kleine dreieckige Fläche frei. Es wurde schon Abend, und nur in der Ecke brannte noch eine Lampe, ansonsten lag die Halle verlassen und stockdunkel da. Die Jungen hatten ein paar Kisten als provisorische Sitze herbeigerückt, und nun schrieben und zeichneten sie und projizierten ein Flugzeugbild nach dem anderen an die Wand.

Ankka lehnte mit verschränkten Armen an seiner Säule und blickte Sorin an. «Wir haben keine Flugorder, wir wollen nur irgendwie zu den Klippen kommen, ohne abzustürzen. Deshalb können wir uns die konventionellen Konstruktionen schenken und uns nur auf die Flügel und einen ganz einfachen Rumpf konzentrieren. Wir brauchen noch nicht einmal einen Motor. Auf diese Weise sparen wir so viel Traglast wie möglich ein.»

«Du willst den Motor weglassen? Wie soll denn das gehen?», fragte Sorin perplex. «Selbst wenn wir die Sonnenenergie nutzen, brauchen wir doch noch ein Düsenantriebswerk. Wie sollen wir ohne Düsen genug Schubkraft gewinnen? Selbst mit beweglichen Flügeln müssen wir erst mal auf eine Geschwindigkeit kommen, die uns im Horizontalflug hält.»

Ankka schüttelte den Kopf. «Das wird erst ein Problem bei Gegenwind. Wenn wir unseren Kurs frei wählen können, fliegen wir immer mit dem Wind wie manche Insekten.»

«Mit dem Wind?», fragte Miller dazwischen. «Aber das haben wir doch schon durchgerechnet. Dafür reicht der Auftrieb nicht.»

«Der Gesamtauftrieb hängt von der Fläche der Flügel ab», erwiderte Ankka. «Wir können die Flügel so groß wie möglich bauen. Zwar ist der Auftrieb wegen der dünnen Atmosphäre gering, aber dafür ist der Strömungswiderstand pro Flächeneinheit auch entsprechend klein. Ich habe das mal kalkuliert: Wir können die Flügel ein paarmal so groß bauen wie auf der Erde.»

«Aber halten die Tragflächenwurzeln das auch aus?», wandte Miller skeptisch ein. «Das Biegemoment wird doch dann sehr groß, oder nicht?»

Ankka zuckte mit den Schultern. «Ich weiß nicht. Das war nur so eine Idee von mir. Schwer zu sagen, ob sie funktioniert.»

Sorin nickte unmerklich. «Ich finde, wir sollten das mal durchrechnen», sagte er zu Miller. «Die Flügel sollten halten, wenn wir den richtigen Punkt für das Kraftmoment finden. Entscheidend ist das Verhältnis von Auftrieb und Widerstand. Wir müssen die passende Flügelform entwickeln und brauchen dazu den passenden Wind. Ich schätze, das ist machbar. Die Luftdichte ist zwar gering auf dem Mars, aber dafür haben wir an vielen Orten auch einen starken Wind.»

Luoying hatte ein kleines Zeichenbrett in der Hand und fertigte ein paar flüchtige Skizzen von den Jungen. Sorins Augen standen ein wenig zu dicht beieinander, aber sie sprühten vor Leben. Miller hatte ein dunkles, rundes Gesicht und zerzaustes Haar. Ankka stand nachlässig mit halboffenen Schuhen an die Säule gelehnt, und doch wirkte er groß und schlank. Luoying verstand wenig von dem, was die drei miteinander besprachen, aber dann hörte sie einen Satz, den Ankka sagte – «Ein Flugzeug ist ein Tanz aus Wind und Materie». Schlagartig ging ihr etwas auf: Bevor man über das Fliegen redete, musste man über die Luft reden – genauso wie man über eine Handlung erst nachdenken konnte, wenn man wusste, wo und unter welchen Umständen die Handlung stattfand.

Die Nacht war tief und still. Luoying betrachtete die Jungen und den Mond über der Glaskuppel. Ihre Freunde waren wie sie: Auf der Erde waren sie es gewohnt gewesen, mit dem Flugzeug zu reisen. Ihr Anblick hatte etwas Beruhigendes. Auch wenn die drei noch keine Lösung für ihr Problem gefunden hatten, gaben sie Luoying doch das Gefühl, dass sie, wenn sie es nur wollten, auf jeden Fall einen Weg finden würden. Luoying wusste selbst nicht, woher sie diese Gewissheit nahm – vielleicht weil sie jahrelang mit ihnen umhergezogen war. Oder vielleicht mochte sie auch einfach nur die Begeisterung in ihren Augen, wenn die drei über etwas nachdachten.

Zwischen den Jungen entspann sich eine hitzige Diskussion darüber, welche Voraussetzungen absolut nötig und welche Ausstattung unerlässlich war, falls sie mit dem Wind flogen. Anfangs klang es so, als würde man dabei auf alle möglichen unüberwindlichen Schwierigkeiten stoßen, aber als sie alles gründlich durchdachten, konnten sie die meisten Hindernisse aus dem Weg räumen. Am Ende blieben nur noch ein paar kleinere Fragezeichen, wie eine schlecht verheilende Wunde oder eine Gräte, die einem im Hals steckte.

Auf einmal hob Sorin den Kopf und fragte: «Luoying, erinnerst du dich noch daran, wie das Gelände dort in den Akten im Archiv genau beschrieben wird?»

Alle drei blickten erwartungsvoll zu ihr. Offensichtlich waren sie an einem strittigen Punkt angelangt und brauchten zuverlässige externe Daten.

«Ja, ich erinnere mich.» Luoying schaute in die Runde. «Allerdings stand in den Akten nicht viel darüber drin.»

«Und was stand dort?»

«Dass es sich um eine steile, himmelhohe Felswand handelt und dass dort bei Sturm viel Geröll herabfällt.»

«Wird der Wind dort stark?»

«Ja, schon.»

«Aber was dort stand, bezog sich nur auf die Lage bei Sturm, richtig?»

«Richtig.»

«Und normalerweise? Wie ist der Wind an gewöhnlichen Tagen?»

«Darüber stand in den Akten nichts.» Luoying zögerte einen Moment. «Aber anscheinend hat der Wind dort viele Höhlen und Rinnen geschaffen.»

Die drei Jungen blickten einander an. Sorin nickte Ankka zu, und Ankka schrieb ein paar Wörter auf das elektronische Papier.

«Kennst du die genaue Lage dieser Felswand und die Route dorthin?», fragte Ankka, nachdem er alles aufgeschrieben hatte.

«Nein. Aber die Stelle kann nicht weit von der Basis entfernt sein, denn ich erinnere mich noch genau an einen Satz: ‹Hätten sie damals ein Bergungsschiff geschickt, hätte es in einer halben Stunde da sein können.›»

«Das Bergungsschiff konnte auf geradem Kurs dorthin kommen?»

«Ja.»

«Dann können wir das auch, und zwar ohne Probleme», meinte Ankka zu Miller.

Miller nickte. Er hatte offenbar noch große Zweifel gehabt, aber nun war er erleichtert.

«Wozu bauen wir denn dann überhaupt noch ein Flugzeug?», meinte er. «Warum nehmen wir nicht einfach ein Bergwerksschiff?»

Luoying schüttelte den Kopf. «Ich möchte mir nicht nur die Schlucht ansehen, sondern auch einige Stellen auf den Klippen.»

«Auf den Klippen?»

«Na klar», erwiderte Luoying mit Bestimmtheit. «Ich möchte mir mal ansehen, was von den Lagern noch übrig ist, und die waren doch alle auf den Klippen.»

«Echt?» Miller machte ein verdutztes Gesicht. «Davon weiß ich ja gar nichts.»

«Nein?» Nun war auch Luoying verblüfft. «Ich dachte, das wäre allgemein bekannt.»

«Also, ich weiß davon jedenfalls nichts.» Miller drehte sich zu den anderen beiden Jungen. «Und ihr?»

«Ich höre das auch zum ersten Mal», erwiderte Ankka.

«Ich erinnere mich vage, mal irgendwas darüber gelesen zu haben», antwortete Sorin mit einem leichten Stirnrunzeln. «Wenn ich jetzt darüber nachdenke, ist das schon komisch – wir haben im Unterricht kaum genauer über diese Epoche gesprochen. Über den Krieg haben wir dafür umso mehr geredet, aber von der Zeit davor ist bei mir kaum was hängengeblieben.»

«Da ist was Wahres dran», gab Luoying zu.

«Und wieso weißt du so gut darüber Bescheid?», fragte Miller.

«Das habe ich vergessen … Vielleicht haben meine Eltern mir davon erzählt, als ich klein war. Aber jedenfalls hatte ich immer so ein Bild im Kopf.»

«Kannst du uns denn etwas über die konkreten Geländeverhältnisse sagen?», fragte Ankka.

«Ich weiß nur, dass da eine Schlucht ist und dass die Leute damals oben auf der Klippe gelebt haben, aber sonst …»

«Kannst du das recherchieren oder jemanden fragen?»

Sie wollte gerade erwidern, dass ihre Eltern nun schon so lange tot wären und sie nicht wüsste, bei wem sie sich sonst erkundigen sollte – da kam ihr Renny in den Sinn. Er wusste sicher mehr über die Lager, davon war sie überzeugt – schließlich war er ein erfahrener Historiker und hatte Zugang zu detaillierteren Quellen als jeder andere. Sie nickte. «Das sollte kein Problem sein.»

Ankka hob das elektronische Papier vom Boden auf und ergänzte ein paar Stichworte, ehe er alles noch einmal überflog und feststellte: «Für heute haben wir genug geschafft. Wir haben viele Probleme schon gelöst. Zwei zentrale Fragen sind jetzt noch offen: zum einen die Geländeverhältnisse und zum anderen die Tragflächenkontrolle. Wir können jetzt nicht auf die Schnelle eine Lösung aus dem Ärmel schütteln, also sollten wir erst mal nach Hause gehen und weiter daran arbeiten. Wenn jemand einen Schritt vorankommt, sagt er den anderen Bescheid.»

«Was meinst du mit Tragflächenkontrolle?», fragte Luoying.

«Ein ganz zentrales technisches Problem», erklärte Ankka. «Wir wollen die Flügel doch sehr groß machen, damit wir die Luftströmungen besser nutzen können. Aber das bringt auch ein ernsthaftes Problem mit sich: Die Bewegung der Tragflächen wird schwer zu kontrollieren sein. Und wir können unmöglich die Wirbelströmungen vorhersagen. Deshalb können wir auch nur schwer die Steuerung programmieren, und was wir programmieren, wird wahrscheinlich nutzlos sein. Da wir den Rumpf auf das Allernotwendigste reduzieren wollen, wird die Tragflächenkontrolle noch schwieriger. Trotzdem brauchen wir so eine Kontrolle, damit wir die Luftströmungen richtig nutzen können.»

«Ach so …», murmelte Luoying.

Sie verstand nichts vom Programmieren und Konstruieren

und von den konkreten Schwierigkeiten, die dabei auftraten, aber sie hörte aus Ankkas Ton heraus, wie ernst das Problem war. Alle vorhandenen Baupläne beruhten auf dem, was sich im Laufe langjähriger Erfahrungen und immer neuer Überarbeitungen als das Beste erwiesen hatte. Jede Änderung zog unvorhergesehene Begleiterscheinungen nach sich. Sie war keine Ingenieurin, aber so viel begriff sie.

In den Gesichtern der Jungen war zu sehen, dass sie immer noch konzentriert über das Problem nachdachten. Die Schwierigkeiten, mit denen sie konfrontiert waren, brachten ihren Geist zum Funkeln und verliehen allen dreien etwas höchst Lebendiges. Als Luoying an ihrer Seite aus der Halle in die Nacht hinaustrat, fühlte sie auf einmal einen tröstlichen Halt, wie sie ihn lange nicht mehr empfunden hatte.

Die Verabredung von Luoying und Renny im Insektenlabor ging auf ihre Bitte zurück – sie wolle das Prinzip des Insektenflugs verstehen, hatte sie ihm erklärt, und er hatte sich gerne bereit erklärt, ihr den Forschungsgarten, den er noch von früher kannte, zu zeigen.

In seiner Jugend hatte Renny drei Jahre in diesem Garten damit zugebracht, den Bewegungssinn und das Druckempfinden von Insekten zu studieren. Auf dem Mars waren viele Roboterfahrzeuge nach dem Vorbild kriechender Insekten konstruiert. Mit ihren langen, flinken Gliedern förderten sie Bodenschätze zutage und huschten behände über weite Geröllflächen. In diesem Garten hatte er erforscht, wie die Insekten ihre Gliedmaßen bewegten, und hatte seine Erkenntnisse auf elektronische Maschinen übertragen und für seine Konstruktionspläne genutzt.

Zum Labor gehörte ein großes Gewächshaus, in dem ein kunstvoll angelegter Urwald aus seltenen Pflanzen gedieh. Bienen und Libellen, Gottesanbeterinnen und Spinnen und alle möglichen Käfer lebten hier. Kaum war Luoying eingetreten, setzte sich eine Libelle auf ihren Kopf. Vor Schreck stieß sie einen Schrei aus, und die Libelle schwirrte davon. Luoying blieb stehen, ganz gebannt von dem Anblick, der sich ihr bot. So etwas hatte sie noch nie gesehen: Blüten mit golden schillernden Staubblättern, kleine Insekten, die unversehens aus verborgenen Winkeln hervorschnellten, und von jedem Flügelpaar ging eine farbenprächtige Faszination aus. Ein saftiges Grün breitete sich vor ihren Augen aus mit umherflatternden Schmetterlingen und großen Blüten, die wippten wie Glockenröcke. Weder auf dem Mars noch auf der Erde hatte Luoying so etwas je zu Gesicht bekommen. Auf der Erde hatte sie nur Blumenläden und Wiesen kennengelernt, aber nie hatte sie einen so prächtigen und so reich von Tieren bevölkerten Garten betreten.

«Das ist aber schön hier», murmelte sie staunend.

«Ja, das ist es», sagte Renny. «Wegen dieses Gartens habe ich mich damals für meinen Beruf entschieden.»

«Sind all diese Arten auf dem Mars gezüchtet worden?»

Renny nickte. «Ursprünglich hat man von jeder Art nur zehn Paare von der Erde hergebracht. Alle weiteren wurden dann hier gezüchtet.»

Sie standen mitten in einem Meer aus Blumen. Behutsam las Renny mit den Fingern einen Schmetterling von einer Blüte auf und setzte ihn auf Luoyings Handteller. Sie musterte ihn eingehend. Er saß ganz ruhig da, aber seine feinen Beinchen bebten heftig, und als sie ihn berühren wollte, flog er davon.

«Doktor Renny», fragte sie, «warum können Insekten fliegen?»

Renny las ein anderes Insekt auf, diesmal eine kleine Biene, und drehte sie herum, um Luoying die Brust zu zeigen. «Siehst du, wie die Flügel vibrieren? Das ist die grundlegende Antriebskraft – nur dass die Insekten sie auf unterschiedliche Weise nutzen. Die Bienen verändern durch Drehung ihrer Flügel den Winkel, in dem die Luft an ihren Flügeln vorbeiströmt. Die Libellen dagegen schlagen mit beiden Flügelpaaren auf und ab und erzeugen so einen kleinen Wirbel.»

«Wie die Vögel?»

«Bei den Vögeln ist das ein bisschen anders. Ihre Flügel vibrieren nicht. Insekten dagegen schlagen nur selten mit den Flügeln.»

«Und wie kontrollieren die Insekten ihre Flügel?»

«Im Grunde durch eine Drehung der Muskeln an den Flügelwurzeln. Dabei kommt ihnen zugute, dass die Flügel so leicht sind.»

Luoying blickte hinab auf die kleine Biene, die verzweifelt zwischen Rennys Fingern zappelte, den Bauch zur Brust vorgekrümmt. Die winzigen Beinchen trippelten auf und ab, und das panzerartige Maul zitterte. Endlich gab Renny sie frei, und sie flog schwankend empor. Aber kaum hielt er die Hand in die Luft, setzte sich schon wieder eine Libelle darauf.

Den Blick auf das Insekt gerichtet, erklärte er: «Ich glaube, heutzutage verlassen sich die Menschen zu sehr auf mathematische Modelle. Alles lassen sie von ihren Computern berechnen und stellen kaum noch selbst Beobachtungen an. In der Antike war es genau andersherum, das genaue Beobachten war wichtiger als jedes Modell.»

Lautlos verstrich die Zeit, und bald war der Nachmittag vergangen, und der Abend brach herein. Luoying dachte eine Weile nach, ehe sie unvermittelt fragte: «Doktor Renny, haben die Leute auf dem Mars früher eine Zeitlang in den Bergen gelebt?»

«Was?» Er stutzte. «Aber ja. Genauer gesagt, haben sie in einem riesigen Meteoritenkrater gelebt, in einer Art Schlucht.»

«Und wann war das?»

«Na, so vor hundert Jahren etwa.»

«Aber warum redet man heute kaum noch darüber?»

«Weil es wirklich schwer ist, sich ein Urteil über diese Zeit zu bilden.»

«Warum schwer? Was war das für ein Ort?»

Renny schwieg einen Moment, ehe er so bedächtig antwortete, als wollte er mit seinen Worten ein virtuelles Gemälde in die Luft malen.

«Damals hatten die Leute noch keine gläsernen Häuser. Abgesehen von den blechernen Camps aus umgebauten Kriegsschiffen, lebten die meisten in Höhlen und unterirdischen Bunkern. Die Berge waren zwar kalt und dunkel, aber sie boten einen ziemlich guten Schutz gegen die kosmische Strahlung. Für den Menschen steht das eigene Überleben und die Sicherheit immer an erster Stelle. Du kannst dir vorstellen, wie primitiv die Behausungen damals waren: Kleine Löcher verbanden sie mit der Außenwelt, die sandfarbenen Steinwände waren nur grob geglättet, Elektroöfen sorgten für Wärme, und selbst tagsüber brauchte man Lampen. Und trotzdem war es gar nicht so einfach, diese Behausungen zu bauen, denn alle Arbeiten mussten in den Bergen erledigt werden, und die meisten Roboterfahrzeuge kamen nicht die Hänge hinauf. Deshalb wurden viele Arbeiten ohne Hilfe von Maschinen und zum Teil von Hand durchgeführt. Wenn eine Behausung einstürzte, brauchte man lange, um sie wieder frei zu graben. Außerdem war man für die täglichen Bedarfsgüter noch größtenteils auf die Versorgung durch die Erde angewiesen.»

«Lebten die Leute von der Erde und die vom Mars damals zusammen?»

Renny grinste sie an. «Damals gab es noch keine Leute vom Mars. Alle waren sie von der Erde.»

Luoying kamen seine Worte vor wie ein uraltes Rätsel. «Wo ist diese Schlucht?», fragte sie.

«In der Mitte der großen Klippen, nicht weit südlich vom Äquator.»

«Stehen dort noch Ruinen von damals?»

«Wenn sie nicht im Krieg zerstört wurden, müsste es noch welche geben.»

«Und kann man sie sich anschauen?»

«Das dürfte schwer werden. Dort fliegt kaum noch jemand hin.»

«Und wenn man auf eigene Faust fliegt?»

«Dann dürfte es noch schwerer werden.»

«Doktor Renny ...» Sie hielt einen Moment inne und umschloss das Abzeichen mit dem Messingapfel, das sie in ihrer Tasche trug. «Warum ist damals eigentlich der Krieg ausgebrochen?»

Renny blickte ihr in die Augen. «Ich glaube, du kennst den Grund, oder?»

«Ja.» Sie nickte. «Aber ich frage nach dem Ziel. Ein Ziel ist etwas anderes als ein Grund.»

Renny nickte. «Das Hauptziel war, eine neue Gesellschaft zu gründen.»

«Wie Mars City?»

«Das könnte man so sagen. Allerdings ging es damals nur um einen ersten Entwurf. Unsere heutige Stadt hat erst im Laufe der dreißig Kriegsjahre allmählich ihre Gestalt angenommen.»

«Was war der ursprüngliche Kern des Ganzen?»

«Die Datenbank. Sie war der Grundgedanke hinter allem. Auf ihrer Grundlage wollte man eine Stadt errichten. Aber nicht in dem Sinn, dass man die städtischen Betriebsabläufe damit hätte kalkulieren wollen. Nein, man wollte einen Datenspeicher, um darin jede Entdeckung von allen Menschen zu bewahren und frei zugänglich zu machen – und um die allgemeine Gedankenfreiheit zu schützen.»

«Aber warum musste man dafür unbedingt von der Erde unabhängig sein? Hätte man so etwas nicht auch in der ursprünglichen Basis einrichten können?»

«Eher nicht, denn das neue Ideal konnte man nur erreichen, wenn ein tiefgreifender Wandel der gesamten Wirtschaft stattfand. Eine Stadt auf der Grundlage einer solcher Datenbank setzt voraus, dass sämtliche geistigen Entdeckungen absolut frei zugänglich sind und in keinerlei Weise vermarktet werden. Das bedeutet: Zum ersten Mal in der Geschichte der Menschheit sind die materielle Produktion und die geistige Produktion als zwei grundverschiedene Bereiche scharf voneinander getrennt.»

«Und das heißt: kein Geschäft mit der geistigen Produktion, richtig?»

«Stimmt. Genauso lautete damals das Motto.»

«Aber ist das nun gut oder schlecht?»

«Ich fürchte, darauf gibt es keine klare Antwort.» Renny blickte aus dem Fenster zum Horizont, der in abendliches Zwielicht gehüllt war. «Zumindest die Menschen, die damals als erste spontan diesen Weg einschlugen, handelten aus einer tiefen inneren Überzeugung heraus. Aber wie bei jedem Glauben sind das Gute und das Schlechte schwer gegeneinander abzuwägen.»

«Was das wohl für ein Leben war ...», murmelte Luoying vor sich hin.

Statt ein Urteil zu fällen, erzählte Renny ihr in knappen Worten von einigen historischen Weichenstellungen und von den jugendlichen Karrierewegen ihres Großvaters und seiner Freunde. Auf allzu viele Details verzichtete er, weil er aus Erfahrung wusste, dass der allgemeine Lauf der Geschichte weit weniger berührend war als Episoden aus den Biographien einzelner Persönlichkeiten.

Renny hatte viele Dokumente aus der Zeit vor dem Ende des Kriegs gelesen, und der glühende Enthusiasmus, der ihm aus diesen Zeilen entgegengeschlagen war, hatte ihn beeindruckt. Es war eine seltsam unwirkliche, aber dafür umso bewegendere Epoche gewesen – ein utopisches Reich in der Wüste, ausgegraben aus dem Staub des Mars. Für viele Arbeiten brauchte man die Menschen nicht eigens zu motivieren – die Vorstellung, die Wüste zum Blühen zu bringen, war Ansporn genug.

In der Anfangsphase des Kriegs blieben die Rebellenarmee genauso wie die feindlichen irdischen Truppen in ihren Bergschluchten. Der einzige Unterschied war, dass die Rebellen ihre Stützpunkte näher am Rand der Klippen und an der großen Ebene hatten. Denn auch wenn sie rund die Hälfte ihres Getreides und ihrer sonstigen Güter von den feindlichen Lieferungen von der Erde erbeuteten, mussten sie die andere Hälfte selbst erwirtschaften, indem sie Gärten und Felder anlegten und Fischzucht betrieben.

Wissenschaft und Technik erlebten damals eine rasante Entwicklung. Wahrscheinlich hatten sich niemals zuvor in der Geschichte der Menschheit unter einem so großen Existenzdruck so viele kluge Köpfe zusammengefunden. Gerade weil die Rebellen eigentlich Wissenschaftler waren, haderten sie mit den Wissensbarrieren, die zwischen den Lagern errichtet worden waren. Sie versuchten, diese Barrieren beiseitezuräumen. Sie waren ihnen von außen, von der Politik und von der Wirtschaft, aufgezwungen worden. Doch die Wissenschaftler wussten nur eines: An einem Ort wie dem Mars, an dem die Lebensbedingungen derart feindlich waren, würde es sie in eine hoffnungslose Situation bringen, wenn sie ihre Entdeckungen und Erkenntnisse nicht frei untereinander austauschen und teilen konnten. Also entwickelten sie eine Informationsplattform, die allein dem Ziel diente, den Aufbau einer marsianischen Gesellschaft voranzutreiben – alles andere, darunter Kunst, Kunstgewerbe oder politische Wahlen, kam erst später.

Der Krieg brachte eine neue Generation hervor: Sie waren auf dem Mars geboren, sie lebten hier, und viele starben auch hier. Hans Sloan, Galeman, Ronning und Garcia waren Kinder des Krieges. Sie hatten als Piloten gedient, aber sie waren mehr als das. Unter den schwierigsten Umständen groß geworden, in einer Zeit, in der althergebrachte Überzeugungen ins Wanken gerieten, wurden sie zu den Erben eines neuen Glaubens.

In der Spätphase des Krieges betraten Hans Sloan und seine Gefährten die Bühne. Hans war ein kräftiger junger Bursche, der seine Flüge gemeinsam mit seiner Frau unternahm, die er gerade geheiratet hatte. Schon mit zweiundzwanzig Jahren stieg er zum Ausbilder für andere Piloten auf. Sein Vater stand damals als Oberbefehlshaber der marsianischen Truppen auf dem Gipfel seiner Macht. Der Körper von Richard Sloan war von der Strahlenkrankheit ausgemergelt, aber sein Geist war so scharf wie eh und je. Auch der kometenhafte Aufstieg von Nils Galeman, einem jungen Mann mit blonder Löwenmähne, stürmischem Elan und herrischem Auftreten, begann in dieser Zeit. Seine Baupläne für Mars City sollten die Rebellen zu dem Entschluss führen, die Berge zu verlassen. Der weltgewandte Garcia hielt überall vor Esprit sprühende, begeisternde Reden, in denen sich schon sein diplomatisches Potenzial zeigte, das sich später voll entfalten sollte. In plastischen Worten beschwor er das Ideal einer freien Datenbank in der breiten Bevölkerung herauf. Der schöngeistig veranlagte Ronning dagegen veröffentlichte eine Reihe von Artikeln, in denen er Habermas' Ideal der kommunikativen Rationalität intelligent und voller schwärmerischer Begeisterung erläuterte und auf alle möglichen Aspekte des Baus einer neuen Stadt anwandte.

Keine andere Zeit war so reich an Träumen. Egal, wie bedrückend die Realität war, die Menschen damals – daran zweifelte Renny keinen Augenblick – griffen in aller Unschuld nach den Sternen.

Als Luoying den Forschungsgarten verließ, überkam sie auf einmal der Drang zu tanzen.

Schon viele Tage war ihr nicht mehr zum Tanzen zumute gewesen. Andere Dinge hatten sie beschäftigt, und ihr Körper hatte erst wieder zu Kräften kommen müssen. Sie hatte geglaubt, sie hätte endgültig Abschied vom Tanz genommen – mit den Beinen und mit dem Herzen. Aber nun wurde die Sehnsucht wieder in ihr wach – die Sehnsucht, den ganzen Körper zu bewegen, zu springen, sich zu drehen und vollkommen einzutauchen in einen Zustand höchster Lebendigkeit. Sie wusste selbst nicht, was die Sehnsucht in ihr geweckt hatte – waren es die Schmetterlinge, die sie hatte umherflattern sehen, oder die Klippen am Horizont oder der Gedanke, alle Fesseln abzustreifen, wie es die Rebellen einst getan hatten, oder der Traum vom Fliegen? Am Eingang des Gewächshauses blieb sie stehen und blickte durch die Glastür noch einmal zurück zu all den Flügelpaaren, die im üppigen Grün umherflogen. Der Drang zu tanzen ließ ihr keine Ruhe mehr.

Nachdem sie sich von Renny verabschiedet hatte, ging sie ins Tanzstudio. Ohne das Licht einzuschalten, lockerte und dehnte sie ihre Glieder im bläulichen Schein der Straßenlaternen, dann nahm sie vor dem Spiegel die Grundstellung ein und drehte sich einige Male um die eigene Achse. Der massive Parkettboden gab ihr ein Gefühl von Halt. Das Holz war ihr ein treuer Partner, der sie trug, auch wenn sie ihn nur mit den Fußspitzen berührte.

Als sie im Sprung vom Boden in die Höhe stieg, stieg auch ihre Stimmung empor.

Im zweiundzwanzigsten Jahrhundert hatte sich eine komplexe Philosophie des Tanzes herausgebildet, die den Tanz als Beziehung des Menschen zum Raum verstand. Dabei gab es viele widerstreitende Strömungen: Manche vertraten die Ansicht, die Körpersprache solle eine neue Symbolsprache erschaffen, während andere im Gegenteil der Überzeugung waren, der Tanz solle sich der symbolischen Überhöhung des menschlichen Körpers verweigern. Luoying lagen solche tiefgründigen Spekulationen fern. Der Tanz eröffnete ihr keine Beziehung zur Außenwelt, sondern zu sich selbst. Oft hatte sie sich gefragt, worin das Ziel des Tanzes bestand, und am Ende war sie zu dem Ergebnis gekommen: in der Kontrolle. Ihre Projektgruppe hatte von ihr vor allem erwartet, dass sie ihre Sprungkraft steigerte und das physische Leistungsvermögen des Menschen in neue Extreme führte, aber ihr selbst war Präzision viel wichtiger als Höhe. Die größte Herausforderung lag nicht darin, höher zu springen, sondern die Fußspitzen in genau der richtigen Höhe an genau die richtige Stelle zu bringen.

Anmutig schwang sie ihr Bein auf Höhe der Taille, senkte es wieder herab, warf es nach hinten und verharrte.

Erst durch das Tanzen war ihr bewusst geworden, wie wenig der Mensch über seinen Körper wusste. Niemand dachte darüber nach, wie man sitzen, stehen und gehen musste, damit man nicht umfiel. All diese Bewegungen hatten etwas Geheimnisvolles, aber der Mensch verließ sich auf seinen Instinkt und brauchte keine bewusste Kontrolle. Darin lag etwas Wundervolles. In jedem Körper waren selbst ferne Erinnerungen gespeichert, und die Gewohnheiten, die daraus erwuchsen, konnte man nicht mit dem Verstand verstehen.

Da durchzuckte es sie wie ein Blitz.

Ihre Gedanken waren zum Vorabend zurückgeschweift, zur Halle mit den hohen Eisengerüsten und zum Gespräch der drei Jungen. So angestrengt sie auch nachgedacht hatten, ein Schlüsselteil hatte ihnen gefehlt – ganz so als würde in einem Puzzle das Teil mit dem menschlichen Auge fehlen. Es schien alles da zu sein, und doch fügte es sich nicht zu einem Ganzen.

Jetzt begriff Luoying, was das fehlende Puzzleteil für das Problem der Tragflächenkontrolle war: Für die Kontrolle der Flügel brauchte man vielleicht gar keinen Verstand, sondern nur Instinkt.

DAS SCHIFF

Der Tag des Finales des Kreativitätswettbewerbs war gekommen.

Das Finale wurde an wechselnden Orten ausgetragen. Diesmal war das Aljosha-Viertel an der Reihe. Zur Feier des Wettbewerbs erstrahlte das zentrale Stadion in neuem Glanz. Die prunkvolle Dekoration war an die irdische Romantik angelehnt. Im Stadion brodelte es. Unter der gläsernen Kuppel umtanzten Engel einen Palast in den Wolken. Sinfoniemusik wogte in der Luft. Jugendliche Skater vollführten von Plattformen herab gewagte Sprünge und umrundeten winkend den Platz, umtost von brausendem Applaus.

Die Zuschauer waren in Hochstimmung, denn es war eine außerordentliche Ehre, live beim Finale dabei zu sein. Nur die Besten jedes Viertels wurden dazu eingeladen. Nicht nur dem Wettbewerb selbst sahen sie voller Erwartung entgegen, sondern auch und vielleicht noch mehr den Partys und Feiern danach, auf denen sich die einmalige Gelegenheit bot, Gleichaltrige aus den anderen Vierteln kennenzulernen. Alle hatten sich mächtig in Schale geworfen: Die Mädchen hielten ihre Röcke gerafft, während sie sich neugierig umschauten, die Jungen strichen ihre Anzüge glatt und gaben sich wie Männer von Welt. Die meisten Jugendlichen, die nicht ins Stadion hatten kommen dürfen, versammelten sich in ihren Vierteln. Nachdem sie sich mit Snacks und Getränken eingedeckt hatten, feuerten sie ihre Freunde aus der Entfernung über Monitore an.

Auch hinter der Bühne herrschte helle Aufregung. Jill gehörte zu den Mädchen, die die Preise überreichen durften. Nervös musterte sie sich im Spiegel und ließ sich ständig von den anderen bestätigen, dass ihre Haare auch schön ordentlich waren und der Blumenkranz auf ihrem Kopf gerade saß. Beim Gedanken daran, dass sie in wenigen Minuten vor so vielen Zuschauern ins grelle Rampenlicht treten würde, bekam sie vor Aufregung schweißnasse Hände. Etliche Male ging sie den Ablauf auf der Bühne durch, und immer wieder holte sie Luoying zu sich heran, damit sie kontrollierte, ob Jill sich auch alles richtig gemerkt hatte. Rings um die beiden herrschte Chaos: Mädchen schminkten sich und zogen sich um, ab und zu schrie jemand: «Hat jemand meine Halskette gesehen?» oder ähnlich verzweifelte Fragen. Es war so laut, dass Luoying Jill kaum verstehen konnte.

«Warum schminkst du dich denn nicht?», fragte Jill.

«Das habe ich schon», antwortete Luoying.

«Das ist alles?» Perplex ließ Jill Luoyings Hände los.

«Ja, das ist alles», lachte Luoying. «Ich singe doch nur im Chor.»

Sie trug ein langes weißes Kleid und keinerlei Schmuck bis auf eine unscheinbare Blume an der Schulter und ein goldenes Band um die Stirn. Ihr langes Haar hing lose herab, und ihr Gesicht war nahezu ungeschminkt. Jill konnte es kaum glauben, wie leicht Luoying ihren großen Auftritt nahm. Luoying erklärte ihr nicht, dass ihre Aufgabe nur darin bestand, aus der hinteren Reihe ein paar Liedzeilen zur atmosphärischen Untermalung beizutragen. Erst recht verschwieg sie ihr den zweiten Grund: Sie konnte Jill unmöglich anvertrauen, dass sie und ihre Freunde sich gleich nach der Aufführung in aller

Eile umziehen mussten und dass sie sich alle deshalb für eine möglichst schlichte Aufmachung entschieden hatten.

Ihr Theaterstück war der dritte Programmpunkt. Luoying war kein bisschen aufgeregt. Ihr kam es so vor, als würden sie ihre heutige Aufführung nicht für die Zuschauer spielen, sondern nur um ihren eigenen Gefühlen öffentlich Ausdruck zu verleihen – sie hatten also gar keinen Grund, nervös zu sein.

Ihr Stück folgte auf zwei Gesangs- und Tanznummern und bildete den ersten offiziellen Programmpunkt. Während Luoying auf ihren Auftritt wartete, spähte sie durch einen Vorhangspalt hinaus. Über der Bühne wölbte sich in einem atemberaubenden Farbenspiel die Stadionkuppel wie ein Sternennebel in den Tiefen des Weltalls. Ihre Freunde aus der Merkur-Gruppe standen um sie herum und waren genauso ruhig wie sie. Sie sprachen kaum ein Wort. Nur vereinzelt erinnerte jemand im Flüsterton die anderen noch einmal daran, dass sie sich nach dem Stück hinter der Bühne sammeln wollten.

Dann war der Moment ihres Auftritts gekommen. «Meine Damen und Herren, verehrtes junges Publikum!», rief der Erziehungsminister, der die Veranstaltung moderierte, während über ihm ein leuchtendes Feuerwerk herabregnete. «Lassen Sie uns gemeinsam dieses Fest des Geistes begehen! Möge unser Schaffen uns zum Ruhm gereichen!»

Unter tosendem Applaus hob sich der Vorhang, und das Stück begann.

Alle Scheinwerfer richteten sich auf Miller. Mit seinem zerlumpten braunen Hemd, seiner schäbigen braunen Zipfelmütze, den ausgelatschten schwarzen Stiefeln, aus denen die Zehen hervorlugten, und dem kleinen Stoffbündel, das er an einem Stock über der Schulter trug, gab er eine vom Leben gezeichnete, heruntergekommene Figur ab. Er machte zwei

Schritte vor, dann wieder zwei Schritte zurück, kratzte sich am Kopf und stieß einen tiefen Seufzer aus.

«Ein armer Landstreicher bin ich. Niemand erkennt meine Fähigkeiten, niemand versteht meine Träume. Einst hatte ich den Ehrgeiz, die Welt zu verändern, aber die Realität hat meine Ideale zu Staub zerschmettert. Ach, allmächtiges All, warum behandelst du uns Menschen so ungerecht? Ich hätte den Krebs bezwingen sollen, aber stattdessen bin ich auf ewig dazu verdammt, ein Streuner zu sein. Was habe ich nur getan, um dieses Schicksal zu verdienen?»

Das Scheinwerferlicht glitt hinüber zur linken Seite der Bühne, wo ein erstes früheres Ich aus Millers Erinnerungen auftrat: ein junger Student in einem weißen Hemd mit einem straff sitzenden Schlips. In den Händen ein Dokument, stand er ehrerbietig neben einem massigen Mann mittleren Alters, der eine würdevolle Miene zur Schau trug und sehr erhaben wirkte.

«Willkommen in unserem Labor! Wir blicken auf eine glanzvolle Geschichte zurück, in deren Verlauf wir unermüdlich nach dem Neuen gestrebt haben. Unsere Maxime lautet: nach innovativen Technologien, kreativen Ideen und ewigen Wahrheiten suchen, sich stets einen wachen, dynamischen und engagierten Geist bewahren und danach streben, dass unser Labor auf immer zu den Besten zählt und sich an der vordersten Forschungsfront der Menschheit bewährt!»

«Großartig, einfach großartig!», intonierte die schwarz gekleidete Chorgruppe.

«Herr Lehrer, das ist einfach wunderbar. Ich bin vollkommen Ihrer Meinung, und ich bin überzeugt, dass meine Arbeit mit Ihren Worten perfekt im Einklang steht.»

«Was? Welche Arbeit?»

«Schauen Sie nur: Ich habe unseren Produktionsablauf

optimiert. In meinen ersten Wochen hier habe ich die Ablaufdiagramme gründlich studiert und an dieser Stelle einen Rückkopplungsprozess eingebaut. Damit können wir die Produktionszeit auf einen Schlag um die Hälfte verringern.»

«Und was soll das?»

«Ist das denn nicht großartig? Damit können wir unsere Kosten und Preise wesentlich senken. Hilft uns das nicht dabei, neue Gelder zu bekommen?»

«Mein Junge, glaubt du wirklich, mit so was kann man Gelder an Land ziehen? Was bist du bloß naiv! Um Gelder zu kriegen, braucht man große Worte! Weißt du das etwa nicht? Also vergeude deine Energie nicht mit so nutzlosen Bagatellen. Steck sie lieber in Pläne, die bei einer Präsentation auch was hergeben.»

Wieder stimmte die schwarze Chorgruppe ihren Lobpreis an: «Großartig, einfach großartig!»

Das Licht auf der linken Bühnenseite erlosch, und Miller stand wieder im Scheinwerferlicht. Er bestieg ein kleines Boot mit Rädern unter dem Rumpf, und während er mühselig über die Bühne ruderte, klagte er Himmel und Erde sein Leid.

«Ach, ich ahnte damals ja nicht, dass schon lange vor mir jemand im Labor auf meine Methode gekommen war. Aber mein Chef hatte das einfach unter den Teppich gekehrt, denn wenn die Produktionskosten und damit die Preise hoch sind, kann man auch entsprechend viel Geld beantragen, das man dann in andere Dinge stecken kann. Aber ich war zu naiv, um diese einfache Rechnung zu durchschauen. Stattdessen habe ich meine Lösung hinausposaunt und mich damit mächtig unbeliebt gemacht. Nie hätte ich mir träumen lassen, dass man mich so unbarmherzig bestrafen würde. Auf einen anderen Kontinent hat man mich verjagt! Ich bin doch wirklich der größte Unglücksrabe auf der Welt. Diese Lektion werde ich mir merken. Ich werde an meinen Idealen festhalten und auf einem neuen Kontinent ein neues Leben anfangen.»

Unter schwerfälligem Geschwanke bewegte sich sein Boot unter dem Sternenhimmel voran, bis es die rechte Seite der Bühne erreichte. Im aufflammenden Scheinwerferlicht tauchte Millers zweites früheres Ich auf, nun in einem feschen, silbern glänzenden Overall. Das Haar zu einem modischen Igelschnitt frisiert, stand er genauso ehrerbietig wie vorher neben einem anderen Mann mittleren Alters, dessen Haar ölig glänzte und der noch mehr Autorität als sein Vorgänger ausstrahlte.

«Seien Sie willkommen, junger Mann! Wir begrüßen jede kreative Idee und jede Innovation, die uns dabei hilft, mehr Profit zu machen. Profit! Du Allerheiligstes im Universum, du birgst das ganze Wohl des Menschen! Wir müssen mehr Geschäfte machen, mehr Besprechungen abhalten, mehr Verträge schließen, mehr Bedürfnisse erfüllen und so uns selbst und anderen zum Wohl gereichen!»

Dies war der Moment, in dem Luoying und ihre weiß gekleidete Chorgruppe zum ersten Mal einfielen: «Ach, ist das wunderbar!»

«Chef, das ist einfach wunderbar! Ich bin vollkommen Ihrer Meinung, und ich bin überzeugt, dass meine Arbeit mit Ihren Worten perfekt im Einklang steht.»

«Was? Welche Arbeit?»

«Schauen Sie nur: Ich habe unseren Produktionsablauf optimiert! Ich habe die Ablaufdiagramme unserer Firma gründlich studiert und an dieser Stelle einen Rückkopplungsprozess eingebaut. Damit können wir die Produktionszeit auf einen Schlag um die Hälfte verringern!»

«Ach, das ist ja wirklich großartig! Damit können wir die Kosten deutlich senken.»

«Und die Preise!»

«Nein, die Preise bleiben gleich.»

«Was? Wieso denn das? Kaufen denn nicht mehr Leute unsere Produkte, wenn wir die Preise senken?»

«Mitnichten, junger Mann! Glauben Sie wirklich, zwischen der Nachfrage nach Krebsmedikamenten und den Preisen besteht irgendein Zusammenhang? Und dass die Leute bei hohen Preisen nicht mehr kaufen? Was sind Sie doch naiv, junger Mann! Wenn Sie unsere Kosten senken können, ist das natürlich gut, aber rühren Sie nur nicht an unserem Profit! Der Profit ist der Nutzen, den wir für die Gesellschaft erbringen. Lassen Sie uns die Kosten senken, damit wir ein Maximum an Profit und gesellschaftlichem Nutzen erwirtschaften.»

«Ach, ist das wunderbar!», fiel Luoyings weiße Chorgruppe lauthals ein.

Das Licht auf der rechten Bühnenseite erlosch, und wieder erschien Miller. Diesmal hatte er sich hingesetzt, und er sah noch abgerissener als vorher aus. Vor sich hatte er einen Lumpen ausgebreitet, auf dem Glasscherben verstreut lagen. Wie ein Marktschreier drehte er sich nach allen Seiten, während er mit seiner Erzählung fortfuhr.

«Der Anblick dieser Halsabschneider erzürnte mich zutiefst. Sie hätten ihre Medikamente für ein Achtel des Preises verkaufen können, aber dazu waren sie nicht bereit. Also habe ich mich mit den Arzneibestandteilen und dem Herstellungsverfahren aus dem Staub gemacht, habe mir jemanden gesucht, der für mich die Medikamente produziert und sie viel billiger verkauft. Ich habe doch nichts Unrechtes begangen, oder? Aber sie waren so kleinherzig, dass sie mir aus Wut über meine Konkurrenz nicht mal einen kleinen Straßenstand gönnten und mich überallhin verfolgten. Seht nur, wie zerlumpt mein Tuch ist! Wäre ich nicht einer gutherzigen Anwältin begegnet, die mich bei sich aufgenommen hat, ich weiß nicht, ob ich jetzt nicht Hunger leiden müsste.»

Millers Blick wanderte zur Mitte der Bühne hinüber. Ein weißer Lichtschein fiel dort herab, und die reiche Dame, die von Anita gespielt wurde, erschien in diesem Strahlenkranz wie eine vom Himmel herabgestiegene Heilige, flankiert von Millers drittem vergangenen Ich.

«Eine arme Witwe bin ich und habe schwer an meinem Los zu tragen. In jungen Jahren stehe ich schon ganz alleine da. Mein Mann war ein Schriftsteller, ein großer Schriftsteller – das habe ich zumindest immer geglaubt. Aber nun ist er gestorben, ohne mir genug Geld zu vererben. Wie konnte er nur so herzlos sein, mich so allein und hilflos zurückzulassen!»

Mit diesen Worten drehte sich Anita zu Millers neuestem Ich um, einem Jungen in alter, aber sauberer Kleidung, der Weißbrot in sich hineinschlang, als hätte er tagelang nichts zu essen gehabt. Mitfühlend strich sie ihm über den Kopf.

«Du sagst, du hast die Technologie deines Vorgängers verbessert?»

«Oh ja, ich habe seinen Produktionsablauf optimiert.»

«Aber war denn der Patentinhaber damit einverstanden?»

«Bestimmt! Was hätte er dagegen haben sollen? Nur dadurch bleibt seine Methode doch lebendig.»

«Ach, du hast ja so recht! Wie wunderbar du das durchdacht hast. Damit hast du mir den Weg aus meiner misslichen Lage gezeigt. Weißt du, was mein Plan ist? Er ist ganz einfach: Ich werde ein Toten-Copyright einfordern. Wenn die Lebenden ihre Rechte haben, warum dann nicht auch die Toten! Jeder, der die Werke meines Mannes erwähnen, analysieren oder zitieren will, muss eine Gebühr an mich zahlen. Mein Mann wäre damit sicher auch einverstanden. Wenn er weiter sein Einkommen hat, bleibt er auch über seinen Tod hinaus lebendig.»

«Ach, ist das wunderbar!», intonierte die weiße Chorgruppe voller Inbrunst.

Da stürmten viele Leute auf die Bühne und rannten umher, während Anita, in den Armen die Puppe, die ihren toten Gatten darstellte, in einem fort seinen Fingerabdruck unter irgendwelche Dokumente setzte, Verträge unterschrieb und Geschäfte abschloss. Als einige protestierten, sie würden, wenn sie Gebühren bezahlen müssten, die Werke ihres Mannes nicht mehr analysieren, schlug Anita ihnen mit einem Augenzwinkern vor, sie sollten die Rechte weiterverkaufen. Je öfter sie das täten, desto mehr würden sie alle davon profitieren. Und wenn sie sämtliche Rechte des Verstorbenen versteigern würden, könnten sie daraus einen regelrechten Markt machen, und viele könnten sich damit eine goldene Nase verdienen.

«Ach, ach, ist das wunderbar!», schmetterte die weiße Chorgruppe mit wachsender Begeisterung.

Miller stahl sich aus dem allgemeinen Chaos davon wie ein Bettler. Von der Welt vergessen und mit leeren Händen schulterte er einmal mehr sein kleines Bündel. Hilflos schaute er sich auf der Bühne um, bis er sein verwaistes Boot wiederfand. Da bestieg er es von neuem und ruderte langsam und schweigend davon, bis er wieder den Kontinent auf der linken Bühnenseite, von dem er aufgebrochen war, erreicht hatte. Unterdessen versank die andere Seite mit Anita und dem Gewühl von Menschen im Dunkeln.

Niedergeschlagen betrat Miller einen Ort, der wie eine kleine Bar aussah, und klagte einem Mann dort seine leidvollen Erfahrungen. Der andere hörte ihm mit großem Interesse zu.

«Warten Sie mal, was haben Sie da gerade gesagt?»

«Ich sagte, niemand hat sich für meine Verbesserungsvorschläge interessiert.»

«Nein, nicht das. Das davor meine ich.»

«Ich sagte: Sie haben ein Werk in mehrere Abschnitte unterteilt und die Zitierrechte einzeln verkauft. Auf diese Weise haben sie viel Geld kassiert. Obendrein haben sie auch unter den Studenten Werbung gemacht, und die Studenten mussten für ihre Abschlussprüfung alle möglichen Rechte an den Werken des Toten kaufen.»

«Oh, das ist gut! Eine tolle Idee! Das mache ich genauso. Ich unterteile meine Artikel einfach in viele Abschnitte, dann kann ich mich selbst noch besser zitieren und gleichzeitig meine Publikations- und Zitationsrate erhöhen. Da wird sich mein Laborleiter aber freuen. Und bei den Studenten Werbung machen ist auch eine gute Idee. Alle Studenten, die ich betreue, müssen mich zitieren – warum bin ich da nicht selbst draufgekommen? Das ist toll, dann werde ich im Ranking immer höher steigen. Nicht mehr lange, und ich werde zur jüngsten Führungskraft eines Labors!»

Nach längerem Schweigen fiel die schwarze Chorgruppe wieder ein: «Großartig, einfach großartig!»

Während der Mann neben Miller sich seinen selbstverliebten Zukunftsträumen hingab, geriet Miller wieder in Vergessenheit. Mit einem Seufzer bestieg er wieder sein Boot und ruderte ohne Richtung und Ziel zwischen den beiden Kontinenten hin und her. Seine einsame, stumme Odyssee schien kein Ende zu nehmen, und Schweigen senkte sich auf die Bühne.

Endlich legte er auf der rechten Seite an. Wieder waren dort viele Leute versammelt, und alle umringten sie einen Mann und bedrängten ihn mit ihren Fragen. Als der Blick des Mannes auf Miller fiel, zerrte er ihn hilfesuchend zu sich.

«Junger Mann, kommen Sie vom anderen Kontinent? Na großartig. Dann sind Sie also völlig unparteiisch. Diese Leute hier meinen, die Mineralstoffpräparate unserer Firma würden eine zu hohe Schadstoffbelastung aufweisen. Mir wollen sie einfach nicht glauben, aber Sie könnten meine Aussage bestätigen. Seien Sie doch so gut und lesen Sie das Ergebnis dieses Gutachtens vor, ja?» Im Flüsterton fügte er hinzu: «Ihnen glauben die Leute bestimmt. Wenn es klappt, gebe ich Ihnen einen Hunderter!»

«Ach, ist das wunderbar!», raunte die weiße Chorgruppe verschwörerisch.

Miller aber schüttelte den Kopf, als hätte er den Geschäftsmann nicht verstanden. «Wozu diese Spielchen? Sie sollten die Rezeptur und das Untersuchungsverfahren öffentlich machen.»

«Aber das geht doch nicht. Das ist ein Geschäftsgeheimnis.»

«Auf unserem Kontinent ist alles öffentlich», beharrte Miller.

«Unmöglich! Wie soll man denn dann noch Geschäfte machen!»

Da brachen die Umstehenden, die Millers Worte aufgeschnappt hatten, in lautstarke Proteste aus: «Öffentlich! Öffentlich! Untersuchung! Untersuchung!» Sie schoben Miller nach vorn und drängten mit erhobenen Fäusten auf ein Hochhaus aus Kartons zu, das hinter dem Mann aufgebaut war. Dabei skandierten sie Parolen wie «Transparenz!» und «Revolution!» und schleuderten Papierschnipsel in die Luft, die wie Schneegestöber umherwirbelten. Immer neue Rufe wie «Finanzbetrug!» und «Steuerhinterziehung!» wurden laut. Miller wurde von der aufgebrachten Meute hin und her gestoßen, und seine Kleidung sah bald so zerlumpt aus, als hätte er monatelang im Urwald gehaust. Von irgendwoher waren ihm zwei große Pappstücke auf den Rücken gesegelt und blieben dort hängen. Unterdessen reckte die Meute ein großes Banner mit der Aufschrift «Revolution» in die Höhe und trug Miller zur Mitte der Bühne.

Dort brach ein heftiger Tumult aus, schreiende Stimmen überschlugen sich, und im lärmenden Durcheinander konnte man kein Wort mehr verstehen. Manche rannten wie wild umher, andere prügelten ohne erkennbaren Grund aufeinander ein. Miller wurde noch ein paarmal hin und her gereicht, ehe er einmal mehr in Vergessenheit geriet. Da erhob er sich vom Boden, von einem einsamen Lichtstrahl verfolgt, schlug mit den zwei Pappstücken an seinem Rücken wie mit Flügeln und flog, an Drähten gezogen, wie Peter Pan auf der Insel Nimmerland in die Lüfte empor.

Lange schwebte er umher, ehe er plötzlich herabstürzte. Erschrockene Ausrufe waren im Publikum zu hören. Aber Miller krachte nicht etwa auf den Boden, sondern landete in einem ausgespannten Netz. Benommen blickte er sich um. Zu beiden Seiten standen sich zwei Gruppen von Leuten wie kampfbereite Armeen mit grimmig entschlossenen Gesichtern gegenüber. In diesem Moment gingen alle Lichter an, und das Publikum entdeckte erst jetzt, dass das Netz schon immer da gewesen war – verborgen hinter Millers Boot in der Tiefe der Bühne.

Arglos und unbedarft saß Miller in seinem Netz wie in einer Hängematte und starrte die Leute ringsum an. Niemand nahm von ihm Notiz. Die Anführer beider Gruppen schienen miteinander zu verhandeln. Die Hälse lang gereckt, lagen sie in einem stummen Streit. Zwischen ihnen stand eine riesige Waage, die unter der Last vieler Gewichte bald zur einen, bald zur anderen Seite ausschlug. Die Verhandlungen waren offenkundig an einem toten Punkt angekommen. Als die eine Seite wutentbrannt noch ein Gewicht auf ihre Waagschale legte und sich die Waage zu ihr hinüberneigte, wischte die andere Seite das Gewicht einfach wieder auf den Boden, und die Waage neigte sich prompt zurück zu ihr.

Die Konfrontation drohte jeden Moment in eine handfeste Schlägerei auszuarten, da deutete einer der Anführer, der einen kühlen Kopf bewahrt hatte, auf Miller, der immer noch in seinem Netz saß. Der andere Anführer verstand den Wink sofort und nickte. Ohne eine Miene zu verziehen, ging er zu Miller hinüber, hob ihn hoch und schleuderte ihn in Richtung Waage. Aufgehängt an seinen Drähten, schlug Miller zwei Salti in der Luft, ehe er auf den Waagschalenhalter plumpste. Die Waage schwankte nur einen Moment, ehe sie ein stabiles Gleichgewicht fand. Da lachten beide Gruppen, schüttelten sich die Hände und klopften sich freundschaftlich auf die Schultern, bevor sie zwei prallgefüllte Warensäcke miteinander tauschten.

«Großartig, einfach großartig! Ach, ist das wunderbar!», schmetterten die weiße und die schwarze Chorgruppe zum ersten Mal wie aus einer Kehle.

Das Publikum hatte diese Szene still verfolgt und wartete darauf, dass die Handlung eine neue Wendung nahm. Aber zur allgemeinen Enttäuschung fand das Stück nun ein abruptes Ende: Die Schauspieler der Merkur-Gruppe und die Statisten strömten alle auf einmal auf die Bühne und drehten zur einsetzenden Musik zwei Runden im Laufschritt, als wollten sie einen gemeinsamen Tanz aufführen. Dann umringten sie Miller und verschwanden mit ihm so plötzlich, wie sie gekommen waren. Zurück blieben die verwaiste Bühne und ein perplexes Publikum.

Weil das Stück so unbefriedigend endete, erntete es nur vereinzeltes Klatschen, aber das war den Schauspielern egal. Sie kamen nicht einmal mehr vor den Vorhang, um sich für den spärlichen Applaus zu bedanken. Kurz darauf war die Aufmerksamkeit der Zuschauer schon auf die nächste Aufführung gerichtet, bis schließlich alle nur noch die Preisverleihung im Kopf hatten.

Nachdem sich die Mitglieder der Merkur-Gruppe in Windeseile hinter der Bühne eingefunden hatten, bahnten sie sich einen Weg durch das lärmende Gedränge aus wartenden Schauspielern und Bühnenhelfern, zogen ihre Kostüme aus und machten sich so schnell es ging aus dem Staub. Sie stahlen sich durch den Hintereingang hinaus und huschten auf Schleichwegen geradewegs zu dem Bergwerk, in dem Long auf sie wartete.

Kaum betrat Luoying die Mine, sah sie vor sich ein altes Bergwerksschiff liegen, das aussah wie ein Fisch, der gierig mit dem Maul schnappte.

Schon am frühen Morgen packte Juan eine innere Unruhe.

Am Vormittag hatte er sich einen Probeflug des allerneuesten Jägermodells angeschaut. Der Testflug hatte ihn hochzufrieden gestimmt. Nach einer jahrelangen Entwicklungsphase voller Höhen und Tiefen und mancher Rückschläge konnte das Modell nun endlich in Serie gehen. Juan fiel ein Stein vom Herzen, und sein Ehrgeiz kannte keine Grenzen mehr. Lange hatte er sich im Stillen auf diesen Tag vorbereitet. Nur er selbst wusste, wie viel Energie er in dieses Projekt investiert hatte.

Als sich am Morgen das metallene Tor zum Flugzentrum langsam vor ihm geöffnet hatte, hatte er die neuen Jäger sofort gesehen. Sie waren noch majestätischer, als er sie sich vorgestellt hatte. Wie sie dort in Reih und Glied standen wie mächtige, bedingungslos ergebene Panzerkrieger, die silbernen Kanten glitzernd im Sonnenlicht, da überwältigte ihn ein ungeheures Glücksgefühl. Es war, als würde sich vor seinen Augen der Vorhang der Geschichte heben – lautlos und doch mit erhabener Gewalt. Ein solches Geschwader – das wusste er – hatte die Menschheit noch nicht gesehen. Allein damit schrieb er schon Geschichte.

Nach der Inspektion hatte er dem Kontrollzentrum noch einen Besuch abgestattet. Streng genommen fiel die Kontrolle des Stadtraums zwar nicht in den Zuständigkeitsbereich des

Flugsystems, aber Juan bestand darauf, dass ein Studio seinem System unterstellt war und eine besonders leistungsstarke und exakte Echtzeitüberwachung betrieb. Die Ziele, die er damit verfolgte, lagen auf der Hand: Er wollte die technologische Grundlage schaffen für die Navigation seines neuen Jägergeschwaders, aber auch für Aufklärung und Spionageabwehr. In seinem Kontrollzentrum gab es – genau wie im Zentrum des Überwachungssystems – einen Raum, auf dessen Monitoren man jeden Winkel der Stadt einsehen konnte. Eigentlich bewegte er sich damit außerhalb des Gesetzes, aber er hatte sein ganzes politisches Gewicht in die Waagschale geworfen und schließlich doch eine Erlaubnis erhalten.

Weil ihn an diesem Tag ein unbestimmtes Gefühl der Unruhe verfolgte, suchte er nach der Inspektion der neuen Jäger das Kontrollzentrum auf.

Die neuen elektronischen Bienenaugen hatten gerade ihren Testbetrieb aufgenommen. Sie übermittelten von jedem wichtigen Punkt der Stadt gestochen scharfe Bilder. Auf den ersten Blick schien alles in Ordnung: Alle Marsianer, ob müßig oder beschäftigt, schienen an ihren Plätzen zu sein. Schweigend kontrollierte Juan die Aufnahmen, erst vom Osten der Stadt, dann vom Süden, Westen und Norden. Im Osten hoben gerade drei Transportflugzeuge ab, und im Süden passierte ein Bergwerksschiff Ausgang 12.

Da erstarrte Juan. Rasch befahl er einem Untergebenen, die Aufnahmen von Ausgang 12 zu vergrößern. Irgendetwas stimmte da nicht. Dass ein Bergwerksschiff ein Stadttor passierte, war nicht weiter ungewöhnlich – jeden Tag verließen Schiffe Mars City zur Förderung und Kontrolle in den Bergwerken. Aber irgendein Detail hatte Juan stutzig gemacht – vielleicht lag es am Aussehen des Schiffs, vielleicht am Gesicht des Jugendlichen, der in ein Gespräch mit dem Torwächter vertieft war.

In der Vergrößerung konnte er die beiden deutlich erkennen. Das neue elektronische Auge leistete ganze Arbeit. Der Junge kam ihm vage bekannt vor, aber er konnte sich nicht erinnern, wo er ihn schon einmal gesehen hatte. Während er noch darüber nachdachte, fiel sein Blick auf Luoying. Sie trat mit gesenktem Kopf aus dem Schiff, stellte sich neben den Jungen, der gerade gesprochen hatte, und mischte sich mit einem reizenden Lächeln in das Gespräch mit dem Torwächter ein.

«Schalten Sie den Ton ein», befahl Juan leise.

Der Mitarbeiter tat wie geheißen.

«Dann wissen wir Bescheid, danke!»

Juan hörte nur noch die letzten Worte. Luoyings einnehmende, sanfte Stimme schwang im Kontrollraum nach. Dann sah er, wie die beiden jungen Leute wieder das Schiff bestiegen. Träge wie ein schwerfälliger alter Dinosaurier setzte sich das Schiff in Bewegung und kroch durch das aufgehende Tor.

Juan rief unverzüglich Hans an und erstattete ihm in knappen, ernsten Worten Bericht.

«Du meinst, du wusstest nichts davon?»

«Nein, ich hatte keine Ahnung», erwiderte Hans.

«Soll ich der Sache auf den Grund gehen und ihnen meine Leute hinterherschicken?»

Hans überlegte einen Moment. «Fürs Erste nicht», sagte er dann. «Ich überprüfe das. Warte erst mal auf meine Nachricht.»

Auf dem Monitor erlosch Hans' Bild. Juan wunderte sich, wie wenig überrascht oder beunruhigt der Generalgouverneur gewirkt hatte. Während er vor dem Kontrollpult saß, überkam ihn ein wachsender Zorn. Er wusste nicht, warum die jungen Leute Mars City verließen, und es war ihm auch egal – aber die mangelhafte Umsetzung der Sicherheitsvorschriften ärgerte ihn. Wenn das eine unerlaubte Flucht war, dann zeigte das nur, wie lax die Schutzmaßnahmen immer noch gehandhabt wurden. Mit solchen Sicherheitslücken und einer solch schlampigen Disziplin war Mars City eine leichte Beute für den Feind. Juan schlug mit der Faust auf den Tisch. Je mehr er darüber nachdachte, desto wütender wurde er.

Also warten wir erst mal, dachte er grimmig und blickte auf die Kommandoknöpfe vor ihm. Wie Hans so gleichmütig bleiben konnte, war ihm ein Rätsel.

Für die meisten erwachsenen Marsianer war dies ein ganz gewöhnlicher Tag unter den sechshundertsiebenundachtzig Tagen eines Jahres. Zwar waren die Jugendlichen an diesem Tag alle besonders aufgeregt oder angespannt, aber die Erwachsenen waren zu beschäftigt, um sich davon anstecken zu lassen.

Es war ein gewöhnlicher Tag. Die Ingenieure taten ihre Arbeit, die Kinder verfolgten den Wettbewerb, und die Lehrer passten auf die Kinder auf. Es war ein guter Tag für eine Flucht.

Warren Sangius war ein einfacher Mitarbeiter des Bodensystems. Er war weder besonders begabt noch besonders ehrgeizig – er machte seinen Job, mehr nicht. Das große Ganze interessierte ihn nicht.

Für ihn war dieser Tag kein gewöhnlicher. Er verrichtete heute nicht nur seinen Schichtdienst als Wächter am Tor für die Bergwerksschiffe, sondern er fieberte auch seinem ersten Rendezvous mit Masha entgegen, dem Mädchen, für das er schon so lange schwärmte. Und er würde an diesem Tag zum ersten Mal für eine Nachlässigkeit bestraft werden. Als er mit einem Knopfdruck das hermetisch abgeschlossene dreifache Stadttor öffnete, ahnte er nicht, was für Konsequenzen diese unscheinbare Aktion nach sich ziehen würde. Er hatte nur sein Mädchen daheim im Kopf und alles andere vergessen.

Gemächlich fuhr das Bergwerksschiff über den gelben Sand. Durch sein Inneres zog ein intensiver Essensduft.

Es war ein altes Modell, das kurz vor seiner Ausmusterung stand. Sein sandfarbener Rumpf glich einer Wanderdüne. In den goldenen Jahren, die auf den Krieg gefolgt waren, hatten dieses Schiff und andere wie es sich um den Aufbau von Mars City verdient gemacht. Ihre eisernen Zangen hatten mindestens die Hälfte des Schwermetalls von Mars City geliefert. Weil ein Außeneinsatz damals oft mehrere Tage dauerte, waren die Außenwände des Schiffs dick wie Burgmauern. Im Innern verfügte es über alles Nötige für einen längeren Aufenthalt, sogar eine Küche. So primitiv seine Ausstattung auch war, sie war mit Umsicht gewählt.

Den Schiffsbauch hatte man vollkommen entkernt und einen einzigen großen Raum geschaffen, der als Festsaal diente. Die ursprüngliche Einrichtung und die Eisengestelle diverser Apparaturen waren abmontiert worden und lagen verstreut auf dem Boden herum. Die Schlafkabinen der Besatzung waren eingerissen worden, und die Trennwände ruhten nun auf den Eisengestellen und dienten als zwei große Tischplatten. Die seidenen Tischtücher mit den langen Quasten hatten einmal als Vorhang vor einer Ausstellungsbühne auf der Messe der irdischen Delegation gehangen. Nach dem Ende der Messe war der Vorhang zusammengeknüllt und von niemandem beachtet in einer Ecke liegen geblieben. Zu Besteck und Geschirr auf den Tischen hatte jeder etwas beigesteuert, angefangen von Tellern in den unterschiedlichsten Formen und Mustern. Wer keine Teller auftreiben konnte, hatte Küchenmesser, Weingläser oder Gewürzdosen mitgebracht. Das Sammelsurium, das sich nun auf den Tischen drängte, war so bunt durcheinandergewürfelt wie eine reisende Zirkustruppe. Obendrein hatte Long einen Passierschein zum Verlassen der Stadt entwendet, den er später genauso unbemerkt, wie er ihn an sich genommen hatte, wieder zurücklegen wollte.

Ein lärmendes Treiben erfüllte das Schiff. Menschen lachten, Sektflaschen klirrten gegeneinander, und in den Gläsern perlten fröhlich die Bläschen. Ab und zu spritzte etwas auf die Tischdecken, und die Flecken breiteten sich im Stoff aus wie aufgehende Knospen.

Als Anita das letzte Gericht auf den Tisch stellte und das Mittagessen für eröffnet erklärte, hatten die anderen schon fünf oder sechs Flaschen Sekt geleert. Jubelnd sprangen die Jungen auf, räumten das Kartenspiel und die leeren Flaschen weg und schufen im Handumdrehen auf den Tischen eine so penible Ordnung, als bereiteten sie ein Galadinner vor.

«Hurra!»

Schon hoben sich die Sektgläser im Kreis empor wie eine Meereswoge.

WIND

Das Mittagessen war ein solches Fressgelage, dass einem um die Essensvorräte angst und bange werden konnte. Anitas Kochkünste waren noch ausgefeilter als früher. Sie selbst sagte, sie wüsste hier auf dem Mars sonst nichts mit ihrer Freizeit anzufangen. Es gab goldgelbe Weizenküchlein, Nudeln mit Rindfleisch und Eiweiß, Käse-Karotten-Pfannkuchen, Fisch mit Eiweiß und Gemüseallerlei, Seetangsalat, frische Bambussprossen mit Nüssen, Hühnersuppe mit Mais und Eiweiß und Apfelkuchen. Die Luft war geschwängert von all den Düften, vom Gelächter und Glucksen der Kehlen, durch die der Alkohol floss.

Sie waren zu zwölft, vier Mädchen und acht Jungen. Sie hatten sich rings um die großen Tische gesetzt, die Jungen mit übereinandergeschlagenen Beinen, und die Mädchen unterhielten sich und schnitten dabei Obst. Am kleinen Fenster glitt die scheinbar immergleiche gelbe Wüstenlandschaft vorbei. Das Schiff fuhr so ruhig dahin, dass man fast hätte glauben können, es stünde still.

«Schiebt ihr eure Berichte noch immer vor euch her?», erkundigte sich Anita.

«Hast du deinen etwa schon abgegeben?», fragte Miller.

Anita grinste. «Nee, ist ja noch Zeit. Deshalb frage ich euch ja. Wenn ihr eure Berichte auch noch nicht abgegeben habt, bin ich beruhigt.»

«Wer hat denn für so was noch Energie?», warf Sorin ein. «Unsere Proben waren schon anstrengend genug.»

«Was machst du dir überhaupt Sorgen?», sagte Miller. «Vielleicht müssen wir ja gar keinen Bericht mehr schreiben.»

«Was meinst du denn damit?», fragte Anita.

Miller grinste. «Immerhin haben wir uns eigenmächtig aus dem Staub gemacht. Wenn wir erwischt werden, müssen wir wahrscheinlich erst mal ein ellenlanges Schuldbekenntnis schreiben und dann zur Strafe zwei Monate körperliche Arbeit ableisten. Was danach passiert, ist schwer zu sagen, aber vielleicht kommen wir so um den Bericht herum.»

Shania arrangierte Birnenscheiben auf einem Teller und stellte ihn auf den Tisch. Die Jungen dankten es ihr mit begeisterten Ahs und Ohs. Eingehüllt vom Summen der Maschinen, saß Luoying da und betrachtete die Runde. *Das sind meine wahren Freunde*, ging es ihr durch den Kopf. Sosehr sie Jill und die anderen auch mochte – in ihrer Gesellschaft fühlte sie sich wie eine Fremde. Aber hier auf dem Schiff war dieses Gefühl verschwunden. Warum ist das so?, fragte sie sich. Wie soll ich das verstehen?

Immer weiter fuhren sie nach Süden. Während sich draußen die Sonne nach Westen neigte, machte sich drinnen eine nachmittägliche Trägheit breit. An den Schiffswänden hingen noch die alten Maschinenarme, die scharfkantigen Finger zu Fäusten geballt. Sie strahlten eine altertümliche Würde aus. Von den senkrechten Wasserrohren blätterte schon der Lack ab, und man hörte das rhythmische Plätschern in ihrem Innern. Es war sehr warm im Schiff geworden. Von der Decke hing ein klappriger Ventilator.

Am Bug hatten Ankka und Long das Steuer übernommen. Während Ankka immer dort vorn blieb, um den Kurs zu kontrollieren und mit dem Arm zu dirigieren, kam Long, der für die Instrumente zuständig war, ständig zum Kontrollpult gelaufen, um leichthändig wie ein Pianist an den Knöpfen zu drehen und die hin und her hüpfenden Zeiger auf dem altmodischen Armaturenbrett abzulesen.

«Was meint ihr: Was passiert jetzt nach der Aufführung?» Long war vom Kontrollpult zurück an die Esstische gekommen.

«Ich weiß es nicht», antwortete Sorin. «Aber ich schätze mal, die Erwachsenen werden das Theaterstück totschweigen.»

«Das glaube ich auch», stimmte Long zu. «Öffentlich werden sie jedenfalls nicht dazu Stellung nehmen. Aber hinter den Kulissen werden sie uns wahrscheinlich zur Rede stellen.»

«Und was sollen wir dann sagen?»

«Na was schon? Die Wahrheit. Schließlich beruht das alles auf unseren eigenen Erfahrungen. Warum sollen wir damit hinterm Berg halten?»

«Das meinte ich nicht», erwiderte Sorin. «Ich meinte: Wenn die Erwachsenen uns fragen, ob wir wegen der Missstände, von denen das Stück handelt, etwas unternehmen wollen, was antworten wir dann?»

«Auch die Wahrheit: dass wir nicht mehr mit ihnen zusammenarbeiten wollen.»

Sorin blickte wortlos von Long zu den anderen hinüber.

Die Atmosphäre wurde ernst. Luoying rätselte, was Long meinte. Er war schon immer scharfsinnig und scharfzüngig gewesen, und er liebte Übertreibungen. Wenn er davon sprach, die Zusammenarbeit zu verweigern, wie weit wollte er dann gehen? Mit einem stolzen, fest entschlossenen Gesichtsausdruck saß er am Fenster und trommelte mit den Fingern auf den Tisch.

Alle tauschten nur stumme Blicke aus. Allein Shania, die lange geschwiegen hatte, erhob sich und ging zu Long ans Fenster.

«Das wollte ich euch auch fragen», sagte sie bedächtig und blickte in die Runde. «Was wollen wir jetzt unternehmen?»

«Was meinst du?», fragte Luoying leise.

Shania redete nicht lange um den heißen Brei herum. «Ich meine unsere Revolution. Die echte Revolution.»

«Ich dachte, das Stück war schon die Revolution?»

«Das habe ich nie gesagt.»

«Ich habe das gesagt», warf Sorin an Luoying gewandt ein, ehe er Shania fragte: «Aber du hast mir doch damals zugestimmt, oder nicht?»

«Ja, aber ich habe immer gesagt, dass das Stück nur die erste Phase ist.»

«Und wie soll es nun weitergehen?», fragte Luoying.

«Wir müssen ein paar Institutionen zerschlagen», erwiderte Shania. «Ein paar Institutionen, die immer mehr erstarrt sind.»

«Du sagst es», stimmte Long zu. «Ich kann das alles nicht mehr ertragen – all diese dummdreisten Typen um uns herum, diese Schleimer und Opportunisten, die ihre Forschung nur danach ausrichten, was bei denen da oben gut ankommt. Nur um den eigenen Vorteil geht es denen, sonst um nichts.»

«Aber ist es auf der Erde nicht genau das Gleiche?», wandte Sorin ein.

«Ja, schon, aber auf der Erde sind die Leute wenigstens ehrlich und nennen das Kind beim Namen. Hier dagegen dreschen alle noch hochtrabende Phrasen. Angeblich strebt ja hier jeder nach Kreativität und Weisheit – es ist die pure Heuchelei!»

«Aber es sind doch nicht alle so», widersprach Luoying. «Es gibt immer noch viele, denen geht es wirklich um die reine Erkenntnissuche.»

«Also, ich kenne keinen einzigen», beharrte Long. «Ich glaube nicht mehr daran, dass es noch echte Idealisten gibt.»

«Du bist wirklich zu sehr von den Theorien auf der Erde beeinflusst», bemerkte Sorin.

«Nenn mir einen Menschen, der nicht zu seinem eigenen Vorteil handelt.»

«Die gibt es.»

«Das ist alles nur Fassade.»

«Und was ist dann mit den Leuten, die nur für ihr Labor leben?», fragte Sorin.

«Die wollen sich einen großen Namen machen. Hinter allem steckt ein Motiv.»

«Warum streiten wir uns überhaupt darüber?», warf Luoying mit sanfter Stimme ein. «Ist das wichtig?»

«Na, sicher ist das wichtig», erwiderte Long. «Unsere Aufgabe ist es, aufzudecken, dass alle nur an ihren Vorteil denken. Wir müssen unserer Umwelt den idealistischen Deckmantel herunterreißen und all die schönen Phrasen als hohl entlarven.»

«Um auf dieselbe Weise weiterzumachen wie auf der Erde, wo sich alles nur noch ums Geld dreht?»

«Wenigstens enthüllen wir dann all den Eigennutz und machen Schluss mit dieser ganzen unerträglichen Heuchelei», erwiderte Shania an Longs Stelle.

Sorin blickte sie an. «Du bist auf Longs Seite?»

«Ja, das bin ich.»

«Und was sollen wir dann deiner Meinung nach tun?»

«Als Erstes sollten wir dafür sorgen, dass die Leute wieder mobil werden und dass sie ihren Status öfter ändern. Und auch die Häuser sollten mobil werden dürfen. So wie der Wind. Solange jeder für immer an seinen Platz gefesselt ist, gibt es zwar an der Oberfläche keine Konkurrenz, aber die Kämpfe toben umso heftiger hinter den Kulissen.»

«Aber du weißt doch, dass unsere natürlichen Ressourcen für einen freien Wettbewerb zu knapp sind.»

«Immer dieselbe alte Leier – seit wie vielen Jahren müssen wir uns das jetzt schon anhören?»

«Shania, du bist zu radikal.» Der Blick, mit dem Sorin sie ansah, war besorgt.

Shania reagierte darauf mit einem trotzigen Schweigen. Ihr langes Haar fiel seitlich herab und entblößte ihren schlanken Hals.

Niemand sagte ein Wort, bis Miller arglos bemerkte: «Also ich finde, es gibt alle möglichen Arten von Leuten, und da ist auch nichts weiter dabei.»

«Dich haben sie auch schon eingelullt», entgegnete Long.

Mit einem leichten Stirnrunzeln legte Miller den Kopf schief, sagte aber nichts mehr. Luoying hätte einiges sagen können, aber im Moment wusste sie nicht, wie sie anfangen sollte. Long saß am Fenster, und Shania stand neben ihm. Sie strahlten beide eine große Entschlossenheit aus und eine Härte, die auf die Umgebung abfärbte.

«He, Long!», rief Ankka vom Bug herüber. Sofort entspannte sich die aufgeladene Atmosphäre.

Ankka hatte sich umgedreht und winkte sie zu sich. «Kommt mal alle her! Das müsst ihr euch anschauen. Ich glaube, wir sind da.»

Alle drängten zum Bug und schauten auf die Landschaft vor dem Fenster und auf die Route auf dem Monitor.

Das Schiff passierte gerade eine schmale Schlucht. Mühsam schwankte es an einer feuerroten Felswand entlang, die so steil in den Himmel emporstieg, dass man kein Ende sah. Die Wand lag im Sonnenschein, aber die zerklüfteten Felsen warfen überall scharfe Schatten. Während sie, die Gesichter an das Fenster gepresst, auf die gewaltigen Felsklippen starrten, die zu beiden Seiten emporragten, beschlich sie das erregende Gefühl, in eine andere Welt einzutauchen. Auf dem Höhenlinienplan war die Route markiert, und das Schiff war ein kleiner roter Punkt, der sich kaum merklich in dem gewundenen

Spalt zwischen zwei dicht aneinandergedrängten Felsmassiven vorwärtsbewegte.

«Was meinst du: Ist es das hier?», fragte Ankka Long und zeigte auf den Bildschirm.

Long nickte.

Ankka wandte sich zu Luoying. «Ich weiß nicht, ob das der Ort ist, den du suchst. Aber nach den Unterlagen, die wir gefunden haben, können wir die Position wahrscheinlich nicht genauer bestimmen.»

Noch während er sprach, ließ das Schiff die Schlucht hinter sich, und als hätte man einen Vorhang aufgerissen, flutete das Sonnenlicht herein. Rasch wandten sich alle wieder dem Fenster zu. Die Landschaft vor ihnen nahm ihren Blick gefangen.

Ringsum ragten in einem Kreis hohe Bergwände auf, und dazwischen erstreckte sich eine weite trichterförmige Fläche. Die gewaltigen Berghänge waren mit felsigen Rinnen und Gräben übersät, als wären Gletscher darüber hinweggezogen. Doch auch ohne einen Tropfen Wasser hatten die Sandstürme im Laufe der Jahrtausende die obere Bodenschicht abgetragen und darunter die zerklüfteten Konturen des harten Basaltgesteins entblößt. Tausende von Metern ragten die nackten Felswände empor. Nachdem ihr Schiff aus der Schlucht hervorgekommen war, kroch es wie ein winziges Insekt an den Klippen entlang. Majestätisch lag der kreisrunde graubraune Meteoritenkrater vor ihnen wie das altrömische Kolosseum, nur Dutzende Male größer.

Auf der nördlichen Hemisphäre des Mars erstreckt sich eine Ebene. Die südliche Hemisphäre dagegen wird von mächtigen Gebirgen beherrscht und liegt im Durchschnitt viertausend Meter höher als der Norden. Nahe dem Äquator zieht sich eine sechstausend Meter hohe Felswand wie eine klaffende Narbe durch das Antlitz des Planeten.

Sprachlos starrten die Freunde auf die Landschaft vor ihnen. Sie waren noch nie zuvor auf der südlichen Halbkugel gewesen, und obwohl sie auf dem Mars groß geworden waren, kannten sie Berge nur von der Erde. Aber im Vergleich zum Mars nehmen sich die geologischen Formationen auf der Erde geradezu niedlich aus, wie Hügel und Seen in einem Park. Der Mount Everest misst nur ein gutes Drittel des Olympus Mons, des höchsten Berges auf dem Mars, und das marsianische Grabensystem der Valles Marineris ist neunmal länger als der Grand Canyon. Die marsianischen Gebirgslandschaften wirken scharfzackig und grob, als wären sie mit einer ungeheuren Axt aus dem Planeten herausgehauen. Kahl und stumm reihen sich die Krater der Vulkane und Meteoriten aneinander wie Reisende, denen die Strapazen einer langen Wanderschaft ins Gesicht geschrieben sind.

In dem Tal vor ihnen entdeckten sie keinerlei Spuren von Menschen. Laut den historischen Quellen war hier früher intensiv nach Bodenschätzen geschürft worden, aber sie sahen nur eine weite, schweigende, von Lava bedeckte Fläche. Die Schlucht in ihrem Rücken war einmal eine geschäftige Verkehrsader gewesen, die Tausende von Schiffen passiert hatten. Auf den Bergen hatten Zehntausende von Menschen in Lagern gelebt, und große Mengen von Gütern waren hierher transportiert worden. Doch von alldem war nichts mehr zu sehen. Angestrengt suchten sie nach aufgegebenen Gerätschaften, nach Ruinen von Behausungen oder Schiffen, aber außer ein paar verstreuten Metallbruchstücken, die sie vage auf den Klippen ausmachten, entdeckten sie nichts. Die Sandstürme hatten alles unter sich begraben. Leichthin hatte der Mars jede Spur menschlichen Lebens ausgelöscht. Nur vierzig Jahre waren vergangen, aber sie hatten dem roten Planeten genügt, um sich seine ursprüngliche Gestalt zurückzugeben.

Die Besucher waren trotzdem wie gebannt von dem Anblick. Keiner von ihnen zweifelte daran, dass dies der Ort war, den sie gesucht hatten.

Dann sahen sie die Höhlen. Sie erstreckten sich hoch hinauf an den Felswänden. Auf den ersten Blick unterschieden sie sich nicht allzu sehr von gewöhnlichen, vom Wind erschaffenen Höhlen, aber sie besaßen nicht die groteske Gestalt natürlicher Höhlenöffnungen. Obwohl sie zu einem Großteil unter Sand und Gestein begraben lagen, sah man immer noch die Spuren menschlicher Formgebung. Fasziniert starrten die Besucher diese verborgenen Zeugen der Geschichte an. Als würden das Geröll, das sich in den stillen Öffnungen abgelagert hatte, und der Staub, der sich auf Türen und Fenster gelegt hatte, von einer wundersamen Hand fortgewischt werden, glaubten sie zu sehen, wie sich die verlassenen Behausungen wieder bevölkerten, wie die Menschen in den Höhlen ein und aus gingen und die Raumschiffe über ihnen pendelten. Vor ihren geistigen Augen erwachte die versunkene Stadt zwischen Himmel und Erde von neuem zum Leben.

Endlich war der Moment des Fliegens gekommen.

Am warmen Südhang der Klippen brachten sie ihr Schiff im strahlenden Sonnenlicht zum Stehen.

Als erste Gruppe verließen drei Jungen das Schiff. Nachdem sie ihre Ausrüstung – darunter Sauerstoffflasche, Headset, Helm und Notfalltasche – angelegt und ihre Sensorelektroden am Rücken befestigt hatten, traten sie aus der Kabinentür ins gleißende Licht, bestimmten die Windrichtung und spannten ihre Flügel auf. Alles verlief reibungslos. Bald stießen die kleinen Turbinen an ihren Fußsohlen ihre Druckluft aus, die Propeller begannen sich zu drehen, und die drei stiegen mit dem Wind empor.

Mit angehaltenem Atem verfolgten die anderen, wie die Jungen ganz ruhig emporschwebten, und wie auf ein Kommando brachen alle in Jubel aus.

Luoying hielt sich hinter den anderen, als wollte sie sich verstecken. Sie hatte ein seltsames Gefühl: So lange hatte sie diesen Tag herbeigesehnt, aber nun, als er endlich da war, kam er ihr wie ein ganz gewöhnlicher Tag vor. Sie war in das Sonnenlicht getaucht wie in eine Melodie, die in der Luft trieb. Still und unwirklich wie ein Traum, wie ein fernes, vages Lächeln war ihre Sehnsucht wahr geworden. Die Luft erschien ihr außerordentlich ruhig, und die Jungen, die dort oben schwebten, kamen ihr durch den Sauerstoffhelm vor wie Geister in einem Märchen.

Gemächlich glitten die Jungen den Hang empor. Sorin drehte die Füße am schnellsten und nutzte jeden Windstoß aus, Ryans Bewegungen waren besonders entspannt und flüssig, Ankka flog vorweg, den Wind stets im Rücken, und dabei kam er der Felswand mit seinen Flügeln immer wieder bedrohlich nahe, ehe er mit einer scharfen, aber kontrollierten Wendung abdrehte. Unter ihren riesigen Flügeln wirkten die drei Jugendlichen im Wind klein und zerbrechlich.

So flogen sie im grellen roten Sonnenlicht. Sie flogen. In diesem Moment überkam Luoying endlich ein Gefühl des Glücks.

Dies war ihr letzter Test – ohne Kabine, ohne Sitz, ohne Motor, nur mit zwei Flügelpaaren auf dem Rücken und zwei Propellern an den Füßen, so als wollten sie den Urtraum der Menschheit vom Fliegen wahr machen. Ihre Flügel vibrierten dank des erstaunlich starken Stroms, den sie erzeugten, in einer so hohen Frequenz, als gehörten sie einer riesigen Libelle. Flexible Leichtmetallstäbe verbanden die Flügel mit dem Körper. Die Konstruktion ermöglichte zwar keine hohen Geschwindigkeiten, aber ein sanftes Gleiten mit dem Wind.

Die Jungen hielten ihre Flügel immer in Windrichtung. Auf dem Mars herrschen besondere klimatische Bedingungen. Im Sonnenlicht kann die Temperatur auf der Oberfläche auf über zehn Grad ansteigen, aber nachts fällt sie rapide ab bis auf minus hundert Grad. Diese ausgeprägten Temperaturunterschiede erzeugen starke Luftströmungen. Berge, die dem direkten Sonnenlicht ausgesetzt sind, erwärmen sich tagsüber rasch, und die warme Luft, die an den Hängen emporsteigt, kann kräftige Aufwinde hervorbringen. Am Nachmittag sind die Winde am stärksten, und winzige Schwebeteilchen steigen im hellen Licht empor. Unter solchen Bedingungen können auch in der dünnen Marsatmosphäre Winde entstehen, die man zum Fliegen nutzen kann.

Mit der Höhe nahm auch die Windgeschwindigkeit zu, und bald stiegen die Jungen deutlich schneller an der Felswand empor. Um kein Risiko einzugehen, drosselten sie ihre Propeller und sanken ruhig und kontrolliert auf den Boden zurück. Nach ein paar schwankenden Schritten kamen sie sicher zum Stehen.

Die anderen drängten zu ihnen. Lautlos hallten ihr Rufe durch die Luft. Die drei Flieger hatten ihre Flügel noch nicht eingezogen, da waren die anderen Jungen schon zu ihnen gestürmt, legten die Arme um sie und klopften ihnen auf die Helme. Unter den Visieren konnte Luoying ihr Lächeln sehen, strahlend wie der Himmel.

«Hurra!»

Zum zweiten Mal brachen sie in Jubel aus. Ihre Freudenschreie drangen zwar nicht nach außen, aber sie hallten in ihren Headsets wider.

Im Handumdrehen hatten sich die nächsten Jungen umgezogen und halfen sich gegenseitig beim Anlegen der Ausrüstung. Schon stieg die zweite Gruppe in die Luft. Insgesamt hatten sie sechs Flugausrüstungen gefertigt, die sie aus Sicherheitsgründen immer gruppenweise benutzen wollten.

«He, Mädels, will es eine von euch auch mal probieren?», tönte Sorins Stimme aus dem Headset.

Luoying zögerte noch, da erhob sich Shania und begann sich aufzuwärmen. Sie streckte die ineinander verschränkten Hände über den Kopf, stellte sich auf die Fußspitzen und schwang die Beine abwechselnd vor. Dann stemmte sie die Arme in die Taille, ließ die Hüfte kreisen und beugte sich vor und zurück. Mit einem Lächeln zu Luoying sprang sie so energisch wie ein Junge davon. Unter dem Helm schaute sie mit ihren nach oben geschwungenen Augenwinkeln hervor.

Während Luoying ihr noch nachblickte, fegte ein Wind durch das Tal, und feiner Sand wirbelte an ihrem Visier vorbei. Die zweite Gruppe war experimentierfreudiger als die erste. Es war, als wären die Erinnerungen an die Maerde in ihren Körpern wieder zum Leben erwacht und mit den Erinnerungen auch die spielerische Leichtigkeit, mit der sie sich in der Antigravitationskammer bewegt hatten, die Drehungen in der Luft, der Schwung, den sie damit gewonnen hatten, und das Gleichgewicht, das sie gehalten hatten, indem sie sich mal gestreckt, mal zusammengezogen hatten. Die Jungen in der Luft formierten sich sogar wieder und nahmen paarweise Ausweich- oder Abwehrstellungen ein. Shania schwebte schwerelos zwischen ihnen umher wie die Klänge einer Celesta in einem Orchester. Es war, als wäre die Gruppe wieder ins All zurückgekehrt. Nach langen Monaten atmeten sie endlich wieder die Luft der Freiheit.

Auf dem welligen Rücken der Berge stachen die gelben, sonnenbeschienenen und die dunklen, schattigen Flächen so scharf voneinander ab wie auf einem Gesicht, das zur Hälfte grell geschminkt ist.

Luoying war in Gedanken versunken, da tauchte Ankka vor ihr auf und fragte sie: «Wollen wir zusammen fliegen?»

Wie ein Kavalier der alten Schule, der eine Dame zum Tanz bittet, hatte er den linken Fuß zurückgesetzt, die eine Hand zur Seite gestreckt und die andere flach nach vorn.

Luoying lachte und antwortete: «Warte auf mich. Ich ziehe mir nur schnell mein Kleid an.»

Seit ihrem Unfall hatte sie Jills Kleid nicht mehr getragen. Als sie es im Schiffsinnern vor sich hielt und betrachtete, war sie einen Moment unschlüssig, aber dann entschied sie sich doch, es anzuziehen. Behutsam band sie es sich um und legte sich danach wieder die Metalldrähte um den Körper.

Sie trat zurück ins Sonnenlicht, und die Tänzerin in ihr erwachte zum Leben. Sie hielt Ankka die Hand hin, und er schwang sie empor in die Luft.

Im ersten Moment schwankte sie noch. Durch das Tal ging ein frischer Wind, und die Sensoren übermittelten ihr einen sanften, aber wechselhaften Druck. Die Flügel waren viel größer als beim letzten Test, und deshalb stellte sie sich anfangs noch ein wenig ungeschickt an. Aber dann, mit dem Wind im Rücken, entspannte sie sich allmählich. Sie vertraute ihren Körper der strömenden Luft an, achtete nicht mehr auf die Richtung und ließ sich vom Wind führen.

Ankka flog schräg hinter ihr und nutzte den Luftstrom zwischen ihnen, um sie zu lenken. Sie passte die Ausrichtung ihrer Flügel und den Winkel ihrer Propeller seinen Schulterbewegungen an und meisterte so jede Schwierigkeit. Jede kleine Bewegung war hier um vieles langsamer als auf dem Boden, wie eine Probe in Zeitlupe, bei der alles besonders akkurat und geordnet abläuft. Eine große Ruhe überkam sie. Mit Ankka und dem Wind im Rücken fielen alle Sorgen von ihr ab. Freude durchströmte sie, und ihr kam in den Sinn, wie sie früher nach dem Training ihre Glieder geschüttelt hatte wie eine Marionette. Die Lichter waren schon ausgeschaltet gewesen, aber vom Hochhaus gegenüber war durch die Fenster das blinkende Neonlicht einer riesigen Reklametafel gefallen, und es hatte bunt geflimmert wie jetzt unter dem marsianischen Himmel.

Genauso hatte sie es sich ausgemalt: als einen Tanz in den Lüften. Und das hatte sie auch Ankka und den anderen vorgeschlagen: die Flügel ohne jede Programmierung, ohne jede Berechnung, nur mit dem eigenen Instinkt zu kontrollieren. Sich wie beim Tanzen oder Gehen auf die jahrtausendealte intuitive Weisheit des Körpers zu verlassen und nur mit den Muskeln zu steuern wie eine echte Libelle.

Rennys Stiefel hatten ihr dabei geholfen: Die Technik der Übertragung von Nervenimpulsen, die er entwickelt hatte, verband nun die Flügel mit dem Körper und verstärkte jede Bewegung.

Während Luoying sanft emporschwebte, zogen Traumbilder an ihr vorüber. Sie glaubte, sie stünde in einer grenzenlosen Ebene, vom Wind umweht, und in den aufwirbelnden Sand mischten sich Lachen und Vogelgesang. Einen Moment lang sah sie die Mädchen aus ihrem Tanzensemble auf der Erde: Sie trugen glitzernde Edelsteine im Haar, und ein bezauberndes Lächeln lag auf ihren Gesichtern. Im nächsten Moment sah sie die Mädchen aus dem alten Haus: In Stroh gekleidet stießen sie ihre Parolen aus und reckten ihre alten Schilde empor. Dann sah sie Jill, Pranda und die anderen: Sie saßen auf einem Drachen, der wie eine Nussschale geformt war, und flogen schreiend und mit roten Gesichtern herum, als wollten sie ein Haus in die Luft malen.

Luoying wollte die Bilder festhalten, aber mit jedem Windstoß lösten sie sich auf. Sie fühlte, wie jede neue Böe eine Gruppe von Menschen herbeitrug, aber sie selbst gehörte zu keiner von ihnen. Von überallher kam der Wind, als wollte er sie in alle Himmelsrichtungen verwehen, aber sie blieb stehen, wo sie war. Ganz allein, keinem zugehörig, stand sie in der Luft. Der Wind hatte keine Macht über sie. Je stärker er blies, desto entschiedener verweigerte sie ihm den Gehorsam. Sie wollte fliegen, aber nur auf sich allein gestellt.

Sie fühlte, wie sich das Licht der Nachmittagssonne langsam schräger neigte, und passte den Winkel ihrer beiden Flügelpaare an, um den Luftstrom optimal aufzufangen. Und sie spürte, wie Ankka hinter ihr immer den gleichen Abstand einhielt. Am liebsten wäre sie ewig so weitergeflogen und niemals mehr gelandet.

«Da kommt jemand!»

Abrupt wie das Klingeln eines Weckers schrillte der Schrei aus ihrem Headset.

«Sofort landen! Wer es noch ins Schiff schafft, zurück ins Schiff! Alle anderen verstecken sich erst mal in den Felsen. Wir kommen euch später holen.»

Luoying blieb keine Zeit, über Longs Kommando nachzudenken. Sie landete hinter Ankka auf einem Vorsprung in der Felswand und zog ihre Flügel ein.

Ohne es zu merken, waren beide viel höher geflogen als die anderen Teams und hatten nun keine Zeit mehr, auf dem Talboden zu landen. Also suchten sie in der Felswand Zuflucht, auf einer kleinen Plattform vor einem Höhleneingang. An einer Seite konnte man noch die Überreste einer eingestürzten Treppe sehen.

Auf die Felsplatte gekauert, spähten sie hinab. Miller und Sorin waren in einem deutlich tieferen Höhleneingang gelandet. Alle anderen hatten sich bereits ins Schiff zurückgezogen, das nun leise auf einen verborgenen Winkel an der Felswand zusteuerte.

Da sahen sie, wie ein riesiges Bodeneffektschiff gemächlich aus der Schlucht hervorglitt. Es war silbern mit rotbraunen Streifen, und ein Flammenabzeichen blitzte darauf. Es bewegte sich so langsam, als ob es etwas suchte.

«Das … ist ein Schiff von unserer Zentrale», flüsterte Ankka.

«Von eurer Zentrale? Was macht das denn hier?»

Ankka schüttelte den Kopf. Sein Gesichtsausdruck war ernst und verwirrt. Unwillkürlich bewunderte Luoying Long für seine Wachsamkeit.

SAND

Zögernd bewegte sich das mächtige Schiff vorwärts, in einem weiten Bogen am unteren Rand der Klippen entlang. Es kam immer näher auf sie zu.

Ankka und Luoying kauerten sich hinter den Geröllhaufen am Eingang der Höhle, um nicht entdeckt zu werden. Das Schiff fuhr keine sichtbaren Spähaugen aus, aber vielleicht suchte jemand in seinem Innern die Felswand ab. Von ihrem Standort aus konnten sie Longs Bergwerksschiff schon nicht mehr sehen – vielleicht hatte er eine geeignete Deckung gefunden. Sie hatten keine Ahnung, was das fremde Schiff hierhergeführt hatte und was sein Bestimmungsort war, aber sie entschieden intuitiv, besser verborgen zu bleiben.

«Das Schiff ist hier, um uns zu suchen, oder?», fragte Luoying Ankka.

«Ich weiß nicht», sagte Ankka. «Eigentlich ist das eher unwahrscheinlich. Wir sind so reibungslos aus der Stadt gekommen, da sollten wir nicht gleich so eine Suche provoziert haben.»

«Ja.» Luoying nickte. «So ein Aufwand nur für uns käme mir auch ein bisschen übertrieben vor.»

Ankka überlegte einen Moment. «Wer weiß.»

«Falls wir entdeckt werden und sie uns mit zurücknehmen, ist das doch auch nicht so schlimm, oder?»

«Schwer zu sagen.»

«Heute waren wir schon sehr erfolgreich. Wir sind geflogen, und wir haben die Spuren der Vergangenheit gesehen. Im Notfall kehren wir eben wieder zurück.»

«Ich frage mich schon, was dieses Schiff eigentlich hier will. Wahrscheinlich ist es gar nicht unseretwegen hier. Am besten, es entdeckt uns nicht und wir fahren selbst zurück.»

«Hm. Warten wir erst mal.» Vorsichtig spähte Luoying hinab.

Im Westen ging schon die Sonne unter, und die Schatten auf den Felsen traten immer schärfer hervor. Das fremde Schiff näherte sich dem Ende seiner Runde von Nord nach Süd. Ohne anzuhalten, flog es unter ihnen vorbei, wandte sich nach Westen und blieb am westlichen Rand des Kratertrichters stehen. Aus seinem Bug fuhr es eine Antenne aus, die sich einmal im Kreis drehte. Dann verharrte es lautlos. Luoying schmiegte sich an Ankka. Der Moment des Wartens dehnte sich in die Länge. Der Abendwind frischte auf, feiner Sand wirbelte über den Boden und prasselte auf das Schiff. Ansonsten schien die Welt wie erstarrt.

Endlich, nach wer weiß wie langer Zeit, kam wieder Bewegung in das Schiff. Gemächlich glitt es auf die Schlucht zu. Luoying atmete auf. Das Abendlicht fiel von hinten auf das Schiff und warf vor seinen Bug einen langen Schatten, der wie ein lauerndes schwarzes Schwert über den graugelben Sand glitt.

Der Wind wurde stärker. Es war kein milder nachmittäglicher Aufwind mehr, sondern eine starke, kalte, turbulente Strömung.

Wolken aus gelbem Sand fegten durch das Tal. Der Wind war noch immer kein Sturm, aber er stieg in Wirbeln vom Boden auf, und mit ihm wogte der Sand empor. Steine rollten die Hänge hinunter wie Flüchtlingskolonnen im Krieg. Dicht neben Ankka und Luoying polterte Geröll vorbei, und rote Sandkörner prasselten auf ihre Visiere. Ankka drängte sich schützend vor Luoying und rückte mit ihr dichter zur Höhle. Beide kauerten sich in eine windgeschützte Ecke hinter einem Steinhaufen. Manchmal ging ein besonders heftiger Gesteinsregen nieder, und Ankka barg Luoyings Kopf in seinen Armen.

Luoying drückte sich an seine Brust. Plötzlich kam ihr ihre Urgroßmutter in den Sinn: Sicher war Hanna Sloan furchtlos bis zuletzt gewesen.

«Luoying, Ankka, Miller, Sorin, seid ihr okay?»

Nach einer halben Stunde, die ihr wie eine Ewigkeit vorgekommen war, hörte Luoying endlich wieder Longs Stimme.

«Uns geht es gut.» Ankka schnellte hoch. «Wo seid ihr?»

«Wir sind gerade woanders in einen Durchgang gefahren. Dahinter liegt noch eine große Ebene. Die Details erzähle ich euch später. Jetzt sammeln wir euch erst mal wieder ein. Könnt ihr herunterfliegen?»

Als sie sich vorbeugten, sahen sie, wie Longs Schiff auf sie zuschaukelte. Am Himmel wurde es schon dunkel, und das Schiff war nur noch ein vager schwarzer Schatten. Ankka und Long besprachen kurz das weitere Vorgehen.

Als alle Vorbereitungen getroffen waren, holte Luoying tief Luft und sprang hinter Ankka hinab in den Abgrund. Im nächsten Moment spürte sie schon, wie der Sand auf sie einschlug, und noch ehe sie wusste, wie ihr geschah, war ihr Körper in eine Schieflage geraten, und ihr drehte sich alles vor Augen. Sie fand noch nicht einmal die Zeit, sich zu fürchten.

In einem wilden Chaos überschlugen sich die Eindrücke: eine heftige Turbulenz, die ihr die Füße wegzog. Roter Staub. Eine wuchtige, gewaltige Luftströmung, die ihr die Kontrolle über die Flügel entriss und sie mit sich hochschleuderte. Ein

Durcheinanderwirbeln von Himmel und Erde. Rote Felsen, die auf sie zustürzten. Eine Hand, die sie um die Taille fasste und dann wieder losließ, eine Kraft, die sie kurz emporhob. Das Gefühl, inmitten der Leere festen Halt mit den Füßen zu finden. Hände, die instinktiv zupackten.

Als sie wieder zu Bewusstsein kam, lag sie festgeklammert an einem vorspringenden Fels an der Wand. Hilflos vibrierten die Flügel in ihrem Rücken. Ankka lag neben ihr, ein Bein über sie gelegt. Steine polterten an ihnen vorbei in die Tiefe.

STERNE

Aus Angst vor Sand und Geröll wagte Luoying nicht, den Kopf zu heben.

Die Felswand war hier nicht allzu steil und bot ausreichend Halt für die Füße. Luoying war zuversichtlich, dass sie noch lange hier ausharren konnte. Allerdings hatte sie keine Ahnung, wann der Sturm wieder abebben würde. Sie wusste, wie heftig so ein Sandsturm sein konnte – jeder, der auf dem Mars aufgewachsen war, wusste das. Als sie zu Ankka hinüberblickte, nickte er ihr zu. Seine blauen Augen schimmerten in der Abenddämmerung dunkel wie ein tiefer Ozean. Er wirkte gelassen wie immer. Nachdem sie ihre Flügel ausgeschaltet hatte, blieb sie ruhig auf dem Bauch liegen und wartete darauf, dass der Sturm sich legte.

«Kannst du mich hören?», kam Ankkas Stimme aus dem Headset.

Luoying nickte ihm zu und wollte etwas antworten, aber ihre Kehle war so ausgedörrt, dass sie keinen Ton herausbrachte.

«Schau mal nach rechts oben», sagte Ankka. «Da ragt ein großer Fels hervor. Schaffst du es da hoch?»

Luoying blickte in die Richtung, in die er zeigte, und überschlug die Entfernung – es waren gut zwanzig, höchstens dreißig Meter. Aber sie mussten einen Hang überwinden. Die Hände zu Fäusten geballt, rang sie sich ein Lächeln ab und antwortete: «Das sollte kein Problem sein.»

Ankka erhob sich, half ihr auf, und sie begannen den Aufstieg. Für jeden Schritt nahmen sie sich viel Zeit. Luoying wagte nicht, sich voll aufzurichten. Erst wenn sie mit beiden Händen festen Halt am nächsten Fels gefunden hatte, verlagerte sie auch mit den Füßen ihren Schwerpunkt. Ankka folgte links hinter ihr. Er stützte sie nicht, aber er behielt sie im Auge, um sie bei einem Steinsturz sofort an die Wand zu pressen. Weil sie nach jedem Schritt eine Pause einlegten, brauchten sie sehr lange für den kurzen Aufstieg. Ankka kletterte zuerst auf den Fels. Dann streckte er die Hände aus und zog Luoying zu sich hoch.

Wortlos kauerte sie sich auf den Fels. Es dauerte eine Weile, bis sie sich von der Anstrengung erholt hatte. Endlich räusperte sie sich und fragte leise: «Wir können jetzt nicht mehr runter, oder?»

Ankka zeigte auf den in die Tiefe wirbelnden Sand. «Dafür ist es jetzt zu spät, der Wind hat schon gedreht. Wenn wir jetzt nach unten fliegen, stürzen wir in den Tod.»

«Und was sollen wir nun machen?»

«Ich bespreche das gleich mal mit Long.»

Luoying spähte über den Felsrand hinab. Das Schiff war noch immer unten im Tal, aber der Sturm hatte es weiter nach Osten zur Schlucht gedrängt. Von weitem sah es aus wie eine plumpe Meeresschildkröte, die schwerfällig auf sie zukroch. Noch immer wirbelte der Sandsturm wie ein mächtiger orangegelber Schleier umher. Die Temperatur fiel sehr schnell. Sie waren nicht mehr als dreißig oder vierzig Meter vom Boden entfernt, aber die Wand war hier sehr steil und ein Sprung in die Tiefe undenkbar. Ankka brüllte in sein Headset. Sie wussten nicht, ob ihre Freunde an Bord des Schiffes sie sahen. Ihr Funkgerät war so primitiv, dass es nur eine Distanz von ein paar Dutzend Metern überwinden konnte. Deshalb erhielt

Ankka anfangs keine Antwort. Erst als das Schiff direkt unter ihnen angelangt war, drang Longs Stimme aus dem Headset zu ihnen.

«Wie geht es euch? Seid ihr okay?»

Ankka kam sofort zur Sache. «Ich glaube, heute schaffen wir es nicht mehr runter.»

«Habt ihr noch genug Sauerstoff?»

Ankka warf einen Blick auf die Anzeige seiner Sauerstoffflasche. «Ja. Bis morgen Mittag kein Problem.»

«Und könnt ihr da übernachten? Ist es da auch sicher?»

«Es geht. Ich habe gerade schon mal nachgesehen: Hier ist eine kleine Höhle. Darin können wir uns verkriechen.»

«Also dann machen wir es so: Ihr verbringt da oben die Nacht, und morgen früh überlegen wir uns einen Weg, wie wir euch runterholen.»

«Uns geht es eigentlich ganz gut», sagte Ankka. «Ihr könnt ruhig nach Mars City zurückfahren und jemanden schicken, der uns morgen früh abholt.»

«Du traust mir wohl nicht, was?», erwiderte Long.

Luoying konnte förmlich hören, wie er grinste.

«Natürlich traue ich dir.» Nun lächelte auch Ankka.

«Na, dann lass den Quatsch. Wir warten hier unten auf euch. Ruft uns, wenn was ist.»

«Okay», willigte Ankka ein.

«Das tut mir leid», sagte Luoying leise. «Jetzt müsst ihr unseretwegen hierbleiben.»

«Ich hatte sowieso keine Lust, schon wieder zurückzufahren», meldete sich Miller zu Wort. «Endlich haben wir mal ein bisschen Spaß.»

«Miller? Bist du das?», fragte Luoying eilig. «Bist du gut an Bord zurückgekommen?»

«Ja, ich bin's.» Auch bei Miller hörte man förmlich, wie er

grinste. «Zurück an Bord bin ich. Allerdings ging es mir schon mal besser.»

«Was ist los?»

«Ich habe mir den Fuß verrenkt.»

«Ryan und er sind vorhin fast den Hang herabgestürzt», erklärte Long an seiner Stelle. «Zum Glück haben sie sich nichts gebrochen.»

«Hat dich jemand verarztet?», fragte Luoying besorgt.

«Ich habe einen Verband bekommen.» Miller klang unverändert fröhlich. «Halb so wild.»

«Musst du dir eigentlich immer irgendeine Verletzung zulegen?», neckte ihn Ankka. «Erinnerst du dich noch an die Sache mit dem Ballon in Barcelona?»

«Hahaha!» Miller lachte herzlich. «Aber dafür kannst du mir doch nicht die Schuld geben! Auf einmal hat es gegossen wie aus Eimern. Ich bin einfach ein Unglücksrabe.»

«Ein Tollpatsch bist du! Beide sind wir runtergestürzt, aber nur du hast dir ein Bein gebrochen.»

«Aber das eine Mal in Tokio hast du dir doch auch die Knochen gebrochen, oder?»

«Das kann man doch überhaupt nicht vergleichen! Sei du mal in der Luft, und dann gibt es am Flughafen ein Erdbeben.»

«Irgendwann müssen wir noch mal zum Olympus Mons fliegen», antwortete Miller. «Dann komme ich garantiert höher als du.»

«Nun nimm den Mund mal nicht so voll», erwiderte Ankka. «Das ist der höchste Berg im ganzen Sonnensystem. Den überfliegt man nicht mal eben so.»

«Du unterschätzt mich. Ich habe mir das schon genau überlegt: Ich will alles auskundschaften, was es auf dem Mars zu sehen gibt. Die Mariner-Täler kennen wir doch auch noch nicht!

Und die Hellas-Tiefebene – die ist locker hundertmal so groß wie dieses Becken hier.»

«Geht klar.» Ankka grinste. «Wenn du den Mumm hast, hab ich ihn erst recht.»

Die Nacht brach herein. Luoying saß auf der kleinen Felsplatte, und während Ankka und Miller miteinander plauderten, beobachtete sie, wie die letzten Strahlen der Sonne hinter den westlichen Bergen erloschen. Dabei hielt sie die Knie umschlungen und rieb sich sachte das Schienbein. Bei ihrem Sturz vorhin war sie auf Schienbein und Knie gefallen, und nun, nachdem die Anspannung sich gelöst hatte, spürte sie die Erschöpfung und den Schmerz.

Ankka lächelte vor sich hin, während er mit Miller schwatzte, aber mit den Händen war er rastlos beschäftigt. Er räumte das Geröll beiseite, das den Eingang zur Höhle versperrte. Manche Felsbrocken waren zu groß, um sie zu bewegen, aber indem er die kleineren Steine beiseitetrug, gelang es ihm schließlich, eine Öffnung freizulegen, die groß genug für einen Menschen war.

Die Höhle dahinter hatte der Wind geschaffen. Sie lag näher an der Schlucht als die Höhle, zu der sie am Nachmittag geflogen waren. Die Klippen machten an dieser Stelle eine Biegung, sodass der Wind hier mit einer beständigen Kraft an der Wand entlangstrich. Über die Jahrtausende hinweg war so zwischen den mächtigen Felsen ein Hohlraum entstanden. Luoying folgte Ankka ins Innere. Der schwache Schimmer, den das fahle Sternenlicht hereinwarf, konnte das tiefe Dunkel nicht erhellen. Während Luoying sich an der Wand entlangtastete, erfühlte sie die Spuren menschlicher Tätigkeit: An der Wand verlief ein Gittermuster, in den Boden war ein Wasserbecken eingelassen, das von niedrigen Mauern gesäumt war. Ringsumher lagen die Überreste zerfallener Tische und Stühle. Die Wände waren offensichtlich bearbeitet worden: Sie waren zwar nicht so glatt wie die Wände in Mars City, aber deutlich weniger rau als eine naturbelassene Felswand.

Ankka beendete das Gespräch mit dem Schiff und schaltete das Funkgerät aus, um Strom zu sparen. Dann begann er mit den Vorbereitungen für die Nacht. Zuerst faltete er ein Flügelpaar, das er eben erst eingezogen und zusammengeklappt hatte, wieder aus und befestigte es als primitiven Schutz vor dem Höhleneingang. Dann hockte er sich hin und hantierte mit seiner Ausrüstung.

«Es ist zu dunkel hier.» So gut es ihm möglich war, versuchte er die Elektroturbinen, die er zum Fliegen benutzt hatte, in das spärliche Sternenlicht zu halten. «Hm …»

«Was hast du denn vor?»

«Ich will einen Flügel auseinandernehmen und mit den Enden von einem Akku verbinden. Die Flügeladern sind gute Leiter, die können wir für die Wärmeisolierung und -speicherung benutzen.»

«Weißt du denn, wie man Schaltkreise umbaut?»

«Nicht wirklich. Aber wenigstens haben wir dieses Fluggerät selbst gebaut, deshalb habe ich jetzt doch ein bisschen Ahnung.»

«Kannst du das hier auch umbauen?»

Sie zog sich das Ballettkleid aus, das sie über ihrem Schutzanzug getragen hatte, und gab es ihm. In den Händen war es gewichtslos; es war, als hielte man im Dunkeln eine kleine Wolke.

«Jedenfalls ist es aus einem leuchtenden Material gemacht», erklärte sie. «Deshalb kann man es vielleicht als Lichtquelle nutzen.»

Ankka befühlte den Saum und nickte im Dunkeln. «Ich glaube schon. Warte mal einen Moment.»

Mit ihrem Kleid und einem Akku trat er aus der Höhle und begann damit herumzuhantieren. Wie er dort auf einem Knie hockte, zeichnete sich seine Silhouette scharf und schwarz gegen den Himmel ab. Nur um seinen Scheitel lag ein schwacher Silberschimmer.

Auf einmal überlief Luoying ein Frösteln. Wahrscheinlich war die Temperatur schon längst unter null gefallen, und nur die Anspannung hatte verhindert, dass sie nicht eher bemerkt hatte, wie sich die Kälte ausbreitete. Beide trugen sie nur ihre dünnen Schutzanzüge, die keine besonderen Wärmepolster besaßen. Luoying begann sich um Ankka zu sorgen. Draußen war es gewiss noch kälter als in der Höhle, und er hatte sich schon eine ganze Weile nicht mehr bewegt – womöglich würde er dort noch zu einer schwarzen Eissäule erstarren.

Sie wollte gerade aufstehen und nach ihm sehen, da kehrte er endlich wieder zurück.

«Es hat geklappt.» Er lächelte ihr zu.

Das Kleid in seinen Händen verströmte ein sanftes halbkreisförmiges Licht wie eine leuchtende Muschel. Behutsam kam er auf sie zu, und bei jedem Schritt veränderte auch das Kleid kaum merklich seine Farbe. Hier im Dunkeln erstrahlte es nicht mehr in so einem prächtigen Glanz wie auf der Bühne, sondern in gedämpften, zarten Farben.

Ankka legte die provisorische Leuchte in die Mitte des Raums. In ihrem fahlen Schimmer schauten beide sich um. Anscheinend war hier einmal ein Wohnzimmer gewesen. An der Rückwand standen noch die Überreste eines aus dem Stein gehauenen Tisches. Die Wand selbst war zur Hälfte eingestürzt. Ein Nagel zum Aufhängen von Kleidung war in sie geschlagen worden. Hinter dem trostlosen Verfall ringsum erahnte man das Leben, das sich hier einst allen Widerständen zum Trotz eingenistet hatte.

«Mit dieser Höhle sind wir noch gut bedient», meinte Ankka, während er die Wand abklopfte und die Abbruchstellen in Augenschein nahm. «Die Wände hier haben noch eine Wärmeschutzschicht und eine Schicht gegen die kosmische Strahlung. Wären wir irgendwo da draußen gestrandet, würden wir die Nacht vielleicht nicht überstehen.»

«Aber ist es hier auch warm genug?»

«Ist dir jetzt kalt?»

«Ja, schon.»

«Es wird noch viel kälter werden.» Er schüttelte seine Flügel. «Hilf mir mal damit.»

Als er die beiden Flügel entfaltet hatte, erwiesen sie sich als so groß, dass er sie in der Enge des Raums nur gekrümmt ausbreiten konnte. Luoying stand auf und half ihm. Behutsam stellten sie die Flügel auf den Boden und bogen sie so zurecht, dass sie sich über ihren Köpfen wölbten wie eine primitive Laubhütte auf einer einsamen Insel. Ankka holte einen zweiten Akku und hockte sich damit im Schneidersitz an eine Flügelwurzel. Er ordnete die komplizierten Stromkreiskontakte neu an, trennte zwei Leiterdrähte aus den Flügeladern und verband sie zu einem einfachen Kreislauf. Nach einer Weile begann ihr kleines Treibhaus sich unmerklich zu erwärmen, und aus den halbdurchsichtigen Membranen und Flügeladern schimmerte ein schwaches Licht und erhellte gemeinsam mit der provisorischen Kleid-Lampe die nächtliche Finsternis.

Ankka begutachtete noch einmal alles, und als er kein Problem mehr fand, ließ er sich endlich erleichtert nieder. Schulter an Schulter setzten sich beide auf den Boden. Ankka fragte Luoying, ob ihr noch kalt sei, und als sie bejahte, legte er ihr einen Arm um die Schultern.

«Wie können wir morgen noch fliegen, wenn wir jetzt den ganzen Strom aufbrauchen?», fragte Luoying.

«Erst mal müssen wir gut durch die Nacht kommen», sagte Ankka. «Schlimmstenfalls hängen wir morgen früh die Flügel zum Aufladen erst mal in die Sonne.»

Während sie so aneinandergeschmiegt saßen, verbreitete sich unter dem durchsichtigen warmen Dach der Flügel eine behagliche Atmosphäre. Die Felsen verloren ihre düstere Strenge und wirkten freundlich und anheimelnd. Klar und rein sickerte das Mondlicht in den Höhleneingang. Die Schutzanzüge, in die Ankka und Luoying von Kopf bis Fuß gehüllt waren, verhinderten mit ihren mehrfachen Stoffschichten jeden direkten Körperkontakt, aber gleichzeitig verstärkten die speziellen Drucksensoren, die beide in ihren Anzügen trugen, jede Tastempfindung. Nicht nur die raue Oberfläche des Felsbodens, auch ihre gegenseitigen Berührungen und Umarmungen empfanden sie mit einer ungeheuren Intensität.

«Long und die anderen sind sehr loyal», sagte Luoying leise, den Kopf an Ankkas Schulter gelehnt.

Ankka nickte. «Das stimmt. Sie machen sich Sorgen, sie könnten uns hier zurücklassen und nicht mehr wiederfinden.»

«Miller ist auch ein guter Freund. Ich glaube, er ist von uns allen der Fröhlichste.»

«Ja.» Ankka grinste. «Er ist geradezu unverschämt fröhlich.»

«Shania dagegen ist nie wirklich froh.»

«Ich verstehe sie nicht. Ich finde, Sorin hat recht: Sie ist zu radikal.»

Luoying drehte sich zu ihm. «Ist dir aufgefallen, dass da was zwischen den beiden läuft?»

«Ein bisschen.» Ankka lachte.

«Dabei scheint Sorin ihre Ansichten überhaupt nicht zu teilen.»

«Das tut wohl nur Long.»

«Der ist auch ganz schön radikal. In letzter Zeit redet er nur noch davon, dass jeder bloß an seinen Vorteil denkt. Ich finde das ziemlich einseitig.»

«In Longs Labor gibt es so einen alten Knacker, der sich, nur weil er bei einem Projekt das Sagen hat, als Tyrann aufspielt und Long schon kurz nach seiner Rückkehr ein paarmal zusammengestaucht hat. Die anderen Leute in dem Labor versuchen sich alle bei dem Alten einzuschleimen.»

«Echt? Davon hatte ich keine Ahnung.»

«Ja. Anscheinend will Long nicht mehr weiter dort arbeiten.»

Luoying seufzte. «Aus irgendeinem Grund scheint es vielen von uns schwerzufallen, sich hier wieder zu integrieren.»

«Stimmt.» Ankka lachte spöttisch. «Wir halten uns wohl für was Besseres.»

«Bist du für die Revolution, von der die anderen sprechen?»

«Nicht wirklich.»

«Warum nicht?»

«Das bringt doch eh nichts.»

«Dann glaubst du genauso wenig wie Miller an eine Revolution?»

«Bei mir ist das noch ein bisschen anders.» Er überlegte einen Moment. «Ich meine gar nicht mal speziell die Revolution. Ich meine alles.»

«Was soll denn das heißen?»

«Na ja, die Probleme, von denen sie sprechen, sind schon da, aber egal, wie man das System ändert, die Probleme werden bleiben. Also bringt das alles nichts.»

«So … habe ich das noch nicht gesehen.»

«Und was meinst du?»

«Ich hoffe immer noch, dass wir irgendwas tun können. Ich weiß nur noch nicht, welchen Weg wir gehen sollen.»

«Ach ja?»

«In der Delegation von der Erde gab es doch einen Regisseur. Er hat mir später geschrieben, unser marsianischer Weg könnte die Probleme der Erde lösen, und nun will er sich bemühen, diesen Weg auch dort drüben zu verbreiten. Ich beneide ihn um seine Gewissheit. Egal was dabei herauskommt, seine Ideale geben ihm eine feste Orientierung. Ich wünschte, ich hätte auch so einen Glauben, von dem aus ich alles betrachten und dann aktiv werden könnte. Das würde mir einen Halt geben.»

«Dann bist du für ihren Vorschlag?»

«Nein.» Sie überlegte einen Moment. «Was sie sagen, ist alles so vage. Sie brennen vor Eifer, etwas zu tun – aber was, das haben sie nie gesagt.»

Ankka blickte auf das zur Lampe umfunktionierte Kleid, das wie ein winziges Lagerfeuer vor sich hin glühte. «Findest du das nicht eigenartig? Einer von der Erde will mit dem marsianischen Weg die Erde retten, und ein paar Marsianer wollen mit dem irdischen Weg den Mars retten.»

«Ja.» Luoying nickte. «Das ist das Verwirrendste an dem Ganzen: In welcher Beziehung stehen die beiden Welten eigentlich zueinander? Von klein auf hat man uns eingetrichtert, die Erde würde irgendwann auch auf unseren Weg einschwenken. Sobald die Summe ihres Wissens ein bestimmtes Niveau erreicht hätte, würden die Leute dort von selbst das Bedürfnis empfinden, ihr Wissen in einer gemeinsamen Plattform zu bündeln wie wir. Aber die Leute auf der Erde sehen das genau umgekehrt: Sie meinen, wir könnten unser System nur deshalb aufrechterhalten, weil es in Mars City noch so primitiv zugeht. Sobald das Leben auch bei uns komplexer würde, würden wir bestimmt auf den irdischen Kurs umschwenken. Ich bin jetzt ganz durcheinander, wer eigentlich in einer primitiven Phase ist und wer nicht.»

«Das ist doch alles nur Theorie.»

«Du meinst, keine Welt ist besser als die andere?»

«So ungefähr. Mit dem Krieg haben sich die Dinge damals einfach so entwickelt. Es gibt keine gute und keine böse Seite.»

Auch Luoying betrachtete ihr Kleid, das zart wie die letzten Strahlen der Abendsonne schimmerte, und ihr war, als würden dahinter alle möglichen Bilder lebendig werden. «Das ist auch ein wichtiger Grund dafür, dass ich mich nicht so einfach auf die Seite von Long und Shania schlagen möchte. Egal, ob das nun gut oder schlecht war, mein Großvater und seine Freunde haben sich ungeheuer ins Zeug gelegt, um diese Gesellschaft aufzubauen. Deshalb bin ich nicht bereit, mich vorschnell gegen sie zu stellen.»

«Ich habe gehört, dass die Leute damals noch voller Ideale waren.»

«Das stimmt. Ich habe ein paar Reden von Garcia und ein paar Artikel von Ronning gelesen. Sie hatten damals überhaupt nicht die Absicht, die Leute zu kontrollieren. Für sie verkörperte der Datenserver nur das Ideal eines fairen Gedankenaustauschs. Weil das menschliche Wissen allen gehört, sollte auch jeder das Recht auf Zugang zu diesem geistigen Reichtum haben, genauso wie jeder ein Recht auf Leben und Freiheit besitzt. Und sie waren überzeugt, nur Kommunikation könnte dafür sorgen, dass unterschiedliche Überzeugungen friedlich nebeneinander existieren und die Anhänger sich nicht niedermetzeln. Der Datenserver erschien ihnen als die beste Garantie für diese geistige Freiheit. Jeder sollte darin seine Meinung äußern können, ohne einen Gedanken an Geld verschwenden zu müssen, und auch politische Ansichten sollten dort allgemein Gehör finden.»

«Sie haben damals wahrscheinlich nicht vorhergesehen, wie scheinheilig viele Leute noch immer sind.»

«Vielleicht haben sie damit sogar gerechnet, aber sie haben

sich trotzdem die Hoffnung bewahrt, dass es besser wird. Sie waren echte Idealisten.»

«Hm.» Ankka schwieg einen Moment, ehe er fortfuhr: «Ich bin kein Idealist.»

Luoying blickte zu ihm hinüber. Sie wusste nicht, was sie sagen sollte. Gerade dass er bei diesen Worten so ruhig blieb, machte sie traurig.

Sie hätte gern etwas Tröstliches gesagt, aber ihr fiel nichts ein außer: «Ob der Sturm schon vorbei ist?»

Ankka warf einen Blick zum Eingang und stand auf. Er hielt ihr die Hand hin und half ihr hoch. «Schauen wir mal nach.»

Beide traten vor die Höhle. Der Sandsturm, der den ganzen Abend gewütet hatte, hatte sich gelegt. Die Nacht war sehr still. Longs Schiff war ein wenig näher an die Felswand neben der Schlucht gerückt, aber immer noch in Sichtweite.

Ankka trat hinter Luoying und schlang seine Arme um sie. Das Mondlicht malte silberne Säume um ihre Körper. Beide blickten die Klippen hinauf. Über ihnen am schwarzen Nachthimmel erstrahlten die Sterne in ewiger Ruhe. Die Pracht dieses Anblicks löschte alles Trennende aus. Zwischen den Himmelskörpern außerhalb der Milchstraße ließen sich kaum Unterschiede ausmachen: Ob Milliarden von Lichtjahren entfernte Schwarze Löcher oder die nah benachbarten Magellanschen Wolken, sie alle waren Teil desselben zarten Lichtgewebes. Alle Gewalt und Geschichte, alle Geburten und Tode von Sternen blieben verborgen hinter diesem dichten Glanz, der sich wie ein Sieb aus schimmernder Seide über ihre Köpfe spannte. So still und kühl die Sternennacht auch war, sie strahlte etwas Tröstliches und Besänftigendes aus.

«Kennst du diese Sternbilder?», fragte Luoying.

Ankka schüttelte den Kopf.

«Aber kannst du die Erde finden?»

Wieder schüttelte er den Kopf.

Luoying lächelte voller Bedauern. «Jetzt müsste Zeta da sein.»

«Ich schätze mal, der würde auch nichts erkennen», sagte Ankka. «Er hat Kosmologie studiert, aber angeblich kennt er nicht einen Stern.»

Auf einmal war Luoying danach, ein Lied zu summen, das sie früher gern gesungen hatte. Wenn der Sturm sich gelegt hat, genießt man die ersehnte Ruhe, und auch wenn der Glanz der Sterne so ungreifbar ist wie ein Lied, schenkt er inneren Frieden. An die Luft drang kein Ton, aber im Stillen sang Luoying.

«Ich mag das, was man im Altertum gesagt hat», brach es auf einmal aus Ankka heraus.

«Hm? Was denn?»

«Dass ein Mensch sich nach seinem Tod in einen Stern verwandelt.»

«Das mag ich auch. Ich habe immer das Gefühl, dass all die Menschen, die gestorben sind, zu Sternen wurden. Angeblich gibt es in der Milchstraße dreihundert Milliarden Sterne – das entspricht ziemlich genau der Anzahl der Menschen, die jemals gelebt haben.»

Ankka lachte. «Dann gibt es aber ein kleines Problem: Die Menschen werden immer mehr, aber nicht die Sterne.»

«Aber die Vorstellung ist schön.»

«Ja, das ist wahr.» Ankka nickte. «Wenn die Menschen auf der Welt einfach eine Aufgabe hätten, der sie sich hingeben könnten, und danach könnten sie wieder in den Himmel zurückkehren, dann wäre das Leben viel einfacher.»

«Ja, das stimmt.»

Sie betrachteten das nächtliche Tal, und dabei kamen ihnen wieder die Reiseziele auf dem Mars in den Sinn, von denen Ankka und Miller am Abend gesprochen hatten. Prompt fingen sie an, Pläne für die Zukunft zu schmieden. Ankka erklärte, er würde wirklich gern einmal den Olympus Mons sehen und erleben, wie es sich anfühlte, so hoch zu fliegen und von dort in den Himmel zu schauen. Luoying träumte davon, einmal das Kanalnetz in der nördlichen Ebene und den Ravi-Kanal südlich des Äquators zu erkunden. Wenn man das Wasser vom Ceres herunterholen könnte, wären diese uralten Flussläufe perfekt dafür geeignet, es aufzunehmen, hatte ihr Bruder ihr erzählt. Sie hätte gern gewusst, wie diese Kanäle aussahen und ob sie, mit Wasser gefüllt, echten Flüssen gleichen würden.

«Vielleicht können wir eines Tages auch zu einem anderen Stern reisen wie die Leute von Ceres», sagte sie leise.

«Wie läuft es jetzt eigentlich mit Ceres?»

«Reibungslos. Er hat schon das Sonnensystem verlassen.»

«Dann beginnt wohl bald das Auswahlverfahren für die nächste Gruppe?»

«Ich schätze, eher nicht.» Luoying schüttelte den Kopf. «Außerdem werden die nächsten Gruppen, die man auf die Reise schickt, nur aus erfahrenen Astronauten und Experten bestehen. Bis wir da vielleicht auch mal eine Chance haben, müssen noch zehn oder zwanzig Jahre vergehen.»

«Das macht nichts. Hauptsache, es gibt diese Möglichkeit.»

Sie begannen von allen möglichen Zielen zu phantasieren, sagten sich ferne Namen vor, als wären es gewöhnliche Straßen. Sie hatten nur eine vage Vorstellung, wie viel Raum und Zeit sie von diesen Zielen trennte, aber sie ließen sich von den Worten mitreißen zu ihren hoffnungslosen Hoffnungen. Und so erstrahlte fern am Himmel ein fremdes Gestirn nach dem anderen, flüchtig wie eine hingeworfene Skizze, und stand zitternd über ihren Köpfen.

Luoying fühlte, wie die tiefe Nacht ihre Gedanken zum Fließen brachte wie schon lange nicht mehr. An den Abenden im

Krankenhaus, als sie allein auf der Terrasse gelesen hatte, da hatte sie eine ähnliche Kraft geschöpft wie aus einem Meer, das tief unter ihrer Haut im Verborgenen strömte und ihr Mut und Orientierung geschenkt hatte.

Wie das diamantene Uhrwerk der Zeit rief der Sternenglanz verschüttete Erinnerungen in ihr wach. Fließender, als sie es selbst je für möglich gehalten hätte, sprach sie sich Worte vor, die sie damals gelesen und geliebt hatte:

«Wer sich jedoch der Zeit seines Lebens anvertraut, dem Haus, das er verteidigt, der Würde der Lebenden, der vertraut sich der Erde an und erhält die Ernte, die er von neuem sät und die ihn ernährt. Diejenigen schließlich führen die Geschichte voran, die im gegebenen Moment sich auch gegen sie aufzulehnen wissen. Das setzt eine ununterbrochene Spannung voraus und die angestrengte Heiterkeit, von der der gleiche Dichter spricht. Aber das wahre Leben ist im Innern dieser Zerrissenheit gegenwärtig. Es ist selbst diese Zerrissenheit, der Geist über Vulkanen von Licht schwebend, der Wahn der Rechtlichkeit, die aufreibende Unnachgiebigkeit des Maßes. Was uns am Ende dieses langen Abenteuers der Revolte entgegenklingt, sind nicht optimistische Formeln, sondern Worte des Muts und des Geistes, die, nahe dem Meer, sogar Tugend sind.»

«Auf der Mittagshöhe des Denkens lehnt der Revoltierende so die Göttlichkeit ab, um die gemeinsamen Kämpfe und das gemeinsame Schicksal zu teilen. Wir entscheiden uns für Ithaka, die treue Erde, das kühne und nüchterne Denken, die klare Tat, die Großzügigkeit des wissenden Menschen. Im Lichte bleibt die Welt unsere erste und letzte Liebe.»

Klar und sanft klang ihre Stimme im Kopfhörer, wie ein innerer Monolog, den sie bedächtig vortrug. Ankka lauschte aufmerksam. Dann versanken sie lange in Schweigen unter dem stillen, weiten Sternenhimmel. Sie wollten die schlichte Entschlossenheit, die in ihnen heranreifte, nicht mit Worten stören. Alle Sprache war überflüssig. Das jahrmilliardenalte Tal mit seiner versunkenen Geschichte, das zu ihren Füßen ausgebreitet lag, war ihnen in diesem Moment der schönste Halt.

Als sie in ihre Höhle zurückgekehrt waren, fanden sie lange keinen Schlaf. Aneinandergeschmiegt, wie sie lagen, teilten sie jede Bewegung miteinander. Kaum rührte sich der eine, brach der andere unwillkürlich in ein Lachen aus, das unwiderstehlich auf den Urheber zurückwirkte. So wachten sie immer wieder auf, bis sie endlich, erschöpft vom vielen Lachen, in einen tiefen Schlaf sanken.

AM MORGEN

Als Ankka aufstand, erwachte Luoying sofort. Sie hatte schon immer einen leichten Schlaf gehabt und merkte es gleich, als der Druck an ihrer Schulter schwand.

Als Erstes fiel ihr Blick auf das Licht auf den fernen Bergspitzen, dann sah sie den goldenen Glanz, der sich gegen den Höhleneingang abzeichnete. Es wurde Tag.

Um ganz wach zu werden, blinzelte sie einige Male vor sich hin. Dann setzte sie sich lautlos auf. Als sie sich umblickte, entdeckte sie, dass Ankka die Höhle, die groß und still wirkte, verlassen hatte. Der Boden am Eingang erstrahlte in der Morgensonne wie eine warme Wand. Leichtfüßig erhob sie sich, lüftete den Flügel vor dem Eingang und schlüpfte hinaus.

Ankka stand rechts neben der Öffnung, massierte sich die Hüfte und betrachtete schweigend die fernen Berge. Der Himmel war noch nicht allzu hell und Ankkas lange, schlanke Silhouette noch halb im Schatten. Er blickte dorthin, wo die Sonne aufging. Auf seinem Visier lag ein schwacher Glanz.

Als er Luoying bemerkte, lächelte er freudig und sagte leise: «Was machst du denn hier? Es ist kalt hier draußen.»

Aber er machte keine Anstalten, sie wieder in die Höhle zu schicken, sondern streckte ihr den Arm entgegen. Sie stellte sich vor ihn, und er umschlang sie von hinten.

«Schaust du dir den Sonnenaufgang an?», fragte sie ihn.

Er nickte. «Ja. Ich habe jahrelang keinen mehr gesehen.»

Sie seufzte leise. «Ich habe noch nie einen richtigen Sonnenaufgang gesehen. Auf der Erde bin ich deswegen mal ans Meer gefahren, aber da war es bewölkt.»

Langsam spürte man, wie es Tag wurde. Der Himmel war noch immer grau, aber wohin der Blick auch fiel, nahm das Licht zu. Auf den Bergrücken lag der Glanz der Sonne, auch wenn sie selbst noch dahinter verborgen blieb. Das Tal warf die Maske der Nacht ab und zeigte sich mit seinen Rinnen aus Fels und seinem nackten Staub, arglos wie ein Kind, das aus tiefem Schlaf erwacht und alles Leid vom Vortag vergessen hat.

Es war ein ruhiger Morgen. Der feine Saum von Luoyings Seidengürtel hob sich sacht, aber sie spürte keinen Wind. Rings um sie leuchtete das Licht immer stärker. Auf den hügeligen Bergen lösten dunkle und goldene Flächen einander ab. Ein Großteil des Tals gewann seine gelbbraune Farbe zurück. Das scharfe Wechselspiel von Licht und Schatten strömte mit seiner üppigen Fülle von Linien von den Bergen herab wie ein majestätischer Fluss.

«Schau mal da!» Plötzlich zeigte Luoying auf die Bergkette gegenüber.

«Was?» Ankka blickte in die Richtung, in die sie wies.

«Der Berg dort. Die schattigen Ränder sind geformt.»

«Du meinst ...»

«Er ist von Menschen behauen worden.»

«Das kann doch nicht sein ...» Ankka starrte angestrengt auf die Bergkette. «Aber das sieht tatsächlich ...»

Im Licht der aufgehenden Sonne, das nun die ganze westliche und südliche Talseite erhellte, nahm das Muster eines riesigen, auf den Kopf gestellten Baumes Gestalt an. Oben auf den Gipfeln bildete ein mächtiger Felsgraben, der wie ein Wasserfall herabstürzte, den Stamm, der sich in der Tiefe in Gestalt unzähliger Rinnen zu einer üppigen Krone verzweigte. Im

Großen und Ganzen war diese Struktur auf natürlichem Weg entstanden, aber überall an den Verbindungslinien und Rändern verriet sie doch die Spuren menschlicher Bearbeitung, die alle Brüche und Grobheiten beseitigt und so den ganzen Berg in eine riesige Skulptur verwandelt hatte. Zwischen den Zweigen lagen die Höhlenöffnungen dunkel und rund in der Morgensonne. Auch die Eingänge waren offensichtlich behauen worden, denn sie waren nicht nur von einer einheitlichen Größe, sondern auch viel glatter und ebener als die Höhlen ringsum. Von weitem sah es tatsächlich so aus, als würde ein herbstlicher Baum reiche Früchte tragen.

Unter dem unermesslichen Himmel in die goldgelbe Bergflanke gebettet, strahlte der mächtige schwarze Baum eine große, stille Erhabenheit aus. Luoying und Ankka betrachteten ihn wie gebannt. Keiner sagte ein Wort. Während die Sonne immer weiter vorrückte, wanderten ihre Blicke mit dem Schatten, der sich allmählich in die Schlucht zurückzog. Im letzten Moment, bevor der Baum von den Wurzeln bis zur Spitze verschwunden war, zeigte Luoying plötzlich auf den Fuß des Berges.

«Da … da sind ein H und ein S! Das sind die Initialen von meinem Großvater!»

«Du meinst, dein Großvater hat das …»

«Ja, ganz sicher.»

«Das könnte stimmen. Dann ist er hierhergeflogen und hat die Felsen aus der Luft bearbeitet.»

«Erinnerst du dich noch an den Apfel?»

«Ja.» Ankka nickte. «Du meinst, das ist ein Andenken?»

«Vielleicht.» Eine Welle der Erregung hatte Luoying erfasst. «Aber mir ist auf einmal noch etwas anderes in den Sinn gekommen.»

«Was?»

«Gestern haben wir doch über den Mars und die Erde gesprochen, richtig? Vielleicht sind beide Welten Äpfel, und es gibt zwischen ihnen keine Rangfolge. Sie sind nur an unterschiedlichen Zweigen gewachsen, aber sie stammen vom selben Baum.»

«Dann wäre jede Welt ein Apfel», murmelte Ankka.

Lange blieben sie so stehen, bis die Sonne schon hoch über die Berge gestiegen war und der strahlende Morgen endgültig Einzug gehalten hatte. Während sich das Licht über Staub und Felsen ergoss, glühten in ihren Gedanken die erloschenen Konturen des Baumes nach.

Da kamen in Luoying auf einmal wieder neue Worte hoch. Sie wusste sich selbst nicht zu erklären, warum ihr Gedächtnis seit dem Vorabend so gut war. Es war, als hätten sich die Worte im Moment des Lesens in sie eingegraben, um nun aus der Erde hervorzubrechen und zu einem mächtigen Baum heranzuwachsen. So natürlich wie Tränen aus trauernden Augen waren sie am gestrigen Abend aus ihr hervorgeflossen, und so geschah es auch jetzt. Leise sprach sie die Worte vor sich hin.

«Vereint mit unseren Brüdern durch ein gemeinsames Ziel, das außerhalb von uns liegt, nur so atmen wir frei. Und die Erfahrung lehrt uns, Liebe besteht nicht darin, dass man einander ansieht, sondern dass man gemeinsam in die gleiche Richtung blickt. Kameraden dürfen sich nur die nennen, die in der gleichen Gruppe angeseilt auf denselben Gipfel steigen.»

Ankka blickte sie mit ruhiger Miene an, in den Augen ein leises Lächeln. «Ist das auch aus dem Buch von gestern?»

«Nein.» Sie schüttelte den Kopf. «Das ist aus *Wind, Sand und Sterne.*»

«Wind, Sand und Sterne?», wiederholte Ankka.

«Ja. Wind, Sand und Sterne.»

Nach Anbruch des Morgens verbanden sie die Akkus, die sie in der Nacht benutzt hatten, wieder mit den Flügeln und breiteten diese im Sonnenschein vor der Höhle aus, damit sie die Energie des neuen Tages in sich aufnehmen konnten.

Nicht lange nachdem Ankka das Funkgerät wieder eingeschaltet hatte, meldete sich Long und fragte sie, ob sie ihn hören könnten und ob sie schon wach seien. Als Luoying den Kopf über den Felsrand streckte, sah sie unter sich das alte Bergwerksschiff. Gemächlich kam es aus der Schlucht herausgewankt, in der es die Nacht zugebracht hatte, und wackelte auf sie zu. Es strahlte dieselbe unerschütterliche Ruhe aus wie eh und je.

Wieder riss Miller das Gespräch an sich. «Na, habt ihr euch gestern Abend den Hintern abgefroren? Und zu essen und zu trinken hattet ihr wohl auch nichts? Wir haben gestern Abend ein Fressgelage veranstaltet. Wir haben Kürbiskuchen gebacken, und Weißwein hatten wir auch noch im Kühlschrank. Dann haben wir die Musik aufgedreht und die halbe Nacht Karten gespielt. He, Kingsley, was machen wir eigentlich noch hier?»

Ankka nahm seine Frotzeleien mit Humor. «Träum weiter. Aber pass auf, dass du nicht völlig abhebst.»

Dann fragte Long ihn eingehend, wie es um ihre Ausrüstung bestellt war. Als das Schiff genau unter ihrer Felsplattform zum Stehen gekommen war, ging in der Decke, die wie ein Schildkrötenpanzer gewölbt war, eine kleine Luke auf. Winzig wie eine Erbse kam Longs Kopf zum Vorschein. Seine Stirn glänzte hell unter dem Visier. Er schwenkte eine kleine Flagge, die er wer weiß wo aufgetrieben hatte, und zeigte damit auf einen Mast, der am Heck hervorragte.

«Könnt ihr das Netz sehen?»

«Ja.»

«Könnt ihr selbst runterfliegen?»

«Schwer.»

«Könnt ihr denn vielleicht ins Netz springen?»

Ankka schätzte die Entfernung und den Durchmesser des Netzes ab. «Das ist zu klein. Und zu weit weg.»

«Und was hast du dann vor?»

«Ich werfe dir gleich einen Akku runter, den kannst du erst mal aufladen.»

«Okay, kein Problem.»

«Nur keine Panik», neckte Ankka ihn. «Wenn es dir zu viel wird, kann Sorin das übernehmen.»

«Traust du mir etwa schon wieder nicht über den Weg?» Long lachte laut auf.

Dann begann Ankka mit seinen Vorbereitungen. Luoying sah ihm dabei zu und fragte sich, wie sie ihm helfen könnte. Am Vorabend hatte sie sich um ihren heutigen Aufbruch noch keine Sorgen gemacht. Erst jetzt, wo der Augenblick gekommen war, dämmerte ihr, dass ihr Vorhaben längst nicht so einfach war, wie sie geglaubt hatte. Gestern, als sie beide emporgeflogen waren, hatten die Turbinen an ihren Füßen noch Druckluft ausgestoßen, aber nun waren die Luftkammern fast leer. An einen Segelflug war auch nicht zu denken – dafür war die Höhle nicht hoch genug gelegen und die Felsplattform zu kurz, um die nötige Anlaufgeschwindigkeit zu erreichen.

Erschrocken bemerkte Luoying, dass Ankka ein Flügelpaar auftrennte. Behutsam löste er die Membranen von den Adern, aber statt die weichen und doch widerstandsfähigen Drähte auseinanderzureißen, wickelte er sie sorgsam zu einer langen Schnur, die sich bald als dickes Bündel auf dem Felsen häufte. Dann verband er einen Akku mit dem einen Ende der Schnur und warf ihn hinab, wie ein Seemann einen Anker über Bord wirft. Das Netz aus dicker Baumwolle, das am Heck des Schiffes hin und her wippte und eigentlich zum Beladen mit Gestein gedacht war, fing die Beute sicher auf.

Als der Akku im Schiffsbauch verschwunden war, band sich Ankka den mittleren Teil der Schnur um die Hüfte und befestigte ihn an seinem Gürtel. Dann, während Luoying immer noch rätselte, was er vorhatte, kam er zu ihr, schlang die Schnur zehn Meter weiter auch um ihre Hüfte und knotete sie fest. Schließlich machte er bei ihr und sich selbst je ein Paar Flügel am Rücken fest. Weil beide in der Nacht ein Paar Flügel als Treibhaus verwendet hatten und eben gerade ein weiteres Paar für die Schnur aufgetrennt hatten, waren von den vier Paaren nur noch zwei übrig.

«Schau gut zu, was ich gleich tue», erklärte Ankka, «und dann mach es mir einfach nach.»

Er stellte sich vor den Höhleneingang und winkte nach unten. Long signalisierte ihm, dass er verstanden hatte. Während sich das Schiff langsam in Bewegung setzte, richtete sich am Heck die schwere Fahnenstange auf, an der nun das eine Ende der Schnur befestigt war.

In diesem Augenblick nahm Ankka leichtfüßig Anlauf und sprang dem Schiff hinterher die Felsplatte hinab. Im Vorbeilaufen rief er Luoying noch grinsend zu: «Wie war das noch mit den Kameraden am selben Seil?»

Die zehn Meter Schnur, die beide voneinander trennten, waren ihm im nächsten Moment hinterhergerauscht, und ohne dass sie noch Zeit gehabt hätte zu erschrecken, sprang Luoying ihm wie eine Schlafwandlerin nach. Während sich ihre Füße vom Boden lösten, war ihr Kopf ganz leer. Halb fiel, halb segelte sie schräg in die Tiefe, den Klippen am Eingang zur Schlucht entgegen, die wie riesige Wellen auf sie zurasten. Sie konnte die Entfernung nicht abschätzen, aber sie näherte sich in schnellem Fall dem Boden. Gelähmt vor Angst war sie für ein paar Sekunden überzeugt, sie würde in der Tiefe zerschellen.

Aber schon im nächsten Moment verlangsamte sich ihr Fall – der Wind blähte die Flügel auf ihrem Rücken. Es war, als würde eine unsichtbare Hand sie und Ankka auffangen. Luoyings eben noch rasender Herzschlag beruhigte sich, der Flug verlor seinen Schrecken. Unter sich sah sie, wie die lange Schnur sich vom Flaggenmast schräg in die Lüfte spannte wie eine Drachenschnur – und sie selbst war der Drachen geworden.

Sie streckte Arme und Beine von sich und vertraute ihren Körper dem Zug der Schnur an, ohne sich noch länger zu sorgen. So segelte sie bald auf, bald ab dem Schiff hinterher. Nicht lange, und schon glitt die Schlucht an ihr vorbei. Noch ehe sie sich über die Beschaffenheit des Tals unter ihr klarwerden konnte, tauchte auf einmal eine zweite, V-förmige Schlucht aus gelbem Fels vor ihr auf.

«Heute nehme ich euch mal hierhin mit», rief Long aufgeregt. «Diesen Weg haben wir gestern entdeckt, als wir uns verstecken wollten.»

Schon war das Schiff in den breiten Eingang der Schlucht gefahren und überquerte eine freie Fläche, die sie bei ihrem Kommen nicht bemerkt hatten. Eine Weile folgte das Schiff dem schmaler werdenden Weg, dann bog es so abrupt zur Seite, dass Ankka und Luoying fast die Felswand geschrammt hätten.

«Kannst du nicht aufpassen?», schrie Ankka.

Long überging den Vorwurf und rief: «Weißt du, wo ihr gerade dran vorbeigekommen seid? Wir haben dort einen Gedenkstein entdeckt, auf dem steht: ‹Akira-Klippen›.»

«Was?!» Luoying schnappte nach Luft. «Das ist hier?»

«Genau!», bestätigte Long. «Das ist der Ort, den du gesucht hast!»

Luoying drehte sich um und starrte zu der Stelle zurück, die ihr Blick eben nur flüchtig gestreift hatte – hier also war ihr Großvater geboren, in dieser Schlucht mit dem mächtigen Gedenkstein. Sie war schon zu weit daran vorbeigeflogen, um noch irgendwelche Einzelheiten erkennen zu können. Aus der Entfernung sah die Schlucht aus wie jede andere. Ihre steilen, leuchtend roten Klippen standen dort in der unwandelbar selben Haltung wie seit Jahrtausenden. Sie erinnerten sich an keine Geburt und keinen Tod, an keinen Krieg, der ihretwegen ausgebrochen war, und an kein Zeichen der Ehrerbietung, das ihnen die Menschen dargebracht hatten. Luoying konnte die Augen nicht von diesen Klippen wenden, die langsam aus ihrem Blickfeld entschwanden.

Endlich hatte sie die Akira-Klippen gesehen.

Dann meldete sich Long wieder zu Wort. «Passt mal auf, was gleich rechts kommt», mahnte er.

Während hinter ihnen die Akira-Klippen verschwanden, tauchte vor ihnen wie aus dem Nichts eine weite Fläche auf.

Auch dies war ein Tal, aber ausgedehnter und flacher als das vom Vortag. Vor allem aber unterschied sich dieses Tal vom ersten dadurch, dass sich in seiner Mitte ein kreisrundes Gebäude aus blitzblankem, nagelneuem Metall erhob. Es strahlte etwas Bedrohliches aus, wie eine Spinne, die in ihrem Netz lauert, nur dass es mit seiner weißen und silbergrauen Stahlhülle tief im Boden verwurzelt und von allen möglichen Fluggeräten umgeben war. Sowohl auf dem Gebäude als auch auf den Fluggeräten prangte ein Flammenwappen.

«Ankka!», rief Luoying erschrocken. «Was ist denn das …»

Ankka sagte nichts.

«Könnt ihr erkennen, was das hier für ein Ort ist?», fragte Long unvermindert fröhlich. «Wir werden daraus nicht schlau. Wir haben nie gehört, dass es hier so was gibt. Das ist bestimmt was ganz Geheimnisvolles. Wenn wir wieder zurück sind, sollten wir alle uns mal gründlich umhorchen.»

Ankka sagte noch immer kein Wort.

«Könnt ihr denn was damit anfangen?», hakte Long nach.

«Äh ... nein», antwortete Luoying an Ankkas Stelle, und dabei fühlte sie eine wachsende Beklemmung.

Aber das Schiff bewegte sich so schnell voran, dass ihr keine Zeit blieb, sich zu sorgen. Mitten in ihre Grübeleien hinein ertönte Sorins Warnung.

«Achtung, wir kommen jetzt in die Ebene!»

Er hatte noch nicht ausgesprochen, da weitete sich ihr Blickfeld schlagartig ins Unermessliche.

Luoying fühlte, wie eine unsichtbare Kraft sie an der Hüfte emporhob. Sie flog nun schräg über dem Schiff und deutlich schneller als vorher, und dabei schwankte sie an der hochgewirbelten Schnur, die nun noch straffer gespannt war, hin und her.

Sie ließ den Blick in die Ferne schweifen, und er verlor sich im grenzenlosen Himmel und in der goldenen Ebene, die sich genauso grenzenlos darunter erstreckte. Die scharfe Scheidelinie zwischen Morgen und Abend reichte bis an den Horizont. Gelber Staub wirbelte zwischen Himmel und Erde empor. In der Ferne rückte Mars City langsam näher. Seine unzähligen gläsernen Kuppeln funkelten prachtvoll in der Sonne wie glühende Wolken über einem Meer aus gelbem Sand. Darüber spannte sich ein Netz aus blauen Röhren. An den Rändern verlor sich die Stadt im Ungewissen, als stiege sie empor zum Himmel.

In diesem Moment erschien Luoying die Stadt wie ein Brunnen in der Wüste, eine grüne Oase der Hoffnung, die alle Blicke magisch auf sich zog. Und ihr dämmerte, woher die Marsianer die Kraft zu ihren gefährlichen Expeditionen nahmen. Von klein auf hatte sie die Älteren auf weite Reisen gehen sehen. Voll glühendem Eifer waren sie in Erzlager eingedrungen, waren zum Jupiter geflogen und hatten mit ihren Raumschiffen die unterschiedlichsten Manöver im All vollführt. All das hatten sie nicht nur um des Überlebens willen getan, sondern weil sie hinter sich diese Stadt wussten, diese anmutige, gläserne Stadt. Mars City verkörperte Wärme, Licht, Sicherheit. Inmitten der Wüste barg die Stadt die Kraft der Sonne, inmitten der lebensfeindlichen Dürre die Hoffnung. Solange ihre Bewohner die Ränder der Stadt durch die endlosen Sandstürme schimmern sahen, flößte ihnen das den Mut zum Weiterfliegen ein. Solange sie in der kalten Ödnis die ferne Stadt sahen, fanden sie die Kraft zum Weiterkämpfen. Luoying fragte sich, ob ihre Eltern vor ihrem Unfall noch einen letzten Blick auf Mars City hatten erhaschen können – falls ja, mochte das ihr Leid gelindert haben.

Dies war das zweite Mal, dass sie mit Ankka über eine weite Ebene flog. Das erste Mal waren sie dem roten Feuerball der Abendsonne entgegengeflogen, unter sich Wolken wie eine mächtige Stadt. Diesmal flogen sie unter einem blauen Himmel ihrer Heimatstadt entgegen, die wie eine Wolke in der Ferne schwebte. Und es kam Luoying vor, als wäre auch sie selbst in eine Wolke verwandelt – sie musste nicht mehr lenken, keine Kraft mehr aufwenden, sie ließ sich schwankend mit dem Wind dem fernen Horizont entgegentreiben.

Unter ihr wirbelte der Staub empor, aber in ihrem Herzen fühlte sie eine grenzenlose Weite.

Auf dem Mars gibt es keine Wolken, aber aus der gelben Wüste wirbelten Schwaden von Staub empor. In banger Sorge blickte die Schar von Menschen, die im Parlamentssaal versammelt war, in die Ferne.

Das Parlamentsgebäude war ein ebenerdiger Bau mit einem

Grundriss, der sich aus einem Rechteck und einem Halbkreis zusammensetzte. Der Glasboden war wie Marmor gemasert. An den Längsseiten des Rechtecks ragten je vier hohe verzierte Säulen empor, die den steinernen Säulen eines griechischen Tempels nachempfunden waren. Zwischen ihnen erhoben sich mächtige Bronzestatuen, hinter denen Kriegsflaggen hingen. Im halbkreisförmigen Kopfstück der Halle thronte eine goldene Rednertribüne, in die das runde Wappen des Mars eingraviert war. Darunter stand in fünfundsiebzig Sprachen geschrieben: «Mars, mein Zuhause».

Die bogenförmige Wand hinter der Rednerbühne diente als riesiger Monitor. In diesem Moment sah man dort auf sandigem Untergrund vier mächtige Kriegsschiffe, auf deren silberweißen Hüllen das strahlende Licht der Sonne glitzerte. Wie in einer Schlachtreihe standen die Schiffe nebeneinander und trafen die letzten Vorbereitungen vor ihrem Start, während am Horizont der gelbe Sand emporstieg wie Wolken in der Abenddämmerung.

Von der Rednerbühne aus versuchte Hans mit ruhiger Stimme die Menge zu beschwichtigen, doch ihr nervöses Getuschel verstummte nicht eine Sekunde und kochte von Zeit zu Zeit hoch wie eine schäumende Woge. Die Leute liefen hin und her. Dabei klackten ihre Absätze hektisch und hell wie ein Trommelwirbel.

Die Menge war so in ihren Ängsten gefangen, dass sie kaum noch auf den Monitor achtete. Deshalb begriff anfangs kaum einer, was die fernen gelben Sandwolken, die allmählich näher kamen, zu bedeuten hatten. Die Mütter standen beieinander und tupften sich mit ihren Taschentüchern die Tränen von den Augen, während sich die Väter zum wiederholten Mal vor Hans aufbauten und ihn bedrängten, alle Hebel für eine großräumige Suche in Bewegung zu setzen.

Erst als das graubraune Bergwerksschiff nur noch einen Steinwurf weit entfernt und auch die Jugendlichen, die dahinter durch die Luft glitten, deutlich zu erkennen waren, dämmerte den im Saal versammelten Eltern, was sich da gerade vor ihren Augen abspielte. Sie stürzten zum Monitor, um alles Weitere zu verfolgen.

Eine tiefe Stille senkte sich über den Raum, ein angespanntes Schweigen, das niemand brechen wollte. Gebannt, mit offenen Mündern, starrten alle auf den Bildschirm.

Die Stille hielt an, bis die Stimmen der jungen Leute fröhlich hereinplatzten. Ihr Gelächter hörte man schon von weitem – schrill hallte es im Saal wider.

«Was war denn das gerade für ein Fahrstil? Du hast wohl zu viel gesoffen, was?»

«Bist du jetzt völlig verblödet? Ich musste so fahren, weil der Wind auf einmal von der Seite kam – sonst wärt ihr noch runtergefallen!»

Im Gehen nahmen sie sich die Helme ab, schüttelten sich die Haare und liefen mit Riesenschritten in die Halle, fröhlich wie ein frischer Windstoß, so als wollten sie geradewegs zum Himmel emporsausen. Aber schon im nächsten Moment fiel ihr Blick auf ihre Eltern. Sofort redeten sie leiser, senkten die Arme, gingen unwillkürlich aufrechter und bewegten sich langsam und gemessen.

Die Stille im Saal, starr wie eine Mauer, nahm ihnen den Wind aus den Segeln. Mitten in der Halle blieben sie stehen und tauschten wortlose Blicke miteinander aus. Niemand sagte mehr ein Wort. Die Erwachsenen bauten sich rings um sie auf. Manch eine Mutter wollte sich zu ihrem Kind stürzen, wurde aber von einem beherrschteren Vater zurückgehalten. Die Luft war wie gefroren.

Da räusperte sich Hans auf der Rednertribüne. Wie mit

einem stumpfen Messer schnitt seine Stimme durch die Luft. Auch seine Nase war spitz wie ein Messer und minderte den Eindruck der Erschöpfung, den sein ergrauendes Haar und seine Falten machten. Sein Blick war ruhig.

«Als Erstes», wandte er sich mit feierlicher Stimme an die jungen Leute, «möchte ich euch sagen: Wir sind froh, dass ihr alle wieder wohlbehalten zurückgekehrt seid. Eure Fähigkeiten und euren Mut habt ihr mit eurer Reise zur Genüge unter Beweis gestellt. Aber bitte haltet euch auch vor Augen, wie sehr ihr mit eurem Verhalten andere in Mitleidenschaft gezogen habt. Eure gänzlich unangemeldete, unverantwortliche Reise hat eure Eltern und Lehrer in große Sorgen gestürzt.»

Er legte eine Kunstpause ein und ließ den Blick von den jungen Leuten zu den Eltern wandern. Ihm entging nicht, wie angespannt viele die Hände ballten. Es herrschte eine tiefe Stille.

«Der wichtigste Schritt, den ein intelligenter Jugendlicher machen muss, um zu einem reifen Erwachsenen zu werden, ist der, dass er lernt, für sein Handeln die Verantwortung zu übernehmen», fuhr Hans fort. «Mit eurem Verhalten habt ihr gegen die städtischen Sicherheitsvorschriften verstoßen. Unerlaubt und eigenmächtig habt ihr die Stadt verlassen, habt einen Passierschein entwendet und nicht nur für euch selbst, sondern auch für die nationale Sicherheit eine große Gefahr heraufbeschworen – nicht auszudenken, wenn eure Reise einen weniger glücklichen Ausgang genommen hätte. So jung ihr auch seid, euer mutwilliger Leichtsinn kann nicht ungestraft bleiben – allein schon um euch doch noch zu verantwortungsvollen Bürgern zu erziehen.»

An die Eltern gewandt, fuhr er fort: «Aber angesichts der Tatsache, dass alle beteiligten Jugendlichen zu der Schülergruppe gehören, die wir auf die Erde entsandt haben, und dass sie im Rahmen ihres Aufenthalts dort mit einigen Dingen konfrontiert gewesen sind, für die sie noch keine angemessene Erklärung erhalten haben, sodass ihr seelisches Gleichgewicht empfindlich gestört worden ist – angesichts dieser Tatsache erkläre ich hiermit: Die Jugendlichen sollen zur pädagogischen Disziplinierung nur einen Monat voneinander getrennt bleiben und damit von allen weiteren Vorwürfen freigesprochen werden.

Gleichzeitig möchte ich diese Gelegenheit nutzen, um einige historische Tatsachen richtigzustellen. Im Zuge unserer Geschäftsverhandlungen mit der Erde vor zwei Jahren wurden die Schüler der Merkur-Gruppe tatsächlich als Geiseln eingesetzt, ohne dass sie davon Kenntnis erhalten hätten. Das war ein Fehler von uns, für den ich mich hiermit in aller Form bei den Mitgliedern der Gruppe entschuldige.»

Mit diesen Worten verbeugte er sich vor den jungen Leuten – zum Erstaunen aller Anwesenden, der Erwachsenen wie der Jugendlichen. Vorher hatten sich die jungen Leute alle möglichen Konsequenzen und Konfrontationen ausgemalt – nur eine solche Szene nicht.

«Aber ich hoffe, ihr glaubt mir, dass wir euch nicht als politisches Pfand auf die Erde entsandt haben. Ich hoffe, ihr glaubt mir das.»

Er überging das misstrauische Flüstern, mit dem die jungen Leute sich etwas zuraunten – das hatte er vorhergesehen –, und fuhr mit ruhiger Stimme fort: «Aber auch die in diesen Vorfall verwickelten erwachsenen Aufsichtspersonen müssen für ihre Taten die Verantwortung übernehmen und entsprechend bestraft werden. Als Erstes ist da der diensthabende Torwächter des Aru-Distrikts Warren Sangius. Nur seine Nachlässigkeit und Pflichtvergessenheit ermöglichte es den Jugendlichen, unbefugt die Stadt zu verlassen. Deshalb wird er mit sofortiger Wirkung in das Lagerzentrum der Bergwerksschiffe strafversetzt, wo er auf noch unbestimmte Dauer Wartungs- und Reparaturarbeiten übernehmen soll.

Der zweite Erwachsene, den wir zur Verantwortung ziehen müssen, ist Doktor Renny vom Krankenhaus Nummer 1 des Salilo-Distrikts. Er hat den Jugendlichen entscheidende Informationen zur Geschichte, Bionik und Biosensorik an die Hand gegeben. Obendrein hat er, obwohl er ihr Vorhaben kannte, es versäumt, sie davon abzubringen, sie zu beaufsichtigen und zu führen. Diese schwerwiegenden Verfehlungen müssten eigentlich entsprechend hart bestraft werden, aber angesichts des glimpflichen Ausgangs der ganzen Angelegenheit verkünde ich hiermit die folgende milde Strafe: Doktor Renny muss sein derzeitiges Labor verlassen und wird ins Archiv versetzt, wo er den Angestellten bei der Aufsicht über die historischen Akten assistieren soll. Ohne Sondererlaubnis ist es ihm von nun an nicht mehr gestattet, noch Tätigkeiten in Forschung und Lehre auszuüben. Diese Anordnung tritt mit dem heutigen Tag in Kraft.»

Hans sah noch einmal in die Runde, und für einen Moment ruhte sein Blick auf Luoyings bestürztem Gesicht. Dann schritt er durch eine Seitentür aus dem Saal, ohne sich noch weiter um den Aufruhr, der unter den jungen Leuten ausbrach, und um die fürsorglichen Verwarnungen ihrer Eltern zu kümmern.

EIN ANFANG UND ZUGLEICH EIN ENDE

Am Morgen von Rennys offiziellem Abschied besuchte Luoying zum letzten Mal die Dachterrasse des Krankenhauses. Seine meisten Habseligkeiten hatte Renny schon fortgeschafft, er kam nur noch ein allerletztes Mal, um ein paar Kleinigkeiten aufzuräumen.

Genau wie an den vorherigen beiden Tagen folgte ihm Luoying überallhin, aber das, was ihr auf dem Herzen lag, brachte sie nie über die Lippen.

Er hatte ihr ein paar kleine Präparate gegeben, die er nicht mehr brauchte, und damit stand sie nun wie benommen herum.

«Doktor Renny», brach es überlaut aus ihr heraus, aber als er sich zu ihr umdrehte, erstarb ihre Stimme. «Ni… nichts.»

Endlich half er ihr aus ihrer Verlegenheit. «Was meine Versetzung angeht …», fing er lächelnd an.

«Es tut mir leid, es tut mir leid, es tut mir leid …» Luoying verbeugte sich in einem fort, sodass die langen Haare an ihrem weißen Hals auf und ab schwangen.

«Das macht wirklich nichts.» Er hob die Stimme, um ihre Litanei zu übertönen. «Dein Großvater hat mir wieder die freie Wahl gelassen. Ich habe keinen Grund, unzufrieden zu sein.»

«Mein Großvater meint, an dem Tag, als wir die Stadt verlassen haben, hat er Sie angerufen. Stimmt das?»

«Ja.»

«Und was hat er Sie gefragt?»

«Ob ich Bescheid weiß.»

«Und was haben Sie geantwortet?»

«Dass ich es weiß.»

«Aber ich habe Ihnen doch gar nichts davon erzählt», sagte Luoying. «Warum haben Sie selbst die Verantwortung übernommen?»

Renny lächelte gleichmütig. «Weil das die Wahrheit ist.»

Sprachlos starrte sie ihn an. Er strahlte immer noch die alte unerschütterliche Ruhe aus.

An diesem Tag nahm Renny sie zum letzten Mal mit hoch auf die Dachterrasse. Es war noch früh am Morgen und die Terrasse war menschenleer. Die Sonne strahlte auf den glänzenden Boden, und das Wasser in dem kleinen Becken murmelte unberührt von allen menschlichen Sorgen vor sich hin.

Luoying stand an der Glaswand und blickte hinüber zu den fernen Klippen. Das lange feuerrote Band schien ihr an diesem Morgen wie verwandelt. Denn sie wusste nun, dass hinter diesen Klippen ein scheinbar ganz gewöhnlicher Krater lag, der den Namen Linda Seyes trug. Seit Jahrmillionen schlummerte dieser Krater dort verborgen zwischen den Bergen. Stürme hatten ihn geformt, und er hatte erlebt, wie der Wind den Boden geebnet und sich das Wasser im All verloren hatte und wie die Lava zu eisigem Gestein erstarrt war. Mit seinem düsteren, stummen Abgrund glich er Tausenden von anderen Kratern, aber in Luoyings Vorstellung verwandelte er sich in diesem Moment in ein Auge, das hell und klar zum fernen Himmel hochblickte und die Berge erleuchtete.

«Doktor Renny, ich habe noch eine letzte Frage.» Als sie den Kopf hob, fiel ihr Blick auf seine breite Stirn. Leise fuhr sie fort: «Warum sind uns manche Menschen körperlich nah, und sie bleiben uns doch fremd, und mit anderen sind wir kaum zusammen, und sie kommen uns doch so vertraut vor?»

Renny rückte seine Brille zurecht und zeigte mit einem Lächeln zum fernen Himmel. «Hast du dort eine Wolke gesehen?»

Luoying nickte. «Am Morgen habe ich einen feinen Dunsthauch gesehen.»

«Das ist richtig, hier auf dem Mars bekommt man höchstens einen dünnen Schleier zu Gesicht. Aber dieser Schleier enthält die Antwort auf deine Frage.»

«Wie meinen Sie das?»

«Eigentlich ist eine Wolke flüssig. In ihr schweben kleine Wassertröpfchen weit voneinander entfernt in der Luft. Jeder einzelne Tropfen ist frei in seinen Bewegungen, aber weil sie den gleichen Abstand zueinander haben, geben sie das gleiche Licht ab. Deshalb sehen sie aus wie ein leuchtendes Ganzes.»

Ach so, dachte Luoying. Wenn die Abstände stimmen, fängt es an zu leuchten.

Inzwischen hatte sie begriffen, was sie und ihre Freunde gemeinsam hatten. In den letzten drei Tagen, seit sie wieder zu Hause war, hatte eine Frage sie verfolgt: Warum erscheint uns so vieles natürlich und den anderen nicht? Ihr kam die dunkle Bühne in den Sinn, der Streit auf dem Schiff, die Nacht mit Ankka in der Höhle mit dem orange glimmenden Treibhaus, ihr helles Lachen, während sie beide mit ihren Flügeln durch die Luft glitten, und dabei konnte sie mit Händen greifen, was sie alle antrieb: eine kompromisslose Suche. Diese Suche war ein Ausdruck ihres Erwachsenwerdens. Ihre widersprüchliche Wanderschaft zwischen den Welten war ihr einziger fester Halt. Gemeinsam hatten sie eine Zeit der Irrungen und Wirrungen durchgestanden, und ihre Erfahrungen hatten sie zu dem gemacht, was sie heute waren. Diese Zeit war etwas so Reales, dass sie keinen Gedankenspielen mehr nachhängen mussten.

Luoyings Ängste fielen von ihr ab. Sie hatte einen Weg für sich gefunden: Ihr Leben musste keiner starren Route folgen, sie musste nicht auf ihre Freiheit verzichten, aber sie musste sich auch nicht mehr fürchten vor der Ferne und der Einsamkeit. Sie und ihre Freunde teilten die gleichen Abstände und damit das gleiche Licht.

Sie hatte sich selbst erkannt, und deshalb hatte sie von sich selbst Abschied nehmen können. Nun, da sie ihre Freunde erkannt hatte, konnte sie beruhigt auch von ihnen Abschied nehmen. Die Einsamkeit einer weiten Reise machte ihr keine Angst mehr, denn sie bildete mit ihren Freunden ein untrennbares Ganzes, eine Wolke aus Licht. Sie waren Samen eines Baumes – auch wenn der Wind sie in alle Himmelsrichtungen zerstreute, floss in ihnen dasselbe Leben.

Der Morgen war strahlend schön, die Stadt erwachte gerade erst. Luoying und Renny standen in der Stille vor der großen Glasfassade, zwei dunkle Gestalten in der Morgensonne.

Luoying musterte Renny von der Seite. Sie fragte sich, wie viel er wohl von dem ahnte, was in ihr vorging. Manchmal schien es ihr, als würde er ihr nur die simpelsten Dinge erzählen, aber dann kam es ihr wieder so vor, als würde er immer schon im Voraus wissen, was sie ihn fragen wollte.

Heute trug er Straßenkleidung: ein weißes Hemd mit hellgrünen Streifen und ein graues Baumwollsakko. Die Hände in den Taschen, stand er ruhig da und blickte schweigend in die Ferne. Sein ernster Mund verriet wenig über seine Gefühle. Wie beim ersten Mal, als sie auf die Dachterrasse gekommen waren, erinnerte er Luoying an einen Baum: Er bewegte sich kaum und ruhte in sich. Selbst seine Stimme, aufrecht und sanft, glich einem Baum.

Dann wurde die morgendliche Stille durch einen geisteskranken Mann gestört. Er stürmte auf die Terrasse und hämmerte wie von Sinnen gegen die Glaswand. Eine Gruppe von Ärzten und Krankenpflegern stürzte hinter ihm her und packte ihn. Mit lautem Schimpfen und sanftem Zureden führten sie ihn wieder hinein. Der Vorfall dauerte kaum länger als ein kurzes Gewitter. Zurück blieb eine Stille, die noch tiefer war als vorher.

Bevor Luoying ging, blickte sie Renny hoffnungsvoll an und fragte ihn: «Doktor Renny, darf ich Sie besuchen?»

«Ich bin dann kein Arzt mehr», antwortete er, «und meine Strafe sieht vor, dass ich auch nicht mehr unterrichten darf. Aber von einem Besuchsverbot ist nicht die Rede, also besuch mich, wann immer du willst.»

Luoying lachte.

Sie blickte durch die Glaswand. Sie wusste nicht, was die Zukunft ihr bringen würde, sie wusste nur: Ein Abschnitt ihres Lebens ging zu Ende, ein anderer begann. Still lag die weite Ebene vor ihr.

DRITTES BUCH

DIE WELT VON MORGEN

EIN EXIL WIRD WIRKLICHKEIT IN DEM MOMENT, IN DEM MAN NACH HAUSE KOMMT

In den tausendachthundert Tagen, die sie von zu Hause fort gewesen war, hatte Luoying sich nie als Exilantin empfunden. Ihre Heimat war ein Bild gewesen, das sie in ihrem Herzen trug. Erinnerungen von Wärme und Geborgenheit flossen darin zusammen, aber es nahm keine greifbare Gestalt an. Das Bild wandelte sich mit ihrem Gemütszustand; es umgab sie wie die Luft und verursachte dabei genauso wenig Reibungen. Zwischen ihr und ihrer Heimat hatte sich kein Bruch aufgetan, der Abstand schien rein physischer Natur zu sein.

Solange sie noch nicht fortgegangen war, schien ihre Heimat gestaltlos zu sein – der Himmel über ihr, die Erde unter ihr waren so unendlich viel größer als Luoying selbst, die dazwischen lebte. Sie konnte kein Ende, keine Grenze ausmachen. Auch als sie dann von zu Hause fort war, hatte ihre Heimat keine Gestalt gewonnen – zu fern war sie gerückt, an den Rand des Himmels. Verglichen mit dem neuen, fremden Himmel war sie bloß noch ein winziger, schimmernder Punkt im All, der keine Einzelheiten, keine Konturen zu erkennen gab. Aber ob sie nun überwältigend groß war oder verschwindend klein, immer zeigte ihre Heimat ihr ein sanftes, freundliches Gesicht, das so weich und glatt war, dass man sich an ihm unmöglich verletzen konnte. Stets schien die Heimat sie mit offenen Armen zu empfangen.

Die Unvereinbarkeiten traten erst zutage, als sie wieder zurückkehrte. Nun wurden die verborgenen Brüche zu einer handfesten Realität, die man sehen und greifen konnte, wie die Distanz zu einem anderen Menschen. Wie ein Puzzlestück war Luoying aus ihrer Heimat herausgefallen. Sie hatte geglaubt, sie könnte an ihren ursprünglichen Platz zurückkehren, aber nun entdeckte sie, dass sie nicht mehr in das Puzzle hineinpasste. Erst in diesem Moment verlor sie ihre Heimat wirklich.

Luoying und ihre Freunde waren dazu verurteilt, nie mehr nach Hause zurückzukehren. Sie hatten ein Schiff bestiegen, das für immer zwischen den Welten pendelte. Diese ewige Wanderschaft machte es ihnen unmöglich, sich zu einem Glauben zu bekennen. Wandernde Himmel waren ihr Schicksal geworden.

RUDY

Es war Zeit für eine Kaffeepause, und die Tür des Parlamentssaals öffnete sich. Rudy kam als Erster heraus. Mit beschwingten Schritten ging er zum Wandautomaten, nahm sich ein Glas kaltes Wasser und stürzte es in großen Schlucken hinunter.

Dieser Saal ist einfach zu klein, ging es ihm durch den Kopf. Alles daran ist eng und bedrückend. Warum hat man damals nur so gestümpert! Der Lichteinfall und der Luftaustausch sind eine einzige Katastrophe. Und die Stühle sind viel zu hart – ein ganzer Vormittag darauf treibt einen in den Wahnsinn. Dieser alte Kasten ist doch jetzt schon mindestens fünfunddreißig Jahre in Gebrauch – warum reißt man ihn nicht einfach ab und baut etwas Neues? All dieses Gerede von historischer Erinnerung! Das ist doch bloß bürokratische Erstarrung. Wenn man die Halle unbedingt zum Gedenken erhalten will, könnte man sie als Museum nutzen – aber doch nicht als Parlamentssaal! Alles bloß vorgeschoben. In Wahrheit sperren sich die Alten einfach gegen jede Veränderung. Ein Blick genügt, um das zu erkennen: alte Mauern, alte Wasserspender, ein vorsintflutliches Übertragungssystem. Immerhin ein cleverer Schachzug, so viele Menschen in einem derart finsteren Kabuff zusammenzupferchen, da wird man gleich doppelt so stumpfsinnig und trottet umso bereitwilliger auf den ausgetretenen Pfaden, zaudernd und träge. Eine derart günstige Gelegenheit kommt so schnell nicht wieder, was gibt es denn da noch zu zögern?

Was sollen wir die Tiefen des Universums erkunden! Warum kehren wir nicht erst einmal vor unserer eigenen Tür? Ich hätte gerade nicht so versöhnlich auftreten dürfen, ich hätte reinen Tisch machen sollen.

Er hatte das Gefühl, als würde das kalte Wasser durch seinen ganzen Körper strömen und ihn neu beleben. Selbst seine Ohrläppchen kühlten sich ein wenig ab. Er straffte seine Haltung und stieß einen tiefen Seufzer aus.

Dann kamen auch die anderen Abgeordneten grüppchenweise aus dem Saal, traten an den langen Tisch, bedienten sich bei den Snacks und beim Kaffee und unterhielten sich miteinander. Für die Abgeordneten war die Kaffeepause wichtiger als die eigentlichen Sitzungen: Dies war die Zeit, in der sie sich wirklich miteinander austauschten, hier sondierten sie mögliche Bündnisse und Koalitionen.

Die Abgeordneten Richardson und Chakra gingen an Rudy vorbei, ohne ihn eines Blickes zu würdigen. In ein leises Gespräch vertieft, schlenderten sie über den dunkelgoldenen Boden, der filigran wie ein Teppich gemustert war, und steuerten auf das andere Ende der Lounge mit der großen, dunklen Eingangstür zu. Bald waren sie seinen Blicken entschwunden.

Dass sie ihm so offensichtlich die kalte Schulter zeigten, brachte Rudy ins Grübeln. Hatte er bei der Sitzung gerade eben womöglich einen zu arroganten Eindruck erweckt? Als Richardson sich an ihn hatte wenden wollen, hatte er sich weggedreht und so getan, als würde er der Abgeordneten Susan zuhören. War das ein allzu unverblümter Affront gewesen, oder war es Richardson gar nicht weiter aufgefallen? In Wahrheit hatte er sich noch nicht einmal vorsätzlich zu Susan gedreht, geschweige denn eine Provokation damit bezweckt, aber wie er sich nun eingestehen musste, hatte er damit unweigerlich respektlos gewirkt.

Tatsächlich lehnte er Richardsons Haltung auf Schärfste ab. Von allen Anhängern der Flusspartei war er der starrsinnigste: Er war felsenfest davon überzeugt, der Mensch könne die Natur nicht besiegen. Für die leidenschaftliche Entschiedenheit, mit der Rudy das Gegenteil verfocht, hatte er bloß Verachtung übrig, und das kränkte Rudy.

Ich mache es gleich wieder gut, nahm er sich vor. Immerhin war Richardson einer von der alten Garde – da gehörte es sich nicht, ihn in aller Öffentlichkeit zu brüskieren. Er fürchtete nicht etwa Richardsons Groll, ihn störte seine eigene Unbeherrschtheit. Der Groll eines Einzelnen beschränkt sich auf ihn selbst, aber mit einem Mangel an Selbstbeherrschung macht man sich viele zum Feind. Mit einem Lächeln in den Krieg zu ziehen, das ist die wahre Kunst, sagte er sich zum wiederholten Mal.

Er trank noch ein Glas Wasser und fühlte sich gleich deutlich entspannter und ausgeglichener.

In diesem Moment trat der Abgeordnete Franz zu ihm und nickte ihm lächelnd zu. Franz war ein dicker Glatzkopf in den Vierzigern, der wie der typische gutmütige Einfaltspinsel aussah. Aber in Wahrheit, das wusste Rudy, war er mit allen Wassern gewaschen. Er hatte seinen Standpunkt nie zu erkennen gegeben und sich in der gesamten Debatte stets alle Optionen offengehalten, sodass beide Seiten um seine Gunst buhlten. Rudy befiel eine leise Nervosität.

«Was halten Sie von der Diskussion gerade eben?», fragte Franz noch immer lächelnd.

Rudy rief sich die Debatte noch einmal vor Augen – sie waren keinen Schritt weitergekommen – und antwortete bedächtig: «Das hängt davon ab, wie man es betrachtet. Einerseits sind sich beide Seiten genau über die Standpunkte der Gegenseite im Klaren, und es gibt praktisch keine Missverständnisse, was ein Vorteil ist. Andererseits waren sie sich auch schon vorher darüber im Klaren – eigentlich von Anfang an.»

Franz lachte höflich und fragte: «Wie lange sind Sie jetzt schon im Parlament?»

«Zweieinhalb Jahre.»

Franz nickte. «Ihren Antrag eben fand ich sehr interessant.»

Rudys Herz schlug schneller, aber er bemühte sich, so ruhig wie möglich zu antworten: «Danke. Für Ihre Meinung dazu wäre ich sehr dankbar.»

«Haben Sie jetzt einen Moment Zeit? Ich habe noch ein paar kleine Fragen.»

«Aber natürlich», antwortete Rudy. «Es ist mir eine Ehre.»

Plötzlich verschwand das Lächeln aus Franz' Gesicht, und er kam ohne Umschweife zur Sache. «Sie haben gesagt, Ihr Plan ermöglicht bequeme Höhenwechsel, ist das richtig?»

«Ja, das ist richtig. Beim Leben in den Bergen stellt der Vertikalverkehr ein großes Problem dar.»

«Und als Lösung schlagen Sie magnetische Röhrenwagen vor?»

«Nicht Röhrenwagen, Gleitwagen.»

«Und was für einen Vorteil bringt das gegenüber dem früheren Vorschlag?»

«Man braucht keine Röhren mehr zu bauen. Das ist der Hauptvorteil. Genauso wie man die Häuser als einzelne, unabhängige Einheiten planen kann, könnte man auch die Gleitwagen unabhängig von irgendwelchen Röhren konstruieren und fahren. Das würde die Verkehrsplanung wesentlich erleichtern und beträchtliche Baukosten einsparen.»

«Aber wenn ich das vorhin richtig verstanden habe, erfordert Ihr Vorschlag Magnetfelder im Boden, oder? Die Erzeugung solcher Felder kostet doch ebenfalls Geld.»

«Das ist richtig, aber gerade in diesem Punkt kommen die

Vorteile meiner Lösung zum Tragen. Ich habe das schon überprüft: Die Magnetfelder in den marsianischen Gebirgen sind ziemlich stark. Wenn wir nach der Erschließung der Berge die Stromkreise vereinheitlichen, würden diese Felder hervorragende Voraussetzungen für einen magnetisch gestützten Verkehr bieten. Warum es diese Magnetfelder gibt, ist noch ungeklärt – vielleicht hängt ihre Existenz mit den Entstehungsmechanismen der Gesteinsformationen zusammen. Aber jedenfalls könnten wir uns auf diese Weise die natürlichen Gegebenheiten dort zunutze machen und so die Kosten deutlich senken. Das ist auch ein wichtiger Grund dafür, dass ich mich der Bergpartei angeschlossen habe.»

«Aber warum nehmen wir dann nicht gleich Aufzüge? So ein Lift wäre doch die einfachste Form des Vertikalverkehrs.»

«Dafür müssten wir erst Schächte in die Berge schlagen, und das über Hunderte von Höhenmetern – und zwar nicht bloß einen, sondern viele.»

Mit einem Lächeln und einer knappen Verbeugung führte Rudy sein Gegenüber zu einem Computerterminal. Er loggte sich in seinen Account ein und öffnete einige Skizzen – einfache, von Hand gefertigte Zeichnungen, die ein Bergmassiv aus den unterschiedlichsten Perspektiven zeigten. Über die ganze Höhe der Felswand erstreckten sich lange Reihen von Höhlen, jede mit Fassaden, Türen und Fenstern im Stil von Mars City – es sah aus, als hätte man die ganze Stadt, in die Senkrechte gestreckt, in den Berg verpflanzt. Kreuz und quer zwischen den Höhleneingängen verlief ein Netz von Gleisen, auf denen halbkugelförmige Wagen verkehrten. Sie hingen dort wie Knöpfe, die man an die Klippen genäht hatte.

Rudys Plan war eine weiterentwickelte und verfeinerte Version des Vorschlags der Bergpartei. Im Kern war deren Plan denkbar einfach: Man wollte einen großen Meteoritenkrater nahe dem Äquator besiedeln, die verlassenen Höhlenwohnungen aus der Vorkriegszeit neu beziehen und den Grund des Kratertrichters in einen See verwandeln. Ein Teil des Wassers sollte verdunsten, emporsteigen und als Niederschlag wieder herabfallen, sodass sich ein Pflanzenbewuchs entwickeln und ein Ökosystem entstehen könnte. Rudy hatte die ganze Szenerie noch detailreicher ausgeschmückt: Um jede Höhlenwohnung herum hatte er unterschiedliche Pflanzen und Bäume gruppiert, zwischen denen die magnetisch gesteuerten kleinen Wagen umhersausten. All das verlieh seinen Skizzen eine beeindruckende Lebendigkeit.

Beim Sprechen beobachtete Rudy den Abgeordneten Franz, aber dessen Miene verriet nichts darüber, was in ihm vorging. Rudy hielt das für ein gutes Zeichen. Franz gehörte zu den wenigen Menschen, die er bewunderte – er hatte viele Artikel zu aktuellen politischen Fragen veröffentlicht, und obwohl er nicht zur alten Garde gehörte, hatten seine Worte Gewicht. Er selbst war bloß ein ganz gewöhnlicher Abgeordneter, dem sich nur selten die Gelegenheit bot, das Wort zu ergreifen, und seine Arbeit erschöpfte sich weitgehend in Nebensächlichkeiten. Umso klarer stand ihm die Hierarchie unter seinen gut hundertsechzig Kollegen vor Augen. Wenn er die Unterstützung einer so einflussreichen Persönlichkeit wie Franz gewinnen konnte, würde das seinem Vorschlag beträchtlichen Aufwind bescheren.

Schweigend blickte Franz auf den Bildschirm und scrollte sich durch die Entwürfe.

Während Rudy ihm zusah, war ihm eines klar: Wenn man im gegenwärtigen Stadium die konkurrierenden Pläne gegeneinander abwog, ging es nicht mehr um irgendwelche philosophischen Konzepte, sondern um ganz konkrete Fragen wie die Rationierung von Strom, den Transport von Gütern, die Aufteilung in Wohnviertel und nicht zuletzt um das Budget, das für jeden einzelnen Schritt vonnöten war. Technologische Lösungen und eine effiziente Ressourcennutzung waren dabei um einiges überzeugender als höhere Werte. Wenn jede Seite für sich reklamierte, ihr Plan bringe für die größte Zahl von Marsianern den größten Nutzen, dann mussten nackte Zahlen sprechen. Diese Gelegenheit, das wusste Rudy, musste er beim Schopf ergreifen. Wenn die von ihm entwickelte Technologie dabei half, einen konkreten Plan umzusetzen, würde auch er selbst davon profitieren.

Würde Franz seinen Plan gutheißen und all die, die seinem Urteil vertrauten, auf seine Seite ziehen?

Es war alles eine Frage der Bündnispolitik. Wer mehr Mitstreiter gewann, würde am Ende die Oberhand erringen. Die radikalen Lager – sowohl das konservative als auch das progressive – waren beide in der Minderheit. Eine vergleichsweise große Gruppe hatte von Anfang an unschlüssig geschwankt. Von den gegenwärtigen Zahlenverhältnissen her schien das konservative Lager, das gegen eine Verlegung von Mars City eintrat, zwar die besseren Karten zu haben, aber von der großen Gruppe der Unentschiedenen tendierten nicht wenige eher zu den progressiven Umsiedlungsbefürwortern. Diese bauten vor allem auf die grundsätzliche Überzeugungskraft ihrer Haltung. Rudy war nur ein kleiner Fußsoldat in ihrem Lager, aber das tat seinem leidenschaftlichen Fortschrittsglauben keinen Abbruch. Er beobachtete Franz, der noch immer auf den Bildschirm blickte – und je länger er das tat, desto mehr wuchs Rudys Zuversicht.

Als Franz alle Entwürfe und Skizzen überflogen hatte, hob er bedächtig den Kopf und fragte: «Können Sie mich einmal mit in Ihr Simulationslabor nehmen?»

«Jetzt?» Rudys Herz raste vor Freude. «Aber natürlich, wann immer Sie wollen.»

Als Rudy gegen Abend nach Hause kam, ging er schnurstracks ins Arbeitszimmer seines Großvaters.

Hans stand am Fenster und studierte ein umfangreiches Buch. Hinter ihm ragten dicht an dicht die Regale in die Höhe. Eine Reihe von dicken Bänden mit festen Einbanddeckeln und vergoldeten Lettern waren dort in strenger Ordnung aneinandergelehnt, als wollten sie zu einem mächtigen Gedenkstein verschmelzen. Rudy wagte nicht, sich lautstark bemerkbar zu machen, denn er wusste, wie sehr sein Großvater es hasste, bei der Lektüre gestört zu werden. Die Bücher – das hatte er schon als kleines Kind begriffen – verlangten eine andächtige Stille. Sie waren die wahren Hüter dieses Hauses. Und sie waren bedeutend, denn aus ihnen sprachen die erhabenen Ideale und Prinzipien, an denen sein Großvater die Menschen maß. Papier war auf dem Mars sehr kostspielig. Nur eine verschwindend geringe Zahl von Büchern konnte in den Druck gehen, und nur einer entsprechend kleinen Zahl von Auserwählten war der Besitz von so vielen erstarrten Worten vergönnt. Bei all seinem Stolz wusste Rudy doch: Die Bücher musste er ehren.

Als Hans seinen Enkel hereinkommen hörte, drehte er sich um und legte den Band beiseite.

Rudy blieb im Türrahmen stehen und sagte leise: «Da bin ich wieder, Großvater.»

Hans nickte und fragte: «Am Nachmittag bist du vorzeitig gegangen, oder?»

«Das stimmt», gab Rudy zu. «Ich habe Franz unser Labor gezeigt.»

«Und was hat er gesagt?», fragte Hans ruhig. In seiner Stimme schwang weder Lob noch Tadel mit.

«Er fand es sehr interessant», antwortete Rudy. «Er hält meinen Plan für realisierbar. Damit könnten wir nicht nur die Kosten für den Röhrenbau sparen, sondern auch die Energieressourcen perfekt nutzen. Die Magnetbahnen könnten ihre Energie direkt aus den Solarmodulen an den Felswänden beziehen, und später könnten wir auch noch die Lageenergie des fließenden Wassers auf den Bergen nutzen. Außerdem ...»

«Ich weiß. Ich kenne den Plan», unterbrach ihn Hans sanft. «Du hast keine Zeit verloren.»

Rudy stutzte. Er versuchte, aus Hans' Miene herauszulesen, was sich hinter seinen Worten verbarg, aber das gleichmütige Gesicht des alten Mannes ließ sich nicht deuten. Rudy schwieg für eine Weile, und in der Stille des Zimmers lag eine leise Verlegenheit.

Am Vorabend hatte Hans seinem Enkel verraten, er wolle die Entscheidung dem Parlament überlassen. Damit setzte er eine Tradition fort, die mit den Abstimmungen über Ceres und den Handel mit der Erde begonnen hatte. Das Parlament, so hatte Hans erklärt, solle schließlich nur über das Bauvorhaben entscheiden, darüber, welcher Plan sinnvoll und realisierbar war. Über die zukünftige Lebensweise der marsianischen Gesellschaft habe das Parlament dagegen keineswegs Entscheidungsgewalt. Aber Rudy wusste es besser: Die Gestalt von Mars City würde auch das Leben ihrer Bewohner bestimmen. Er hatte keine Zweifel geäußert, aber sofort angefangen, nach einer geeigneten Lösung zu suchen. Ebendiese Geistesgegenwart hatte Hans gemeint, als er ihm bescheinigt hatte, er habe keine Zeit verloren.

«Großvater», unterbrach Rudy das Schweigen, das ihm unbehaglich war, «verzeih mir, wenn ich so direkt frage: Bist du für oder gegen eine Umsiedlung?»

Statt zu antworten, fragte Hans zurück: «Warum willst du das wissen?»

«Viele junge Leute hoffen darauf, dass wir umsiedeln. Denn dann würde sich ihnen eine einmalige historische Gelegenheit bieten, sich hervorzutun. Entsprechend würden sie bei einem Volksentscheid wählen. Bei einer Parlamentsabstimmung würden dagegen all die älteren und etablierten Abgeordneten naturgemäß dazu tendieren, den Status quo zu bewahren, denn das würde ihrer Position am meisten nützen. Ein Parlamentsentscheid begünstigt also eine konservative Lösung, richtig?»

Wieder erwiderte Hans die Frage mit einer Gegenfrage: «Ist das auch der Grund für deine eigene Wahl: Du willst dich hervortun?»

Rudy fühlte sich ertappt. «Ja», gab er zu und nickte. «Aber ich wüsste nicht, warum ich mich dafür schämen sollte. Ich bin nicht anders als die meisten Menschen.»

«Das ist richtig.» Hans nickte leicht. «Aber ich glaube nicht, dass all das am Ende eine Rolle spielen wird.»

«Nein? Ich glaube schon.»

«Du hast es ja heute gesehen: Selbst wenn die Entscheidung nun beim Parlament liegt, habt ihr immer noch gute Siegchancen.»

Wieder versuchte Rudy aus Hans' Miene schlau zu werden: Lag darin ein Anflug von Spott oder Traurigkeit? Doch sein Großvater betrachtete ihn mit derselben nüchternen Aufmerksamkeit, als läse er ein Buch. Aus irgendeinem Grund wirkte die Gegenwart des alten Mannes immer ein wenig einschüchternd auf Rudy. Ihm schien es, als wüsste sein Großvater stets im Voraus um jeden seiner Schritte und ließe sich dabei selbst nie in die Karten schauen. Als Rudy ihm vorschlug, dem Parlament mehr Zeit zum Debattieren einzuräumen, meinte Hans nur, er werde es sich gut überlegen.

Nach ihrem Gespräch blieb Rudy im Gang stehen. Er fragte sich, ob sein Großvater genauso unruhig wie er selbst der Entscheidung des Parlaments entgegenfieberte. Er spürte, wie die Ungeduld an ihm nagte. Nur ungern gestand er sich den wahren Grund dafür ein, warum er so versessen auf eine Umsiedlung war: So unterschiedlich die Zukunftsszenarien auch aussahen, die er sich ausgemalt hatte, immer thronte er selbst auf einem Berggipfel und dirigierte die Bauarbeiten. Die Vorstellung, die Erfüllung dieses Traums könnte ihm verwehrt bleiben, war ihm unerträglich. Gleichzeitig aber schämte er sich für seinen brennenden Ehrgeiz. Als Kind hatte er immer geglaubt, er werde sich später selbstlos in den Dienst der Allgemeinheit stellen und alle seine Urteile von einer streng objektiven Warte aus fällen. Heute hatte er sich zum ersten Mal zu seinen wahren Motiven bekannt – er wusste nicht, ob er das aus dem Hochgefühl heraus getan hatte, das ihm sein nachmittägliches Erfolgserlebnis beschert hatte, oder weil er der ruhigen Kraft erlegen war, mit der die Worte seines Großvaters auf ihn gewirkt hatten.

Während er noch vor der Tür des Arbeitszimmers stand, hörte er vom anderen Ende des Ganges zwei Mädchenstimmen. Sein langer Schatten, der einen dunklen Fleck auf dem Boden bildete, stach gegen diese hellen Stimmen seltsam ab. Obwohl er nicht in Plauderlaune war, schlenderte er aus alter Gewohnheit zu Luoyings Zimmer hinüber.

Die Tür stand offen, und kaum trat er in den Türrahmen, fiel sein Blick auf Jill.

«Rudy!», begrüßte sie ihn freudig.

Er nickte ihr zu und wandte sich dann an Luoying: «Wie fühlst du dich heute? Wie ist deine Stimmung?»

Ihm fiel auf, dass ihr hochgestecktes Haar ein wenig zerzaust war und ihre Stirn von Schweiß glänzte. Offensichtlich war sie gerade erst nach Hause gekommen.

«Meine Stimmung ist gut, und das war sie auch vorher schon.» Luoying lächelte matt.

«Ach Quatsch!» Jill stupste sie am Arm. «Sie hat jetzt immer ganz komische Laune», erklärte sie mit einem Lächeln zu Rudy. «Ich glaube, sie hat Liebeskummer!»

Jill brach in ein verschämtes Gekicher aus, und obwohl sie von Luoying gesprochen hatte, errötete sie selbst.

Rudy horchte auf. Er hielt ihren Verdacht nicht für abwegig. Nichts wäre alltäglicher gewesen für ein Mädchen in ihrem Alter. Luoyings Zustand hatte ihm in letzter Zeit Sorgen bereitet. Manchmal saß sie, die Arme um die Knie geschlungen, endlos lange am Fenster, ohne irgendetwas zu tun, und wenn man sie fragte, was mit ihr los sei, gab sie keine Antwort. Und gelegentlich war sie plötzlich einfach verschwunden, ohne vorher Bescheid zu sagen, und wenn man sie hinterher fragte, wo sie gewesen sei, rückte sie nicht damit heraus. Wenn sie wirklich unglücklich verliebt war, hätte das wenigstens ihr seltsames Verhalten erklärt.

«Red keinen Unsinn», wies Luoying ihre Freundin leise zurecht. «Da ist nichts dran.»

Sie sagte es so beiläufig, dass es beinahe überzeugend wirkte.

«Was genierst du dich denn so!» Jill zwinkerte Rudy zu. «Rudy, du musst sie mal richtig ausfragen. Ich kann jedenfalls kaum glauben, dass da nichts im Busch ist. Schau dir nur mal an, wie beschäftigt sie den ganzen Tag mit ihrer Bastelei da drüben ist. Ich wette, das wird ein Geschenk!»

Als Rudy in die Richtung blickte, in die Jill zeigte, entdeckte er am Fenster einen chaotischen Haufen aus Pappe, Metallgestellen und Seidenbändern. Manches davon lag noch lose herum, anderes war schon miteinander verbunden, aber welche Gestalt und Funktion das Ganze einmal haben sollte, erschloss sich ihm nicht. Immerhin konnte man schon erkennen, dass es ziemlich groß werden würde. Rudy hatte keine Ahnung, seit wann dieses Zeug dort lag – er jedenfalls sah es zum ersten Mal.

«Ich habe dir schon gesagt, dass das kein Geschenk ist», verneinte Luoying leise.

«Was ist es denn dann?»

«Nur eine Ankündigung.»

Das Verhalten seiner Schwester weckte Rudys Neugier – ihre Stimme klang, als wollte sie etwas verheimlichen, und er wunderte sich.

«Eine Ankündigung wofür?», fragte er nach.

«Für ein Treffen der Merkur-Gruppe.»

«Hat man euch nicht getrennt?»

«Nur für einen Monat, und der ist bald vorbei.»

«Und wer hat dieses Treffen initiiert?»

Luoying ahnte, worauf Rudy hinauswollte, und antwortete kurzerhand: «Jedenfalls kein Junge, also hört bloß auf, wild drauflloszuraten. Es geht nur um eine Diskussionsrunde, die Shania auf die Beine gestellt hat. Und was ich hier mache, ist wirklich kein Geschenk.»

«Shania? Ist das nicht das Mädchen, das dich im Krankenhaus besucht hat?»

«Ja.»

«Sie macht Gymnastik, oder? Und was für eine Diskussion soll das werden?»

«Ja, sie ist Gymnastin, aber sie hat auch schon immer gern klassische Abhandlungen gelesen.»

«Was für klassische Abhandlungen?»

«Na ja, einfach ein paar …»

«Rudy!», rief Jill dazwischen.

Als Luoying und Rudy zu ihr hinüberblickten, errötete sie im ersten Moment, als hätte sie vergessen, was sie eigentlich sagen wollte.

«Es ist schon spät», fiel es ihr offenbar wieder ein. «Ich muss jetzt nach Hause.»

«Ist gut.» Rudy nickte achtlos. «Komm bald mal wieder.»

«Rudy?» Jill stand noch nicht auf, sondern zeigte zur Seite. «Kannst du das da für mich tragen?»

Rudy drehte sich um und entdeckte einen Topf mit einer großen Blume. Sie kam ihm vertraut vor, auch wenn er die Art nicht hätte benennen können.

«Die ist aus unserem Garten», erklärte Luoying. «Weil Jill diese Blumen so gernhat, habe ich ihr eine geschenkt.»

Notgedrungen erhob sich Rudy, obwohl er Kopfschmerzen hatte, und begleitete Jill nach unten, in den Armen den Blumentopf. Gern hätte er die Gelegenheit genutzt, um mit Luoying zu reden, aber ein unterbrochenes Gespräch ist wie verwehter Rauch. Ihm war klar, was Jill von ihm wollte, aber sie war ihm nur lästig. Seine Gedanken kehrten zu Shania zurück. Nur selten machte ein Mädchen gleich bei der ersten Begegnung einen so tiefen Eindruck auf ihn: ihr Augenaufschlag mit den dichten Wimpern, die sich aufschwangen wie die Flügel eines Vogels. Ihre stolze Haltung, die etwas Erotisches ausstrahlte. Ihre Figur, die zierlich und doch weiblich war. Sie war eine natürliche Schönheit, die es nicht nötig hatte, sich herauszuputzen. Und sie konnte sagen, was sie wollte – sie interessierte ihn als Mensch. Unter normalen Umständen hätte er Luoying nicht so direkt nach ihr gefragt. Heute hatte sich zum ersten Mal die Gelegenheit dazu geboten.

Als er mit Jill das Haus verließ, drehte er sich noch einmal zu seiner Schwester um. Sie blickte gedankenverloren aus dem Fenster zum Horizont.

«Rudy», sagte Jill, «ich habe gehört, du willst jetzt deine Magnetsitze auch anderswo bauen?»

«Ja», brummte Rudy geistesabwesend.

«Super!» Jill lachte freudig. «Ich frage mich, ob man die Liftsitze in Zukunft nicht in Form eines großen C bauen könnte.

An die Dächer könnte man dann Gardinen aus farbigem Tüll hängen.»

«Warum nicht», murmelte Rudy ohne jedes Interesse an einem Gespräch.

«Und könnte man dann nicht unter dem Sitzgeländer eine kleine Plattform anbauen und mit Blumen bepflanzen?», fragte Jill mit wachsender Begeisterung.

«Wie du willst.»

«Und vor jedem Fenster eine Parkzone?»

«Wozu denn das?»

«Damit die Jungen auf ihre Mädchen warten können.» Sie strahlte ihn an. «Vielleicht hätte das keinen praktischen Nutzen, aber es ist doch langweilig, immer nur an den Nutzen zu denken. Der Mensch muss kreativ sein!»

Kreativ. Resigniert blickte Rudy sie an und seufzte im Stillen.

Folgte man Jills Logik, wäre die größte Erfindung auf dem Mars nicht der Datenserver oder der Kernfusionsantrieb gewesen, sondern die Kleinmechanik – kleine Geräte, praktisch, bequem, computergesteuert, die Gegenstände komplett zusammenmontieren konnten. Je nachdem, welchen Bauplan man eingab, nahmen die gleichen Ausgangsteile ohne großen Aufwand ganz unterschiedliche Gestalt an. Ursprünglich war diese Technik nur für einzelne unabhängige Computerarbeitsplätze gedacht gewesen, aber dann wurde sie weiterentwickelt, wurde von Galeman im Hausbau und von Tyler in der Bekleidungsindustrie angewendet. Frauen, sinnierte Rudy, glaubten immer, man müsse bloß das Äußere von etwas ändern, und schon sei man kreativ. Also wechselten sie ohne vernünftigen Grund hier eine Farbe, fügten dort eine Schleife hinzu und nannten es Neukonstruktion. Aber was änderte es schon am eigentlichen Konzept, wenn man einem Sitz einen Eierschalenlook verpasste? Wie gut, dass es die Kleinmechanik gab – dann konnten sich die Frauen den ganzen Tag damit vergnügen, am Design herumzupfuschen.

Frauen. Man musste ihnen etwas zu tun geben, sonst würden sie die Welt ins Chaos stürzen.

Abends um halb neun betrat Rudy, wie er es sich zur Gewohnheit gemacht hatte, das Don Juan, eine Bar, die in letzter Zeit zu einem bevorzugten Treffpunkt der Parlamentarier geworden war. Nachdem er die auf antik getrimmte kleine Tür aufgestoßen hatte, blieb er einen Moment am Eingang stehen und ließ seinen Blick ringsum schweifen. Richard, Ward, Franz und Juan, alle waren sie da, wie er erfreut feststellte. Alle.

Das Don Juan war nicht groß, aber dennoch beliebt. Gegenüber den meisten anderen Bars hatte es den Vorteil, dass es nur einen großen, langen Tisch besaß, während anderswo ein paar Stühle um kleine, weit auseinanderstehende Tische gruppiert waren. Rings um den Tisch mit seinen lachenden und schwatzenden Gästen verlief in einer Zickzacklinie die Theke, an der man zwanglos umherschlendern, trinken und plaudern konnte. Das Licht war eher schummrig, und es gab nur die üblichen vier, fünf Sorten Alkohol, aber die dekorierten Wände mit ihren Monitoren strahlten eine verführerische Vitalität aus, die sich auf die Gäste übertrug.

Rudy suchte sich einen Platz am Tisch, schenkte sich ein halbes Glas ein und schloss sich dem allgemeinen Geplauder an. Ein Bein gegen die Tischkante gestützt, lehnte er sich zurück und wippte auf dem Stuhl nach hinten. Jemand in der Runde gab Klatsch und Tratsch zum Besten, den man am helllichten Tag lieber für sich behielt. Ab und zu erschallte lautes Gelächter, und Rudy stimmte mit ein. Neben ihm saß ein rotbackiger Glatzkopf mittleren Alters, der ein wenig stotterte. Auf der anderen Seite des Tisches steckte Franz den Kopf mit seinem Nebenmann zusammen, um irgendetwas zu besprechen. Richard stand an der Theke hinter dem Tisch und blickte auf seine Uhr, als warte er auf jemanden.

Von weiter weg steuerte Juan, das runde Gesicht vom Alkohol gerötet, auf Rudy zu. Unterwegs scherzte er mit den anderen Gästen und klopfte ihnen unter dröhnendem Gelächter mit der schweren Pranke auf die Schulter. Gleichzeitig gab er Rudy mit kurzen, aber eindringlichen Blicken Signale, aber Rudy tat, als hätte er nichts gesehen.

«Du wolltest damals Kabeljau, da bin ich mir absolut sicher!», johlte Juan einem beschwipsten Gast zu.

«Nie im Leben!», widersprach der lachend. «Ich habe seit zwei Jahren keinen Kabeljau mehr gegessen!»

«Ausgeschlossen! Ich erinnere mich noch genau. Wollen wir wetten? Wir können Lucy fragen, die war damals auch dabei.»

«Meinetwegen. Aber wozu? Ich werde mich ja wohl noch erinnern, was ich gemacht habe.»

Rudy unterhielt sich mit dem Glatzkopf neben ihm, aber er hörte kaum richtig zu. Das Glas in der Hand, hing er seinen Gedanken nach. All die Schritte, die er in den letzten zwei Jahren unternommen hatte, und seine jüngsten Pläne kamen ihm in den Sinn. Inmitten des feuchtfröhlichen Gelächters gingen ihm die zahlreichen Erinnerungen durch den schon beschwipsten Kopf.

Zwei Jahre war es nun her, dass er Mitglied des Parlaments geworden war. Er brachte dem Abgeordnetenhaus widersprüchliche Gefühle entgegen. Eigentlich mochte er es, ein Teil davon zu sein, aber es frustrierte ihn auch zunehmend. Früher hatte er sich einen kometenhaften Aufstieg ausgemalt, aber die Realität sah anders aus: Niemand hörte ihm zu, niemand ließ sich von seinen glänzenden Studienleistungen und seinem vorzeitigen Abschluss beeindrucken, niemand hielt große Stücke auf ihn, nur weil er der Enkel des Generalgouverneurs war, niemand machte Anstalten, seiner Brillanz zuliebe irgendetwas an den gewohnten Verfahrensweisen zu ändern, ja, es hielt ihn überhaupt niemand für brillant. Die anderen Abgeordneten hatten ihre eigenen Erfolgsgeschichten und verfolgten ihre eigenen Interessen. Zum ersten Mal in seinem Leben ließ man ihn links liegen. Deshalb war er in seinem ersten Jahr so frustriert gewesen, als wäre er von einer Wolke in einen tiefen Abgrund gestürzt.

Aber er hatte schnell gelernt, sich anzupassen. Auch wenn es ihm widerstrebte, zog er sich zum ersten Mal in die hintere Reihe zurück. In der Datenbank überflog er die Akten jedes einzelnen Abgeordneten, machte sich mit ihren persönlichen Hintergründen und akademischen Errungenschaften vertraut, mit all ihren Anträgen, ihrem Wahlverhalten, der Resonanz, die sie aus der Bevölkerung erhalten hatten, und den Beschwerden, die man gegen sie erhoben hatte, ihren politischen Tendenzen und Standpunkten. So komplex die Machtverhältnisse im Parlament auch waren, sie nahmen für ihn allmählich klare Konturen an wie das dreidimensionale Bild eines großen Gebirges. Er lernte, mit einiger Treffsicherheit die Gesprächsmuster in der Bar zu erkennen und die ungefähre Richtung der Geldströme, die hier verhandelt wurden, zu erahnen. Und er spielte all die Spielchen, die er früher für unter seiner Würde gehalten hätte. Davon erzählte er niemandem, nicht einmal seinem Großvater.

Und trotzdem glauben die Leute noch, bei mir sei immer alles glatt gelaufen, ging es ihm durch den Kopf. Sie haben ja keine Ahnung. Viele sitzen den ganzen Tag mit einer Miene herum, als wäre ihnen der Himmel auf den Kopf gestürzt, dabei geht es nur um irgendeine Kleinigkeit wie eine nicht bestandene Prüfung. Es ist absurd! Der einzig wahre Schicksalsschlag ist, wenn Ideal und Realität auseinanderklaffen. Aber selbst wer keine Ideale hat, jammert, was für ein schweres Schicksal er erleiden muss.

Er leerte sein Glas. Als er es wieder absetzte, saß Juan neben ihm. Noch immer mit einem breiten Grinsen auf dem Gesicht legte der Ältere ihm den Arm um die Schulter und prostete ihm zu. Rudy spürte das Gewicht seines Armes auf der Schulter, aber er gab sich alle Mühe, ein unbeschwertes Lächeln aufzusetzen, und stieß mit Juan an.

«Du kommst genau richtig», flüsterte Juan ihm zu. «Ich habe gerade eine Nachricht bekommen.»

«Was für eine Nachricht?», fragte Rudy leise.

Immer noch grinsend, antwortete Juan: «Auf der Erde haben sie gerade entschieden, eine neue Verteidigungsbasis auf dem Mond zu errichten.»

«Ach! Haben die etwa Lunte gerochen?»

«Mit Sicherheit.»

«Und was haben Sie jetzt vor?»

«Schnellstmöglich handeln. Die Sache duldet keinen Aufschub. Wenn sie ihre Basis erst mal errichtet haben, ist es zu spät.»

«Verstehe. Soll ich etwas tun?»

«Ich sage dir noch Bescheid.»

Juan klopfte Rudy lachend auf die Schulter, als hätte er ihm gerade einen unanständigen Witz erzählt, und Rudy spielte das Spiel mit. Bald danach erhob sich Juan, scherzte ein bisschen in die Runde und manövrierte seinen massigen Körper zur Theke, wo er sich mit der größten Selbstverständlichkeit zu einem hochgewachsenen Mann gesellte und mit ihm zu plaudern anfing. Unterdessen ließ Rudy den Kopf sinken, als wäre er betrunken, und grübelte vor sich hin.

Neue Projektgruppen entstanden überall, und für jeden war

es mit Händen greifbar, dass der Mars in ein neues Stadium seiner Entwicklung eintreten würde. Egal, ob die natürliche Umwelt oder die soziale Struktur, alles würde sich ändern, wie eine Maschine, die man neu zusammenbaut, und jeder machte sich seine Gedanken, welchen Platz er in der neuen Ordnung einnehmen wollte.

Rudy hatte keine Ahnung, in welche Richtung sich der Mars entwickeln würde, aber eines wusste er: Sie würden Geschichte schreiben. Zum ersten Mal in der Geschichte der Menschheit würde ein ganzer Planet gezielt umgestaltet werden. Alle Dinge wandelten sich, und die Zukunft war voller Möglichkeiten und Unwägbarkeiten. Rudy fühlte, wie erregt er war. Wer an den bevorstehenden Umwälzungen mitwirkte, würde vielleicht Schuld auf sich laden, und trotzdem würden zukünftige Generationen ihn um diese historische Chance beneiden. Eine solche Zeit des Umbruchs brauchte eine straffe Führung. Wer sich in diesen Tagen hervortat, würde einen zentralen Platz auf der politischen Bühne der Zukunft einnehmen, genau wie sein Großvater und seine Kameraden in der Zeit nach dem Krieg. Rudy war sich sicher: Er war gut vorbereitet.

SHANIA

Shania war vor der Welt stets auf der Hut. Sie wusste, dass sie manchmal zu argwöhnisch war, dazu neigte, nichts und niemandem zu glauben, und das war nicht gut. Aber sie konnte nicht anders. Luoying kam ihr wie das genaue Gegenteil vor: übertrieben leichtgläubig. Luoying glaubte an das Gute im Menschen, auch wo es ganz abwegig war, und verschloss die Augen vor den Tatsachen. Da übertrieb es Shania lieber ein wenig mit ihrem Selbstschutz. Sie glaubte nicht an die Liebe, genauso wenig wie sie daran glaubte, dass die Mächtigen nur das Allgemeinwohl im Sinn hatten.

Als Rudy sie aufsuchte, war sie gerade damit beschäftigt, eine Leinwand mit dem Slogan für das geplante Treffen zu bemalen. Anfangs bemerkte sie ihn nicht, und als sie aufblickte und ihn sah, stand er schon neben ihr, und es war zu spät, die Leinwand noch zu verdecken.

«Mach ruhig weiter. Ich will dich nicht stören.» Rudy versuchte, sie locker anzulächeln.

«Willst du was?»

«Nein.»

Sie biss sich misstrauisch auf die Lippen.

«Was malst du denn da?», fragte er.

«Ein Plakat.»

«Das sieht man heutzutage selten, dass jemand noch mit der Hand malt. Wieso machst du das nicht einfach am Computer?»

«Weil es nicht gut aussieht», antwortete Shania knapp.

Den wahren Grund verschwieg sie ihm: Sie hoffte, von dem Treffen mit ihren Freunden keinerlei Spuren auf dem Datenserver zu hinterlassen – egal ob im öffentlichen oder privaten Raum, denn das machte in ihren Augen keinen Unterschied. Sobald man etwas im System schriftlich fixierte, konnten die Administratoren es einsehen. Zwar war es ihnen laut den Vorschriften untersagt, in der Privatsphäre der Nutzer herumzuschnüffeln, aber Shania vertraute ihnen nicht.

«Und was soll dieses Plakat ankündigen?», fragte Rudy immer noch lächelnd, die Hände in den Hosentaschen.

«Woher wusstest du überhaupt, dass ich hier bin?», fragte sie zurück. Sie hatte keine Ahnung, was er von ihr wollte, und war sich unsicher wie viel er wusste.

«Wenn ich sagen würde, ich bin einfach so vorbeigekommen, würdest du mir dann glauben?»

«Nein.»

Rudy lachte. «Na gut, ich gebe es zu. Luoying hat mir gesagt, dass ihr euch manchmal nachmittags hier trefft.»

«Und was hat sie sonst noch gesagt?»

«Sonst nichts. Wirklich. Wenn ich sie frage, was ihr vorhabt, antwortet sie nicht.»

«Und was willst du jetzt hier?»

«Dich sehen, mehr nicht.»

Er blickte ihr geradeheraus in die Augen. Sie erwiderte seinen Blick einen Moment lang, aber dann zuckte ein spöttisches Grinsen um ihre Mundwinkel. Sie hatte ihn durchschaut und wusste, welche Absichten er ihr gegenüber hegte. Sein Gesichtsausdruck verriet das nur allzu deutlich. Und sie hatte keine Lust, dieses Spiel mitzuspielen.

Also ergriff sie wieder ihren Pinsel und wandte sich der Leinwand zu. Sie hatte nie wirklich Malen gelernt und beschränkte sich darauf, den Rand zu verzieren. In der Mitte prangte der Slogan in großen Lettern, zackig wie Soldaten, die sich mit erhobenen Waffen ins Gefecht stürzen.

«‹Lieber sterben als in Unfreiheit leben›», las Rudy neben ihr vor. «Wofür malst du denn das?»

«Für eine Diskussionsveranstaltung.»

«Und was wird da diskutiert?»

«Ob wir frei sind oder nicht.»

«Du findest, wir sind unfrei?»

«Ebendas werden wir ja diskutieren», erwiderte Shania kühl. «Ich bilde mir da kein vorschnelles Urteil.»

«Wie definierst du denn Freiheit?»

«Als Möglichkeit, selbst über sein Leben zu bestimmen.»

«Aber die Zufälle des Lebens wird der Mensch nie beherrschen können. Dagegen sind wir machtlos.»

«Es reicht mir schon, wenn sich mir keine anderen Leute in den Weg stellen.»

Rudy fand dieses Gespräch hochspannend. Er hatte sich vorgebeugt, einen Arm auf einen Tisch gestützt, und sein Blick wanderte zwischen Shanias Plakat und ihr selbst hin und her. Sie befanden sich in einem Park an einer kleinen Umsteigestation. In der Mitte standen zwei lange, große Glastische, ringsum verstreut einige würfelförmige Sitzgelegenheiten – ein Ort wie geschaffen für kreative Arbeiten, aber auch für eine kleine Zusammenkunft. Rudys blondes Haar funkelte golden, aber Shania hielt den Blick gesenkt.

«Ach ja», fiel es Rudy plötzlich ein, «was du da neulich im Krankenhaus über eure Zeit auf der Erde gesagt hast, das habe ich für euch als Antrag im Parlament eingebracht.»

Wachsam blickte Shania auf. «Was für ein Antrag?»

«Ich habe euren Eindruck weitergegeben, dass die vielen Anpassungsschwierigkeiten im Rahmen eures Aufenthalts euch psychisch belastet haben. Mein Vorschlag war, das zuständige Komitee solle seine Bewertungskriterien noch einmal überdenken, einen anderen Durchführungsmodus für den Aufenthalt festlegen und im Vorfeld die ausgewählten Schüler besser vorbereiten und psychologisch betreuen.»

Shania senkte den Blick wieder. «Du hast nicht verstanden, was ich gemeint habe.»

«Was hast du denn gemeint?»

«Den Aufenthalt allgemein, keine einzelnen Details.»

«Du meinst, man sollte überhaupt niemanden auf die Erde schicken?»

«Du kannst das vielleicht nicht verstehen, aber wir haben eine andere Welt kennengelernt, und das kann man nicht wieder rückgängig machen. Wir fühlen uns hier nicht mehr zu Hause, nicht in dieser ...» Sie suchte nach einem passenden Ausdruck. «... dieser Erstarrung.»

«Und ob ich das verstehe.» Rudy lächelte. «All diese Technokraten, die es hier gibt.»

«Ja, genau.»

Rudy nickte. «Mir geht das genauso auf die Nerven.»

«Wirklich?»

«Natürlich. Ich habe in meinen Artikeln schon öfter unseren Behördenapparat kritisiert.»

Shania musterte ihn einen Moment, die Ellbogen auf den Tisch gestützt, ehe sie sagte: «Dann kann ich dir ja die Wahrheit sagen: Wir treffen uns, weil wir eine Kampagne gegen das technokratische System auf dem Mars starten wollen. Wir fordern, dass die Zuteilung von Häusern und Wohnungen und die Zugehörigkeit zu einem Studio nicht mehr so starr festgelegt sind. Die ganze Gesellschaft soll wieder flexibler werden.»

«Ach ja?» Rudys Augen leuchteten voller Interesse auf. «Das ist eine gute Idee!»

«Findest du wirklich?»

«Aber ja», antwortete er entschieden. «Ich bin dabei. Wenn ich euch irgendwie helfen kann, tue ich das gern.»

Shania zögerte einen Moment, aber dann nickte sie. Sie fragte sich, ob er ihre Ansichten wirklich teilte oder bloß Begeisterung heuchelte, um ihr näherzukommen. Aber dann fand sie, dass Letzteres auch nicht weiter schlimm gewesen wäre. Ihr Ziel und das ihrer Freunde war es schließlich, Unterstützer zu gewinnen – je mehr, desto besser. Und als Bruder von Luoying und Enkel des Generalgouverneurs war Rudy doppelt wertvoll. Wenn er öffentlich anerkannte, dass sie für eine vernünftige Sache eintraten, würde das ihrer Bewegung einigen Auftrieb geben. Je länger sie darüber nachdachte, desto mehr schwand ihr Misstrauen. Sie gab zwar keine Freude über seine Zustimmung zu erkennen, aber als er anbot, ihr zu helfen, ihre Leinwände beiseitezustellen, wies sie ihn auch nicht zurück.

Am nächsten Tag, auf dem Weg zum Wohnungsamt, erzählte Shania Luoying von ihrer Begegnung mit Rudy. Rudys Interesse an Shania überraschte Luoying nicht, aber mit der aufgeschlossenen Einstellung, die er dabei an den Tag gelegt hatte, hatte sie nicht gerechnet.

«Ich erinnere mich noch, wie ich vor einem Monat manchmal die Revolution erwähnt habe und mein Bruder strikt dagegen war», bemerkte Luoying.

«Ich bin mir auch nicht sicher, was er wirklich denkt», erwiderte Shania. «Er meinte lediglich, er habe auch etwas gegen die Technokraten.»

«Das kann allerdings sein.» Luoying nickte. «All die Restriktionen von oben sind ihm schon immer gegen den Strich gegangen. Und er sagt oft, dass unser Behördenapparat eine Fehlkonstruktion ist.»

Gemächlich schlenderten sie auf das Zentrum für Gemeinschaftsaktivitäten des Russell-Distrikts zu. Das Zentrum war kaum besucht. Sie kamen an kreisförmigen Räumen vorbei, die am Wochenende alle möglichen Klubs beherbergten – für bildende Kunst, Kochkunst und Tanz. An gewöhnlichen Wochentagen jedoch lagen die Räume still und verwaist da, und alles, was man hinter den Glasscheiben erkennen konnte, schien seltsam leblos. Sie folgten einem breiten, geraden Weg Richtung Süden. In der Mitte des Wegs zog sich ein mit Bäumen bestandener Grünstreifen entlang, an den Seiten verliefen von Büschen und Bäumen gesäumte Pfade, die zum Spazierengehen einluden.

«Dein Bruder hat auch gesagt, er will uns helfen.»

«Tatsächlich? Wie denn?»

«Das hat er nicht erläutert. Er meinte nur, wenn er uns helfen könnte, würde er das gern tun.»

«Das ist doch eine gute Nachricht.»

«Aber ich habe keine Ahnung, ob er das nicht bloß so dahingesagt hat.»

«Mach dir da mal keine Sorgen.» Luoying lächelte verschmitzt. «Selbst wenn er es nur so dahingesagt hat, hat er es getan, weil er mit dir ausgehen will, und deshalb wird er es sich auch nicht so schnell wieder anders überlegen.»

Shania errötete und zwickte Luoying in den Arm. «Red keinen Quatsch.»

Luoying wich ihr lachend aus. «Und ich bin am Ende die Dumme: Wenn es zwischen euch beiden gut läuft, muss ich dich noch Schwägerin nennen!»

«Träum weiter!», rief Shania entschieden.

«Magst du meinen Bruder etwa nicht?»

«Ich mag niemanden.»

«Auch nicht Sorin?»

«Nein.»

«Warum denn nicht?»

«Das habe ich dir schon mal gesagt», erklärte Shania mit Nachdruck. «Ich glaube nicht an die Liebe.»

«Bist du für so eine definitive Meinung nicht noch ein bisschen zu jung?», lachte Luoying. «Was verstehst du denn schon davon!»

«Ich glaube einfach nicht daran. Ich glaube an das, was Long gesagt hat: Jeder denkt nur an seinen eigenen Vorteil. Mit der sogenannten Liebe ist es auch nicht anders: Da verfolgt doch jeder auch nur seine egoistischen Absichten.»

«Und was für Absichten hat mein Bruder deiner Meinung nach?»

«Ich weiß nicht», erwiderte Shania. «So etwas kann man nicht immer gleich erkennen. Vielleicht treibt ihn seine Eitelkeit an. Er ist Lob gewohnt, und nun ist er einmal einem fremden Mädchen begegnet, das anders ist – da fühlt er sich herausgefordert. Er sucht Selbstbestätigung, mehr nicht.»

«Das wäre doch gar nicht so schlimm. Zumindest würde es beweisen, wie attraktiv du bist.»

«Von wegen! Es gibt zwei Möglichkeiten: Entweder handelt er bloß aus einem flüchtigen Impuls heraus, oder er ist zu eingenommen von sich selbst und seinen Qualitäten.»

«Warum bist du nur immer so extrem?» Luoying ergriff ihre Hand. «Sorin hatte völlig recht.»

«Nein, du bist zu naiv», erwiderte Shania. «Lass mich dich eins fragen: Traust du Ankkas Gefühlen?»

Luoying stutzte einen Moment, ehe sie auflachte. «Warum fängst du denn jetzt damit an! Findest du Ankka etwa nicht vertrauenswürdig?»

«Das habe ich nicht gesagt. Ich meine nur: Gefühlen kann man nie trauen.»

«Weißt du etwas, das ich nicht weiß?»

«Nein. Aber stell dir eine Frage: Kannst du sicher sein, dass du ihm etwas bedeutest? Hat er es dir gesagt?»

«Nein.»

«Und kannst du sicher sein, dass er jemand ist, der seinen Gefühlen traut?»

«Ja, ich denke schon.»

«Wir vertrauen ihm nur, weil wir ihn zu kennen glauben. Aber wir haben keinerlei Garantie.»

«Was für eine Garantie willst du denn noch?»

«Es gibt keine.» Shania zuckte mit den Schultern. «Das ist ja das Problem. Viele Leute halten es schon für Liebe, wenn sie beim Anblick eines anderen Menschen Attraktion und Erregung spüren, aber später ist es dann vorbei mit der Leidenschaft.»

«Wo hast du bloß all deine Theorien her?»

Luoying gab sich immer noch sorglos, aber ihre Stimme verriet einen Anflug von Verunsicherung. Sie schaute hinunter auf den Pfad und versank in Schweigen. Als Shania zu ihr hinübersah und die Hand vor ihrem Gesicht schwenkte, drehte sich Luoying ihr zu und lächelte sie an, und Shania erwiderte ihr Lächeln. Wortlos, von Zweifeln bedrückt, gingen beide weiter. Shania war sich selbst nicht sicher, ob sie recht hatte. Ihr Problem war, dass sie immer alles durchschauen wollte. Luoying war das genaue Gegenteil. Aber genauso wenig wie es ihr selbst gelang, alles zu durchschauen, konnte Luoying vor allem die Augen verschließen. Sie redeten nicht darüber, aber beide wussten es. Shania fragte sich, ob sie endlich einmal Vertrauen fassen sollte und daran glauben, dass jemand nicht aus Egoismus handelte, sondern es aufrichtig meinte.

«Jedenfalls möchte ich anderen Menschen lieber vertrauen», sagte Luoying, als hätte sie Shanias Gedanken gelesen. «Und ich hoffe, dass auch du wenigstens einmal im Leben jemandem bedingungslos vertrauen kannst, egal wer es ist.»

Shania schwieg einen Moment, ehe sie lächelnd erwiderte: «Das wäre schön.»

Das Wohnungsamt lag im ersten Stock des Zentrums für Gemeinschaftsaktivitäten. Nur eine Frau mittleren Alters saß darin, die in dem weiträumigen Zimmer verloren wirkte. Normalerweise war das Büro gar nicht besetzt, nur nach Vereinbarung kam eine Aushilfskraft. Entsprechend schlicht waren die Büroausstattung und die Einrichtung gehalten. Die Frau thronte kerzengerade in der Mitte des Raums hinter einem leeren, blitzblanken Tisch.

«Wer von euch möchte sich denn anmelden?», fragte sie mit einem strahlenden Lächeln. Höflich, aber auch ein wenig skeptisch wanderte ihr Blick über den Brillenrand hinweg zwischen Luoying und Shania hin und her.

«Wir möchten den Antrag für einen Freund stellen», antwortete Shania.

«Warum kommt er denn nicht selbst?»

«Das ...» Shania warf einen Blick hinüber zu Luoying. «Es soll ein Geschenk für ihn sein, deshalb weiß er noch nichts davon.»

Die Frau lachte, offenbar amüsiert von so viel jugendlicher Einfalt. «Liebes Mädchen, da kann ich euch leider nicht helfen. Da muss euer Freund schon persönlich vorsprechen. Die nötige Erklärung ist nur gültig, wenn der Betreffende sie per Fingerabdruck unterzeichnet. Andernfalls könnten wir uns dieses Büro sparen, schließlich wäre eine Übermittlung auf elektronischem Weg über den Datenserver viel bequemer.»

Shania und Luoying sahen einander ratlos an. Damit hatten sie nicht gerechnet.

«Können wir nicht zunächst für ihn den Antrag stellen»,

versuchte es Luoying schließlich, «und wenn der Bescheid da ist, kommen wir noch einmal mit ihm her?»

«Wir wollen ihm nur dabei helfen, ein kleines Häuschen zu bauen», ergänzte Shania.

«Genau», bestätigte Luoying. «Wir packen auch gern selbst mit an. Wir waren schon im Bauamt und haben das Material ausgesucht, und auf einen Baustil haben wir uns auch schon geeinigt. Aber die Leute dort haben uns gesagt, wir müssten uns zuallererst hier bei Ihnen anmelden und einen Standort festlegen. Vorher könnten sie nicht anfangen zu bauen.»

«Tun Sie uns doch bitte diesen Gefallen», bat Shania. «Der Betreffende hat uns sehr geholfen.»

«Bitte seien Sie so gut», bat auch Luoying.

Mit nachsichtiger, aber auch ein wenig hilfloser Miene hatte ihnen die Frau zugehört und dabei die Brille abgenommen. Offensichtlich hätte sie den Redefluss ihrer Besucherinnen gern unterbrochen, hatte sich am Ende aber doch in ihr Schicksal gefügt. Nun, als die erwartungsvollen Blicke der jungen Frauen auf ihr ruhten, suchte sie, die Ellbogen auf den Tisch gestützt und die Hände ausgebreitet, einen Moment nach den richtigen Worten, ehe sie zu einer betont höflichen Antwort ansetzte.

«Es ist nicht so, dass ich euch nicht behilflich sein möchte. Aber wir haben unsere Bestimmungen, an die wir uns halten müssen. Ich kann euch allenfalls dabei helfen, wie ihr am besten weiter vorgeht. Könnt ihr mir vielleicht die Heiratsanmeldung der Person mitbringen?»

«Das …», stammelte Luoying verlegen, «das geht leider nicht.»

«Ich fürchte, dann kann ich nichts für euch tun. Nur mit dem entsprechenden Dokument des Trauungsamts können wir hier eine Anmeldung vornehmen.»

«Er ist ledig.»
«Ledig?»
«Ja.»
«Und was will er dann mit einem Haus? Dann sollte er doch eine Single-Wohnung haben, oder nicht?»

«Ja, schon, aber die ist so klein. Früher war das nicht weiter schlimm, da hatte er noch ein Labor und einen Aufenthaltsraum, aber jetzt hat er sonst gar nichts mehr, und es bleibt ihm einfach zu wenig Raum für sich selbst. Deshalb hoffen wir, wir können ihm helfen, ein Haus zu bauen, das ein bisschen größer ist.»

In das Gesicht der Frau trat wieder der leicht mitleidige Ausdruck. Anscheinend wusste sie nicht recht, was sie sagen sollte. Schließlich ergriff sie ein leeres Blatt Papier vom Tisch und begann darauf einen simplen elektrischen Schaltplan zu kritzeln, während sie zu einer Antwort ansetzte.

«Ich weiß nicht, wie ich es euch am besten erklären soll», fing sie unverändert liebenswürdig an. «Ich kann nur sagen ... Unser Amt funktioniert eigentlich wie dieser elektrische Widerstand hier oder wie diese Diode dort ... Entschuldigt, mein Fachgebiet sind Schaltkreise, nur damit kenne ich mich wirklich aus ... Unsere Funktion besteht darin, die Unterlagen des vorigen Amtes anzunehmen und sie an das nächste Amt weiterzuschicken, genau wie ein Widerstand Elektronen weiterleitet. Der Widerstand trifft keine eigenständigen Entscheidungen, er kann nicht eigenmächtig ein Elektron erzeugen – das ist die Aufgabe der Stromquelle. Sonst würde das reine Chaos ausbrechen. Deshalb tut es mir sehr leid, aber ich kann tatsächlich nichts für euch tun.»

Diese ebenso einfache wie aufrichtige Erklärung wirkte wie eine kalte Dusche auf die beiden Besucherinnen.

Shania biss sich auf die Lippe. Sie wollte immer noch nicht

klein beigeben, aber Luoying zog sie an der Hand und schüttelte den Kopf. «Vergiss es.»

Dann drehte sie sich wieder zu der Frau hinter dem Tisch um. «Vielen Dank. Könnten Sie uns vielleicht sagen, an wen wir uns am besten wenden sollten?»

«Ich denke», antwortete die Frau nach kurzem Überlegen, «ihr erkundigt euch am besten beim Trauungsamt. Das Vordringlichste ist jetzt, eine Frau für euren jungen Mann zu finden. Wenn er erst einmal verheiratet ist, bekommt er auch ohne Probleme ein Haus.»

Luoying und Shania gingen einen weiten, leeren Gang entlang. Für die Plakate an den Wänden hatten sie keine Augen. Sie steuerten das Trauungsamt an, das in einer anderen Ecke desselben Gebäudes lag, liefen über sanft geschwungene Treppen, bis sie auf eine verschlossene Tür stießen. Das Amt war menschenleer. Weil sie keinen Termin vereinbart hatten, war das auch nicht weiter verwunderlich. Das Glück schien sie für diesen Tag im Stich zu lassen. Durch die Glastür hindurch erspähten sie an der Wand gegenüber einen weißen Ziertisch, der aus Blumen zusammengesetzt schien. Dahinter hingen einige gerahmte Fotos.

In diesem Moment kam eine alte Dame die Treppe herunter und ging an ihnen vorbei.

«Guten Tag!», rief Luoying ihr hinterher. «Entschuldigen Sie, wissen Sie ... wissen Sie vielleicht, ob dieses Amt ...»

Sie wusste nicht weiter und blickte hilfesuchend zu Shania.

Die alte Dame verzog den faltigen Mund zu einem liebenswürdigen Lächeln. Sie machte einen sehr hilfsbereiten Eindruck. «Ja?»

«Wissen Sie vielleicht», sprang Shania ihrer Freundin bei, «ob dieses Amt dabei helfen kann, einen Ehepartner zu finden?»

Die Frau musterte die beiden neugierig. «Ihr wollt ...?»

«Nein, nein», stellte Shania eilig klar. «Nicht wir. Ein Freund von uns.»

«Ach so.» Die Dame nickte. «Warum geht er denn dann nicht auf die Kennenlernpartys? Die finden doch jedes Wochenende statt.»

«So was ... Das macht er nicht so gern.»

«Aha. Dann lasst mich mal überlegen.» Die Frau schien ernsthaft nachzudenken. «In welchem Studio arbeitet er denn?»

«Im Moment in keinem.»

«In keinem?» Die Dame runzelte die Stirn, als hätte sie gerade etwas Unvorstellbares gehört.

«Hm. Er hilft im Archiv aus.»

«Ach so.» Sie überlegte einen Moment. «Also Mädchen, aus meiner Erfahrung würde ich zwar nicht sagen, dass euer Freund ein hoffnungsloser Fall ist, aber es wird sehr schwer.» Nach einer Pause fügte sie hinzu: «Sehr, sehr schwer.»

Ihr Blick stürzte Luoying und Shania in Verlegenheit. Ratlos sahen sie einander an.

Später am Nachmittag, als sie zum Krankenhaus Nummer 1 des Russell-Distrikts gingen, verflüchtigte sich Shanias Anflug von Weichherzigkeit, und sie verfiel wieder in ihre entschiedene Skepsis. Hin und wieder schwankte sie zwischen ihrem Zynismus und dem vorsichtigen Wunsch, doch an die Liebe glauben zu können, aber ihr Pessimismus schenkte ihr eine größere Sicherheit und schützte sie vor allen eventuellen Hoffnungen und Enttäuschungen. Und so verwandelte sie sich wieder in ihr altes Selbst, das hinter jedem zärtlichen Gefühl einen praktischen Nutzen witterte.

«Hast du es immer noch nicht verstanden?», fragte sie Luoying. «Die Ehen hier sind nur deshalb so stabil, weil sie an ein Haus gekoppelt sind.»

«Ich glaube nicht, dass das der einzige Grund ist», beharrte Luoying, obwohl auch sie in gedrückter Stimmung war.

Shania spürte, wie sie innerlich noch härter wurde. «Dann sag mir eins: Warum lassen sich die Leute hier denn nicht scheiden? Richtig, weil sie es nicht können. Das ist genau wie mit der öffentlichen Sicherheit – mit irgendwelchen moralischen Qualitäten der Marsianer hat das nichts zu tun. Die Scheidungsrate ist bei uns nicht deshalb so niedrig, weil sich die Paare hier mehr lieben als auf der Erde oder weil sie mehr Wert auf die Familie legen, sondern weil sie ihr Haus nicht verlieren wollen. Sie wollen nicht wieder zurück in eine Single-Wohnung. So einfach ist das.»

Die Worte der alten Frau hatten einen großen Eindruck bei ihr hinterlassen. Sie hatte so etwas zwar schon geahnt, aber nun sah sie es in aller Schärfe. Eine Ehe, eine Familie, ein Treueschwur, das alles war nicht so ehern und heilig, wie sie als Kind noch geglaubt hatte. Der wirtschaftliche Nutzen einer Ehe ließ von der romantischen Fassade nicht mehr viel übrig – und wilde Ehen, die auf der Erde so verbreitet waren, gab es auf dem Mars nicht. Die alte Frau hatte von zwei Paaren erzählt, die ihre Eheprobleme gelöst hatten, indem sie untereinander die Partner tauschten: Sie hatten sich scheiden lassen und dann über Kreuz neu geheiratet. So hatten sie sich zwei Haushalte und damit zwei Häuser bewahrt. Wie viel Liebe war dabei noch im Spiel? Shania wusste es nicht. Jedenfalls fühlte sie, wie ihr inneres Pendel Richtung Zynismus zurückschwang.

Bald waren sie vor dem Krankenhaus angekommen. Hinter einer Reihe niedriger kegelförmiger Kiefern hoben sich die weißen Mauern des Krankenhauses ab. Das Gebäude strahlte eine schlichte Würde aus. Die jungen Frauen blieben stehen. Shania hob den Blick und suchte das kleine Zimmer im Dachgeschoss, das Luoying ihr beschrieben hatte.

«Weiß Doktor Renny von unserem Plan?»

«Ich denke nicht. Ich habe ihm jedenfalls nichts erzählt.»

«Ich finde immer noch, dass so ein kleines Geschenk zu wenig ist. Wir sollten uns bemühen, ihm stattdessen irgendwelche handfesten Vorteile zu verschaffen.»

Luoying seufzte. «Du hast es ja gesehen: Was für Vorteile können wir ihm schon verschaffen?»

Shania lag eine Erwiderung auf der Zunge, aber da sahen beide plötzlich etwas vom Dach herunterfallen. Es war ein Mensch. Sie schlugen die Hände vor den Mund und starrten mit schreckgeweiteten Augen hinauf. Jeder Laut erstarb in ihren Kehlen, und ihre Herzen rasten. Im nächsten Moment war der Fallende hinter den Bäumen verschwunden, und dann hörten sie, wie die Erde unter einem dumpfen Aufprall erbebte. In einem Augenblick, der zu flüchtig war, um irgendwie zu reagieren, war ein Mensch wie abgeworfener Ballast auf den Boden geschlagen. Und nun war es vorbei.

Shanias Herz war wie eingeschnürt. Ein kalter Schauder lief ihr über den Rücken. Als sie sich zu Luoying umwandte, sah sie ihre bleiche Lippen, und sie wusste, dass ihrer Freundin die gleiche Erinnerung durch den Kopf schoss.

Eine Weile standen beide wie betäubt, dann rannten sie, noch immer unter Schock, zum Ort des Geschehens. Aus dem Krankenhaus strömten Scharen von Menschen und umringten die Unglücksstelle. Luoying starrte die entstellte, blutige Gestalt auf dem Boden an und flüsterte Shania zu, dass sie den Toten kannte. Es war der Geisteskranke, den sie vor einem Monat auf der Dachterrasse gesehen hatte, als er wie von Sinnen gegen das Glas gehämmert hatte.

RENNY

Es war Tag zweihundertzweiundsiebzig im Jahr vierzig nach marsianischer Zeitrechnung und zugleich Rennys dreiunddreißigster Geburtstag.

Wie immer war er in aller Frühe aufgestanden. Nachdem er den Staubsauger eingeschaltet und den Hauptsaal und die kleineren Säle gereinigt hatte, stellte er sich an die Glasfassade des Lesesaals im ersten Stock und blickte in die Ferne. Abgesehen vom Hauptsaal war dies sein Lieblingsort im Archiv. Draußen hinter dem Gebäude breitete sich eine weitläufige Rasenfläche aus – nichts als Ruhe und Frieden, so weit der Blick reichte. Als er zwischen zwei hohen Regalen am Fenster stand, spürte er die Sonne warm und kräftig auf seinem Kopf. Er hatte die Lichtdurchlässigkeit der Scheiben nicht reguliert. Es war ein strahlend schöner Morgen, und die verzierten Säulen badeten im Sonnenschein. Die Sonne gab ihm die Gewissheit, dass es in seinem Leben immer noch Licht gab.

Er war auf eigenen Wunsch ins Archiv strafversetzt worden. In all den Jahren, die er sich nun als Historiker betätigte, war ihm dieser Ort sehr vertraut geworden. Zudem war Direktor Lark ein Mann, den er schätzte. Der Direktor war in die Jahre gekommen und brauchte einen Assistenten, und er selbst brauchte inneren Frieden.

Die Fenster in den Archivräumen waren lang und schmal, und die Glasscheiben ließen sich auf und ab fahren. Hoch oben über den Fensterrahmen an der Decke eingerollt hingen Gardinen aus Stoff, wie man sie nur noch selten zu sehen bekam. Die grünen Fransen, die von dort herabbaumelten, verschmolzen mit dem Rasen draußen vor den Fenstern. Heute, an seinem Geburtstag, kam Renny vieles aus seiner Vergangenheit in den Sinn. Er blieb länger als sonst am Fenster stehen, und die Erinnerungen überkamen ihn wie eine Flut. Während er in Gedanken versunken hinausblickte, merkte er nicht, dass Luoying hinter ihn getreten war.

«Doktor Renny», begrüßte sie ihn leise.

Er drehte sich zu ihr um – sie trug ein schwarzes Kleid, in dem sie sehr blass wirkte.

«Was machst du denn hier?» Er lächelte.

«Ich möchte Ihnen zum Geburtstag gratulieren», antwortete sie sanft und trat neben ihn ans Fenster.

«Danke. Erstaunlich, dass du daran gedacht hast.»

Er war ihr aufrichtig dankbar. Schon lange hatte ihm niemand mehr zum Geburtstag gratuliert. Außer Luoying fiel ihm auch niemand ein, der heute hätte kommen können. Die Billardspieler, die er aus verschiedenen Klubs kannte, spielten in ihrer Freizeit lieber mit ihren Kindern, statt einen alten Junggesellen wie ihn zu besuchen. Ohnehin mochte er keine Feiern und hätte auch gar nicht gewusst, wo er seine Gäste empfangen sollte. Also verbrachte er seinen Geburtstag seit Jahren allein, so als wäre es ein Tag wie jeder andere. Dass nun doch jemand daran gedacht hatte, war eine umso freudigere Überraschung.

«Wie ist es dir in letzter Zeit ergangen?», fragte er Luoying.

«Sehr gut», antwortete sie.

«Womit bist du beschäftigt?»

«Mit einer wichtigen Sache.» Ein verschmitztes, sichtlich vergnügtes Lächeln begleitete Luoyings Kunstpause, als wollte sie die Spannung ins Unerträgliche steigern, ehe sie fortfuhr: «Doktor Renny, wenn Sie die Möglichkeit hätten, wieder in ein Studio zurückzukehren, würden Sie dann lieber ein Krankenhaus wählen oder ein Forschungslabor für Mechanik?»

Renny stutzte. «Wieso fragst du mich das?»

«Wir haben für Sie einige Studios kontaktiert. Die Chancen stehen gut!»

«Für mich kontaktiert?»

«Ja. Letzte Woche haben wir schon bei zwei Krankenhäusern angefragt, den im Galileo-Distrikt und den im Watson-Distrikt. Und gestern waren wir noch bei einem Vermessungsteam, das für das Bodensystem abgestellt ist. Wir haben ihnen Ihre Technologie präsentiert, und sie haben großes Interesse an Ihrer Forschung gezeigt und möchten Sie vielleicht bei sich aufnehmen.»

Ihre Worte brachten Renny in Verlegenheit. Im ersten Moment wusste er nicht, was er antworten sollte.

«Ich danke euch», sagte er. «Aber ich fürchte, das ist nicht realistisch.»

«Wieso nicht?»

«Weil meine Akte gesperrt ist. Deshalb kann ich nicht an einen anderen Arbeitsplatz wechseln.»

«Aber diese Studios waren wirklich sehr interessiert. Ihre Technologie kann ihnen viel Prestige und Geld einbringen. Wenn ein solches Studio Sie aufnehmen will, wäre das Problem dann nicht gelöst?»

Renny schüttelte den Kopf. «So einfach ist das nicht. Mit einer gesperrten Akte kann ich mich nirgendwo registrieren, ich kann die Ausrüstung nicht benutzen und keine Gelder beantragen. Das ist aussichtslos.»

«Und wenn ich meinen Großvater bitte, die Sperre aufzuheben?»

«Diese Sperre ist ja erst seit gut einem Monat in Kraft. Als Generalgouverneur kann dein Großvater doch seine Meinung nicht so schnell ändern.»

Luoying ließ sich nicht beirren, als hätte sie diesen Einwand schon vorhergesehen. «Und wenn wir eine Kampagne starten und dazu aufrufen, das ganze Akten- und Studiosystem abzuschaffen?»

«Was?» Nun war Renny wirklich baff.

«Wir haben uns das gut überlegt. Dieses ganze System ist unvernünftig. Die Akten halten die Menschen gefangen. Wenn jemand zu einem anderen Studio wechseln will, muss er erst die Erlaubnis der Aktenverwaltung einholen, und wenn seine Akte gesperrt wird, ist er machtlos. Das verschafft den Verantwortlichen eine unverhältnismäßig große Macht. Jeder muss sich ihnen unterwerfen. Obendrein sind die Gelder, die ein Labor erhält, in der Regel davon abhängig, ob es ein großes Projekt an Land zieht, und das verschärft noch die Abhängigkeit gegenüber den höheren Instanzen. Dieser Kampf um Aufträge ist ein Problem von nationaler Tragweite. Unsere ganze Gesellschaft verliert ihre Dynamik und erstarrt, weil wir von einem technokratischen System beherrscht werden.»

Renny hörte ihr aufmerksam zu, während sie sehr bedächtig und nachdrücklich ihre Argumente vortrug. Der Ernst, den ihre zarten Gesichtszüge ausstrahlten, verlieh ihr eine eigentümliche Schönheit. In den zwei Monaten, die seit ihrer Rückkehr von der Erde vergangen waren, hatte sie sich deutlich verändert: Am Anfang hatte sie einen verwirrten, unsicheren Eindruck gemacht, nun dagegen wirkte sie viel bestimmter, und in ihren Augen lag ein feines, aber entschlossenes Funkeln. Sie schien noch schmaler und blasser geworden zu sein – vielleicht weil ihr Körper sich noch nicht an die neue Umgebung gewöhnt hatte und ihre Haut nicht mehr direkt der Sonne ausgesetzt war –, und dennoch verströmte sie eine besondere Vitalität. Mit ihrer sanften, ruhigen Stimme formulierte sie nun ganz natürlich und flüssig Dinge, die ihr vorher fremd gewesen waren. Renny wusste nicht, wie sie zu ihren Ansichten gekommen war, aber ihm fiel an ihr und ihren Freunden eine ebenso rasche wie scharfe Auffassungsgabe auf, die ihn erstaunte.

«Ihr wollt versuchen, das System zu ändern?», fragte er, als sie innehielt.

«Ja, so kann man es sagen.»

«Aber habt ihr euch schon mal überlegt, dass jedes System aus bestimmten Gründen ist, wie es ist?»

«Welche Gründe meinen Sie?»

«Historische. Und Gründe der natürlichen Ressourcenknappheit. Eine gerechte Verteilung erfordert Beschränkungen.»

«Ja, daran haben wir gedacht. Aber wir finden, diese Umstände rechtfertigen es nicht, die Fehler im System zu ignorieren.»

«Kein System ist perfekt.»

«Aber unser derzeitiges System hat schwere Mängel. Es fordert von jedem Unterwerfung, und wer ihm den Gehorsam verweigert, kann nicht existieren, wird eingesperrt oder sogar in den Wahnsinn getrieben. Vorgestern Nachmittag haben wir mit eigenen Augen gesehen, wie sich jemand in den Tod gestürzt hat.»

Renny horchte auf. «Wo ist das passiert? Wieso habe ich nichts davon gehört?»

«Man hat die Sache unter den Teppich gekehrt», antwortete Luoying. «Sie kennen den Toten. Es ist der Geisteskranke, der gegen die Glasscheiben gehämmert hat, als wir das letzte Mal auf der Dachterrasse vom Krankenhaus saßen.»

«Dieser Mann?»

«Kennen Sie ihn?»

«Ja, schon lange.»

«Wirklich?», fragte Luoying überrascht. «Wissen Sie denn, wie es dazu gekommen ist? Wir haben gefragt, aber niemand wollte uns etwas sagen. Wir vermuten, er wollte sich auf diese Weise von all seinen Fesseln befreien. Sind Sie mit seinem Fall vertraut?»

Ohne zu antworten, versank Renny in tiefes Nachdenken. Die Nachricht rief in ihm ein ungeahntes Gefühl der Leere hervor. Eine Woge von Erinnerungen brach über ihn herein. Er fühlte, wie unergründlich der Lauf des Schicksals war. Diesen Tod hatte er nicht kommen sehen. Glück und Unglück eines Menschen waren schwer zu verstehen, geschweige denn vorherzusehen. Er spürte die Macht, die von einer Nachricht wie dieser ausging: Mit dem Tod konfrontiert, erschien alles weltliche Streben auf einmal nichtig.

Seufzend sagte er: «Ich danke euch sehr, aber ihr müsst euch meinetwegen nicht den Kopf zerbrechen. Ich brauche eure Freundschaft und sonst nichts. Mir geht es hier gut, und ich habe wirklich keinen weiteren Ehrgeiz mehr.»

Luoying schien verständnislos und unwillig, das zu akzeptieren, auch wenn sie nach einem kurzen Zögern nickte. «Doktor Renny, ich respektiere Ihre Einstellung, aber ich möchte Sie doch bitten, sie noch einmal zu überdenken. Ich weiß, dass Ruhm und Geld Sie kaltlassen, aber Gelassenheit bedeutet etwas anderes als Schwäche. Sie sind ein guter Mensch, und Sie haben viel mehr verdient als das, was Sie jetzt haben.»

Renny lachte. «Danke. Ich werde mit Sicherheit darüber nachdenken.»

Luoying senkte den Kopf. «Ich finde nur, in einer gerechten Welt sollte man Sie nicht so schlecht behandeln.»

Auf einmal war Renny gerührt. So viel Dankbarkeit hatte er nicht erwartet. Als er gegenüber Hans bereitwillig die Verantwortung für die Verfehlungen der jungen Leute auf sich genommen hatte, war er sich keineswegs besonders gütig vorgekommen. Er konnte an dem Ausflug der Jugendlichen schlicht nichts Verwerfliches finden und wollte eine überzogene Strafe von ihnen abwenden, die womöglich ihr ganzes Leben in eine andere Bahn gelenkt hätte. Irgendwelche Erwartungen für sich selbst hatte er daran nicht geknüpft, und so fehlten ihm nun die Worte, um auf die Fürsorge, die ihm entgegenschlug, zu reagieren. Er war es nicht mehr gewohnt, seine Gefühle auszudrücken.

Nach einem Moment des Überlegens fragte er: «Was ist passiert? Warum bist du auf einmal so radikal?»

«Sie finden mich radikal?», fragte Luoying zurück.

«Ein klein wenig. Ich erinnere mich, wie du noch im letzten Monat Zweifel an einer Revolution gehabt hast.»

«Das stimmt», gab Luoying zu. «Aber in letzter Zeit kommt es mir immer wichtiger vor zu handeln. Jetzt denke ich: Leben braucht Handeln, sonst fehlt ihm die Richtung. Sie haben mir damals ein Buch gegeben. Manches darin gefällt mir sehr, und ich habe immer wieder darüber nachgedacht. ‹In dieser Stunde, da jeder von uns seinen Bogen spannen muss, mit und gegen die Geschichte, in dieser Stunde, da endlich ein Mensch ins Leben tritt, muss man die Epoche und ihre unreifen Rasereien sich selbst überlassen.› Ich hoffe, ich kann etwas tun. Was uns jetzt wirklich fehlt, ist ein Ziel.»

«Das ist gut.» Renny nickte nachdrücklich.

Luoying blickte ihm in die Augen. «Doktor Renny, wenn Sie ganz nüchtern auf unser System schauen, finden Sie dann nicht, dass es zu starr und zu unfrei geworden ist?»

Statt direkt zu antworten, wollte er wissen: «Erinnerst du

dich noch daran, was du mir über die Distanz zwischen den Menschen auf der Erde gesagt hast? Über ihre Fremdheit, ihre Einsamkeit und ihr Misstrauen?»

«Ja, ich erinnere mich.»

«Im Grunde gibt es auf der Welt nur zwei Arten von Systemen: feste und flüssige. Ein festes System zeichnet sich durch seine stabile Struktur aus: Jedes Atom hat darin seinen festgelegten Platz, und zwischen den Atomen wirken starke Kräfte und Bindeglieder. Ein flüssiges System ist dagegen durch seine freie Beweglichkeit gekennzeichnet: Seine Teilchen sind unabhängig voneinander, sie stehen in keiner festen Beziehung, und zwischen ihnen wirken keine Kräfte.»

«Sie meinen ...» Luoying überlegte einen Moment. «Freiheit und menschliche Nähe schließen einander aus?»

«Es gibt viele Werte, bei denen das der Fall ist.»

Für Renny war die marsianische Gesellschaft der Inbegriff eines Kristalls. Mars City war so regelmäßig und stabil wie ein Kristallgitter: Jede Familie besaß ein Haus, und die Häuser, die samt den dazugehörigen Gärten alle ähnlich groß waren, reihten sich endlos aneinander, sodass die ganze Stadt einem Netz aus ausgebreiteten Perlenketten glich. Die Marsianer zogen kaum um: Die Kinder lebten bei ihren Eltern, bis sie heirateten und ein eigenes Haus beziehen durften. Fest im Boden verwurzelt, verbrachten sie ihr Leben in lediglich zwei Häusern.

Die wichtigste Einheit war das Wohnviertel. Für ein aufwachsendes Kind war es die ganze Welt. Die anderen Kinder, die es zu Gesicht bekam und die mit ihm gemeinsam groß wurden, gehörten alle demselben Viertel an, und wenn es erwachsen war und sich einen Ehepartner für den Rest seines Lebens suchte, stammte auch aus demselben Viertel. Zwar wuchs die Stadt genauso stetig wie die Bevölkerung, aber die neuen Wohngebiete sahen haargenau so aus wie die alten. In ruhiger Gleichförmigkeit reihten sich auch in ihnen Haus für Haus aneinander. Obwohl jedes Gebäude baulich individuell gestaltet war, verschmolzen sie doch zu einem einheitlichen Ganzen. Die fünf Millionen Einwohner waren so gleichmäßig verteilt, dass die Stadt kein sichtbares Zentrum zu haben schien.

«Aber denken Sie an das, was Sie mir über die Wolken erzählt haben: Die Teilchen sind miteinander verbunden und doch frei.»

«Die Wolken ...» Renny nickte. «Aber sie brauchen Licht von außen, und sie lösen sich immer wieder auf.»

Luoying senkte den Kopf. «Aber fühlen Sie denn gar keine innere Leere, wenn Sie nichts mehr wichtig nehmen und sich keine Ziele setzen?»

«Ich?» Renny dachte darüber nach. Statt einer Antwort zeigte er auf das andere Ende des Lesesaals.

Er führte sie an den hochaufragenden Regalen vorbei. Altertümliche Bücher mit dunkelroten Rücken standen darauf säuberlich aneinandergereiht. Die in goldenen Lettern gedruckten Titel verströmten eine exotische Aura, und die Seiten aus holzhaltigem Papier waren im Laufe langer Jahre vergilbt, als wären sie Greise und längst in der Zeit versunken. Im Sonnenlicht, das von der Seite hereinfiel, wirkte der Raum außerordentlich still. An der Decke drehte sich unmerklich langsam ein Sternenatlas zur Erinnerung an den unerforschbaren Lauf der Zeit. Es war, als dränge Renny durch lauter virtuelle Bilder zum Grund der Realität vor, zu den schlichten Worten, die dort gespeichert waren. Schweigend durchschritten sie die Buchreihen. Das Klacken ihrer Absätze war das einzige Geräusch im Raum.

Zielsicher trat Renny an ein Regal, das das Etikett «Irdische Klassiker» trug. Er zeigte auf ein Buch und erklärte: «Das hast du gerade erwähnt.» Dann zog er einen anderen schmalen Band direkt daneben behutsam hervor, schlug eine Seite auf, die ihm offensichtlich wohlvertraut war, und las vor:

«‹Was mich eigentlich interessiert, ist, wie man ein Heiliger wird.›

‹Sie glauben aber doch nicht an Gott.›

‹Eben. Kann man ein Heiliger ohne Gott sein, das ist das einzig konkrete Problem, das ich heute kenne.›

‹Vielleicht, aber wissen Sie, ich fühle mich solidarischer mit den Besiegten als mit den Heiligen. Ich glaube, ich habe keinen Sinn für Heldentum und Heiligkeit. Was mich interessiert, ist, ein Mensch zu sein.›»

Er klappte das Buch wieder zu, ein wenig ergriffen, wie jedes Mal, wenn er diese Stelle las. Vor seinem inneren Auge tauchte das Meer aus Finsternis auf, mit dem sich die Menschen in dem Buch konfrontiert sahen, und die große Wüste, die ihn selbst umgab. Das war die Richtung, in die er gehen wollte. Er sah all die Menschen an sich vorüberhuschen, sah sie aus dem Staub Gestalt annehmen und wieder zu Staub zerfallen, sah ihr geschäftiges Treiben, ihren Trubel und ihr Gedränge – und er wandelte mitten unter ihnen, inmitten ihrer unbändigen Freude und ihres Leids. Er sah ihre Gesichter, und dabei war ihm nicht wichtig, welche Kleider sie trugen, welche Sitten sie befolgten, welche Systeme sie errichteten und welche Taten sie vollbrachten – wichtig war ihm allein, dass sie einander wahrhaft begegneten.

«Ein Mensch sein …», murmelte Luoying.

«Ja.» Renny lächelte. «Das ist es, was ich will.»

«Aber was heißt das: ein Mensch sein?»

«Jemand, der den anderen Menschen von Angesicht zu Angesicht begegnet.»

Luoying schwieg und dachte über seine Worte nach. Ihre

dunklen Augen glänzten rein wie tiefe Quellen. Sie nahm Renny das Buch aus der Hand, strich sachte über den Umschlag und betrachtete es eingehend.

«Die Pest», las sie vor.

«Ja, die Pest», wiederholte Renny. «Das bedeutet: Man ist an einen Ort gefesselt.»

Luoying schlug die erste Seite auf und las das Motto, das dem Buch vorangestellt war: «Es ist ebenso vernünftig, eine Art der Gefangenschaft durch eine andere darzustellen, wie etwas, das wirklich existiert, durch etwas, das nicht existiert.»

Renny verzichtete auf weitere Erklärungen, und Luoying versank in der Lektüre, wobei sie sich sanft auf die Unterlippe biss.

In der Kürze der Zeit, das wusste Renny, würde sie nicht viel lesen und er ihr nicht viel erklären können. Vor allem aber entzogen sich die meisten tieferen Wahrheiten des Daseins auch seinem eigenen Verständnis. Im Stillen sann er über das nach, was Luoying gesagt hatte, wie wichtig es war zu handeln. Er fragte sich, ob er selbst in Passivität zu verfallen drohte. Wegen der Schicksalsschläge, die ihm in der Vergangenheit widerfahren waren, hatte er sich diese Frage schon öfter gestellt. War er vom rechten Lebensweg abgekommen? Normalerweise hatte er eine eher pessimistische Sicht auf den Sinn des Handelns. Er fühlte sich wie jemand, der mit einer Nussschale auf dem unermesslichen Ozean schaukelt – sollte er sich nicht lieber mit den Wellen treiben lassen, als mit aller Kraft gegen sie anzurudern? Aber in manchen Momenten empfand er auch die Scham des bloßen Beobachters und machte sich deswegen schwere Vorwürfe. Insofern traf Luoyings Frage ins Schwarze, genau ins Zentrum seines inneren Konflikts.

Auf einmal unterbrach Musik die Stille im Lesesaal. Das Archiv hatte Besuch.

«Ah!» Luoying stellte das Buch zurück. «Es ist so weit!»

«Was?»

Luoying blickte sich nach einer Uhr um und seufzte. «Wie schnell die Zeit vergeht.»

Sie bedeutete Renny, der noch immer nichts begriff, ihr zu folgen.

Sie gingen durch einen langen Korridor, der rings um das erste Stockwerk verlief, bogen ab auf eine Treppe, auf deren Absatz Engelsskulpturen wachten, und stiegen die breiten, fächerförmigen Stufen hinab, bis sie vor dem Eingang des Archivs ankamen. Luoying blieb einen Moment stehen, um ihren Atem zu beruhigen, und lächelte Renny geheimnisvoll zu. Dann drückte sie auf einen Schalter an der Wand und deutete mit beiden Händen nach vorn, während das schwere, messingfarbene Tor langsam aufschwang.

Renny sah hinaus. Zu seinem Erstaunen erblickte er eine Schar Jugendlicher, die ihm grinsend zuwinkten – und vor ihnen aufgereiht, wie eine mächtige Armee: seine Skulpturen. In der Mitte thronte majestätisch der Löwe, an dem er beinahe ein Jahr gearbeitet hatte, ohne ihn zu vollenden. Irgendjemandem war es gelungen, den fehlenden Schwanz provisorisch herauszuarbeiten, und obwohl dieser Schwanz alles andere als fein oder gar vollkommen war, fügte er sich gut in die Gesamtproportionen ein. Mit der Schärpe, die ihm um die Brust hing, erinnerte der Löwe an einen Krieger. Aber er hatte auch etwas von einem reisenden Händler an sich, der Geschenke aus fernen Ländern überbrachte – das waren all die anderen, kleineren Skulpturen, die ihn umgaben. So individuell und so lebendig waren die Skulpturen Renny noch nie erschienen. Aus der Mitte ihrer Formation ragte eine Baumwollfahne empor, auf die in großen, kursiven Lettern die Worte genäht waren: ‹Alles Gute zum Geburtstag!›

Es wehte kein Wind, und trotzdem schien die Schärpe an der Brust des Löwen aufzuflattern.

Luoying hatte sich schon zu ihren Freunden gesellt und in ihr Geburtstagsständchen eingestimmt. Weil Renny allein unmöglich so viel transportieren konnte, hatten sie, so erklärte jemand, all seine Skulpturen und Werkzeuge herbeigeschafft, damit er auch weiterhin seinem Hobby nachgehen konnte. Das fröhliche Stimmengewirr verschmolz mit dem strahlenden Sonnenschein. Zwei junge Leute, die sich Stoffbänder um die Köpfe geschlungen hatten, sangen und tanzten, wobei sie mit Schaufeln schwenkten. Ein anderer kommandierte wie ein General den Löwen und seine tierischen Truppen voran.

Renny wusste nicht, was er sagen sollte. Keine Worte schienen ausdrücken zu können, was er empfand. Seit Jahren war er nicht mehr so gerührt gewesen.

Ihn ergriff eine Lebensfreude, wie die jungen Leute sie ausstrahlten und wie er sie schon lange nicht mehr gekannt hatte.

Renny war in keinem gewöhnlichen Jahr geboren. Es war das Jahr sieben nach marsianischer Zeitrechnung gewesen, und es markierte eine Wende. Er war heute dreiunddreißig Jahre alt, aber wenn er an diese Zeitenwende zurückdachte, musste er immer noch unweigerlich seufzen. Hans, das wusste Renny, hatte in all den Jahrzehnten kaum eine Entscheidung getroffen, die ihm so schwergefallen war wie die damals.

Die marsianische Gesellschaft war nicht immer so starr gewesen. Ihre Gründer hatten, als sie den Datenserver ins Leben riefen, noch keine bestimmte Gesellschaftsform vor Augen gehabt. In ihrem Idealismus wollten sie eine gänzlich freie Gesellschaft erschaffen, in der jeder nach Belieben zu neuen Welten aufbrechen, die Früchte seiner Arbeit auf den Datenserver stellen oder darin gespeicherte fremde Arbeiten einsehen konnte, und in der sich niemand um seinen Lebensunterhalt zu sorgen brauchte. Aber sieben Jahre nachdem die Nation gegründet worden war, drängte der Lauf der Dinge die Marsianer zum anderen Extrem, einer stabilen, klar strukturierten, hocheffizienten Ordnung.

Im Allgemeinen gilt: Je präziser und perfekter eine Apparatur gefertigt ist, desto mehr Energie verschwendet die ungeordnete Wärmebewegung der Teilchen in ihrem Innern, und obendrein kommt es auch noch zu störenden Nebengeräuschen. Genauso verhält es sich auch mit einer Gesellschaft. Eine Welt, in der völlige Bewegungsfreiheit herrscht, mag zwar verlockend erscheinen, aber in der Praxis gehen dabei soziale Ressourcen verloren. Aus diesen Überlegungen heraus nahm im Jahr 7 das gegenwärtige System von Mars City Gestalt an. Die individuelle Bewegungsfreiheit wurde auf ein Minimum beschränkt, und das System entwickelte sich Stufe für Stufe und Behörde für Behörde zu einer restriktiven neuen Ordnung. Mit anderen Worten: Es verwandelte sich in einen technokratischen Apparat.

Der Beschluss wurde nicht etwa dem Volk überlassen, denn welche Art von Sachverhalt einen Volksentscheid erforderte, war eine heikle Frage – jedenfalls übertrug der damalige Generalgouverneur Richard Sloan schließlich allein dem Parlament die Entscheidung. Hans und seine Kameraden waren damals bereits alle Abgeordnete. Sie führten über dieses Thema hitzige Diskussionen. Nicht wenigen von ihnen widerstrebte die Vorstellung, die Freiheit der Effizienz zu opfern, aber nur Ronning und Garcia beharrten stur auf diesem Standpunkt. Hans und Galeman dagegen vertraten die Meinung, wer eine Idee verwirklichen wolle, müsse Kompromisse eingehen. Deshalb stimmten beide anders als Ronning und Garcia für das neue System. Die Debatten im Parlament wurden mit großer Leidenschaft ausgetragen, und am Ende erwiesen sich beide Lager als fast gleich stark. Das Abgeordnetenhaus bestand aus denjenigen Vertretern aller gesellschaftlichen Bereiche, die sich am engagiertesten in den Aufbau und die politische Entscheidungsfindung eingebracht hatten – also tendenziell aus Leuten, die die Einheit des Systems befürworteten. Umso überraschender war es, dass die Reformpartei nur einen hauchdünnen Sieg davontrug. Das neue schaltkreisartig aufgebaute System mit den Studios als Grundeinheiten erleichterte die einheitliche Planung und Verwaltung.

Welche Rolle Hans und seine Kameraden dabei spielen würden, war anfangs unklar.

Angesichts jener historischen Weichenstellung traten damals die unterschiedlichen Ansichten der einzelnen Abgeordneten offen zutage, und manche Wege trennten sich.

Hans mochte die neue Ordnung nicht. Ihm gefielen die früheren freien Zusammenschlüsse und interdisziplinären Forschungsgruppen besser. Gleichzeitig aber war ihm klar, dass eine straffe Verwaltung und Rationalisierung in jeder Epoche die verlässlichste Methode darstellt, um die Effizienz zu erhöhen. Deshalb hatte er zu guter Letzt für die Reform gestimmt. Als Pilot blieb er dem System treu, und da er kriegserfahren war und auch die abgelegensten Regionen gut kannte, erwarb er sich das Vertrauen seines Umfelds und stieg zehn Jahre später zum Chef des Flugsystems auf.

Galeman hatte sich mit seinen Glashauskonstruktionen schon zu Kriegszeiten allgemeine Anerkennung erworben. Nach der Reform trat er in ein Glaslabor ein, das dem Bodensystem unterstellt war. Er profilierte sich als Forscher und als politischer Kommentator gleichermaßen, machte sein Labor zu einem der führenden des Planeten und stieg zum Chef des Bodensystems auf.

Ronning und Garcia dagegen konnten sich nicht so gelassen mit der neuen Ordnung anfreunden. Ronning missfiel die streng zielgerichtete Ausbildung an den neuen Schulen. Er selbst fühlte sich nicht in einer, sondern in vielen Disziplinen zu Hause. In der neuen Gesellschaft fand er keinen rechten Platz mehr für sich. Also zog er sich aus der Arbeit in Politik und Verwaltung gänzlich zurück und nahm einen vergleichsweise ruhigen Posten an, bei dem er zwischen kleinen Himmelskörpern hin und her pendelte und eine intensive Verbindung zu Ceres aufbaute.

Garcia behagte die Oberhoheit des neuen Systems zwar genauso wenig, aber er verabschiedete sich trotzdem nicht sofort aus der Politik. Zwei Jahre hielt er noch die Stellung, in dem Glauben, er könne lernen, sich mit dem neuen Apparat zu arrangieren. Aber er konnte es nicht. Ausgebootet von seinen Konkurrenten und des Systems überdrüssig, meldete er sich schließlich aus freien Stücken für eine Aufgabe, die sonst niemand übernehmen wollte: diplomatische Beziehungen zur Erde aufzubauen. Und so entschwand er in andere Himmel.

Diese Ereignisse zogen für alle Beteiligten eine Reihe von unvorhergesehenen Konsequenzen nach sich. Nachdem Hans Generalgouverneur geworden war, fing sein Sohn an, gegen die Machtfülle des Systems zu rebellieren, sodass sein eigener Vater ihn am Ende bestrafen musste. Ronnings Reisen uferten zu einer endlosen Odyssee aus. Er war ein einsamer ewiger Wanderer geworden, dem kein Winkel der Welt mehr ein Zuhause bot. Und weil Galeman als Chef des Bodensystems auf Ceres angewiesen war, ließ er Ronning gewähren. Garcia dagegen verbrachte sein Leben an Bord der Maerde und betrat nie wieder festen Boden. Die Tür zur Erde, die er für den Mars aufgestoßen hatte, säte in Hans' Sohn den Keim zur Rebellion, die ihm schließlich zum Verhängnis werden sollte. Und Hans'

Enkeltochter führte diese offene Tür auf eine lebenslange innere Wanderschaft.

Auch für Renny war dieses Jahr ein Schlüsseljahr gewesen. Als Garcia endlich Kontakt zur Erde aufnahm und diplomatische Beziehungen zu ihr aufbaute, forderte die andere Seite zuallererst die Freilassung der Kriegsgefangenen. Und so verließ Rennys Mutter, die schon jede Hoffnung auf Heimkehr aufgegeben hatte, doch noch den Mars. Als die Nachricht sie erreichte, war sie vor Glück wie von Sinnen. Sie setzte ihren dreijährigen Sohn kurzerhand auf den Boden und überließ ihn sich selbst, um sich auf eine Reise ohne Wiederkehr zu begeben.

Jedes Mal, wenn Renny die historischen Unterlagen ordnete, kamen ihm diese Geschehnisse aus ferner und nicht ganz so ferner Vergangenheit in den Sinn, und er stieß einen stillen Seufzer aus. Während er aus dem Fenster in die Ferne blickte, dachte er darüber nach, wie der Strom der Zeit sich gabelte und wie doch jeder Moment auf die anderen zurückwirkte. Zerbrechlich breitete sich die kristallene Stadt auf der Marsoberfläche aus, und die Menschen wanderten in ihr umher wie Schattenrisse, mit starren Gliedern und Gesichtern, einem ungewissen Schicksal entgegen.

Als Renny aus dem Archiv kam, nahm er einen Röhrenwagen zum Tarkowski-Filmarchiv.

Aus dem Wagen heraus blickte er zurück zu seinem neuen Arbeitsplatz und fragte sich, ob er die richtige Wahl getroffen hatte. Er glaubte, ja. Manchmal kam es ihm so vor, als wären ihm die Menschen und Dinge von früher vertrauter als die Gegenwart. All die Bilder der Vergangenheit lebten in ihm fort. Auch wenn die gepflasterten Gassen mit ihren trüben Laternen und ihren Bergen aus Müll und die alten Brückenköpfe von

London mit ihren hohen Bronzeskulpturen zu einem anderen Planeten gehörten, schienen sie doch in den runden roten Tischen, die in den Winkeln des Archivs standen, ein Echo zu finden. Das bestätigte ihn in dem Glauben, dass sein fortwährendes Nachdenken nicht umsonst war.

Er war schon lange nicht mehr im Filmarchiv gewesen. Es hatte einmal eine Zeit gegeben, da war er zweimal jährlich dorthin gefahren, aber in den letzten Jahren war es für ihn in die Ferne gerückt, und die Menschen dort, die es wert waren, erinnert zu werden, kamen ihm nicht mehr so häufig in den Sinn. Den Weg dorthin kannte er trotzdem noch immer mit schlafwandlerischer Sicherheit. Bevor er aufgebrochen war, hatte er Janet informiert. Vermutlich erwartete sie ihn schon in ihrem Büro.

Er wusste nicht, wie er das Gespräch mit ihr eröffnen sollte, aber so erging es ihm jedes Mal. Janet war zwölf Jahre älter als er. Sie hatten sich durch gemeinsame Freunde kennengelernt. Der Ursprung ihrer Freundschaft schien ihnen so selbstverständlich, dass sie nie ein Wort darüber verloren hatten.

Renny war – das hatte er Luoying nie erzählt – ein Schüler ihrer Mutter gewesen. Dreieinhalb Jahre hatte er im Bildhauereistudio ihres Viertels Kurse bei Adele besucht. Diese Zeit bedeutete ihm immer noch viel.

Janets Anblick versetzte ihm einen Stich. Nachdem der junge Mann von der Erde ihr die Nachricht von Arthurs Tod überbracht hatte, war sie über Nacht um Jahre gealtert. Der Glaube kann den Geist eines Menschen tragen, und der Geist kann ihm seine Jugend bewahren. Zehn Jahre hatte sich Janet ihre Lebenskraft erhalten, aber nun war ihre Haut schlagartig erschlafft, und um ihre Mundwinkel hatten sich Falten gebildet, die nie mehr verschwinden würden.

Sie empfing Renny noch immer wie einen engen Freund,

aber in ihrer Haltung schwang eine leise Melancholie mit. Sie führte ihn in ihr Büro und bat ihn, Platz zu nehmen, während sie ihm Tee einschenkte. Nach einer kurzen Begrüßung kam er ohne viele Höflichkeitsfloskeln zur Sache und erzählte ihr von der Revolution, die Luoying und ihre Freunde planten.

Wie er es erwartet hatte, versank Janet in Schweigen, und ihr Blick schweifte aus dem Fenster ins Leere.

«Zehn Jahre ist das jetzt her», seufzte Renny.

«Ja. Zehn Jahre», murmelte Janet.

«Manchmal habe ich das Gefühl, ich habe Geschichte gesehen.»

Janet schwieg.

«Diese Leidenschaft und Aufrichtigkeit, das kommt mir bekannt vor.»

Janets Blick glitt zurück ins Zimmer, und sie leerte ihre Tasse in einem Zug. Dann fixierte sie Renny. «Du glaubst, du hast Geschichte gesehen? Was soll ich dann erst sagen?»

LUOYING

Als sie den Selbsttod gesehen hatten, war in Luoying und Shania dieselbe erschütternde Erinnerung hochgekommen – ein grauenhafter Moment, den sie auf der Erde erlebt hatten und der sich tief in ihre damals noch kindlichen Gemüter eingebrannt hatte.

Es war ein Feiertag gewesen. Die Leute waren ans Meer geströmt, und die Stadt war verwaist, aber ein knappes Dutzend Schüler der Merkur-Gruppe nutzte die sich bietende Gelegenheit zu einem ihrer seltenen Treffen. Von überall her auf der Welt kamen sie nach Bangkok geflogen, mieteten ein billiges kleines Frachtluftschiff und ließen sich darin ziellos über der Stadt treiben. Das Luftschiff fuhr sehr langsam und ziemlich wackelig, aber es bot viel Platz, und die Schüler konnten es sich in seinem Innern gemütlich machen. Sie spielten Poker. Die Atmosphäre war entspannt. Luoying saß im Schneidersitz am Heck, und die Jungen lachten und lärmten. An den Fenstern glitten mächtige Wolkenkratzer aus Eisen und Stahl vorbei. Sie flogen auf mittlerer Höhe der Wolkenkratzer, in deren gläsernen Fassaden das Licht der Nachmittagssonne glitzerte.

Dann zerstörte ein Ereignis auf einen Schlag die sorglose Stimmung. Bei einem beiläufigen Blick aus dem Fenster sah Luoying, wie ein Mann in die Tiefe stürzte. Auch einige ihrer Freunde hatten ihn bemerkt, und sie erstarrten mitten in ihren

Bewegungen. Mit wilden Gebärden, die Kleidung vom Wind aufgebauscht, das Gesicht zu einer starren, maskenhaften Fratze verzerrt, rauschte er an ihrem Luftschiff vorbei. Luoying presste das Gesicht gegen die Scheibe und starrte ihm nach, aber unter sich sah sie nichts als einen dunklen Abgrund. In dieser Stadt konnte man von den Wolkenkratzern aus nicht mehr die Erde ausmachen und von den Straßen aus nicht mehr den Himmel. Luoying war vor Schreck wie gelähmt. Sorin, der neben ihr saß, nahm sie in die Arme und hielt ihr behutsam die Hand vor Augen. Doch es war zu spät.

Der Selbstmörder, so lasen sie schon ein paar Minuten später auf einer Nachrichtenwebsite, war ein Pharmazeut gewesen. Angeblich hatte er eine wirksame Arznei gegen das Virus KW 32 entwickelt und damit das Interesse der Investoren auf sich gezogen. Sie hatten ihm ihr Geld förmlich aufgedrängt, und er hatte einen kometenhaften Aufstieg erlebt. Aber die Ergebnisse der klinischen Studien ließen immer länger auf sich warten, und die Investoren verloren schließlich das Vertrauen. Die Anleger saßen auf ihren Aktien fest und überhäuften ihn mit wütenden Vorwürfen, bis sie seinen Lebenswillen vollständig gebrochen hatten.

Es war das erste Mal gewesen, dass sie einen Selbstmord erlebt hatten. In der Nacht trieben sie sich ziellos in der Stadt herum. Bis Mitternacht schlugen sie in einer kleinen Eckkneipe die Zeit tot, dann liefen sie rastlos durch die Straßen, die nun noch stiller als am Tag und fast menschenleer waren. Selbst die Laternen leuchteten nur spärlich. Long hängte Luoying seine Jacke um. Beim Morgengrauen wurden sie sehr hungrig.

Sie hatten Glück und fanden einen kleinen Imbiss, der geöffnet hatte. Unter den verwunderten Blicken eines einsamen Trinkers und einer grellgeschminkten Frau stopften sie achtlos das Essen in sich hinein. Niemand erwähnte den Vorfall vom Nachmittag, aber ihnen allen lastete er auf der Seele. Sie waren vertraut mit dem Wesen der Forschung: Ein Forscher geht eine Wette auf sein Glück ein. Er kann keinem Investor garantieren, dass sich seine Anlage bezahlt macht. Und um in Ruhe arbeiten zu können, darf er in keinem allzu starren Zeitplan gefangen sein.

Luoying und ihre Freunde empfanden damals ein ungeheures Heimweh. Bei ihnen auf dem Mars, glaubten sie, könnte so etwas nicht passieren, denn die Forscher standen dort nicht unter einem solchen Druck. Aber da irrten sie sich.

Denn was für ein Bild hatte sie sich eigentlich von ihrer Heimat gemacht? Sie hatte sich kein goldenes Zeitalter, keinen blühenden Garten Eden ausgemalt, sie wusste, wie karg ihr Heimatplanet war, wie beengt und gefährlich. Die Marsianer balancierten auf einem schmalen Grat zwischen Leben und Tod, und sie mussten mit ihren Gütern und Ressourcen haushalten.

Das alles war ihr immer bewusst gewesen, aber sie hatte ihre Heimat als einen friedlichen Ort im Gedächtnis, an dem man innerlich zur Ruhe kam. In ihrer Erinnerung musste sich dort niemand um seine täglichen Bedürfnisse sorgen, jeder konnte seinen Interessen nachgehen, seine Träume verwirklichen und sich seine Zeit frei einteilen. Nun aber rief der Selbsttod alte, böse Erinnerungen in ihr wach.

Auch auf dem Mars war nicht alles so einfach und unbeschwert, wie sie immer geglaubt hatte. Auch hier musste man sich erbitterter Konkurrenz stellen und sich diversen Restriktionen unterwerfen, mehr noch, jeder Einzelne war zwangsweise eingebunden wie ein Knoten in einem Schaltkreis. Auch hier war der Tod gegenwärtig, auch hier wurde im Offenen und Verborgenen miteinander gekämpft, auch hier fielen anständige Menschen Vorurteilen zum Opfer und endeten im

Unglück. Was war eigentlich anders in dieser Welt? Warum war das Leben hier genauso mühselig wie auf der Erde?

Er wolle jemand sein, der den anderen von Angesicht zu Angesicht begegnet, hatte Doktor Renny gesagt. Und ich?, fragte sich Luoying.

Doktor Renny war kein Mensch der Tat. Sollte sie einer sein? Auf einmal war sie sich unschlüssig, ob sie wirklich bei der Revolution mitmachen sollte. Es war eine schwere Entscheidung. Ursprünglich hatte sie sich nicht beteiligen wollen, später dann doch, aber nun, da sie tatkräftig bei den Vorbereitungen geholfen hatte, kamen ihr nach dem Gespräch mit Renny wieder Zweifel.

Während sie am Fenster saß und zum Himmel blickte, rang sie mit sich. Ihr kam in den Sinn, wie sie das letzte Mal an einer kollektiven Bewegung teilgenommen hatte.

Damals hatte sie sich ihren irdischen Freunden angeschlossen, der Gruppe «Unsere Natur, unser Zuhause», radikale Umweltaktivisten, die sich aus Liebe zur Natur für alle möglichen ursprünglichen Lebensweisen begeisterten und die modernen Metropolen in Schutt und Asche legen wollten. In einer Zeit, in der fast alle primitiven Völker untergegangen waren, übte diese fanatische Schwärmerei eine geheimnisvolle, exotische Anziehungskraft aus. Die blutjungen Anhänger der Bewegung widersetzten sich überall auf der Welt den unaufhaltsam wachsenden Metropolen. Die Menschenmassen konzentrierten sich in den Städten, kaum jemand lebte noch auf dem Land. Für den Verkehr brachte das deutliche Energieeinsparungen mit sich, aber die Umweltaktivisten wollten die extreme Urbanisierung nicht als Energiesparmaßnahme gelten lassen.

«Die Leute sind einfach unersättlich!», sagten sie. «Das ist alles überflüssig!»

Sie saßen rings um ein Lagerfeuer in einem Zelt auf der Hochebene. Luoying hörte bloß zu.

«Wie viel Energie verschlingt denn allein der Bau dieser Megastädte», ereiferte sich ein junger Bursche. «Und was kostet es, sich um die verlassenen Gebiete zu kümmern? Wie gut hatten wir es früher mit all den kleinen, schlichten Städtchen, die in der Landschaft verstreut lagen! So müsste es wieder sein. Warum wollen denn alle auf Teufel komm raus in die großen Städte? Die Unersättlichkeit stürzt uns in den Untergang. Dieser Planet war einmal ein Paradies, aber der Mensch hat ihn zerstört. Schau dir nur mal an, was er aus der Erde gemacht hat!»

Luoying verstand nicht mehr als die Hälfte, aber sie nickte brav.

«Solange wir noch einen Funken Anstand in uns haben, sagen wir der Verschwendungssucht den Kampf an! Wir werden ihre hohlen Träume zerstören!»

Die Heimkehrer waren stets von einem heiligen Zorn beseelt.

«Wir werden demonstrieren, werden ihre monströsen Bauten zum Einsturz bringen und in den Schoß der Natur heimkehren. Wir werden unsere Stimme erheben und unsere Wut herausschreien.»

Luoying dachte einen Moment darüber nach und fragte: «Könnt ihr nicht erst mal mit den Regierungen sprechen?»

Ihre Gefährten lachten. «Denen da oben glauben wir nicht mehr. Du bist die Enkeltochter eines Diktators, du vertraust den Mächtigen, aber wir nicht.»

Aber Luoying schenkte den Antworten ohnehin kaum noch Beachtung. Sie hatte eine lange, mühselige Reise mit den Aktivisten hinter sich, um hierher, in das menschenleere Hochland, zu gelangen. In der urtümlichen Schneelandschaft kochte sie mit ihnen in schlichten Eisentöpfen, hockte am Zelteingang und sah hinauf zu einem Sternenhimmel von seltener Pracht. Eigentlich verstand sie die Ziele ihrer Mitstreiter nicht, und trotzdem folgte sie ihnen, schwenkte Banner und skandierte Parolen. Wie ein argloses Kind, das bloß spielen will, lief sie ihnen hinterher, ohne einen Moment zu zögern oder nach dem Weg zu fragen. Glückliche Tage waren das gewesen, als sie sich ohne viel Nachdenken einer Sache verschrieben und mit einer Schar fest entschlossener, glühender Idealisten dafür gekämpft und demonstriert hatte. Schließlich, nachdem sie einen Flughafen im Hochland mutwillig beschädigt hatten, waren sie alle zusammen verhaftet worden. Drei Tage hielt man sie in überfüllten Zellen fest, ehe man sie in ihre Heimatländer abschob. Damit fand ihr Zusammensein ein unschönes und doch erfrischend dramatisches Ende. Im Tumult ihres erzwungenen Aufbruchs verabschiedeten sie sich lachend voneinander, ehe sie sich wieder in alle Himmelsrichtungen zerstreuten.

Beim Gedanken daran sprang Luoying von der Fensterbank, lief barfuß zum Monitor an der Wand und öffnete rasch ihr Postfach.

Hallo, Igor,
wie geht es Ihnen?

Sind Sie mit Ihren Plänen vorangekommen? Ich schätze Ihre Tatkraft sehr und hoffe, dass Sie Erfolg haben.

Ich möchte Sie etwas fragen: Wissen Sie, wie es den Mitgliedern von «Unsere Natur, unser Zuhause» in letzter Zeit ergangen ist? Gab es neue Aktionen oder ein neues Manifest? Geht es ihnen gut? Ich gehörte früher eine Zeitlang dazu, deshalb denke ich jetzt an sie.

Danke. Luoying

Sie klickte auf «Absenden» und starrte auf das Symbol, das anzeigte, dass ihr Brief seine lange Reise angetreten hatte. Und in diesem Moment ging ihr auf: Sie musste handeln. Am System lag es nicht. Im Grunde machte es für sie keinen großen Unterschied, in welcher Gesellschaft sie lebte, und der Zorn, den Shania empfand, war ihr fremd. Sie fühlte bloß, wie die Tat an sich sie anzog – die ungebrochene, ungeschönte Vitalität, die sich im Moment des Handelns Bahn bricht und die nicht länger von all den Bedenken und Kränkungen des Alltags gehemmt ist.

In Erinnerung an die irdischen Umweltaktivisten fasste sie endlich ihren Entschluss. In jedem Fall würde es die Anstrengung wert sein. Sie war jetzt achtzehn Jahre alt, aber sie stand am Rand einer Welt, die ihr und ihren Freunden nicht genügte. Vielleicht würde sich nie wieder die Gelegenheit bieten, dieser Welt den Kampf anzusagen. Nach langem Zaudern entschied sich Luoying schließlich dafür zu handeln.

Die letzte Besprechung fand ausgerechnet an dem Ort statt, den Luoying am meisten und zugleich am wenigsten betreten wollte: dem Arbeitszimmer ihrer Eltern. Rudy hatte Shania und Luoyings andere Mitstreiter hierher eingeladen. Dass er seine Kavaliersrolle so ernst nehmen würde, hatte Luoying nicht erwartet.

In ihrem Kopf hatte sich dieses Zimmer in einen verwunschenen Garten verwandelt. Schon lange war sie nicht mehr hierhergekommen. Was sie eigentlich davon abhielt, wusste sie selbst nicht – jedenfalls nicht die Erinnerungen an die Toten. Vielleicht wollte sie nur nicht aufs Neue konfrontiert werden mit all dem, was sie so lange umgetrieben hatte. Und vielleicht hatte sie sich ihrer Suche damals allzu sehr verschrieben und würde sich von einer neuerlichen Begegnung leicht aus der Bahn werfen lassen. Schweigend trat sie hinter Rudy in das Zimmer und ging mit unsicheren Schritten an Shania, Long und Sorin vorbei, aber niemand bemerkte ihr Zögern.

Der Raum strahlte noch immer etwas Stilles und Verlassenes aus.

Auf dem Tisch an der Wand ruhten Pinsel und Stichel, Teetassen und Tellerchen, so als wäre hier eben erst ein lebhaftes Treffen unter Freunden zu Ende gegangen.

Alle Dinge waren von einer Aura des Altertümlichen umgeben. Durch das Fenster mit dem dunkelgrünen Rahmen warf die Sonne einen stillen Bogen aus Licht. Schwarz hoben sich die schattigen Tiefen des Zimmers dagegen ab und verliehen dem in Licht getauchten Bereich eine überirdisch anmutende Reinheit.

«Setzt euch», begrüßte Rudy seine Gäste.

Luoying zuckte zusammen, als sie sah, wie ihre Freunde es sich rings um die Bücherregale bequem machten, ihr Bruder und Shania auf der einen Seite, Sorin und Long ihnen gegenüber. Wie sie dort an die Regale gelehnt saßen, die Füße auf den Gestellen, die Hände auf den Oberschenkeln, ihre Haltung, ihre Mienen, alles stimmte mit Luoyings verschwommenen Kindheitserinnerungen überein. Als Kind hatte sie hier, an ein Regal an der Seite gelehnt, lautlos verfolgt, wie eine locker im Raum verteilte Runde von Erwachsenen in fröhlichem Überschwang Diskussionen führte, die jenseits des Alltags lagen.

Luoying betrachtete die Anwesenden. Shania ließ ihren Blick über die Bilder schweifen, die ringsum an den Wänden hingen. Ihr Haar ergoss sich wie ein Wasserfall auf ihre Schultern, und ihr Gesicht war von Neugier und freudiger Erregung erfüllt. Sorin und Long musterten die Bücher in den Regalen.

Ohne eines zu berühren, schienen sie sich mit den Blicken doch schon in die Seiten zu vertiefen, und dabei tauschten sie sich leise miteinander aus. Rudy stand an ein Regal gelehnt. Er machte eine gute Figur in seiner Alltagskleidung, hochgewachsen und schlank, und um seine Lippen spielte ein selbstzufriedenes Lächeln.

«Habt ihr euch schon für einen Tag entschieden, an dem ihr in Aktion treten wollt?», fragte er Shania.

«Noch nicht. Wir tendieren dazu, es in vier oder fünf Tagen anzugehen.»

«Wie wäre es mit Sonntag?», schlug Rudy vor. «Dann ist Parlamentssitzung, und ihr könnt besonders viel Aufmerksamkeit auf euch ziehen.»

«Wäre das nicht ein bisschen sehr provokativ?», fragte Sorin besorgt.

«Nein, das wäre kein Problem», beruhigte ihn Rudy. «Ich garantiere für eure Sicherheit. Die Frage ist nur, ob ihr euch traut, die Konfrontation so direkt zu suchen.»

Shania hob die Brauen und lachte verächtlich. «Warum denn nicht?»

Luoying hielt sich aus der Diskussion heraus. Sie versank in einen eigentümlichen Traumzustand, in dem sich die Räume und Zeiten überlagerten und die Dinge ringsum ins Unwirkliche entrückt schienen.

Die braunen Bücherregale waren in einen Schleier aus goldenem Sonnenschein gehüllt, und die Fotos an den Wänden erstrahlten so hell, als würden sie lebendig. Ihre Mutter, schwarzhaarig und mit feurigem Blick, hielt eine flammende Rede, und ihr Vater, der ihr gegenübersaß, die Hände auf die Knie gelegt, gab bedächtige Erklärungen ab. Beide strahlten sie über das ganze Gesicht, dicht an dicht mit den Lebenden, und ihre Blicke gingen durch Luoying hindurch.

Und dann war da noch ein schweigsamer Mann namens Arthur, von kleiner Statur und mit dunklem Lockenhaar. Luoying hatte kaum Erinnerungen an ihn, aber sie sah ihn noch vor sich, wie er ihr über das Haar strich und ihr die Geschichte von Sindbad dem Seefahrer erzählte.

Wie durchsichtige Geister schwebten diese Pantome der Vergangenheit an ihren Plätzen, während die unvollendete Skulptur auf dem Tisch am Fenster in Licht gebadet war.

«Mir ist jeder Tag recht», sagte Shania und fixierte Rudy. «Ich will nur wissen, warum du uns hilfst.»

Rudy lächelte. «Möchtest du die Wahrheit hören?»

«Sicher.»

«Ein Grund ist: Ich habe mich in dich verliebt.»

Shania verzog den Mund zu einem Grinsen. «Das glaube ich nicht. Trotzdem danke.»

Rudy nahm ihre Antwort mit einem gelassenen Lächeln hin. «Ein anderer Grund ist: Ich stimme euch zu. Eigentlich wollte ich schon längst eine Reform unseres Systems vorschlagen, aber ich hatte immer Angst, ich könnte damit einige Leute vor den Kopf stoßen, und deshalb habe ich meine Gedanken für mich behalten. Aber ihr habt völlig recht damit, all die Missstände anzusprechen: den erstarrten Apparat, die Gleichmacherei, die individuelle Unfreiheit. Ihr sagt, der Regierungsapparat funktioniert wie ein Schaltkreis. Ich finde, das betrifft nicht nur den Regierungsapparat, sondern den gesamten institutionellen Apparat: Das alles funktioniert wie eine gleichgeschaltete, seelenlose Maschine, die den Menschen versklavt. Die Studios sind bloß kleine Rädchen in diesem Getriebe, das sein vorprogrammiertes Schema abspult. Wir alle wollen eine bessere Welt, und deshalb dürfen wir vor diesen Missständen nicht die Augen verschließen.»

«Aber mir scheint», wandte Sorin stirnrunzelnd ein, «du

willst über das, was wir eigentlich im Sinn hatten, weit hinausgehen. Wir wollten uns gar nicht in die Arbeit irgendwelcher ingenieurtechnischen Institutionen einmischen, denn davon haben wir keine Ahnung. Außerdem gibt es doch jetzt schon die Regelung, dass sich Studios frei zusammenschließen und für Projekte melden können, oder?»

«Ja, aber ich fürchte, ihr versteht das nicht», entgegnete Rudy. «Stellt euch jedes Studio als ein Bauteil vor, einen elektrischen Kondensator oder Transistor oder was auch immer. Der sogenannte freie Zusammenschluss dieser Komponenten bedeutet dann nur die spontane Teilhabe am Schaltkreis und das Wetteifern darum, ein Teil des nächstgrößeren Schaltkreises zu werden. Ist das Projekt erst einmal erfolgreich angelaufen, so ist der Rest nur noch mechanische Wiederholung und Unterordnung. Und wisst ihr, wer die wahren Nutznießer sind? Das Establishment der alten Garde. Wenn die alten Herrschaften es in der Hand haben, die Schaltkreise auch für unsere zukünftige Gesellschaft zu bestimmen, werden sie die Menschen in die von ihnen vorgezeichneten Bahnen zwingen. Ihre Macht ist einfach zu groß geworden. Das Problem, das ihr benannt habt, ist nicht bloß ein politisches Problem, sondern letztlich ein sozialphilosophisches: Wie soll unsere Gesellschaft funktionieren? Wenn wir etwas ändern wollen, dürfen wir nicht ängstlich sein. Wir müssen scharf und direkt wie ein Messer ins Herz unserer Welt hineinstoßen.»

Niemand sagte etwas. Alle warteten schweigend. Shania blickte Rudy nachdenklich an. Sorin und Long tauschten einen Blick miteinander.

«Ich finde das problematisch, was du da sagst», warf Long ein. «Der springende Punkt ist doch die krankhafte Anbetung von Erfolg.»

«Und was folgt daraus?», fragte Rudy bedächtig.

Ohne auf die Frage einzugehen, erwiderte Long: «Wir können einfach nicht richtig einschätzen, was du vorhast.»

«Was ich vorhabe?» Rudys Augen funkelten dunkel. Er ging zur Wand gegenüber und strich über den Monitor. Rasch hatte er mehrere Menüs aufgerufen. Mit einem kräftigen Abwärtsschwenk, einem Knopfdruck und einer gleitenden Armbewegung beschwor er an der Wand ein Bild in glühenden Farben herauf. «Ich habe das Gleiche vor wie schon meine Eltern», erklärte er ruhig. «Eine Revolution.»

Luoying holte tief Luft.

Sie starrte auf das Video an der Wand. Es war eine alte, aber gestochen scharfe Aufnahme ihrer Eltern. Schlank und aufrecht standen sie nebeneinander, die Gesichter vor Leidenschaft gerötet. Sie trugen festliche Kleidung, aber Kragen und Ärmel standen offen, elegant und doch leger. Hinter ihnen kauerten zwei Roboter-Förderwagen in Lauerstellung wie mächtige gezähmte Bestien in Erwartung ihrer Befehle. Von den Wagen hingen riesige Plakate herab, auf die die marsianische Fahne, Götterbilder und Menschenmengen gemalt waren. Darunter stand in großen, dicken Lettern geschrieben: «Schluss mit der Unterdrückung!»

Dann füllte sich das Video mit immer mehr Menschen. Sie stürmten in Scharen voran, schwenkten die Arme und redeten auf die Menge ein, reckten Banner hoch, auf denen kleine Animationsfilme liefen, oder umringten erwartungsvoll Luoyings Eltern.

Auf allen Bannern prangten Parolen wie «Gleichheit für alle!». Die Menge war nicht sehr groß, aber es ging eine überschäumende Energie von ihr aus.

Von den Bildern in den Bann geschlagen, ging Luoying auf die Wand zu, als wollte sie geradewegs in die Aufnahme eintreten. Rudy hatte sich schon wieder entfernt und war in den

Kreis der anderen zurückgekehrt. Ihre Diskussion begann von neuem, Shania sagte irgendetwas, aber Luoying bekam davon nichts mehr mit. Sie fuhr mit der Hand über die Wand, als könnte sie über die Grenzen von Raum und Zeit hinweg ihren Eltern über die Wangen streichen.

Plötzlich fiel ihr die 3-D-Brille ein, sie rannte zur Tür, nahm die Brille und setzte sie sich auf. Sie hatte schon lange keinen holographischen Raum mehr betreten. Noch nie hatte diese virtuelle Welt sie so magisch angezogen wie in diesem Augenblick. Sie unterdrückte einen Anflug von Schwindel und versuchte, sich in der holographischen Welt, die sich schlagartig rings um sie aufgebaut hatte, zu orientieren.

Aber sie war nicht an dem Ort, an dem sich ihre Eltern versammelt hatten. Ihre Eltern waren nicht einmal hier. Vielleicht hatte sie sich verwählt, oder es gab von dem Video, das sie gerade gesehen hatte, keine 3-D-Version, und das Programm hatte sie automatisch an einen anderen Ort versetzt: in einen düsteren, Ehrfurcht gebietenden Saal, in dem viele Menschen schweigend saßen. Sie erkannte den Ort: Es war der Parlamentssaal. Die Stille, die ringsum lastete, hatte etwas Angespanntes, Bedrücktes.

Dies war nicht die Szene, für die sie sich interessierte, und Luoying wollte sie gerade wieder verlassen und im elektronischen Ordner die Aufnahme ihrer Eltern heraussuchen, da sah sie ihren Großvater. Er kam durch eine Seitentür herein, gefolgt von vertrauten Gesichtern, trat mit gemessenen Schritten zum Pult des Vorsitzenden und setzte sich. Er begann zu sprechen, aber Luoying hörte nichts. Entweder hatte die Aufnahme keinen Ton, oder sie hatte nicht den richtigen Knopf gedrückt. Sie erkannte bloß, wie ruhig seine Miene blieb. Nur ganz leise zeichneten sich darin Trauer, Erschöpfung und Selbstvorwürfe ab. Er schien irgendetwas zu erklären und zugleich öffentlich eine Schuld zu bekennen. Schließlich löste er das golden glitzernde Abzeichen von seiner Brust und legte es behutsam vor sich auf den Tisch, ehe er sich im Saal umschaute.

Dann sah sie Juan. Ohne zu wissen, was eigentlich vor sich ging, spürte sie, dass sein Erscheinen eine Wende bedeutete. Abrupt war er von seinem Platz aufgeschossen und zeigte mit großer Gebärde nach oben. Alle Anwesenden sahen in die Richtung, in die er wies. Was die Abgeordneten dort über ihren Köpfen erblickten, lag außerhalb von Luoyings Sichtfeld. Sie sah nur, wie finster Juan dreinschaute. Sein dunkel glänzendes Gesicht strahlte einen eisernen Willen aus, der einschüchternd wirkte und keinen Widerspruch duldete. Mit einem Wink seiner Hand schien er den ganzen Saal unter seine Kontrolle gebracht zu haben.

Luoying hätte die Szene gern weiterverfolgt, aber mit einem Mal erlosch das Bild.

Als sie die Brille abnahm, blickte sie ihrem Bruder ins Gesicht. Er hatte den Monitor ausgeschaltet, und die Wand war kahl. Als er ihr die Brille aus der Hand nahm, wollte sie protestieren, aber er hatte sie schon in aller Ruhe in seine Tasche gesteckt. Auf seinem Gesicht war kein Anflug von Ärger zu erkennen, nur eine unbeirrbare Entschlossenheit. Mit freundlicher Herablassung schüttelte er den Kopf, als wolle er ihr sagen: ‹Hör auf mich, ich meine es gut mit dir.›

Wütend schüttelte nun auch Luoying den Kopf. Seit dem Vorfall mit dem Ballettkleid war ihr nichts an ihrem Bruder so zuwider wie die selbstherrliche Art, mit der er sie bevormundete. Inständig blickte sie ihn an, aber er drehte sich schon um und ging aus dem Zimmer. Als sie ihm folgte, bemerkte sie, dass ihre Freunde fort waren. Der Raum war leer, als wäre es nie anders gewesen.

«Rudy!», rief sie ihm von der Treppe aus nach. Sie blieb stehen und lehnte sich an das Geländer. «Was hatte das eben zu bedeuten?»

«Was hatte was zu bedeuten?» Er wandte sich um und blickte zu ihr hinauf.

«Die Aufnahme, die ich gesehen habe.»

«Ich weiß nicht, was du gesehen hast.»

«Rudy, ist etwas geschehen? Warum hat sich deine Einstellung so verändert? Vor zwei Monaten warst du doch noch gegen eine Revolution.»

«Ach ja?»

«Ja, sicher! Als ich dich gefragt habe, warum Großvater damals die Proteste verboten hat, da hast du gesagt, es sei zu gefährlich gewesen und er habe es tun müssen.»

«Aha», brummte Rudy mit ausdruckslosem Gesicht. Er überlegte einen Moment, ehe er bedächtig erwiderte: «Kann sein, dass ich das gesagt habe. Ich erinnere mich nicht mehr.»

Luoying zögerte, ehe sie sagte: «Du hast dich verändert.»

Um seine Mundwinkel zuckte ein Lächeln. «Ich weiß, was ich tue.»

Schweigend ging Luoying die restlichen Stufen hinunter. Shania und die anderen standen schon an der Tür, nickten zum Abschied und winkten ihr zu. Anscheinend verabredeten sie noch etwas mit Rudy, aber Luoying war nicht in der Stimmung zuzuhören. Ein Wirrwarr von Bildern wirbelte in ihrem Kopf herum und verdrängte die Wirklichkeit.

Am nächsten Tag fuhr Luoying zum Flugzentrum Nummer 1 im Nord-Distrikt. Sie kam zum ersten Mal hierher. Die mächtige, weite Halle, die von einem Kreis aus vierzig silbergrauen Säulen getragen wurde, war menschenleer. Am Boden kreuzten sich die Rollbahnen, ringsum liefen mit stiller Präzision verschiedene Maschinen vor sich hin.

Schon von weitem erspähte sie Ankka. Er war beschäftigt und bemerkte sie nicht. Sein Arbeitsplan war öffentlich einsehbar, deshalb wusste sie, dass er heute Dienst hatte. Sie war gekommen, ohne ihm vorher Bescheid zu sagen. Er saß gebeugt mit dem breiten Rücken zu ihr. Anscheinend reparierte er gerade irgendetwas. Luoying ging leise durch die große Halle auf ihn zu, vorbei an zwei neuen Flugzeugen, die mit ihren perfekten Umrissen, der stromlinienförmigen schmalen Silhouette und der silbern glänzenden Oberfläche an gestrandete Delfine erinnerten. Ringsum ragten hohe Stahlgerüste auf, und die sorgsam eingefahrenen Roboterarme strahlten eine ruhige Würde und Autorität aus. Ankka war allein in der Halle. Nur die blinkenden Kontrolllämpchen an der Wand leisteten ihm Gesellschaft.

Vor ihm lag ein weißes Maschinenteil, das in zwei Hälften zerlegt war wie eine aufgebrochene Eierschale. Die eine Hälfte war fast leer, die andere vollgestopft mit elektronischen Komponenten.

«Ankka», rief sie ihn leise.

Er drehte sich um und stand auf. Offensichtlich überrascht, wischte er sich eine Schweißperle von der Nasenspitze, auf der ein Schmutzfleck zurückblieb.

«Reparierst du immer noch dein Flugzeug?»

«Ja. Das Navigationsinstrument.» Er zeigte mit den Händen auf den Boden. «Bin bald fertig.»

«Und dann kannst du damit fliegen?»

«Das hoffe ich.» Er seufzte.

Luoying blickte in sein erschöpftes, aber konzentriertes Gesicht und suchte vergeblich nach Worten, um ihn zu trösten oder zu ermutigen.

«Reparierst du etwa alles mit der Hand?»

«Natürlich nicht.» Er schüttelte den Kopf. «Die hermetisch

abgedichteten Einzelteile kann ich nicht aufmachen. Dafür muss ich einen Nutzungsantrag in der Wartungsstation stellen, damit ich einen Roboterarm steuern kann.»

«Wow!»

«Wie soll es denn sonst gehen?», fragte er mit einem ratlosen Grinsen.

«Will Hauptmann Fitz dir immer noch kein gutes Flugzeug geben?»

«Doch. Aber erst soll ich öffentlich Selbstkritik üben.»

«Ach so …» Sie fragte lieber nicht weiter.

Er lächelte sie an, ehe er sich wieder hinhockte und weiterarbeitete. Luoying setzte sich neben ihn auf einen kleinen Werkzeugkasten und schaute ihm schweigend zu.

«Was hat dich denn heute hierhergeführt?», fragte Ankka, ohne mit der Arbeit aufzuhören.

«Zwei … zwei Dinge. Als Erstes möchte ich dich fragen: Juan ist doch der Chef vom Flugsystem – was für ein Mensch ist er?»

Ankka hielt inne und blickte auf. «Wieso fragst du mich denn das?»

Luoying erzählte ihm in groben Zügen von der Szene, die sie mit angesehen hatte. «Aus irgendeinem Grund macht er jedes Mal einen anderen Eindruck auf mich. Manchmal wirkt er gutmütig, aber dann wieder ziemlich bedrohlich. Ich weiß nicht, was damals passiert ist, deshalb frage ich dich.»

«Ich habe von dieser Sache auch nichts gehört.»

«Wie verhält sich Juan denn euch gegenüber?»

«Hm …» Ankka überlegte. «Er handelt mit Bedacht. Aber er scheint etwas gegen Moralapostel zu haben.»

«Woran merkst du das?»

«Schwer zu sagen, das ist nur so ein Gefühl.» Ankka hielt einen Moment inne, ehe er hinzufügte: «Er redet nicht viel, und wir bekommen ihn gewöhnlich kaum zu sehen.»

Luoying nickte. «Das Flugsystem kann auch Truppen mobilisieren, oder?»

«Ja, das kann es.»

«Aber wieso? Eigentlich müsste euer System doch nur über den Personen- und Gütertransport per Luft bestimmen können, oder?»

«Eigentlich schon. Aber unser ganzes System ist straff militärisch durchorganisiert. Deshalb können wir jederzeit mobilisiert werden.» Auf einmal fiel ihm etwas ein. «Erinnerst du dich noch an den Stützpunkt, den wir gesehen haben, als wir aus den Bergen rausgeflogen sind?»

Luoying ließ alles noch einmal vor ihrem geistigen Auge Revue passieren. «Du meinst den Stützpunkt, den wir ganz am Ende aus der Luft gesehen haben? In der Nähe der Akira-Klippen?»

«Ja.» Ankka nickte. «Ich habe erst hinterher erfahren, dass das ein geheimes militärisches Forschungszentrum ist.»

«Ein militärisches Zentrum?»

«Ja. Und es untersteht dem Flugsystem», antwortete Ankka. «Angeblich hat Juan es persönlich errichten lassen.»

«Echt? Komisch, dass ich nie etwas davon gehört habe», murmelte Luoying verwundert. «Und mein Großvater war damit einverstanden?»

«Das weiß ich nicht.»

Luoying schwieg. In letzter Zeit hatte sie immer mehr Dinge zu verdauen gehabt, von denen sie vorher nie etwas gehört hatte, und sie wusste noch nicht, was sie davon halten sollte. Auf einmal kam ihr die Welt ungeheuer kompliziert vor. Auch Ankka schien in Gedanken versunken. Den Ellbogen auf das Bein gestützt, auf dem er hockte, blickte er mit halbgeschlossenen Augen vor sich ins Leere.

«Kommst du am Sonntag?», fragte Luoying leise.

«Sonntag?» Er sah zu ihr hoch.

«Da ist doch unsere Demonstration!»

«Was für eine Demonstration?»

«Na die, die Shania auf die Beine gestellt hat, für mehr Mobilität beim Arbeiten und Wohnen. Wir haben doch per E-Mail alle darüber diskutiert! Hast du die Mails denn nicht bekommen?»

«Ach ja, schon», murmelte Ankka beiläufig. «Aber ich habe sie mir nicht so genau durchgelesen.»

«Kommst du denn?»

«Ich weiß noch nicht, mal schauen.»

Er wirkte gleichgültig und geistesabwesend, während er mit seinen schlanken Fingern wieder zu arbeiten anfing. Auf einmal kam er ihr seltsam distanziert vor. Eigentlich war sie heute nicht bloß zu ihm gekommen, um über Politik zu sprechen, sondern auch und vor allem, um sich ihren Kummer von der Seele zu reden. Sie war innerlich aufgewühlt und hatte gehofft, sie könnte Trost bei ihm finden, aber nun wusste sie nicht mehr, wie sie das Gespräch noch fortsetzen sollte. Die kalte und doch so warme Nacht in der Höhle schien in weite Ferne gerückt. Nach ihrer Rückkehr und der einmonatigen erzwungenen Trennungszeit waren sie beide so beschäftigt gewesen, dass sie nur wenige Worte miteinander gewechselt hatten. Und nun schien sie gar nichts mehr miteinander zu verbinden – so als wäre der vage Anflug von Zärtlichkeit zwischen ihnen schon vergessen. Ihr kamen die Worte von Shania wieder in den Sinn, ihr Zweifel an jedem Gefühl von Beständigkeit.

«Liegt dir etwas an dem, was ich tue?», brach es aus ihr heraus.

Er warf ihr einen irritierten Blick zu. «Was? Du meinst die Sache am Sonntag?»

«Nein, das meine ich nicht.»

«Na, was denn dann?»

«Nichts Bestimmtes. Ich frage dich nur ganz allgemein, ob dir etwas an mir liegt.»

Ein Schatten von Traurigkeit schien seinen Blick zu verdunkeln. «Was willst du denn von mir hören?»

Luoying hatte einen Kloß im Hals. Seine Gleichgültigkeit tat ihr weh. «Was könnte ich schon von dir wollen?»

Ankka schwieg.

Eine Weile verging, ehe sie ihn fragte: «Glaubst du an ewige Liebe?»

«Nein. An so was habe ich noch nie geglaubt.»

Sie wusste nichts mehr zu sagen und stand auf. «Ich gehe jetzt nach Hause.»

Er nickte nur und sagte, sie solle auf sich aufpassen. «Ich habe hier Dienst, ich kann dich nicht hinausbringen.»

Sie hatte gehofft, er würde noch etwas Versöhnliches sagen oder sie zum Bleiben drängen, aber er tat nichts dergleichen. Wortlos ging sie aus der Halle, ohne sich noch einmal umzublicken.

JILL

Was ging nur in Rudy vor?
Jills Gefühle waren an diesem Tag sehr widersprüchlich. Rudy hatte sich seltsam benommen, fand sie – fast als wolle er ihr seine Zuneigung erklären, könne sich jedoch nicht dazu durchringen. Es gab doch nichts Komplizierteres auf der Welt! Gern hätte sie ihrer inneren Stimme vertraut, aber sie wollte nicht zu emotional erscheinen und viel Lärm um nichts machen.

«In Wahrheit bin ich eine Pessimistin – das weiß nur niemand», murmelte sie vor sich hin. «Ich hoffe auf das Glück, aber sobald es ein bisschen näher rückt, traue ich mich nicht mehr, daran zu glauben.»

Sie versuchte von neuem, ihre Gedanken zu ordnen.

Es hatte keine entsprechenden Vorzeichen gegeben. Rudy war einfach herbeispaziert und hatte sie eingeladen. Jill war außer sich vor Freude gewesen, als er sie vor aller Augen angesprochen hatte – genau wie in einem Roman. Sie saß mit ihren Freundinnen an einem Blumenbeet, als er mit seinen Freunden aus einem Röhrenwagen ausstieg, sie entdeckte und zu ihr kam. Nachdem er die anderen leise begrüßt hatte, fragte er Jill – und nur Jill –, ob sie am nächsten Tag mit ihm das neue Studio für Fotoelektrizität besuchen wolle. Sein Lächeln war strahlend, seine Manieren tadellos, sein Ton bestimmt. Sie traute kaum ihren Ohren.

Ob sie rot geworden war, wusste sie hinterher nicht zu sagen, jedenfalls hatten ihre Wangen geglüht. Sie hatte die Hand vor das Gesicht geschlagen und sich behutsam auf die Unterlippe gebissen, um ihr Lächeln zu unterdrücken.

Er hat mir zwar nicht seine Liebe erklärt, aber er hat mich immerhin eingeladen, also muss er mich doch zumindest gernhaben. Aber warum lädt er mich in ein Labor ein und nicht ins Konzert? Vielleicht will er einfach, dass ich seine Arbeit kennenlerne. Andererseits hat er auch immer wieder zu Lilli hinübergeschielt ... Er mag doch nicht etwa Lilli? Hat er vielleicht nur mit mir geredet, um sie eifersüchtig zu machen? Nein, so ein Mensch ist er nicht. Glaube ich zumindest. Doch was weiß ich schon wirklich über ihn? Ich habe noch nie gehört, dass er irgendein Mädchen gernhat. Als ich ihn angesehen habe, schien er auch ein bisschen verlegen.

Sie seufzte tief.

Was soll ich nur tun? Warum bin ich so übersensibel und achte auf Kleinigkeiten, die andere gar nicht wahrnehmen? Sie betrachtete sich im Garderobenspiegel: ein Mädchen, dessen rundes Gesicht einen geheimen Kummer verbarg.

Schon von klein auf hatte sie mit Luoying gespielt und war dabei auch viel mit Rudy zusammengekommen. Er hatte manchmal auf sie aufgepasst, und dabei hatte sie seine Gewohnheiten kennengelernt. Schon damals, so schien es ihr, war der Keim für ihre späteren Gefühle gelegt worden. Zwar hatte sie Rudy nach Luoyings Fortgang kaum noch gesehen, und der Keim hatte lange bloß auf dem Grund ihres Herzens geschlummert, aber er war immer da gewesen und unmerklich gewachsen. Und ihr Traum vom Glück hatte wie ein geheimer Garten in ihr Gestalt angenommen: Eines Tages – daran hatte sie stets geglaubt – würde Rudy Licht in ihr Leben bringen.

Als sie sechzehn war, war der große Moment dann gekommen. Auf einem Ball in ihrem Viertel zur Feier der Volljährigkeit hatte sie Rudy tanzen sehen.

Er hatte in der Mitte der Tanzfläche alle Blicke auf sich gezogen. Mit seinem halboffenen Hemd, seinem arroganten Lächeln und seinem stolzen Blick hatte er sehr männlich gewirkt. Tief und anhaltend hatte sie sich in ihn verliebt, hatte um seinetwillen gelacht und gelitten und war nur zu bereit, ihm jeden Wunsch zu erfüllen.

Ständig fragte sie sich, was für eine Art Mädchen Rudy wohl mochte: die stillen und sittsamen oder die strahlenden Schönheiten. Sie hatte ihm ihre Bilder und Entwürfe gezeigt, und wenn er nur ein klein wenig Lob äußerte, war sie selig, fühlte sich geistig beschwingt und zu neuen Kreationen beflügelt. Weil ihm das Kleid gefiel, das sie für Luoying designt hatte, entwarf sie gleich noch mehr solche Modelle.

Sie wusste, wie exzellent Rudy auf seinem Gebiet war, und hoffte, sie könnte sich auf ihrem ähnlich hervortun wie er. Aber als Designerin war sie noch eine Anfängerin, ein Niemand, und die Empfehlungs- und Klickrate ihrer Entwürfe auf dem Datenserver bewegte sich auf einem entsprechend niedrigen Niveau. Anders als in den meisten Branchen herrschte im Modedesign ähnlich wie in der Gastronomie ein erbitterter Wettbewerb. Wer eine bestimmte Stahlfolie oder einen Präzisionsdetektor herstellte, musste sich bloß um das nötige Produktionsbudget bemühen, aber die Kleiderproduktion richtete sich nach der Klickrate, und diese Zahl war unbestechlich: Wenn ein Entwurf von den Kunden gewählt wurde, dann wurde er auch produziert. Die Herstellungszahlen gaben also die Beliebtheit so direkt wie nur möglich wider. Weil Jill mit ihren Entwürfen nur mäßig abschnitt, war sie oft niedergeschlagen, und dann schien es ihr, sie habe jemanden wie Rudy nicht verdient. Umso verzweifelter legte sie sich ins Zeug. Niemand stellte in so rascher Folge immer neue Entwürfe ins Netz wie sie.

Oft rätselte sie, warum Rudy sich wohl noch nie in ein Mädchen verliebt hatte. Stellte er zu hohe Ansprüche? Wollte er erst einmal seine Karriere verfolgen? Trug er eine geheime Sehnsucht in sich? Oder war er einfach nicht so ein oberflächlicher Angeber wie die meisten Jungen, sondern vergleichsweise konservativ und zurückhaltend, wenn es darum ging, seine Gefühle zu äußern? Egal was der Grund sein mochte, jeder übte eine Anziehungskraft auf Jill aus. Zweifellos, so glaubte sie, nahm Rudy Gefühle besonders ernst, und nur deshalb war er noch immer allein.

An diesem Tag blieb Jill kaum Zeit zum Nachdenken. Denn heute fand der Wassertest für das Schluchtenmodell statt, und sie hatte sich nur zu bereitwillig für den kollektiven Dienst gemeldet. Sie hatte diesen Test von Anfang an spannend gefunden, und von der Vorfreude auf ihre morgige Verabredung zusätzlich beflügelt, strotzte sie vor freudiger Erregung und Einsatzbereitschaft. Summend hüpfte sie aus dem Haus, und überall lachten ihr strahlender Sonnenschein und bunte Blumen entgegen.

Der Wassertest sollte in der Goldenen Allee vor dem Geschichtsamt stattfinden. Der Name der Straße klang wie ein glückverheißendes Omen in Jills Ohren – als sollte das Schicksal ihr morgen gewogen sein. Als sie ankam, fand sie bereits viele Leute versammelt, und alle trugen weiße Westen mit einem Cartoon darauf und waren damit beschäftigt, den Ort herzurichten.

«He, Warren!», grüßte sie lachend einen alten Mitschüler.

«Jill!» Er nickte ihr mit dem Kopf zu, während er eine Kiste herbeischleppte.

«Was machst du da?»

«Ich baue das Modell vom Wasserrad auf.»

«Und was kann ich machen?»

Warren deutete mit gespitzten Lippen zum Geschichtsamt. «Dort teilt Herr Holly gerade die Helfer ein. Aber beeil dich, sonst gibt es nichts mehr zu tun.»

Hastig lief Jill in die Richtung, in die er gezeigt hatte. Dort, auf der Treppe, die zur Vorhalle des Geschichtsamts hinaufführte, stand schon eine lange Schlange von Leuten. Oben stand Herr Holly mit einem Tablet in der Hand und verkündete lauthals, welche Arbeiten noch ausstanden und wie viele Helfer dafür benötigt wurden. Trotz der großen Menge brach unter den Freiwilligen kein Chaos aus. Sie waren mit dieser Art der Aufgabenverteilung bei Großeinsätzen längst vertraut. Jedes Mal wenn Holly eine Aufgabe ausrief, meldete sich eine Schar Freiwilliger mit Namen. Von der Seite trat ein wissenschaftlicher Mitarbeiter hinzu, der ein wenig älter als die Jugendlichen war, und führte sie zu ihrem Einsatzort. Jill reihte sich ins Ende der Schlange ein und rückte in banger Sorge, sie könne am Ende leer ausgehen, die Stufen hoch.

In der Mitte der Goldenen Allee, auf einem runden, sich zum Zentrum hin absenkenden Platz, den früher eine Reihe von Generalsdenkmälern gesäumt hatte, war bereits ein höchst imposantes Schluchtenmodell aus Sand und Steinen errichtet worden. Die Bergwände über der beckenförmigen Senke waren mit Höhlen übersät, die aussahen wie Bienenwaben. In Form und Oberfläche wirkte das Modell beeindruckend realistisch. Auf den Hängen lag – prächtig, aber nicht zu grell – der Glanz der Sonne. Lange Wasserläufe, die sich auf halbem Weg zwischen den Höhlen vielfach verzweigten, schlängelten sich von den Gipfeln bis hinab auf den Grund der Schlucht, wo sie sich miteinander vereinten. Über der Mitte der Schlucht hing eine mächtige Kugelleuchte wie eine noch nicht entzündete Sonne.

«Schleusentoraufsicht!», rief Holly mit lauter Stimme.

Mehrere junge Leute hoben die Hand und drängten sich aus dem Pulk hinaus, während Jill weiter vorrückte.

Sie stellte sich auf die Zehenspitzen und schaute von Holly zu dem Schluchtenmodell. Das raue Äußere des Modells flößte ihr ein wenig Angst ein, aber gleichzeitig beeindruckte sie der majestätische Anblick.

Sie malte sich aus, wie das Leben in den Bergen wohl wäre: In was für Höhlen würden sie wohnen, wie würden sie ausgehen, Freunde treffen, einen Einkaufsbummel machen? Sie ließ sich von ihrer Phantasie treiben wie auf einer Wolke – und stand plötzlich vor Rudy. Schon lange träumte sie davon, ihr gemeinsames Zuhause auszusuchen. Diese Hoffnung war so geheim, dass sie niemandem davon erzählt hatte. Sie verstand zwar nichts von Architektur, aber sie vertraute auf ihren Schönheitssinn. Sie hatte ein Auge für Details, über die andere achtlos hinwegsahen.

«Farmmodellgestaltung!», unterbrach die laute Stimme von Herrn Holly Jills Gedanken.

Auf einmal merkte sie, dass kaum noch jemand vor ihr stand. Prompt riss sie den Arm hoch und rief: «Ich! Ich!» Sie gehörte tatsächlich zu den Auserwählten und folgte freudig einer Frau um die dreißig, die einen weißen Laborkittel trug, zu einer Seite des Schluchtenmodells. Die Frau war sehr liebenswürdig. Sie gab jedem einen Beutel mit Miniaturblumen, -gräsern und -bäumen und wies sie an, eine Hangfläche damit zu bepflanzen. Jill stürzte sich sogleich in die Arbeit. Mit den Fingern stocherte sie in der Erde und widmete sich mit großer Sorgfalt dem Einsetzen ihrer Modelle.

«In den nächsten Tagen brauchen wir voraussichtlich noch

einmal die Hilfe von einigen Freiwilligen», schallte die klare Stimme von Herrn Holly über die Köpfe hinweg. «Ein wichtiger Teil davon wird der Kontrolle und Arbeit auf dem Versuchsfeld gelten. Wer dabei mitmachen möchte, soll sich bitte gleich bei Frau Matthew melden.»

Er zeigte auf die Frau im weißen Kittel, die die Gruppe um Jill zum Modell geführt hatte. Jill schoss sogleich aus der Hocke hoch, klopfte sich den Sand von den Fingern und rief aufgeregt: «Ich würde gern mitmachen!»

Frau Matthew schenkte ihr ein freundliches Lächeln. «Vielen Dank, junge Dame, aber für diese Arbeit brauchen wir Erwachsene.»

«Ich bin schon achtzehn!»

«Tatsächlich?» Frau Matthew lachte. «Dann gib mir einfach deinen Namen. Wir werden in den nächsten Tagen die Auswahlgespräche durchführen.»

«Auswahlgespräche? Ich denke, ich eigne mich sehr gut für die Aufgabe und bin bereit zu helfen!», sagte Jill.

«Das ist eine harte Arbeit, die große Gewissenhaftigkeit verlangt. In der entscheidenden Phase musst du vierundzwanzig Stunden auf deinem Kontrollposten bleiben.»

«Kein Problem!» Nach einem Moment des Überlegens korrigierte sich Jill: «Ich werde mich auf jeden Fall bemühen.»

Als Frau Matthew schmunzelte, wagte Jill, ihr weitere Fragen zu stellen, und sie gab geduldig auf alles eine Antwort. Auf Jills Frage nach dem Versuchsfeld erklärte sie ihr: «Das wird wahrscheinlich das erste Freiluftfeld auf dem Mars.» Angesichts der Vorstellung, welchen Ruhm ihre Hilfe dabei mit sich bringen könnte, stieß Jill einen kleinen Freudenschrei aus – sie würde Geschichte schreiben!

Voll glühendem Eifer beteiligten sich die Helfer an den Arbeiten, während die Sonne langsam von der östlichen Seite des

Platzes über ihre Köpfe wanderte und sich allmählich nach Westen hin senkte. Mit großer Liebe zum Detail gestalteten sie das Schluchtenmodell. Von den Feldern für die Landwirtschaft über die Kraftwerke bis hin zu den Wohnvierteln wirkte alles verblüffend echt. Halb verborgen zwischen Feldern und Waldstreifen waren sogar ein paar ausgewählte Tiermodelle platziert. Die kleinen Menschenfiguren, die in der Schlucht aufgestellt waren, wirkten wie ein Echo auf die realen, großen Menschen, die ringsum beschäftigt waren – als verkörperten beide Gruppen die ideale Synthese aus einer halb menschlichen, halb göttlichen Schöpfung.

Um Punkt drei Uhr nachmittags traf endlich der von allen sehnlich erwartete Wasserwagen auf dem Platz ein. Wie eine titanische Gottheit schob er seinen mächtig aufragenden Rumpf an das Modell heran, und unter den erwartungsvollen Blicken der versammelten Menge hob er langsam den Tank empor. Wasser ergoss sich aus der Öffnung und sammelte sich in der künstlichen Schlucht zu einem wogenden kleinen See, der immer höher anstieg. Gleichzeitig flammte die riesige Leuchte auf, die über der Schlucht hing, und ihr helles gelbes Licht fiel, von einem Schirm zu kräftigen Strahlen gebündelt, auf den See und die angrenzende Bergwand. Es war ein erhabenes, majestätisches Schauspiel, das die Begrenztheit seiner Dimensionen vergessen ließ.

«Liebe Freundinnen und Freunde!», rief Herr Holly mit seiner volltönenden Stimme von der Treppe herab. «Wir alle können uns glücklich schätzen, dass wir solch einen historischen Moment erleben dürfen! Dieser Augenblick wird als einer der glanzvollsten und erinnerungswürdigsten Wendepunkte in die Geschichte der Menschheit eingehen. Denn zum ersten Mal gestaltet nun der Mensch mit seiner Intelligenz die natürliche außerirdische Umwelt in so großem Maßstab um. Der Mensch und die Natur verschmelzen zu einer neuen Einheit, die dem Mars zum Ruhm gereicht und den ersten und bedeutendsten Schritt zu unserer Zukunft als unabhängiges Volk markiert. Dass wir zu diesem Kampf um Unabhängigkeit einen solchen Beitrag leisten können, ist eine große Gnade der Epoche, in der wir geboren sind!»

Voller Begeisterung und beseelt von hochfliegenden Idealen hörte Jill zu. Sie betrachtete den neugeborenen See und die Berge, den aufsteigenden Nebel und den hellen Glanz auf der Erde, und fast glaubte sie schon den Wind auf ihren Wangen zu spüren, glaubte die Vögel zu hören und die Blumen zu riechen, und ihre Augen wurden feucht.

Der Wasserspiegel des Sees war schon recht hoch angestiegen, und die künstlichen Wasserpflanzen trieben auf den Wellen und verliehen der Oberfläche einen türkisgrünen Schimmer. Unter dem kräftigen Licht der großen Leuchte entwickelten sich über dem See und an den Berghängen unterschiedliche Lufttemperaturen. Das Wasser, das als Dampf aufstieg, sammelte sich in der Luft zu dunstigen Gebilden, die immer deutlicher zu Wolken wurden, untermalt von Ausrufen des Erstaunens und aufgeregtem Flüstern. Eine Weile verstrich, dann hatten die winzigen Staubteilchen, die über der Schlucht schwebten, so viel Dampf an sich gebunden, dass sich Tropfen daraus bildeten. Ein sanfter Regen rieselte an den steilen Hängen nieder und fiel geradewegs auf eine Grünfläche. Die Menge brach in spontanen Applaus aus, und als Jill sah, wie die Bäume und Blumen, die sie eigenhändig gepflanzt hatte, im Regen badeten, brachte sie vor Stolz kein Wort mehr heraus.

Vor Aufregung vergaß Jill an diesem Tag ganz, darüber nachzudenken, wohin Rudy sie mitnehmen wollte: das Labor für fotoelektrische Membranen. In ihrer Nervosität war ihr gar nicht aufgefallen, dass dies nicht Rudys Labor war, sondern Pierres.

PIERRE

Jill ist mein Licht.

Immer wenn Pierre dieser Satz durch den Kopf schoss, fühlte er eine leise Verzweiflung. Er war im selben Jahr wie sie geboren, war von klein auf mit ihr zur Schule gegangen, hatte gemeinsam mit ihr im Labor experimentiert und Praktika absolviert. Er kannte sie genauso gut wie die Blumen in seinem Garten. Sie war das strahlendste Licht in seinem Leben. In allem war sie das genaue Gegenteil von ihm selbst, so fröhlich und so voller Lebensfreude. Am meisten liebte er an ihr, dass sie so offen und mutig war. Gerade weil ihm ihre Stärken fehlten, erfreute er sich so sehr an ihnen. Er liebte es, sie lachen oder mit dem Fuß aufstampfen zu sehen. Er wäre schon glücklich gewesen, wenn er einfach immer nur im Schatten hätte stehen und sie betrachten oder ihr manchmal eine kleine Freude hätte machen können.

Schweigend beobachtete er sie. Schwatzend und lachend ging sie vor ihm, an Rudys Seite, und besichtigte alles. Pierre fühlte, wie sich sein Herz zusammenkrampfte. Schließlich war er nicht auf den Kopf gefallen. Als Rudy mit ihr in sein Labor hereinspaziert war, hatte er sich schon denken können, was sein Besucher im Schilde führte. Aber er gab kein Wort von sich, keinen Kommentar und keine Stellungnahme. Den ganzen Weg über, vom Studio bis zum Fertigungsraum, überließ er Rudy und Jill ihrem Geplauder.

«Pierre ist ganz schön produktiv», sagte Rudy zu Jill und warf Pierre einen Blick über die Schulter zu.

«O ja!», rief Jill lächelnd und zog die Brauen hoch. «Schon als kleiner Junge war er unser Musterschüler. Wenn uns die Köpfe rauchten bei irgendwelchen Matheaufgaben, hat er die Lösungen einfach aus dem Ärmel geschüttelt. Er ist ein Genie!»

«In unserem neuen Plan», erklärte Rudy nachdrücklich, «spielen Pierres Reflexionsbeschichtungen eine wichtige Rolle.»

«Was für Beschichtungen sind denn das?»

«Sie funktionieren im Prinzip wie Spiegel, aber sie sind sehr dünn und leicht. Man kann sie sehr groß bauen und biegen, weil sie so weich sind, man kann sie aber auch für Stromkreise verwenden. Und man kann sie an ganz unterschiedlichen Standorten und in ganz unterschiedlicher Gestalt einsetzen. Wir wollen sie ins All hängen, damit sie das Sonnenlicht reflektieren.»

«Aha», murmelte Jill, die offensichtlich nur die Hälfte verstand.

«Du solltest diese Beschichtungen nicht unterschätzen.» Wieder bedachte Rudy Pierre mit einem Blick, während er geduldig und mit sichtlichem Vergnügen dozierte. «Sie sind von entscheidender Bedeutung, denn wenn wir sie im All entsprechend drehen, können sie auch bei Nacht die Sonne reflektieren und damit die Temperatur im Kratersee so konstant halten, dass das Wasser nicht gefriert. Und am Tag können wir sie so gezielt ausrichten, dass sie partielle Temperaturunterschiede in der Luft erzeugen.»

«Und dann?» Jill bemühte sich angestrengt, den Eindruck einer aufmerksamen Zuhörerin zu vermitteln.

Rudy grinste. «Dann haben wir fließendes Wasser, Wolken, Regen, Wälder.»

«Ach so! Wie in der Simulation, die ich gesehen habe!»

«Genau. Und dazu eine Stadt in den Bergen. Wie gefällt dir das?»

Jill nickte heftig. «Das wäre toll! Ich war gestern total begeistert!»

Pierre beobachtete Jill in einem fort, ohne ein Wort zu sagen.

Ihr Überschwang war so erfrischend spontan wie immer, und die Begeisterung stand ihr ins Gesicht geschrieben. Wenn sie lachte, warf sie den Kopf in den Nacken wie ein kleines Kind, als hätte sie alles um sich herum vergessen. Aber dann sah er, wie sie Rudy anhimmelte, und sein dumpfer Trübsinn verwandelte sich in Schmerz. Er hätte zornig werden sollen, aber die selbstquälerische Verzweiflung übte eine eigentümliche Anziehungskraft auf ihn aus. Er suhlte sich darin und konnte sich nicht zur Initiative aufraffen.

Dabei konnte er sich selbst nicht leiden. Er stieß einen stummen Seufzer aus und unterbrach Rudy.

«Ich habe es versucht, aber ich bin mir immer noch nicht sicher, ob es funktioniert. Ich habe es dir ja schon gesagt: Die Fläche, die ihr haben wollt, ist einfach zu groß.»

Rudy ließ sich nicht aus der Ruhe bringen. «Das macht nichts, wir haben noch viel Zeit. Erst mal melden wir das Ganze an, und wenn wir grünes Licht bekommen, kannst du weiterforschen.»

Pierre drehte sich zur Vakuumkammer, die im Fertigungsraum lag. Mit ihren dicken zylindrischen Wänden und ihren kleinen runden Fenstern glich die Kammer einer schwerbefestigten Burg. In ihrem Innern verrichteten leise summende Roboter ihre Arbeit. Die durch Elektromagnetfelder gesteuerten Greifarme zogen einen glatten Membranstreifen in die Länge. Dann trug eine Spritzpistole, die wie Feuer züngelte, viele Molekülschichten präzise auf den Streifen auf, der immer noch hauchdünn und doch undurchsichtig war.

Während er den Fertigungsprozess verfolgte, erkundigte sich Rudy vorsichtig: «Im Moment findet die Produktion ja noch in einer Umgebung mit Schwerkraft statt. Wenn man die Fertigung in ein Raumlabor verlegen würde, müsste man doch problemlos größere Flächen herstellen können, oder?»

Jill hatte sich unterdessen voller Neugier weiter vorgebeugt und drückte das Gesicht an die Scheibe, während sie mit den Händen ihre Augen abschirmte. Sie trug das Haar heute zurückgekämmt, was ihre hohe Stirn betonte. Ein paar Locken umspielten ihre Wangen. Wenn sie sprach, bewegten sich immer auch ihre Augenbrauen. Sie merkte nicht, dass Pierre sie beobachtete. Wie schön sie heute war! Noch hübscher freilich wäre sie gewesen, wenn sie sich nicht so bemüht ernsthaft verhalten hätte.

Pierre drehte sich zu Rudy. «Die Schwerkraft ist nicht das eigentliche Problem. Wenn die Fläche zu groß ist, wird die Struktur des Kristallgitters chaotisch.» Aber dann fügte er zögernd hinzu: «Allerdings kann ich die Möglichkeit auch nicht ausschließen, dass es mit einem stärkeren Gerüst funktioniert. Aber ich muss das erst durchrechnen.»

Er hatte sich so objektiv wie möglich ausgedrückt, hatte nichts geschönt oder verschwiegen. Die Membranen waren seine Kinder, er kannte sie so gut wie sich selbst. Wenn er wollte, dass sie noch größer wurden, dann würden sie sich ihm fügen. Daran hatte er keine Zweifel. Mit einer tiefen Zärtlichkeit betrachtete er ihre glänzende, spiegelglatte Oberfläche in der Vakuumkammer. Die Liebe zu seinen Membranen vermischte sich mit der Liebe zu Jill und vertiefte noch die Verzweiflung, die er empfand. Vielleicht würde er am Ende alles verlieren. Dann bliebe ihm nichts.

Er wusste genau, was Rudy vorhatte, und er wollte nicht, dass Jill darin verwickelt wurde. Offensichtlich ahnte sie nichts, und das beunruhigte ihn.

Als sie den Fertigungsraum verlassen hatten, bat Rudy Jill, ihnen Kaffee zu holen. Sogleich lief sie fröhlich davon, um ihm seinen Wunsch zu erfüllen, während Pierre und Rudy im Gang stehen blieben.

«Du hättest sie nicht herbringen sollen», sagte Pierre.

Rudy lachte. «Ich hoffe wirklich auf deine Hilfe.»

Pierre sah ihm in das unbekümmerte Gesicht und antwortete, indem er schwieg.

«Na gut, vielleicht hätte ich das wirklich nicht tun sollen», lenkte Rudy ein. «Aber vorhin auf dem Weg hierher habe ich mich mit Jill unterhalten – ihr gefällt unser Plan in den Bergen wirklich sehr, das kannst du mir glauben.»

«Ja, das tue ich.»

«Noch drei Tage ...»

«Du willst, dass ich an der Debatte teilnehme?», fragte Pierre ihn direkt.

«Jill wird unten vor dem Podium sitzen und voller Erwartung zu dir aufblicken.»

«Ob ich euch unterstütze, hat mit ihr nichts zu tun.»

Rudy musterte ihn. Langsam schwand das Lächeln aus seinem Gesicht, und er sagte mit ernster Stimme: «Na gut, dann will ich nicht länger auf dich einreden. Ich bitte dich nur noch mal in aller Aufrichtigkeit, es dir zu überlegen. Wir brauchen wirklich deine Hilfe.»

Pierre schwieg, denn von weitem machte sich Jill schon lautstark bemerkbar, während sie mit drei Tassen Kaffee und Snacks zurückkam. Pierre und Rudy verloren kein Wort mehr über die Angelegenheit, und Rudy erwähnte auch Jill gegenüber nichts.

Pierre überließ seinen Gästen die Konversation und brachte sie schließlich zur Tür. Nachdem Jill ihm zum Abschied noch einmal zugewinkt hatte, spazierte sie mit Rudy davon. Es versetzte Pierre einen Stich, das strahlende Lächeln zu sehen, mit dem sie zu ihrem Begleiter aufblickte. Er hatte nicht geahnt, wie verletzlich er war.

Nachdem Pierre sein Labor aufgeräumt hatte, verließ er es mit eiligen Schritten und nahm, immer noch trübsinnig, einen Wagen zum Krankenhaus.

In Gedanken war er bei Jill. Er würde bald neunzehn Jahre alt werden, aber er wusste noch immer nicht, wie man mit einem Mädchen umging. Sosehr er Jill auch mochte, er hatte sie immer nur stumm aus der Distanz beobachtet und sich an ihrem fröhlichen Lächeln erfreut. Er hatte nie versucht, sie zu berühren. Nur einmal, bei einem Ausflug mit mehreren anderen, als sie ein Kleid getragen hatte, unter dem sich ihr Körper deutlich abzeichnete, und sie sich keuchend den Schweiß von der Stirn gewischt hatte, da hatte er den Impuls gespürt, sie zu umarmen – nur dieses eine Mal. Nie hatte er sich ausgemalt, sie könnte seine Geliebte werden, und er verabscheute es, wenn andere Jungen sich über ihre Verführungskünste austauschten. Jill war sein Licht. Aber er hoffte, dass seine politischen Entscheidungen seine eigenen blieben, von ihr unbeeinflusst.

Jeden Tag, wenn er sein Studio verließ, fuhr er direkt zum Krankenhaus. Sein Großvater lag noch immer im Koma und wurde nur von den Maschinen am Leben erhalten. Pierre leistete ihm im Krankenzimmer Gesellschaft, setzte sich an seine Seite und las. Es gab dort nicht viel für ihn zu tun, aber er hatte auch keinen anderen Ort, an den es ihn zog. Sein Großvater war der einzige Mensch, der ihm geblieben war. Ohne ihn hätte er keine Familie mehr.

Pierre hatte kaum Freunde und unternahm auch nicht gern etwas mit anderen. Menschen machten ihn nervös. Er liebte die reine Schönheit der Mathematik. Statt sich mit anderen zu treffen, saß er lieber allein im Krankenhaus und beschäftigte sich mit der Herleitung der Riemann'schen Geometrie.

Rings um das Bett seines Großvaters waren Monitore und Apparate aufgebaut. Nachdem sich Pierre gesetzt hatte, überprüfte er erst einmal gewohnheitsmäßig die Anzeigen. Keine Auffälligkeiten.

Die Hände auf den Stuhl gestützt, betrachtete er das greise Gesicht des Kranken. Großvater, sagte er im Stillen, es ist Zeit, dass ich eine Entscheidung fälle. Die Berglösung bringt große Probleme mit sich. Aber mit meiner Technologie hätte sie vielleicht sogar Aussicht auf Erfolg. Die Bergpartei will durch Akkus und eine künstliche Sonne Wärme erzeugen, aber das wäre sehr aufwendig und würde viel Energie verschlingen. Sie überlegen auch, ein reflektierendes Solarsegel einzusetzen, aber niemand hat ein Material entwickelt, das so dünn und gleichzeitig so widerstandsfähig ist wie meins. Großvater, wenn ich sage, dass es nicht funktioniert, wird die Flusspartei triumphieren. Dann werden wir hierbleiben, und eine weiße Eisebene wird unsere Stadt umschließen. Was hältst du davon?

Der alte Mann im Bett rührte sich nicht, aber Pierre glaubte zu sehen, wie er unter seinen Lidern die Augen verdrehte. Er wusste, das war nur eine Einbildung, aber er glaubte an die Wahrheit seiner Trugbilder.

Jeden Tag besprach er sich mit seinem Großvater und vertraute ihm Dinge an, die er sonst mit niemandem teilte. Er fand es selbst eigenartig, aber er redete jetzt mehr mit seinem Großvater als früher, als der alte Mann noch bei Bewusstsein gewesen war.

Ich glaube, ich habe mich entschieden, Großvater. Die anderen werden mich nicht verstehen. Ich kann mir schon vorstellen, wie sie reagieren werden, sehr gut sogar. Sie nehmen die Technologien, die es schon gibt, und nutzen sie ganz selbstverständlich für ihre Zwecke, ohne sich irgendwelche Gedanken darüber zu machen. Sie sind zu faul zum Denken, lieber bleiben sie in ihren vorgefassten Meinungen gefangen. Unsere Häuser sind unser Stolz, das weiß jeder – aber wer versteht ihre Bauweise wirklich? Niemand.

Während er mit seinem Großvater sprach, strich er ihm die Decke zurecht. Ganz selbstverständlich sah er in ihm noch immer die aufbrausende Autoritätsperson, die sich stets kerzengerade gehalten und immer so geschäftig gewirkt hatte, als wäre ihr nicht ein ruhiger Moment vergönnt.

Niemand weiß um die Schönheit des Sands. Alle sehen nur das Glas mit seinem klaren Glanz und seinen geschwungenen Formen, als wären unsere Häuser nur zu diesem Zweck erbaut worden. Niemand erkennt die wahre Schönheit des Materials, niemand weiß, dass die Wände aus Verbundglas bestehen und die Beschichtungen an den Wänden aus Halbleitern aus Metall und Siliziumoxid, dass die Solarzellen aus amorphem Silizium sind und dass der Sauerstoff in unseren Häusern ein Zerfallsprodukt von Silikat ist – und all das entsteht aus Sand.

Unsere Häuser sind aus dem Sand gewachsen wie Blumen in der Wüste. Aber wer kann das verstehen? Nur wer erkennt, dass der klare Kristall und der raue Sand zwei Seiten derselben Medaille sind, der begreift auch, warum wir unsere Häuser durch nichts ersetzen können.

In Gedanken hatte Pierre das Gesicht in den Händen vergraben. Das weiße Bettlaken schimmerte durch die Fingerritzen und zitterte vor seinen Augen. Sein vorgebeugter Körper hatte sich unwillkürlich angespannt, und ihm war ein wenig schwindlig. Das Gesicht seines Großvaters dagegen strahlte noch immer dieselbe unerschütterliche Ruhe aus, als wollte der alte Mann seinen Enkel besänftigen. Die blassgrünen Zahlen auf den kleinen Monitoren blinkten vor sich hin, und die drei Kurven überschnitten sich und dehnten sich endlos weiter aus, drei Flüsse, die wie Sanduhren die verrinnende Zeit maßen.

«Ich jedenfalls erkenne, was sich hinter den Dingen verbirgt», murmelte er vor sich hin. «Ich verstehe, was wir wirklich fortführen sollten. Großvater, du wirst mit meiner Entscheidung einverstanden sein, nicht?»

Drei Tage später fand die Debatte im Parlament statt.

Pierre saß allein in der vorletzten Reihe, ohne sich irgendeinem Lager angeschlossen zu haben. Rudy hatte sich von frühmorgens an um ihn gekümmert, hatte ihn den Abgeordneten vorgestellt und ihn mit kurzen, aber treffenden Worten gelobt. Wenn die Debatte eröffnet wurde, würde er sich nach vorn setzen müssen, aber Pierre zog einen Platz auf einer der hinteren Bänke vor.

Gelassen beobachtete er, wie Rudy sich in der Menge der Abgeordneten vom einen zum anderen bewegte. Manche, das war ihm klar, waren dazu bestimmt, im Rampenlicht zu stehen, während andere die Aufmerksamkeit ihrer Umgebung scheuten.

Rudy und er hatten sich schon immer unterschieden. Rudy war es von klein auf gewohnt, mit allem, was er tat, die Blicke auf sich zu ziehen, und dabei musste er einfach nur er selbst sein. Jeder Forschungsantrag, den er einreichte, fand Beachtung, als wäre es das Natürlichste der Welt. Aber die allermeisten Menschen waren anders. Pierre schätzte sich selbst noch glücklich: Viele, die wie er im Schatten standen, mussten viel mühsamer über die Runden kommen.

Rings um ihn herum hasteten Abgeordnete vorbei, um

letzte Vorbereitungen vor der Eröffnung der Sitzung zu treffen. Immer wieder grüßten ihn ältere Herren, die ihn kannten, und er antwortete stets so knapp wie möglich, weil ihn derartige Begegnungen verlegen machten. Von seinem Sitz ganz hinten im Saal beobachtete er, wie im weiten, von Skulpturen gesäumten Rund die Lichter aufflammten und die bronzenen Köpfe der Statuen wie von Heiligenscheinen verklärt schienen.

Plötzlich klopfte ihm jemand auf die Schulter. Als er sich umdrehte, stand Luoying hinter ihm.

«Hey», grüßte sie ihn leise. «Hast du meinen Bruder gesehen?»

Er zeigte Richtung Rednerpult. «Eben war er noch dort.»

Luoying nickte. «Vielleicht ist er nach draußen gegangen. Ich warte einfach ein bisschen.»

Mit diesen Worten setzte sie sich neben ihn und lächelte ihn an.

«Gibst du heute eine Stellungnahme ab?», fragte sie ihn.

«Ja.» Er nickte.

«Und du hast dich entschieden?»

«Ja. Du hast davon gehört?»

«Mein Bruder hat es mir erzählt», sagte sie in tröstlichem Ton. «Jede Entscheidung ist in Ordnung, solange du sie dir gut überlegt hast.»

«Ich weiß nicht», erwiderte er. «Ich weiß noch nicht einmal, ob ich sie mir gut überlegt habe.»

Unschlüssig, was sie darauf antworten sollte, musterte sie ihn einen Moment. «Vielleicht ist das eine Schicksalsfrage, die so groß ist, dass sie nicht in unserer Hand liegt. Also mach dir nicht zu viele Gedanken.»

«Danke», murmelte er.

Wieder schwieg sie eine Weile, ehe sie ihn fragte: «Geht es deinem Großvater einigermaßen?»

«Unverändert.»

«Haben die Ärzte gesagt, wann er wieder zu Bewusstsein kommt?»

«Nein.» Er zögerte einen Moment. «Vielleicht nie wieder.»

Luoying wollte noch etwas Tröstliches sagen, aber da zeigte Pierre auf ihren Bruder, der durch den Seiteneingang in den Saal kam. Mit einem Nicken stand sie auf, verabschiedete sich und ging Richtung Rednerpult.

Pierre blickte ihrer schmalen Gestalt nach, wie sie langsam die Stufen hinabschritt, und dabei klang in seinem Kopf ein Wort nach, das sie gerade benutzt hatte: *Schicksal.* Vor seinem geistigen Auge sah er eine Weggabelung, die in dichten Nebel gehüllt war. Welchen Pfad man auch einschlug, er führte ins Ungewisse. So hatte er noch nie empfunden, und er begriff nicht, warum dieses Gefühl ihn gerade jetzt überkam. Es war, als hätte das Universum sie alle vor eine Wegscheide gestellt.

So etwas wie Schicksal gibt es nicht, das darfst du nicht vergessen, sagte er sich selbst. Er wollte den inneren Aufruhr besänftigen, den das Wort in ihm heraufbeschworen hatte. Es gab nur die Mathematik in ihrer Vollkommenheit. Das Schicksal war bloß eine Ausflucht, eine Pseudoerklärung für Realitäten und Kausalitäten, für die man in Wahrheit keine Erklärung hatte, ein irrationaler Seufzer, mehr nicht. Nichts war so schön wie die Gesetze der Natur, und Gesetze waren Mathematik. Im Vergleich zur absoluten Geltung der mathematischen Gesetze waren die Regeln der Menschenwelt bloß Kompromisse, aus der Not geboren und primitiv wie alles Provisorische.

Während er sich so in seinen langjährigen Überzeugungen bestärkte, fand er allmählich zu seinem inneren Gleichgewicht zurück. Im Stillen begann er sich vorzusagen, was er gleich auf dem Rednerpult vortragen wollte. Die vertrauten technischen Daten gaben ihm Halt. Die Materie war vollkommen, ging es ihm durch den Kopf. Das Universum in seiner Vollkommenheit war die einzig wahre, dauerhafte Heimstatt des Menschen. Er blickte auf das Probestück seiner Membran, das er in der Hand hielt: Es strahlte einen makellosen Glanz aus.

Endlich begann die Debatte.

Der Saal bot einen seltenen Anblick: Fast jeder Platz war besetzt. Die Abgeordneten, förmlich gekleidet und mit ernsten Gesichtern, waren vollzählig erschienen, aber bei aller Geschäftigkeit herrschte doch tiefe Stille. Während vorn auf dem Podium ein Redner den anderen ablöste, saß Pierre stumm auf seinem Platz. Die beiden gegnerischen Lager hatten ihre Truppen um sich geschart, und jeder Hauptredner brachte zu seiner Unterstützung eine Reihe von technischen Referenten mit. Die Redner entfalteten ihre Visionen mit viel Pathos, während prächtige Bilder vom Mars der Zukunft über die gewölbte Monitorwand liefen.

Lange zog sich die Debatte hin, und die Gegensätze prallten in aller Schärfe aufeinander, bis endlich Pierre an der Reihe war. Ruhig schritt er zur Rednertribüne und musterte die ernste Menge mit einem seltsam unwirklichen Gefühl, als ginge ihn all das nichts an.

«Was die technische Realisierbarkeit von Solarsegeln angeht, erkläre ich hiermit: Ja, das ist zu schaffen. Dafür stehe ich ein. Ich kann eine reflektierende Membran entwickeln, die ausreichend groß und widerstandsfähig ist, und ich garantiere, dass ich die Lage und den Winkel dieser Membran im All so steuern kann, dass sie den ganzen Tag das Sonnenlicht gezielt auf die gewünschten Positionen der Marsoberfläche reflektiert. Damit ist gewährleistet, dass die Wassertemperatur hoch genug bleibt und eine kontinuierliche Verdunstung erfolgt. Von meiner Seite aus steht dem Umsiedlungsplan also nichts im Weg.

Im Folgenden möchte ich Ihnen mein Vorhaben im Detail

erläutern und Sie mit den technischen Daten vertraut machen …»

Im Saal brach eine leise Unruhe aus, aber er tat, als würde er nichts bemerken. Ihm war klar, dass er geteilte Reaktionen ernten würde – damit hatte er gerechnet, und es war ihm egal. Er hatte seine Entscheidung getroffen und würde allem Druck trotzen – nicht nur für Jill, sondern auch und noch mehr aus seiner eigenen, tiefverwurzelten Überzeugung heraus.

Er ließ den Blick umherwandern, und als er merkte, dass Jill nicht da war, versetzte es ihm trotz dieser Überzeugung einen Stich.

SORIN

Mit dem Erscheinen so vieler Leute hatte Sorin nicht gerechnet. Er sah all seine Vorbereitungen über den Haufen geworfen, und ihn beschlich ein ungutes Vorgefühl.

Long hielt noch immer seine Rede. Sorin sah sein markantes Profil, aber er konnte nicht erkennen, ob seinem Freund der Ernst der Lage dämmerte. Long war jemand, der sich nie Sorgen machte – anders als Sorin. Eine Bühne, die von Schauspielern übervölkert war, entglitt der Kontrolle des Regisseurs, das wusste er. Jede Menschenmenge brachte alle möglichen Unwägbarkeiten mit sich. Seine Kehle war trocken, aber er sah nirgends Getränke und war auch nicht in der Stimmung, auf die Suche zu gehen.

«Luoying!»

Plötzlich hörte er eine helle Stimme. Als er sich umdrehte, sah er, wie ein pummeliges, rothaariges Mädchen auf Luoying zustürzte und sie lachend an der Hand packte. Das Gesicht kam ihm vertraut vor, wahrscheinlich war er ihr schon mal begegnet.

«Jill?», sagte Luoying verdutzt. «Was machst du denn hier?»

«Rudy hat uns gesagt, wir sollen kommen», antwortete Jill.

«Mein Bruder?», fragte Luoying noch irritierter als zuvor.

«Ja. Er hat gesagt, euer Treffen ist von großer Bedeutung, und ihr braucht noch mehr Unterstützung. Deshalb hat er dafür gesorgt, dass wir alle kommen.»

«Tatsächlich? Wann hat er euch das gesagt?»

«Gestern. Gestern Nachmittag.»

Luoying runzelte leicht die Stirn. «Warum hat er mir denn nichts davon erzählt? Vor einer halben Stunde habe ich ihn noch gesehen, da hat er kein Wort gesagt.»

«Vielleicht ist er einfach zu beschäftigt. Er hat doch immer so viel um die Ohren.»

Luoying zweifelte offensichtlich an dieser Erklärung, aber sie nickte gezwungen. Jill dagegen hüpfte voller Begeisterung umher, fragte Luoying Löcher in den Bauch und nahm neugierig alles in Augenschein. Bald war ihre Aufmerksamkeit von Long gefangen. Dutzende von anderen Jugendlichen, die mit ihr gekommen waren, verteilten sich unterdessen in der Menge. Die meisten scharten sich um Long, aber einige fragten auch bereitwillig herum, ob sie bei irgendetwas behilflich sein könnten.

Sorin überschlug die Größe der Versammlung. Ein gutes Dutzend aus der Merkur-Gruppe, dazu rund dreißig oder vierzig Passanten, die sich schon vorher zu ihnen gesellt hatten, und nun noch dieser lärmende Pulk – insgesamt drängten sich auf dem kleinen Platz wohl bereits an die hundert Menschen. Auf einer größeren Fläche wäre das kein Problem gewesen, aber sie hatten sich nur einen gewöhnlichen Straßenpark an einer Umsteigestation als Versammlungsort ausgesucht. Und aus den Röhrenwagen stiegen immer mehr Leute aus, die neugierig herüberschauten, sich vordrängten, alle möglichen Fragen stellten und in immer größeren Ringen die Menge umstanden. Die Banner und Videotafeln, die sie selbst mitgebracht hatten, waren schon an den Rand geschoben worden, und für Passanten gab es kaum noch ein Durchkommen. Sorin gefiel dieser Anblick nicht: Ein unvorhergesehenes Chaos verhieß nie etwas Gutes.

Anscheinend unbeeindruckt von dem, was sich vor seinen Augen abspielte, redete Long voller Inbrunst weiter.

«... Herrschaft und Gehorsam haben in unserer Welt eine neue Gestalt angenommen», rief er. «Früher kontrollierten die Herrschenden sich selbst, und das auf drei unterschiedliche Weisen: entweder ganz traditionell durch die natürliche Autorität eines Familienoberhaupts; durch Gesetz und Waffengewalt; oder durch individuelles Charisma. Nichts davon ist geblieben. Unsere Gesellschaft hat sich in einen riesigen, komplizierten Schaltkreis verwandelt. Der einzelne Mensch ist darin bloß noch ein Elektron. Uns bleibt nichts übrig, als zu gehorchen, uns der elektrischen Spannung und dem vorgegebenen Schaltplan zu unterwerfen. Es gibt kein Entkommen.

Für das Individuum gehört es zweifellos von Natur aus zu den grundlegenden Freiheitsrechten, sich sein Zuhause selbst zu wählen. Aber unser jetziges System hat uns dieses Recht geraubt. Nur nach bestimmten Regeln, auf Antrag beim System und unter seiner Verantwortung dürfen wir noch ein Haus bauen, und dann sind wir für immer darin eingesperrt. Wer nicht regelkonform lebt – er kann noch so redlich und rechtschaffen sein und noch so viel Unterstützung von anderen erfahren –, der geht in diesem System unter. In so einer Welt wollen wir nicht leben! Wir wollen kein System, das uns vorschreibt, wie wir zu leben haben. Wir wollen auf unserem eigenen Grund und Boden frei leben!»

«Hurra!» Vereinzelter Jubel und Applaus erhob sich. Er kam von ein paar Leuten, die sich eben erst dazugesellt hatten und nur Longs letzte Worte gehört hatten, aber sogleich brandete allgemeiner Beifall auf.

Sorin spürte die Überzeugungskraft, die in Longs Stimme lag: Sie klang fest, rhythmisch und zutiefst vernünftig. Long gehörte nicht zu den Rednern, die es darauf anlegen, ihre Zuhörer emotional zu überwältigen, aber die Entschiedenheit, mit der er sprach, schlug sein Publikum trotzdem in Bann. Manche Zuhörer steckten zwar die Köpfe zusammen, aber nicht um sich über ihn lustig zu machen, sondern weil sie lebhaft über seine Worte diskutierten. Damit hatte die Veranstaltung schon ihr Ziel erreicht.

Aber Sorin spürte keine Beruhigung. Sein ungutes Vorgefühl wurde immer stärker, und gleichzeitig registrierte er, wie die Menge zunehmend außer Kontrolle geriet. Die Stimmung brodelte unter den Jugendlichen. Sie waren wie Wasser, das man langsam zum Kochen brachte und in dem schon die ersten Bläschen aufstiegen. Manche scharten sich grüppchenweise zusammen, andere schnappten sich die Banner vom Rand des Platzes und schwenkten sie wild, wobei sie die Slogans herausschrien. Einige machten sich lautstark über jemanden lustig – vielleicht einen Lehrer, vermutete Sorin. Sie alle nutzten die Gelegenheit, ihrem aufgestauten Unmut Luft zu machen.

All dies hatte Sorin nicht vorhergesehen. Eigentlich hatte er eine solche Protestveranstaltung abgelehnt. Er hatte sich nur deshalb überhaupt darauf eingelassen, weil Shania erklärt hatte, es handle sich bloß um eine öffentliche philosophische Diskussion über das Gesellschaftssystem, mit dem Ziel, die Leute zum Nachdenken zu bringen. Daraufhin hatte er sich bereit erklärt, die Organisation zu übernehmen. Er war schon immer derjenige gewesen, der alles plante, und die anderen vertrauten ihm. Mit größter Gewissenhaftigkeit hatte er alles vorbereitet. Umso mehr missfiel es ihm, dass die Veranstaltung nun so aus dem Ruder lief. Aufgewühlt fragte er sich, ob Shania das geahnt hatte. Wenn ja, hatte sie es ihm bewusst verschwiegen.

Er fragte sich auch, welche Rolle Rudy bei dem Ganzen spielte. Aus den Augenwinkeln hatte er beobachtet, wie Rudy und Shania sich immer wieder besprachen, und das hatte seine Eifersucht geweckt. Dass Shania so unter dem Einfluss eines anderen stand, erlebte er zum ersten Mal. Er wusste, dass sie und Long hofften, ihre Veranstaltung würde weite Kreise ziehen – je weiter, desto besser –, aber er teilte diese Hoffnung nicht. Schon die Themen waren ihm suspekt: die Unfreiheit beim Hausbau und die Durchreglementierung der Gesellschaft. In seinen Augen waren das zwei Paar Schuhe, und sie in einen Topf zu werfen trug nichts zur Klärung des Problems bei. Und nur das hatte er sich erhofft: eine Klärung im Rahmen einer sachlichen Diskussion. Aber seine Mitstreiter verfolgten offensichtlich ganz andere Ziele. Shania hatte es sich mit aller Entschiedenheit in den Kopf gesetzt, eine Revolution zu entfachen.

In diesem Moment entdeckte er Shania und Luoying, die in ein Gespräch vertieft waren. Er drängte sich durch die Menge, um mit ihnen zu reden. Weil sie ihn nicht bemerkten, konnte er ihre Unterhaltung mit anhören.

«Warum hast du mir das nicht gesagt?», fragte Luoying.

«Ich wusste, du würdest damit nicht einverstanden sein», gab Shania mit gesenktem Kopf zu.

«Und was habt ihr euch dabei gedacht?»

«Wir brauchen Unterstützung, oder?»

Sorins Herz krampfte sich zusammen. Shania hatte es gewusst. Entweder hatte Rudy ihr vorher Bescheid gesagt, oder sie hatten es gemeinsam ausgeheckt. Sorin fühlte einen Anflug von Bitterkeit: Sie hatten ihn wie einen Außenstehenden behandelt. Einen Moment war er ganz betäubt und überhörte Luoyings nächste Sätze. Als er seine Fassung wiedergewonnen hatte, konnte er sich auf ihre Worte keinen Reim machen.

«Und diesmal hast du dich entschieden, ihm zu glauben?», fragte Luoying.

«Hast du mir nicht gesagt, ich soll es versuchen?», fragte Shania widerwillig zurück.

«Aber warum so plötzlich?»

«Einfach aus einem Gefühl heraus.»

Shania verstummte, als wollte sie nicht länger über die Sache reden. Sie trat einen Schritt vor und begann eine große Videoleinwand, die auf einen kleinen Wagen montiert war, vor sich herzuschieben, auf das besonders dichte Gedränge zu, das vor Long herrschte. Sie bewegte sich mit raschen, sicheren Schritten, den Blick auf den Boden geheftet, als wollte sie nicht bloß auf den Weg achten, sondern auch möglichst schnell dem Gespräch mit Luoying entkommen.

Hatte sie gerade von Rudy gesprochen?, fragte sich Sorin. Glaubte sie ihm aus einem plötzlichen Impuls heraus? Sonst war sie doch immer so eigensinnig und stur und traute nur sich selbst – und nun sollte sie so rasch Vertrauen zu Rudy gefasst haben? Lag es an dem emotionalen Unterton in seiner Stimme? Oder verhielt er sich einfach bewusst so, wie sie es von ihm erwartete?

Sein Blick glitt hinüber zu Luoying. Regungslos stand sie da in ihrem langen weißen Kleid, das ihre schöne Blässe gut zur Geltung brachte. Sie hatte ihn noch immer nicht bemerkt und starrte weiter Shania hinterher, eine Hand an den Mund gelegt und tief in Gedanken versunken. In ihrem altgriechischen Gewand mit der hohen Taille und dem langen Saum wirkte sie hochgewachsen und schlank. Ihre Gestalt verlieh der Versammlung die Aura einer antiken Gesprächsrunde.

Er wollte gerade zu ihr treten und ein Gespräch mit ihr beginnen, als ein plötzlich ausbrechender Tumult alle Aufmerksamkeit auf sich zog.

Auch Sorin schaute sofort in die Richtung, aus der der Aufruhr kam, aber er entdeckte bald, dass es bloß falscher Alarm war: Ein paar Jugendliche, die sich nicht kannten, krakeelten herum, weil sie sich im Gedränge angerempelt hatten. Sorin atmete leise auf.

Er wollte sich schon wieder Luoying zuwenden, aber die Unruhe verebbte nicht, im Gegenteil: Die kleine Reiberei schien nur das Vorspiel zu etwas Größerem gewesen zu sein. Ein immer lauteres Stimmengewirr erhob sich, und bald brachen auch anderswo Streitigkeiten aus, als würde ein Funke auf einer trockenen Wiese um sich greifen. Jemand brüllte etwas und erntete allgemeinen Jubel. Immer mehr Leute drängten sich auf den kleinen Platz, und ein paar Jugendliche gerieten in einen Streit mit Erwachsenen – anscheinend waren es ihre Eltern, die sie mahnten, nach Hause zu gehen. Aber die Teenager weigerten sich mit schrillen Stimmen, hoben die Fäuste und entzogen sich mit blitzenden Augen und wildentschlossenen Mienen dem Zugriff ihrer Eltern. Das Geschrei schwoll zu einem solchen Lärm an, dass man keine einzelnen Stimmen mehr unterscheiden konnte.

Sorins Besorgnis wuchs. Schon die übergroße Zahl von Menschen behagte ihm nicht und die lautstarken Konflikte noch weniger. Er konnte den weiteren Verlauf unmöglich abschätzen, und das missfiel ihm. Alles, was sich seiner Planung und Kontrolle entzog, empfand er als bedrohlich.

«Lasst uns auf den Platz vorm Parlament gehen!», brüllte plötzlich jemand. «Da passen noch viel mehr Leute drauf! Und heute haben sie dort eine Sitzung, da bekommen wir in jedem Fall noch mehr Aufmerksamkeit!»

«Hurra!» Die Menge brach in lautstarken Jubel aus. Vorher waren die jungen Leute wie brodelndes Wasser gewesen, nun verwandelten sie sich in Feuer. Von überschwänglicher Begeisterung entflammt, folgten sie dem Aufruf. Die besonders heißblütigen Gemüter setzten sich schon in Marsch, während die Besonneneren alles für den Aufbruch zusammenräumten. Bald hatten sich alle zu einem reißenden Menschenstrom vereint, der sich Banner und Plakate schwenkend wie eine wilde Horde von Soldaten auf den kleinen Weg ergoss.

Sorin war in heller Aufregung. Er hatte gehofft, eine Versammlung abzuhalten, mehr nicht. Vor das Parlament zu ziehen käme einer offenen Provokation gleich. Am liebsten hätte er dem Treiben Einhalt geboten, aber er sah sich in einer Menge gefangen, die von den Wogen ihrer Euphorie fortgerissen wurde. Als er sich nach Luoying umsah, fand er sie mitten in dem Menschenstrom ruhig wie eine weiße Säule stehen.

Wenn jemand die Menge jetzt noch aufhalten konnte, dann sie, dachte Sorin. Sie machte nicht viele Worte, aber was sie sagte, konnte eine große Wirkung zeigen.

«Luoying!», rief er. «Gehst du nicht mit?»

Sie drehte sich zu ihm um. In ihrem Blick lag ein Anflug von Hilflosigkeit. «Sorin.»

«Was ist los mit dir?»

«Sorin, kannst du mir etwas sagen? Wenn jemand etwas tut, das du für falsch hältst, aber dieser Jemand ist ein naher Verwandter, was würdest du dann machen?»

Sorin zögerte einen Moment. «Meinst du deinen Bruder?»

«Ja.» Sie nickte. «Ich weiß nicht, warum er das tut.»

«Du meinst, die Leute aufwiegeln?»

«Nicht nur das», antwortete sie bedrückt. «Mein Gefühl sagt mir, dass er eine ganze Reihe von Dingen organisiert hat. Ich glaube, er hat auch den Jungen von vorhin angewiesen, alle zum Marsch vor das Parlament aufzurufen.»

«Wirklich? Kennst du ihn?»

«Ich habe ihn mal bei uns zu Hause gesehen. Ich bin mir

nicht sicher. Aber ich mache mir Sorgen. Ich weiß nicht, was Rudy vorhat.»

«Und wenn du versuchst, sie zurückzuhalten?»

Luoying musterte Sorin. «Wie denn?»

«Indem du ihnen erklärst, wie unpassend und riskant das alles ist?» Er versuchte Zuversicht und Trost in seine Stimme zu legen. «Du hast diese Macht. Alle kennen dich. Auf dich würden sie hören.»

«Aber ich weiß nicht, ob ich sie zurückhalten soll», erwiderte Luoying. «Das ist die andere Sache, die mich quält. Sollte man sich nicht für etwas engagieren und versuchen, die Welt zu verbessern? Shanias Leidenschaft ist echt. Und auch wenn ich die Mittel meines Bruders nicht mag, kann ich doch deswegen niemanden davon abhalten, sich für etwas einzusetzen.»

Nachdenklich blickte sie ihn an. Ihre langen schwarzen Wimpern zuckten, und ihre Unsicherheit stand ihr ins Gesicht geschrieben. Sorin ging es ähnlich, und er wusste genauso wenig eine Antwort. Noch immer stürmten Jugendliche an ihnen vorbei, aber bald würde der Platz verwaist sein.

Auf einmal erkannte Sorin, dass er schon längst nicht mehr die Regie führte. Schon in dem Moment, als die Darsteller die Bühne betreten hatten, war ihm die Kontrolle über das Stück entglitten. Die Schauspieler hatten ihm den Rücken gekehrt, denn sie wollten große Gefühle, nicht einen zurückhaltenden, ängstlich auf Kontrolle bedachten Regisseur. Er ließ den Blick über die kleinen Pfade und den Rasen schweifen, auf dem nur noch hier und da ein paar vereinzelte Gegenstände liegen geblieben waren. Dies hier war nicht mehr sein Stück. Er sammelte die verstreuten Überbleibsel auf. Luoying tat es ihm nach.

«Lass uns auch gehen», sagte sie leise.

Sorin nickte. Gemeinsam eilten sie der ausgelassen voranstürmenden Meute nach und schlossen sich dem Ende des Zugs an.

LUOYING

Luoying war hin und her gerissen: Sollte sie mitmischen oder sich zurückziehen? Die Menge hatte den Platz vorm Parlament in Beschlag genommen. Die feierliche, stille Würde, die der Platz sonst ausstrahlte, war einem lärmenden Chaos gewichen. Banner ragten hoch in die Luft, Lieder waren zu hören, Lachen und zornige Parolen.

Luoying stand am Rand. In manchen Momenten hätte sie sich dem ausgelassenen Treiben am liebsten angeschlossen, dann wieder war sie drauf und dran, den jungen Leuten zuzureden, sie sollten sich zerstreuen und nach Hause gehen. Das Getümmel erinnerte sie an die Demonstrationen, an denen sie mit «Unsere Natur, unser Zuhause» auf der Erde teilgenommen hatte: Damals hatten sie ähnlich laute Lieder geschmettert. Luoying mochte diese zügellose Vitalität, aber in diesem Moment fühlte sie sich außerstande, sich dem allgemeinen Überschwang anzuschließen. Sie war noch immer beunruhigt. Ihr Bruder hatte die Leute mit ein paar emotionalen Worten hierhergelockt, auch wenn sie mit ihren Tänzen und Liedern nur ihrem eigenen Willen zu folgen schienen. Irgendetwas war daran faul. Sie konnte nicht sagen, was, aber das Unbehagen ließ sie nicht los.

Erregung, das begriff sie, war ansteckend, und dabei musste man den Grund gar nicht kennen. Auf dem Weg hierher hatten sie immer wieder den einen oder anderen Jugendlichen auf ihre Seite gezogen, sodass sich nun zusätzlich zur Merkur-Gruppe rund hundert von ihnen auf dem Platz tummelten. Es herrschte eine Stimmung, als ginge es um eine Party oder den Kreativitätswettbewerb.

«Wir wollen Reformen! Wir wollen Freiheit!», skandierte die Menge.

Wo Rudy wohl war?

Während Luoying nach ihm Ausschau hielt, kamen aus einer Seitentür des Parlamentsgebäudes zehn Uniformierte heraus und marschierten auf die Jugendlichen zu. Luoying konnte nicht verstehen, was sie zu ihnen sagten, sie bemerkte nur, wie noch mehr Demonstranten nach vorn drängten. Um besser sehen zu können, eilte sie auf den Platz und auf die vordere Front der Menge zu.

«Was ist denn da los?»

Niemand beachtete sie. Aber als Luoying weiter nach vorn ging, machten ihr die meisten bereitwillig Platz. Vielleicht, so vermutete sie, lag es an ihrem Gewand, das sie wie eine exotische Fremde wirken ließ, jedenfalls konnte sie sich mühelos einen Weg durch die Menge bahnen. Ganz vorn prallten beide Seiten unversöhnlich aufeinander. So eisig die Gesichter der Erwachsenen waren, so feurig waren die der Jugendlichen. Die Erwachsenen redeten so leise miteinander, dass Luoying nichts verstehen konnte, und die Jugendlichen schrien wild und unverständlich durcheinander. Die Fronten verhärteten sich, es wurde geschubst und krakeelt. Luoying bekam es mit der Angst zu tun. Im allgemeinen Gerempel und Geschrei kochten die Emotionen immer höher.

Als die Stimmung auf dem Siedepunkt war, ging das Tor des Parlamentsgebäudes auf.

Alle Blicke wanderten zu den sich langsam öffnenden Flügeln, doch dahinter war nichts zu sehen. Der prachtvolle Raum im Innern lag offen und leer da wie eine Höhle, aus der ein kühler Wind herüberwehte. Für einen Moment verstummten alle.

Endlich trat jemand hinaus und rief etwas.

«Luoying!»

Es war Renny.

Luoying stutzte. Sie hatte nicht damit gerechnet, dass Renny hier auftauchen würde, geschweige denn damit, dass er sie auf diese Weise aus der Menge herausrufen würde. Sie musterte die Jugendlichen um sich herum, und die anderen erwiderten ihre Blicke. Dann sah sie wieder zu Renny – seine Miene war ruhig und ernst –, und sie nickte. Sie raffte den Saum ihres Gewands und stieg die Treppe hinauf. Die Menge starrte ihr schweigend nach. Zwischen den Säulen des Eingangsportals drehte Luoying sich langsam noch einmal um.

«Wartet auf mich.»

Eine sanfte Kühle, die sie selbst überraschte, ging von ihrer Stimme aus, die weithin über den Platz trug. Weil Renny sich schon wieder umwandte und in die Vorhalle zurückschritt, konnte sie die Reaktion der Menge nicht mehr erkennen. Eilig folgte sie ihm, während sich hinter ihr die Torflügel gemächlich schlossen.

Ohne ein Wort an sie zu richten, ging Renny voran. Vor einem kleinen Aufenthaltsraum blieb er stehen und hielt ihr die Tür auf. Das Zimmer war sehr sauber und leer. An der Fensterseite reihten sich einige gläserne Vitrinen aneinander, an einer Wand hing ein Bild, und an einer anderen standen ein kleiner Tisch und zwei weiche Glasfasersessel.

Renny schien es nicht eilig zu haben. Er bedeutete Luoying, sie solle sich setzen, aber sie blieb lieber stehen. Auch nachdem sie in das stille, verlassene Zimmer eingetreten war, hallte in ihren Ohren immer noch der lärmende Tumult von eben nach.

Helles Sonnenlicht fiel herein, und sie hatte ein unwirkliches Gefühl, als triebe sie in der Luft.

«Doktor Renny, was machen Sie hier?»

«Ich bin jetzt Archivar, und bei so einer wichtigen Sitzung müssen alle erdenklichen Dinge gespeichert werden.»

Luoying nickte. Sie hätte gern etwas gesagt, aber sie wusste nicht, was.

Renny holte ihr einen Becher Wasser und stellte ihn behutsam auf den Tisch.

«Ich werde mich kurzfassen», sagte er, «damit die Leute draußen nicht zu lange warten müssen.»

Luoying nickte.

«Weißt du, warum ich dich hereingerufen habe?»

Sie schüttelte den Kopf.

«Ich möchte dir etwas zeigen.»

Mit diesen Worten trat er an eine der Glasvitrinen vor den Fenstern, hob sachte den Deckel und nahm vorsichtig einen kleinen Gegenstand heraus. Er legte ihn auf seine Handfläche und hielt ihn ihr hin.

Sie beugte sich über seine Hand: Darin lag eine Brosche – eine gewöhnliche Brosche aus goldfarbenen Drähten, die zu einer Orchidee geflochten waren. An ihrer Spitze waren zwei farbige Glasstücke eingesetzt. Sie war fein gearbeitet, aber offensichtlich nicht wirklich kostbar. Luoying musterte sie eingehend, ohne irgendetwas Besonderes an ihr zu entdecken.

«Wem gehört diese Brosche?»

«Einer alten Dame.»

«Was für eine Dame?»

«Bloß eine ganz normale Rentnerin.» Renny stieß einen tiefen Seufzer aus. «An ihr selbst war eigentlich nichts Besonderes, aber die Umstände ihres Todes waren außergewöhnlich. Dort draußen auf dem Platz vor dem Parlamentsgebäude kam sie bei einem Unfall ums Leben. Seitdem wird diese Brosche zum Gedenken hier verwahrt.» Er hielt einen Moment inne. «In zwei Monaten jährt sich dieser Unfall zum zehnten Mal.»

Dunkel schwante Luoying, was nun kommen würde. Ihr wurde schwer ums Herz, und ihre Lippen waren trocken. Ein Teil von ihr hatte Angst vor schmerzlichen Wahrheiten und hoffte, Renny würde nicht weitersprechen, aber es überwog doch die Hoffnung, mit seinen Worten würden sich ihre Fragen endlich klären. Alle dunklen Geheimnisse besitzen eine eigentümliche Anziehungskraft, und je schneller ihr Herz schlug, desto inständiger hoffte sie, er würde Licht ins Dunkel bringen.

«Wie … wie ist sie gestorben?», fragte sie.

«Durch einen Luftaustritt», antwortete Renny ruhig. «Ein Luftventil war kaputtgegangen, und Luft ist auf dem Platz entwichen. In so einer Situation wird automatisch per Internet ein Alarm ausgelöst, und die Sicherheitstüren in der Nähe schließen sich. Damit ist ein Großteil des Platzes von der Außenwelt abgeriegelt, um die Sicherheit der Umgebung zu gewährleisten. Gleichzeitig werden auch die Verbindungswege zu den anderen Vierteln durch Trenntüren blockiert, um einen großflächigen Luftaustritt zu verhindern. Aber an dem Tag, als die Tragödie sich ereignete, war die Besitzerin dieser Brosche gerade über den Platz spaziert und befand sich am Ausgang eines Verbindungswegs mit dem kaputten Ventil in der Nähe, als auf einmal zwei Trenntüren herunterfuhren und sie dazwischen gefangen war. Die Luft strömte blitzschnell nach draußen, und der Körper der alten Dame platzte, noch ehe sie auch nur Zeit hatte, sich zu ängstigen. Nur die Brosche ist von ihr geblieben.»

Luoying erbleichte. «Wie … konnte das passieren?»

«An dem Tag gab es auf dem Platz eine Demonstration, die noch emotionaler und größer war als eure. Die Organisatoren verfügten über mehr Erfahrung, mehr Geschick und mehr Ressourcen als ihr. Sie hatten einen Roboterwagen aufgetrieben und auf einer großen Fläche des Rasens eine Reihe von Glashausmodellen aufgestellt. Der Wagen war auf Selbstfahrbetrieb eingestellt. Die vielen Demonstranten waren alle erwachsen. Obwohl sie ähnlich hitzig wie ihr ihre Parolen skandierten, traten sie viel geordneter auf. Dann rückten die Sicherheitskräfte aus, alles gewöhnliche Angehörige des Überwachungssystems. Leider verhielten sie sich unangemessen. Vielleicht wurden sie provoziert, jedenfalls ließen sie sich auf einen Streit ein, der sich zu einem Tumult hochschaukelte, und dabei wurde auch der Wagen umgestoßen und schlug das Luftventil kaputt. Neben der alten Dame kamen noch zwei junge Demonstranten durch den umstürzenden Wagen zu Tode.»

Ruhig und ohne erkennbare Gefühlsregung hatte Renny das alles erzählt, und Luoying hatte ihm mit angehaltenem Atem zugehört.

«Und wer hatte die Demonstration damals organisiert?», fragte sie vorsichtig.

«Das waren deine Eltern.»

Luoying holte Luft. Ihre dunklen Vorahnungen hatten sich bewahrheitet. Sie fühlte eine große Leere.

«Und dann?»

«Sie wurden bestraft – und nicht nur sie, sondern auch die anderen Hauptbeteiligten und die Sicherheitskräfte, die die Ordnung hätten aufrechterhalten sollen. Das Strafmaß fiel unterschiedlich aus. Deine Eltern wurden mit am schwersten bestraft.»

Luoying fühlte, wie alles Blut aus ihrem Gesicht wich. «Dann war der Grund nicht, dass sie Arthur die Speichertechnologie gegeben hatten?»

«Nein.» Renny schüttelte nachdrücklich den Kopf. «Sie wurden für diesen Unfall verantwortlich gemacht. Die Verbannung auf einen kaum besiedelten Mond wie Deimos ist eine schwere Strafe, die nur verhängt wird, wenn jemand einen Tod verschuldet hat. Delikte ohne Todesfolge – egal ob sie sich gegen die Studios richten oder die unerlaubte Weitergabe von Technologien betreffen – ziehen kein solches Urteil nach sich. Auch der Offizier, der damals für den Einsatz der Sicherheitskräfte verantwortlich war, und seine Untergebenen wurden auf diese Weise bestraft. Sie sind immer noch auf Deimos. Das alles hätte man vorhersehen können, und es hätte nicht so tragisch enden müssen. Arthur kehrte nach dem Unglück zur Erde zurück. Er traf diese Entscheidung, weil deine Eltern verurteilt worden waren. Als dein Vater sein Labor für Fotoelektrizität verließ, nahm er die Technologie mit und übergab sie Arthur.»

Beim Klang des Namens Deimos tauchten vor Luoyings geistigem Auge die Fotos ihrer toten Eltern auf – wie jugendlich und sorglos sie darauf ausgesehen hatten! Wie schimmernde Wolken trieben die Bilder vor ihr. Und die Brosche in Rennys Hand stieß wie eine funkelnde Nadel durch den Nebel der Zeit.

Ihr Blick war verschleiert, als sie zu Renny aufsah. «Hat mein Großvater sie verurteilt?»

«Ja.» Renny nickte. «Aber nur im formalen Sinne. Das Urteil wurde von den drei obersten Richtern und der Führung des Überwachungssystems gefällt. Dein Großvater hatte nur die Oberaufsicht. Er hatte sein Amt als Generalgouverneur erst einen Monat vorher angetreten, und dies war gleich die erste große Krise auf seinem Posten. Sein eigener Sohn und seine Schwiegertochter hatten eine Rebellion gegen das politische System der Nation angezettelt, und er selbst als Generalgouverneur hatte dabei nicht die Ordnung aufrechterhalten können. Letztlich lag die Verantwortung für das entstandene Chaos und die Toten bei ihm. In den Augen vieler Leute hätte er die Schuld auf sich nehmen und zurücktreten müssen, oder man hätte ein Amtsenthebungsverfahren gegen ihn einleiten sollen.»

«Ein Amtsenthebungsverfahren?»

«Die Neubildung des Parlaments war ja noch nicht mal abgeschlossen. Deshalb war seine Position alles andere als gefestigt.»

«Und dann?»

«Das Parlament führte äußerst hitzige Debatten, die um ein Haar völlig aus dem Ruder gelaufen wären. Dein Großvater war zwar imstande, die allgemeine Lage zu beruhigen, aber das allein hätte bei weitem nicht ausgereicht. Wäre Juan ihm nicht beizeiten mit aller Entschiedenheit zur Seite gesprungen, hätte er vielleicht doch zurücktreten müssen.»

«Juan?»

Ihr fiel die alte Aufnahme ein, die sie im Arbeitszimmer ihres Vaters gesehen hatte.

«Ja.» Renny nickte. «Damals war er auch gerade erst zum Chef des Flugsystems ernannt worden. Eigentlich hat er gar nicht viel für deinen Großvater getan, er hat bloß in einer Parlamentsdebatte verkündet, er gelobe nur Hans Sloan und niemandem sonst die Treue. Aber diese Worte hatten eine große Wirkung, man hat sie ihm als Androhung einer Meuterei ausgelegt. Juan genoss damals im Flugsystem ein sehr hohes Ansehen. Er hatte zwar auch gerade erst sein Amt angetreten, aber er war fast einstimmig gewählt worden, und das hatte es in der Luftwaffe seit der Gründung unserer Nation noch nie gegeben. Auch dein Großvater hatte ja vorher in der Luftwaffe gedient, und an dem Tag, als über seine Amtsenthebung abgestimmt wurde, kreisten Kampfflugzeuge über dem Parlament. Das Ergebnis war, dass die Amtsenthebung scheiterte. Du kannst das sehen, wie du willst, aber in jedem Fall hat dein Großvater auf diese Weise seine Position gefestigt. Dafür hat man ihn noch Jahre danach hinter vorgehaltener Hand kritisiert.»

«Wieso wusste ich davon nichts ...», murmelte Luoying betroffen.

Ihr kamen die Bilder des 3-D-Films in den Sinn: das kantige Gesicht ihres Großvaters, gezeichnet von einem gefasst getragenen Leid. Sie versuchte, sich die Umstände von damals auszumalen. Welches Gefühl mochte ihren Großvater beherrscht haben: der Schmerz darüber, dass sich sein eigener Sohn und seine Schwiegertochter gegen ihn gestellt hatten und dass er sie bestrafen musste, oder der Schmerz über die schweren Vorwürfe, die man gegen ihn selbst erhob? Bei der Vorstellung krampfte sich ihr das Herz zusammen, denn plötzlich wurde ihr klar, dass das Leid, das ihre Eltern über ihren Großvater gebracht hatten, auf sie zurückgefallen war.

«Weiß mein Bruder das alles?»

«Ich denke schon.»

«Aber warum ... warum unterstützt er dann noch unsere Bewegung?»

«Diese Frage ...» Renny zögerte. Ihm lag etwas auf den Lippen, aber dann besann er sich doch eines Besseren. «Darüber reden wir später. Aber zunächst: Weißt du, was die Hauptforderung der Bewegung war, die deine Eltern initiiert haben?»

Luoying schüttelte den Kopf.

«Ein Haus für jede Familie. Jedes verheiratete Paar sollte ein Haus bekommen.»

«Was?»

«Ganz recht, das ist genau so in unserer gegenwärtigen Politik realisiert worden. Die Bewegung deiner Eltern hat man zwar zum Schweigen gebracht, aber ihre Idee wurde später als Antrag eingereicht, und am Ende fand sie eine Mehrheit.»

«Dann ...» Luoying zögerte. «War das einmal anders?»

«Früher wurde nach Status und Forschungsleistung entschieden. Kurz nach der Gründung von Mars City waren die Güter und Ressourcen besonders knapp. Deshalb lebten fast alle in Wohnheimen, und jeder musste sich mit einem einzelnen Zimmer begnügen. Nur Forscher, deren Leistungen man als herausragend bewertete, durften sich ihr eigenes Haus bauen. Am Anfang funktionierte diese Politik gut, aber nach dreißig Jahren hatte sie große Missstände hervorgebracht. Aus Furcht, sein Leben lang kein Haus zugeteilt zu bekommen, begannen alle, sich bei den Oberen einzuschmeicheln, damit die jeweils eigenen Technologien in Projekten Verwendung fanden. Dadurch wuchs die Machtkonzentration an der Spitze, und angesichts der deutlichen Ungleichbehandlung bei der Häuserzuteilung bekam die Forschung einen schalen Beigeschmack.»

«Aber warum habe ich als Kind gedacht, dass jede Familie ihr eigenes Haus hat?»

Renny lachte. «Das liegt daran, dass in deinem Viertel vor allem die Gründerväter und Oberen der Nation leben, also diejenigen, die bei der Häuserzuteilung privilegiert behandelt wurden.»

«Aber warum haben meine Eltern dann ...»

«Wegen Arthur.»

«Wegen Arthur? Arthur und Janet?»

«Ja. Weil Arthur keinen Platz im System hatte, erfüllte er nie die Kriterien, um einen Antrag auf ein Haus zu stellen. Das hat deine Eltern aufgebracht. Sie hatten so viel Machtmissbrauch und Ungerechtigkeit erlebt, und nun mussten sie mitansehen, wie ihr guter Freund vom System ausgeschlossen wurde. Deshalb forderten sie eine absolute Gleichbehandlung.»

«Also genau das», murmelte Luoying, «wogegen wir jetzt kämpfen.»

«Ihr wollt eure Häuser selbst bauen und umziehen können. Euch ist Freiheit wichtiger als Gleichheit», erklärte Renny ruhig. «In Wahrheit ist das nichts Neues: Vor dem Krieg war es genauso. Was für ein Haus man bekam, hing allein davon ab, was man für sich selbst baute. Die Stützpunkte gehörten damals einigen Konzernen, und jeder Einzelne und jedes Kollektiv musste sich selbst um seine Geräte kümmern und sie von den Unternehmen kaufen. Damit setzte man einfach die irdische Tradition fort. Aber der Mars lässt sich nicht mit der Erde vergleichen. Die Ressourcen sind hier äußerst knapp, und es ist nahezu unmöglich, sie direkt zu nutzen. Nur die paar Konzerne, die über die entscheidenden Guss- und Verhüttungstechnologien verfügten, waren in der Lage, Häuser zu bauen, und sie nutzten ihre Monopolstellung dazu aus, die Preise zu erhöhen und den Markt zu kontrollieren. Damals war fast allen klugen Köpfen klar, dass die Lebensqualität des Einzelnen nicht von seiner Tüchtigkeit, sondern von der Ressourcenverteilung abhing. Also schworen sie sich, unter Einsatz ihres Lebens eine Nation zu gründen, die jedem eine Plattform bieten sollte, auf der letztlich nicht das Kapital, sondern die individuellen Fähigkeiten über das Leben bestimmen würden.»

Allmählich dämmerte Luoying, worauf das alles hinauslief. «Das heißt, meine Eltern waren gegen meinen Großvater und wir sind gegen meine Eltern, aber für das, wofür mein Großvater schon eingetreten ist?»

«So könnte man es sagen», antwortete Renny unverändert ruhig. «Freiheit, Tüchtigkeit, Gleichheit, offenbar finden diese Schlagwörter immer wieder Anhänger in einer bestimmten Generation.»

«Und eine andere Generation stellt sich dann dagegen?»

Luoying senkte den Kopf. Sie spürte eine große Leere. In welche Richtung sollte sie nun gehen, wenn alles Handeln am

Ende ergebnislos und die Welt so unvollkommen wie eh und je blieb, gefangen in einem ewigen Wechsel von Umsturz und Wiederaufbau? Wohin sollte sie sich nun wenden? Ihre Familie hatte einen hohen Preis gezahlt, aber war die Welt deshalb auch nur eine Spur besser geworden? Sie fühlte sich, als stünde sie am Rand eines leeren Universums, und wohin sie auch blickte, nirgends fand sie einen Halt, nirgends ein Ziel, für das es sich zu kämpfen lohnte.

«Doktor Renny.» Mit einer untergründigen Traurigkeit blickte sie ihn an. «Wissen Sie, eigentlich war ich anfangs gar nicht sonderlich begeistert von dieser Bewegung. Ich habe lange überlegt, ob ich mich daran beteiligen soll. Am Ende habe ich mich nur deshalb dafür entschieden, weil ich nicht wusste, wo ich sonst hätte finden sollen, was ich suche: ein Gefühl der Lebendigkeit, ein Gefühl der Selbstbefreiung … einen Sinn. Ich möchte unbedingt etwas tun, von dem ich fühle, dass es meine ganze Hingabe wert ist. Im Grunde habe ich nur gewollt, dass mein Leben Feuer fängt und ich dieses Feuer spüre.»

Renny nickte. «Ich glaube, ich verstehe.»

«Finden Sie das sehr kindisch?»

«Wieso sollte ich?», erwiderte Renny. «Ich denke, viele Menschen hegen so eine Hoffnung. Erinnerst du dich noch an die ‹krankhafte Anbetung von Erfolg›, von der ihr einmal gesprochen habt? Daran ist nichts Ungewöhnliches.»

«Weil die Leute alles Große lieben?»

«Nicht nur das. Dahinter steckt noch ein stärkerer Impuls, nämlich der zur Selbstverwirklichung.» Renny seufzte leise. «Viele Menschen suchen etwas Ähnliches wie du: einen Sinn, dem sie sich ganz verschreiben können. Sie hoffen, dass das Streben nach einem fernen Ziel ihrem Leben eine Bedeutung verleiht. Wenn es diese Hoffnung nicht gäbe, würde alle politische Manipulation und Kontrolle ins Leere laufen. Nicht alle

Menschen sind vom Erfolg besessen, aber die meisten wollen etwas Großes schaffen, um darin dann ihren Lebenssinn zu finden.»

«In Wahrheit gibt es diesen Sinn gar nicht, oder?»

«Das hängt davon ab, wie du Sinn definierst.»

Luoying überlegte einen Moment. «Und was soll ich jetzt tun?»

«Das musst du selbst entscheiden», antwortete Renny. «Ich habe dir bloß ein paar Geschichten erzählt, aber letztlich liegt die Entscheidung bei dir.»

Renny ging zu einer schmalen goldenen Tür und öffnete sie sachte. Der Türrahmen war wie Granit gemustert und am Rand reich verziert, in seine Mitte war ein kristallklarer Spiegel eingelegt.

Luoying erblickte sich selbst: ein Mädchen in einem weißen, in Falten gelegten, bodenlangen Gewand, auf dem Kopf einen Blumenkranz, geflochten aus künstlichen Zweigen, mit kleinen weißen Blüten darin. Ihr schwarzes Haar fiel ihr locker hinab bis zur Hüfte. Ihr Gesicht wirkte blass und verwirrt. Es erinnerte sie an das Gesicht, das sie zwei Monate zuvor im Spiegel gesehen hatte. Sie blickte Renny an, und als er ihr zunickte, berührte sie ihr gespiegeltes Ich wie eine Erscheinung aus einer anderen Welt.

So kurz der Korridor war, er war wie ein Gang durch die Zeit, denn mit jedem Schritt trat sie auf gemalte Szenen aus der Geschichte der letzten hundert Jahre. An den Fußspitzen spürte sie die Kühle von Glas und farbigem Metall. Durch die bogenförmig geschwungenen Seitenwände aus buntem Glas fiel Sonnenlicht herein und warf geometrische Figuren auf den Boden. Die Rosenmuster erstrahlten in einer Aura überirdischer Reinheit. In feierlicher Stille lag das geschlossene Eingangstor vor ihnen. Kein Laut drang von außen herein.

Vor dem Tor rief Renny Luoying noch einmal zurück. «Da ist noch eine Sache, die ich dir jetzt auch besser gleich erzähle. Erinnerst du dich noch an den Kranken, der sich vom Krankenhausdach heruntergestürzt hat?»

«Ja, was ist mit ihm?»

«Er hieß Jenkins. Ich kannte ihn. Du erinnerst dich noch an meine Bestrafung damals?»

«Ja, sicher.»

«Das ist jetzt zehn Jahre her. Jenkins war damals der zuständige Minister. Er war ein selbstherrlicher, machtverliebter Mensch. An seiner eigentlichen Arbeit lag ihm nichts, er wollte bloß eine Schar von Bewunderern um sich herum heranzüchten. Bevor der Unfall mit dem Förderwagen passierte, war das Produktionsmanagement schon das reinste Chaos. Niemand achtete auf Sicherheitskontrollen. Früher oder später wäre so ein Unfall ohnehin passiert. Trotzdem wurde Jenkins damals nicht zur Rechenschaft gezogen. Das Parlament deckte ihn, und der Untersuchungsbericht war sehr schwammig formuliert. Aber er zog daraus keine Lehre und versäumte es, die Aufsicht über die Produktion der Förderwagen zu verbessern. In dem gesamten Bereich, der ihm unterstand, blieb im Wesentlichen alles beim Alten. Ein Jahr später ereignete sich tatsächlich ein schwerer Unfall. Diesmal wurde Jenkins verurteilt: Er durfte nie mehr ein Amt bekleiden.»

«Dann war er es also, der Ihr Leben zerstört hat?»

«So würde ich es nicht ausdrücken, aber jedenfalls war er der Verantwortliche», erwiderte Renny.

Wie benommen starrte Luoying ihn an. Ein verabscheuungswürdiger Mensch war vor ihren Augen gestorben, und sein Tod hatte sie zutiefst erschüttert. Sie wusste nicht, wie sie damit umgehen sollte. Dieser Mann hatte Rennys Leben aus der Bahn geworfen, aber er hatte den Verstand verloren, und nun war er tot. Ein tragisches Opfer des marsianischen Systems hatte sie in ihm gesehen und ihm ihr Mitleid geschenkt.

«Warum ist er verrückt geworden?», fragte sie Renny.

«Weil er es nicht ertrug, dass niemand ihn mehr in den Himmel hob», antwortete Renny ruhig.

Er klopfte Luoying auf die Schulter, und seine starke Hand flößte ihr wie schon früher Kraft ein. Traurig blickte sie ihn an. Er nickte ihr nur schweigend zu, ehe er den Schalter für das Tor drückte. Langsam schwangen die schweren metallenen Flügel auf. Luoying war geblendet: Der Platz erstrahlte im Sonnenlicht wie in ein Meer aus Gold.

Als sie endlich wieder Einzelheiten unterscheiden konnte, sah sie, dass unten auf dem Platz noch immer die Jugendlichen versammelt waren. Sie saßen oder standen in Gruppen zusammen und unterhielten sich lautstark. Die Atmosphäre war nach wie vor aufgeheizt. Als die Demonstranten merkten, dass Luoying herauskam war, verstummten sie schlagartig. Wie auf Kommando richtete sich alle Aufmerksamkeit auf sie. Sie trat ein paar Stufen die Treppe hinab, damit die Menge sie besser hören konnte. Renny blieb oben stehen, sie spürte seinen Blick in ihrem Rücken.

Sie räusperte sich und sagte: «Lasst uns für heute nach Hause gehen.»

Ihre Stimme war sanft, und trotzdem hallte sie in der atemlosen Stille weit über den Platz. Im ersten Moment war die Menge wie vor den Kopf geschlagen.

«Geht nach Hause», wiederholte Luoying. «Ich erkläre euch später, warum.»

Unruhe machte sich auf dem Platz breit. Ratlos blickten die Jugendlichen einander an und begannen zu diskutieren. Ihre Stimmen schwollen immer stärker an.

«Nenn uns einen Grund!», schrie jemand.

«Weil …» Luoying konnte den Rufer nicht erkennen und zögerte einen Moment. «Wegen … der Geschichte.»

«Was soll das heißen?»

«Das erkläre ich euch später», wiederholte sie.

In der Menge gärte es immer noch und sie stieg wieder zwei Stufen höher, um inständig und mit erhobener Stimme zu bitten: «Hört dieses eine Mal auf mich. Zu Hause werde ich euch alles erklären.»

In Erwartung einer Reaktion blieb sie stehen. Es erfüllte sie selbst mit Traurigkeit, auf dem Höhepunkt der Demonstration als Spielverderberin auftreten zu müssen – als wäre sie eine Schließerin, die mitten in eine Theatervorstellung hineinplatzt und die Saalbeleuchtung einschaltet, sodass die Zuschauer aus ihrer Illusion herausgerissen werden und von der Bühne nichts mehr bleibt als eine kahle Kulisse. Luoying konnte den Unwillen, das Spektakel ohne erkennbaren Grund abzubrechen, auf den Gesichtern lesen. Aber ihr blieb keine andere Wahl, sie musste ihrer inneren Stimme treu bleiben und konnte nicht blindlings mit den anderen weiterstürmen. Sie wartete, genauso wie die Menge wartete. Eine melancholische Stille legte sich über den Platz.

Während Luoying auf der Treppe stand, hob sie sachte die Hände und faltete sie vor ihren Lippen aneinander. Ihr kam es vor, als hallte ihre Stimme in weiter Ferne nach, wie eine Blase, die gemächlich im Sonnenschein schwamm.

Dann endlich sah sie, wie ihre Worte Wirkung zeigten. In die jungen Leute kam Bewegung. Nach einer kurzen Unruhe begannen sie langsam ihre Sachen einzusammeln und sich in alle Himmelsrichtungen zu zerstreuen. Schweigend blieb Luoying auf der Treppe stehen, bis sich der Trubel gelegt hatte. Dann lag der Platz wieder still und verwaist da.

Luoying war müde. Als Renny sie fragte, ob sie als Gast die

Debatte im Parlament verfolgen wolle, schüttelte sie den Kopf. Sie bat Shania und Sorin, sich an ihrer Stelle alles anzuhören. Sie selbst wollte sich nur noch ins Bett legen und vor all dem, was auf sie eingestürzt war, Zuflucht in ihren Träumen suchen.

Als sie nach Hause kam, öffnete sie ihr elektronisches Postfach – eigentlich nur aus Gewohnheit und ohne besondere Erwartungen. Sie wollte nur einen flüchtigen Blick hineinwerfen und dann schlafen, aber das blinkende Symbol, das eine neue Nachricht anzeigte, machte sie schlagartig hellwach.

Die Nachricht kam von der Erde.

Liebe Luoying,
ich habe mich über deinen Brief sehr gefreut. Leider bin ich mit meinem Vorhaben kaum vorangekommen und deshalb ziemlich niedergeschlagen. Umso mehr Trost habe ich aus deiner Nachricht geschöpft. Wie geht es dir? Wie hat sich dein Leben entwickelt?

Die Widerstände, auf die ich bei der Propagierung meiner Pläne gestoßen bin, sind so groß, dass ich kaum noch eine Möglichkeit sehe, weiter daran festzuhalten. Die Situation hier auf der Erde lässt sich mit der auf dem Mars schlicht nicht vergleichen. Hier hat alles eine so lange Geschichte, dass kaum jemand noch an Veränderungen glaubt. Die Zeit der Französischen Revolution ist lange vorbei, heutzutage ist es kaum noch möglich, eine Rebellion zu entfesseln. Rund um den Globus widersetzt sich die eingefleischte Lebensweise selbst punktuellen Änderungen. Wenn ich anderen Künstlern meine Pläne für einen kreativen öffentlichen Raum erläutere, sehe ich mich stets dem Verdacht ausgesetzt, dass ich geheime Machtinteressen damit verfolge. Auch die Regierungen sind nicht gewillt, sich meine Pläne zu eigen zu machen, denn wenn das Geschäft mit dem geistigen Eigentum einbräche, würde das Bruttoinlandsprodukt weltweit um zig Milliarden sinken und die Wirtschaft schrumpfen. Die Unternehmer lehnen die Umsetzung meiner Pläne noch entschiedener ab, weil sie nur am Profit interessiert sind. Das zumindest versteht sich natürlich von selbst. Aber mir will nur schwer in den Kopf, warum eine Maßnahme, die so offenkundig der ganzen Menschheit nutzen würde wie die Schaffung eines freien geistigen Austauschs, auf nahezu einhellige Ablehnung stößt.

Was deine Frage nach «Unsere Natur, unser Zuhause» angeht: Zufällig habe ich gerade erst von der Gruppe gehört. Es ist jetzt schon über ein Monat vergangen, seit wir auf der Erde gelandet sind, und gleich am zweiten Tag hat Tynne angefangen, sich an die Umsetzung seiner Pläne für seine neuen Themenparks zu machen. Statt eine riesige Marketingkampagne zu starten, hat er einfach die Nachrichtenflut angesichts unserer Rückkehr genutzt, um in den Online-Communitys Bilder von Mars City zu verbreiten. Die Vorstellung einer grünen Oase inmitten der Wüste hat in Windeseile die Runde gemacht. Häuser aus Glas, prächtige Gärten, eine Einheit von Mensch und Natur – Mars City hat ein ganz neues Image gewonnen. Auf einmal schwärmen Scharen von Umweltschützern, auch die Mitglieder von «Unsere Natur, unser Zuhause» für deinen Heimatplaneten, führen leidenschaftliche Diskussionen, ergehen sich in Lobeshymnen, recherchieren und schreiben Artikel. Als sie erfahren haben, dass wir die gesamte marsianische Hausbautechnologie mit zur Erde gebracht haben, haben sie sich diese Technologie gleich auf die Fahnen geschrieben und eine neue Bewegung daraus gemacht. Der Bau der neuen Parks hatte noch nicht mal begonnen, da haben sie schon Tickets für die Eröffnungsfeiern reserviert. Sie schmieden eifrig Pläne und verbreiten auf der ganzen Welt ihre Onlineappelle, ohne dass sie sich je gefragt hätten, welcher Konzern hinter den Bauprojekten steht. Tynne ist mit dieser Entwicklung hochzufrieden. Er setzt darauf, dass die Parks noch mehr Menschen anziehen, wenn sich ihr Bau als umweltfreundlich verkaufen lässt.

Jeden Tag werden jetzt auf der Erde neue Bewegungen ins Leben gerufen. Ich kann oft nicht mehr sagen, welche Bewegung für welche Ziele eintritt, und mir wird bewusst, dass ich selbst bloß ein kleines Rinnsal in diesem Gewirr von Strömungen bin. Vielleicht habt ihr es auf dem Mars es besser denn wer einen klaren Weg beschreiten kann, darf sich glücklich schätzen.

Was gibt es Neues bei euch? Ich hoffe, es geht dir gut.

Dein Freund Igor

Nachdem Luoying den Brief zweimal gelesen hatte, setzte sie sich auf die Fensterbank, die Arme um die Beine geschlungen, das Kinn auf die Knie gestützt. Ein heftiger Wind wirbelte den Wüstensand auf. Der Horizont war zu einem Band aus Schwarz und Gold verschwommen. Bald würde die Sonne nicht mehr zu sehen sein. In den staubigen Dunst gehüllt, strahlte sie eine tiefe Melancholie aus.

Plötzlich war Luoying es leid, irgendeinem Ziel hinterherzurennen. Wohin sollte das führen? War nicht das Ziel der einen der Ausgangspunkt der anderen? Am liebsten hätte sie nur noch vom Rand aus den Lauf der Dinge verfolgt.

Ihr fiel wieder ein, was sie Renny einmal im Krankenhaus gefragt hatte, und ihr kam es so vor, als würde sie ihn nun besser verstehen.

«Doktor Renny, was bedeutet Glück für Sie?»

«Ein klarer Kopf. Und die Freiheit, ihn benutzen zu dürfen.»

Da spürte sie die Sehnsucht nach Ankka in sich wachsen. Immer wenn sie sich verwirrt und hilflos fühlte, vermisste sie ihn besonders stark.

Ihr wurde mit einem Mal klar, dass sie schon seit Tagen nichts mehr von ihm gehört hatte. Er hatte Distanz zu ihr und den anderen gehalten und sich kein einziges Mal blicken lassen. Sie hatte keine Ahnung, was er tat. Sie sprang von der Fensterbank und lief zum Monitor, um ihn anzurufen, aber vom anderen Ende kam immer nur das Besetztzeichen.

RENNY

Renny blickte Luoying nach. Dann führte er Shania und Sorin ins Parlament. Die Sitzung war noch in vollem Gang. Während der einen Stunde, in der er sich mit Luoying unterhalten hatte, war die Liste der Tagesordnungspunkte kaum kürzer geworden.

Er nahm die beiden jungen Leute mit zu dem Platz, der ihm als Beobachter und Archivar zugeteilt worden war. Das automatische Aufnahmegerät begleitete die hin und her wogende Debatte wie ein Fisch, der, auf dem Grund des Meeres verborgen, einem nur ihm bekannten Atemrhythmus folgt. Die Jugendlichen setzten sich hinter ihn und musterten neugierig ihre Umgebung.

Shania hatte eine unnahbare Miene aufgesetzt und schien ihren Missmut nur mühsam unterdrücken zu können. Sorin wirkte wesentlich milder gestimmt, aber auch besorgter. Mal blickte er nachdenklich zur Rednertribüne, mal musterte er Shania unverwandt.

Die Rednerbühne war in künstliches Licht getaucht. Der ganze Saal war erleuchtet und jeder Zuhörer goldumkränzt. 3-D-Laserprojektoren warfen aus zehn Winkeln Bilder von Bauten und Landschaften auf die Mitte der Bühne. Es waren Bilder von traumhafter Schönheit, die, egal von wo aus man sie betrachtete, ungeheuer plastisch und lebensecht wirkten. Die Tribüne mit dem Redner aber war das Zentrum, auf das alle

Aufmerksamkeit gerichtet war. Das Licht, das von allen Seiten die Gestalt des Redners hervorhob, war gar nicht einmal besonders stark, aber so dicht gebündelt, dass sein Körper aus blitzenden Pünktchen zu bestehen schien. An gewöhnlichen Tagen zog auch die über zehn Meter hohe Kuppel die Aufmerksamkeit auf sich. Wenn das Sonnenlicht durch sie hereinfiel, ging von ihr eine erhabene Würde aus. Aber nun wirkte sie ganz matt und konnte trotz ihrer imposanten Größe nicht mit dem strahlenden Glanz der Rednertribüne konkurrieren.

Die Redner waren von Leidenschaft entflammt. In diesem Moment sprach gerade ein Anhänger der Flusspartei, ein namhafter Veteran der Gründungszeit. Mit einer Stimme, die vor Gefühl bebte, beschwor er die Geschichte herauf und führte mit mehr oder weniger geläufigen Details aus, wie die Stadt in der Wüste das marsianische Volk gerettet hatte und welch ein himmelweiter Unterschied zwischen dem mühseligen Überlebenskampf von einst und dem geruhsamen Dasein von heute bestand. Erst in der beschaulichen Lebensweise von Mars City habe der wahre Geist des Mars Gestalt angenommen. Nur hier habe dieser Geist die ideale Umgebung für sein Streben nach Wahrheit gefunden. Wer diesen philosophischen Garten, diese neue Platonische Akademie am Fuß des Olymps, aufgebe, der gebe den eigenen Geist und Charakter auf. Wer mit Gewalt eine fremde natürliche Umgebung, in die er nicht gehöre, in Besitz nehmen wolle, den werde am Ende das Schicksal bestrafen.

Bei vielen alten Leuten und Konservativen erntete der Redner große Zustimmung, und er wurde immer wieder von Applaus unterbrochen. Sein Bild eines philosophischen Gartens hatte etwas Erhebendes.

Manche Zuschauer ließen sich von der Inbrunst des Redners anstecken, andere verzogen keine Miene, wieder andere hörten nicht einmal hin und diskutierten stattdessen im Flüsterton ihre eigenen Pläne, und auf der Zuschauertribüne, die als Galerie ringsum verlief, eilten einige hin und her und bereiteten sich schon auf die nächste Rede vor. Die allermeisten Abgeordneten hatten sich schon vorher für eine Position entschieden, nur eine kleine Minderheit schwankte noch und wurde nun von beiden Seiten umworben. Formal betrachtet, war die Debatte das korrekte Verfahren, um Stimmen für das eigene Lager zu gewinnen, aber in Wahrheit, das wusste Renny, fielen die Würfel hinter den Kulissen. Wann immer er ein solches Schauspiel miterlebte, kam er sich vor wie in einer griechischen Tragödie, in der die Götter den Ausgang längst vorherbestimmt hatten.

Shania verfolgte den Gang der Debatte mit gespannter Aufmerksamkeit. Die Hände auf die Rückenlehne ihres Vordersitzes gelegt, das Kinn auf die Hände gestützt, blickte sie unverwandt zur Rednertribüne. Ihre Miene wirkte nachdenklich, und wann immer ihr etwas unklar war, erkundigte sie sich leise bei Renny danach.

Sorin schien nicht ganz so konzentriert. Zwar hörte auch er genau zu, aber er war weniger am Inhalt der Reden interessiert als an Shanias Reaktion darauf. Er ließ sie nicht aus den Augen, und die Falten auf seiner Stirn verrieten seine Anspannung.

Dann, als vorletzter Redner der Bergpartei, betrat Rudy die Bühne. Gemessen an seiner Jugend und seiner geringen Berufserfahrung stand ihm ein so exponierter Auftritt eigentlich gar nicht zu, aber er bewegte sich wie ein alter Hase auf dem politischen Parkett. Angeblich, so hatte Renny gehört, genoss er die Unterstützung von vielen einflussreichen Abgeordneten, darunter auch Richardson und der sonst für seine kritische Distanz bekannte Franz. Renny hatte keine Ahnung, wie Rudy das zustande gebracht hatte, aber in jedem Fall besaß er ein außerordentliches politisches Talent. Inzwischen propagierte er nicht mehr nur seine Magnettechnologie, sondern brachte für die Bergpartei auch die unterschiedlichsten Labore miteinander in Verbindung.

Von der Rednertribüne herab grüßte Rudy sein Publikum, indem er sich nach allen Seiten verneigte. Dann drehte er sich zur Seite, um gemeinsam mit den Zuschauern die 3-D-Präsentation zu verfolgen, die er vorbereitet hatte. Mit einem siegessicheren Lächeln stand er da, das blonde Haar nach hinten gekämmt. Das Video zeigte ein von blühendem Leben erfülltes Bergpanorama mit Höhlenwohnungen und Magnetgleitwagen. Die Bilder strahlten Optimismus und eine begeisterte Aufbruchsstimmung aus.

«Guten Tag, meine sehr verehrten Damen und Herren», begann Rudy, als das Video in einem Standbild endete. «Ich freue mich, Ihnen heute die letzten beiden Teile unseres Projektplans vorstellen zu dürfen: das Verkehrskonzept und die Wirtschaftsreform.

Wie Sie alle gerade gesehen haben, stellen die Gleitwagen, die uns so viel Freiheit und Bequemlichkeit versprechen, einen großen Vorteil unseres Umsiedlungskonzepts dar. Sie werden magnetisch gesteuert, sind einfach zu handhaben und schnell. Auf sorgsam angelegten Bahnen werden sie an den Hängen entlanggleiten und so nicht nur mit einem Schlag das große Problem des Vertikalverkehrs lösen, sondern auch jedem Einzelnen das Vergnügen verschaffen, selbst sein Fahrzeug zu lenken. So ein Gleitwagen funktioniert nach einfachen Prinzipien, und auch der fertigungstechnische Aufwand hält sich in einem akzeptablen Rahmen. Erlauben Sie mir, dass ich Ihnen die Einzelheiten kurz vorstelle.»

Mit diesen Worten rief er ein neues Bild in seiner 3-D-Präsentation auf: einen halbkugelförmigen kleinen Wagen im Profil. Der Wagen haftete an der Straßenoberfläche, unter der sich ein Stromkreis drehte. Mit gelassener Miene begann Rudy mit seinen Erklärungen. Er redete flüssig und ohne zu stocken, und er hatte sich inhaltlich so sorgfältig vorbereitet, dass auch technisch unbedarfte Zuhörer ihm problemlos folgen konnten.

Renny bemerkte, mit welcher Konzentration Shania dem Redner zuhörte. Mit den Fingern umklammerte sie vor Anspannung die Lehne, den Blick wandte sie nicht eine Sekunde von der Rednertribüne, und dabei mischten sich auf ihrem Gesicht Zweifel, verschämte Zuneigung und manchmal, wenn Rudy Applaus erntete, auch aufrichtiger Stolz.

«Darüber hinaus möchte ich Ihnen noch die größte Verbesserung erläutern, die unser Plan mit sich bringt: die Verbesserung unseres Wirtschaftsmodells», leitete Rudy zum zweiten Thema über, nachdem er seine Magnettechnologie erklärt hatte. «Die Technik schafft einen äußeren Rahmen für unser Leben, aber die Wirtschaft ist eng damit verknüpft. In unserer heutigen Stadt sind die Häuser Teil der urbanen Gesamtanlage, genauso wie es jeder Einzelne von uns auch ist. Niemand hat das Recht, sich sein Grundstück frei zu wählen. Der Hauptgrund dafür ist technischer Natur: Unsere jetzigen Häuser beruhen in ihrer gesamten Formgebung auf einer speziellen Technik der Glasbläserei. Ein gewöhnliches Kollektiv, und schon gar nicht ein Einzelner, ist weder in der Lage, auf eigene Faust ein solches Haus zu bauen, noch einen anderen Baustil zu begründen. Die individuelle Entscheidungsgewalt ist also drastisch beschnitten.

Für genau dieses Problem bietet unser Umsiedlungskonzept eine Lösung. Wie Sie gerade schon gesehen haben und wie auch unsere verehrte Kollegin Frau Luc Ihnen erläutert hat, sind die Höhlen, die wir besiedeln wollen, natürliche Felshöhlen, die nur noch wohnlich gemacht werden müssen. Für die Gestaltung der Außenwände und der Inneneinrichtung eröffnen sich in der Materialwahl und Fertigungstechnik viele Alternativen. Damit sind alle Voraussetzungen geschaffen, um im Bereich des Wohnungsbaus viele neue Studios zu gründen. Jeder wäre frei in der Wahl seiner Materialien, und wenn jemand mit seiner Wohnung oder deren Lage nicht zufrieden sein sollte, könnte er ohne weiteres eine andere beziehen. Damit hätten wir eine wirkliche Entscheidungsfreiheit der Wohnungseigentümer verwirklicht.»

Renny fühlte, wie Shania ihn am Arm stupste.

«Doktor Renny», flüsterte sie mit bleichen Lippen, «worauf will er hinaus?»

Renny warf ihr einen Blick zu. «Auf einen Immobilienmarkt, glaube ich.»

«Mit freiem Wohnungswechsel?»

«Ja.» Renny nickte. «Das ist einer der Schwerpunkte der Reformen.»

«Planen sie das schon lange?»

«Nein, das haben sie erst in letzter Zeit propagiert.»

Auf der Rednertribüne fuhr Rudy damit fort, seine bewegende Zukunftsvision heraufzubeschwören: «Wer an der Bedeutung einer solchen Entscheidungsfreiheit zweifelt, den möchte ich auf die folgende Tatsache hinweisen: Statistiken zufolge sind seit der Einführung unserer Politik der einheitlichen Wohnungs- und Häuserzuteilung schon dreihundertfünfzehn förmliche Klagen auf unserem Datenserver eingegangen. Der Mensch hat ein Recht darauf, über das Haus, in dem er leben will, selbst zu bestimmen.

Selbst unseren Teenagern ist dieses Problem schon bewusst. Erst heute hat sich eine große Menge von Jugendlichen aus einem sozialen Gerechtigkeitsgefühl heraus vor unserem

Hohen Haus versammelt, um für eine Reform unserer Politik einzutreten. Diese jungen Menschen sprechen für weite Teile unserer Bevölkerung. Ihr Appell zielt auf eine Reform unseres gesamten Systems. Verehrte Kolleginnen und Kollegen, lassen wir diese Stimmen nicht ungehört verhallen! Nutzen wir die großartige Chance zur Umsiedlung, die sich uns jetzt bietet, um mutig und entschlossen gesellschaftliche Reformen umzusetzen.»

So leise, dass Renny es kaum hören konnte, wisperte Shania: «Wollte er damit nur mehr Stimmen holen?»

Renny sah, wie verstört sie wirkte, und antwortete bedächtig: «Das war sicher nur ein Grund von mehreren.»

Shanias Hände zitterten leicht, während sie stocksteif auf ihrem Platz saß. Ihre heftige innere Erregung war offensichtlich. Stumm und wie erstarrt hörte sie weiter zu, den Blick unverwandt auf Rudy geheftet. Besorgt beobachtete Sorin sie von der Seite. Er versuchte ein Gespräch mit ihr anzufangen, aber sie stellte sich taub.

Als Rudy seine Rede beendet hatte und von der Bühne in einen Seitengang verschwand, schoss sie plötzlich von ihrem Sitz hoch und stürmte die Treppe hinunter hinter ihm her. Wortlos baute sie sich vor ihm auf und gab ihm eine schallende Ohrfeige.

Das helle Klatschen hallte so laut durch den Saal, dass viele Abgeordnete zusammenzuckten und einen erstaunten Ausruf von sich gaben.

Ohne ein Wort zu verlieren, stürzte Shania durch die Seitentür aus dem Saal. Fassungslos stand Rudy da, eine Hand an der Wange. Auch Sorin lief nun die Treppe hinunter und Shania hinterher. Manche im Saal, die die dramatische Szene mitverfolgt hatten, blickten neugierig zu Rudy hinüber. Andere, die nicht darauf geachtet hatten oder sich nicht dafür interessierten, sahen nicht einmal auf. Renny stieß im Stillen einen mitfühlenden Seufzer aus.

Er konnte sich vorstellen, warum Shania so zornig war. An ihrer Mimik ließ sich ablesen, wie viel Rudy ihr bedeutete. Offensichtlich nahm sie alles, was zwischen ihnen vorgefallen war, sehr ernst.

Gleichzeitig hatte Renny mit eigenen Augen gesehen, mit welcher Leidenschaft die Bewegung der Jugendlichen auftrat. Schon vor dem heutigen Tag hatte er davon gehört, wie die Bergpartei die Protestler für ihre Zwecke einspannen wollte, aber der Eifer, mit dem die Demonstranten ihre Sache verfochten, war für ihn dann doch überraschend gekommen. Dabei hatten sie nicht geahnt, welche Rolle ihnen auf dem politischen Schachbrett zugedacht war.

Rudy rührte sich noch immer nicht vom Fleck. Anscheinend schwankte er, ob er Shania hinterherlaufen oder die Debatte weiterverfolgen sollte. Die Hand noch immer auf die glühende Wange gelegt, starrte er auf die Tür, durch die sie hinausgestürzt war. Offensichtlich hatte er nicht damit gerechnet, dass Shania im Saal auftauchen könnte, und der Vorfall hatte ihn völlig überrumpelt. Er wirkte bedrückt und aufgewühlt. Vermutlich war ihm Shania nicht gleichgültig. Lange verharrte er unschlüssig, machte zwei zögerliche Schritte, nur um dann doch wieder stehen zu bleiben. Er rang mit sich, aber am Ende blieb er im Saal und setzte sich auf einen unauffälligen Platz am Rand. Er wandte sich zur Rednertribüne, wirkte jedoch geistesabwesend.

Renny beobachtete ihn von schräg hinten. Sein Profil ließ noch vage den lebhaften Jungen von früher erahnen: Das blonde Haar, die lange, schmale Nase, die große, schlanke Statur, das alles war ihm geblieben. Nur von der überschäumenden Abenteuerlust und Neugier, die Rudy als Jungen ausgezeichnet hatten, war in seinem Gesicht nichts mehr zu erkennen. An ihre Stelle waren nun eine ausgeprägte Selbstbeherrschung und ein bewusst kultivierter Charme getreten. Ohne es zu ahnen, hatte Rudy sich im Netz des Systems verfangen. Unter dem Mantel der Notwendigkeit verbarg er seine Absichten und befriedigte seinen Ehrgeiz um den Preis der Freiheit.

Renny schenkte seine Aufmerksamkeit wieder der Rednertribüne. Er hatte das Gefühlschaos der jungen Leute mit angesehen, aber er konnte und wollte sich nicht einmischen. Auf der Bühne näherte sich der vorletzte Redner der Flusspartei bereits dem Ende seiner Ausführungen. Weil Renny eben eine ganze Weile abgelenkt gewesen war, hatte er einen Großteil der Rede verpasst und konnte nur noch den groben Inhalt erschließen. Im Kern erörterte der Redner die Möglichkeit, im Flusslauf, geschützt durch eine gläserne Abdeckung, bestimmte Versuchsorganismen zu züchten. Es war ein großartiger Plan, und machbar war er auch, aber die Rede selbst war so mittelmäßig, dass sie in den Zuhörern nicht die Begeisterung entfachte, die ihr Inhalt verdiente. Bald verließ der Redner unter spärlichem Beifall die Bühne. Die Abgeordneten, die schon den ganzen Tag im Saal gesessen hatten, zeigten erste Ermüdungserscheinungen.

Dann war Juan an der Reihe. Als letzter Redner der Bergpartei eröffnete er das Finale der Debatte. Kaum betrat er die Bühne, war der Saal wie elektrisiert. Die Abgeordneten waren mit einem Schlag wieder hellwach.

Niemanden sonst umgab eine solche Aura der Macht. Wann immer Juan die Bühne betrat, zog er unweigerlich alle Blicke auf sich. Anders als Rudy haftete ihm noch immer etwas Wildes, Ungehobeltes an. Er war ein Mann, der seinen Willen bedenkenlos auch einem ganzen Saal aufzwingen konnte. Er war weder groß, noch machte er einen kriegerischen Eindruck.

Mit seiner kleinen, korpulenten Statur erinnerte er eher an einen Koch. Aber wenn er mit seiner unbarmherzigen, unerschütterlichen Stimme die Kommandos erteilte, schüchterte er sein Umfeld sofort ein. Hätte er nicht über diese autoritäre Ausstrahlung verfügt, so hätte er sich in den zehn Jahren, die er nun Chef des Flugsystems war, unmöglich die bedingungslose Gefolgschaft der sonst so eigensinnigen Offiziere sichern können.

Mit ihm spielte die Bergpartei ihren größten Trumpf aus. Das Flugsystem war die Basis für den Aufbau der marsianischen Gesellschaft gewesen. Hätten die Flugzeuge nicht für Nachschub gesorgt, wären viele Ressourcen binnen kurzem erschöpft gewesen.

Juan kam ohne Umschweife zur Sache, und im Publikum wurde es mucksmäuschenstill.

«Die Entscheidung, vor der wir heute stehen, betrifft weit mehr als die Art, wie wir wohnen. Bei dieser Entscheidung geht es um die Zukunft unseres Volks, mehr noch: um die Zukunft der Menschheit.

Egal ob in biologischer oder geistiger Hinsicht: Wir können uns bereits mit Fug und Recht ein eigenständiges Volk nennen. Unsere Körper sind größer und kräftiger als die der Erdbewohner, wir sind bessere Springer, Fahrer und Flieger, wir ertragen eisige Kälte und glühende Hitze. Wir stehen, so kann man sagen, auf einer höheren Stufe der Evolution. Auch an Geist und Klugheit übertreffen wir die Erdbewohner bei weitem. Wir sind ein Volk, das die Früchte von Kultur und Kunst miteinander teilt. Unser Blick dringt bis an den Rand des Universums und bis ans Ende der Zeit. Selbst ein kleines Kind hat bei uns mehr Weitsicht als ein Erwachsener auf der Erde. Wir führen ein ganzheitliches Leben, während die Erdbewohner eine Welt der Spaltungen errichtet haben, in der sie selbst zu Bruchstücken zersplittert sind. Sie haben vergessen, welche edlen Werte sie als Menschheit eigentlich verkörpern sollten.

Was hat der Mensch am meisten zu fürchten? Naturkatastrophen? Oder den Kampf mit materieller Not? Weit gefehlt! Am meisten fürchten sollte der Mensch den Verfall seiner Lebenstüchtigkeit, sein Herabsinken zu einer schwächlichen, verweichlichten Kreatur! In ebendiese Richtung bewegen sich die Erdbewohner. Schon jetzt sind sie ein Haufen erbärmlicher, fettsüchtiger Feiglinge geworden. Gefangen in ihren unersättlichen Begierden, die Sinne benebelt von Drogen, dämmern sie wie Träumer und Säufer in den Tag hinein. Einen flüchtigen Einfall halten sie für Weisheit, und sie schämen sich nicht, die wenigen guten Gedanken, die sie haben, für Geld zu verschachern. Weisheit als ewige Suche ist ihnen fremd geworden, genauso wie der Wunsch der großen Seele, zu schenken und zu teilen. Selbst ihren eigenen Planeten haben sie vergessen. Sie sind in ihrer künstlichen Scheinwelt versunken, Verräter an der Geschichte ihrer Vorfahren. Wir schämen uns einzugestehen, dass wir von denselben Ahnen abstammen wie sie. Nur in uns selbst können wir den wahren Mut und Stolz der Menschheit noch erkennen! Wir sind Marsianer, aber gleichzeitig auch die rechtmäßigen Nachfahren der Menschheit.

Das Schicksal der Menschheit auf uns zu nehmen ist unsere Mission und die hehre Verantwortung, der wir uns nicht entziehen können. Wir wissen, wie man sich auf die Suche nach dem Unbekannten begibt. Unsere unbarmherzige natürliche Umwelt hat uns gestählt. Schon in naher Zukunft werden wir die Bühne betreten für ein neues großartiges Schauspiel, nämlich für die Eroberung der unermesslichen Weiten des Alls. Wir werden ein neues Zeitalter der Entdeckungen einleiten. Der Mensch ist dazu bestimmt, seine Grenzen zu überwinden.

Er muss lernen, auch in einer fremden Umgebung zu überleben und diese Umgebung seinen Bedürfnissen anzupassen.

Wenn wir uns auf ewig in unserer jetzigen Stadt verkriechen, werden wir eines Tages genauso degeneriert sein wie die Bewohner der Erde. Wir stehen vor einer großen historischen Wegscheide, und die Entscheidung liegt in unseren Händen. Aber ob wir es wollen oder nicht, vor der Zukunft können wir uns nicht verstecken!»

Juan brauchte zur Unterstützung seines Redeflusses keine 3-D-Präsentation. Seine raue, leidenschaftliche Stimme dröhnte durch den Saal wie eine Pauke und ergriff seine Zuhörer mit außergewöhnlicher Macht. Seine Körpersprache war zurückhaltend, aber sein ganzer Leib strotzte vor Kraft, als könnte er jeden Moment platzen wie ein schwarzer Ballon.

Während Renny ihm zuhörte, fühlte er, wie er von Juans Eifer angesteckt wurde. Die dunkle Ahnung von Gefahr, die ihn schon lange begleitet hatte, wurde immer stärker. Nun also, dachte er, war der Tag gekommen, der Tag der Wahrheit.

Persönlich kannte er Juan kaum, aber er kannte seine Lebensgeschichte. Schon als Kind hatte er einen ungewöhnlichen Eigensinn an den Tag gelegt. Er war ein Waisenjunge, aber er schien unter diesem Schicksal nie schwer gelitten zu haben. Als seine Großmutter väterlicherseits starb, schlug er wild um sich und heulte Rotz und Wasser, aber danach vergoss er nie wieder eine Träne. Er hatte keine Schrullen, keine Minderwertigkeitskomplexe, keine Anfälle von Trübsinn. Weil er in einem Lager der Luftwaffe aufgewachsen war, kannte er die Flugzeuge besser als das Land ringsum. Als der Krieg zu Ende ging, war er sechzehn und weigerte sich, außerhalb eines Flughafens zu leben. Von der Fürsorge des Amts für Kriegswaisenhilfe wollte er nichts wissen. Er nahm keine Hilfe von anderen an, und er leistete auch selbst niemandem Hilfe. Die einzige Ausnahme bildete Hans. Hans war vierzehn Jahre älter als er und der Einzige, dem er vertraute. Niemand wusste, wie ihre Freundschaft entstanden war, aber angeblich hatte Hans Juan damals gerettet, als seine Großmutter im Krieg den Tod gefunden hatte.

Juan unterteilte die Welt in Freund und Feind. Begriffe wie Verrat oder Nachsicht kamen in seinem Wortschatz nicht vor. Seinen Freunden hielt er unbedingte Treue, gegenüber seinen Feinden kannte er keine Vergebung. Er vergaß niemals, bei wem er Schulden hatte oder wer ihm etwas schuldete. Den Menschen auf der Erde verzieh er nie. Auch wenn der Mars den Krieg ausgelöst hatte, blieb die Erde in seinen Augen der Feind.

Ebendarum, das wusste Renny, ließen Hans Sloan seine Sorgen seit langem keine Ruhe. Eigentlich war er der Macht längst überdrüssig, und dennoch war er all die Jahre nicht zurückgetreten aus Angst, wenn er nicht länger die Zügel in der Hand hielte, würde unter der scheinbar ruhigen Oberfläche eine durch nichts aufzuhaltende, reißende Flut emporschießen und über die arglose ferne Erde hereinbrechen. Dies war die größte Gefahr, die dem Mars drohte, und niemand kannte sie besser als Hans. All die vielen Missstände erschienen belanglos im Vergleich mit der Gefahr, die den Marsianern aus ihrem Eroberungsdrang erwuchs. Systembedingte Probleme konnte man beheben, man brauchte dafür nur Geduld, und die Feedback- und Antragsverfahren auf dem Datenserver waren schon sehr ausgereift. Aber der Eroberungsdrang stellte für ein Volk, das an kein Paradies und kein Jenseits glaubte und seine Kräfte umso mehr im Diesseits bündelte, die größte Verlockung dar. Ein solches Volk brauchte zur Selbstbestätigung einen Gegner, den es unterwerfen konnte. Die Marsianer waren empfänglicher als andere für den Glauben, sie hätten eine historische Mission zu erfüllen.

Nun war also der Tag gekommen, dachte Renny, an dem Hans sich der Bedrohung stellen musste.

Als letzter Redner der Flusspartei betrat Hans die Bühne. Schweigend stand er in den emotionsgeladenen Beifallsstürmen, die sein Vorredner heraufbeschworen hatte. Er wirkte gealtert, aber ruhig und entschlossen. Allmählich verebbte der Applaus, und im Saal kehrte Ruhe ein.

Hans begann nicht sofort zu sprechen. Schweigend blieb er eine Weile stehen, löste die Adlerabzeichen von seinen Schultern, nahm sie in die Handflächen und zeigte sie dem weiten Rund. Dann legte er die golden glitzernden Abzeichen in die Mitte des Rednerpults, ehe er seinen Blick erneut ins Publikum schweifen ließ.

«Zuerst muss ich erklären, dass ich als Generalgouverneur nicht das Recht habe, in einer Debatte für eine Seite Partei zu ergreifen. Meine Aufgabe besteht allein darin, für einen fairen Ablauf zu sorgen. Aber heute will ich meine persönliche Meinung äußern und dafür plädieren, dass wir in Mars City bleiben. Deshalb lege ich meine Gouverneursabzeichen ab und vertraue sie dem Hohen Haus zur Verwahrung an. In einem Monat geht meine Amtsperiode zu Ende, und die nächsten Gouverneurswahlen finden statt. Doch hiermit lege ich schon jetzt mein Amt nieder.»

Im Saal erhob sich erregtes Getuschel, aber Hans tat, als bemerkte er davon nichts.

«Ich will heute nicht nur unser eigenes urbanes Entwicklungskonzept erläutern, sondern auch meine Zweifel am Konzept der Gegenseite darlegen. Unserer Meinung nach stehen die Marsianer derzeit noch auf einer zu niedrigen Entwicklungsstufe, um die Herausforderungen eines Lebens unter freiem Himmel zu meistern.

Unser Plan läuft keineswegs auf eine blinde Fortführung

des Bestehenden hinaus. Vielmehr hoffen wir, auf der Grundlage der heute schon ausgereiften Technologien neue Anwendungsmöglichkeiten zu erschließen. Mit dem Wasser, das uns Ceres vom Himmel bringen wird, und mit dem Fluss unter unserer Kontrolle können wir weit über die Stadt von heute hinausgehen: Wir können an den Ufern eine ganze Reihe von Städten erbauen.

Dort können wir neue Bauweisen erproben, die unterschiedlichsten urbanen Formen entwickeln und mit einer engeren Einbindung in den Bodenuntergrund experimentieren. Der Hausbau wird dann nicht mehr in den Händen eines einzelnen Studios und einer einzelnen Behörde liegen. Ist die Technologie erst einmal frei zugänglich, werden gewiss viele tüchtige Teams sie sich zu eigen machen und daraus mit unserer finanziellen Unterstützung neue Techniken entwickeln. Jede neue Stadt wird ein eigenes unabhängiges Parlament haben, das selbst über die jeweilige Ressourcenverteilung und die Verwaltungsabläufe entscheidet.

Den Verkehr zwischen den Städten werden Bodeneffektflieger übernehmen. Diese Technologie nutzen wir schon seit vielen Jahren, und wir können uns auf sie verlassen.

Die Städte werden die grundlegende marsianische Verwaltungseinheit der Zukunft sein, und jede wird ihr eigenes Gesicht haben.

Was noch wichtiger ist: Im geschützten Raum dieser Städte können wir noch mehr wissenschaftliche Experimente anstellen, um unseren Körper Schritt für Schritt an unsere Umgebung anzupassen und eine solidere Grundlage dafür zu schaffen, dass wir eines Tages ins Freie hinaustreten. Zum Beispiel können wir in unseren Labors langfristige Simulationen einer Umgebung mit niedrigem Druck, geringem Sauerstoff und hoher Strahlung durchführen, bis wir irgendwann eine nachhaltige Veränderung der menschlichen Konstitution erzielt haben. Die Evolution ist ein langwieriger und unvorhersehbarer Prozess. Wir Menschen sollten unsere Grenzen überwinden, aber heute ist es dafür gewiss noch zu früh.»

Während Renny Hans zuhörte, kam ihm ihr Gespräch von gestern wieder in den Sinn. Hans hatte Renny im Archiv aufgesucht. Beim Tee hatte der alte Mann einen besorgten Eindruck gemacht.

«Renny», hatte Hans begonnen und dann einige scheinbar zusammenhanglose Fragen gestellt. «Ich verstehe nichts von Insekten, aber ich habe gehört, dass ihre mögliche Körpergröße begrenzt ist, stimmt das?»

Er saß Renny gegenüber. Seine Brauen verschatteten seinen Blick, und seine Stimme floss ruhig dahin. Renny sah die Spuren des Alters in seinem Gesicht. Seine Züge waren scharf und hart geworden wie aus Stein gemeißelt. In seinem Rücken schwang das Pendel der Uhr leise hin und her und markierte die verrinnende Zeit.

«Ja», antwortete Renny. «Insekten atmen mit Luftröhren in ihrem Körper. Wenn sie zu groß wären, würden sie ersticken. Außerdem sitzt ihr Skelett an der Körperoberfläche und könnte den Rumpf nicht mehr tragen, wenn er zu schwer wäre.»

«Und was würde passieren, wenn man einen Organismus mit Gewalt ausdehnen würde?»

«Er würde platzen», antwortete Renny ruhig.

«Ganz sicher?», fragte Hans nach.

«Ganz sicher.»

Auf Phantasiebildern hatte Renny oft Tiere gesehen, die viel größer oder kleiner als im wirklichen Leben waren, so als wäre ihre Größe rein zufällig und ließe sich beliebig ändern. Aber er wusste es besser: Die Evolution hatte im Lauf der Zeit ein Maß an Perfektion erlangt, das auch die kleinsten Abweichungen ausschloss. Veränderungen waren zwar möglich, konnten aber nur negativ sein. Die Evolution war ein zweiseitiger Prozess von Organismus und Umwelt, in dem am Ende beide Seiten miteinander harmonierten. Es war wie bei einem Vogel und seinem Nest: Der Vogel entschied über den Platz zum Bau, aber das Nest entschied über die Nachkommen. Ab einem bestimmten Niveau hielten sich Selbstbestimmung und Fremdbestimmung die Waage. Dahinter verbarg sich eine einfache, aber oft übersehene Tatsache: Die Evolution brachte keine Extreme hervor, sondern nur perfekt angepasste Organismen.

Hans fragte nicht nach Details. Eine lange Weile verging, ehe er endlich nickte. Wer ihn nicht kannte, hätte glauben können, er wäre schwerhörig. Renny schenkte ihm Tee nach. Schweigend saßen sie da, während sich die blassgrünen Vorhänge hinter ihnen in einem Luftzug aufbauschten.

«Und was», fragte Hans endlich, «halten Sie bei einem Veränderungsprozess für das Wichtigste?»

«Dass er langsam abläuft», erwiderte Renny.

Er verstand Hans' Sorgen, auch ohne dass der sie überhaupt zur Sprache brachte.

Nun, da Hans auf der Rednertribüne stand, war er augenscheinlich nicht mehr der stille Grübler von gestern. Er machte keinen Hehl daraus, dass die Debatte ihn auch emotional aufwühlte, und seine Stimme hatte eine melancholische Färbung angenommen. Vielleicht betrachtete er diese Rede als seinen Abschied nach vierzig Jahren auf der politischen Bühne, und er wollte alle Kraft in diesen letzten Auftritt legen. Vielleicht überwältigten ihn auch die Erinnerungen.

Er hatte vor einer schweren Wahl gestanden, und dass er sich am Ende der Flusspartei angeschlossen hatte, lag nicht nur an Galemans Häusern. Vor allem kam ihm die Erschließung neuen Lebensraums, die die Gegenpartei propagierte, übereilt vor. Dabei klangen in ihm die mahnenden Worte nach, die ihm sein Vater in seiner Kindheit immer wieder eingeschärft hatte: Mut ohne Verstand ist bloß Leichtsinn. Und ihm stand die Erinnerung vor Augen, wie die Marsianer damals fast an Hunger und Kälte zugrunde gegangen wären. In den ersten Kriegsjahren hatten die Marsianer den Preis für ihre Abtrünnigkeit von der Erde bezahlt. Nur dank ihres unbeugsamen Willens und einzelner sporadischer Siege überstanden sie diese Zeit. Dass sie die Berge verließen, brachte eine erste Wende: Von da an konnten sie in ihrem Zuhause Pflanzen anbauen, hatten Wärme und Luft. Sie waren dem Tod noch einmal von der Schippe gesprungen.

Die ersten Jahre nach dem Krieg waren kaum weniger mühsam gewesen. Sie hatten nicht nur ihren Feind vertrieben, sondern mit ihm auch ihre einzige Quelle irdischer Güter: die Frachtschiffe von der Erde. Nun, da ihre Raubzüge Vergangenheit waren, mussten sie alles, was sie brauchten, der Wüste abtrotzen – eine Herausforderung, die kaum zu bewältigen war. Wieder verging eine Periode aufreibenden Überlebenskampfes, bis endlich die Friedensverhandlungen mit der Erde zu einem Abschluss kamen. Damit war der erste Schritt gemacht, um wieder einen Güteraustausch in geordneten Bahnen aufzunehmen. All diese Erfahrungen, all diese Erinnerungen an Tod und Leid ließen Hans instinktiv an einem übereilten Aufbruch in die Berge zweifeln. Es würde den Marsianern dort an zu vielem fehlen, das sie mit Willenskraft allein nicht ersetzen konnten.

«Ich hoffe, ich kann dem Vertreter der Bergpartei noch ein paar letzte Fragen stellen.» Hans richtete seinen Blick auf Juan. «Der Mensch ist immer noch schwach. Würde es unsere Erfolgschancen nicht wesentlich erhöhen, wenn wir unter Laborbedingungen noch einige Jahre trainieren und erst dann den Schritt ins Freie wagen?»

Juan zögerte nicht und erhob sich von seinem Sitz. Kerzengerade und mit ernster Miene stand er da.

«Wenn es so weit ist, werden wir kein Wasser mehr haben», antwortete er schroff. «Wenn wir das Wasser jetzt in das alte Flussbett leiten, können wir es später unmöglich wieder in vollem Umfang sammeln und der Schlucht zuführen. Außerdem ist es weit schwieriger, in einer Ebene großflächig Wasser und Luft zu erhalten als in einem Becken. Wir werden kein zweites Mal mehr einen Himmelskörper mit einem Wasserreservoir wie Ceres nutzen können. Wenn wir diese Chance verpassen, wird es uns niemals gelingen, auf unserem Planeten ein offenes Ökosystem zu schaffen.»

Hans ließ sich von Juans herrischem Auftreten nicht einschüchtern.

«Dann stelle ich noch eine Frage zu eurem Plan: Woher wollt ihr die nötigen Materialien nehmen?»

«Erz. Unsere Verhüttungstechnologie hat in den letzten Jahren große Fortschritte gemacht. Und im Asteroidengürtel können wir noch weitere Reservoirs erschließen.»

«Aber ihr wisst selbst, dass wir mit unserer Verhüttung nicht alle Materialien gewinnen können.»

«Die meisten.»

«Nein», widersprach Hans entschieden und schüttelte mit einem Anflug von Traurigkeit den Kopf. «Und das wisst ihr auch. Einmal abgesehen von der Frage, ob wir den Sauerstoff, der für die Aufrechterhaltung des Luftdrucks nötig ist, ausschließlich durch unsere Verhüttung gewinnen könnten, bleibt immer noch das Problem, woher ihr die Leichtmetalle nehmen wollt, die für den Bau der Felswohnungen erforderlich sind. Hier auf dem Mars könnt ihr diese Metalle unmöglich gewinnen, denn wir verfügen bloß über sehr knappe Reserven an Aluminium, Magnesium, Natrium und Kalium. Für eine Stadt auf dem Boden dagegen brauchen wir nur Glas. Das ist das Einzige, was uns nie ausgehen wird – und ausgerechnet darauf wollt ihr verzichten. Obendrein müsstet ihr in großem Umfang Kabel von der Schlucht die Berghänge hinauf verlegen. Aber woher wollt ihr die nötigen Isolatoren, das Plastik und das Gummi nehmen? Dafür braucht ihr organische Stoffe. Wir verfügen im Moment über geringe Mengen an Gummi und können von der Erde noch mehr eintauschen, aber wie könnte das mehr als ein Tropfen auf den heißen Stein sein, wenn ihr in großem Maßstab eine ganze Schlucht umgestalten wollt?»

Juan schwieg einen Moment, ehe er antwortete: «Das sind bloß Detailfragen.»

«Nein!», donnerte Hans.

Juan trotzte ihm mit beharrlichem Schweigen.

«Ihr wollt es erbeuten, oder?», sagte Hans.

Immer noch schweigend blickte Juan ihm ins Gesicht.

«Oder etwa nicht?»

Endlich nickte Juan. «Ja.»

«Aber das bedeutet Krieg, ist dir das klar?»

«Nein, das ist mir nicht klar», erwiderte Juan, als wäre es ihm gleichgültig. «Wir brauchen bloß ein gewisses Maß an Kontrolle und Einschüchterung, damit wir von der Erde Abgaben einfordern können, mehr nicht.»

«Unmöglich!» Hans legte alle Kraft in seine Greisenstimme. «Begreift ihr das denn wirklich nicht? Ohne Widerstand und Kampf wird das unmöglich funktionieren. Ihr werdet einen jahrelangen militärischen Konflikt heraufbeschwören.»

Juan schien unbeirrt. «Ich weiß nicht, was daran so schlimm sein soll.»

«Hast du denn noch nicht genug gelitten?»

«Doch», erwiderte Juan. «Und gerade deshalb brauchen wir einen starken Mars! Wir werden zurückkehren, und wir werden siegen. Was soll daran verwerflich sein? Wir haben ein Recht auf Stärke. Ohne uns würden die Erdbewohner mit ihren Krämerseelen früher oder später selbst ihren Untergang heraufbeschwören. Wir werden ihnen den Kleinmut austreiben und sie daran hindern, in der trüben Brühe ihrer Profitgier zu verrotten. Die Erde sollte uns willkommen heißen!»

«Unsinn!», rief Hans mit zorniger, aber schon heiser werdender Stimme. «Das ist doch alles nur vorgeschoben! Du kannst stark sein, aber du hast kein Recht, andere auszurauben.»

«Wenn wir das nicht tun, werden wir nicht überleben.»

«Niemand zwingt uns zu dieser Art Leben.» Endlich sprach Hans in aller Klarheit aus, was ihm auf dem Herzen lastete. «Ich lasse nicht zu, dass wir Krieg führen. Solange ich im Amt bin, lasse ich so etwas nicht zu!»

Juan hielt einen Moment inne. Dann zeigte er ruhig auf die goldenen Adlerabzeichen, die auf dem Rednerpult lagen, und erwiderte kühl: «Aber du bist schon von deinem Amt zurückgetreten.»

Scharf wie ein Messer schnitten seine Worte durch die Luft. Im Saal war es mucksmäuschenstill.

Renny tat es zutiefst weh, dieses Drama mitzuverfolgen. Er sah, wie Hans sich verausgabte: Die Hände hatte er auf das Pult gestützt, und die gespreizten Finger zitterten. Er hatte sich in Rage geredet, aber hinter seiner Wut schimmerte eine tiefe Traurigkeit hervor. Zum ersten und wahrscheinlich auch letzten Mal zeigte er in der Öffentlichkeit seine Gefühle. Seine Brauen hatte er zusammengezogen, und an seinem Hals zeichneten sich vor Anspannung die Muskelstränge ab. In seinem Blick mischten sich Schmerz und Entschlossenheit. Es war eine Tragödie, und Renny litt in seiner Rolle als hilfloser Zuschauer. Hans Sloan führte den Kampf, der ihm vom Schicksal bestimmt war. Er hatte diesen Kampf schon lange kommen sehen und trotzdem nicht verhindern können.

Renny wusste, warum der alte Mann so entschieden auftrat. In seiner Kindheit hatte sein Vater ihm eines Nachts gestanden, wie er aus einem Affekt heraus den Krieg heraufbeschworen hatte. Richard Sloan war kein guter Feldherr gewesen. Man hatte ihn in dieses Amt gedrängt, ohne dass er es gewollt hätte. Eigentlich hatte er bloß seine tote Frau rächen wollen, und die Lawine an Ereignissen, die er damit auslöste, hatte ihn überrumpelt. Immer wieder sagte er zu Hans: «Ich habe das nicht gewollt. Es gab so viele Probleme, die ich gern anders gelöst hätte.» Er weinte vor den Augen seines fünfjährigen Sohnes, der ihm die Tränen von den Wangen wischte. Hans war in einem Flugzeug geboren worden und in Flugzeugen aufgewachsen. Er hatte keine Angst vor dem Tod, aber das Wehgeschrei der Toten verfolgte ihn in seine Albträume. Als Richard mit Anfang sechzig starb, hinterließ er seinem Sohn nur einen Wunsch: den Krieg zu beenden.

Um den Letzten Willen seines Vaters zu erfüllen, kämpfte Hans mit aller Kraft für die Unabhängigkeit seines Heimatplaneten. Später genehmigte er die Umlenkung von Ceres, damit die Marsianer nicht mit der Erde um Wasserreserven rivalisieren mussten.

Juan wusste das, und er hatte sich viele Jahre im Hintergrund gehalten. Er war kein Karrierist – dieses Stadium hatte er längst hinter sich gelassen. Er blieb seiner Philosophie treu, genauso wie er dem Mann, der ihn gerettet hatte, die Treue hielt: Hans. Doch die beiden Männer waren die größten Gegner. Gegenseitiger Respekt geht nicht selten mit Feindschaft einher. Aus reiner Dankbarkeit hatte Juan so lange Hans' Befehle befolgt, und umgekehrt war Hans Juan dankbar für seine ungebrochene Loyalität und gewährte ihm stets die Machtbefugnisse, die er sich wünschte. Juan war nicht etwa schwach, er wartete bloß auf seine Chance. Und Hans war kein Dummkopf, er wusste, dass Juan eine Gefahr verkörperte. Juan dürstete es nach Eroberungen, das war Hans klar. Aber er hatte gehofft, solange die marsianische Gesellschaft die Schwierigkeiten, die vor ihr lagen, bewältigen, ihr stabiles Gleichgewicht aufrechterhalten und ihre unabhängige Existenz fortführen könnte, würde das den Eroberungsdrang im Zaum halten. Anscheinend hatte er sich geirrt.

Zum ersten Mal fühlte Renny den Schmerz des Beobachters. Vorher hatte er sich aus allen großen und kleinen Angelegenheiten herausgehalten und sich nichts wirklich zu Herzen genommen. Aber an diesem Tag litt er darunter, bloß ein Außenstehender zu sein. Lautlos lief seine Videokamera vor sich hin und hielt das Drama, das sich vor seinen Augen abspielte, aus allen möglichen Perspektiven fest, in einer nüchternen Objektivität, die weh tat.

In diesem Moment stieß jemand das Tor zum Saal auf. Alle Augen richteten sich auf einen Hauptmann in geschniegelter Uniform, der mit hastigen Schritten die Treppe herab- und auf Juan zumarschierte. Er beugte sich zu ihm und wisperte ihm einige Worte ins Ohr. Für eine Sekunde erbleichte Juan, hatte sich aber im nächsten Moment wieder im Griff. Der Hauptmann schien auf einen Befehl zu warten. Juan zögerte und warf Hans einen Blick zu.

«Was ist los?», fragte Hans.

«Etwas Systeminternes.»

«Sag es mir.»

«Nichts von Bedeutung.»

«Nun sag schon!», rief Hans mit schneidender Stimme. «Auch wenn du mir den Status als Generalgouverneur absprichst, gehöre ich doch immer noch auf Lebenszeit zum Ältestenrat des Flugsystems. Ich habe das Recht, systeminterne Angelegenheiten zu erfahren!»

Juan überlegte einen Moment, ehe er ruhig erwiderte: «Die zwei Wasserwirtschaftsexperten von der Erde sind in einem Flugzeug geflohen.»

«Was?»

«Sie sind geflohen.»

«Aber wieso?»

«Das wissen wir noch nicht.»

«Hat jemand die Verfolgung aufgenommen?»

«Das wird nicht nötig sein», erwiderte Juan kühl, als hätte er im Stillen einen Entschluss gefasst.

ANKKA

Ankka blickte durch die Glaswand hinaus. Der Himmel war ein wenig trübe, und der ferne Horizont zeichnete sich mal scharf und mal bloß noch verschwommen ab. Das Wetter war wirklich nicht gut. Anscheinend gab es die auf der Karte angezeigten Stürme tatsächlich.

Die Stirnlampe, das Taschenmesser und die Päckchen mit dem komprimierten Proviant hatte er in einem Seitenfach seiner Tasche verstaut. Zwei zusätzliche Sauerstoffflaschen hatte er in den Schlafsack eingerollt. Er legte die Tasche mit dem Schlafsack darin auf den Boden und presste mit einem Knie die Luft heraus, ehe er die Öffnung fest verschnürte. Dann drückte er das Bündel noch einmal mit aller Kraft zusammen, bis es ganz flach und quadratisch aussah. Ganz zufrieden war er immer noch nicht, aber weil ihm keine bessere Lösung einfiel, hob er es auf und legte es in den Spind. Da seine Ausrüstung umfangreicher war als sonst, war er sich nicht sicher, ob er den quadratischen Packen problemlos in der dafür vorgesehenen Box würde unterbringen können. Er nahm mit der Hand Maß. Dreieinhalb Handlängen – es müsste gerade noch hineinpassen.

Er öffnete die Tür der kleinen Kammer und spähte nach beiden Seiten – der Gang war menschenleer. Im Hinausgehen schnappte er sich ein Buch, schloss die Tür leise hinter sich und schlug den Weg zur Cafeteria ein.

Der Himmel war noch trüber geworden. Langsam sank die Sonne im Westen. Bis zur Dunkelheit waren es noch über zwei Stunden, aber das Licht wurde schon jetzt immer fahler. Im Gehen blickte Ankka zur Glaskuppel hinauf und versuchte aus dem vorbeifliegenden Sand die Windgeschwindigkeit abzuleiten. Der Wind schwoll zwar an und ab, aber meistens blieb die Luft ziemlich ruhig. Bis zum Sturm würden noch ein paar Stunden vergehen. Er blickte auf die Digitaluhr an der Wand: Über drei Stunden lag die Notlandung nun schon zurück. Der Sauerstoff und Proviant, der standardmäßig zu einem kleinen Jagdflieger gehörte, sollte noch für weitere fünf bis sechs Stunden reichen.

Ein dünner Staubschleier verhüllte den dunkelblauen Himmel.

In der Cafeteria waren vier oder fünf Leute. In der Mitte hörten ein paar Kameraden zu, wie einer von ihnen große Reden schwang, und in einer Ecke saß ein einzelner Mann, der auf sein elektronisches Notizbuch blickte. Hauptmann Fitz war nicht da.

Ankka holte sich einen Kaffee vom Wandautomaten und setzte sich nicht weit von dem einzelnen Mann an einen kleinen Tisch. Sein Buch legte er aufgeschlagen vor sich hin und nahm ein elektronisches Notizheft heraus, als wollte er sich beim Lesen Notizen machen. Er blickte nicht zu dem Mann in seiner Nähe, und auch der beachtete ihn nicht. Schon mittags hatte Ankka auf demselben Stuhl gesessen und unabsichtlich manche Neuigkeiten erfahren. Nun, am Nachmittag, hoffte er, wieder etwas aufzuschnappen.

Hauptmann Fitz war vor gut einer Stunde gegangen und sollte eigentlich jeden Moment zurückkehren. Dann wäre es für Ankka an der Zeit. Wenn der Hauptmann dagegen in einer halben Stunde noch nicht wieder da wäre, würde er wahrscheinlich gar nicht mehr kommen. Dann müsste Ankka einen anderen Weg finden, um sich zu informieren. Welche Nachrichten Fitz wohl hatte?

Ankka wandte sich seinem Buch zu, aber er konnte sich kaum konzentrieren. Seine Augen und sein Kopf nahmen die Worte nur bruchstückhaft auf.

«Unsere Brüder atmen unter dem gleichen Himmel wie wir; die Gerechtigkeit lebt. Dann erwacht die sonderbare Freude, die zu leben und zu sterben hilft und die auf später zu verschieben wir uns fortan weigern. Auf der schmerzensreichen Erde ist sie die bittere Nahrung, der raue Meerwind, das alte und das neue Morgenrot.»

Die Gerechtigkeit lebt. Die Freude nicht auf später verschieben. Er las die Worte noch einmal, und er mochte sie. Er mochte die schmerzensreiche Erde. Das unermüdliche Navigationsgerät und den zusammengepressten Proviant. Den rauen Bergwind. Das alte und das neue Abendrot. Diese Worte waren so schlicht und solide wie die Erde. Er holte tief Luft und glaubte, einen kalten Hauch zu spüren.

Vor einer Woche hatte er das Buch angefangen. Er hatte es eben spontan mitgenommen. Eigentlich war er gar nicht in der Stimmung gewesen zu lesen, aber die Worte waren ihm wie von selbst ins Auge gesprungen.

Wenn er jetzt aufbrach, könnte er wahrscheinlich in weniger als zwei Stunden wieder zurück in Mars City sein. Für den Hinflug veranschlagte er dreißig Minuten, für die Suche zwanzig Minuten, dann blieben ihm noch siebzig Minuten für den Rückflug. Allerdings war das eine optimistische Schätzung, die voraussetzte, dass er unterwegs auf keine unvorhergesehenen Hindernisse stieß. In zweieinhalb Stunden brach die Nacht herein. Das bedeutete: In der nächsten halben Stunde würde er sich entscheiden müssen, ob er flog oder nicht. Ein Nachtflug war immer gefährlich, und vor allem heute sollte er so etwas tunlichst vermeiden.

Den Weg war er vorhin schon einmal in Gedanken durchgegangen, und trotzdem ließ er ihn nun erneut Revue passieren. Seiner Flugkarte zufolge war der Unfallort weder besonders weit entfernt noch schwer zu finden: nämlich gleich hinter der Linie, die das Ende der Ebene markierte, am Rand der Klippen und noch vor der Schlucht. Er könnte den Autopiloten einschalten oder selbst steuern.

Hauptmann Fitz war immer noch nicht wieder zurück, aber Ankka war sich fast sicher, dass er sich in jedem Fall auf den Weg machen würde.

«Diese unerhörte Großmut ist der Revolte eigen, die ohne zu zögern ihre Kraft der Liebe gibt und unverzüglich die Ungerechtigkeit abweist.»

Den in der Nähe sitzenden Mann kannte Ankka gut: Er hieß Burger, besaß den Rang eines Oberstleutnants und war Fitz und damit auch ihm selbst vorgesetzt. Während Ankka zu Mittag aß, hatten sich Burger und Fitz in seiner Nähe über einen Notfall miteinander ausgetauscht. Fitz war Burgers Vertrauter, und ihre ganze Clique wiederum gehörte zu Juans Gefolgsleuten. In der kleinen Cafeteria ihres Militärlagers machten Neuigkeiten die Runde, die gewöhnliche Leute nicht zu hören bekamen. Als Fitz Ankka bemerkt hatte, hatte er einen Moment gezögert, aber Ankka hatte so getan, als wäre er in seine Lektüre vertieft. Da hatte Fitz seinem Vorgesetzten mit gedämpfter Stimme Bericht erstattet: Die zwei Experten für Wasserwirtschaft von der Erde, die morgens mit einem Flugzeug geflohen waren, hatten aufgrund einer technischen Panne an einer Schlucht bei den Klippen notlanden müssen und baten nun um Hilfe.

Ankka blickte wieder auf die Uhr. Es war schon nach vier,

also waren seit dem Gespräch bereits dreieinhalb Stunden vergangen.

Fitz kam zurück.

Ankka erspähte ihn schon von weitem und senkte sogleich den Blick auf seine Lektüre.

Die Miene des Hauptmanns war ernst, als er mit großen Schritten zu Burger marschierte. Er setzte sich nicht hin, sondern schüttelte bloß den Kopf.

«Keine Rettung nötig», sagte er leise.

Burger nickte gleichgültig, als hätte er diese Wendung längst vorhergesehen. «Und wie sollen wir jetzt konkret vorgehen?», fragte er Fitz, der nicht sogleich antwortete, sondern erst misstrauisch zu Ankka hinüberblickte. Ankka klappte sein Buch zu, stand auf und tat, als wollte er ohnehin gerade seinen Platz verlassen. Am Ausgang der Cafeteria drehte er sich noch einmal um. Fitz hatte sich zu Burger gesetzt und redete leise mit ihm. Der Oberstleutnant hörte schweigend zu und nickte manchmal.

Ankka kehrte schnurstracks in seine Stube zurück und nahm die gepackte Tasche heraus. Nun trat sein Plan in Kraft.

Fitz' Nachricht hatte ihn genauso wenig überrascht wie Burger. Schon in dem Moment, als er von der Flucht erfahren hatte, hatte ihm dieser Ausgang dunkel geschwant.

Die beiden Flüchtigen waren Dummköpfe, wenn sie tatsächlich geglaubt hatten, einfach so ein marsianisches Flugzeug steuern zu können! Selbst wenn sie nicht in eine Falle getappt sein sollten, hatten sie sich schlicht maßlos überschätzt. Wozu taugte eine mehrjährige Pilotenausbildung, wenn sich jeder x-beliebige Laie ein Transportflugzeug stehlen und davonfliegen könnte? Zur Maerde hinaufzufliegen war kein Kinderspiel. Selbst Piloten mit ein paar Jahren Flugpraxis wären daran gescheitert, von Amateuren ganz zu schweigen.

Umso verständlicher war der Grund für ihre Flucht: Das Gerücht über einen drohenden Krieg hatte in den letzten Tagen im Flugsystem hohe Wellen geschlagen. Es hatte sich sogar schon in anderen Systemen verbreitet und kursierte auch unter gewöhnlichen Ingenieuren.

Für die beiden Gäste von der Erde war es bestimmt ein Schock gewesen. Anscheinend reifte in ihnen sofort die Idee heran, zu fliehen, um ihre Landsleute auf der Erde zu warnen. Wie es der Zufall wollte, sollte die Maerde bald zu ihrer nächsten Fahrt aufbrechen. Also fassten die beiden den Plan, ein Transportschiff zu entwenden und sich im Laderaum der Maerde zu verstecken.

Sie waren ins offene Messer gelaufen. Denn Juan dachte gar nicht daran, sie zu retten – schließlich gaben sie das perfekte Bauernopfer ab. Der marsianischen Bevölkerung würde er erzählen, sie hätten wichtige Staatsgeheimnisse gestohlen, und die Erde würde er beschuldigen, sie hätte ein gigantisches Komplott gegen den Mars ausgeheckt. Wenn er so eine allgemeine Wut auf die Erde schürte, hätte ein Antrag auf Truppenmobilisierung gute Erfolgsaussichten. Und sollte ein solcher Antrag trotzdem keine Mehrheit finden, würde der Tod der beiden Sündenböcke die irdischen Regierungen womöglich zu einem Vergeltungsschlag treiben, woraufhin der gewünschte Krieg genauso ausbrechen würde. Die beiden Flüchtigen hatten Juan genau den Vorwand geliefert, den er brauchte.

Sie hatten das Fliegen zu leicht genommen, und wer das tat, dem zahlte das Fliegen es heim. Denn Fliegen war eine Wette auf Leben und Tod.

Nachdem er seinen Pilotendress angezogen hatte, nahm er seine Tasche und ging zur Tür. Vor dem Abschließen blickte er sich noch einmal in der Stube um: Alles wirkte leidlich aufgeräumt. Zwei Kleidungsstücke hingen über dem Stuhl, und

Kopfkissen und Schlafsack waren schon zurechtgelegt, damit er, wenn er abends zurückkehrte, gleich schlafen gehen konnte. Einen Moment lang war er sich unschlüssig, ob er das kleine Flugzeugmodell, das Luoying ihm geschenkt hatte, mitnehmen sollte. Er wog es prüfend in der Hand, fand es dann aber zu sperrig und stellte es wieder zurück.

Beim Gedanken an Luoying zögerte er erneut. Sollte er ihr eine Nachricht schicken, um ihr zu sagen, was er vorhatte? Nach einem Blick auf die Uhr entschied er sich dagegen. Erstens lief ihm die Zeit davon, und zweitens wollte Luoying heute mit ihren Freunden ihre Aktion durchführen.

Ich schreibe ihr am Abend, wenn ich wieder zurück bin, ging es ihm durch den Kopf. Falls alles glattläuft.

Er schlug einen kleinen Umweg ein, den kaum jemand benutzte, um niemanden zu treffen, den er kannte. Heute fand kein Mannschaftstraining statt, und nur vereinzelt kehrten Grüppchen vom Flugplatz zurück. Nach Tagen voller Pflichten und intensiven Trainings nutzten viele die Gelegenheit, um sich zu erholen. Im Gang herrschte Stille.

Ankka hörte seine Schritte auf dem Boden: Sie klangen sehr gelassen und so regelmäßig wie sein Herzschlag. Was Luoying und die anderen von der Merkur-Gruppe in diesem Moment wohl gerade machten? Ihre Aktion musste schon vor einigen Stunden angefangen haben.

Er wusste nicht, wie er Luoying erklären sollte, was er fühlte. Als sie ihn gefragt hatte, ob er mitmachen wolle, hatte er sich nicht klar ausgedrückt. Ihr Vorhaben war ihm nicht gleichgültig, er wollte sich nur schlicht nicht an solchen Aktionen beteiligen.

Was wollen sie denn?, dachte er. Das System ändern? Und dann? Anders leben? Und was soll das bringen? Das löst doch nicht das wahre Problem. Wenn es Unrecht gibt oder Vorurteile, dann ändert eine andere Lebensweise daran nichts.

Denn die Ursache liegt woanders. Wann immer der Mensch ein scheinbar perfektes Leben fand, brachte das genauso viel Unrecht hervor. Das wahre Problem ist der Mensch. Wer andere schikaniert, wird das überall tun.

Auf was für einen Wandel soll man da noch hoffen? Auf keinen.

Der Mensch muss das Problem, das er selbst ist, lösen. Aber grundsätzlich wird das nie geschehen. Man muss beim Einzelnen anfangen. Und wenn man auf einen Missstand stößt, muss man dagegen angehen. Mehr kann man nicht machen.

Auch wenn die Gesellschaft noch so perfekt wäre, würden immer wieder junge Leute zu Unrecht sterben. Der Mensch konnte nur mit aller Kraft versuchen, die Summe des Leids auf der Welt ein wenig zu verringern.

Ankka ging zügig, aber immer noch ruhig. Er war nicht nervös, nur besorgt. Nervosität schadete nur, sie untergrub die Willenskraft. Aber die Farbe des Himmels beunruhigte ihn: Das helle Rot war dunkler geworden. Das bedeutete, dass der Wind zunahm. Von fern rückte der Sandsturm näher – noch war er weit weg, aber er könnte plötzlich Fahrt aufnehmen. Ich muss schneller sein als der Sturm, ging es Ankka durch den Kopf.

Der Flugplatz war menschenleer. Niemand hatte Lust, bei diesem Wetter zu fliegen. Ankka ging zu seinem Flugzeug und öffnete die Cockpittür. Neben seinem Flieger standen andere, die wie eine geordnete Formation weißer Haie ihre Rümpfe aneinanderreihten, aber von weitem sahen sie aus wie ein Meer. An jedem Bug prangte seitlich ein Flammenwappen – als würden die Haie ihre blitzenden Zähne blecken. Der Flugplatz lag in Schlaf versunken wie eine Bestie, die im Verborgenen Atem schöpfte.

Ankka öffnete den Staukasten und stopfte seine Tasche hinein. Er war froh, dass sie gerade noch so hineinpasste. Für den Fall, dass sie die Nacht draußen verbringen mussten, hatte er zwei zusätzliche Proviantpakete und Sauerstoffflaschen mitgenommen, deshalb hatte er ein wenig Übergepäck. Kleine Jagdflieger wie dieser hatten bloß zwei Sitze und waren eigentlich auch nur für die Ausrüstung zweier Piloten ausgelegt. Zum Glück verfügte seiner im Bedarfsfall noch über ein kleines Lager für den Materialtransport. Nachdem Ankka ein zusammengeklapptes großes Flügelpaar und einen kleinen Elektromotor darin verstaut hatte, war auch diese Kammer ganz voll. Er überprüfte den Vorrat an Festbrennstoff: Es war noch reichlich da. Die Anzeige für den Luftdurchlass war normal, auch für die Ventile und die Zündkerze.

Da er sein Flugzeug selbst repariert hatte, kannte er es so gut wie seinen eigenen Körper. Allerdings war er sich noch nicht sicher, wie gut es im Ernstfall funktionieren würde.

Gestern hatte er immerhin an der Gefechtsübung teilgenommen. Das Flugzeug hatte ruhig in der Luft gelegen und sich zumindest auf den ersten Blick kaum von den anderen unterschieden. Das allein hatte ihn überaus gefreut. Anscheinend schlummerten ungeahnte technische Fähigkeiten in ihm. Dabei wollte er eigentlich nur nicht klein beigeben gegenüber Fitz, und auf sinnlose Streitereien hatte er auch keine Lust.

Die Übung hatte dazu gedient, unterschiedliche taktische Gefechtsformationen zu testen. Die fünfundzwanzig Jagdflieger hatten drei verschiedene Formationen eingenommen und mit Laserkanonen geschossen, deren Strahlen wie die Kondensstreifen von Düsenjets durch die Luft schnitten. Dabei hatten sie die Zeit für einen erfolgreichen Angriff gemessen und an der Koordination innerhalb der Staffel gearbeitet. Es war bloß ein Fliegen und Schießen ohne Gegner gewesen, mehr nicht, aber Ankka mochte solche Übungen. Durch die

Luft zu jagen, mit den Kameraden ein Team zu bilden, das mehr war als die Summe der Einzelnen, auf ein Ziel zuzuhalten und die eigene Flugkurve in der Luft zu verfolgen – für Ankka war es das höchste Glück, das ein Mensch erleben konnte. Er verabscheute den Krieg, aber er liebte den Rausch der Geschwindigkeit.

Schon seit Tagen hatte er mitverfolgt, wie die Leute um ihn herum über den Krieg redeten. Nur wenige waren dagegen, die meisten sprachen voller Begeisterung darüber. Ihre Leidenschaft war ähnlich groß wie beim Ceres-Projekt, das damals für allgemeines Erstaunen gesorgt hatte. Ankkas Kameraden redeten über nichts anderes mehr. Er verstand ihre Erregung, auch wenn er sie nicht teilte. Nach Jahrzehnten monotoner Routine versprach nichts einen größeren Nervenkitzel als ein Krieg. Die Piloten wurden gewöhnlich im Bergbau eingesetzt. Wenn sie nicht selbst beim Abbau helfen mussten, steuerten sie die Frachtschiffe. Deshalb sehnten sie sich nach einem echten Krieg, einem Kampf auf Leben und Tod, der ihnen körperlich und geistig alles abverlangte.

Ankka konnte auch Juan verstehen. Die Rede, die Juan vor der Truppe gehalten hatte, war sehr bewegend gewesen. Juan glaubte wirklich an das, was er sagte. Er verfolgte keine egoistischen Motive, und genau das machte ihn so gefährlich und verlieh ihm Kraft. Um seine Ziele zu erreichen, besaß er die Geduld, sich viele Jahre im Hintergrund zu halten. Er war von der Vision beseelt, das marsianische Volk auf eine höhere Stufe zu führen und ein neues Kapitel in der Geschichte der Menschheit aufzuschlagen. Ankka fand Juan nicht unsympathisch, er mochte seine Stärke, die ihn von all den herrischen oder kriecherischen kleinen Offizieren unterschied. Manche kritisierten seinen Führungsstil als selbstherrlich, aber nicht Ankka.

In seinen Augen war Juans größte Schwäche nicht sein autoritäres Auftreten, sondern sein Schwarz-Weiß-Denken. Wäre Ankka nicht selbst auf der Erde gewesen, hätte er Juan vielleicht sogar zugestimmt, wenn der sich über Edelmut und Niedertracht, Willensstärke und Feigheit ausließ. Auch er hasste charakterliche Verkommenheit, aber er hatte die Bewohner der Erde kennengelernt, und sie waren durchaus nicht so abgestumpft und jämmerlich, wie Juan behauptete – genauso wie die Marsianer nicht so abgestumpft und jämmerlich waren, wie die Leute auf der Erde glaubten. Deshalb konnte Ankka die Erdbewohner unmöglich als Ganzes verachten, genau wie er umgekehrt auch von ihnen erwartete, dass sie nicht alle Marsianer über einen Kamm scherten.

Ankka wollte sich Juan nicht anschließen, weil man keine Gemeinschaft als Ganzes verachten durfte. Verachtenswert war höchstens der Einzelne. Und genauso konnte man auch nur einzelne Probleme lösen. Es gab keine Lösungen vom und für das Ganze, und es würde sie auch nie geben.

Er setzte sich ins Cockpit und legte die Sicherheitsgurte an. Nachdem er den Sitzwinkel korrigiert hatte, überprüfte er die Anzeigen auf den Monitoren. Sieben kleine Spiegel reflektierten die Außenwelt in sieben unterschiedlichen Blickwinkeln. Die Nadeln, die die Windgeschwindigkeit und den Luftdruck anzeigten, standen noch still. Er schaltete die Stromzufuhr für das Triebwerk ein und aktivierte die Rollbahn. Gemächlich begann das Flugzeug über die Rollbahn zu gleiten, während ein unsichtbares Bündel elektromagnetischer Strahlen das Signal zum Abflug an die Eingangsschleuse übermittelte. Die Flugzeughülle war aus legiertem Stahl. Wenn Ankka das schwere, harte Material berührte, flößte es ihm ein Gefühl von etwas Solidem, Verlässlichem ein.

An der Schleuse ließ er seinen Fingerabdruck und seinen

persönlichen Code für die automatische Identitätsüberprüfung einlesen. Diese Schleuse war die einzige in ganz Mars City, die ohne Wärter auskam. Der Grund war einfach: Die Technik stellte sicher, dass man nur mit Genehmigung ein Flugzeug aus diesem Hangar steuern konnte. Aber wie jeder Pilot in der Ausbildung durfte auch Ankka selbständig üben. Von den fünf erlaubten Test- und Trainingsflügen hatte er bisher bloß zwei in Anspruch genommen.

Langsam öffnete sich das erste Tor der Schleuse, dann das zweite und das dritte. Den Blick auf die weite Ebene vor ihm gerichtet, die in der Ferne im Dunst verschwamm, holte er tief Luft und legte die Hände auf das Armaturenbrett, bereit zum Start.

Das Flugzeug nahm Fahrt auf. Erst wurde es nur von der Rollbahn beschleunigt, dann ging die Beschleunigung von ihm selbst aus. Als sie sich dem Schwellenwert näherte, setzte die Feststoffverbrennung ein, das Triebwerk stieß mit hoher Geschwindigkeit Gas aus, und der Jäger hob vom Boden ab und richtete den Bug auf. Unter schneller Beschleunigung schoss er in den Himmel.

Ankka genoss den Flug. Das Flugzeug lag ruhig in der Luft, alle angezeigten Werte waren stabil, und Brennstoff war reichlich vorhanden. Den Blick auf das weite Panorama von Himmel und Erde gerichtet, fühlte er, wie sich auch sein Herz weitete. Ein Gefühl überkam ihn, das größer war als bloße Freude, das in ihm pulsierte und doch tiefen Frieden bedeutete. Wann immer er flog, und nur dann, fühlte er dieses Glück. Um seinetwillen flog er, um des grenzenlosen Himmels und der dunkelgelben Erde willen.

Mit hoher Geschwindigkeit schoss der Jäger voran. Hochkonzentriert steuerte Ankka ihn die rote Linie entlang, die der Routenplan ihm zeigte. Jedes Jagdflugzeug war mit dem

Flugkontrollzentrum verbunden, und als dort ein Notruf einging, konnte Ankka sogleich die angegebene Position erfragen. Das Flugzeug der zwei Geflohenen war nicht allzu weit von Mars City, rund zweihundert Meter vor den Klippen, notgelandet.

So dumm waren die beiden Flüchtigen also doch nicht. Schließlich war es gar nicht so einfach, so ein Flugzeug sicher zu landen. Wenn sie unverletzt geblieben waren, würde ihre Rettung gut zu bewerkstelligen sein, und sie könnten auf kürzestem Weg zur Stadt zurückfliegen.

In jedem Fall war es falsch, zwei Menschen einfach so in der Wüste zurückzulassen, für ein abstraktes Ziel, das obendrein noch ziemlich fragwürdig war.

Am Horizont erhob sich zusehends der Sandsturm wie eine mächtige Feuersbrunst. Er schien doch stärker als erwartet. Noch konnte man nicht vorhersagen, wann er bei den Flüchtigen und bei Ankka ankommen würde, aber schon jetzt wirbelten die Staubwolken empor wie bei einer anrückenden Armee aus früheren Zeiten.

Wenn man die beiden Notgelandeten ihrem Schicksal überließe, würden sie höchstwahrscheinlich sterben.

Beim Blick auf die Sandwolken am Horizont wuchs Ankkas Sorge. Er beschleunigte bis zum Äußersten. Wenn sie heute noch zurückflögen, läge die Wahrscheinlichkeit bei über fünfzig Prozent, dass der Sturm sie erwischen würde. Das war wesentlich bedrohlicher, als er noch bei seinem Aufbruch geglaubt hatte.

Sich jedoch im Flugzeug zu verkriechen, wäre noch schlimmer. Ursprünglich hatte er gedacht, so könnten sie über die Nacht kommen, gut versorgt mit Proviant. Aber nun musste er sich eingestehen: Der Sturm war so stark, dass er die beiden Flugzeuge unter sich begraben oder umherschleudern konnte. Obendrein drohten herumwirbelnde Steine auf sie einzuschlagen. Stürme wie dieser hatten selbst die Häuser von Mars City schon demoliert. Die Chance, dass sie den Morgen unversehrt erleben würden, lag bei höchstens zwanzig Prozent.

Die andere Alternative war, in das Tal zu fliegen und sich eine Höhle für die Nacht zu suchen. Aber er hatte nur einen Schutzanzug dabei, und in Transportflugzeugen gehörten solche Anzüge nicht zur Standardausrüstung. Aber ohne sie wären die beiden Flüchtigen in den Bergen zum Tod verurteilt. Kaum würden sie den Fuß aus dem Flugzeug setzen, würden sie in der dünnen Luft sterben, und dann wäre alles umsonst.

Es blieb dabei: Er musste heute noch zurückfliegen. Die Erfolgswahrscheinlichkeit lag bei vierzig Prozent – das lohnte den Kampf.

War er zu draufgängerisch gewesen? Hatte er die Gefahr unterschätzt? Nach kurzem Überlegen kam er zu einer Antwort, die ihn selbst überraschte: Er hatte die Gefahr längst vorhergesehen. Schon vor seinem Aufbruch, als er sich selbst noch einreden wollte, er würde sicher zurückkehren, hatte er diesen Moment unbewusst kommen sehen. Das wurde ihm nun erst klar. Um seinen Entschluss nicht ins Wanken zu bringen, hatte er seine dunklen Vorahnungen verdrängt. Das Fliegen war eine Wette auf Leben und Tod, das hatte er immer gewusst.

Aber genau das rechtfertigte ja auch seinen Flug, tröstete er sich. Bei einem solchen Unwetter hatten die Flüchtigen seine Hilfe bitter nötig.

Auf einmal fühlte er, wie beim Anblick des Sandsturms, der immer höher am Horizont aufwirbelte, ein freudiger Kampfgeist in ihm erwachte. Wir wollen doch mal sehen, wer von uns beiden schneller ist, du oder ich.

Dann sah er das Transportflugzeug: Es lag genau an der georteten Stelle. Offensichtlich hatten die beiden nach ihrer Notlandung brav gewartet. Vermutlich waren sie voller Zuversicht, dass die Marsianer sie nicht sterben lassen würden. Vielleicht legten sie sich sogar schon eine Erklärung zurecht, um sich vor ihren Rettern zu rechtfertigen.

Er lenkte den Flieger geradewegs auf das Transportflugzeug zu und drosselte das Triebwerk. Während sein Jäger immer tiefer sank, setzte er ein Signal an das andere Flugzeug ab, damit die Insassen sich auf ihre Rettung vorbereiteten. Kurz bevor er neben dem Transportflugzeug auf dem Boden aufsetzte, änderte das 360-Grad-Triebwerk die Ausstoßrichtung, um den Aufprall zu dämpfen.

Aus der Hinterluke fuhr Ankka eine röhrenförmige Gangway aus und steuerte sie so, dass sie sich mit ihrer Öffnung direkt an der Ladeluke des anderen Flugzeugs festsaugte. Dann löste er rasch alle Sicherheitsgurte, nahm aus der Lagerkammer die Flügel und den Schutzanzug, und nachdem er den Anzug angezogen und den Helm festgeschnallt hatte, kletterte er aus der Vorderluke hinaus auf den Rumpf und schloss die Luke hinter sich. Oben auf dem Jäger legte er sich die Flügel an und band sich die kleinen Turbinen an die Beine. Dann schlang er sich ein Seil um die Hüfte und machte es hinten an den Tragflächen fest.

Als er damit fertig war, signalisierte er den beiden Flüchtigen, sie sollten durch die Gangway in den Jäger kommen. Die Gesichter an die Glasscheibe gepresst, hatten die beiden in banger Erwartung nach draußen gespäht. Voll freudiger Erleichterung öffneten sie nun eilig ihre Luke, bestiegen den Jäger und nahmen im Cockpit Platz.

Ankka kauerte sich hin und zeigte dem Mann auf dem Vordersitz, welche Knöpfe er für den Start drücken sollte. Er musste seine Anweisungen mehrfach wiederholen, ehe der

Mann sie verstand. Als der mit einer Geste fragte, was er sonst noch tun sollte, winkte Ankka nur lächelnd ab.

Endlich schnellte der Jäger einen guten Meter hoch. Unter dem Rumpf waren die vier Stützbeine ausgefahren. Nun begann das Triebwerk zu arbeiten. Ankka war ruhig, aber er fühlte eine leise Erregung, die seine Sorgen übertönte. Er hockte auf dem Heck des Jägers, die Hände vor sich gestützt wie ein Hundert-Meter-Läufer beim Start. Während das Flugzeug auf halbe Höhe stieg und beschleunigte, spürte er, wie sich hinter ihm die Flügel aufspannten und an Rücken und Hüfte zerrten. Seine Erregung wuchs, sein Körper straffte sich, sein Blick war wachsam nach vorn gerichtet. Als der Druck auf seinen Flügeln groß genug geworden war, stieß er sich mit aller Kraft vom Flugzeugrumpf ab. Erst sackte er hinunter, aber dann trugen ihn die Flügel hoch empor.

Er kannte dieses Gefühl, wie eine Fahne im Wind zu flattern. Es erinnerte ihn an seinen Flug mit Luoying. Allerdings flog er heute deutlich schneller. Auch wenn er vorher die Geschwindigkeit auf Reiseflug und damit auf weniger als die Hälfte der normalen Geschwindigkeit eingestellt hatte, war der Jäger immer noch schneller als Longs Bergwerkschiff bei vollem Tempo. Das Flugzeug steuerte nun per Autopilot das Flugzentrum an. Alle Jäger waren mit dieser Funktion ausgerüstet, sodass sie – egal von wo – selbsttätig zum vorher eingegebenen Stützpunkt fliegen konnten. Besonders wenn der Pilot tödlich verunglückt war, erwies sich diese Funktion als nützlich: Dann trug der Jäger ihn heim wie ein erfahrenes Kriegsross seinen gefallenen Reiter.

Ankka fühlte sich wie ein Krieger. Die feindliche Armee lauerte nicht mehr hinter den Bergen, sie hatte ihre grimmige Fratze entblößt und rückte am Horizont vor, in aufwirbelnde gelbe Staubwolken gehüllt. Ankka spannte seine Rückenmuskeln an und passte den Winkel der Flügel an, damit sie nicht frontal dem aufprallenden Wind ausgesetzt waren. So widerstandsfähig die Flügel auch waren, sie waren dünn und zerbrechlich, und sollten sie reißen, würde ihn das in große Gefahr bringen. Er brauchte eine starke Luftströmung, die ihn trug, aber zu heftig durfte der Wind auch nicht werden.

Der Himmel wurde immer dunkler. Bis zum Sonnenuntergang blieb kaum noch eine halbe Stunde. Bei ihrer jetzigen Geschwindigkeit würden sie das letzte Stück Strecke in der Nacht bewältigen müssen, aber das schien Ankka nicht allzu bedenklich: Sobald sie sich in der Nähe der Stadt befänden, wären sie halbwegs in Sicherheit.

Er blickte zum Horizont: Der stolze, blendend weiße Glanz der Sonne wich einem trüben Gelb. Wo der dunkle Himmel und die goldene Wüste ineinander übergingen, wurde der Sand wie eine schäumende Flut emporgetrieben. Manchmal wirbelte er so hoch, dass er die Sonne zu einer verschwommen schimmernden Scheibe verwischte. Jetzt griff der Sturm auch Ankka an. Er wurde auf und ab gewirbelt. Unter den heftigen Stößen taumelte er wie ein Schilfrohr im Wind. Die ganze Welt wogte mit ihm auf und ab, kippte bald ins Dunkel, bald in gelbe Helle. Die Wüste stand bald schief, bald wieder aufrecht.

Sein einsamer Flug in den Lüften erfüllte ihn mit einem plötzlichen Stolz. Ganz allein nahm er in der grenzenlosen Weite zwischen Himmel und Erde den Kampf mit dem Sandsturm auf. Dieses Gefühl hatte etwas Erhabenes und schenkte ihm eine tiefe Ruhe.

In Wellen brandete der Sand gegen seinen Körper. Er wich aus, so gut es seine Reflexe erlaubten, und es gelang ihm, dabei sein Gleichgewicht zu bewahren. Er war in dieser Schlacht auf sich allein gestellt, er musste all seine körperlichen und geistigen Kräfte einsetzen. Und er durfte nicht an der Entscheidung zweifeln, die er getroffen hatte. Wer wie er ohne Unterstützung, ohne Kameraden oder Rettungsteam in einem Sandsturm gefangen war, der war gezwungen, sich selbst zu vertrauen. Sonst würden seine Kräfte bald schwinden. Er war sich selbst der einzige Gefährte.

Ankka vertraute sich selbst. Er hatte mit niemandem je darüber gesprochen, aber er glaubte an sich. Aber an all die großen Worte von Rettung – die Rettung einer Zivilisation, eines Planeten oder der Menschheit – glaubte er nicht, und erst recht nicht daran, dass es gerecht wäre, um der Menschheit willen ein paar Menschen sterben zu lassen. Wer so etwas behauptete, belog entweder die anderen oder sich selbst. Retten konnte man nur den einzelnen Menschen. Alles andere waren Hirngespinste.

«Wenn sie nicht alle gerettet sind, wozu dann das Heil eines Einzigen!» Hatte Karamasow das gesagt? Und wer war dieser Karamasow eigentlich? Ankka verstand, was der Dichter meinte, aber er selbst glaubte eher an das Gegenteil: Wenn man nicht mal einen Einzigen retten konnte, wozu dann alle?

«Sie vergessen die Gegenwart im Blick auf die Zukunft, den Gewinn der Menschen um des Rauschs der Macht willen, das Elend der Vorstädte über durchlichteten Wohnsiedlungen und die tägliche Gerechtigkeit über einem eitlen verheißenen Land.»

Ankkas Kräfte ließen nach, und seine Bewegungen wurden langsamer. Er spürte, wie sich unter dem heftigen Sturmwind Sand in den Flügeln auf seinem Rücken verfing und diese immer schwerer wurden. So gut er konnte, trotzte er seinem Feind, während er in die schwärzer werdende Dunkelheit vor ihm spähte. Aber er konnte die Stadt noch immer nicht erkennen. Ihm kam es vor, als hätte er noch einen weiten Weg vor sich, obwohl er doch schon so lange zu fliegen schien. Er streckte Arme und Beine von sich in die dunkle Leere, als wollte er seine Hoffnung umarmen, da spürte er einen kräftigen Schlag. Vom stechenden Schmerz hellwach, zog er seine Glieder wieder an den Rumpf und legte seine Arme schützend vor die Brust.

Ihm kam Luoying in den Sinn. Das letzte Mal war er mit ihr gemeinsam so geflogen, und nun war er allein. Er bereute, dass er ihr Modell nicht mitgenommen und dass er ihr keine Nachricht geschickt hatte, weil ihm schon dunkel geschwant hatte, in was für eine Gefahr er sich begab. Trotzdem bereute er es nun. Er hätte ihr gern noch ein paar Worte gesagt. Nur um sie tat es ihm leid.

Das letzte Mal hatte sie ihn gefragt, ob er an die ewige Liebe glaube, und er hatte es verneint. Eigentlich war er überrascht, dass sie ihm eine solche Mädchenfrage gestellt hatte, und sie war von seiner Antwort offensichtlich enttäuscht gewesen. Nein, er glaubte an nichts, das ewig währen sollte, er glaubte nur an das Hier und Jetzt. Aber Luoying war anders als alle anderen. Mit wie vielen Menschen konnte man in seinem Leben schon so fliegen wie mit ihr? Sie war einzigartig, und er trug sie immer in seinem Herzen.

Dann umschloss ihn der Sandsturm wie ein schwerer schwarzer Schleier. Er schloss die Augen und fühlte sich wie von den Wogen eines tosenden Meers geschüttelt. Aber den Mut und die Hoffnung verlor er nicht. Den Körper gestrafft, ließ er sich vom tobenden Wirbel umherschleudern. Als er die Augen wieder öffnete, erspähte er in der Ferne endlich die blaue Stadt. Still sprach er sich die einzigen Worte vor, die ihm in diesem Moment in den Sinn kamen:

«In dieser Stunde, da endlich ein Mensch ins Leben tritt, muss man die Epoche und ihre unreifen Rasereien sich selbst überlassen. Der Bogen krümmt sich, das Holz stöhnt. Ist die höchste Spannung erreicht, wird ein durchdringender Pfeil abschnellen, das härteste und freieste Geschoss.»

HANS

Während Hans an Galemans Seite saß, war es im Zimmer so ruhig wie in der Wüste bei Nacht. Lange hatte er so dagesessen. Er wirkte wie eine Statue, mehr noch als der alte Mann, der im Bett tief und fest schlief. Das Licht war nicht eingeschaltet, sodass nur der stille Mond einen blassen Schimmer in den Raum warf, dünn wie ein Seidenschleier, der sich auf die regungslosen Gestalten legte, als wollte er ihnen in ihrer stummen Traurigkeit einen kühlen Trost spenden.

«Galeman», murmelte Hans, «hast du geahnt, dass es am Ende so kommen würde?»

Er senkte den Kopf und vergrub das Gesicht in den Händen, die Ellbogen auf die Bettkante gestützt. Lange rührte er sich nicht. Er gab keinen Laut von sich, schluchzte nicht und zürnte nicht, und doch konnte man ihm ansehen, wie sehr er litt.

Auch der alte Mann im Bett bewegte sich nicht. Seine Haut war bleich und sein Haar schütter. Viele feine Katheter waren in seinen Körper eingeführt.

«Meinst du nicht auch», murmelte Hans, «dass das Leben des Menschen ein einziges Bereuen ist?»

Er fasste den Kranken an der Schulter, so wie er es vor vierzig Jahren oft getan hatte. Die Knochen, die er unter den Fingern fühlte, waren so spitz, als steckte unter dem Schlafanzug nur ein Holzgestell. Er berührte ihn, wie um ihm seine Wärme und Zuneigung einzuflößen und ihn ins Leben zurückzurufen. Aber der alte Mann zeigte keine Reaktion.

Endlich ließ Hans ihn los, aber sein innerer Aufruhr legte sich nicht. Er stand auf und trat ans Fenster, stieß es auf und lehnte sich mit den Händen auf das Fensterbrett. Die Uhr, die neben dem Fenster hing, schien erstarrt, als würde da, wo das Leben stillstand, auch die Zeit anhalten.

Hans wusste nicht, wie er sich den letzten vierundzwanzig Stunden stellen sollte. Vielleicht waren diese vierundzwanzig Stunden die wichtigsten seines Lebens gewesen, aber es fiel ihm schwer, ihnen ins Gesicht zu sehen.

Vor vierundzwanzig Stunden hatte er noch im Parlamentssaal gesessen und todmüde mitverfolgt, wie die Debatte zu Ende ging und die Saalmitarbeiter alles aufräumten. Er war nur erschöpft, aber nicht niedergeschlagen gewesen. Er hatte noch immer die alte Entschlossenheit in sich gespürt, und obwohl er nicht wusste, was die Zukunft bringen würde, war er überzeugt gewesen, alles getan zu haben, was in seiner Macht stand.

Kurz davor hatte er noch mit Juan gestritten. Er war damit, wie Juan mit den beiden flüchtigen Experten von der Erde verfuhr, nicht einverstanden gewesen. «Wir sollten ihnen jemanden hinterherschicken», hatte er gesagt, aber Juan hatte bloß erwidert: «Nicht nötig.» Auf die Frage nach dem Warum hatte Juan erklärt: «Sie haben keine Informationen von Belang mitgenommen.» Er lenkte nicht ein. Daraufhin befahl ihm Hans, im Anschluss an die Parlamentsdebatte den Ältestenrat des Flugsystems einzuberufen. Nur widerwillig erklärte sich Juan dazu bereit. Hans wusste zu diesem Zeitpunkt noch nicht, dass das Flugzeug schon notgelandet war. Intuitiv spürte er, dass er sich um diese Angelegenheit kümmern musste, egal ob den beiden irdischen Experten nun die Flucht gelang oder nicht.

Wenn er das Ganze auf sich beruhen ließ, würde man ihm das später den Vorwurf machen, gleichgültig gewesen zu sein.

Während er auf seinem Sitz saß und auf Juan wartete, wirkte der Saal mit seinen erloschenen Lichtern nach all dem Trubel der vergangenen Stunden öde und leer. Eine ungute Vorahnung beschlich ihn, aber er tat sie als Folge seiner Erschöpfung ab.

Wie lange er dort gesessen hatte, wusste er später nicht mehr. Ihm gingen die Geschehnisse des Tages durch den Kopf, aber auch viele längst vergangene Begebenheiten. Er erinnerte sich an viele alte Freunde und an die wechselvollen Beziehungen zwischen dem Mars und der Erde in den letzten vierzig Jahren, während um ihn herum die Saalmitarbeiter aufräumten und ängstlich darauf bedacht waren, ihn nicht zu stören. Bei ihrem Anblick fühlte er sich wie ein Außenstehender, wie ein vereinzelter Zuschauer, der nach dem Ende einer Vorstellung allein auf die verwaiste Bühne starrte.

Dann erreichte ihn die Nachricht. Nicht Juan und der Ältestenrat setzten seinem Warten ein Ende, sondern diese Nachricht. Er konnte seinen Ohren nicht trauen und legte dem Überbringer der Unglücksbotschaft die Hände wie einen Schraubstock um den Arm. Er hoffte, mehr Einzelheiten zu hören, hoffte, diese Einzelheiten würden die Nachricht als falsch entlarven. Wie inständig er das gehofft hatte!

«Weißt du was, Galeman?» Hans drehte sich um und blickte zum Bett. «Als ich die Leiche des Jungen gesehen habe, wünschte ich mir so sehr, ich läge dort.»

Er ballte die Hand zur Faust und schlug sich damit auf die Brust, als könnte er so seinen Schmerz lindern.

Wieder stand ihm der Moment vor Augen, der Moment, den er so fürchtete und der ihn doch so verfolgte. Er konnte ihn nicht vergessen und wollte es auch nicht. So grauenhaft die Erinnerung war, er zwang sich, dem Grauen ins Gesicht zu sehen.

Ganz allein hatte der Junge auf dem einzigen Bett des Krankenzimmers gelegen. Der Raum mit den dunkelblauen Wänden war nicht groß. Durch den halb zugezogenen Vorhang fiel nur wenig Licht auf eine kahle Seitenwand.

Der Junge lag im Schatten. Langsam ging Hans auf ihn zu. Der Leichnam war mit einem weißen Laken bedeckt. So ruhig, wie er dort lag, hätte man auf den ersten Blick meinen können, er wäre friedlich gestorben. Erst aus der Nähe zeigte sich, dass er einem heftigen Aufprall zum Opfer gefallen war. Friedlich war nur das Bett, während der entstellte Leib dem Betrachter noch durch das Laken hindurch Grauen einflößte. Hans hob einen Zipfel des Lakens an und warf einen Blick darunter. Dann schlug er die Hände vors Gesicht.

Wie eine in seine Einzelteile zerlegte Maschine lag der Junge da. Sein Gesicht konnte man nicht mehr erkennen, es war nur noch eine flache, deformierte Masse. Die Glieder waren gebrochen, und die Rippen stachen aus dem Rumpf hervor wie Dolche. Ein paar rot leuchtende Schnittwunden – Spuren von Operationen – überzogen seinen Leib, als wäre er einer Messerstecherei zum Opfer gefallen. Hans wusste, die Ärzte hatten alles getan, was in ihrer Macht stand. Aber einen Menschen, der aus solcher Höhe zu Boden stürzt, kann man auch mit noch so großer medizinischer Kunst nicht wieder zum Leben erwecken. Der Körper war wie eine zerschmetterte Gliederpuppe mit zertrennten Fäden. Wenigstens war der Schutzanzug heil geblieben, sonst hätte man die Leiche nicht mehr bergen können. Hans hatte in seinem Leben unzählige Tote gesehen, aber keiner hatte ihn so sehr erschüttert.

Er streckte die Hand aus, um dem Jungen über die Stirn zu streichen, aber er brachte es nicht über sich, ihn mit seinen bebenden Fingern zu berühren. Er brach nicht in Schluchzen aus, aber das Zittern breitete sich aus, bis es seinen ganzen Körper erfasste.

«Es ist meine Schuld, Galeman, verstehst du? Es ist meine Schuld.»

Hans presste die Hände auf das Fensterbrett.

«Ich müsste dort auf dem Bett liegen. Das war genau das Ende, das ich mir in meiner Jugend immer ausgemalt hatte. Aber dann bin ich feige geworden, und jetzt bin ich daran schuld, dass der Junge an meiner Stelle gestorben ist. Nein, widersprich mir nicht. Es ist genau, wie ich sage. Es ist meine Schuld. Sinnloses Zeug habe ich immer nur von mir gegeben, mehr nicht. Von Frieden und Dialog habe ich geredet, aber der Lust auf den Krieg nie einen Riegel vorgeschoben. Mit einem Verbot wollte ich den Krieg verhindern, aber wie könnte ich so einer Armee, die ohne Wenn und Aber in den Kampf ziehen will, Einhalt gebieten? Ich habe mich selbst und andere betrogen. Es ist nicht nur Juans Schuld. Er ist bloß die Feuerzunge in einem Flammenmeer, das mich längst verschlungen hat. Woran habe ich denn gedacht, als ich hörte, dass die beiden irdischen Experten geflohen sind? Nicht an ihre Sicherheit habe ich gedacht, sondern nur an ihre Rolle bei den Verhandlungen mit der Erde. Ich beurteile tatsächlich schon alles und jeden nach seiner Funktion. Ankka hätte nicht sterben müssen. Wenn ich sofort entschieden darauf bestanden hätte, ein Rettungsschiff zu entsenden, hätte niemand sein Leben opfern müssen. Aber was haben wir alle nur im Kopf gehabt? Die politische Lage, sonst nichts.

Ankka ist an meiner Stelle gestorben oder vielmehr: anstelle meines jugendlichen Ichs, denn jetzt bin ich ein alter, schwacher Mann. Ich sollte mich schämen.»

Die Hände krampfhaft zu Fäusten geballt, die Stirn in sorgenvolle Falten gelegt, stand Hans da. Seine Augen waren geschlossen. Er lehnte sich aus dem Fenster und hob den Kopf, als wollte er im nächsten Augenblick all den unterdrückten Schmerz aus sich herauslassen. Aber er brachte keinen Laut hervor. Das Mondlicht strömte auf ihn herab, auf seine wie auf ein Stahlbrett gespannten Arme und Schultern.

Lange verharrte er so, ehe sein Körper endlich erschlaffte. Es war schon tief in der Nacht, und die Lichter in den Krankenzimmern ringsum erloschen. Erschöpft, aber innerlich ruhiger setzte er sich wieder an Galemans Bett.

Das Kinn auf die Hände gestützt und von einer abgrundtiefen Traurigkeit erfüllt, betrachtete er das unverändert friedliche Gesicht des Kranken.

«Galeman», sagte er im Stillen, «vielleicht weißt du das nicht, aber Luoying hat diesen Jungen geliebt. Nein, du weißt das nicht, aber ich bin mir sicher. Nun kann ich ihr wirklich nicht mehr unter die Augen treten. Wie traurig sie jetzt sein muss! Ich habe ausgerechnet die Menschen verraten, die mir am liebsten sind. Vielleicht bin ich der größte Verbrecher von allen.

Galeman, am Ende habe ich auch dich verraten.

Ich habe den Parlamentsbeschluss angenommen und deine Stadt aufgegeben. Wirst du mich verachten? Wirst du mir vorwerfen, dass ich eigenmächtig zugestimmt habe, ohne mir vorher deine Erlaubnis zu holen? Wirst du noch einmal deine Sache mit all deinen guten Argumenten verteidigen? Wirst du, wenn du erwachst und all das siehst, vor Wut toben? Wie sehr wünsche ich mir das!

Denn dann wärst du immer noch der Alte, und das würde mich ein wenig erleichtern.»

Hans ließ den Kopf sinken. Ihm kam es vor, als wäre all

das Unglück in nur vierundzwanzig Stunden über ihn hereingebrochen, um ihn seelisch bis ins Mark zu erschüttern. Zuerst hatte am Nachmittag Luoying rebelliert wie einst ihr Vater; dann war der seit langem schwelende Konflikt mit Juan auf offener Bühne ausgebrochen; nur kurz danach hatte ihn die Nachricht von Ankkas Unfall erreicht; dann hatte er am frühen Morgen, nach einer die ganze Nacht andauernden Suchaktion, den Leichnam gesehen; und am Morgen schließlich hatte er, schon am Rand eines Zusammenbruchs, seine letzten Abstimmungen im Parlament geleitet.

«Vielleicht bedeutet dieser Tag das Ende für uns beide», sagte er zu Galeman.

Zwei große Anträge hatten zur Abstimmung gestanden. Der eine war angenommen, der andere abgelehnt worden. Angenommen wurde der Plan, in die Berge zu ziehen und dafür das Wasser von Ceres zu nutzen. Das war keine große Überraschung: Nachdem die Marsianer über fünfzig Jahre unter geschlossenen Glaskuppeln gelebt hatten, war die Vorstellung, in die Natur hinauszugehen, für sie allzu verlockend. Abgelehnt wurde der Antrag von Juan, die marsianischen Truppen zu entsenden. Ohne großes Aufheben war dieser Antrag schon vor zwei Monaten eingereicht worden und hatte im Verborgenen immer weitere Kreise gezogen. Bevor er in der entscheidenden Abstimmung verworfen worden war, hatte man noch den Eindruck gewinnen können, als würde er eine Mehrheit finden. Aber nach der Nachricht von Ankkas Tod hatte sich eine unübersehbare Trauer wie ein Schleier über den Parlamentssaal gelegt. Und allen Abgeordneten wurde klar, welchen Preis der Junge gezahlt hatte. Die geretteten irdischen Experten waren anwesend und versprachen den Marsianern voll tiefer Dankbarkeit, nach ihrer Rückkehr auf die Erde alles zu tun, was in ihren Kräften stand, um die Verhandlungen zwischen Erde und Mars zu einem versöhnlichen Ende zu führen.

Hans hatte auf der Bühne gesessen und seine letzte große Amtshandlung vollzogen, wobei das Morgenlicht ruhig wie immer durch die Kuppel auf die Köpfe der Abgeordneten geschienen, unberührt von all der Erregung und Trauer.

Hans kam es wie eine Ironie vor: Unter der gleichgültigen Sonne hatten Gefühle keinen Platz. Routiniert handelte er alle weiteren, kleineren Tagesordnungspunkte ab, trat so unparteiisch wie immer auf und sprach mit derselben gelassenen Autorität.

Als er schließlich mit seiner Unterschrift und seinem Siegel die Annahme des Umsiedlungsantrags offiziell vollziehen sollte, hielt er einen Moment inne. Er wusste: Mit seinem Siegel war Mars City, das Lebenswerk von ihm und Galeman, Geschichte.

Aber er war seltsam gefasst, fast betäubt, als hätte der Abgrund der Nacht all seine Gefühle ausgelöscht.

Als Kind hatte Hans in einer Behausung aus Fels gelebt, in einer gewöhnlichen kalten Höhle.

Rings um ihn hatte der Krieg gewütet, und ständig wappnete man sich für das nächste Gefecht, kämpfte und lauerte. Das Leben bestand aus Warten und Angst, Warten und Angst. Ständig starben Menschen, und irgendwo in der Nähe stürzte eine Höhle ein.

Die ersten Wohnungen waren Berghöhlen mit Außenwänden aus Metall. Wenn das Metall zu dünn war, konnte es die Strahlung nicht abwehren, aber zu dick durfte es auch nicht sein, denn dafür reichten die Metallvorkommen nicht. Es dauerte lang, die verschütteten Höhlen immer wieder auszugraben, und wenn sie direkt unter Beschuss standen, gab es kein Entkommen. Zwanzig Jahre trotzten sie so der Not, und dann, in den späten Kriegsjahren, betrat Galeman die Bühne.

In der Wüste ist kein anderes Material so leicht zu gewinnen wie Glas. Es ist einfach zu formen und zusammenzufügen, lässt sich per Luftdruck in seine endgültige Form bringen, und wenn es zerstört wird, kann man es schnell ersetzen. Galemans Häuser waren mehr als bloße Behausungen: Sie waren komplette kleine Ökosysteme, die Energie produzierten für einen Luftaustausch und Wasserkreislauf, biologischen Anbau und Müllzersetzung sorgten. Sie waren wie ein Artist, der viele Teller gleichzeitig balanciert. Bei Geschützfeuer verkrochen sich die Bewohner unter der Erde, um danach auf den Ruinen im Nu ein neues Zuhause zu errichten.

Hans kannte keine Blutbäder, wie sie in alten Büchern beschrieben waren. Dieser Krieg spielte sich im Weltall ab, und selbst als er später Pilot geworden war, bekam er nie das Gesicht eines Feindes zu sehen. In seinen Kindheitserinnerungen kamen keine aufsteigenden Rauchwolken, kein Feuer und kein Donner vor, nur gelegentliche Bombardements, schwere Metallgeschosse, die vom Himmel fielen und im nächsten Moment explodierten, die Höhleneingänge verschütteten und die eben aus dem Schlaf aufgeschreckten Bewohner tödlich überrumpelten. Solche Angriffe ereigneten sich nur alle paar Monate, aber die Angst vor ihnen war allgegenwärtig. Gerade dass sie so vereinzelt kamen, steigerte nur ihren Schrecken. Die Menschen kauerten in ihren verschlossenen Höhlen und fragten sich, wann der nächste Angriff über sie hereinbrechen würde. Erst in Galemans Häusern sahen sie jeden Angriff kommen, und sie konnten ihre Ängste und Nöte dem Himmel anvertrauen.

«Galeman», murmelte Hans, «was warst du mutig damals! Noch keine zwanzig Jahre warst du alt, und trotzdem hast du mit der Faust auf den Tisch gehauen und lauthals deinen Plan verkündet. Und komischerweise haben die alten Herren dir das noch nicht einmal übelgenommen. Du konntest es selbst kaum glauben. Erinnerst du dich noch daran? Du warst ein Genie, ein Genie von einem brüllenden Löwen.

Hättest du damals gedacht, dass wir es so weit bringen würden? Erinnerst du dich, wie wir zusammen getrunken und uns ausgemalt haben, wir würden einmal bedeutende Männer in der kommenden marsianischen Nation werden? Wir hatten nur so zum Spaß darüber geredet, aber wir haben es wirklich geschafft.

Wir waren bedeutende Männer, das kann uns niemand mehr streitig machen. Macht dich das zufrieden?

Galeman, du bist zu stolz. Nur dein Stolz hat die anderen gegen dich aufgebracht, aber nur er hat sie auch dazu gebracht, dir zu folgen. Du warst zu stolz, um deine Erfolge an die große Glocke zu hängen – das wäre unter deiner Würde gewesen. Du hast nie auch nur erwähnt, was du alles geleistet hast. Deshalb glauben die Leute, das wären nichts als Kleinigkeiten gewesen. Nur ich weiß, wie viel dir an deiner Arbeit liegt. Warum hast du nicht offen zugegeben: Du liebst deine Technologie, du liebst das, was du erschaffen hast, und das mit einer solchen Hingabe, dass du dich um jedes Detail selbst kümmern willst? Noch am Wochenende vor deinem Zusammenbruch hast du die thermodynamischen Eigenschaften deines siliziumbasierten Materials erforscht, um die Funktionalität deiner Häuser weiter zu verbessern. Warum hast du das nicht ehrlich öffentlich gesagt? Dann hätten all die Leute dich nicht für einen Mann von gestern gehalten, der seinen Platz nicht räumen will, sondern dir bereitwillig dabei geholfen, an einer besseren Zukunft zu arbeiten.

Nun habe ich es erlaubt, dass wir deine und unsere Stadt

aufgeben. Wirst du mich dafür hassen? Bis heute habe ich inständig gehofft, dass du wieder zu Bewusstsein kommst, aber jetzt wünsche ich mir, du würdest nie mehr erwachen. Dann könntest du auf ewig in deinen utopischen Träumereien leben, und das Schicksal deiner Stadt würde dich nicht mehr berühren. Ich weiß nicht, was schwerer zu ertragen ist: ein Leben voller Höhen und Tiefen oder wenn sich am Ende alles in Luft auflöst.

Galeman, ich bin es, kannst du mich hören?»

Hans wusste, dass sein Freund ihn nicht hören konnte. Er hatte ohnehin nur im Stillen vor sich hin gesprochen. Aber er fühlte den Drang, sich alles von der Seele zu reden, auch wenn vor ihm nicht mehr der kraftstrotzende junge Kerl von einst lag, sondern ein Greis, der hilflos war wie ein Säugling. Und so schlummerte er jetzt auch vor sich hin. Alles, was ihn einst ausgezeichnet hatte, hatte er abgelegt. Er hatte sein altes Ich abgestreift.

Wenn Hans sein Leben Revue passieren ließ, dann erfüllte ihn nichts mit größerer Befriedigung als die Tatsache, dass er und seine Freunde zu Stützen der marsianischen Gesellschaft geworden waren: er selbst als Generalgouverneur, Galeman als Häuserbauer, Ronning als Weltenwanderer, der sich besonders um Ceres verdient gemacht hatte, und Garcia seit nunmehr dreißig Jahren als Kapitän der Maerde, der mit der Erde diplomatische Beziehungen aufgenommen und ein Abkommen zum Schüleraustausch unterzeichnet hatte. Gemeinsam hatten sie ihre Kämpfe gefochten, seit den letzten zehn Kriegsjahren bis heute.

Volle fünfzig Jahre hatten sie zueinandergehalten und einander nie betrogen – daraus schöpfte Hans sein größtes, ja beinahe einziges Glück und seinen Stolz. Dabei hatte er die

Hoffnungen seiner Kameraden so oft enttäuscht: Er hatte nicht verhindern können, dass Garcia von der Bürokratie an den Rand gedrängt wurde, er hatte weder die Siedlung auf Ceres, die Ronning so sehr geliebt hatte, schützen können noch ihre eigene Stadt, Mars City, in die sie alle so viel Herzblut gesteckt hatten. Er war seiner Aufgabe nicht gewachsen gewesen, aber seine Freunde trugen es ihm nicht nach, und das war das größte Geschenk, das sie ihm machen konnten.

Als Ronning und Garcia zu kosmischen Nomaden wurden, war ihm Galeman als engster Vertrauter geblieben. Gemeinsam hatten sie den politischen Wandel der ersten Nachkriegsjahre gemeistert, hatten den Bau der neuen Stadt geleitet und den Schmerz um den Verlust ihrer Kinder durchgestanden. Auch Galemans Sohn und seine Schwiegertochter waren bei einem Unfall ums Leben gekommen: Ihr Raumschiff war von Phobos zurückgekehrt und kreiste schon über dem Mars, als es explodierte – ein Unfall, ganz ähnlich wie der, dem Hans' eigener Sohn und seine Schwiegertochter zum Opfer gefallen waren. Der gemeinsame Verlust hatte sie noch enger aneinandergeschweißt. Denn nichts gab in solchen Zeiten mehr Halt als eine echte Freundschaft.

Vor fünf Jahren hatte Hans dafür gesorgt, dass Luoying anstelle von Galemans Enkel Pierre die Reise zur Erde antrat. Damals war er sich nicht sicher gewesen, ob diese Reise sich als Segen oder Fluch erweisen würde, aber weil Galemans einziger Enkel sein Ein und Alles war, wollte er ihn von jeder Gefahr fernhalten. Und so kam er auf die Idee, Luoying, die damals viel vor sich hin grübelte, zur Erde zu schicken, um sie auf andere Gedanken zu bringen.

«Galeman», murmelte Hans, «Pierre ist ein guter Junge. Du solltest dich glücklich schätzen, dass du so einen Enkel hast. In der Parlamentsdebatte hat er einem ungeheuren Druck standgehalten. Danach warfen unsere alten Freunde ihm vor, er habe deine Sache verraten. Aber ich weiß, du wirst darüber anders denken. Ich habe seine Antworten gehört – er hat deinen Traum nicht aufgegeben, er will ihn weitertragen bis in den Himmel. Niemand versteht dein Anliegen und deine Technologie so gut wie er. Auch wenn er nicht so ein wilder Löwe ist wie du – das lockige Haar und den Erfindergeist hat er von dir geerbt, und er wird noch Großes vollbringen, da musst du dir keine Sorgen machen.»

Er ergriff Galemans knochige Hand und fuhr fort: «Pierre ist außerordentlicher als Rudy. Er weiß, was ihm wirklich wichtig ist. Was für eine Ironie: Dein Enkel hat meinen Enkel unterstützt, und ich habe deinen Häusern ein Ende gesetzt. Wir haben uns geschworen, einander ein Leben lang die besten Kameraden zu sein – haben wir versagt? Und unsere Enkel? Sind sie zu so einer Freundschaft bereit?

Vielleicht sollten wir die Welt jetzt in die Hände der Jüngeren legen. Sie denken anders als wir, und vielleicht braucht der Mars nun so ein neues Denken. Unser Bedürfnis nach Sicherheit ist ihnen fremd, und darum verstehen sie nichts von dem, wonach wir unser Leben lang gestrebt haben. Sie wollen eine Bühne für sich und sonst nichts. Das ist das Einzige, um das sie uns beneiden. Vielleicht sollten wir die Bühne für sie räumen.

Galeman, vielleicht ist es an der Zeit, uns auszuruhen. Ronning ist schon tot, Garcia liegt auf der Maerde im Sterben, und du liegst hier ... Wir sind am Ende unseres Weges angelangt. Ich weiß genau: Wenn ihr alle fort seid, will auch ich nicht mehr weitergehen. Wir sollten von der Bühne abtreten und uns in einem anderen Reich versammeln.»

Lange hielt Hans die Hand seines Freundes, ehe er sie behutsam wieder unter die Decke bettete. Die Wände schimmerten noch immer in ihrem ruhigen Meerblau. Lilien waren darin eingefasst, umhüllt von der lautlosen Nacht.

«Galeman», murmelte Hans, «die anderen sagen alle, wie viel du zu unserer Sache beigetragen hast, aber in Wahrheit bereichert die Sache den Menschen und nicht umgekehrt. Die jungen Leute sind es leid, dass wir Alten immer wieder von unseren Taten reden. Sie ahnen nicht, dass wir das nur aus Angst tun, uns zu verlieren. Du kannst zufrieden sein, Galeman: Du bist mit deiner Sache bis ans Ende gegangen und deine Sache mit dir. Du hast großes Glück gehabt.»

Hans vergrub sein Gesicht in den Händen, die Ellenbogen auf die Knie gestützt. Und ich?, ging es ihm durch den Kopf. All die Entscheidungen, die ich in meinem Leben getroffen habe: Einen Kameraden habe ich auf eine Reise ohne Wiederkehr geschickt, habe die Stadt eines anderen zum Untergang verurteilt, habe meinen eigenen Sohn auf Deimos verbannt, und ausgerechnet Renny, den Mann der jüngeren Generation, den ich am meisten schätze, habe ich zur Einsamkeit verurteilt. Soll das die Sache sein, der ich gedient habe? Habe ich mein Leben umsonst gelebt?

«Galeman», murmelte Hans, «ich blicke pessimistisch in die Zukunft. Das sage ich nur dir, denn du gehörst wie ich schon nicht mehr dieser Welt an. Die jungen Leute diskutieren immer über den Datenserver, aber dabei verstehen sie nicht, warum er so gut funktioniert. Wir haben bloß eine Bevölkerung von fünf Millionen, das ist weniger als eine mittelgroße Stadt auf der Erde. Die jungen Leute begreifen die Bedeutung dieser Zahl nicht. Stattdessen reden sie voller Stolz darüber, wie zwei Millionen von uns zwei Milliarden Menschen von der Erde getrotzt haben. Aber gerade unsere kleine Zahl ist der Schlüssel zu unserem Erfolg. Unsere gesamte Stabilität und Ordnung beruht nur auf unserer reibungslosen Kommunikation, und um die zu garantieren, gibt es eine Obergrenze an Menschen. In den letzten Jahren sind wir schon zu stark gewachsen. Ich fürchte, durch die Umsiedlung wird unsere Gesellschaft auseinanderfallen. Ein Sandhaufen, der zu hoch ist, stürzt zusammen, eine Zelle, die zu groß ist, zerplatzt – das ist ein Naturgesetz, und dafür braucht es keine Einwirkung von außen. Eine Gesellschaft ist wie ein Insekt: Ihre Struktur bestimmt ihre Größe. Deshalb wird unsere Nation auseinanderbrechen.

Galeman, mehr kann ich nicht tun. Ich erinnere mich noch, wie du mir einmal gesagt hast: ‹Von der Erde sind wir gekommen, und zur Erde kehren wir zurück. Diesem Flecken Erde hier geloben wir die Treue. Der Himmel spricht nicht, aber die Erde ist unser Zeuge: Wir meinen es aufrichtig.›»

Hans erhob sich, strich seinem Freund noch einmal die Decke zurecht, schenkte ihm ein Glas Wasser ein und stellte es ans Kopfende des Bettes. Auch seine Uniform lag dort, säuberlich gefaltet und mit all den golden glänzenden Orden daran, die man dem alten Mann verliehen hatte. Hans wusste, das hatte Pierre getan, in der Hoffnung, sein Großvater würde wieder zu Bewusstsein kommen. Und genauso wie der Junge wollte auch er selbst dafür sorgen, dass für seinen alten Freund alles bereitstand, falls er wieder erwachte. Zumindest würde Galeman dann nicht denken, dass die Menschen ihn vergessen hätten, egal was für eine Welt er um sich herum vorfinden würde.

Nachdem Hans sich vergewissert hatte, dass die Monitoranzeigen am Kopfende des Bettes normal waren, verabschiedete er sich. Kerzengerade nahm er vor dem Bett Stellung und salutierte so schneidig, wie er es beim Eintritt in die Militärakademie vor der marsianischen Flagge getan hatte.

Dann drehte er sich um und marschierte mit großen Schritten aus dem Zimmer, als zöge er in seine erste Schlacht.

LUOYING

Immer wieder rief Luoying Ankkas Namen, aber er antwortete ihr nicht. Niemand konnte sie hören. In ihrem Helm hallten ihre Schreie nach, ihr Schädel bebte. Sie legte den Kopf in den Nacken, als könnte der Himmel ihr Rufen weitertragen, bis an die Ohren des Jungen, der sie nicht mehr hören konnte.

Sie saß vor der Höhle, in der Ankka und sie diese eine Nacht verbracht hatten. Vor ihr lagen das Tal, durch das sie beide geflogen waren, und die Berge, die im Licht der Morgensonne so wundersam erstrahlt waren, hinter ihr die Höhle, in der sie gesessen hatten, unter ihr der Boden, auf dem Ankka vor ihrem Aufbruch die Membranen aufgetrennt hatte, und zu ihren Füßen der Hang, den sie sich hinabgestürzt hatten. Und von überall her brachen die Bilder über sie herein wie ein eisiger Luftstrom. Wenn sie die Augen öffnete, sah sie Ankka, wie er vor ihr hockte und die Flügel umbaute, aufblickte und sie anlächelte. Wenn sie die Augen schloss, sah sie, wie er sich die Felswand hinabstürzte und grausam in der Tiefe zerschellte. Wenn sie dann wieder die Augen öffnete, hockte er von neuem vor ihr. Ruhig hantierte er mit den Flügeln, ein gelassenes Lächeln auf dem Gesicht. Aber als sie die Hand nach ihm ausstreckte, löste er sich in nichts auf.

Im Tal war es sehr still, und es wehte kein Wind. Die Luft im strahlend hellen Sonnenschein schien noch immer die Erinnerung an ihren gemeinsamen Flug zu bewahren. Luoying sah sie beide noch vor sich: In den Lüften hatten sie miteinander getanzt. Als dann ein starker Wind aufkam, rettete Ankka sie, indem er sie an den Felsen presste. Ihr Herz hatte gerast, aber Ankka hatte sich schützend über sie gelegt und sie mit seinen Armen gegen die Steine abgeschirmt, die ringsum niederprasselten. Fest und stark hatte sich sein Körper angefühlt.

Seine Augen waren blau und klar. Sie waren nie ganz geöffnet, aber wenn er sie damit ansah, sagte sein Blick mehr als alle Worte. Sie erinnerte sich noch, wie sie beide aus dem Archiv herausgekommen waren und er sie umarmt hatte. Als sie dann im Röhrenwagen gesessen hatten, da hatte sie sich jene Nacht im Sandsturm ausgemalt, als ihre Großmutter gestorben war, und die Angst hatte sie beschlichen, auch sie selbst wäre zu einem frühen Tod verurteilt. Aber sein Blick hatte ihr Halt gegeben. Er lächelte mit seinen Augen.

In der Nacht nach ihrem Zehenbruch, im Gang des Krankenhauses, hatte er lächelnd im schummrigen Licht auf sie gewartet, in der Hand den Pudding, und sein Anblick hatte ihr Mut eingeflößt. Locker hatte er mit einer Schulter an der Wand gelehnt, aber seine Augen hatten ihr Kraft gespendet.

Sie solle sich gut erholen, hatte er sie ermahnt, und sich mit dem Tanzen nicht zu viel Druck machen.

Als sie bei ihrer Ankunft auf der Erde den Anschluss an die Gruppe verloren hatte, da hatte er sie an der Hand gepackt und ihr gesagt, sie solle mit ihm kommen. Auf so viele Wege hatte er sie geführt, und das so viele Jahre. Und immer hatte er sich mit seinen kühlen blauen Augen zu ihr umgedreht und ihr bedeutet, ihm zu folgen. In seinem Flugzeug hatte er sie mitgenommen und ihr den Sonnenuntergang gezeigt. Ein so schönes Abendrot würde sie nicht mehr sehen, nie mehr. Er war geradewegs in dieses Rot hineingeflogen, hinein in die roten Wolken.

Luoying konnte all die Bilder in ihrem Kopf nicht länger ertragen. Ein paar Tage war sie wie betäubt gewesen und hatte alle Erinnerungen verdrängt, aber nun, als sie auf dem vertrauten Flecken Erde saß, strömten sie übermächtig auf sie ein.

Sie erhob sich und begann auf der kleinen Plattform zu tanzen. Statt zu springen, drehte sie sich auf der Erde. Sie wollte sich von all ihrem Schmerz freitanzen. Noch nie hatte sie mit einer solchen Kraft getanzt, und das, obwohl sie schon so lange nicht mehr trainiert hatte. Aber sie musste all diese Kraft in ihren Tanz legen, um nicht von ihren Gefühlen überwältigt zu werden. Sie spürte, wie sie überfloss von Erinnerungen: Aus allen Poren, Fuß- und Fingerspitzen quollen sie hervor. Luoying wirbelte herum, stieg empor, fand wieder festen Halt auf dem Boden und verströmte all ihre verborgene Stärke, ohne eine Sekunde die Kontrolle zu verlieren, denn sonst wäre sie gestürzt, oder ihre Drehungen hätten sie gar in den Abgrund gerissen. Zum ersten Mal tanzte sie ohne jede bewusste Bewegung, sie überließ sich ihren Gefühlen und ihrem Körper. Dies war ihr schmerzlichster, ihr verzweifeltster, aber auch ihr befreiendster Moment an diesem Tag.

Während sie in Gedanken bei Ankka war, schien sich die Welt in nichts aufzulösen, bis nur noch er übrig blieb. Es gab keine Welt mehr, keine Revolution, keinen Ruhm. Da stand nur noch er allein wie zu Anbeginn der Zeit, und auf seinem Gesicht malten sich Zorn und Trauer, aber auch ein unbeugsames Lächeln. Er war da, und dieser Tanz war der erste und einzige wahrhaftige Tanz ihres Lebens.

Schließlich hielt sie erschöpft inne und schrie mit aller Kraft, die ihr noch geblieben war, den Hang hinunter. Aber die Berge hüllten sich in Schweigen.

Mit geschlossenen Augen schrie sie immer weiter, während ihr das Herz schmerzhaft gegen die Rippen schlug.

Ankka.
Ankka.
Ankka.

Auf einmal überkam sie der Drang, in den Abgrund hinabzuspringen. Die kleine Plattform vor dem Höhleneingang ragte vor wie ein natürliches Sprungbrett. Die gewaltigen lehmfarbenen Berge ringsum schienen sie tröstlich zu umarmen, im Sonnenlicht schien ein Wiegenlied mitzuklingen, und im Wind, der über ihren Körper strich, schien Ankka sie zu rufen.

Ihr wurde schwindlig, und sie fiel. Sie hoffte, sie würde in die Tiefe stürzen, aber ein Arm umfing sie von hinten, und jemand setzte sie sicher auf dem Boden ab. Als sie aufsah, begegnete sie Rennys mitfühlendem Blick. Für einen Moment wusste sie nicht mehr, wo sie war, dann kehrte sie langsam in die Realität zurück. Sie bettete ihren Kopf an Rennys Schulter und brach in heftiges Schluchzen aus.

Endlich konnte sie weinen, Tränen flossen ihr übers Gesicht, die gar nicht mehr aufhören wollten, obwohl sie versuchte, sich zu beherrschen. Schließlich überließ sie sich ihrem Schmerz, bereit, alles herauszulassen. Sie heulte so rückhaltlos, als wollte sie ihr Herz herausschwemmen und mit ihm ihre Erinnerung. Renny schwieg und tätschelte ihr den Rücken. Eine lange, lange Zeit standen sie so.

Drei Tage lag Ankkas Tod nun zurück, aber dies war das erste Mal seitdem, dass sie weinte.

Eine Woche später nahm Luoying mit ihrem Großvater und ihrem Bruder am Begräbnis teil. Drei Tote wurden dabei bestattet: Ankka, Galeman und Garcia. Galemans Herz hatte aufgehört zu schlagen und die Atmung ausgesetzt. Garcia war auf der Maerde friedlich entschlafen. Die Besatzung hatte seinen Leichnam auf den Mars gebracht, damit er in seiner Heimat die letzte Ruhe fand. Der dreifache Tod hatte Mars City in tiefe Trauer gestürzt. Auch die unsensibelsten Marsianer spürten: Damit ging eine Epoche zu Ende. Ankka und die beiden alten Männer wurden gemeinsam begraben, an einer Stätte, die Helden des Vaterlands vorbehalten war.

Ankka war keine besondere Ehrung zuteilgeworden, da er sein Leben nicht für seine Landsleute gegeben hatte, sondern bloß für zwei Erdbewohner. Dass er trotzdem auf dem Heldenfriedhof begraben wurde, hatte Hans durchgesetzt: Er hatte den für ihn selbst reservierten Platz an den toten Jungen abgetreten, denn die Aufnahme in den Friedhof war streng reglementiert. Jedes Grab war mit einem prächtigen Grabstein geschmückt. Hans wünschte sich für sich selbst eine Feuerbestattung. Seine Asche sollte im grenzenlosen All verstreut werden – dann wäre er frei und würde auf ewig fliegen.

Bei der Beerdigung saßen Luoying und Pierre nebeneinander. Jill kauerte mit verquollenen Augen neben ihrer Mutter. Auch wenn Garcia seit vielen Jahren nicht mehr auf den Mars gekommen war und sie nur noch Kindheitserinnerungen an ihn hatte, machte der Tod ihres Großvaters sie doch sehr traurig. Pierre weinte nicht. Wie sonst auch saß er mit gekrümmtem Rücken da und wirkte ruhig und unbeteiligt. Den Blick hatte er auf das Foto von Galeman gesenkt, das er in seinen Händen hielt. Das geräuschvolle Kommen und Gehen der Leute um ihn herum schien er gar nicht zu bemerken.

«Mein Beileid», sagte Luoying leise zu ihm.

«Danke», antwortete er gefasst.

Sie musterte ihn. Pierre schien größer und reifer geworden. Noch immer mied er den Kontakt mit anderen, aber sein Blick strahlte viel mehr Selbstsicherheit aus als früher. Er war inzwischen Leiter eines kleinen Teams im Rahmen des Umsiedlungsprojekts. Kein anderer Teamleiter war so jung. Seine

Erfindung, die Membranen, die die Sonne reflektierten, würde bald in Produktion gehen, und es würde nicht seine letzte bleiben.

Luoying hatte schon erfahren, dass sie an seiner Stelle auf die Erde geschickt worden war. Ob Pierre auch darin eingeweiht war, wusste sie nicht. Manchmal versuchte sie sich vorzustellen, was wohl aus ihnen beiden geworden wäre, wenn sie nicht für ihn gegangen wäre, aber ihr Nachdenken lief ins Leere. Wenn das Schicksal eine Wegscheide passiert hat, kann man nie mehr dorthin zurückkehren, um den anderen Weg zu erproben.

Einmal mehr fragte sie sich, wie die Jahre auf der Erde sie verändert hatten. Die Erde hatte sie in so viel Verwirrung gestürzt, aber sie hatte ihr auch so viele glückliche Erinnerungen geschenkt. Sie wusste nicht, welcher der beiden Welten sie vertrauen sollte, aber sie wollte beide verstehen, und spürte, dass sie auch dazu in der Lage war. Ihr beständiges Schwanken zwischen den Welten ermöglichte es ihr, sich in beide einzufühlen. Früher hatte sie sehr darunter gelitten, aber nun wurde ihr so deutlich wie nie zuvor bewusst, dass sie die Dinge so akzeptieren konnte, wie sie waren. Sie nahm ihr Schicksal an.

Vielleicht ist das mein Schicksal, und aus einer zufälligen Wende meines Lebens erwächst eine tiefere Notwendigkeit.

Sie verabschiedete sich von Pierre und ging zur Trauerhalle hinüber. Hans und Rudy standen am Eingang, begrüßten die Trauergäste und stellten sicher, dass die Zeremonie reibungslos verlief. Rudy wirkte kompetent und professionell, während er sich um alle möglichen Kleinigkeiten zugleich kümmerte. Hans dagegen blieb auf seiner Position und beschränkte sich darauf, jedem Gast, der ihm Blumen überreichte, mit einer leichten Verbeugung seinen Dank zu bekunden. Hans war von seinem Amt als Generalgouverneur zurückgetreten, Rudy dagegen war im Rahmen des Umsiedlungsprojekts zu einem der Teilprojektleiter ernannt worden. Sie hätten sich nicht deutlicher voneinander unterscheiden können: Während der Ältere in ein einsames, ernstes Schweigen versunken war, blühte der Jüngere in seiner neuen Rolle als Leiter und Lenker sichtlich auf.

Langsam trat Luoying vor ihren Großvater, blickte ihm in die Augen und sagte leise: «Großvater, ich habe mich entschieden.»

«Und?», fragte er abwartend.

«Ich gehe mit dir.»

«Hast du dir das auch gut überlegt?»

«Ja, das habe ich.»

Sie wusste nicht, was für ein Leben sie erwartete, aber sie hatte das Gefühl, dass dies die Zukunft war, die sie am ehesten bejahen konnte. Hans hatte sich entschieden, an die Stelle von Garcia zu treten und bis an sein Lebensende die Maerde zu befehligen, und Luoying wollte ihn begleiten. Zum einen wollte sie ihm eine vertraute Gefährtin in seinen letzten Jahren sein, zum anderen wollte sie eine Brücke zwischen Mars und Erde bauen. Wenn die beiden Planeten mehr miteinander sprechen würden, ließe sich vielleicht so mancher Konflikt im Guten lösen. Auch Ankkas Tod würde so nicht umsonst sein. Wenn man ein Unheil verhindern wollte, musste man oft lange vorher, im Verborgenen, beginnen. Luoying hatte den Turm Babel kennengelernt – vielleicht konnte man einen zweiten Turm erbauen, in dem die Kluft zwischen den beiden Welten überwunden war.

Sie wollte auf die Maerde zurückkehren, auf Charon, die Fähre über den Styx, und mit den Toten leben.

Die fieberhafte Bautätigkeit, die auf dem Mars ausgebrochen war, reizte sie nicht. Während sich ein Großteil der marsianischen Tatkraft nun auf ein gigantisches Bauprojekt konzentrierte, das das Gesicht des Planeten umgestalten sollte, ging es ihr allein um ein einzelnes Menschenleben in seiner ganzen Zerbrechlichkeit. Nicht wegen irgendwelcher erhabener Visionen hatte sie sich für die Maerde entschieden, sondern für sich selbst. Sie spürte, dass sie dem Weg folgte, der ihr vom Schicksal vorgezeichnet war, und sie schöpfte daraus Mut und eine nie gekannte Gelassenheit.